ନିସ୍ତବ୍ଧ ପୃଥିବୀ

ନିସ୍ତବ୍ଧ ପୃଥିବୀ

କନକ ମଞ୍ଜରୀ ସାହୁ

BLACK EAGLE BOOKS
2020

BLACK EAGLE BOOKS

USA address:
7464 Wisdom Lane
Dublin, OH 43016

India address:
E/312, Trident Galaxy, Kalinga Nagar,
Bhubaneswar-751003, Odisha, India

E-mail: info@blackeaglebooks.org
Website: www.blackeaglebooks.org

First International Edition Published by
BLACK EAGLE BOOKS, 2020

NISTABDHA PRUTHIBI
by **Kanak Manjari Sahoo**

Cover & Interior Design: Ezy's Publication

ISBN- 978-1-64560-133-3 (Paperback)

Printed in United States of America

ଉସର୍ଗ

ପୁଅ(ପିକୁ) ଓ ବୋହୂ (ନିନି)କୁ

ଶ୍ରଦ୍ଧାର ସହ ମା'

ସୂଚୀପତ୍ର

ଅଭିମତ

ଅତୀତରେ ଗଳ୍ପ, କବିତା, ପ୍ରବନ୍ଧ, ଭ୍ରମଣ କାହାଣୀ ଏବଂ ସାହିତ୍ୟର ବିଭିନ୍ନ ଦିଗରେ ଲେଖନୀ ଚାଳନା କରୁଥିଲି। ବିଶେଷ ଭାବେ ଗଳ୍ପ ଲେଖୁଥିଲି। ସମୟ କ୍ରମେ ମୁଁ ଅନୁବାଦ ଦିଗରେ ପାଦ ଥାପିଲି। ହିନ୍ଦୀ ଏବଂ ବଙ୍ଗଳା ଭାଷାରୁ ଓଡ଼ିଆକୁ ଅନୁବାଦ କରିବାରେ ସମ୍ପୂର୍ଣ୍ଣ ବୁଡ଼ି ରହିଲି। ସେଥିରେ ମୁଁ ଆନନ୍ଦ ପାଇଲି। ମଝିରେ ମଝିରେ ନିଜସ୍ୱ ଗଳ୍ପ ଲେଖିବାକୁ ମଧ ଭଲ ଲାଗେ। ମୋ ଚାରିପଟେ ଘେରି ରହିଥିବା ଚରିତ୍ର ମାନଙ୍କର ବୈଚିତ୍ର୍ୟ, କିଛି ସ୍ମୃତି, ଅନୁଭୂତି ଏବଂ କଳ୍ପନାକୁ ମିଶାମିଶି କରି ମୁଁ ଗଳ୍ପ ରଚନା କରେ। ମୋ ଗଳ୍ପରେ ମୁଖ୍ୟ ଉପାଦାନ ହେଲା ବାସ୍ତବ ଜୀବନ। ମୋ ଚାରିପଟେ ଘୂରି ବୁଲୁଥିବା ଚରିତ୍ରମାନଙ୍କୁ ମୁଁ ଗଳ୍ପ ମାଧ୍ୟମରେ ଧରି ରଖିଛି ମାତ୍ର। ପାଠକମାନେ ମୋ ଗଳ୍ପ ଗୁଡ଼ିକରେ ମନସ୍ତାତ୍ତ୍ୱିକ ଗଭୀରତା ଖୋଜିଲେ ପାଇବେନି। କାରଣ ସରଳ ଏବଂ ସାଧାରଣ ଜୀବନକୁ ମୁଁ ମୋ ଗପରେ ଚିତ୍ରଣ କରିବାକୁ ଚେଷ୍ଟା କରିଛି। ସ୍ୱଚ୍ଛ ଝରଣା ପାଣିରେ ଯେପରି ତଳେ ଥିବା ବାଲିଗରଡ଼ା ପରିଷ୍କାର ଦେଖାଯାଏ ସେମିତି ମୋ ଗଳ୍ପଗୁଡ଼ିକରେ ଚରିତ୍ରମାନେ ପରିଷ୍କାର ଦେଖାଯାନ୍ତି।

ଏହି ଗଳ୍ପଗୁଡ଼ିକ ବିଭିନ୍ନ ସମୟରେ ସୁଚରିତା, ଅମୃତାୟନ, ଆମ ସମୟ, ସାନନ୍ଦା, ନନ୍ଦିକା, ଅନୁପମ ଭାରତ, ସମୟ, ଧରିତ୍ରୀ ଇତ୍ୟାଦି ଆହୁରି ଅନେକ ପତ୍ରପତ୍ରିକାରେ ପ୍ରକାଶ ପାଇଥିଲା। ତେଣୁ ଏହାର ସମ୍ପାଦକ ଏବଂ ସମ୍ପାଦିକା ମାନଙ୍କୁ ଆନ୍ତରିକ ଧନ୍ୟବାଦ ଜଣାଉଛି। ଲବ୍ଧପ୍ରତିଷ୍ଠ ଗାଳ୍ପିକ ଶ୍ରୀଯୁକ୍ତ ତରୁଣକାନ୍ତି ମିଶ୍ର ଅନୁଗ୍ରହ କରି ପୁସ୍ତକଟିର ମୁଖବନ୍ଧ ଲେଖିଥିବାରୁ ମୁଁ ତାଙ୍କୁ ଆନ୍ତରିକ କୃତଜ୍ଞତା ଜଣାଉଛି। ପୁଅ ଅୟସକାନ୍ତର ଆଗ୍ରହ ଯୋଗୁ ପୁସ୍ତକଟି ଆମେରିକାର ବ୍ଲାକ ଇଗଲ ବୁକ୍ସ ଦ୍ୱାରା ପ୍ରକାଶ ପାଇବା ସମ୍ଭବ ହେଲା। ପ୍ରକାଶକ ଶ୍ରୀଯୁକ୍ତ ସତ୍ୟ ପଟ୍ଟନାୟକ ପୁସ୍ତକଟିକୁ ପ୍ରକାଶ କରିଥିବାରୁ ତାଙ୍କୁ ଆନ୍ତରିକ ଧନ୍ୟବାଦ ଜଣାଉଛି।

ପାଠକମାନେ ପୁସ୍ତକଟିକୁ ପଢ଼ି ଆନନ୍ଦିତ ହେଲେ ମୋ ଶ୍ରମ ସାର୍ଥକ ହେବ।

କନକ ମଞ୍ଜରୀ ସାହୁ

କଥା କୁହା ଶାରୀ

ସତ୍ୟବ୍ରତ ବାବୁ ଏକ ନାମୀ କମ୍ପାନୀରେ ଉଚ୍ଚ ପଦାଧିକାରୀ। ମାସ ଶେଷରେ ବେଶ୍ ମୋଟା ଦରମା ପାଆନ୍ତି। ରାଜଧାନୀରେ ଦୁଇ ତାଲା ବିଶିଷ୍ଟ ବଙ୍ଗଳାଟିଏ। ସାମନାରେ ବଗିଚା, ତା'ଚାରିପଟେ ସିମେଣ୍ଟ କାନ୍ଥ ଉପରେ କାଚ ଖଣ୍ଡ ବସାଯାଇଥିବା ପାଚେରି। ସାମ୍ନାରେ ବଡ଼ ଲୁହା ଗେଟ୍। ଗେଟ୍‌ରେ ସତ୍ୟବ୍ରତ ବାବୁଙ୍କ ନାମ ଫଳକ ଝୁଲୁଛି।

ଏତେ ବଡ଼ ଘରଟାରେ ମାତ୍ର ସ୍ୱାମୀ ସ୍ତ୍ରୀ ଦୁଇ ପ୍ରାଣୀ। ତାଙ୍କର ଅବସର ସମୟ ଆଉ ପାଞ୍ଚ ବର୍ଷ ବାକି। ଦୀର୍ଘ ବତିଶ ବର୍ଷର ବିବାହିତ ଜୀବନ ଭିତରେ ସନ୍ତାନ ସନ୍ତତିଙ୍କ ସ୍ଥାନ ଅପୂର୍ଣ୍ଣ ରହିଛି। ବ୍ୟାଙ୍କ ବାଲାନ୍ସ ଅଙ୍କଟା ଟିକେ ଅଧିକ ହେଲେ ବି ସତ୍ୟବ୍ରତ ବାବୁ ଟିକେ କଞ୍ଜୁସ ପ୍ରକୃତିର। ଭିକାରୀଟିଏ ଗେଟ୍ ପାଖରେ ଆସି ଡାକିଲେ, 'ବାବୁ ଦୟା କର, ତୁମର ମଙ୍ଗଳ ହେବ।' ସେ ପଚାଶ ପଇସାଟିଏ ତା'ଥଳିରେ ପକେଇଦେଇ ଲମ୍ବା ଭାଷଣ ଦିଅନ୍ତି। "ହଇହୋ, ତୁମକୁ ଆମେ ଦାନ କରିବୁ କାହିଁକି ? ସରକାର କହୁଛନ୍ତି, ଖଟ, ଖାଅ। ହାତ ଗୋଡ଼ ପଡ଼ିଗଲେ, ସନ୍ତାନମାନେ ନପଚାରିଲେ ରାଜ୍ୟରେ ଅନେକ ଜରାନିବାସ ଖୋଲିଲାଣି, ସେଠାରେ ଯାଇ ଆଶ୍ରୟ ନିଅ। ଭିକ୍ଷାବୃତ୍ତି କରିବା ତୁମର ଗୋଟେ ନିଶା ହେଇଗଲାଣି ଶ...."

ଅନେକ ସମୟରେ କେତେକ ଭିକାରୀ ସେଇଟିକୁ ତାଙ୍କ ଉପରକୁ ଫିଙ୍ଗିଦେଇ କହନ୍ତି, "ରଖ ହୋ ତୁମ ଦାନ ତୁମ କାମରେ ଆସିବ।' ଆଉ କିଏ କିଏ ତାଙ୍କ କଥା ଶୁଣି ତାଙ୍କୁ ଖାଲି ବଲବଲ ଚାହିଁ ଚାଲିଯାନ୍ତି। ସେ ପଇସାଟିଏ

ଅବାଟରେ ଖର୍ଚ୍ଚ କରିବାକୁ ଭଲ ପାଆନ୍ତିନି। ଆଉ ଗୋଟିଏ ତାଙ୍କର ବଦଭ୍ୟାସ ହେଉଛି, ବ୍ରିଜ ଖେଳିବା ନିଶା। ଅଫିସରୁ ଫେରି ବ୍ରିଜ ଖେଳିବାକୁ କ୍ଲବ ଚାଲିଯାଆନ୍ତି, ରାତି ଅଧକୁ ଫେରନ୍ତି। ସେ ଟିକେ ଚିଡ଼ିଚିଡ଼ା ସ୍ୱଭାବର। ପତ୍ନୀ ପ୍ରତିବାଦ କଲେ ତାଙ୍କ ଉପରେ ଖାଲି ଗରଗର ହୁଅନ୍ତି। କିନ୍ତୁ ଅଫିସରେ ଠିକ୍ ସମୟରେ ହାଜିରା ପକାନ୍ତି। ଯେ କୌଣସି କାମକୁ ଠିକ୍‌ରେ କରନ୍ତି। ପାଞ୍ଚ ମିନିଟ ପରେ ଅଫିସରେ ପହଞ୍ଚନ୍ତିନି କିମ୍ବା ପାଞ୍ଚ ମିନିଟ ପୂର୍ବରୁ ଅଫିସ ଛାଡନ୍ତିନି। ସହକର୍ମୀମାନେ ଏଥିରୁ ବ୍ୟତିକ୍ରମ ହେଲେ କିମ୍ବା କାମରେ ଖିଲାପ କଲେ ତାଙ୍କ ରାଗ ପଞ୍ଚମକୁ ଉଠିଯାଏ। ତାଙ୍କ ରାଗ ଏବଂ ଚିଡ଼ିଚିଡ଼ା ପ୍ରକୃତି ଅଫିସରେ ସମସ୍ତେ ଜାଣନ୍ତି। ସେଥିପାଇଁ ସମସ୍ତେ ତାଙ୍କୁ ଭୟ ମଧ୍ୟ କରନ୍ତି। ସେ ପତ୍ନୀଙ୍କୁ ସମୟ ଦେଇ ନପାରିବା ଯୋଗୁ ପତ୍ନୀ ଉମା ଦେବୀ ନିଜକୁ ବହୁତ ନିଃସଙ୍ଗ ମନେ କରନ୍ତି।

ଦିନେ ସତ୍ୟବ୍ରତ ବାବୁ ପତ୍ନୀଙ୍କୁ ସ୍କୁଟରରେ ବସେଇ ବଜାର ବାହାରିଲେ। ବଜାର ସାରି ଫେରିଲା ବେଳକୁ ଦେଖିଲେ, ରାସ୍ତା କଡ଼ରେ ଲୋକଟିଏ କିଛି ପିଞ୍ଜରାବଦ୍ଧ ଶାରୀମାନଙ୍କୁ ବିକ୍ରି କରୁଛି ଏବଂ ଶାରୀମାନଙ୍କ ଗୁଣ ଗାନ କରି କ୍ରେତାମାନଙ୍କ ଦୃଷ୍ଟି ଆକର୍ଷଣ କରୁଛି। 'କଥା କୁହା ଶାରୀ ନିଅନ୍ତୁ..କଥା କୁହା ଶାରୀ...ଆଜ୍ଞା ମାତ୍ର ପଚାଶ ଟଙ୍କାରେ...'।

ଉମାଦେବୀ ତୁରନ୍ତ ଗାଡ଼ି ବନ୍ଦ କରିବାକୁ ପତିଙ୍କୁ କହିଲେ। ସତ୍ୟବ୍ରତ ବାବୁ ବ୍ରେକ କଷି କ'ଣ ହେଲା ବୋଲି ପଚାରିଲେ। ଉମାଦେବୀ ଟିକେ ଗେହ୍ଲେଇ ହେଇ ପତିଙ୍କୁ କହିଲେ, ତୁମେ ତ ସବୁବେଳେ ବାହାରେ ରହୁଛ, ଏତେ ବଡ଼ ଘରଟାରେ ମତେ ଖାଲି ଖାଁ ଖାଁ ଲାଗୁଛି। ଏହି ଶାରୀରୁ ଗୋଟେ କିଣି ଦିଅନ୍ତନି। ଏକୁଟିଆ ସମୟରେ ଶାରୀ ସାଙ୍ଗରେ କଥାବାର୍ତ୍ତା କରି ସମୟ କାଟନ୍ତି।

ଉମା ଦେବୀ ଅନେକ ଥର କୁକୁରଟିଏ ପୋଷିବାପାଇଁ ପତିଙ୍କ ପାଖରେ ଗୁହାରି କରି କହିଛନ୍ତି, 'ଦେଖ, ଆଜିକାଲି ଚୋର, ତସ୍କର ଯେମିତି ଉପଦ୍ରବ କଲେଣି କେତେବେଳେ କୋଉକଥା। କୁକୁରଟିଏ ଥିଲେ ସିନା ଘର ଜଗନ୍ତା, ଆମେ ଟିକେ ନିଶ୍ଚିନ୍ତ ହୁଅନ୍ତେ।' ସେ ପତ୍ନୀଙ୍କ କଥାକୁ ଟାଳି ଦେଇଛନ୍ତି। ପ୍ରତ୍ୟୁତ୍ତରରେ କୁହନ୍ତି, "ଗୋଟିଏ କୁକୁର ପୋଷିବା ଯାହା, ଗୋଟିଏ ମଣିଷ ପୋଷିବା ତାହା। ଦେଶୀ କୁକୁର ତ ପୋଷି ହେବନି, ଯାହା ଦେବ ତାହା ଖାଇଦେବ। ଗୋଟିଏ ବିଲାତି କୁକୁର ପୋଷିଲେ ତା'ପିଛା କେତେ ଖର୍ଚ୍ଚ! ମାଛ ଦିଅ, ମାଂସ ଦିଅ, ତା'ପାଇଁ ଅଲଗା ସାବୁନ କିଣ, ତା'ପରେ ଅସୁସ୍ଥ ହେଲେ ପଶୁ ଡାକ୍ତରଙ୍କ ପାଖକୁ ନିଅ। ମେଡିସିନ, ଇଞ୍ଜେକସନ ଦିଅ, ତା'ପରେ ଏତେ ଝାମେଲା, ସେ କୁକୁର ପୋଷା ନିଶା ଛାଡ଼।"

ସ୍ୱାମୀଙ୍କ କଞ୍ଜୁସ ପଣିଆ କଥା ଉମା ଦେବୀଙ୍କୁ ବେଶ୍ ଭଲଭାବେ ଜଣା। ତେଣୁ ସେ ନିରବରେ ସ୍ୱାମୀଙ୍କ କଥାକୁ ମାନି ନେଇଥିଲେ।

ଆଜି ପତ୍ନୀଙ୍କର ଶାରୀ ପୋଷିବା କଥା ଶୁଣି ସତ୍ୟବ୍ରତ ବାବୁ କିଛି ସମୟ ଚୁପ ରହି କ'ଣ ଚିନ୍ତା କଲେ। ବୋଧହୁଏ ଶାରୀ ପୋଷିଲେ ତା'ପିଛା କେତେ ଖର୍ଚ୍ଚ ହେବ ମନେ ମନେ ହିସାବ ନିକାଶ କରୁଥିଲେ। ତା'ପରେ ପତ୍ନୀଙ୍କ ଆଗ୍ରହକୁ ଏଡ଼େଇ ନପାରି ଲୋକଟିକୁ ପଚାରିଲେ, 'ଏହି ଶାରୀର ଦାମ୍ କେତେ ନେବୁ କହ, ସେ କ'ଣ କଥା କହିପାରିବ?'

ଲୋକଜଣକ ଉତ୍ସୁକତାର ସହ କହିଲା, 'ଆଜ୍ଞା, ଏଇ ଶାରୀମାନଙ୍କୁ ଯାହା ଶିଖେଇବେ ତାହା କହିବେ।' ଶେଷରେ ତା'ସହିତ ମୂଲଚାଲ କରି ହୃଷ୍ଟପୁଷ୍ଟ ଶାରୀଟିଏ ବାଛିଲେ। ଉମା ଦେବୀ ପଞ୍ଜୁରୀଟିକୁ କୋଳରେ ଜାବୁଡ଼ି ଧରି ସ୍କୁଟର ପଛରେ ବସିଗଲେ।

ଘରେ ପହଞ୍ଚି ତାକୁ ବାଡ଼ିପଟ ଅଗଣାରେ ଟାଙ୍ଗିଦେଲେ। ଗିନାରେ ଖୁଦ କିଛି ଏବଂ ପାଣି ଟିକେ ଆଣି ଥୋଇଲେ। ତା'ପରଠୁ ଉମା ଦେବୀ ପ୍ରତ୍ୟେକ ଦିନ ଶାରୀ ପାଖରେ ଛିଡ଼ାହେଇ ତା'ସହିତ କିଛି ସମୟ କଥାବାର୍ତ୍ତା କଲେ। କିଛି ଦିନ ମଧ୍ୟରେ ଶାରୀଟି ତାଙ୍କ କଥାକୁ ଅନୁକରଣ କଲା। ଶାରୀର କଥା କହିବା ଦେଖି ସେ ବହୁତ ଆନନ୍ଦିତ ହେଲେ।

ଏହା ମଧ୍ୟରେ ସତ୍ୟବ୍ରତ ବାବୁଙ୍କର ଗୋଟିଏ ବୋଲି ସାବତ ଭାଇ ତାଙ୍କ ପାଖରେ ଆସି ଆଶ୍ରୟ ନେଲା। ବାପା, ମା'ଙ୍କର ମୃତ୍ୟୁ ହେଇଯିବାରୁ ବାଧହେଇ ସେ ଆଶ୍ରୟ ଦେଲେ। କାରଣ ଭାଇଟା ଥିଲା ବେକାର ଏବଂ କର୍ମକୋଡ଼ିଆ। ସେ ସହରକୁ ଆସି ରହିବା ପରେ ବାରବୁଲା, ଛତରା ପିଲାଙ୍କ ସାଙ୍ଗରେ ମିଶିଲା, ଗଞ୍ଜେଇ, ମଦ, ଅଫିମିଆଙ୍କ ସାଙ୍ଗରେ ଦୋସ୍ତି କଲା। ସାଇ ପଡ଼ିଶା ଝିଅମାନଙ୍କ ପଛରେ ନୁଙ୍ଗୁଡ଼େଇଲା। ଭାଇ ପାଖରେ ପଇସା ପାଇଁ ହାତ ପତେଇଲା। ସତ୍ୟବ୍ରତ ବାବୁ ଥରେ ଦୁଇଥର ଦେଲେ, ଯେତେହେଲେ ଭାଇଟା ତ। ପାଠ ଘର ତା'ର ଶୂନ। ତେଣୁ ତାକୁ ଜଣେ ବ୍ୟବସାୟୀ ପାଖରେ ନେଇ ଛାଡ଼ିଲେ। ସେଠାରେ ସେ ବଦମାସୀ କଲାରୁ ତଡ଼ା ଖାଇଲା। ସେଥିପାଇଁ ସତ୍ୟବ୍ରତ ବାବୁ ତା'ଉପରେ ଭୀଷଣ ବିରକ୍ତ ହୁଅନ୍ତି। ବଦମାସ୍, ଛତରା, ଅଇଁଠାଖିଆ, ଭିକାରୀ କହି ଗାଳି ଦିଅନ୍ତି।

ଶାରୀଟି ଅନେକ ଥର ଏସବୁ ଗାଳି ଶୁଣି ଶୁଣି ଘୋଷି ଦେଇଥାଏ। ତା'ପରେ ଶାରୀଟି ଏହିସବୁ ଶ୍ଳୋକ ବାରମ୍ବାର ଉଚ୍ଚାରଣ କଲା। ସାବତ ଭାଇଟି ଭାଇଠାରୁ ଏବଂ ଶାରୀଠାରୁ ଏସବୁ ଗାଳି ଶୁଣି ଶୁଣି ଶାରୀର ବେକ ମୋଡି ଦେବାକୁ ତା'ର ଇଚ୍ଛାହୁଏ।

ଦିନେ ତା ମୁଣ୍ଡକୁ ଏକ ଆଇଡିଆ ଆସିଲା। ଶାରୀ ପାଖକୁ ଯାଇ ତାକୁ ଶିଖେଇଲା, ମିଟୁ କହ, ସତ୍ୟବ୍ରତ କଞ୍ଜୁସ, ମକ୍ଖିଚୁସ, ସତ୍ୟବ୍ରତ କଞ୍ଜୁସ, ମକ୍ଖିଚୁସ...ଧୀରେ ଧୀରେ ଶାରୀ ଏହାକୁ ମଧ୍ୟ ଆୟତ୍ତ କରିନେଲା।

ଦିନେ ଅଫିସରେ ସହକର୍ମୀ ଗାର୍ଗୀ ଦାସଙ୍କ ସହିତ ସତ୍ୟବ୍ରତ ବାବୁଙ୍କର ବଚସା ହେଇଗଲା। ଯିଏକି ଭଳିକି ଭଳି ଶାଢ଼ୀ ପିନ୍ଧି, ଇଞ୍ଚେ ବହଳର ଲିପଷ୍ଟିକ ଲଗେଇ ବେଣୀଟାକୁ ଆଗକୁ ହଲେଇ ହଲେଇ ଆଖି ନଚେଇ କଥା କୁହନ୍ତି। ନିଜ ଟେବୁଲ ଛାଡ଼ି ନୂଆ ଜଏନ କରିଥିବା ରସିକ ଟୋକା ପ୍ରକାଶ ଟେବୁଲ ପାଖରେ ଟହଲ ମାରନ୍ତି। କାମକୁ ଫାଙ୍କି ନିଜର ଆତ୍ମବଡ଼ିମା ଦେଖାନ୍ତି। ସେଦିନ ଏକ ଜରୁରୀ କାମରେ ଅବହେଳା ପାଇଁ ଦୁହିଁଙ୍କ ମଧ୍ୟରେ ବଚସା ହେଲା। ସେ ଅଫିସରୁ ସେଇ ଟେନ୍‌ସନରେ ଘରକୁ ପଶି ଆସିଲା ବେଳକୁ ଶାରୀର କଥା ଶୁଣିବାକୁ ପାଇଲେ, ସତ୍ୟବ୍ରତ କଞ୍ଜୁସ, ମକ୍ଖିଚୁସ....ଏକଥା ଯେମିତି ସେ ଶାରୀ ମୁଁହରୁ ଶୁଣିଛନ୍ତି, ନିଆଁରେ ଘିଅ ଢାଳିଲା ପରି ତାଙ୍କ ରାଗ ପଞ୍ଚମକୁ ଉଠିଗଲା। ଏହା କାହାର କାରସାଦି ବୋଲି ସେ ଜାଣିପାରିଲେ। ଭାଇ ଉପରେ ଆଖି ପଡ଼ିଲା ମାତ୍ରେ ସେ ପଛ ଦ୍ୱାର ବାଟେ ମାରିଲା ଛୁ। ସେ ରାଗରେ ବାଡ଼ିଟିଏ ଆଣି ପଞ୍ଜୁରୀକୁ ପିଟିବାକୁ ଲାଗିଲେ। ଶାରୀଟି ପଞ୍ଜୁରୀ ଭିତରେ ଖାଲି ଫଡ଼ଫଡ଼ ହେଇ ପୁଣି ପୁନରାବୃତ୍ତି କଲା। ସ୍ୱାମୀଙ୍କର ଏତାଦୃଶ କାର୍ଯ୍ୟ ଦେଖି ହାଁ ହାଁ କହି ଉମା ଦେବୀ ଦୌଡ଼ି ଆସିଲେ। ସତ୍ୟବ୍ରତ ବାବୁ ଭାଇକୁ କୁଳାଙ୍ଗାର, ଅପଦାର୍ଥ କହି ବହେ ଶୋଧି ମନକୁ ଶାନ୍ତ କଲେ।

କିଛିଦିନ ଶାରୀଠାରୁ ଏମିତି କଥା ଶୁଣି ଶୁଣି ସତ୍ୟବ୍ରତ ବାବୁ ଦିନେ ଶାରୀ ପାଖରେ ଛିଡ଼ାହେଇ ତାକୁ ଭଲ କଥା ଶିଖେଇଲେ। ନିଜ ହାତରେ ଦାନା ଖୁଆଇଲେ। ପ୍ରତ୍ୟେକ ଦିନ ଶାରୀ ପାଇଁ କିଛି ସମୟ ଦେଲେ। ଧୀରେ ଧୀରେ ତାଙ୍କ ମନରେ ପରିବର୍ତ୍ତନ ଆସିଲା। ଚିଡ଼ିଚିଡ଼ା ପ୍ରବୃତ୍ତି କ୍ରମେ କମି ଆସିଲା। ପତ୍ନୀଙ୍କ ଉପରେ ଗରଗର ହେବା ମଧ୍ୟ ଧୀରେ କମିଗଲା। ଧୀରେ ଧୀରେ ବ୍ରିଜ ଖେଳିବା ନିଶା ମଧ୍ୟ କମି ଆସିଲା। ପତ୍ନୀଙ୍କ ପାଇଁ କିଛି ସମୟ ଦେଲେ। ଅଫିସରେ ନିଜ କାମ ବ୍ୟତୀତ କାହା ସାଙ୍ଗରେ ବିଶେଷ କଥାବାର୍ତ୍ତା କଲେନାହିଁ। ଘରକୁ ଫେରିବା ପରେ ଶାରୀ ପାଖରେ କିଛି ସମୟ ଛିଡ଼ାହେଇ ସ୍ନେହରେ ତାକୁ ଆଉଁସି ଦେଇ କେତେ ନୀତିବାଣୀ ଶୁଣେଇଲେ। ଭିକାରୀଙ୍କୁ ନିଜ ହାତରେ ଦାନ ଦକ୍ଷିଣା ଦେଇ ତା'ସହିତ ତାଙ୍କୁ ପେଟପୁରା ଖାଇବାକୁ ଦେଲେ। ବେକାର ଭାଇଟାକୁ ଟଙ୍କା ଖଟେଇ ବିଜନେସ ଧରେଇ ଦେଲେ। ଭାଇକୁ ଗାଳିଦେବା ବନ୍ଦ କଲେ। ଧୀରେ ଧୀରେ ଭାଇ ମଧ୍ୟ ପରିବର୍ତ୍ତନ ହେବାକୁ ଲାଗିଲା। ଏତେ ରାଗୀ ମଣିଷଟି ଯେମିତି ଶାନ୍ତ ପାଲଟିଗଲେ।

ଉମା ଦେବୀ ସ୍ୱାମୀଙ୍କର ଏମିତି ପରିବର୍ତ୍ତନ ଦେଖି ବହୁତ ଆଶ୍ଚର୍ଯ୍ୟ ଏବଂ ଖୁସି ହେଲେ। ଦିନେ ସେ ପଞ୍ଜୁରୀର ଦ୍ୱାର ଖୋଲି ଶାରୀକୁ କୋଳକୁ ଆଣିଲେ। ତାକୁ ସସ୍ନେହେ ଆଉଁସି ଦେଇ ଆଦରରେ ଚୁମାଟିଏ ଦେଲେ। ତାଙ୍କ ହୃଦୟରୁ ଯେମିତି ମାତୃତ୍ୱର ମମତା ତା'ଉପରେ ଝରି ପଡ଼ିଲା। କହିଲେ, 'ସାବାସ୍ ମିଟୁ, ତୁ ପକ୍ଷୀ ହେଲେ ବି ତୋର କେତେ ବୁଦ୍ଧି! ତୁ ମଣିଷର ମନକୁ ଏମିତି ପରିବର୍ତ୍ତନ କରିଦେଇପାରୁ! ମୋ ନିଃସଙ୍ଗତାକୁ ବଦଳେଇ ଏ ଘରକୁ ପୂର୍ଣ୍ଣ କରିଦେଲୁ ତୁ! କିଏ କହିଲା, ମୁଁ ନିଃସନ୍ତାନ ବୋଲି। ତୁ ତ ଆମରି ସନ୍ତାନ...ମିଟୁ...ମିଟୁ...'

■

ଗଞ୍ଜା

ସନାତନ ସାରଙ୍କ ଏକଲାପଣକୁ ଦୂର କରିବାକୁ ଦିନେ ଆଉଜଣେ ଅତିଥିଙ୍କର ଆବିର୍ଭାବ ହେଲା। ଦିନେ ସନାତନ ସାର ବାଡ଼ିରେ ବୁଲୁଥିବା ସମୟରେ ଦେଖିଲେ, ଛୋଟିଆ କୁକୁଡ଼ା ଛୁଆଟିଏ ପରକୁ ଫଡ଼ଫଡ଼ କରି ଛୋଟେଇ ଛୋଟେଇ ଚାଲୁଛି ଆଉ କୁଁ କୁଁ ଶବ୍ଦ କରୁଛି। କୁକୁଡ଼ା ଛୁଆଟା କୋଉଠୁ ଆସିଲାବୋଲି ସେ ଆଶ୍ଚର୍ଯ୍ୟ ହେଲେ । ଦେଖିଲେ, ତା' ଗୋଡ଼ରେ କ୍ଷତ, ରକ୍ତ ବୁନ୍ଦା ବୁନ୍ଦା ହେଇ ଝରୁଛି। ତାକୁ ଧରିବାକୁ ଗଲାବେଳକୁ ହାତରୁ ଖସିଯାଇ ଡେଇଁ ଡେଇଁ ଚାଲିଯାଉଛି। "ଆରେ ନରିଆ..ନରି..." ଡାକ ପକେଇଲେ।

ସାରଙ୍କ ଅତରଛିଆ ଡାକରେ ନରିଆ ବାଡ଼ିକୁ ଧାଇଁ ଆସିଲା। ସାର୍ ପଚାରିଲେ, "ଏଇଟା କାହା କୁକୁଡ଼ା ଛୁଆ କିରେ ? ଆମ ଘର ପାଖରେ କିଏ କୁକୁଡ଼ା ପାଳିଛନ୍ତିକି ?" ନରିଆ କହିଲା, "ମୋ ଜାଣିବାରେ ତ କେହି ନୁହେଁ।" "ହଉ, ତୁ ଆଗେ କୁକୁଡ଼ାଟିକୁ ଧରିକି ଆଣେ, ପରେ ବୁଝି ଯାହାର ହେଇଥିବ, ତାଙ୍କୁ ଫେରେଇ ଦେବା।"

ନରିଆ କୁକୁଡ଼ା ଛୁଆ ପଛରେ ଧାଇଁ ତାକୁ ଧରିବା ପାଇଁ ଚେଷ୍ଟା କଲା। କେତେବେଳେ ତା' ହାତକୁ ଆସୁଥାଏ ତ କେତେବେଳେ ହାତରୁ ଖସି ଯାଉଥାଏ। ଅବଶ୍ୟ ବେଶୀ ସମୟ ତାକୁ ଲାଗିଲାନି ଧରିବାରେ ସଫଳ ହେଲା। ସାର କହିଲେ, ଭିତରକୁ ନେଇଚାଲେ। ନରିଆ କୁକୁଡ଼ା ଛୁଆଟିକୁ ଜାବୁଡ଼ି ଧରି ଗଡ଼ ଜିତିଲା ଭଳି ଭାବଭଙ୍ଗୀ କରୁଥାଏ। ସାର ଭିତରକୁ ଯାଇ ଫାଷ୍ଟ-ଏଡ ବକ୍ସ ନେଇ ଆସିଲେ।

ଦେଖିଲେ, ଗୋଡ଼ର ଟିକେ ଉପରକୁ ଖଣ୍ଡିଆ ହୋଇ ଯାଇଛି, ସେଥିରୁ ରକ୍ତ ଝରୁଛି। ପ୍ରଥମେ ତୁଳାରେ ସ୍ପିରିଟ ଟିକେ ନେଇ ସେଇ କ୍ଷତ ସ୍ଥାନକୁ ଭଲଭାବେ ପୋଛିଦେଲେ, ତାପରେ ମଲମ ଦେଇ ତୁଳା ଲଗେଇ ବ୍ୟାଣ୍ଡେଜ କରିଦେଲେ। କହିଲେ, ବୋଧହୁଏ କଣ୍ଟା ବାଡ଼ରେ ଗଳିଆସିବା ସମୟରେ କଣ୍ଟା ବାଜି କ୍ଷତ ହୋଇଛି। ସାର୍ ତାକୁ ଧରି ଟିକେ ଆଉଁସି ଦେଲେ, ତା'ପରେ ଖୁଦ କଣିକା ମୁଠେ ଆଣି ତା' ପାଖରେ ଥୋଇଲେ। ବାହାରେ ବୁଲି ପୋକ ଜୋକ ଖାଇବା ତା'ର ଅଭ୍ୟାସ, ଖୁଦ ଦେଲେ ସେ କୋଉ ଖାଇବ। ଗିନା ଭିତରେ ଥଣ୍ଟଟାକୁ ବୁଡ଼େଇ ରଖିବାରୁ ସେ ଟିକେ ଟିକେ ଥଣ୍ଟରେ ନେଇ ଖାଇଲା। ଚାଳିଆ ଘରୁ ପାଛିଆଟା ଆଣିବାକୁ ନରିଆକୁ ବରାଦ ଦେଲେ। କହିଲେ, "ଏବେ ଛାଡ଼ିଦେଲେ କାଉ, କୁକୁର ଖାଇଦେବେ, ଠିକ୍‌ରେ ଚାଲି ବି ପାରୁନି, ତେଣୁ ଏଇ ଭିତର ବାରଣ୍ଡାରେ ତା' ଉପରେ ପାଛିଆ ଉଗୁଡ଼େଇଥା, ପରେ ପାଖ ପଡ଼ୋଶୀଙ୍କ ଘରକୁ ଯାଇ ବୁଝିବୁ, କାହାର ଯଦି ହୋଇଥିବ ନେଇ ଦେଇଦେବୁ।"

ନରିଆ ବଡ଼ବାପାଙ୍କ କଥା ଅନୁସାରେ ସେୟା କଲା ଏବଂ ପାଛିଆ ତଳେ ଗୋଟିଏ ଗିନାରେ ପାଣି, ଅନ୍ୟ ଏକ ଗିନାରେ ଖୁଦ ଦି'ଟା ଥୋଇ ପାଛିଆ ଉଗୁଡ଼େଇ ଦେଲା। ତା' ଭିତରେ କୁକୁଡ଼ା ଛୁଆଟି ଫଡ଼ଫଡ଼ କରି କୁଁ କୁଁ ହେଉଥାଏ।

ନରିଆ ସାଇପଡ଼ିଶା ସବୁଆଡ଼େ ଯାଇ ବୁଝିଲା, କାହାର କୁକୁଡ଼ା ଛୁଆ ନାହିଁ କି ହଜିନି। ସନାତନ ସାର୍ ଆଶ୍ଚର୍ଯ୍ୟ ହେଲେ, ତା'ହେଲେ କୁକୁଡା ଛୁଆଟା ଆସିଲା କୁଆଡୁ? ମା'କୁକୁଡ଼ାଠାରୁ ଅଲଗା ହେଲା କେମିତି? ତାଙ୍କ ମନକୁ ଆସିଲା, ତାଙ୍କ ଘର ପାଖ ଦେଇ ହାଟକୁ ଯିବା ରାସ୍ତା। ସେ ସମୟ ସମୟରେ ଦେଖନ୍ତି, ଲୋକେ ବାଉଁଶ ପାତିଆ ଜାଲି ପାଛିଆ ଭିତରେ କୁକୁଡ଼ା ରଖି ସାଇକେଲ ପଛରେ ବାନ୍ଧି ନେଇଥାନ୍ତି। ହୁଏତ କେତେବେଳେ କୁକୁଡ଼ା ଛୁଆଟି ସେଥିରୁ ଖସି ପଡ଼ିଛି। ଏକଥା ଭାବି ସେ ମନକୁ ବୁଝେଇ ରହିଲେ। ସେ ଆଉ କ'ଣ ବା କରି ପାରିବେ, ଏମିତି ଅବସ୍ଥାରେ ସେ ତାକୁ ବାହାରେ ଛାଡ଼ି ଦେବେ ବା କେମିତି ? ଯେତେ ଦିନ ବଞ୍ଚିବ ବରଂ ଘରେ ଥାଉ।

ସାର ମଟନ, ଚିକେନ ଖାଆନ୍ତିନି କି ଛୁଅଁନ୍ତିନି, ଯାହା ମାଛ ଟିକେ ଖାଆନ୍ତି, ତାହା ପୁଣି ଚୁନା ମାଛ। ତାଙ୍କ ସ୍ତ୍ରୀ ମଧ୍ୟ ଖାଉ ନଥିଲେ। ପିଲାମାନେ ଥିଲାବେଳେ ଯାହା ଘରକୁ ଆସୁଥିଲା। ତେଣୁ କୁକୁଡ଼ା ପୋଷିବା ତାଙ୍କ ନୀତି ବିରୁଦ୍ଧ। ଯାହା ହେଲେ ବି ସେ ନୈଷ୍ଠିକ ବ୍ରାହ୍ମଣ। ତଥାପି କୁକୁଡ଼ାଟିକୁ ରଖିବାକୁ ବାଧ ହେଲେ।

କୁକୁଡ଼ା ଛୁଆ ପାଇଁ ବଡ଼ ଏକ ତା'ର ଜାଲିର ପିଞ୍ଜରାଟିଏ କିଣାଗଲା। ସେ ଯେମିତି ସେଥିରେ ସୁବିଧାରେ ବୁଲାବୁଲି କରି ପାରିବ। ତାକୁ ଖାଦ୍ୟ, ପାନୀୟ ସମୟ

ଅନୁସାରେ ନିୟମିତ ଦେଲେ। ଧୀରେ ଧୀରେ ସନାତନ ସାରଙ୍କର କୁକୁଡ଼ା ଛୁଆଟି ପ୍ରତି ମାୟା ଲାଗିଗଲା। ତାକୁ ତାରଜାଲି ଭିତରୁ କାଢ଼ି ହାତରେ ଧରି ଆଉଁସି, କୋଳରେ ବସେଇ ଗେଲ କରନ୍ତି, ଯେମିତି ତାଙ୍କ ନାତି କି ନାତୁଣୀ। ପୁଣି ଜାଲି ଭିତରେ ଛାଡ଼ି ଦିଅନ୍ତି। କିଛି ଦିନ ଭିତରେ ତା' କ୍ଷତ ବି ଶୁଖିଗଲା।

ଏହା ମଧ୍ୟରେ ଗୋଟିଏ ବର୍ଷ ବିତି ଗଲାଣି। ଧୀରେ ଧୀରେ କୁକୁଡ଼ା ଛୁଆଟା ବି ବଡ଼ ହେଇ ଗଲାଣି। ଏବେ ସେ ଏକ ହୃଷ୍ଟପୁଷ୍ଟ ଗଞ୍ଜା। କଳା ମଚମଚ ଚିକ୍କଣ ପର, ମୁଣ୍ଡରେ ନାଲି ମୁକୁଟ, ବେକ ପାଖରେ ଦୁଇଟି ନାଲି ରଙ୍ଗର ଫୁଲ ପାଖୁଡ଼ା ଭଳି ହଲୁଥାଏ। ସେ ତା' ଭାରି ଦେହକୁ ହଲେଇ ଦୋହଲେଇ ଚାଲୁଥାଏ। ଏବେ ଆଉ ସେ ତାର ଜାଲି ମଧ୍ୟରେ ଆବଦ୍ଧ ହେଉ ନଥିଲା। ଜାଲିର ଦ୍ୱାର ଖୋଲିଦେଲେ ସେ ଘରସାରା ଘୂରିବୁଲେ। ଏମିତି କି ସାରଙ୍କ ବେଡ୍ ଉପରେ ବୁଲାବୁଲି କରେ। କେତେବେଳେ ସାରଙ୍କ ମୁଣ୍ଡ ଉପରେ ବସିଯାଏ ତ କେତେବେଳେ କୋଳରେ। ସାରଙ୍କର କୁକୁଡ଼ାଟା ପ୍ରତି ଏତେ ମାୟା ଲାଗିଗଲା ଯେ, ତାକୁ ଦଣ୍ଡେ ନ ଦେଖିଲେ ରହି ପାରନ୍ତିନି। ସାର ବାହାରକୁ ଚାଲିଗଲେ ସେ ଖୋଜିଲା ଖୋଜିଲା ଆଖିରେ ଚାହିଁ ଘୂରିବୁଲେ। ସାର ଫେରି ଆସିବା ଦେଖିଲେ, ସେ ଡେଣାକୁ ଫଡ଼ଫଡ଼ କରି ସାରଙ୍କ ମୁଣ୍ଡରେ କିମ୍ବା କାନ୍ଧରେ ବସିଯାଏ। ସାର ଆଗ ତାକୁ କୋଳରେ ଧରି ଗେଲ କରନ୍ତି, ତା'ପରେ ଯାଇ ଗୋଡ଼ ହାତ ଧୁଅନ୍ତି। ରାତି ପାହି ନଥିବ, କକ୍କର କ କରି ଏମିତି ରଡ଼ି ଛାଡ଼ିବ ଯେ, ଘର କମ୍ପିଯାଏ। ଯେମିତି ଜଣେଇ ଦେବାକୁ ଚାହେଁ, ରାତି ପାହିଲାଣି ଜଲଦି ଉଠ।

ଛୋଟ ଛୁଆଟିଏ ଘରେ ଥିଲେ ଯେମିତି ଲାଗେ, ସନାତନ ସାର ସେମିତି ଅନୁଭବ କରନ୍ତି। ଏମିତିକି ସାର ଖାଇ ବସିଲା ବେଳେ ତାଙ୍କ ପାଖରେ ଯାଇ ପହଞ୍ଚିଯାଏ। ସାର ଯେ ପର୍ଯ୍ୟନ୍ତ ଭାତ ଥାଳି ପାଖରୁ ନ ଉଠିଛନ୍ତି, ସେ ସେମିତି ଖାଇବା ଥାଳିକୁ ଜୁଳୁଜୁଳୁ କରି ଚାହିଁଥାଏ। ସାର ତା' ଆଡକୁ ଭାତ ଟିକେ ପକେଇ ଦିଅନ୍ତି, ସେ ଟୁଙ୍କିଦିଏ। ସାର ଯାହା ବି ଖାଆନ୍ତି ତା' ଆଡକୁ କିଛି କିଛି ବଢ଼େଇ ଦିଅନ୍ତି, ଯେମିତି ଛୋଟ ପିଲାଟିଏ। ରୋଗ ଜୀବାଣୁ ନ ହେବା ପାଇଁ ସାର ତାକୁ ନିଜ ହାତରେ ହଳଦୀ ପାଣିରେ ଗାଧୋଇ ଦିଅନ୍ତି। ଗଞ୍ଜାଟି ଯୋଗୁ ସନାତନ ସାରଙ୍କର ସମୟ କୁଆଡ଼େ ବିତିଯାଏ ଜଣା ପଡ଼େନି। ତାକୁ ବାହାରେ ଛାଡ଼ିଦେଲେ ବି ସେ ଛାଡ଼ି ଚାଲି ଯାଏନି କି ଦୂରକୁ ଯାଏନି। ବାଡ଼ିରେ ବୁଲାବୁଲି କରି ତା' କୁନି ଥଣ୍ଟରେ କ'ଣ ସବୁ ଟୁଙ୍କା ଟୁଙ୍କି କରି ଘର ଭିତରକୁ ଚାଲିଆସେ।

ସନାତନ ସାର ଯେବେ ଏହି ମାଳପୁର ଗାଁ ଉଚ୍ଚ ଇଂରାଜୀ ବିଦ୍ୟାଳୟରେ

ଜଏନ କଲେ, ସେତେବେଳେ ଗୋରା, ଡେଙ୍ଗା, ହୃଷ୍ଟପୁଷ୍ଟ ଚେହେରାର ଜଣେ ଯୁବକ ଥିଲେ। ଗାଁର ସମସ୍ତେ ତାଙ୍କୁ ସମ୍ମାନ ଏବଂ ଭକ୍ତି କରନ୍ତି। ସେ ଦୀର୍ଘ ପଚିଶ ବର୍ଷ ହେଲା ଏଇ ଗାଁରେ ରହି ମାଳପୁର ଗାଁରୁ ପ୍ରଧାନ ଶିକ୍ଷକ ହେଇ ଅବସର ନେଇଛନ୍ତି। ତାଙ୍କର ଆଉ କୁଆଡ଼େ ଟ୍ରାନ୍ସଫର ହେଇ ନଥିଲା ତାହା ନୁହେଁ, ଯେତେବେଳେ ଟ୍ରାନ୍ସଫର ହେଇଛି ଗାଁ ଲୋକେ ସ୍ଥାନୀୟ ଏମ୍.ଏଲ.ଏ.ଙ୍କ ପାଖରେ ଗୁହାରି କରି ତାଙ୍କ ଟ୍ରାନ୍ସଫର କ୍ୟାନ୍‌ସଲ କରିଛନ୍ତି। କାରଣ ସନାତନ ସାରଙ୍କ ଉନ୍ନତମାନର ପାଠପଢ଼ା ଶୈଳୀ, ଉତ୍ତମ ବ୍ୟବହାର ଯୋଗୁ ସେଠାରେ ସମସ୍ତଙ୍କର ପ୍ରିୟପାତ୍ର ହେଇପାରିଥିଲେ। ତା'ପରେ ସେ ମଧ୍ୟ ଜଣେ ପରୋପକାରୀ ମଣିଷ। ଅନେକ ଗରିବ ପିଲାଙ୍କୁ ହାତରୁ ଖର୍ଚ୍ଚ କରି ବହିପତ୍ର କିଣିଦେବା ଠାରୁ ଛାତ୍ର ବୃତ୍ତି କରେଇ ଦେଇଛନ୍ତି। ଗାଁରେ କିଏ ରୋଗ ବେମାରୀରେ ପଡ଼ିଲେ କିମ୍ବା ଆପଦ ବିପଦ ବେଳେ ଯାଇ ଛିଡ଼ା ହେଇଛନ୍ତି। ତାଙ୍କ ଛାତ୍ରଛାତ୍ରୀମାନେ ଆଜି ଉଚ୍ଚ ପଦପଦବୀରେ ଅଧିଷ୍ଠିତ। ସେମାନଙ୍କୁ ଦେଖିଲେ ସେ ନିଜକୁ ଗର୍ବ ଅନୁଭବ କରନ୍ତି।

ସନାତନ ସାର୍ କିଛି ବର୍ଷ ପୂର୍ବରୁ ମାଳପୁର ଗାଁର ଶେଷ ମୁଣ୍ଡରେ ଜାଗା ଖଣ୍ଡେ କିଣିଥିଲେ। ସେଇ ସ୍ଥାନରେ ରହିଯିବାର ନିଷ୍ପତ୍ତି ନେଇ ଅବସର ନେବାର ତିନି ଚାରି ବର୍ଷ ପୂର୍ବରୁ ଧୀରେ ଧୀରେ ଘରଟିଏ ଛିଡ଼ା କରେଇଲେ। ଦୀର୍ଘ ଦିନ ସେଠାରେ ରହିଥିବା ଯୋଗୁ ସେଇ ସ୍ଥାନ ପ୍ରତି ତାଙ୍କର ମମତା ଆସିଯାଇଥିଲା ଏବଂ ଗାଁ ଲୋକଙ୍କ ଶ୍ରଦ୍ଧା ଯୋଗୁ ସେଠାରେ ରହିଯିବାକୁ ମନସ୍ଥ କଲେ। ତାଙ୍କ ଗାଁରେ ଯାହା ବି ଘର, ଜମିବାଡ଼ି ଅଛି, ସାନ ଭାଇକୁ ସମର୍ପି ଦେଇଛନ୍ତି। ସେ ତା' ପରିବାର ଧରି ସେଠାରେ ରହେ। ସେଥିରୁ ସେ କିଛି ଆଶା ରଖି ନଥାନ୍ତି। ସାନ ଭାଇ କେତେ ବେଳେ କେମିତି ଚାଉଳ, ମୁଗ, ବାଡ଼ିର ପନିପରିବା ଧରି ଆସେ। ପିଲାଙ୍କ ପାଇଁ ଏହି ମାଳପୁର ଗାଁର ଘରକୁ ଆଧୁନିକୀକରଣ କରିଛନ୍ତି। ବାଥରୁମରେ ଗିଜର, କମୋଡ ଏବଂ ଘରକୁ ମାର୍ବଲରେ ଚକାଚକ୍ କରିଛନ୍ତି। ପିଲାମାନେ ଯେପରି କୌଣସି ଅସୁବିଧା ଭୋଗ ନ କରିବେ ସେସବୁ ପ୍ରତି ଧ୍ୟାନ ଦେଇ ସବୁପ୍ରକାର ବ୍ୟବସ୍ଥା କରିଛନ୍ତି।

ତାଙ୍କର ଏକମାତ୍ର ପୁଅ ସେଇ ସ୍କୁଲରୁ ମାଟ୍ରିକ ପାସ୍ କଲାପରେ ତାକୁ ନେଇ ରେଭେନ୍ସାରେ ଆଡମିଶନ କରି ଦେଇଥିଲେ। ସେ ଉତ୍ତମ ଛାତ୍ର ଥିବାରୁ ମେଧାବୃତ୍ତି ପାଇ ଆସୁଥିଲା। ଫିଜିକ୍ସ ଅନର୍ସ ଡିଷ୍ଟିଙ୍କସନ ପାଇ ତା'ପରେ ବାଣୀବିହାରରେ ଫିଜିକ୍ସରେ ଫାଷ୍ଟ କ୍ଲାସ ପାଇଲା। ତାପରେ ପି.ଏଚ୍.ଡି କରିବାକୁ ଆମେରିକାର ଟେକ୍‌ସାସ ଚାଲିଗଲା। ସେଠାରେ ପି.ଏଚ୍.ଡି ସାରି ସେଠାକାର ଏକ ୟୁନିଭରସିଟିରେ ଅଧ୍ୟାପକ ଭାବେ ଜଏନ୍ କଲା।

ସନାତନ ସାର୍‌ଙ୍କର ସବୁ ଭଲ ଗୁଣ ମଧ୍ୟରେ ଟିକେ ଖୁଣ ରହିଯାଇଛି, ତାହା ହେଲା ଜାତିଆଣ ଭାବ। ସେ ନୈଷ୍ଠିକ ବ୍ରହ୍ମଣ ହେଇଥିବାରୁ ଆଜିଯାଏ ନୈଷ୍ଠିକତା ବଜାୟ ରଖିଛନ୍ତି। ଯେଉଁଦିନ ତାଙ୍କର ଏକମାତ୍ର ଝିଅ ସୁଲଗ୍ନା, ଜଣେ ହରିଜନ ଯୁବକ ସାଙ୍ଗରେ ଘରୁ ଲୁଚି ଚାଲିଗଲା, ସେବେଠୁ ସାର୍ ସମ୍ପୂର୍ଣ୍ଣ ଭାଙ୍ଗିପଡିଲେ। ସେତେବେଳେ ଝିଅ ତାଙ୍କର ପାଖ କଲେଜରେ ବି.ଏ ପଢୁଥିଲା। କଲେଜ ଯିବାଆସିବା ସମୟରେ ସେଇ ଯୁବକ ସହିତ ପରିଚୟ ହେଇଥିଲା। ବିବାହ ପରେ ପିଲାଟି ଓଏଏସ୍ ପାଇଗଲା। ଶୁଣନ୍ତି, ଝିଅ ଶାଶୂଘରେ ଭଲରେ ଅଛି। ଶାଶୂଘରର ସମସ୍ତେ ତାକୁ ଆପଣେଇ ନେଇଛନ୍ତି।

ସନାତନ ସାର୍ ତାଙ୍କ ଯିଦିରେ ଅଟଳ ରହିଲେ, ଝିଅକୁ ତ୍ୟାଜ୍ୟ କରିଦେଲେ। ପ୍ରାୟ ଚାରି ବର୍ଷ ହେଲାଣି, ସେବେଠୁ ଝିଅ ବାପଘର ଦୁଆର ମାଟି ମାଡ଼ିନି। ଗାଁ ଲୋକଙ୍କର ତାଙ୍କ ପ୍ରତି ଯେଉଁ ମନୋଭାବ ଥିଲା, ତାହା ବଦଳିଯିବା ଭୟ ହେଉ କିମ୍ୱା ଜାତିକୁ ନେଇ ମନ ଭିତରେ ଅହଂଭାବ ହେତୁ ଝିଅକୁ ଆଉ ଗ୍ରହଣ କରିପାରିଲେ ନାହିଁ। ପତ୍ନୀ ସୁରମା ଏବଂ ପୁଅ ଶୁଭ୍ରାଂଶୁ ଯେତେ ବୁଝେଇଲେ ବି ଫଳ କିଛି ହେଲାନି। ତା' ପରଠୁ ସୁରମା ଝିଅକୁ ଝୁରି ଝୁରି ଶଯ୍ୟାଶାୟୀ ହେଲେ। ବିଭିନ୍ନ ରୋଗର ଶିକାର ହେଇ ଦୁଇ ବର୍ଷ ତଳେ ଚାଲିଗଲେ।

ତା' ପରେ ସାର୍ ସମ୍ପୂର୍ଣ୍ଣ ଏକୁଟିଆ ହେଇଗଲେ। ପୁଅ ବିଦେଶରେ, ନରିଆ କେବଳ ତାଙ୍କର ସାହା ଭରସା ହେଇ ରହିଲା। ଯେବେଠୁ ତାଙ୍କ ପତ୍ନୀ ବେମାର ପଡ଼ିଲେଣି, ତାଙ୍କ ଗାଁରୁ ନରିଆକୁ ଆଣିଥିଲେ। ନରିଆ ସନାତନ ସାର୍‌ଙ୍କ ଘରକୁ ଆସି ସବୁକିଛି ସମ୍ଭାଳି ନେଇଥିଲା। ସାର୍‌ଙ୍କ ପରିବାରରେ ଏକ ହେଇ ଯାଇଥିଲା। ସେ ବ୍ରାହ୍ମଣ ଘରର ଗରିବ ପିଲାଟିଏ। ସାର୍ ନରିଆକୁ ପୁଅଭଳି ଦେଖୁଥିଲେ ଏବଂ ତା' ଉପରେ ସବୁକିଛି ଛାଡ଼ି ଦେଇଥିଲେ। ସେ ତାଙ୍କୁ ଏବଂ ତାଙ୍କ ପତ୍ନୀଙ୍କୁ 'ବଡ଼ ବାପା, ବଡମା' ଡାକେ। ସେ ତାଙ୍କ ପତ୍ନୀଙ୍କ ସେବା ଶୁଶ୍ରୂଷା ଠାରୁ ଆରମ୍ଭ କରି ସବୁ ଦାୟିତ୍ୱ ହାତକୁ ନେଇଥିଲା। ତେଣୁ ନରିଆ ପାଇଁ ବାଡ଼ି ପଟକୁ ଦୁଇ ବଖରା ଘର କରି ଦେଇଛନ୍ତି। ଭାବିଛନ୍ତି, ଭଲ ଝିଅଟିଏ ଦେଖି ତାକୁ ବାହା କରିଦେବେ।

ସାର୍‌ଙ୍କ ଏକାକିତ୍ୱକୁ ଗଞ୍ଜାଟି ପୂରଣ କରିଥିଲା। ସ୍ତ୍ରୀ ଏବଂ ପିଲାମାନଙ୍କ ଅଭାବକୁ ଆଉ ସେ ବିଶେଷ ଅନୁଭବ କରୁ ନାହାନ୍ତି। ସେ ଏବେ ତାଙ୍କ ପରିବାରର ଜଣେ ସଦସ୍ୟ।

ଦୀର୍ଘ ଦୁଇବର୍ଷ ପରେ ଆଜି ତାଙ୍କ ପୁଅ ବୋହୂ ଘରକୁ ଆସୁଛନ୍ତି। ସେଇ ଯାହା ପତ୍ନୀଙ୍କ ମୃତ୍ୟୁ ସମୟରେ ସେମାନେ ଆସିଥିଲେ। ଏହା ଭିତରେ ତାଙ୍କର ବର୍ଷକର

ନାତିଟିଏ ହେଇଛି । ତାକୁ ପ୍ରଥମ ଥର ଦେଖିବେ । ତା' ପାଇଁ ବଣିଆ ପାଖରେ ସୁନା ଚେନଟିଏ ଗଢ଼େଇ ରଖିଛନ୍ତି । ସେଥିଯୋଗୁ ସାର୍‌ଙ୍କ ଗୋଡ଼ ତଳେ ଲାଗୁ ନଥିଲା । ସକାଳୁ ନିଜେ ଯାଇ ବଜାରରୁ ବଡ଼ ରୋହି ମାଛଟିଏ କିଣି ଆଣିଛନ୍ତି । ନରିଆକୁ ଭଲଭାବେ ରାନ୍ଧିବା ପାଇଁ ନିର୍ଦ୍ଦେଶ ଦେଇଛନ୍ତି ।

ସନାତନ ସାର୍ କେତେ ଆଶା କରିଥିଲେ, ପୁଅ ତାଙ୍କର ପାଠ ସାରି ବିଦେଶରୁ ଫେରିଲେ, ନିଜ ରୁଚି ଅନୁସାରେ ଏକ ରକ୍ଷଣଶୀଳ ପରିବାରରୁ ଝିଅଟିଏ ଆଣିବେ । ଝିଅଟି ଯେମିତି ସଂସ୍କାରୀ ହେଇଥିବ । କିନ୍ତୁ ସେଠାରେ ବର୍ଣ୍ଣାଳୀକୁ ବାହାହେଇ ପରେ ଘରେ ଜଣେଇଲା । ସେ ମଧ୍ୟପ୍ରଦେଶର ଏକ ସାଧାରଣ ପରିବାରର । ଅତି ଉଗ୍ର ଆଧୁନିକା, ସଂସ୍କାରୀ ନୁହେଁ, ବେଖାତିର ଭାବ, କ'ଣ କହିଲେ ମୁହେଁ ମୁହେଁ ଜବାବ ଦିଏ । ଆସିଲେ ଦିନ ନଅଟାକୁ ଉଠେ । କେବଳ ବ୍ରାହ୍ମଣ ଝିଅ ହେଇଥିବାରୁ ସାର୍ ତାକୁ ଗ୍ରହଣ କରିଥିଲେ । ପୁଅର ଖୁସି ପାଇଁ ନିଜର ସବୁ ଆଶା ଆକାଂକ୍ଷାକୁ ମନ ଭିତରେ ଚାପି ଦେଇଥିଲେ ।

ଅବସର ନେବାପରେ ସାର୍ ଗାଁର ଉନ୍ନତିମୂଳକ କାର୍ଯ୍ୟରେ ନିଜକୁ ନିୟୋଜିତ କରିଛନ୍ତି । ସନ୍ଧ୍ୟାରେ ମନ୍ଦିର ବେଢ଼ାରେ ଗାଁ ଲୋକଙ୍କ ସାଙ୍ଗରେ ବସନ୍ତି, ସେମାନଙ୍କ ସହିତ ଦୁଃଖସୁଖ ହୁଅନ୍ତି, ରାଜନୀତି ଚର୍ଚ୍ଚାଠାରୁ ଆରମ୍ଭ କରି ବିଭିନ୍ନ ବିଷୟରେ ଆଲୋଚନା କରନ୍ତି । ଗାଁରେ ହେଉଥିବା ଦୋଳ, ମେଳନ ଓ ଦୁର୍ଗାପୂଜା କମିଟିରେ ଅଂଶ ଗ୍ରହଣ କରି ସମସ୍ତ କାର୍ଯ୍ୟ ବୁଝନ୍ତି । ସାର୍‌ଙ୍କ କଥାକୁ ସମସ୍ତେ ସମ୍ମାନ ଜଣାନ୍ତି ।

ପୁଅ, ବୋହୂ, ନାତି ଆସିଥିବାରୁ ସାର୍‌ଙ୍କ ଗୋଡ଼ ତଳେ ଲାଗୁନଥାଏ । ବଜାରକୁ ଯାଇ ବଡ଼ ରୋହି ମାଛ, ମିଠା, ବିଭିନ୍ନ ପ୍ରକାର ଜିନିଷ ପୂର୍ବରୁ ଆଣି ଘରେ ସାଇତି ଦେଇଥିଲେ । ନାତିକୁ ଦେଖି ମନଟା ତାଙ୍କର ଯେମିତି ପୂରି ଉଠୁଛି । ପତ୍ନୀ ଥିଲେ ନାତିକୁ ଦେଖି କେତେ ଖୁସି ହେଇଥାନ୍ତେ । ନାତିକୁ କୋଳରେ ଧରି କେତେ ସେ ଗେଲ କରୁଛନ୍ତି ଏବଂ ଖୁସି ହେଉଛନ୍ତି ! ନାତି ବବ୍‌ଲୁ ଗଞ୍ଜାଟାକୁ ଦେଖି କେତେ ଖୁସି ହେଉଛି ! କେତେବେଳେଳ ଗଞ୍ଜା ପଛରେ ସେ ଧାଉଁଛି ତ କେତେବେଳେ ଗଞ୍ଜା ତା' ପଛରେ ଧାଉଁଛି ! ଯେମିତି ତାକୁ ଜଣେ ଖେଳିବା ପାଇଁ ସାଥୀ ମିଳିଗଲା ! ତାଙ୍କ ଘରଟା ଏତେଦିନ ପରେ ପୂରି ଉଠୁଛି । ସାର୍ ଆନନ୍ଦରେ ଗଦଗଦ ହେଇଯାଉଥାନ୍ତି । ପରଦିନ ଶ୍ରାଦ୍ଧ ଥିବା ଯୋଗୁ ଘର ଧୁଆପୋଛା କରିବା ପାଇଁ ନରିଆକୁ ବରାଦ କରି ଦ୍ୱିପହରରେ ସନାତନ ସାର୍ ଗାଁ ଆଡ଼େ ଯିବାକୁ ବାହାରିଲେ । ଶ୍ରାଦ୍ଧ ପାଇଁ ସବୁ ବ୍ୟବସ୍ଥା କରିବାକୁ ପଡ଼ିବ, ପୂଜା ପାଇଁ ନନାଙ୍କୁ କହିକି ଆସିବେ ।

ସବୁ ବ୍ୟବସ୍ଥା କରି ଫେରିବା ସମୟରେ ମନ୍ଦିର ଚଉପାଢୀରେ ଗାଁର କିଛି

ବ୍ୟକ୍ତିଙ୍କ ସହିତ ସାକ୍ଷାତ ହେଇଯିବାରୁ ତାଙ୍କ ପାଖରେ କିଛି ସମୟ ବସିଗଲେ। ସେମାନଙ୍କ ସହିତ ଗପସପ କରୁ କରୁ ସନ୍ଧ୍ୟା ଗଡ଼ି ରାତି ହେଇଯାଇଥିଲା। ସେ ଫେରି ଘର ବାରଣ୍ଡାକୁ ଉଠିଗଲା ବେଳକୁ ମାଂସ ରନ୍ଧା ହେବାର ବାସନା ତାଙ୍କ ନାକରେ ବାଜିଲା। 'ଇଏ କଣ? ମାଂସ ଆସିଲା କୁଆଡୁ? ରାତିରେ ଆମିଷ ତ ହେବାରେ ନଥିଲା। କାଲି ଶ୍ରାଦ୍ଧ ହେବ ବୋଲି ନରିଆକୁ ଘର ଧୁଆପୋଛା କରିବାକୁ କହିକି ଯାଇଥିଲି।' ବିଭିନ୍ନ କଥା ଆଶଙ୍କା କରି ସେ ସିଧା ଯାଇ ରୋଷେଇ ଘରେ ପହଞ୍ଚି ଗଲେ। ନରିଆ ମାଂସ ରାନ୍ଧିବାରେ ବ୍ୟସ୍ତ ଥିଲା। ପାଖ ରୁମରୁ ପୁଅ ବୋହୂଙ୍କ ହସଖୁସି କଥାବାର୍ତ୍ତା ଭାସିଆସୁଥିଲା।

ସନାତନ ସାର୍ କଡ଼ା ସ୍ୱରରେ ପଚାରିଲେ, "ନରିଆ ମାଂସ କୁଆଡୁ ଆସିଲା? ତତେ ସାଦା ରାନ୍ଧିବାକୁ କହିଥିଲି ନା?"

ବଡ଼ ବାପାଙ୍କ ରାଗ ଦେଖି ଭୟରେ ନରିଆ ଗୋଟାପଣେ ଥରିଲା। ତା' ଗୋଡ଼ ହାତ ଯେମିତି କଞ୍ଚାପାଣି ହେଇଗଲା। ସେ ଭୟରେ କାନ୍ଦ କାନ୍ଦ ହେଇ କହିଲା, "ବଡ଼...ବାପା... ?"

"କ'ଣ ବଡ଼ ବାପା?"

'ମୁଁ କିଛି କରିନି, ଗଞ୍ଜାକୁ ଭାଉଜ ମାରିଦେଲେ....'

"କଣ...କଣ...କହିଲୁ... ?"

"ହଁ ବଡ଼ ବାପା...ଭାଉଜଙ୍କ ବେଡ୍ ଉପରେ ଗଞ୍ଜାଟା ଡିଆଁଡେଇଁ କଲା, ବିଛଣା ମଇଳା କଲା। ଯେତେ ଘଉଡ଼େଇଲେ ବି ଗଲାନି କହିଲେ। ତାକୁ ଭାଉଜ ପିଟାପିଟି କଲେ। ମୁଁ ସେତେବେଳେ ବାଡ଼ିରେ ଥିଲି। ପାଟି ଶୁଣି ଧାଇଁଆସି ଦେଖିଲି, ଗଞ୍ଜାଟା ମୋଡ଼ିହେଇ ତଳେ ପଡ଼ିଛି। ତାଙ୍କଠାରୁ ସବୁକଥା ଶୁଣି ମନ ଦୁଃଖରେ ବହେ କାନ୍ଦିଲି। ଆପଣଙ୍କ କଥା ଭାବି ମୋ ଗୋଡ଼ହାତ ଖାଲି ଥରିଲା। ଭାଉଜ କହିଲେ, 'ଯାହାହେଉ ଆଜି ଭଲ ଭୋଜିଟାଏ ହେବ।' ମୁଁ ଯେତେ କହିଲି, ଯୋଉ ହାତରେ ଆମେ ଏତେ ସ୍ନେହରେ ଯାହାକୁ ପିଲାଟିଏ ଭଳି ପାଳିଥିଲୁ, ସେଇ ହାତରେ ତାକୁ ମୁଁ ରାନ୍ଧି ପାରିବିନି। ମୋ କଥା ଭାଇ ଭାଉଜ କେହି ଶୁଣିଲେନି, ମୋ ଉପରେ ରାଗି, ଗାଳିଦେଇ ରାନ୍ଧିବାକୁ ବାଧ୍ୟ କଲେ।'' ନରିଆ କାନ୍ଦି କାନ୍ଦି ଏକା ନିଶ୍ୱାସରେ ଏ ସବୁ ଘଟଣା କହିଗଲା।

ନରିଆ କ'ଣ କହିଯାଉଥିଲା ସନାତନ ସାର୍ ସେସବୁ ଶୁଣି ପାରୁଥିଲେ କି ନାହିଁ କିନ୍ତୁ ସେ ସ୍ଥାଣୁ ପାଲଟି ଯାଇଥିଲେ। ତା'ର ପ୍ରତିଟି ଶବ୍ଦ, ପ୍ରତିଟି ଧାଡ଼ି ତାଙ୍କ ହୃଦୟକୁ ବିନ୍ଧ କରୁଥିଲା। ତାଙ୍କ କଲିଜାକୁ କିଏ ଯେମିତି ଟିକଟିକ୍ କରି କାଟି ଦେଉଥିଲା

ଏବଂ ସେ ଅଥଳ ଗର୍ଭକୁ ପଶି ଯାଉଥିଲେ। ଯେମିତି ଜଣେ ପିତା ପୁତ୍ର ଶୋକରେ ଜର୍ଜରିତ। କ'ଣ ଯେମିତି ତାଙ୍କ ଭିତରୁ ଦଳି ମକ୍ଟି ବାହାରି ଆସିଲା। ସେ କୋହ ସମ୍ବରଣ କରିପାରିଲେନି, ସେଇଠି ଲଥ୍ କରି ବସି ପଡ଼ିଲେ। ଗାମୁଛାଟାକୁ ପାଟିରେ ଚାପି ଧରିଲେ, ଆଖିରୁ ଅନବରତ ଅଶ୍ରୁ ବହି ଚାଲିଥିଲା.....

■

ମଡର୍ଣ୍ଣ ଆର୍ଟ

ଅମରେଶ ଚିଠିଟି ପଢ଼ି ଆଦୌ ବିଶ୍ୱାସ କରିପାରିଲା ନାହିଁ। ବାରମ୍ବାର ଚିଠିଟିକୁ ପଢ଼ିଲା। ଗତ ମାସକ ତଳେ ପେପରରେ ବିଜ୍ଞାପନ ବାହାରିଥିଲା, ଏକ ବଡ଼ ଧରଣର ରାଜ୍ୟସ୍ତରୀୟ ଚିତ୍ରାଙ୍କନ ପ୍ରତିଯୋଗିତା ହେଉଛି। ଯେଉଁମାନେ ଚିତ୍ରକଳାରେ ଅଂଶଗ୍ରହଣ କରିବେ ଯଥାଶୀଘ୍ର ନିଜସ୍ୱ ନିର୍ବାଚିତ ଚିତ୍ରଟିଏ ପଠେଇବାକୁ ଲେଖାଥିଲା। ତା'ପରେ ସେଗୁଡ଼ିକ ସୂଚନା ଭବନଠାରେ ପ୍ରଦର୍ଶିତ ହେବ ଏବଂ ପୁରସ୍କାର ଦିଆଯିବ।

ତେଣୁ ସେ କମ୍ପିଟିସନ ପାଇଁ ନିଶ୍ଚୟ ଚିତ୍ରଟିଏ ପଠେଇବ ବୋଲି ଭାବିଲା। ଏହା ହିଁ ତା'ପାଇଁ ସୁବର୍ଣ୍ଣ ସୁଯୋଗ। ଯାହା ତା'ଶିଳ୍ପୀ ପ୍ରତିଭାର ପରିଚୟ ପ୍ରଦାନ କରି ପାରିବ। ପୁରସ୍କାରଟା ବଡ଼ କଥା ନୁହେଁ, ତା' ଚିତ୍ର ଏତେ ବଡ଼ ପ୍ରଦର୍ଶନୀରେ ପ୍ରଦର୍ଶିତ ହେବ ଏବଂ ଏତେ ଲୋକ ଦେଖିବେ ତାହା ହିଁ ତାକୁ ଆନନ୍ଦ ଏବଂ ପ୍ରେରଣା ଦେଉଥିଲା।

ସେ ଚିନ୍ତା କଲା କେଉଁ ଧରଣର ଚିତ୍ର ପ୍ରଦର୍ଶନୀକୁ ପଠାଇବ। ବାସ୍ତବତାରେ ତା'ର ରୁଚି। ଏବେ ଯେଉଁ ଆର୍ଟ ବୋଲି କହି ଅବାସ୍ତବ ଚିତ୍ର ସବୁ ଚାଲିଛି, ତାହା ଦେଖି ସେ ବିବ୍ରତ ହୁଏ। ଗୋଟିଏ ନାରୀର ଚିତ୍ର ଅଙ୍କା ହେଇଥିବ ଅଥଚ ତାହା ନାରୀ ପରି ଦିଶୁ ନଥିବ। ତା'ସାଙ୍ଗମାନେ ଥଟ୍ଟା କରି କୁହନ୍ତି, ତୁମର ସେହି ପୁରୁଣା ଢାଞ୍ଚା ଚଳିବନି। ଆଧୁନିକ ଶିଳ୍ପୀମାନଙ୍କର ଆର୍ଟ ଦେଖ, ତା'ର ତାତ୍ପର୍ଯ୍ୟ ବୁଝିବାକୁ ଚେଷ୍ଟା କର। ଏମିତି ବିଭିନ୍ନ କଥା କହି ତା'ଏକାଗ୍ରତାକୁ ନଷ୍ଟ କରନ୍ତି। ତଥାପି ସେ ତା'ନିଜସ୍ୱ ମତ ବଦଳେଇ ପାରେନି। ଯେଉଁ ଚିତ୍ର ସବୁ ବୁଝି ହେଉ ନ ଥିବ, ଜାଣି ହେଉ ନ

ଥିବ ସେହି କିମ୍ଭୁତ କିମାକାର ଦିଶୁଥିବା ଚିତ୍ର ସବୁ କାଳେ ମଡର୍ଣ୍ଣ ଆର୍ଟ। ସେ ସେଥିରେ ବିଶ୍ୱାସ କରି ପାରେନା। ତାକୁ ସେହି ପ୍ରାକୃତିକ ବା ବାସ୍ତବତା ଆକୃଷ୍ଟ କରେ।

ଗାଁର ପାଣି ପବନ ଆଉ ପ୍ରାକୃତିକ ପରିବେଶ ମଧ୍ୟରେ ତା'ର ଶୈଶବ, କୈଶୋର କଟିଚି। ସେହି ନଦୀ, ଝରଣା, ପାହାଡ଼, ପର୍ବତ, ବଣ ଜଙ୍ଗଲ ତାକୁ ଆକୃଷ୍ଟ କରେ। ସେହି ଗାଁରେ ତା'ବାପା ଜଣେ ପ୍ରାଇମେରୀ ସ୍କୁଲ ଶିକ୍ଷକ। ସେମାନେ ଚାରି ଭାଇ ଭଉଣୀ। ଯାହା କିଛି ଜମିବାଡ଼ି ଥିଲା ଦୁଇ ଭଉଣୀଙ୍କ ବାହାଘର ବେଳେ ସେଥିରୁ କିଛି ବିକ୍ରି ହେଇଗଲା। ତେଣୁ ବାପାଙ୍କର ଇଚ୍ଛା ଥିଲା, ଦୁଇ ପୁଅ ପାଠଶାଠ ପଢ଼ି ଚାକିରି କରନ୍ତୁ। ସେଥିପାଇଁ ଦୁଇ ପୁଅଙ୍କ ପାଠପଢ଼ାରେ ବେଶି ଧ୍ୟାନ ଦେଉଥିଲେ। ବଡ଼ ପୁଅ ସମରେଶ ଆଇ.ଏସ୍.ସି ପରୀକ୍ଷାରେ ଫେଲ ହେବାପରେ ପାଠରେ ଡୋରି ବାନ୍ଧିଲା। ବାପା ଆଉଥରେ ପରୀକ୍ଷା ଦେବାକୁ କହିଲେ, ସେ ଆଦୌ ଶୁଣିଲାନି। ତା'ପରେ ସେ ଗାଁରେ ଛୋଟ ମୋଟ କଣ୍ଟ୍ରାକ୍ଟ କଲା ଆଉ ରାଜନୀତିରେ ପଶିଲା। ତେଣୁ ତା'ଉପରେ ବାପାଙ୍କର ସମ୍ପୂର୍ଣ୍ଣ ଭରସା ଥିଲା। ସେଥିପାଇଁ ସେ ଗାଁ ସ୍କୁଲରୁ ମେଟ୍ରିକ ପାସ କଲାପରେ ତାକୁ ବାପା ରେଭେନ୍ସା କଲେଜରେ ଆଡମିଶନ କରିଦେଲେ।

ତା'ର ସାହିତ୍ୟରେ ରୁଚି। ସେଥିପାଇଁ ସେ ଆର୍ଟସରେ ଜଏନ କଲା। ଚିତ୍ର ଆଙ୍କିବାରେ ତା'ର ପିଲାଦିନରୁ ଆଗ୍ରହ। ଏହା ତା'ର ହବି। ଅନେକ ଥର ସେ ଚିତ୍ରାଙ୍କନ ପ୍ରତିଯୋଗିତାରେ ଅଂଶଗ୍ରହଣ କରି ପୁରସ୍କୃତ ହେଇଛି। ସେ ପ୍ରକୃତି କୋଳରେ ହଜିଯାଏ। ସେହି ପ୍ରାକୃତିକ ପରିବେଶକୁ କ୍ୟାନ୍‌ଭାସ୍ ଉପରେ ରୂପ ଦିଏ। ସେଥିପାଇଁ ବାପାଙ୍କର ବହୁ ବାରଣ ସତ୍ତ୍ୱେ ତାଙ୍କର ସବୁ ଆଶା ଆକାଂକ୍ଷାକୁ ଜଳାଞ୍ଜଳି ଦେଇ ଆଇ.ଏ ପାସ କଲାପରେ ସେ ଚାରୁକଳା ମହାବିଦ୍ୟାଳୟରେ ନାମ ଲେଖେଇଲା। ସେଠାରୁ ସେ ପାସ କରି କଟକର ଏକ ଘରୋଇ ଚିତ୍ରକଳା ବିଦ୍ୟାଳୟରେ ଶିକ୍ଷକତା କରୁଛି। ଜୋବ୍ରା ଅଞ୍ଚଳରେ ଏକବଖୁରିଆ ଘରଟିଏ ଭଡ଼ା ନେଇ ଏକୁଟିଆ ରହୁଛି। ସେହି କୋଠରିଟିରେ ଅଳ୍ପ କିଛି ଆସବାବପତ୍ର ବ୍ୟତୀତ ଚିତ୍ର, କାଗଜ, ରଙ୍ଗ, ତୂଳୀ ସବୁରେ ଭର୍ତ୍ତି। ସମୟ ପାଇଲେ ସେ ଚିତ୍ର ମଧ୍ୟରେ ନିଜକୁ ହଜେଇ ଦିଏ।

ସେଦିନ ସେ ସବୁକାମ ସାରି ରାତିରେ ଚିତ୍ର ଆଙ୍କିବାକୁ ମନସ୍ଥ କଲା। ଚିତ୍ରଟିର ବିଷୟବସ୍ତୁ କ'ଣ କରିବ ଭାବିଚିନ୍ତି ସ୍ଥିର କଲା। କଳାହାଣ୍ଡିର ଦୁର୍ଭିକ୍ଷ ପ୍ରପୀଡ଼ିତ, ଖାଦ୍ୟ ଅନଟନରେ ସଢୁଥିବା ମଣିଷମାନଙ୍କ ଅବସ୍ଥା ଏବଂ ଭୋକିଲା ମା'ର ପିଲା ବିକ୍ରି କଥା। ସେଇ ବାସ୍ତବତାକୁ ତୂଳୀରେ ଜୀବନ୍ତ ରୂପ ଦେବ। ଚିତ୍ର ଆଙ୍କିବାର ଏମିତି ଉତ୍ସାହ ଆଗରୁ ସେ କେବେ ବି ପାଇ ନଥିଲା। ତା'ଛଡ଼ା ସିଏ ଯେ ପ୍ରାଇଜ

ପାଇବ ସେ ଆଶା ମଧ୍ୟ ତା'ର ନଥିଲା। କେବଳ ଏତେ ବଡ଼ ପ୍ରଦର୍ଶନୀରେ ତା' ଚିତ୍ର ଶୋଭା ପାଇବ, ତାହା ହିଁ ତାକୁ ଆନନ୍ଦ ଦେଉଥିଲା।

ପ୍ରଥମେ ସେ ଏକ କାଗଜ ଉପରେ ତୂଳୀରେ ରଙ୍ଗ ନେଇ ମିଶେଇ ମିଶେଇ ଦେଖିଲା ଠିକ୍ କେଉଁ କେଉଁ ରଙ୍ଗର ମିଶ୍ରଣ ତା'ଚିତ୍ରକୁ ଖାପ ଖାଇବ। ରଙ୍ଗ କାମଟା ସରିଗଲେ ସେ ଚିତ୍ର ଆଙ୍କିବା କାମ ଆରମ୍ଭ କରିବ।

ଚିତ୍ରଟିକୁ ଶେଷ କରିବାକୁ ତାକୁ ପ୍ରାୟ ଆଠଦିନ ଲାଗିଗଲା। ଚିତ୍ରଟିକୁ ଆଙ୍କିବାରେ ସେ ସମ୍ପୂର୍ଣ୍ଣ ମନପ୍ରାଣ ଢାଳି ଦେଇଥିଲା। ଏମିତି ଉତ୍ସାହର ସହ ପୂର୍ବରୁ ସେ କେବେ ବି ଚିତ୍ର ଆଙ୍କି ନଥିଲା। ଚିତ୍ରଟିକୁ ଶେଷ କରିବା ପରେ କେଉଁଠି ଭୁଲ ଭଟକା ରହିଯାଇ ଥାଇପାରେ ଭାବି ଭଲଭାବେ ନିରୀକ୍ଷଣ କଲା ଏବଂ ତାକୁ ସଂଶୋଧନ କଲା। ଚିତ୍ରଟି କେମିତି କ'ଣ ହେଇଛି, ତା'ଭାବନା ଅନୁସାରେ ଠିକ୍ ହେଲା ନା ନାହିଁ ତାହା ତଦାରଖ କଲା। ପକ୍କା ରଙ୍ଗ କମ୍ପୋଜିସନ୍ ଲାଗିଲା ଯେମିତି ତାକୁ କିଏ ଭିତରେ ପ୍ରେରଣା ଯୋଗେଇଛି। ଯାହା ଫଳରେ ସେ ଏତେ ସୁନ୍ଦର ଚିତ୍ର ଆଙ୍କି ପାରିଛି। ସେ ଯେ ଏହି ଚିତ୍ରଟିକୁ ଆଙ୍କିଛି ତା' ନିଜ ଆଖିକୁ ମଧ୍ୟ ବିଶ୍ୱାସ କରିପାରୁ ନଥିଲା। ଦିନରାତି ପରିଶ୍ରମ କରି ତା'ର ଫଳ ମିଳିଛି, ଏହା ଭାବି ସେ ତୃପ୍ତି ଅନୁଭବ କଲା। କିନ୍ତୁ ନିଜ ଚିତ୍ରରେ ତୃପ୍ତି ମିଳିଯିବାଟା ତ ବଡ଼ କଥା ନୁହେଁ, ତାହା ବିଚାରକ ମଣ୍ଡଳୀଙ୍କ ଦୃଷ୍ଟିରେ ଉତ୍ତମ ହେବା ଦରକାର। ତେବେ ସେ ଯାହାହେଉ, ଆଜି ହିଁ ସେ ଏହାକୁ ପୋଷ୍ଟ ଅଫିସ ଯାଇ ପଠେଇଦେବ। ଚିତ୍ର ଉପରେ ତା' ନାଁ ଲେଖିଲା। ତା'ପରେ ଉପରେ ବାନ୍ଧିବା ପାଇଁ ସୂତା ଏବଂ କାଗଜ ଖୋଜିକି ଆଣିଲା।

ପୋଷ୍ଟ ଅଫସରୁ ଫେରିବା ପରେ ତାକୁ ବହୁତ ଶାନ୍ତି ଲାଗୁଥିଲା। ପ୍ରାୟ ରାତି ଅନିଦ୍ରା ଯୋଗୁ ତା' ମୁଣ୍ଡଟା ଭାରି ଭାରି ଲାଗୁଥିଲା। ସେ କ୍ଳାନ୍ତି ଅନୁଭବ କରୁଥିଲା। ଭାବିଲା, ମହାନଦୀ କୂଳ ଆଡ଼େ ଟିକେ ବୁଲି ଆସିଲେ, ମୁକ୍ତ ପବନରେ କିଛି ସମୟ ବସିଗଲେ ଆରାମ ମିଳିବ। ତେଣୁ ସେଠାରେ କିଛି ସମୟ ନଦୀକୂଳରେ ବସିବା ପରେ ବସାକୁ ଫେରିଲା। ସେତେବେଳକୁ ତା'ର ଅନେକ ପରିମାଣରେ କ୍ଳାନ୍ତି ଦୂର ହୋଇଯାଇଥିଲା । ସନ୍ଧ୍ୟା ହୋଇ ଆସୁଥିଲା, ରୁମ ଖୋଲି ଘର ଭିତରକୁ ପଶି ଅନ୍ଧାରରେ ଅଣ୍ଡାଳି ସେ ସୁଇଚ ଟିପିଲା। ରୁମ୍‌ଟା ଛିନ୍‌ଛତ୍ର ହେଇ ପଡ଼ିଥିଲା। ବ୍ୟସ୍ତତା ଭିତରେ ସେ ରୁମଟାକୁ ସଫା କରିପାରିନି। ଟେବୁଲ ଉପରେ ଚିରାଚିରି କାଗଜ, ରଙ୍ଗଡବା, ତୂଳୀ କେଉଁଠି କ'ଣ ପଡ଼ିଛି, ଠିକ୍ ଠିକଣା ନାହିଁ। ରୁମଟିରେ ଏମିତି ବିଶୃଂଖଳ ଅବସ୍ଥା ଦେଖୁ ଦେଖୁ ଗୋଟିଏ କାଗଜ ଉପରେ ତା'ର ଦୃଷ୍ଟି ପଡ଼ିବା କ୍ଷଣି ସେ ହଠାତ୍ ଚମକି ପଡ଼ିଲା। ତା'ଛାତିଟା ଜୋରରେ ଧଡ଼ଧଡ଼ ହେଲା। ସେ

ସନ୍ଦେହରେ କାଗଜଟାକୁ ଇଠେଇ ନେଇ ଦେଖିଲା। ହଠାତ୍ ତା' ମୁଣ୍ଡଟା ଜୋରରେ ବୁଲେଇ ଦେଲା, ତାକୁ ଚାରିପଟ ଅନ୍ଧାର ଦିଶିଲା। ସେ ପଡ଼ି ଯାଉ ଯାଉ ଚେୟାରଟାକୁ ଧରି ପକେଇ ମୁଣ୍ଡରେ ହାତ ଦେଇ ବସି ପଡ଼ିଲା।

ତା' ହାତରେ ଯେଉଁ କାଗଜ ଖଣ୍ଡକ ଥିଲା, ତାହା ତା'ର ବହୁ ପରିଶ୍ରମର ପ୍ରିୟ ଚିତ୍ର ଥିଲା। ତା'ର କ'ଣ ଭୁଲ ହେଲା ସେ ଅନୁମାନ କରିନେଲା। ତା' ଅନ୍ୟମନସ୍କତାର ଏହା ପରିଣାମ। ଏହି ଅନ୍ୟମନସ୍କତା ତା'ର ଏକ ପୁରୁଣା ରୋଗ। ସେଥିପାଇଁ ସେ ତା' ବାପାଙ୍କ ଠାରୁ ଅନେକ ଥର ଗାଳି ଖାଇଛି। ଥରେ କଲେଜରୁ ସାର୍ଟିଫିକେଟଟା ଧରି ବସ୍‌ରେ ଗାଁକୁ ଫେରୁଥିବା ବେଳେ ହାତରେ ଧରି ଦେଖୁ ଦେଖୁ ଅନ୍ୟମନସ୍କତାରେ ତାକୁ ଫାଡ଼ି ଚିରି ବିରୁପା ନଦୀକୁ ଫିଙ୍ଗି ଦେଇଥିଲା। କ'ଣଟା ଫିଙ୍ଗିଦେଲା ବୋଲି ଯେତେବେଳେ ଜାଣିଲା, ତା'ମୁଣ୍ଡରେ ଯେମିତି ବଜ୍ର ପଡ଼ିଲା। ଅତୀତରେ ତା' ଜୀବନରେ ଏମିତି ଛୋଟବଡ଼ ଘଟଣା ଘଟିଛି। କିନ୍ତୁ ଇଏ ଯେଉଁ ତା'ର କ୍ଷତି ହେଲା, ବୋଧହୁଏ ଏମିତି ଧକ୍କା ପୂର୍ବରୁ କେବେ ହେଇ ନଥିଲା। ତା' ଛାତି ଭିତରୁ କ'ଣ ଯେମିତି ଦଲକାଏ ବାହାରି ଆସିଲା। ସେ ବହୁତ ଅସୁସ୍ଥ ଅନୁଭବ କଲା। ତା'ପରେ ଭାବିଲା, ଯାହା ପଠେଇଲା ସେଇଟା ତେବେ କ'ଣ ? କର୍ମକର୍ତ୍ତାମାନେ ଯେତେବେଳେ ଖୋଲିବେ, ତା' ନାଁ ବ୍ୟତୀତ ଅଦରକାରୀ କାଗଜ ଖଣ୍ଡେ ପାଇବେ। କ'ଣ ଯେ ସେମାନେ ଭାବିବେ ଏକଥା ଭାବି ସେ ଲଜ୍ଜିତ ହେଲା। ସେ ଦାନ୍ତ କାମୁଡ଼ି ହେଇ ନିଜ ଭାଗ୍ୟକୁ ବାରମ୍ବାର ଧିକ୍କାର କରୁଥିଲା। ତା'ପରେ କିଛି ଦିନ ଧରି ନିଜକୁ ସ୍ୱାଭାବିକ କରିବାକୁ ଚେଷ୍ଟା କଲା, କିନ୍ତୁ ସେ ସ୍ୱାଭାବିକ ହେଇପାରୁ ନଥିଲା। ଘଟଣାଟିକୁ ଭୁଲିବାକୁ ପ୍ରୟାସ କରି କ୍ୟାନ୍‌ଭାସ୍ ଉପରେ ଏଣୁତେଣୁ ଚିତ୍ର ଆଙ୍କିବାକୁ ତୂଳୀ ଚଳାଏ। କିନ୍ତୁ ସେ ନିଜ ଉପରେ ବିଶ୍ୱାସ ହରେଇ ସାରିଥିଲା। ତେଣୁ ଚିତ୍ର ସବୁ ଅଙ୍କାବଙ୍କା ହେଇ କିମ୍ଭୁତ କିମାକର ହେଇଯାଏ। ଏସବୁ କଥା ଭୁଲିବାକୁ ବସିଥିବା ବେଳେ ସେ ଚିଠିଟିଏ ପାଇଲା।

ଲେଖାଥିଲା, "ପ୍ରିୟ ମହାଶୟ, ଆମର ଅଭିନନ୍ଦନ ଗ୍ରହଣ କରିବେ। ଆପଣଙ୍କର ଚିତ୍ରଟି ପ୍ରଥମ ପୁରସ୍କାର ପାଇଛି। ଅନୁଷ୍ଠାନ ତରଫରୁ ଆପଣଙ୍କୁ ଅନୁରୋଧ ପ୍ରଦର୍ଶନୀ ଉନ୍ମୋଚନରେ ନିଶ୍ଚୟ ଯୋଗଦେବେ।"

କି ଆଶ୍ଚର୍ଯ୍ୟ! ଏହା କେମିତି...? ସେ କିଛି ବୁଝି ପାରିଲାନି। ତା'ର ଏ ବିଷୟରେ ଜାଣିବା ପାଇଁ ପ୍ରବଳ ଆଗ୍ରହ ହେଲା। ସେ ଜାଣିଲା ନିଶ୍ଚୟ କିଛି ଗୋଳମାଳ ହେଇଛି, ଯାହା କି ଭୁଲରେ ଚିଠିଟି ତା ପାଖକୁ ଆସିଛି। ତେଣୁ ସେ ଉତ୍କଣ୍ଠାର ସହ ସେହି ଦିନକୁ ଅପେକ୍ଷା କରି ରହିଲା।

ସେଦିନ ସେ ସୂଚନା ଭବନରେ ପହଞ୍ଚିଲା ବେଳକୁ ତା'ର ଉତ୍ତେଜନା ବଢ଼ି ଯାଉଥାଏ। ସେ ଗୋଟିଏ ଗୋଟିଏ ପାଦ ପକେଇ ହଲ୍ ଭିତରକୁ ପଶିଲା। ସେଠାରେ ଅନେକ ଛୋଟ ଚିତ୍ରଠାରୁ ଆରମ୍ଭ କରି ବିରାଟ ବିରାଟ କାନ୍‌ଭାସ୍ କାନ୍ଥରେ ଲଗାଯାଇଥାଏ। ତା' ଛାତି ଖାଲି ଧଡ଼ଧଡ଼ ହେଉଥାଏ। ସେ ପ୍ରତ୍ୟେକ ଦିଗକୁ ବୁଲି ବୁଲି ସବୁ ଦେଖି ଚାଲିଥାଏ। ଯେଉଁ ଚିତ୍ର ସବୁ ପୁରସ୍କାର ପାଇଛି, ସେଇ ଚିତ୍ର ତଳେ ପରିଷ୍କାର ଭାବେ ତାଙ୍କ ନାଁ ଲେଖାଯାଇଛି। ଭଲକରି ନିରୀକ୍ଷଣ କରି ନାଁଗୁଡ଼ିକୁ ପଢ଼ିବାରେ ଲାଗିଲା। ଲ୍ୟାଣ୍ଡସ୍କେପ୍, ଫିଚର, ଷ୍ଟିଲ ଲାଇଫ ନାନା ପ୍ରକାର କରାଯାଇଥିବା ଚିତ୍ର ଦେଖିଲା, କେଉଁଟା ବି ଛାଡ଼ିଲାନି। ଏମିତି ଦେଖୁ ଦେଖୁ ଘଣ୍ଟାଏ ଚାଲିଗଲା। ଯେମିତି ଏହା ତା' ଦୃଷ୍ଟିଶକ୍ତିର ଅଗ୍ନି ପରୀକ୍ଷା। ତା' ଆଖିକୁ କଷ୍ଟ ହେଲାଣି। ତଥାପି ସେ ଏହାର ରହସ୍ୟ ବାହାର ନ କରି ଛାଡ଼ିବନି। ସେ ଯେତେବେଳେ ପଶ୍ଚିମ ଦିଗକୁ ମୁହେଁଇଲା ଆଉ ତା'ର ଏତେଟା ଆଗ୍ରହ ନଥିଲା। ସେହି କାନ୍ଥରେ ଭୟଙ୍କର ଚିତ୍ର ସବୁ ଲଗାଯାଇଥିଲା। ଯାହାକୁ କିଛି ଜାଣି ହେଉ ନଥିଲା କି ବୁଝି ହେଉ ନଥିଲା। ସବୁ ଅଦ୍‌ଭୁତ ମନେ ହେଉଥିଲା। ଏସବୁ ଚିତ୍ରର ଅର୍ଥ କଣ ? ଚିତ୍ରକର କାହାର ଚିତ୍ର ସବୁ ଆଙ୍କିଛନ୍ତି ? ସେସବୁର ଉଦ୍ଦେଶ୍ୟ କଣ ? ଗୋଟିଏ ଚିତ୍ରର ଲେବୁଲ ଉପରେ ତା' ଆଖି ପଡ଼ିଯିବାରୁ ସେ ଚମକି ପଡ଼ିଲା.. 'ପ୍ରଥମ ପୁରସ୍କାର' ନାଁ ଟାକୁ ଭଲଭାବେ ପଢ଼ିଲା, କିନ୍ତୁ ଏହା ଯେ ତା' ନାଁ ଅମରେଶ। କିନ୍ତୁ ଚିତ୍ରଟା କାହାର ! ଏହି ଚିତ୍ରକୁ ତ ସେ କସ୍ମିନ କାଳେ ଆଙ୍କିନି। ତୂଳୀରେ ଏ ଯେଉଁ ରଙ୍ଗ ବେରଙ୍ଗର ଛିଟା ପଡ଼ିଛି, ଏହାର ଅର୍ଥ କଣ ?

ହଠାତ୍ ସେ ଜାଣି ପାରିଲା କ'ଣ ସବୁ ଘଟିଛି। ତାହା ଚିତ୍ର ନଥିଲା, ଏହା ସେହି କାଗଜ, ଚିତ୍ରରେ କେଉଁ ରଙ୍ଗ ଦେବ, କେଉଁ ରଙ୍ଗ ଖାପ ଖାଇବ ପରୀକ୍ଷା କରିବା ପାଇଁ ଯେଉଁ କାଗଜ ଉପରେ ହରେକ ରଙ୍ଗର ଛାପ ଲଗେଇଥିଲା। ତା'ପରେ ସେ ଠୋ ଠୋ ହସି କହିଲା, 'ମଡର୍ଣ୍ଣ ଆର୍ଟ.. ହାଃ..ହାଃ...ମଡର୍ଣ୍ଣ ଆର୍ଟ... ! ସେତେବେଳେ ଉପସ୍ଥିତ ଦର୍ଶକ ମଣ୍ଡଳୀ ତା' ଆଡ଼କୁ ବିସ୍ମୟ ଦୃଷ୍ଟିରେ ଚାହୁଁଥିଲେ।

■

ଏକ ଅନନ୍ୟ ଜୀବନ ଦର୍ଶନ

ରାଜଧାନୀ ଠାରୁ ଅନେକ ଦୂର ଏକ ଛୋଟ ସହରକୁ ସ୍ୱାମୀଙ୍କ ସହ ଯାଇଥିଲି। ଅବଶ୍ୟ କିଛି ମାସ ପାଇଁ। ଏକ ସରକାରୀ କାର୍ଯ୍ୟରେ ସେଠାକୁ ଯିବାକୁ ପଡ଼ିଥିଲା। ସହରଟିର ପ୍ରାକୃତିକ ପରିବେଶ ବେଶ୍ ସୁନ୍ଦର, ସହରଟି ସମତଳ ଠାରୁ ଟିକେ ଉଚ୍ଚରେ, ଯେମିତି ପାହାଡ଼ ଉପରେ ସହରଟିକୁ ବସାଯାଇଛି। ଚାରିପଟେ ସବୁଜ ପାହାଡ଼, ନଦୀ, ଝରଣା, ବନାନୀ, ଆଦିବାସୀ ଗାଁ ସହରଟିକୁ ଘେରି ରହିଛି। ସକାଳର ପାହାଡ଼ ଉପରୁ ଉଠି ଆସୁଥିବା ସୂର୍ଯ୍ୟ ଏବଂ ସନ୍ଧ୍ୟାରେ ପର୍ବତ ତଳେ ଲୁଚିଯାଉଥିବା ଅସ୍ତଗାମୀ ସୂର୍ଯ୍ୟଙ୍କର ନାଲି କିରଣ ସାରା ସହରରେ ବିଛୁରି ହୋଇପଡ଼େ। ଗ୍ରୀଷ୍ମ ଦିନେ ବି ଏଠାକାର ଜଳବାୟୁର ଆର୍ଦ୍ରତା ଯୋଗୁ ଦେହରେ ଥଣ୍ଡା ଥଣ୍ଡା ଭାବ, ଆଦୌ ଗରମ ଜଣାପଡ଼େନି। ଏହାର ପ୍ରାକୃତିକ ପରିବେଶ, ମୃଦୁ ମଳୟ ସମୀରଣ ମନକୁ ହାଲୁକା କରିଦିଏ।

ଏହି ସହରର ମଧ୍ୟଭାଗରେ ଥିବା ଜଗନ୍ନାଥ ମନ୍ଦିରର ପାଦଦେଶରେ ଥିବା ଗେଷ୍ଟ ହାଉସ ଥିଲା ଆମର ରହଣି ସ୍ଥଳୀ। ଗେଷ୍ଟ ହାଉସର ରୁମ ନମ୍ବର ଛଅ ଥିଲା ଆମର କର୍ମସ୍ଥଳୀ, ଆଶ୍ରୟସ୍ଥଳୀ ଏବଂ ବାସସ୍ଥଳୀ କହିଲେ ଅତ୍ୟୁକ୍ତି ହେବନାହିଁ। ଏହି ଜଗନ୍ନାଥ ମନ୍ଦିରଟି ଏକ ଛୋଟ ପାହାଡ଼ ଉପରେ ଅବସ୍ଥିତ। ପୁରୀ ଶ୍ରୀକ୍ଷେତ୍ର ଭଳି ଏତେ ବଡ଼ ନହେଲେ ବି ମନ୍ଦିରଟି ବେଶ୍ ଉଚ୍ଚ। ତା' ଭିତରେ ସିଂହାସନ ଉପରେ ଚତୁର୍ଦ୍ଧା ମୂର୍ତ୍ତି ବିରାଜମାନ କରୁଛନ୍ତି। ଏହି ମନ୍ଦିରର ବିଶେଷତ୍ୱ ଏହା ଯେ, ଦେବଦେବୀ ରୂପରେ ପୂଜା ପାଉଛନ୍ତି ଆମ ଦେଶର ଏବଂ ଓଡ଼ିଶାର ପ୍ରତ୍ୟେକ ପ୍ରସିଦ୍ଧ ଦେବଦେବୀ।

ସେଇ ଢାଞ୍ଚାରେ ମୂର୍ତ୍ତିମାନ ଗଢ଼ାଯାଇଛି । ପ୍ରତ୍ୟେକ ସ୍ଥାନରୁ ମାଟି ଆଣି ସ୍ଥାପନା କରାଯାଇଛି । ମନ୍ଦିର ପାଦ ଦେଶରେ, ସମତଳ ଠାରୁ କିଛି ଉଚ୍ଚରେ ଅତିଥି ଭବନଟି ଅବସ୍ଥିତ । ଅତିଥି ଭବନରେ ଅନେକ କୋଠରି ଏବଂ ଏହାର ଆର୍କିଟେକଚର ବେଶ୍ ଆକର୍ଷଣୀୟ । ଛାତ ଗଢ଼ାଣିଆ ପାଗୋଡ଼ା ଭଳି । ସାମ୍ନା କାନ୍ଥରେ ପ୍ଲାଷ୍ଟର ପ୍ୟାରିସରେ ହୋଇଥିବା ମୂର୍ତ୍ତି ଚିତ୍ରକରର ଆର୍ଟ ଶୈଳୀର ଗୁଣବତ୍ତା ବେଶ୍ ଜଣାପଡ଼େ । ଭିତରର ପ୍ରତ୍ୟେକ କାନ୍ଥରେ ପାରମ୍ପରିକ ଝୋଟିର ଚିତ୍ର ଏବଂ ଆଦିବାସୀ ଜନଜାତିଙ୍କ ଚିତ୍ର ଦେଖିଲେ ଚିତ୍ରକରକୁ ପ୍ରଶଂସା ନକରି ରହିହେବ ନାହିଁ । ସୁନ୍ଦର ଆଇଡିଆରେ ସମ୍ପୂର୍ଣ୍ଣ ଭବନଟି ନିର୍ମାଣ କରାଯାଇଛି ।

ରୁମ୍ ନମ୍ବର ଛଅ ଦ୍ୱିତୀୟ ମହଲାରେ । ବାତାନୁକୂଳିତ ରୁମ୍ ନମ୍ବର ଛଅରେ ମଧ୍ୟ ସେହି ପାରମ୍ପରିକ ଝୋଟି ଏବଂ ଆଦିବାସୀ ଲୋକଙ୍କ ଚିତ୍ର କାନ୍ଥରେ ଫୁଟି ଉଠୁଥିଲା । ସେହି ଦଶ ବାଏ ଦଶ ରୁମଟି ଥିଲା ମୋ ପାଇଁ ସ୍ୱତନ୍ତ୍ର । ତେଣୁ ସେହି ପ୍ରାକୃତିକ ପରିବେଶରେ କିଛି ଦିନ କଟେଇବାର ଅଭିପ୍ରାୟ ନେଇ କୋଳାହଳମୟ ରାଜଧାନୀ ଛାଡ଼ି ସ୍ୱାମୀଙ୍କ ସାଙ୍ଗରେ ଯିବାକୁ ବାହାରି ପଡ଼ିଥିଲି । ସେହି ରୁମ୍ ନଂ ଛଅରେ ମୋର ଥିଲା ଯାବତୀୟ ଘରକରଣାର ସଂସାର । ଯେଉଁଠି ଥିଲା, ଗ୍ରାନାଇଟ ପଥରର ଟେବୁଲ, ବେଞ୍ଚ ଏବଂ ଡବଲ କାଠ ଖଟଟିଏ । ତା'ସହିତ ଆଟାଚ୍ ବାଥ, ପ୍ରବେଶ ଦ୍ୱାରରେ ଛୋଟିଆ ସ୍ଥାନଟିଏ, ଯାହାକି ଆମର ଷ୍ଟୋର ରୁମ୍ ଭାବେ ବ୍ୟବହୃତ ହେଉଥିଲା । କାନ୍ଥ ସେଲ୍‌ଫରେ ଲୁଗାପଟା ଏବଂ ଯାବତୀୟ ଅନ୍ୟାନ୍ୟ ଜିନିଷ ସଜେଇ ରଖୁଥିଲି । ଗୋଟିଏ ପଟକୁ ସ୍ୱାମୀଙ୍କ ଶାର୍ଟ ପ୍ୟାଣ୍ଟ, କୋର୍ଟ ହ୍ୟାଙ୍ଗରରେ ଝୁଲେଇ ଦେଇଥିଲି । ରୁମ୍ ବାହାରେ ବେଶ୍ ବଡ଼ ଚଟାଣଟିଏ ଥିଲା, ସେଠାରେ ମଧ୍ୟ ଗ୍ରାନାଇଟର ଲମ୍ବା ବେଞ୍ଚଟିଏ ଥିଲା । ତା' ଉପରେ କୁସନ ପକେଇ ଧଳା ବେଡସିଟ ବିଛେଇ ଦେଇଥିଲି । ସାଙ୍ଗ ସାଥୀ, ଗେଷ୍ଟ କିମ୍ବା ସାହିତ୍ୟିକ ବନ୍ଧୁମାନେ ଆସିଲେ ସେଠାରେ ବସି ଗପସପ କିମ୍ବା ସାହିତ୍ୟ ଚର୍ଚ୍ଚା କରୁ । ଭିତରେ ଗୋଟିଏ ପଥର ଟେବୁଲ ଉପରେ ଆମର ଯାବତୀୟ ବହିପତ୍ର ସଜାହୋଇ ଥୁଆ ହେଇଥାଏ । ଅନ୍ୟ ଗୋଟିଏ ଟେବୁଲରେ ଚା'କେଟିଲ, ପାଣି ବୋତଲ, ଖାଇବା ଜିନିଷ ରଖାଯାଇଥାଏ । ଡବଲ ବେଡରେ ସଫା ଧଳା ଚାଦର ପକେଇଥାଏ । କାନ୍ଥରେ ଗୋଟିଏ ପଟେ ପିପିଲି ଚାନ୍ଦୁଆ ଏବଂ ଅନ୍ୟ ଏକ କାନ୍ଥରେ ଟ୍ରାଇବାଲ ହ୍ୟାଣ୍ଡିକ୍ରାଫ୍ଟର ଫଟୋଟିଏ ଝୁଲୁଥାଏ । ମୋଟାମୋଟି ଭାବେ ଆମର କେତୋଟି ମାସର ଘର ସଂସାର ତା' ଭିତରେ ଥିଲା । କ୍ୟାଣ୍ଟିନରେ ଭୋଜନ ବ୍ୟବସ୍ଥା ଥିବାରୁ ରୋଷେଇବାସ କରିବା ଦରକାର ପଡୁ ନଥିଲା ।

ରୁମର ପୂର୍ବ ଦିଗରେ ଲାଗି ଲାଗି ଦୁଇଟି ଝରକା ଏବଂ ଦକ୍ଷିଣ ଦିଗକୁ ଦୁଇଟି

ଝରକା । ଦକ୍ଷିଣ ଦିଗର ଝରକା ଖୋଲିଦେଲେ ସମ୍ପୂର୍ଣ୍ଣ ମନ୍ଦିରଟି ଦୃଷ୍ଟିଗୋଚର ହୁଏ। ଅତିଥି ଭବନର ପାଚେରି ମେଘନାଦ ପାଚେରି ଶୈଳୀରେ ତିଆରି ହେଇଛି। ଅବଶ୍ୟ ଏତେ ଉଚ୍ଚ ନୁହେଁ। ପାଚେରିକୁ ଲାଗି ମନ୍ଦିରର ମୁଖଶାଳା। ମୁଖଶାଳାରୁ ମନ୍ଦିର ପାଖକୁ ଯିବାକୁ ହେଲେ ଶହେ ପଚାଶଟି ପାହାଚ ଚଢ଼ି ଯିବାକୁ ହୁଏ। ଅତିଥି ଭବନର ସାମନାକୁ ପାଚେରି ମଧ୍ୟରେ ସୁନ୍ଦର ଏକ ବଗିଚା। ଏହାର ପ୍ରାୟ ତିନି ଭାଗ ଆମ ରୁମ୍ ପଟକୁ ଥିଲା। ସେଥିରେ ବିଭିନ୍ନ ପ୍ରକାର ଗୋଲାପ, ମନ୍ଦାର, ଜିନିଆ, ବଡ଼ ବଡ଼ ଗେଣ୍ଡୁ, ସେବତୀ, ଟଗର ଇତ୍ୟାଦି ଅନେକ ପ୍ରକାରର ଫୁଲ ଏହାର ଶୋଭା ବଢ଼େଇ ଦେଉଥିଲା। ମୋଟ ଉପରେ ପରିବେଶଟି ବେଶ୍ ଶାନ୍ତ ଓ ପବିତ୍ର ଲାଗୁଥିଲା।

ଏହାବ୍ୟତୀତ ଲାଇନ ଲାଇନ ହେଇ ଫୁଲକୁଣ୍ଡ ଗୁଡ଼ାଏ ସଜାହୋଇ ରଖା ଯାଇଥାଏ। ସମ୍ପୂର୍ଣ୍ଣ ବଗିଚାଟି କେବଳ ଫୁଲମୟ। ବିଭିନ୍ନ ରଙ୍ଗର ପ୍ରଜାପତି ଏ ଫୁଲରୁ ସେ ଫୁଲ ଉଡ଼ି ବୁଲୁଥାନ୍ତି। ଭଅଁର ଏବଂ ମହୁମାଛି ଆସି ମଧୁ ସଂଗ୍ରହ କରିବାରେ ବ୍ୟସ୍ତ ଥାଆନ୍ତି। ଏଣ୍ଡୁଅ ବେଳେବେଳେ ଗଛ ଡାଳରେ ଡେଇଁ ଡେଇଁ ରଙ୍ଗ ବଦଳାଉ ଥାନ୍ତି। କେତେବେଳେ କେମିତି ଯୋଡ଼ି ବଣି ଆସି ଝରକା ରେଲିଙ୍ଗରେ ବସିଯାନ୍ତି। ମୁଁ ନିରୋଳା ସମୟରେ ଝରକା ପାଖରେ ବସି ସେ ସବୁକୁ ଉପଭୋଗ କରେ। ଫୁଲମାନଙ୍କ ସମ୍ଭାର ଏବଂ ପକ୍ଷୀମାନଙ୍କ ଆତଯାତରେ ମୋ ମନ ଉଲ୍ଲସିତ ହେଇଯାଏ। ଆଦିବାସୀ ମାଳୀ ପିଲାଟି ସକାଳେ, ସନ୍ଧ୍ୟାରେ ଆସି ଫୁଲ ଗଛରେ ପାଣି ଦିଏ, ଖୁସାଏ, ଡାଳ କାଟେ, ଖତ, ସାର ଦିଏ। ନିଜ ପିଲା ଭଳି ଗଛମାନଙ୍କର ଯତ୍ନ ନିଏ। ଭାବେ, ଏହି ଆଦିବାସୀମାନେ କେତେ ପରିଶ୍ରମୀ, କାମରେ ନଥାଏ ଠକାମି। ନିର୍ଦ୍ଦେଶ ଦେବା ଦରକାର ହୁଏନି କିମ୍ବା ଜଗିବା ଦରକାର ପଡ଼େନି। ସେମାନେ ତାଙ୍କ କାମ ନିର୍ବିଘ୍ନରେ କରି ଚାଲନ୍ତି।

ରାତି ପାହିଲେ ବଗିଚାରେ ଥିବା ଆମ୍ବ ଗଛରେ କୋଇଲିର କୁହୁ କୁହୁ ତାନରେ ମୋ ନିଦ ଭାଙ୍ଗିଯାଏ। ଅଳସ ଭାଙ୍ଗି ଆସି ଝରକା ଗୁଡ଼ିକ ଖୋଲିଦିଏ। ସକାଳ ସୂର୍ଯ୍ୟଙ୍କର ନାଲି କିରଣ ଘରସାରା ବିଛୁରି ହେଇ ପଡ଼େ। ବଗିଚାର ଗଛ ମାନଙ୍କରେ ପଡ଼ିଥିବା କାକର ବିନ୍ଦୁରେ ନାଲି କିରଣ ପଡ଼ି ଝଲମଲ କରୁଥାଏ। ଅଳସ ମୁହଁରେ ଦୃଷ୍ଟି ଲମ୍ବିଯାଏ ଟିକେ ଦୂରକୁ, ଅତିଥି ଭବନରୁ ଲମ୍ବି ଯାଇଥିବା ରାସ୍ତାକୁ। ରାସ୍ତାଟି ଉଠାଣିଆ, କୌଣସି ନଦୀ ବନ୍ଧକୁ ଯିବା ଭଳି ମନେହୁଏ। ଏହା ସହର ମଝିରେ। ସହରଟି ମଧ୍ୟ ସବୁଜିମାରେ ପରିପୂର୍ଣ୍ଣ। ପାଖ ଚା', ଜଳଖିଆ ଦୋକାନର ଆଞ୍ଚରୁ ବାମ୍ପ ଉଠି ଆକାଶରେ ମିଳେଇ ଯାଉଥିବାର ଦୃଶ୍ୟ ଆଖିରେ ପଡ଼େ। ଲାଗେ, ସତେ ଯେମିତି କୋଉ ଜଙ୍ଗଲରେ ଲୋକଙ୍କ ବାସସ୍ଥାନ। ସକାଳର ଦୃଶ୍ୟ ଅବର୍ଣ୍ଣନୀୟ।

ମନ ପ୍ରଫୁଲ୍ଲିତ ହେଇଯାଏ। ସକାଳୁ ଭକ୍ତମାନଙ୍କର ପାହାଚରେ ଚଢ଼ି ଯିବାର ଦୃଷ୍ଟିଗୋଚର ହୁଏ। ପାହାଚକୁ ଲାଗି ଇଉକାଲପଟାସ୍ ଏବଂ ଆକାଶୀ ଗଛର ସମ୍ଭାର। ମୋଟାମୋଟି ଭାବେ ପରିବେଶଟି ମନକୁ କାବ୍ୟମୟ, ଗଳ୍ପମନସ୍କ କରିଦିଏ। ସକାଳ ଓ ସନ୍ଧ୍ୟାର ଶୀତଳ ସମୀରଣ ମନକୁ ପ୍ରଫୁଲ୍ଲିତ କରିଦିଏ। ସେଥିପାଇଁ ବୋଧହୁଏ ଏଠାରେ କବି, ଲେଖକମାନଙ୍କ ସଂଖ୍ୟା ଟିକେ ଅଧିକ। ପରଜା, ବଣ୍ଡା ବିଭିନ୍ନ ଜନଜାତିର ଲୋକଙ୍କ ସଂଖ୍ୟା ମଧ୍ୟ ଅଧିକ। ସେଥିପାଇଁ ବୋଧହୁଏ ଏଠାରେ କଟେଇଥିବା ଗୋପୀନାଥ ମହାନ୍ତି ପରଜା, ଦାନାପାଣି ପରି କାଳଜୟୀ ଉପନ୍ୟାସ ସୃଷ୍ଟି କରିଛନ୍ତି।

ମୋ ଗଳ୍ପର ପୃଷ୍ଠଭୂମି ଏହିଠାରୁ ଆରମ୍ଭ। କିନ୍ତୁ ମୋ ଗଳ୍ପର ନାୟକ କିଏ ହେବ ଚିନ୍ତା କଲି। ସେ ସୁବ୍ରତ ପଣ୍ଡା ହୁଅନ୍ତୁ ବା ରୁବି ଶତପଥୀ, ଦେବବ୍ରତ, ଅଜୟ ପ୍ରଧାନ, ପ୍ରୀତିପଦ୍ମା ପ୍ରମୁଖ ସମସ୍ତେ ମୋପାଇଁ ଜଣେ ଜଣେ ନାୟକ ନାୟିକା। କିନ୍ତୁ ମୋ ଦୃଷ୍ଟି ସ୍ଥିର ହେଲା ଜଣେ ଆଦିବାସୀ ବାଳିକା ଉପରେ। ଯାହାକୁ ଜଣେ ବ୍ରାହ୍ମଣ ଯୁବ ସବ୍‌କଲେକ୍ଟର ବିବାହ କରି ଏଠାରେ ରହିଯାଇଥିଲେ। ଏହି ଦମ୍ପତିଙ୍କୁ ମୁଁ ମୋ ଗଳ୍ପର ନାୟକ ନାୟିକା ରୂପେ ବାଛିଲି। ସେହି ଯୁବ ସବ୍‌କଲେକ୍ଟର ଜଣଙ୍କ ପରବର୍ତ୍ତୀ ସମୟରେ କଲେକ୍ଟର ହେଇ ଅବସର ନେଇଥିଲେ।

ସେଦିନ ଜଣେ ବନ୍ଧୁଙ୍କ ଡାକରାରେ ଆମେ ତାଙ୍କୁ ସାକ୍ଷାତ୍ କରିବାକୁ ବାହାରିଲୁ। ବନ୍ଧୁଙ୍କ ପତ୍ନୀ ଏବଂ ମୋ ସ୍ୱାମୀ ଆମେ ତାଙ୍କ ଗାଡ଼ିରେ ସହରଠାରୁ ପ୍ରାୟ ଚଉଦ ପନ୍ଦର କିଲୋମିଟର ଦୂର ତାଙ୍କ ବାସସ୍ଥାନ ଅଭିମୁଖେ ଯାତ୍ରା କଲୁ। ସେହି ଶୀତୁଆ ଅପରାହ୍ନ ମୋପାଇଁ ଥିଲା ରୋମାଞ୍ଚକର। ସହରରୁ ବାହାରି ଆସିବା ପରେ ଆମର ଦୃଷ୍ଟିଗୋଚର ହେଲା ଚାରିପଟେ ସବୁଜ ପାହାଡ଼। ରାସ୍ତାର ଦୁଇ କଡ଼ରେ ପାଇନ ଏବଂ ଆକାଶୀ ଗଛର ସମାରୋହ, ମାଇଲ ମାଇଲ ଯାଏ ତାହା ଲମ୍ୱି ଯାଇଛି। ତା' ମଝିରେ ପକ୍କା ସଡ଼କ ରାସ୍ତା ସର୍ପିଳ ଗତିରେ ଉଠାଣି ଗଡାଣି ଦେଇ ଆଗେଇ ଯାଇଛି। ମଝିରେ ମଝିରେ କଟାସ, ନେଉଳ, ଠେକୁଆ, ରାସ୍ତା ଅତିକ୍ରମ କରିଯିବାର ଦୃଷ୍ଟି ଏଡ଼େଇ ଯାଉ ନଥାଏ। କିଛି କିଛି ବ୍ୟବଧାନରେ ଗୋଟିଏ ଦୁଇଟା ଘର ଦେଖା ଯାଉଥାଏ। କେଉଁଠି କେଉଁଠି ସରୁ ଝରଣା ବହିଆସି ଓସାରିଆ ଝୋଲାରେ ପରିବର୍ତ୍ତିତ ହେବାର ଆଖିରେ ପଡୁଥାଏ। ତା'ର ଆଖପାଖରେ ସବୁଜ ଧାନ କ୍ଷେତ। ମଝିରେ ମଝିରେ ସଲପ ଗଛ ମାନଙ୍କରେ ଠେକି ବନ୍ଧା ଯାଇଥିବାର ଦୃଶ୍ୟ। ଶୁଣିଛି ସଲପ ରସ ଆଦିବାସୀ ମାନଙ୍କର ଏକ ପ୍ରିୟ ପାନୀୟ। ସେମାନେ ତାକୁ ପିଇଲେ ଦେହରେ ବଳ ଆସିଥାଏ ଏବଂ ସେମାନେ ସେଥିପାଇଁ କଠିନ ପରିଶ୍ରମ କରିପାରନ୍ତି। କିନ୍ତୁ ବେଶି

ପିଇଲେ ନିଶା ଧରିଥାଏ। ନିଶାସକ୍ତ ମଣିଷ ଜଣେ ଦୁଇଜଣ ଆଖିରେ ପଡ଼ିଲେ। ତାଙ୍କୁ ହୃଷ୍ଟପୁଷ୍ଟ ରଖିବା ପାଇଁ ପ୍ରକୃତିର ଏହା ଏକ ମହତ୍ ଦାନ। ଜଙ୍ଗଲ ମଧ୍ୟରେ ଏକ ଆବାସିକ ଉଚ୍ଚ ବିଦ୍ୟାଳୟ ଦୃଷ୍ଟିଗୋଚର ହେଲା। ପାଖରେ ଘରଦ୍ୱାର ନାହିଁ କିନ୍ତୁ ଜଙ୍ଗଲ ମଝିରେ ସ୍କୁଲ ଦେଖି ଆଶ୍ଚର୍ଯ୍ୟ ହେଲି। ଚାରିପଟେ ସବୁଜ ପାହାଡ଼, ପାଖରେ ଝରଣା, ଚାରିଆଡ଼େ ଝଙ୍କାଳିଆ ଗଛ, ତା' ମଧ୍ୟରେ ରହି ପିଲାମାନେ ପାଠ ପଢୁଛନ୍ତି। ସ୍କୁଲ ପାଖ ପଡ଼ିଆରେ ପିଲାମାନେ ଦଳ ଦଳ ହୋଇ ଅବସର ବିନୋଦନରେ ମାତିଥାନ୍ତି। କୋଳାହଳମୟ ସହର ଠାରୁ ଦୂରରେ ଏକ ଶାନ୍ତ ପରିବେଶରେ ପୂର୍ବକାଳର ଗୁରୁ ଆଶ୍ରମ ଭଳି ସ୍ମରଣ ହେଉଥାଏ। ଅସ୍ତଗାମୀ ସୂର୍ଯ୍ୟ ପାହାଡ଼ ସେପଟେ ବୁଡିବାକୁ ଯାଉଥାନ୍ତି। ସୂର୍ଯ୍ୟଙ୍କର ରକ୍ତିମ ଆଭା ଚାରିଆଡ଼େ ବିଚ୍ଛୁରି ହୋଇ ପଡ଼ିଥାଏ। ଝରଣାରେ ଲାଲ କିରଣ ପଡ଼ି ଝଲମଲ କରୁଥାଏ। ଗାଡ଼ି ଅଟକେଇ ସେଇ ଅପୂର୍ବ ଦୃଶ୍ୟକୁ ଆମେ କ୍ୟାମେରାରେ ବାନ୍ଧି ରଖିଲୁ। ଆମେ ଗନ୍ତବ୍ୟ ସ୍ଥଳରେ ପହଞ୍ଚିବା ବେଳକୁ ସନ୍ଧ୍ୟା ଘନେଇ ଆସୁଥାଏ।

ଆମ ଗାଡ଼ି ଯାଇ ଏକ ଲୁହା ଗେଟ ପାଖରେ ଅଟକିଲା। ପରିବେଶଟି ସମ୍ପୂର୍ଣ୍ଣ ଜଙ୍ଗଲିଆ। ଆଶ୍ଚର୍ଯ୍ୟ ହୋଇ ବନ୍ଧୁଙ୍କୁ ପଚାରିଲି "ଏହା ଭିତରେ କ'ଣ ଘର ଅଛି ?" ଅବଶ୍ୟ ବନ୍ଧୁ ଜଣଙ୍କ ପୂର୍ବରୁ ସେହି ଦମ୍ପତିଙ୍କ ବିଷୟରେ ସମ୍ପୂର୍ଣ୍ଣ କାହାଣୀ କହି ସାରିଥାନ୍ତି। ସେଥିପାଇଁ ଏମିତି ଜଣେ ମହାନ୍ ବ୍ୟକ୍ତିଙ୍କୁ ସାକ୍ଷାତ୍ କରିବା ପାଇଁ ମନ ଭିତରେ ପ୍ରବଳ ଆଗ୍ରହ ଏବଂ ଉତ୍ସାହ ବଢ଼ି ଯାଇଥିଲା।

ଯେତେବେଳେ ସେ ତାଙ୍କ ଯୁବା ବୟସରେ ପ୍ରଥମ ଚାକିରି ଦାୟରେ ସବ୍ କଲେକ୍ଟର ଭାବେ ନିଯୁକ୍ତି ପାଇଲେ, ଏହି ମାଳ ଅଞ୍ଚଳରେ ତାଙ୍କର ପ୍ରଥମ ପୋଷ୍ଟିଙ୍ଗ ହେଲା। ଏହି ସ୍ଥାନକୁ ଆସିବା ପାଇଁ ସେ ପ୍ରଥମେ ଭୟ କରୁଥିଲେ। ଏକରେ ରାଜଧାନୀଠାରୁ ଅନେକ ଦୂର ଏକ ଆଦିବାସୀ ବହୁଳ ସହର ଏବଂ ବିଶେଷ ଭାବେ ମାଓବାଦୀ ଉପଦ୍ରବ ଅଞ୍ଚଳ। ସେଥିପାଇଁ ସେ ଏଠାକୁ ଆସିବାକୁ ଅନିଚ୍ଛା ପ୍ରକାଶ କରିଥିଲେ। କିନ୍ତୁ ଯେହେତୁ ପ୍ରଥମ ଚାକିରି, ସରକାରଙ୍କର କଡ଼ା ନିର୍ଦ୍ଦେଶରେ ଆସିବାକୁ ବାଧ୍ୟ ହୋଇଥିଲେ।

ତାଙ୍କ ଅଫିସଟି ଥିଲା ସହର ମଝିରେ। ତିନି ବେଡରୁମ ବିଶିଷ୍ଟ ପକ୍କା ଘର, କିଚେନ, ଷ୍ଟୋର ଏବଂ ବାଥ ରୁମ। ଛାତ ନାଲି ଖପରର ଛାଉଣୀ। ଗୋଟିଏ ପରିବାର ଚଳିବା ପାଇଁ ଏହା ଥିଲା ଯଥେଷ୍ଟ। ସେ କିନ୍ତୁ ଅବିବାହିତ ଥିଲେ, ସେ ଗୋଟିଏ ପୁଅ, ତାଙ୍କ ବାପା ମାଆ ଗାଁରେ ରହୁଥିଲେ। ଅଭିଜିତ୍ ରଥ ଥିଲେ ପୁରୀର ଶାସନୀ ବ୍ରାହ୍ମଣ।

ସେହି କ୍ୱାର୍ଟର୍ସ ଚାରିପଟେ ପଥର ପାଚେରି ଏବଂ ପାଚେରି ଭିତର ବଗିଚାରେ ବିଭିନ୍ନ ଫଳ, ଫୁଲଗଛରେ ପରିପୂର୍ଣ୍ଣ। କ୍ୱାର୍ଟର୍ସ ପଛପଟେ କଲମୀ ଆମ୍ବ, ପଣସ, କଦଳୀ ଗଛ ଇତ୍ୟାଦି ଥିଲା। ପଛପଟ ଗୋଟିଏ କୋଣରେ ଆଉଟ ହାଉସଟିଏ। ସେଠାରେ ଏକ ଆଦିବାସୀ ଦମ୍ପତି ରହୁଥିଲେ। ସେମାନେ କ୍ୱାର୍ଟର୍ସର ଏବଂ ବଗିଚାର ରକ୍ଷାଣାବେକ୍ଷଣ କରୁଥିଲେ। ତାଙ୍କର ଗୋଟିଏ ଝିଅ ଥିଲା, ତା' ନାଁ କୃଷ୍ଣା ଜାନୀ। ହାଇସ୍କୁଲ ପାସ୍ କଲାପରେ ସେ ସଦ୍ୟ କଲେଜରେ ନାଁ ଲେଖେଇ ଥିଲା। ମା'ଶୁକ୍ରା ଜାନୀ ଏବଂ ବାପା ଝିଙ୍କା ଜାନୀ ତାକୁ ବହୁତ ଆଦରରେ ବଢ଼ଉ ଥିଲେ। ସେଇ ଝିଅଟିର ପାଠପଢ଼ାରେ ଆଗ୍ରହ ଥିଲା। ଝିଅଟିର ଗଢ଼ଣ ବହୁତ ସୁନ୍ଦର, ବଳିଲା ବଳିଲା ଚେହେରା, ରଙ୍ଗ ଟିକେ ସଫା, ଆଖି ଦୁଇଟି ହରିଣ ଆଖି ଭଳି ଢଳଢଳ। କୁଞ୍ଚୁକୁଞ୍ଚିଆ ଲମ୍ବା କଳା କେଶ, ସୁନ୍ଦର ଗୋଲ ମୁଖମଣ୍ଡଳ। ସାଲୁଆର, କମିଜ ପିନ୍ଧି ଯେତେବେଳେ କଲେଜ ଯାଏ, ତାକୁ ଆଦିବାସୀ ଝିଅ ବୋଲି କିଏ କହିବେନି। ଜଣେ ଦୁଇ ଜଣ ଟିଉସନ ଟିଚରଙ୍କ ପାଖରେ ଯାଇ ଟିଉସନ ହୁଏ। ତା'ର କେବଳ ପାଠରେ ମନ ଥାଏ ଏବଂ ଭଲ ପାଠ ମଧ୍ୟ ପଢ଼େ। ତେଣୁ ଶିକ୍ଷକମାନେ ତାକୁ ମାଗଣାରେ ପାଠ ପଢ଼ାନ୍ତି। ଅନେକ ସମୟରେ ତା'ର ପାଠପଢ଼ାର ଯାବତୀୟ ଖର୍ଚ୍ଚ ଅଭିଜିତ୍ ବାବୁ ବହନ କରନ୍ତି।

ତା' ବାପା ଝିଙ୍କା ଜାନୀ ବଗିଚାର ଯତ୍ନ ନିଏ, ସିଜିନ ଅନୁସାରେ ଫୁଲ ଗଛ ଲଗାଏ। ଖତ, ସାର ଦିଏ, ପାଣି ଦିଏ। ବାଡ଼ିରେ ପଡ଼ିଥିବା ଶୁଖିଲା ପତ୍ର ଓହଳାଏ। ତା' ସ୍ତ୍ରୀ ଶୁକ୍ରା ଜାନୀ କ୍ୱାର୍ଟର୍ସର ରକ୍ଷାଣବେକ୍ଷଣ କରେ, ବାବୁଙ୍କୁ ରୋଷେଇ କରି ଖାଇବାକୁ ଦିଏ। ମଜା ଧୁଆ, ଲୁଗାପଟା କଚାକଚି ସବୁ କାମ କରିଦିଏ। ସମୟ ସମୟରେ କୃଷ୍ଣା ମଧ୍ୟ ମା'କୁ କାମରେ ସାହାଯ୍ୟ କରେ। ତା' ମା' ଅସୁସ୍ଥ ହେଲେ ସେ ବାବୁଙ୍କର ସମସ୍ତ ଦାୟିତ୍ୱ ନିଏ, ରୋଷେଇବାସ ଠାରୁ ଘରର ଯାବତୀୟ କାମ କରିଦିଏ। ଝିଅଟିର ପାଠଶାଠ ସବୁଥିରେ ଆଗ୍ରହ। ଶାନ୍ତ, ଶିଷ୍ଟ, ସରଳ, ଲାଜକୁଳି ଝିଅଟିଏ।

ଆଦିବାସୀ ପରମ୍ପରା ଅନୁସାରେ ଚୈତ୍ର ମାସରେ ପୁରୁଷମାନେ ବେଣ୍ଟ(ଶିକାର)କୁ ଯାଆନ୍ତି। ଝିଙ୍କା ମଧ୍ୟ ଯାଏ। ବାରହା, ହରିଣ, ଠେକୁଆ ଇତ୍ୟାଦି ପଶୁପକ୍ଷୀଙ୍କୁ ଶିକାର କରି ଆଣନ୍ତି। ଚଇତି ପର୍ବ ସେମାନଙ୍କର ବଡ଼ ପର୍ବ। ରାତିରେ ଗାଁସାରା ପୁରୁଷ-ନାରୀ ନୂଆ ଲୁଗାପଟା ପିନ୍ଧି ନାଚ ଗୀତରେ ମସଗୁଲ ହୁଅନ୍ତି। ଶିକାର କରି ଆଣିଥିବା ମାଂସକୁ ରାନ୍ଧି ପ୍ରଥମେ ଗ୍ରାମଦେବୀଙ୍କ ପାଖରେ ପୂଜାପାଠ କରି ସମସ୍ତେ ମିଶି ଖାଆନ୍ତି। ପିଠାପଣା ମଧ୍ୟ ହୁଏ। କେତେକ ପୁରୁଷ ସଲପ ରସ ପିଇ ନିଶାରେ ଚୂର୍

ହୁଅନ୍ତି। ଝିଙ୍କା ଜାନୀ ମଧ୍ୟ ପରିବାରକୁ ଧରି ଗାଁକୁ ଯାଏ। ଯେଉଁ ପୁରୁଷ ଶିକାର କରିବାକୁ ଯିବାକୁ ଅମଙ୍ଗ ହୁଏ, ତା'ଉପରେ ପଞ୍ଚାୟତ ଜୋରିମାନା ପକାଏ। ତେଣୁ ଭୟରେ ସମସ୍ତେ ଯିବାକୁ ବାଧ୍ୟ ହୁଅନ୍ତି। କିଛି ଦିନ ରହି ସେମାନେ ସହରକୁ ଫେରି ଆସନ୍ତି। କାରଣ ବାବୁ ଖାଇବା ପିଇବାରେ ହଇରାଣ ହେବେ। ସେମାନେ ବାବୁଙ୍କର କୌଣସି ପ୍ରକାର ଅସୁବିଧା କରିବାକୁ ଚାହାନ୍ତିନି। କହନ୍ତି ବାବୁ ଆମର ବହୁତ ଭଲ।

ଅଭିଜିତ୍ ବାବୁ ପ୍ରଥମେ ପ୍ରଥମେ ସେହି ଆଦିବାସୀ ବହୁଳ ଅଞ୍ଚଳକୁ ପସନ୍ଦ କରୁନଥିଲେ କିମ୍ବା ସେଠାକାର ଲୋକମାନଙ୍କ ସହିତ ଆଡଜଷ୍ଟ କରିପାରୁ ନଥିଲେ। ଧୀରେ ଧୀରେ ସେସବୁ ଜିନିଷ ସହିତ ପରିଚିତ ହେଲେ ଏବଂ ଲୋକଙ୍କ ସହିତ ନିଜକୁ ସାମିଲ କଲେ। ଆଦିବାସୀ ଗାଁ ମାନଙ୍କୁ ଯାଇ ଲୋକମାନଙ୍କ ଅଭାବ ଅସୁବିଧା ବୁଝି ତାହା ଦୂର କଲେ। ରାସ୍ତାଘାଟ, ସ୍ୱାସ୍ଥ୍ୟ, ପାଣି ଏସବୁ ସମସ୍ୟା ଦୂର କରି ଅନେକ ଉନ୍ନତିମୂଳକ କାର୍ଯ୍ୟ କଲେ। ଶିକ୍ଷା ପ୍ରତି ସଚେତନତା ସୃଷ୍ଟି କଲେ। ଆଦିବାସୀ ପିଲାଙ୍କ ଶିକ୍ଷାର ଉନ୍ନତି ପାଇଁ ସ୍କୁଲ ପ୍ରତିଷ୍ଠା କଲେ। ସ୍ୱାସ୍ଥ୍ୟକେନ୍ଦ୍ର ଖୋଲି ଅଭିଜ୍ଞ ଡାକ୍ତରମାନଙ୍କୁ ଆଣି ସ୍ୱାସ୍ଥ୍ୟ ପରୀକ୍ଷା କରାଇଲେ। ବିଶେଷ ଭାବେ ଆଦିବାସୀମାନେ ଗୁଣି ଗାରେଡ଼ି ଉପରେ ବିଶ୍ୱାସ କରୁଥିଲେ। ରୋଗ ହେଲେ ଡାକ୍ତରଙ୍କ ପାଖକୁ ନଯାଇ ଗୁଣିଆ ପାଖକୁ ଯାଉଥିଲେ। ସେ ଦ୍ୱାର ଦ୍ୱାର ବୁଲି ସେମାନଙ୍କ ମନରେ ଶିକ୍ଷା, ସ୍ୱାସ୍ଥ୍ୟ ବିଷୟରେ ସଚେତନତା ସୃଷ୍ଟି କରି ସେଥିରୁ ନିବୃତ୍ତ କରୁଥିଲେ। ଧୀରେ ଧୀରେ ସେମାନେ ସବୁ ବୁଝିଲେ, ଜାଣିଲେ, ବାବୁ ତାଙ୍କ ଭଲପାଇଁ କହୁଛନ୍ତି। ତେଣୁ ସେମାନେ ତାଙ୍କୁ ବହୁତ ଶ୍ରଦ୍ଧା ଓ ସମ୍ମାନ ଦେଲେ। ଆଦିବାସୀମାନେ ତାଙ୍କ ଅଧିକାରରୁ ବଞ୍ଚିତ ହେଉଥିଲେ। ପରିଶ୍ରମ କରି ଚାଷ ବାସ ଏବଂ ଜଙ୍ଗଲଜାତ ଦ୍ରବ୍ୟ ସଂଗ୍ରହ କରି ସେମାନେ ଜୀବିକା ନିର୍ବାହ କରୁଥିଲେ। ସାହୁକାରମାନେ ସେମାନଙ୍କୁ ଠକି ସେମାନଙ୍କ ଉଚିତ୍ ପ୍ରାପ୍ୟରୁ ବଞ୍ଚିତ କରୁଥିଲେ। ସେଥିପାଇଁ ଅଭିଜିତ୍ ବାବୁ କର୍ମଚାରୀ ମାନଙ୍କୁ ସାଙ୍ଗରେ ନେଇ ଗାଁରେ ଲୋକମାନଙ୍କୁ ଏକାଠି କରି ସଚେତନତା ସୃଷ୍ଟି କଲେ। ସମବାୟ ସମିତି ଗଠନ କଲେ।

ଏମିତି ସମୟରେ ଥରେ ଅଭିଜିତ୍ ବାବୁ ମ୍ୟାଲେରିଆରେ ଆକ୍ରାନ୍ତ ହେଲେ। ଜଙ୍ଗଲିଆ ସ୍ଥାନ, ମଶାର ପ୍ରାଦୁର୍ଭାବ, ସାଧାରଣ ଜ୍ୱର ହେଲେ ବି ଡାକ୍ତର ପ୍ରଥମେ ମ୍ୟାଲେରିଆ ଇଞ୍ଜେକ୍‌ସନ ଦେଇ ଦିଅନ୍ତି। ଦେହରେ ପ୍ରବଳ ତାତି, ଖାଲି ବିଳିବିଳେଇ ହେଲେ। ଝିଙ୍କା ଏବଂ ତା' ସ୍ତ୍ରୀ ଘର ବାହାର କାମରେ ତାଙ୍କୁ ଫୁରୁସତ୍ ନଥାଏ। ଝିଅ କୃଷ୍ଣାକୁ ବାବୁଙ୍କ ସେବା ଶୁଶ୍ରୂଷା ପାଇଁ ସମ୍ପୂର୍ଣ୍ଣ ଦାୟିତ୍ୱ ଦେଲେ। କୃଷ୍ଣା ତା' ପାଠପଢ଼ା ଛାଡ଼ି ଦିନ ରାତି ବାବୁଙ୍କ ସେବାରେ ଲାଗିଲା। ଉଠିବାକୁ ତାଙ୍କର ବଳ ନଥାଏ। କୃଷ୍ଣା

ତାଙ୍କ ମୁଣ୍ଡରେ ପାଣିପଟି ପକେଇବା ଠାରୁ ମୋଡ଼ାଘଷା, ଡ୍ରେସ ବଦଳେଇ ଦେବା, ବିଛଣା ବିଛେଇବା, ଖୁଆଇଦେବା ପର୍ଯ୍ୟନ୍ତ ନିର୍ବିଘ୍ନରେ କରି ଚାଲିଥାଏ। ଶାଗୁ, ବାର୍ଲି କରି ପିଆଇ ଦେଉଥାଏ ତ କେତେବେଳେ ଫଳ ଟିକେ କାଟି ପାଟିରେ ଦେଉଥାଏ। ସେତେବେଳେ କୃଷ୍ଣାର ଆଉ ଲାଜ ଲାଜ ଭାବ ନଥିଲା। ବାବୁ ଖାଇବାକୁ ମନାକଲେ, ଜଣେ ଜାୟା, ଜନନୀ, ଭଗିନୀ ଭଳି ଖାଇବାକୁ ତାଗିଦା କରେ। ବାବୁଙ୍କର କ'ଣ କାଳେ ଦରକାର ହେବ ଭାବି ତାଙ୍କ ଗୋଡ଼ ପାଖରେ ଚେୟାରଟିଏ ପକେଇ ରାତିସାରା ବସି ରହୁଥିଲା। ଢୁଳେଇ ପଡ଼ିଲେ ଚମକି ଉଠି ପଡୁଥିଲା। ବାବୁଙ୍କ ମୁହଁକୁ ଚାହିଁ ମଥାର ବିନ୍ଦୁ ବିନ୍ଦୁ ଝାଳକୁ ପୋଛି ଦେଉଥିଲା। କୃଷ୍ଣା ଜାନୀର ସେବା ଶୁଶ୍ରୂଷାରେ ପ୍ରାୟ ମାସକ ପରେ ଅଭିଜିତ୍ ବାବୁ ସମ୍ପୂର୍ଣ୍ଣ ସୁସ୍ଥ ହେଲେ।

ଧୀରେ ଧୀରେ ଅଭିଜିତ୍ ବାବୁଙ୍କର ଝିଅଟି ପ୍ରତି ଆସକ୍ତି ବଢ଼ିଗଲା। ତାଙ୍କ ମନରେ କୃଷ୍ଣା ପ୍ରତି ସ୍ନେହ, ଭଲପାଇବା ଜାଗ୍ରତ ହେଲା। କୃଷ୍ଣାର ମଧ୍ୟ ବାବୁଙ୍କ ପ୍ରତି ଦୁର୍ବଳତା ଆସି ଯାଇଥିଲା। ଦୁହେଁ ପରସ୍ପର ପ୍ରତି ଆକର୍ଷିତ ହେଲେ। ପ୍ରେମ ମାନେନା ଜାତି ଭେଦ, ଆଉ ବନ୍ଧନ। ତାହା ବନ୍ୟାରେ ଘୋଳ ପଡ଼ିଥିବା ବନ୍ଧ ଭଳି ବଢ଼ ଘାଇ ହେଇ ସୁଅ ଭଳି ମାଡ଼ିଚାଲେ। ଅଭିଜିତ୍ ବାବୁ ଥିଲେ ପୁରୀ ଶାସନ ବ୍ରାହ୍ମଣ ଘରର ଏକମାତ୍ର ସନ୍ତାନ। ଶେଷରେ ସେ ଭୟଙ୍କର ନିଷ୍ପତ୍ତି ନେଲେ। କୃଷ୍ଣାକୁ ବିବାହ କରିବେ। ଭୁଲିଗଲେ ସେ ଜାତି, କୁଳ, ଧର୍ମ ଓ ପରିବାର। ସେତେବେଳକୁ କୃଷ୍ଣାର ବି.ଏ ଫାଇନାଲ ବର୍ଷ। କୋର୍ଟ ଯାଇ ସେମାନେ ବିବାହ କଲେ। ଝିଙ୍କା ଜାନୀ ଏବଂ ଶୁକ୍ରା ଜାନୀ ଝିଅର ଉଜ୍ଜ୍ୱଳ ଭବିଷ୍ୟତ କଥା ଭାବି ଏବଂ ଝିଅର ଖୁସିରେ ବହୁତ ଆନନ୍ଦିତ ହେଲେ।

ଅଭିଜିତ୍ ବାବୁ ବିବାହ ପୂର୍ବରୁ ପରିବାରରେ ଜଣେଇଥିଲେ ବିରୋଧ କରିଥାନ୍ତେ ଭାବି ବିବାହ ପରେ ଜଣେଇଲେ। ଏକଥା ଶୁଣି ବାପା, ମା' ସ୍ତବ୍ଧ ହେଇଗଲେ। ଆଖିରୁ ତାଙ୍କର ଲୁହ ବନ୍ଦ ହେଲାନି। କେତେ ତାଙ୍କର ସ୍ୱପ୍ନ ଥିଲା, ପୁଅ କଲେକ୍ଟର ହେବ, କେତେ ବଡ଼ ବଡ଼ ଘରୁ ପ୍ରସ୍ତାବ ଆସୁଥିଲା ! ସବୁ ଆଶା ଆକାଂକ୍ଷା ତାଙ୍କର ଭାଙ୍ଗିରୁଜି ଚୂରମାର ହେଇଗଲା। ପୁଅ ଶେଷକୁ ଗୋଟିଏ ଆଦିବାସୀ ଝିଅକୁ ବାହାହେଲା ! ଗାଁରେ ତାଙ୍କୁ ବାସନ୍ଦ କଲେ। ଯେଉଁଦିନ ଅଭିଜିତ୍ ବାବୁ କୃଷ୍ଣାକୁ ଧରି ବାପା ମା'ଙ୍କର ଆଶୀର୍ବାଦ ପାଇବା ପାଇଁ ଗାଁରେ ପହଞ୍ଚିଲେ, ଗାଁ ଲୋକେ ସେମାନଙ୍କୁ ଦେଖି ନାକ ଟେକିଲେ। ବାପାଙ୍କ ପାଦ ସ୍ପର୍ଶ କରିବାକୁ ଗଲାବେଳେ ସେ କଡ଼ା ସ୍ୱରରେ କହିଲେ, 'ଚାଲିଯା ମୋ ସାମ୍ନାରୁ, ତୋ ଭଳି କୁଳାଙ୍ଗାର ପୁଅକୁ ଜନ୍ମକରି ମୁଁ ନିଜକୁ ଧିକ୍କାର କରୁଛି। ତତେ ଏତେ କଷ୍ଟ କରି ପାଠ ପଢ଼େଇଥିଲି ଏୟା ଦେଖିବାକୁ ?

ମୋ ମାନ ଇଜ୍ଜତକୁ ମାଟିରେ ମିଶେଇ ଦେଲୁ ?' ତା'ପରେ କବାଟ ବନ୍ଦ କରିଦେଲେ। ମା' ଲୁଗାକାନିକୁ ମୁହଁରେ ଚାପିଧରି କେବଳ ଆଖିରୁ ଲୁହ ଗଡ଼ଉ ଥିଲା। ତା'ପରେ ସେ କୃଷ୍ଣାକୁ ଧରି ଏକମୁହାଁ ଚାଲି ଆସିଲେ ଯେ ଆଉ ଫେରି ନଥିଲେ। ବାପା ମା'ଙ୍କ ପାଇଁ ତାଙ୍କ ହୃଦୟ କାନ୍ଦେ କିନ୍ତୁ ସେ ଥିଲେ ନାଚାର। ଯିବାକୁ ଚାହିଁଥିଲେ ବି ଯାଇପାରି ନଥିଲେ।

ସେଇ ଘଟଣାର ଦୁଇ ବର୍ଷ ପରେ ବାପାଙ୍କ ମୃତ୍ୟୁ ଖବର ଶୁଣି ଧାଇଁ ଯାଇଥିଲେ। ସବୁ କ୍ରିୟାକର୍ମ ସାରି ଫେରିବା ବେଳକୁ ମା'କୁ ସାଙ୍ଗରେ ଧରି ଫେରିବାକୁ ତାଙ୍କର ଇଚ୍ଛା ଥିଲା। କିନ୍ତୁ ମା' କୌଣସିମତେ ରାଜି ହେଲେନି। କହିଲେ, 'ମୁଁ ପିତୃପୁରୁଷଙ୍କ ଭିଟାମାଟି ଛାଡ଼ି କୁଆଡେ ଯିବିନି। ଏଇଠି ତୋ' ବାପାଙ୍କ ଆତ୍ମା ଘୂରି ବୁଲୁଛି। ମୁଁ ଚାଲିଗଲେ ତାଙ୍କ ଆତ୍ମା ଶାନ୍ତି ପାଇବନି।' ତେଣୁ ସେ ବାଧ୍ୟ ହେଇ ଏକୁଟିଆ ଫେରିଥିଲେ। ତା'ପରେ ମଝିରେ ମଝିରେ ଯାଇ ତାଙ୍କ ଖବର ଅନ୍ତର ବୁଝୁଥିଲେ। ବାପାଙ୍କ ଯିବାର ବର୍ଷେ ପରେ ମା' ଚାଲିଗଲେ। ଧୀରେ ଧୀରେ ତାଙ୍କର ଗାଁକୁ ଯିବା ସମ୍ପୂର୍ଣ୍ଣ ବନ୍ଦ ହୋଇଗଲା। ତା'ପରେ ଗାଁର ଜମିବାଡ଼ି ଘର ସବୁ ବିକ୍ରି କରିଦେଲେ। ଗାଁଠୁ ସବୁଦିନ ପାଇଁ ମୋହ ତୁଟେଇ ଦେଲେ।

ଏହା ମଧ୍ୟରେ ଅନେକ ବର୍ଷ ବିତି ଯାଇଛି। ସେ ସବ୍‌କଲେକ୍ଟରରୁ କଲେକ୍ଟରକୁ ଉନ୍ନୀତ ହେଇ ଅବସର ନେଇଛନ୍ତି। ଯୁବକ ଅଭିଜିତରୁ ପ୍ରୌଢ଼ ଅଭିଜିତ୍‌ରେ ପରିଣତ ହେଇଛନ୍ତି।

ଗାଡ଼ି ବନ୍ଦ ହେବାରୁ ମୁଁ ଭାବନା ରାଜ୍ୟରୁ ଫେରି ଆସିଲି। ଆମେ ଗାଡ଼ିରୁ ଓହ୍ଲେଇ ଏକ ଲୁହା ଗେଟ ପାଖରେ ପହଞ୍ଚିଲୁ। ଚାରିପଟେ ଝଙ୍କାଳିଆ ଗଛ, ଘରଦ୍ୱାର କିଛି ଦିଶୁ ନଥାଏ। ଗେଟ ଭିତରେ ପଶିଲା ପରେ ନଜର ପଡ଼ିଲା ଏକ ସୁନ୍ଦର ବଗିଚା ଉପରେ। ସେଥିରେ ଗୋଲାପ, ଗେଣ୍ଡୁ, ଜିନିଆ, ଟଗର ଇତ୍ୟାଦି ବିଭିନ୍ନ ପ୍ରକାର ରଙ୍ଗ ବେରଙ୍ଗ ଫୁଲଗଛ। ସବୁ ଗଛରେ ଫୁଲ ଫୁଟି ବଗିଚାର ଶୋଭାବର୍ଦ୍ଧନ କରୁଥାଏ। ତା'ପରେ ବାଇଗଣ, ଟମାଟୋ, ପିଆଜ ଇତ୍ୟାଦି ପନିପରିବା ଗଛ ଆଖିରେ ପଡ଼ିଲା। ଗେଟ ପାଖରୁ ଲମ୍ବା ରାସ୍ତା ପାର ହେଲା ପରେ ବାମପଟକୁ ବୁଲିଗଲା ବେଳକୁ ରାସ୍ତାର ଦୁଇ କଡ଼ରେ ଆକାଶଚୁମ୍ବୀ ଆକାଶୀ, ଇଉକାଲପଟାସ୍ ଏବଂ ଚାକୁଣ୍ଡା ଗଛର ସମାରୋହ। ମଝିରେ ମଝିରେ କଫି ଗଛ ବୁଦା ବୁଦା, କଫି ଗଛରେ ଫୁଲ ଫୁଟିବାର ସମୟ। ଡାଳ ମାନଙ୍କରେ ଧଳା ଫୁଲ ଗୁଡିକ ଲାଇନ ଲାଇନ ହେଇ ଫୁଟିଥାଏ। ଯେମିତି କି ତରାଟ ଫୁଲର ଗଜରା ହାର ଗଛରେ ସଜାଯାଇଛି। କିମ୍ବା ଅମାବାସ୍ୟା ରାତ୍ରିର ଆକାଶର ତାରା ଗୁଡିକ ମର୍ତ୍ତ୍ୟରେ ସଜେଇ ହେଇଛନ୍ତି। ପାଖରେ ଗୋଟିଏ

ବଡ଼ ପୋଖରୀ, ସେଥିରେ ହଜାର ହଜାର ବିଭିନ୍ନ ଜାତିର ମାଛ ପାଣିରେ ଖେଳୁଛନ୍ତି। ନିର୍ମଳ ପାଣିରେ ମାଛ ଗୁଡ଼ିକ ସ୍ୱଷ୍ଟ ଦିଶୁଥାନ୍ତି।

ଆମେ ଆଗକୁ ବଢ଼ିଲୁ, ଗୋଟିଏ ଆଜବେଷ୍ଟସ ଲମ୍ବା ଘର ଦୃଷ୍ଟିଗୋଚର ହେଲା। ବାହାରେ କେତୋଟି ଦୁଧିଆଲୀ ଗାଈ ଖାଦ୍ୟକୁଣ୍ଡରୁ ଖାଦ୍ୟ ଖାଉଥାନ୍ତି। ତା'ପରେ ଅଳ୍ପ ଦୂରରେ ଭଦ୍ରବ୍ୟକ୍ତିଙ୍କ ବାସସ୍ଥାନ। ପକ୍କା ଘର କିନ୍ତୁ ଗଡ଼ାଣିଆ ଆଜବେଷ୍ଟସ ଛାତ। ଘରକୁ ଲାଗି ଛୋଟ ଛୋଟ ଭାଲୁ ପିଞ୍ଜରା ଭଳି ଦୁଇଟି ମାଟିଘର। ତା' ଭିତରେ ଭାଲୁ ଭଳି କଳା କୁକୁର କେତୋଟି ଥାଆନ୍ତି। ନିର୍ଜନ ସ୍ଥାନରେ ସେଇ ଦମ୍ପତି ଏକୁଟିଆ ରହୁଥିବାରୁ ସୁରକ୍ଷା ପାଇଁ ବୋଧହୁଏ କୁକୁର ଗୁଡ଼ିକୁ ପୋଷିଛନ୍ତି। ଅଚିହ୍ନା ମଣିଷଙ୍କୁ ଦେଖି କୁକୁର ଗୁଡ଼ା ଜୋରରେ ଭୁକି ଉଠିଲେ। କୁକୁର ଗୁଡ଼ାଙ୍କର କର୍କଶ ଭୁକିବା ଶବ୍ଦ ଶୁଣି ମୋ ଦେହ ଝାଳେଇଗଲା। କୁକୁରଙ୍କ ଭୁକିବା ଶୁଣି ଭଦ୍ରବ୍ୟକ୍ତି ବାହାରକୁ ବାହାରି ଆସିଲେ। ଯେହେତୁ ଆମ ଆସିବା ଖବର ପୂର୍ବରୁ ଜାଣିଥିଲେ, ତେଣୁ ଆଶ୍ଚର୍ଯ୍ୟ ନହୋଇ ଖୁସିରେ ଆମକୁ ଭିତରକୁ ପାଛୋଟି ନେଲେ। କିନ୍ତୁ ଆମେ ବାହାର ଅଗଣାରେ ବସିବାକୁ ପସନ୍ଦ କଲୁ। ଶେଷ ବସନ୍ତର ସନ୍ଧ୍ୟା ଆଗତ ପ୍ରାୟ। ମୃଦୁ୍ୟ ମଳୟ ସମୀରଣ ଦେହକୁ ଟିକେ ସ୍ପର୍ଶ କରୁଥାଏ। ଦେହରେ ଟିକେ ଥଣ୍ଡା ଥଣ୍ଡା ଭାବ, ଦେହ ଓ ମନକୁ ଉଲ୍ଲସିତ କରି ଦେଉଥାଏ।

ବନ୍ଧୁ ତାଙ୍କ ସହିତ ଆମକୁ ପରିଚୟ କରେଇ ଦେଲେ। ଭାବର ଆଦାନ ପ୍ରଦାନ ପରେ କିଛି ସମୟ ଚାଲିଗଲା ପରେ ଯେଉଁ ଭଦ୍ରମହିଳା ହାତରେ ଦହି ସରବତ୍ ଟ୍ରେ ଧରି ବାହାରକୁ ଆସିଲେ, ସେ ତାଙ୍କ ପତ୍ନୀ ବୋଲି ଅଛପା ରହିଲାନି। ସେହି ଆଦିବାସୀ ଝିଅ କୃଷ୍ଣା ଜାନୀ ବୟସର ଅପରାହ୍ଣରେ ପହଞ୍ଚିଲେଣି। ମୋ ମାନସପଟରେ ଯେଉଁ ଆଦିବାସୀ ବାଳିକାର ଚିତ୍ର ଆଙ୍କିଥିଲି, ତା'ଠାରୁ ଟିକେ ଭିନ୍ନ। ଯାହା ପାଇଁ ଅଭିଜିତ୍ ବାବୁ ଘରଦ୍ୱାର, ପ୍ରିୟ ପରିଜନଙ୍କଠାରୁ ଦୂରେଇ ଆସିଥିଲେ। ସେଇ ଭଲପାଇବାରେ କେତେ ପବିତ୍ରତା ଥିଲା ସତେ! ଭଦ୍ରମହିଳା ବୟସଠାରୁ ଟିକେ ଅଧିକ ବୟସ୍କା ଲାଗୁଥାନ୍ତି। ଗୋଲ ମୁହଁ, ହୃଷ୍ଟପୁଷ୍ଟ ଶରୀରରେ ବୟସର ଛାପ ସ୍ୱଷ୍ଟ ବାରିହେଇ ପଡୁଥିଲା। ତାଙ୍କ ସୁନ୍ଦର ଢଳଢଳ ଆଖି ଯୋଡ଼ିକ ମଳିନ, ଶରୀରରେ ସଙ୍କୁଚିତ ଚର୍ମ, ମୁଣ୍ଡରେ ଧଳା, କଳା ପତଳା କେଶ। ମହାଶୟା ଟ୍ରେ ଥୋଇଦେଇ ହାତ ଯୋଡ଼ି ନମସ୍କାର କଲେ ଏବଂ ଆମ ହାତକୁ ସରବତ୍ ଗ୍ଲାସ ବଢ଼େଇ ଦେଲେ। ତା'ପରେ ଚେୟାରଟିଏ ଟାଣିଆଣି ଭଦ୍ରତା ଖାତିରରେ ଆମ ପାଖରେ ବସିଲେ। ତାଙ୍କ ସ୍ୱାମୀ ଆମ ଦୁହିଁଙ୍କ ସହିତ ପରିଚୟ କରେଇ ଦେଲେ। ଆମେ ମଲେଇ ମିଶ୍ରିତ ଦହି ସରବତ୍ ପିଇ ଅତ୍ୟନ୍ତ ତୃପ୍ତ ଅନୁଭବ କଲୁ।

ଅଭିଜିତ୍ ବାବୁ ଅସରନ୍ତି ଗପ ଗପି ଚାଲିଥିଲେ, ତାଙ୍କ ଅତୀତ, ବର୍ତ୍ତମାନ ଓ ଭବିଷ୍ୟତ। ସେ କେମିତି ଏହି ଅଞ୍ଚଳକୁ ନିମ୍ନ ଦୃଷ୍ଟିରେ ଦେଖୁଥିଲେ, ଆସିବାକୁ ଚାହୁଁ ନଥିଲେ, କେଉଁ ପରିସ୍ଥିତିରେ ଆସିଲେ ଏବଂ ଶେଷରେ ଏହି ସ୍ଥାନକୁ ଏତେ ଭଲ ପାଇଲେ ଯେ ଏଠାରେ ରହିଗଲେ। ଏହି ଅଞ୍ଚଳବାସୀ ଏବଂ ଆଦିବାସୀ ମାନଙ୍କ ଜୀବନଶୈଳୀ କେମିତି ଥିଲା, ସେମାନଙ୍କ ଚିନ୍ତାଧାରା କ'ଣ ଥିଲା। କେମିତି ସେ ଗାଁ ଗାଁ ବୁଲି ସେମାନଙ୍କ ମନରେ ସଚେତନତା ସୃଷ୍ଟି କଲେ, ତାଙ୍କ ଜୀବନଶୈଳୀକୁ ପରିବର୍ତ୍ତନ କଲେ। ଯାହା ଫଳରେ ସେହି ଆଦିବାସୀ ମାନେ ତାଙ୍କୁ ଏ ପର୍ଯ୍ୟନ୍ତ ଦେବତା ଭଳି ପୂଜା କରୁଛନ୍ତି। ଅବଶ୍ୟ ବନ୍ଧୁଙ୍କ ଠାରୁ ତାଙ୍କ ବିଷୟରେ ସବୁକଥା ଶୁଣିସାରି ଥିଲେ ବି ଭଦ୍ରବ୍ୟକ୍ତିଙ୍କ ମୁହଁରୁ ସେସବୁ କଥା ଶୁଣିବାକୁ ଆଗ୍ରହ ହେଉଥିଲା।

ମୋ ମନ ଭିତରେ କିନ୍ତୁ ବାରମ୍ବାର ଗୋଟିଏ ପ୍ରଶ୍ନ ଉଠୁଥିଲା ଏବଂ ଜାଣିବାକୁ ଚାହୁଁଥିଲି, ସେମାନେ ଚାହିଁଥିଲେ ସହରରେ ଘର କରି ଆରାମରେ ରହି ପାରିଥାନ୍ତେ କିନ୍ତୁ ତାହା ନକରି ଏହି ନିର୍ଜନ ସ୍ଥାନରେ, ଜଙ୍ଗଲ ମଧ୍ୟରେ ଏମିତି ନିଃସଙ୍ଗ ଜୀବନ କଟାଉଛନ୍ତି କାହିଁକି ? ଋଷି ଆଶ୍ରମ ଭଳି ଜୀବନ ବିତେଇବାର କାରଣ କ'ଣ ? ସାଧାରଣ ମହିଳା ଜଣେ ସାଙ୍ଗସାଥୀ, ପଡ଼ୋଶୀ ବିନା ଚଳୁଛନ୍ତି କେମିତି ? ଏମିତି ସବୁ ଅନେକ ପ୍ରଶ୍ନ ମୋ ମନ ଭିତରେ ଗୁଞ୍ଜରଣ ହେଉଥିବା ବେଳେ ଘଡ଼ଘଡ଼ି ଶବ୍ଦରେ ଚମକି ପଡ଼ିଲି। ଚାରିଆଡ଼େ ଆଲୋକିତ ହେଇଗଲା। କୋଉଠି ଥିଲା କେଜାଣି କଳାହାଣ୍ଡିଆ ମେଘ ଘୋଟି ଆସିଲା। ସାଙ୍ଗେ ସାଙ୍ଗେ ବରକୋଳିଆ ଟୋପା ଆମ ଉପରେ ପଡ଼ିଲା। ଭଦ୍ରବ୍ୟକ୍ତି ଆମକୁ ଭିତରକୁ ଡାକି ଚେୟାରକୁ ଧରି ଉଠିଲେ। ଆମେ ମଧ୍ୟ ଗୋଟିଏ ଗୋଟିଏ ଚେୟାର ଧରି ଭିତରକୁ ଯିବାକୁ ବାହାରିଲୁ। ବାରଣ୍ଡାରେ ବସିବୁ ବୋଲି ଭାବିବା ବେଳକୁ ମାଠିଆରୁ ଢାଳିଲା ଭଳି ବର୍ଷା ବର୍ଷିବାକୁ ଲାଗିଲା। ସାଙ୍ଗେ ସାଙ୍ଗେ ବର୍ଷା ଛିଟାରେ ବାରଣ୍ଡାଟା ଓଦା ହେଇଗଲା। ତେଣୁ ଭଦ୍ରବ୍ୟକ୍ତିଙ୍କ ଅନୁରୋଧରେ ତାଙ୍କ ଡ୍ରଇଂରୁମରେ ଯାଇ ବସିଲୁ।

ଡ୍ରଇଂରୁମଟି ବେଶ୍ ସାଜସଜ୍ଜାରେ ପରିପୂର୍ଣ୍ଣ। ବଡ଼ ବଡ଼ ଝରକା, ସେଥିରେ ସୁନ୍ଦର ରଙ୍ଗବେରଙ୍ଗୀ ପର୍ଦ୍ଦା ଝୁଲୁଛି। କାନ୍ଥ ମାନଙ୍କରେ ବିଭିନ୍ନ ପ୍ରକାର ପୋର୍ଟ୍ରେଟ ଏବଂ ଟ୍ରାଇବାଲ ଆର୍ଟମାନ ରୁମଟିର ଶୋଭାବର୍ଦ୍ଧନ କରୁଥାଏ। ମୁଁ ଆଶ୍ଚର୍ଯ୍ୟ ଏବଂ ମୁଗ୍ଧ ହୋଇ ଚିତ୍ର ଗୁଡ଼ିକୁ ଚାହୁଁଥିବା ବେଳେ ଭଦ୍ରବ୍ୟକ୍ତି କହିଲେ, 'ଏଗୁଡ଼ିକୁ ମୋ ସ୍ତ୍ରୀ ଆଙ୍କିଛନ୍ତି। ସେ ବିଧିବଦ୍ଧ ଭାବେ ଟ୍ରେନିଂ ନେଇ ନାହାନ୍ତି କିନ୍ତୁ ତାଙ୍କର ଚିତ୍ର ଆଙ୍କିବାରେ ରୁଚି।' କୌଣସି ଟ୍ରେନିଂ ନନେଇ ଏତେ ସୁନ୍ଦର ଚିତ୍ର ଆଙ୍କି ପାରୁଛନ୍ତି ! ମୁଁ ତାଙ୍କ କଳା ଚାତୁରୀରେ ମୁଗ୍ଧ ହେଲି। ଆଦିବାସୀ ମଣିଷ, ତାଙ୍କ ଗାଁ ଏବଂ ତାଙ୍କ ଜୀବନଶୈଳୀ

ବେଶ୍ ସୁନ୍ଦରଭାବେ ଫୁଟେଇ ପାରିଛନ୍ତି। ସତେ ଯେମିତି ଜୀବନ୍ତ! ସେତେବେଳେ ଭଦ୍ରମହିଳା ଗୋଟିଏ ଟ୍ରେ ଧରି ଆସିଲେ। ସେଥିରେ କେତୋଟି ପାତ୍ରରେ ସଦ୍ୟ ତିଆରି ହେଇଥିବା ଛେନା, ସେଥିରୁ ବାମ୍ଫ ବାହାରୁଥାଏ। ମୁଁ ଚିତ୍ର ଗୁଡ଼ିକରୁ ଆଖି ଫେରେଇ ତାଙ୍କ ଆଡ଼କୁ ଚାହିଁଲି। ପୂର୍ବଠାରୁ ଅଧିକ ମୋ ଆଖିରେ ମୁଗ୍ଧତା ଥିଲା। ଜଣେ ଚିତ୍ରକର ଆଙ୍କିଥିବା ଦେବୀ ମୂର୍ତ୍ତିଟିଏ ଭଳି ସେ ମନେହେଲେ। ତାଙ୍କୁ ପ୍ରଶଂସା ନକରି ରହି ପାରିଲିନି।

ଆମେ ସେତକ ଖାଇ ଆତ୍ମତୃପ୍ତି ଲାଭ କଲୁ। ତା'ପରେ ଗରମ ଗରମ କଫି ଆଣି ଥୋଇଲେ। ବାହାରେ ମୂଷଳଧାରାରେ ବର୍ଷା ଚାଲିଥିଲା। ଗଛପତ୍ରରେ ପାଣି ପଡି ଅଦ୍‌ଭୁତ ଶବ୍ଦ ହେଉଥିଲା। ମୋର ମନେ ହେଉଥିଲା ସତେ ଯେମିତି କୋଉ ଅଜଣା ମୁଲକରେ ଏକ ମାୟା ଜଗତରେ ଆମେ ଫସିଯାଇଛୁ। କୋଉ ପରୀ ରାଇଜର କାହାଣୀ ଭଳି ମନେ ହେଉଥିଲା। ଏହା କ'ଣ ସତରେ ବାସ୍ତବ!

ଭଦ୍ରବ୍ୟକ୍ତି ପୁଣିଥରେ ତାଙ୍କ ପୂର୍ବ କଥାକୁ ଫେରିଲେ। ମୋ ମନରେ ଉଠୁଥିବା ବିଭିନ୍ନ ପ୍ରକାର ପ୍ରଶ୍ନ ହଠାତ୍ ସ୍ୱତଃପ୍ରବୃତ୍ତ ମୋ ପାଟିରୁ ବାହାରିଗଲା। 'ଆପଣ ଏହି ନିର୍ଜନ ସ୍ଥାନରେ ଏକୁଟିଆ କେମିତି ରହୁଛନ୍ତି? ଆପଣମାନଙ୍କୁ ଭୟ ଲାଗୁନି, କାହିଁକି ଏଇ ସ୍ଥାନକୁ ବାସସ୍ଥାନ ଭାବେ ବାଛିଲେ?' ଏମିତି ଅନେକ ପ୍ରଶ୍ନ ପଚାରିଗଲି।

ଅଭିଜିତ୍ ବାବୁ ବିନମ୍ରତାର ସହ କହିଲେ, 'ମୋ ଅଜାଣତରେ ଏଇ ଅଞ୍ଚଳକୁ କେମିତି ଗୋଟେ ଭଲପାଇ ଯାଇଥିଲି। ଚାରିପଟେ ସବୁଜ ପାହାଡ଼, ନଦୀ, ଝରଣା, ବନାନୀ, ବିଶେଷଭାବେ ଆଦିବାସୀ ମାନଙ୍କର ସରଳତା ମୋତେ ଆକୃଷ୍ଟ କରିଥିଲା। ମୋ ସ୍ତ୍ରୀ ତ ପ୍ରକୃତି କୋଳରେ ବଢ଼ିଥିଲା, ତାଙ୍କୁ ଏହି ପରିବେଶ ଭଲ ଲାଗିବା ସ୍ୱାଭାବିକ। କିନ୍ତୁ ମୋତେ ଏହାର ପ୍ରାକୃତିକ ପରିବେଶ ଟାଣି ଆଣିଥିଲା କୋଳାହଳମୟ ସହରଠାରୁ, ଯାହା ଫଳରେ ସହରର ଚାକଚକ୍ୟ ମୋତେ ଆକୃଷ୍ଟ କରିପାରି ନଥିଲା। ସହର ଠାରୁ ଦୂରରେ ରହିବାକୁ ସିଦ୍ଧାନ୍ତ ନେଇ ଅନେକ ପୂର୍ବରୁ ଏଠାରେ ଦଶ ଏକର ଜମି କିଣି ଦେଇଥିଲି। ସେତେବେଳେ ଜମିର ମୂଲ୍ୟ ଅତ୍ୟନ୍ତ ଶସ୍ତା ଥିଲା। କାଳକ୍ରମେ କେତୋଟି ଫ୍ୟାକ୍ଟ୍ରି ବସିବାରୁ ଜମିର ମୂଲ୍ୟ ହୁ ହୁ ହେଇ ବଢ଼ିଗଲା ଏବଂ ପରିବେଶକୁ ନଷ୍ଟ କଲା। ଜମି ନେଲା ପରେ ଧୀରେ ଧୀରେ ବିଭିନ୍ନ ପ୍ରକାର ଗଛ ଲଗେଇଲି। ଏହା ଚାରିପଟେ ଯେଉଁସବୁ ଗଛ ଦେଖୁଛନ୍ତି, ସେସବୁ ଚାରା ନିଜେ ଆଣି ଲଗେଇଥିଲି। ଗଛ ଗୁଡ଼ିକ ବଡ଼ ହେଲାପରେ ତା' ମୂଳରେ ଗୋଲମରିଚ ଗଛ ଲଗେଇ ଗଛକୁ ମଡ୍ଡେଇ ଦେଲି। ମଝିରେ ମଝିରେ କଫି ଗଛ ଲଗେଇଲି। ଦୁଇଟି ଉଦ୍ଦେଶ୍ୟରେ ପୋଖରୀଟି ଖୋଳେଇ ଥିଲି। ଏକରେ ମାଛ ଛାଡ଼ିବା, ଦ୍ୱିତୀୟରେ ଟେଣ୍ଡା ସାହାଯ୍ୟରେ

ଗଛକୁ ପାଣି ଯୋଗେଇବା। କିଛି ବର୍ଷ ପୂର୍ବରୁ ଏହି ଅଞ୍ଚଳ ପୂରା ଫାଙ୍କା ଏବଂ ଟାଙ୍ଗରା ଥିଲା। ସ୍ଥାନଟିକୁ ହଳ କରି, ଖତ ସାର ଦେଇ ଗଛ ଗୁଡ଼ିକୁ ଲଗେଇବାକୁ ପଡ଼ିଲା। ତା' ପରେ ରହିବା ପାଇଁ ଘର ଚାରି ବଖରା କଲୁ। ଗାଁ ମାନଙ୍କରୁ ଆଦିବାସୀ ମୂଲିଆ ମାନେ ଏଠାରେ କାମ କରି ଫେରିଯାଆନ୍ତି। ଗଛର ଯତ୍ନ, ଗାଈର ଯତ୍ନ, କ୍ଷୀର ଦୁହିଁବା, ପାଣି ମଡ଼େଇବା ସେମାନେ ସବୁ କରନ୍ତି। କ୍ଷୀର ବେଶି ହେଇଗଲେ ସହରକୁ ବିକ୍ରିପାଇଁ ପଠାଯାଏ। ଆମକୁ କେବଳ ଏ ସବୁର ଦେଖାଚାହାଁ କରିବାକୁ ପଡ଼େ।'

ତା'ପରେ ମୁଁ ମ୍ୟାଡାମଙ୍କୁ ଚାହିଁ ପଚାରିଲି, 'ଆପଣଙ୍କୁ ଏଠାରେ ଏକୁଟିଆ ବୋର୍ ଲାଗେନି ? ସାଙ୍ଗସାଥୀ, ପଡ଼ୋଶୀ କେହି ନାହାନ୍ତି, କେମିତି ସମୟ କଟେ ?'

ଉତ୍ତରରେ ମ୍ୟାଡାମ ହସି କହିଲେ, 'ଆଜ୍ଞା ସବୁ ଅଭ୍ୟାସ ହେଇ ଗଲାଣି। ଏଇ ଯୋଉ କୁକୁର, ଗାଈ, ବିଲେଇ ସବୁ ଦେଖୁଛନ୍ତି, ସେମାନେ ହିଁ ମୋ ପିଲା, ସାଙ୍ଗ, ସହୋଦର। ସେଇମାନଙ୍କ ସେବା କରି ତାଙ୍କରି ଗହଣରେ ମୋ ସମୟ କୁଆଡ଼େ ଚାଲିଯାଏ ଜଣାପଡ଼େନି। ଆଉ ଏହି ଯୋଉ ଗଛ, ଲତା, ଫୁଲ, ଫଳ ବଗିଚା ଦେଖୁଛନ୍ତି ସେମାନେ ମୋର ଅତି ଆପଣାର। ସେମାନଙ୍କୁ ଛୋଟରୁ ବଡ଼ ହେବାଯାଏ ଦେଖି ଆସୁଛି। ସେଇମାନଙ୍କ ଭିତରେ ଘେରେ ବୁଲି ଆସିଲେ ମୋ ମନ ଆନ୍ଦରେ ପୂରିଉଠେ। ଆଉ କିଛିର ଆବଶ୍ୟକତା ପଡ଼େନି। ଆମର ଦୁଇ ପୁଅ ବାହାରେ ରହୁଛନ୍ତି, ସେମାନେ ମଝିରେ ମଝିରେ ଆସନ୍ତି। ପୂର୍ବରୁ ପିଲାମାନେ ଲଗୋଉ ଥିଲେ ତୁମେ ସେଇ ଜଙ୍ଗଲରୁ ଚାଲିଆସି ସହରରେ ରୁହ, କିନ୍ତୁ ଆମେ ଏଠାରେ ଭଲରେ, ଆନନ୍ଦରେ ଅଛୁ କହି ତାଙ୍କ କଥାକୁ ଏଡ଼େଇ ଦେଲୁ। ଆମ ଜିଦ୍ ଆଗରେ ସେମାନେ ଚୁପ୍ ରହିଲେ। ସେମାନେ ମଧ୍ୟ ଧୀରେ ଧୀରେ ସବୁ ଆଡଜଷ୍ଟ କରି ନେଲେଣି। ଆମେ ଏହି ପଶୁ, ପକ୍ଷୀ, ଗଛମାନଙ୍କର ଭାଷା ବେଶ୍ ବୁଝି ଗଲୁଣି। ସେମାନେ ଆମର ସବୁଠୁ ବିଶ୍ୱସ୍ତ। ଏହି ପ୍ରକୃତି କୋଳରେ ସେଇମାନଙ୍କ ଗହଣରେ ରହି ବାକି ଜୀବନଟା କାଟିଦେବୁ ବୋଲି ନିଷ୍ପତ୍ତି ନେଇଛୁ।'

ମୁଁ ଜଣେ ସାମ୍ବାଦିକ ଭାବେ ସାକ୍ଷାତକାର ନେବା ଭଳି ପ୍ରଶ୍ନ କଲି, 'ମ୍ୟାଡାମ, ତଥାପି ସହରର ଚାକଚକ୍ୟ, ସୁବିଧା ସୁଯୋଗ, ଆଡମ୍ବରପୂର୍ଣ୍ଣ ଜୀବନ ଜିଇଁବାକୁ ଆପଣଙ୍କ ମନରେ କ'ଣ ଇଚ୍ଛା ଜାଗ୍ରତ ହୁଏନି ? ଆପଣଙ୍କର ତ କୌଣସିଥିରେ ଅଭାବ ନାହିଁ, କାହିଁକି ସେ ସବୁରୁ ଦୂରେଇ ରହିବାକୁ ପସନ୍ଦ କଲେ ?'

ଭଦ୍ରମହିଳା ସାମାନ୍ୟ ଗମ୍ଭୀର ହୋଇ କହିଲେ, 'ଆପଣଙ୍କ ଭଳି ଅନେକ ଆମକୁ ଏହି ପ୍ରଶ୍ନ ପଚାରିଛନ୍ତି। ଦେଖନ୍ତୁ ମ୍ୟାଡାମ, ମୋର ଆଉ କୌଣସି ସୁଖ ସୌଭାଗ୍ୟର ଆଶା ନାହିଁ। ମୁଁ ଜୀବନରେ ଅନେକ କିଛି ପାଇଛି। ଏଇମାନଙ୍କ ମଧ୍ୟରେ

ମୋର ପରିଚୟ। ଅନ୍ଧାର ମଧ୍ୟରେ ଆଲୋକର ସନ୍ଧାନ ପାଇଛି। ତେଣିକି ଈଶ୍ୱରଙ୍କ ଇଚ୍ଛା।'

ଭଦ୍ରମହିଳାଙ୍କ କଥାବାର୍ତ୍ତାରେ ଏକ ଅନନ୍ୟ ଜୀବନ ଦର୍ଶନ ଥିବାଭଳି ମନେ ହେଉଥିଲା। ତାଙ୍କ କଥାରେ ମୁଁ ମୁଗ୍ଧ ହେଇ ଯାଉଥିଲି। ଅତୀତର ସେଇ ଆଦିବାସୀ ବାଳିକା କୃଷ୍ଣା ଜାନୀର ଚିତ୍ରପଟ ମୋ ଆଖି ସାମ୍ନାରେ ଭାସିଆସୁଥିଲା। ଯାହା ଭିତରେ ଏତେ ଜ୍ଞାନ, ଟାଲେଣ୍ଟ ଭରି ରହିଥିଲା। ଯାହାକି ସେଇ ଯୁବକ ଜଣକ ତାଙ୍କୁ କଷଟି ପଥରରେ ପରଖି ପାରିଥିଲେ। ସେହି ମହାନ୍ ଦମ୍ପତିଙ୍କ ପାଖରେ ମୋ ମୁଣ୍ଡ ନଇଁ ଯାଉଥିଲା। ଯିଏ ସହରର ସବୁ ଭୋଗ ବିଳାସକୁ ପ୍ରତ୍ୟାଖ୍ୟାନ କରି ଜନପଦରୁ ଦୂରେଇ ପ୍ରକୃତି କୋଳରେ ନିଜକୁ ହଜେଇ ଦେଇଥିଲେ। ରାତି ବଢୁଥିଲା, ବର୍ଷା ଛାଡ଼ି ଯାଇଥିଲା। ଆମେ ଫେରିବା ପାଇଁ ତାଙ୍କ ପାଖରୁ ବିଦାୟ ନେଲୁ। ବାହାରେ ଆକାଶ ପରିଷ୍କାର ଏବଂ ନିର୍ମଳ ଦିଶୁଥିଲା। ଅସଂଖ୍ୟ ତାରା ଆକାଶରେ ମିଟିମିଟି କରୁଥିଲେ। ଆମେ ଗାଡ଼ିରେ ବସି ଆମ ଗନ୍ତବ୍ୟସ୍ଥଳ ରୁମ ନଂ ଛଅକୁ ପ୍ରସ୍ଥାନ କଲାବେଳେ ଆମମାନଙ୍କ ଭିତରେ କେମିତି ନିରବତା ଛାଇ ଯାଇଥିଲା। ମୁଁ ଟିକେ ଅନ୍ୟମନସ୍କ ହେଇ ଯାଇଥିଲି। ବାହାର ନିର୍ଜନତା ସହିତ ଗାଡ଼ିର ସାଇଁସାଇଁ ଶବ୍ଦ କୁଆଡ଼େ ମିଳେଇ ଯାଉଥିଲା ଏବଂ ମୁଁ କେଉଁ ଭାବନା ରାଜ୍ୟରେ ହଜି ଯାଉଥିଲି।

■

ମାଓ ନେତ୍ରୀ ମନୁ ଦିଦି

ମଧୁପୁର ପୋଲିସ ଷ୍ଟେସନ ପାଖରେ ଲୋକାରଣ୍ୟ। ଶହ ଶହ ଜନତାଙ୍କ ଠେଲାପେଲା ସହିତ ଚାପା ଗୁଞ୍ଜରଣ 'ଆରେ ମାଓବାଦୀ ନେତ୍ରୀ ମନୁ' ! ତାକୁ ଦେଖିବାକୁ ଲୋକଙ୍କର ଏତେ ଉତ୍କଣ୍ଠା। ଯିଏକି କେବଳ ମାଲକାନାଗିରି ନୁହେଁ, ଓଡ଼ିଶା, ଆନ୍ଧ୍ର ଏବଂ ବିହାରରେ ମଧ୍ୟ ଚହଳ ପକେଇଥିଲା। ମାଓବାଦୀ ସଂଗଠନର ହାଇ କମାଣ୍ଡର ମନୁ। ଯାହା ନିର୍ଦ୍ଦେଶରେ କେତେ ଯେ ଗଣହତ୍ୟା, ଅପହରଣ, ଲୁଣ୍ଠନ ନହେଇଛି। ତାକୁ ଧରିବାକୁ ଯାଇ ପୋଲିସ ଡିପାର୍ଟମେଣ୍ଟ, ସିଆରପିଏଫ୍ ଯବାନ ଏବଂ ଗୁଇନ୍ଦା ସଂସ୍ଥା ବିଫଳ ହେଇଛନ୍ତି। ତା' ସହିତ ଗୁଳି ବିନିମୟରେ କେତେ ଯେ ପୋଲିସ ଅଫିସର ଓ ଯବାନ ପ୍ରାଣବଳି ଦେଇଛନ୍ତି। ସେଇ ମାଓବାଦୀ ନେତ୍ରୀର ଆଜି ଆତ୍ମ ସମର୍ପଣ !

ସେ ଜଣେ ବିପ୍ଳବର ମୂର୍ତ୍ତିମନ୍ତ ପ୍ରତୀକ ଥିଲା। ଯିଏ କେବଳ ଜଣେ ଚରିତ୍ର ନଥିଲା, ଥିଲା ଏକ ଆନ୍ଦୋଳନ। ବୟସ ତା'ର ପଚାଶ ମଧ୍ୟରେ ହେବ। ତା' ହାତରେ ଥିଲା, ଏ.କେ. ଫର୍ଟି ସେଭେନ ରାଇଫଲ। ରାଇଫଲଟିକୁ ପୋଲିସ ହାତରେ ସମର୍ପି ଦେଇ ନତମସ୍ତକ ହେଇ ସେ ଛିଡ଼ା ହେଇଛି। ସମ୍ରାଟ ଅଶୋକ ଦିନେ ଚଣ୍ଡାଶୋକରୁ ଧର୍ମାଶୋକରେ ପରିଣତ ହେଲାପରି ଆଜି ଏହି ମାଓବାଦୀ ମନୁ ମନରେ ଅନୁତପ୍ତର ବହ୍ନି।

କହନ୍ତି, ନାରୀ ସର୍ବଂସହା, ସ୍ନେହମୟୀ, ଜାୟା, ଜନନୀ, ଭଗିନୀ କିନ୍ତୁ ସେହି କୋମଳ ହୃଦୟରେ ଏତେ କଠୋରତା ଆସେ, ଯେତେବେଳେ ସେ ହୁଏ

ନିର୍ଯାତିତା, ନିଷ୍ପେସିତା, ଅତ୍ୟାଚାରିତା। ସେହି ବିଶୃଙ୍ଖଳିତ ସାମାଜିକ ବ୍ୟବସ୍ଥା ବିରୋଧରେ ଯେତେବେଳେ ସ୍ୱର ଉତ୍ତୋଳନ କରେ, ତା'ଠାରୁ କଠୋର ବୋଧହୁଏ କେହି ହେଇ ପାରିବେନି। ଭାରତର ଇତିହାସରେ ଅନେକ ଉଦାହରଣ ଏମିତି ରହିଛି। ସେହି ଉଦାହରଣରୁ ଜଣେ ଆଜି ମାଓବାଦୀ ମନୁ ଓରଫ ମନୋରମା। ତା' ଜୀବନରେ ମଧ୍ୟ ଏମିତି କିଛି ହେଇଥିଲା, ଯାହା ଫଳରେ ସେ ଏହି ରାସ୍ତାରେ ପାଦ ଦେବାକୁ ବାଧ୍ୟ ହେଇଥିଲା।

ସେ ଆଜି ତା' ଅତୀତକୁ ତର୍ଜମା କରୁଛି। ସିଏ ବି ଦିନେ ତା' ଗାଁ ମାଟିରେ କଅଁଳ ହାତରେ ଧୂଳି ମାଟି ହେଇ ବୋହୂ ଚୋରି ଖେଳ ଖେଳିଥିଲା। ମିଛିମିଛିକା ଧୂଳି ମାଟିରେ ଭାତ ତିଅଣ ରାନ୍ଧୁଥିଲା। ସେ ଥିଲା, ଚାରି ଭାଇରେ ଅଲିଅଳି ସାନ ଭଉଣୀ। ବାପା ମା'ଙ୍କର ଗେହ୍ଲା ଝିଅ ମନୁ। ସିଏ ବି ଦିନେ ବାପା ଭାଇଙ୍କ ପାଇଁ ଶୁଭ ମନାସୁଥିଲା। ଭଲ ବରଟିଏ ପାଇବା ପାଇଁ କୁଆଁର ପୂର୍ଣ୍ଣମୀରେ ଚାନ୍ଦ ପୂଜୁଥିଲା। ସାଙ୍ଗ ମାନଙ୍କ ସହିତ ଜହ୍ନି ଓଷା, ଖୁଦୁରୁକୁଣୀ ଓଷା କରୁଥିଲା। ଉତ୍ତମ ସ୍ୱାମୀଟିଏ ପାଇ ସୁଖର ସଂସାରଟିଏ ଗଢ଼ିବ ବୋଲି ଶାଶୂଘରର ସ୍ୱପ୍ନ ଦେଖୁଥିଲା।

ସେହି ସ୍ୱପ୍ନକୁ ନେଇ ମାତ୍ର ଅଠର ବର୍ଷ ବୟସରେ ଶାଶୂଘରେ ପାଦ ଥାପିଥିଲା। ମାତ୍ର ଶାଶୂଘର କ'ଣ, ସ୍ୱାମୀ କେମିତି ସେ ଜାଣି ନଥିଲା। ସ୍ୱାମୀ ଇହକାଳର ପରକାଳର ଦେବତା ଭାବି ସ୍ୱାମୀଙ୍କ ସହ ସୁଖ ସଂସାର ପାଇଁ ଠାକୁରଙ୍କ ପାଖରେ ଶୁଭ ମନାସିଲା। ନିଇତି ଚଉଁରା ମୂଳେ ସଞ୍ଜବତୀ ଦେଲା। ମୁଣ୍ଡରେ ଓଢଣା, ପାଦରେ ପାଉଁଜିର ରୁଣୁଝୁଣୁ ଶବ୍ଦରେ ଶାଶୂଘର ପୂରି ଉଠିଲା। ମନ ଲଗେଇ ଶାଶୂ ଶ୍ୱଶୁରଙ୍କ ସେବା କରି ତାଙ୍କ ମନ କିଣିନେଲା। ଶାଶୂ କହିଲେ, ମୋ ଲକ୍ଷ୍ମୀ ପ୍ରତୀମା ବୋହୂ ଆସିଛି। ସ୍ୱାମୀ ଏବଂ ଅନ୍ୟମାନଙ୍କ ଠାରୁ ଭଲପାଇବା ପାଇ ସୁଖରେ ତା'ଦିନ ଗଡ଼ି ଚାଲିଲା।

ତା'ର ଏହି ଆନନ୍ଦର ଦିନ ବେଶି ଦିନ ରହିଲା ନାହିଁ। ତା' ଜୀବନରେ ଯେମିତି କାଳ ବୈଶାଖୀ ମାଡ଼ି ଆସିଲା। ଯେଉଁଦିନ ଜାଣିଲା, ତା' ସ୍ୱାମୀ ଜଣେ ପର ସ୍ତ୍ରୀ ପ୍ରତି ଆସକ୍ତ, ସେହିଦିନ ତା'ର ସବୁ ସ୍ୱପ୍ନ ଧୂଳିସାତ୍ ହେଇଗଲା। ସେ ଲୁଚି ଲୁଚି କେତେ ଆଖିରୁ ଲୁହ ଗଡ଼େଇଲା। ସ୍ୱାମୀଙ୍କୁ କୁମାର୍ଗରୁ ଠିକ ପଥକୁ ଆଣିବାକୁ ଅନେକ ଚେଷ୍ଟା କଲା କିନ୍ତୁ ତା'ର ସମସ୍ତ ଚେଷ୍ଟା ବିଫଳ ହେଲା। ପ୍ରତିବାଦ କଲାରୁ ତା'ଉପରେ ହେଲା ଅତ୍ୟାଚାର। ସ୍ୱାମୀ ମଦ ପିଇ ଅଧ ରାତିରେ ଫେରିଲା ପରେ ତା' ସହିତ ବଚସା। ତା'ପରେ ମାଡ଼ ଗାଳି। ତଥାପି ସ୍ୱାମୀ ଦିନେ ନା ଦିନେ ବାଟକୁ ଆସିବେ ଭାବି ସବୁ କଷ୍ଟ ଯନ୍ତ୍ରଣା ସହି ପଡ଼ିରହିଲା। କିନ୍ତୁ ଏହି ବୈବାହିକ ଜୀବନ ବେଶିଦିନ

ତିଷ୍ଠି ରହିଲା ନାହିଁ। ଅତ୍ୟଧିକ ମଦ୍ୟପାନ ଯୋଗୁ ଅଲସର ରୋଗରେ ପୀଡ଼ିତ ହେଇ ସ୍ୱାମୀ ତା'ର ଆଖି ବୁଜିଲା।

ସ୍ୱାମୀର ମୃତ୍ୟୁ ପରେ ଶାଶୂଘର ଲୋକଙ୍କର ବ୍ୟବହାର ବଦଳିଗଲା। ଯାହାକୁ ଲକ୍ଷ୍ମୀବନ୍ତ କହି ଏତେ ଆପଣାର କରିଥିଲେ, ତା'ପରେ ସେ ଅଲକ୍ଷଣୀର ବୋଝ ବହନ କଲା। ସେ ପରେ ଜାଣିଲା, ଗାଁର ସାହୁକାର ଠାରୁ ତା' ସ୍ୱାମୀ କିଛି ଟଙ୍କା ଋଣ କରିଥିଲେ। ସ୍ୱାମୀର ମୃତ୍ୟୁ ପରେ ଟଙ୍କା ପାଇଁ ସାହୁକାର ତାଗିଦ କଲା। ସେ କହିଲା, ତାଙ୍କ ଘରେ କାମ କରି ଟଙ୍କା ଶୁଝିଦେବ। ତେଣୁ ସେ ସାହୁକାର ଘରେ ଯାଇ ବେଠି ଖଟିଲା। କିନ୍ତୁ ସାହୁକାରର ଆଖି ତା'ରୂପ, ଯୌବନ ଉପରେ ପଡ଼ିଲା। ସାହୁକାର ତା' ସୌନ୍ଦର୍ଯ୍ୟରେ ମୁଗ୍ଧ ହେଇ ସୁଯୋଗ ଉଣ୍ଡୁଥିଲା। ଦିନେ କାମ ସାରି ଘରକୁ ଫେରିବାକୁ ବାହାରୁଥିବା ସମୟରେ କେହି ନଥିବାର ସୁଯୋଗ ନେଇ ତାକୁ ବଳାତ୍କାର କରିବାକୁ ଚେଷ୍ଟା କଲା। ମନୋରମା କୌଣସିମତେ ଖସିଯାଇ ସିଧା ବାପ ଘରକୁ ଚାଲି ଆସିଲା।

ବାପ ଘରେ ସେ କିଛିଦିନ ଦୁଃଖେ ସୁଖେ କାଟିଲା। କିନ୍ତୁ ଭାଉଜମାନେ ତାକୁ ଗୋଟେ ବୋଝ ଭଳି ଭାବିଲେ। ଭାଇମାନଙ୍କ ପାଖରେ ତା' ନାଁରେ ମିଛ ସତ କହିଲେ। ଧୀରେ ଧୀରେ ଭାଇମାନେ ମଧ୍ୟ ପରିବର୍ତ୍ତନ ହେଇଗଲେ। ଯୋଉ ଭଉଣୀକୁ ଏତେ ସ୍ନେହ ଆଦରରେ ବଢ଼େଇଥିଲେ, ସେହି ଭାଇମାନେ ଭାଉଜମାନଙ୍କ ପ୍ରରୋଚନାରେ ପଡ଼ି ତାକୁ ଖରାପ ବ୍ୟବହାର ଦେଖେଇଲେ।

ଏମିତି ଏକ ଘଡ଼ିସନ୍ଧି ମୁହୂର୍ତ୍ତରେ ଥରେ ତାଙ୍କ ଗାଁକୁ କେତେଜଣ ଲୋକ ଆସିଥାନ୍ତି। ସେମାନେ ଲୋକମାନଙ୍କୁ ଅନ୍ୟାୟ ବିରୋଧରେ ଲଢ଼ିବା ପାଇଁ ପରାମର୍ଶ ଦେଉଥାନ୍ତି। ସାମାଜିକ ବ୍ୟବସ୍ଥାର ବୈପ୍ଳବିକ ପରିବର୍ତ୍ତନ ପାଇଁ ସେମାନେ ଲଢୁଥିଲେ। ଅମଲାତାନ୍ତ୍ରିକ ଶୋଷଣ, ଦୁର୍ନୀତି ବିରୋଧରେ ଲଢ଼ିବା ପାଇଁ ବିଶେଷ ଭାବେ ଶିକ୍ଷିତ ଯୁବକ, ଯୁବତୀ ମାନଙ୍କୁ ପ୍ରବର୍ତ୍ତାଉଥାନ୍ତି। ସେମାନଙ୍କ କଥା ଶୁଣି ତାଙ୍କ କଥାରେ ଏକମତ ହେଇ ଅନେକ ଯୁବକ ଯୁବତୀ ତାଙ୍କ ଦଳରେ ଯୋଗଦେଲେ। ମନୋରମା ମଧ୍ୟ ସେମାନଙ୍କ ସହିତ ସାମିଲ ହେଇଗଲା। ସେ ଜାଣେନି ସେମାନେ କିଏ? କେବଳ ଏତିକି ଜାଣେ, ସେମାନେ ଅନ୍ୟାୟ, ଅତ୍ୟାଚାର, ଦୁର୍ନୀତି ଏବଂ ପୁଞ୍ଜିବାଦ ବିରୋଧରେ ଲଢୁଛନ୍ତି। ତା'ପରଠାରୁ ତା'ଜୀବନର ଗତିପଥ ବଦଳିଗଲା। ଦିନରାତି ଜଙ୍ଗଲର କ୍ୟାମ୍ପରେ ଜୀବନ କାଟିଲା। ଯେଉଁ କୋମଳ ହାତରେ ଖଡ଼ିକା, ଚଟୁ ଧରି ଶିଖିଥିଲା, ସେଇ ହାତରେ ଧରିଲା ରାଇଫଲ। ସେ ଆଉ ଅବଳା, ଦୁର୍ବଳା ହେଇ ରହିଲାନି। ତା'ପରେ ସମୟ ତାକୁ ମନୋରମାରୁ ମନୁଦିଦିରେ ପରିବର୍ତ୍ତନ କରି ଦେଇଥିଲା।

ସେଠାରେ ସେମାନଙ୍କୁ ବନ୍ଧୁକ ଚାଳନା ଏବଂ ଅନ୍ୟାନ୍ୟ ବିଷୟରେ ତାଲିମ

ଦିଆଗଲା । ସେ ପ୍ରଥମେ ସେଥିରୁ କିଛି ବୁଝିପାରୁ ନଥିଲା । କେବଳ ଏତିକି ବୁଝୁଥିଲା ଯେ ପାର୍ଟି ଗରିବ, ନିଃସହାୟ ଲୋକଙ୍କ ପାଇଁ ଲଢୁଛି ।

ଧୀରେ ଧୀରେ ସେ ସବୁକିଛି ଜାଣି ପାରିଲା । ଅନେକ ସମୟରେ ପୋଲିସ ହାତରୁ ରକ୍ଷା ପାଇବା ପାଇଁ ବଣ ଜଙ୍ଗଲରେ ଅନେକ ପଥ ଘୂରିବାକୁ ହୁଏ । ପୁରୁଷ ଏବଂ ମହିଳା ମାନଙ୍କର ଭିନ୍ନ ଭିନ୍ନ କ୍ୟାମ୍ପ । କିନ୍ତୁ ଏକତ୍ର ରନ୍ଧାବଢ଼ା ଖିଆପିଆ ହୁଏ । ମଝିରେ ମଝିରେ ଖାଇବାକୁ ନ ମିଳିଲେ ନିକଟସ୍ଥ ଗାଁ ମାନଙ୍କୁ ଯାଇ ମାଗିଯାଚି ଖାଦ୍ୟ ସଂଗ୍ରହ କରନ୍ତି । ସେଠାରେ ପୁରୁଷ ମାନଙ୍କର ଆଚରଣ ମହିଳା ମାନଙ୍କ ପ୍ରତି ଭଲ ଥାଏ । ସମସ୍ତେ ମିଳିମିଶି କାମ କରନ୍ତି । ଅବସର ସମୟରେ ନାଚ, ଗୀତ ପ୍ରଭୃତି ଆମୋଦଦାୟକ କାର୍ଯ୍ୟକ୍ରମ ହୁଏ ।

ମନୋରମା ଧୀରେ ଧୀରେ ଏହି ଜୀବନକୁ ଆଦରି ନେଲା । ତା'ର ବ୍ୟବହାର ଓ କର୍ତ୍ତବ୍ୟପରାୟଣତା ଦେଖି ସଂଗଠନର ସମସ୍ତେ ତା'ଉପରେ ଖୁସି ହେଲେ । ଧୀରେ ଧୀରେ ସେ ସମସ୍ତଙ୍କର ପ୍ରିୟପାତ୍ରୀ ହେଇଗଲା । ଶ୍ରଦ୍ଧାରେ ତାକୁ ସାନରୁ ବଡ଼ ଯାଏ ସମସ୍ତେ ମନୁ ଦିଦି ବୋଲି ଡାକିଲେ । ପୋଲିସର ଆକ୍ରମଣ ସମୟରେ ସେ ରାଇଫଲ ଧରି ଅତି କଠୋର ହେଲା ତ ଅନ୍ୟ ସମୟରେ ସଂଗଠନରେ ସମସ୍ତଙ୍କୁ ସାହାଯ୍ୟ ସହାନୁଭୂତି ଦେଖେଇଲା । କାହାର ଶରୀର ଅସୁସ୍ଥ ହେଲେ ସେ ସେବା କଲା ତ କାହା ସହିତ କାହାର ଝଗଡ଼ା ହେଲେ ମିମାଂସା କଲା । ତା'ର ଆତ୍ମବିଶ୍ୱାସ ଏବଂ ସାଙ୍ଗଠନିକ ନେତୃତ୍ୱ ଦେଖି ତାକୁ ଦଳର ନେତ୍ରୀ କଲେ । ଦେହରେ ଖାକି ଡ୍ରେସ, ମୁଣ୍ଡରେ କ୍ୟାପ, ଏବଂ ହାତରେ ବନ୍ଧୁକ । ଦେଖିଲେ ଜଣାପଡ଼େ ଅତୀତର ସେହି ଦସ୍ୟୁନାୟିକା ପୁଣି ଥରେ ପ୍ରତ୍ୟାବର୍ତ୍ତନ କରିଛି । ପ୍ରଥମେ ସେ ତା' ଗ୍ୟାଙ୍ଗକୁ ନେଇ ତା ଶାଶୂଘର ଗାଁର ସାହୁକାରକୁ ହତ୍ୟା କରି ସବୁ ଧନ ଲୁଣ୍ଠନ କଲା । ଏମିତି ଭାବେ ଧୀରେ ଧୀରେ ଓଡ଼ିଶା, ବିହାର, ଆନ୍ଧ୍ରର ମାଓବାଦୀ ସଂଗଠନର ହାଇ କମାଣ୍ଡର ହୋଇଗଲା ।

ସେ ଦଳ ସହିତ ମିଶି ଶୋଷଣ ବିରୋଧରେ ଲଢ଼ିଲା । ଗାଁ ମାନଙ୍କୁ ଯାଇ କଳାବଜାରୀ ଏବଂ ମୁନାଫାଖୋର ଲୋକଙ୍କ ବିରୋଧରେ ସଂଗ୍ରାମ କଲା । ସରକାରଙ୍କ ବିରୋଧରେ ପ୍ରଚାରପତ୍ର ବାଣ୍ଟିଲା । ଅନେକ ଗାଁ ଗଣ୍ଡା, ଥାନା ପୋଡ଼ି ଜାଳି ଛାରକାର କଲା । ଯେଉଁ ଧନ ସେ ଲୁଣ୍ଠନ କରୁଥିଲା ସେଥିରୁ ଅନେକଟା ଗରିବମାନଙ୍କୁ ବାଣ୍ଟି ଦେଉଥିଲା । ତେଣୁ ସେ ଗରିବମାନଙ୍କର ସାହା ଭରସା ଏବଂ ପ୍ରିୟପାତ୍ରୀ ଥିଲା ।

ପୋଲିସ ଏବଂ ସିଆରପିଏଫ୍ ଯବାନମାନଙ୍କ ସହିତ ଗୁଳି ବିନିମୟ କରି ସେମାନଙ୍କୁ ହତ୍ୟା କଲା । କିନ୍ତୁ କୌଣସିମତେ କେହି ତାକୁ ଧରିପାରିଲେନି । କୌଶଳକ୍ରମେ ସେ ବାରମ୍ବାର ସେମାନଙ୍କ କବଳରୁ ଖସି ଚାଲିଆସୁଥିଲା । ପୋଲିସର

ମୋଷ୍ଟ ଓ୍ୱାଣ୍ଟେଡ ଲିଷ୍ଟରେ ସେ ରହିଲା। ସରକାରଙ୍କ ନିର୍ଦ୍ଦେଶରେ କେତେ ଗୁଇନ୍ଦା ସଂସ୍ଥା ମଧ୍ୟ ତାକୁ ଧରିବାକୁ ବିଫଳ ହେଲେ।

ଏମିତି ଭାବେ ତା' ମାଓବାଦୀ ଜୀବନ ଗଡ଼ି ଚାଲିଲା। ଧୀରେ ଧୀରେ ଯୌବନରୁ ପରିଣତ ବୟସ ଆଡ଼କୁ ମୁହେଁଇଲା। ଏହା ମଧ୍ୟରେ ସେ ବହୁ ହତ୍ୟା, ଅପହରଣ, ଲୁଣ୍ଠନ କରିଛି। ଅନେକ ସ୍ତ୍ରୀକୁ କରିଛି ବିଧବା, ମା'କୁ କରିଛି ପୁତ୍ରହରା ଏବଂ ଶିଶୁମାନଙ୍କୁ କରିଛି ଅନାଥ।

ସେହି ହାଇ କମାଣ୍ଡର ମନୁ ହେଇଯାଇଛି ଆଜି ଅବଶ ଏବଂ ଦୁର୍ବଳମନା। ଦିନେ ଏକାନ୍ତରେ ବସି ଭାବିଛି, ନିଜକୁ ଅନୁଶୀଳନ କରିଛି। ଏହି ମାଓବାଦୀ ଜୀବନର ଦୀର୍ଘ ପଥ ସେ ଅତିକ୍ରମ କରି ଆସିଛି। ସମାଜ ଠାରୁ ଦୂରେଇଯାଇ ବଣ ଜଙ୍ଗଲରେ ଘୂରି ବୁଲିଛି କିନ୍ତୁ ପ୍ରତି ବଦଳରେ ସେ ପାଇଛି କ'ଣ ? ଆଜି ତା' ମାନସିକତାରେ ପରିବର୍ତ୍ତନ ଆସିଛି। କେତେ ଘର ଉଜୁଡ଼େଇଛି, କେତେ ରକ୍ତାକ୍ତ ସଂଘର୍ଷ ଘଟେଇଛି। ସରକାରଙ୍କ ବିରୋଧରେ ପ୍ରତିଦ୍ୱନ୍ଦ୍ୱୀ ସାଜି କ'ଣ ବା କରି ପାରିଛି ? ଏହି ସାମ୍ରାଜ୍ୟବାଦ ବିରୋଧରେ ଲଢ଼େଇ କରି ବିପ୍ଳବିନୀ ସାଜି ଶୋଷଣମୁକ୍ତ କରି ପାରିଛି ନା ଏହି ସମାଜକୁ ନା ଦେଶରୁ ନିର୍ଯାତିତା ମହିଳା ମାନଙ୍କ ପ୍ରତି ନିର୍ଯାତନା କମେଇ ପାରିଛି ନା ପୁଞ୍ଜିବାଦୀ ମାନଙ୍କୁ ସେଥିରୁ ନିବୃତ୍ତ କରି ପାରିଛି ? ଏହି ଦେଶ ଏବଂ ରାଜ୍ୟରେ ରକ୍ତର ନଦୀ ବହିଗଲେ ବି ସମାଜର କୌଣସି ପରିବର୍ତ୍ତନ ହେଇପାରିବ ନାହିଁ ବୋଲି ସେ ହୃଦୟଙ୍ଗମ କଲା। ଆତ୍ମଗ୍ଲାନିରେ ତା' ମନ ଭାରୀ ହେଇଯାଉଥିଲା।

ତା'ପରେ ସେ ନିଷ୍ପତ୍ତି କଲା, ଏଥିରୁ ସେ ନିବୃତ୍ତ ରହିବ ଏବଂ ପୋଲିସ ନିକଟରେ ଆତ୍ମସମର୍ପଣ କରିବ। ଯେତିକି ସେ ପାପ କରିଛି ତା'ର ପ୍ରାୟଶ୍ଚିତ୍ତ କରିବ। ସେ ସମାଜ ଭିତରେ ରହି ଲୋକଙ୍କର ସେବା କରିବ, ନିଜେ ଖଟି ଖାଇ ଜୀବନ ବିତେଇବ ଏବଂ ଭଗବଦ୍ ସେବାରେ ନିଜକୁ ଉତ୍ସର୍ଗ କରିବ। ସେଥିରେ କିଛି ହେଲେ ଆତ୍ମସନ୍ତୋଷ ଲାଭ କରିବ।

ପୋଲିସ ଏବଂ ସାମ୍ବାଦିକମାନଙ୍କ ପ୍ରଶ୍ନବାଣରେ ସେ ଆକଟା ମାକଟା ହେଇ ଯାଉଥିଲା। ପୋଲିସ କର୍ଡନ ମଧ୍ୟରେ ତାକୁ ହାଜତକୁ ଯିବା ପାଇଁ ଜିପ୍‌ରେ ବସିବାକୁ ନିର୍ଦ୍ଦେଶ ଦିଆଗଲା। ଯେଉଁ ମାଓବାଦୀ ମନୁ ପୋଲିସ ଆଖିରେ ଧୂଳି ଦେଇ ଖସି ଚାଲି ଯାଉଥିଲା, ସେ ଆଜି ଖୁସିରେ ପୋଲିସ ନିର୍ଦ୍ଦେଶକୁ ମାନି ଜିପ୍‌ରେ ଯାଇ ବସିଲା। ସତେ ଯେମିତି ପୁଣି ସେହି ମନୁରୁ ମନୋରମାରେ ରୂପାନ୍ତରିତ ହେଇଯାଉଥିଲା। ସେ ଆଜି ପ୍ରକୃତ ବିଜୟିନୀ ବୋଲି ଅନୁଭବ କରୁଥିଲା।

■

କୁରେଇ ମା'

କୁରେଇ ମା' ତା'ର ବଖୁରିଆ ଘରର ଜଳକବାଟି ବାଟେ ଗାଁ ମଝି ରାସ୍ତାକୁ ଏକ ଲୟରେ ଚାହିଁଛି। ଅତ୍ୟାଚାରୀ ଉଇର ତାଡ଼ନାରେ ମଝିରେ ଦୁଇ ଇଞ୍ଚର ଫାଙ୍କ ହେଇ ଯାଇଛି। ସେଇ ଛୋଟ ଫାଙ୍କ ଦେଇ ସେ ଯେ କେତେବେଳରୁ ଚାହିଁ ରହିଛି, ଠିଆ ହେଇ ତା'ଗୋଡ଼ ଦି'ଟା ବିନ୍ଧିଲାଣି। ଆଜି ଚୌଧୁରୀ ଝିଅ ବିଦାହେବ, କାଲି ବାହାଘର ଥିଲା। ବାଣ ରୋଶଣିରେ ଗାଁ ଦାଣ୍ଡ କମ୍ପୁଥିଲା। ବଡ଼ ଘରର ବଡ଼ ଥାଟ। ଶହ ଶହ ମିଣିପେ, ମାଇପେ ଭୋଜି ଖାଇ ତା'ରି ଦୁଆର ବାଟେ ଗଲେ। ଅଥଚ ସେ ଦୁଇଦିନ ହେଲା ଜ୍ୱରରେ କମ୍ପୁଛି। ଦେହରେ ତାତି ଖଇ ଫୁଟୁଛି। ଜଳ ତୁଳସୀ ବି ଆହାର କରିନି। ମୁଣ୍ଡ ବୁଲେଇ ଦେଉଛି, ପାଦ ଟଳମଳ ହେଉଛି। ତଥାପି ସେ ସେଇ ଫାଙ୍କ ଦେଇ ଚାହିଁ ଠିଆହେଇଛି। ଚାହିଁ ଚାହିଁ ଆଖି ଦି'ଟା ତା'ର ପୋଡ଼ିଲାଣି। ତା'ର ଆଶା ବୋହୂ ବେଶରେ ତା'କୁରେଇକୁ ଟିକେ ଦେଖିବ। ସେତିକି ଦେଖିଦେଲେ ଯେମିତି ସ୍ୱର୍ଗସୁଖ ଅନୁଭବ କରିବ। ତା' ମନସ୍କାମନା ପୂର୍ଣ୍ଣ ହେଇଯିବ। ତା'ର ଇଚ୍ଛା ହେଉଥିଲା ଦଉଡ଼ି ଯାଆନ୍ତା ଚୌଧୁରୀ ଘରକୁ। ତା'କୁ ଟିକେ ମନଭରି ଦେଖି ଆସନ୍ତା। କେବଳ ଶେଷଥର ପାଇଁ ମା' ବୋଲି ଡାକ ପଦେ ଶୁଣନ୍ତା। ପୁଣି କ'ଣ ଭାବି ତା'ଗୋଡ଼ ଦି'ଟା ପଛକୁ ଟାଣି ହେଇ ଯାଉଥିଲା। ଆଜି ସେମାନଙ୍କ ପାଇଁ ସେ କିଏ ଯେ। ସେମାନଙ୍କ ହୃଦୟରେ ତା'ପାଇଁ ଟିକେ ବି ଦୟା ନାହିଁ। ଏ ମଣିଷଟା ତାଙ୍କ ପାଇଁ କ'ଣ କରିଛି ସେମାନେ ସବୁ ଭୁଲିଗଲେ। ବାହାଘରରେ ତାକୁ ଯିବାକୁ ଟିକେ ବି ଖବର ଦେଲେନି। ବିନା ଡାକରାରେ ସେ ଗଲେ ତାକୁ ଯଦି ସେମାନେ ତଡ଼ି ଦିଅନ୍ତି ? କୁରେଇ ଯଦି ତାକୁ

ନଚିହ୍ନେ! ସିଏ ବା କାହିଁକି ମନେ ରଖିବ ଏଇ ଗରିବ ମା'ଟାକୁ। ସିଏ ତ ଭଲ ଖାଇଲା, ପିନ୍ଧିଲା, ରାଜ ଉଆସରେ ରହିଲା। ସତରେ କ'ଣ ତା' ମନରେ ଏଇ ଗରିବ ମା'ର ସ୍ଥାନ ଥିବ? ସିଏ ତ କେବଳ ଯଶୋଦା ଥିଲା। ଅବିବାହିତା ହେଇ ବି ମା'ର ସ୍ୱାଦ ଚାଖିଥିଲା। ବିବାହ ନକରି ବି ମା' ହେଇଥିଲା। ତା'ପାଇଁ ରକ୍ତ ନିଗାଡ଼ିଥିଲା। ନିଜେ ଉପାସ ରହି ତା' ମୁହଁରେ ଦାନା ଦେଇଥିଲା। ରାତି ରାତି ଅନିଦ୍ରା ରହି ସେ ଅସୁସ୍ଥ ଥିଲାବେଳେ ସେବା କରିଥିଲା। ତେଣୁ ତା' ହୃଦୟଟା ତା'ପାଇଁ ହାଇଁପାଇଁ ହେଉଥିଲା। କୁରେଇ ମା' ଏମିତି କେତେ କ'ଣ ଭାବୁ ଭାବୁ ତା ଦୃଷ୍ଟି ଲମ୍ବିଗଲା ଅନେକ ପଛକୁ।

ମହାଜନ ଚୌଧୁରୀ ଘରେ ତା' ପୂର୍ବପୁରୁଷରୁ ଗୋତି ଖଟି ଆସୁଥିଲେ। ମହାଜନ ଘରର ଅଚଳାଚଳ ସମ୍ପତ୍ତି, ରାଜ ଉଆସ ପରି ଘର, ଜମି ବାଡ଼ି, ସମ୍ପତ୍ତିରେ ଭରପୂର। ସୁନା ବନ୍ଧକ ରଖି ଅନେକ ସମ୍ପତ୍ତିର ମଧ୍ୟ ମାଲିକ ହେଇଥିଲେ। ହରି ଚୌଧୁରୀ କହିଲେ ନାଁ ଡାକ। ତାଙ୍କ ତିନି ପୁଅ ଝିଅଙ୍କ ମଧ୍ୟରୁ ସବା ସାନ ପୁଅ ବିକାଶ ଚୌଧୁରୀ ତା'ରି ସମବୟସ୍କ। ଗାଁ ସ୍କୁଲରେ ସାଙ୍ଗହେଇ ପଢୁଥିଲେ। ସେ ତା' ମା' ସହିତ ଚୌଧୁରୀ ଘରକୁ ସବୁବେଳେ ଯା ଆସ କରେ। କମଳୀ (କୁରେଇ ମା')ର ଜେଜେଙ୍କ ଅମଳରୁ ତାଙ୍କ ଚାଷ ଜମିରେ ଖଟୁଥିଲେ। ହଳ କରିବା, ଧାନ ଅମଳ କରିବା ଠାରୁ ଆରମ୍ଭ କରି, ଅମଳ ସମୟରେ ତାକୁ ଶଗଡ଼ରେ ବୋହି ଖଳାରେ ଜମା କରିବା, ତାକୁ ପିଟି ଧାନ ବାହାର କରି କୋଠିରେ ମାପି ରଖିବା ପର୍ଯ୍ୟନ୍ତ, ତା'ପରେ ଗାଈ ବଳଦଙ୍କ ଯତ୍ନ ସବୁ କାମ ତୁଲାଉ ଥିଲେ। ଆଉ ଘରର ସ୍ତ୍ରୀଲୋକ ମାନେ ଧାନ ଉଁଷେଇବାଠୁ ଆରମ୍ଭ କରି ବସ୍ତାରେ ଭର୍ତ୍ତି କରି ସାଇତି ରଖିବା ପର୍ଯ୍ୟନ୍ତ ସବୁ କାମ କରୁଥିଲେ। ତା' ଛଡ଼ା ଋତୁ ଅନୁସାରେ ବିଭିନ୍ନ ପ୍ରକାର ପନିପରିବା ମୁଣ୍ଡ ଝାଳ ତୁଣ୍ଡରେ ମାରି ଫଳଉ ଥିଲେ। ବଦଳରେ ଧାନ, ଚାଉଳ, ଫଳମୂଳ ଯାହାକିଛି ତାଙ୍କୁ ମିଳୁଥିଲା କଷ୍ଟେ ମଷ୍ଟେ ଚଳି ଯାଉଥିଲେ। ରଜ, ଦଶହରା, ଦୋଳ ଯାତ ସମୟରେ ଚୌଧୁରୀ ଘରେ କେତେ କ'ଣ ଆୟୋଜନ। ତାଙ୍କ ଘର ଲୋକେ ପିଠାପଣା ଖାଇ ନୂଆ ଲୁଗା ପିନ୍ଧୁଥିଲେ। ସେମାନଙ୍କର ସବୁ ଆଶା ଆକାଂକ୍ଷା, ଭବିଷ୍ୟତ ଚୌଧୁରୀ ଘରେ ହିଁ ନିବଦ୍ଧ ଥିଲା। ଏମିତି ଭାବେ ତାଙ୍କ ଦୁଃଖ ସୁଖଭରା ସମୟ ନଈ ସୁଅ ଭଳି ବହିଯାଉଥିଲା। ତା'ଜେଜେ ଜେଜେମା' ଜଣଙ୍କ ପରେ ଜଣେ ଆରପାରିକୁ ଚାଲିଗଲେ। ତା'ବଡ଼ ବାପାଙ୍କର ଦୁଇ ପୁଅ ମାଟ୍ରିକ ଯାଏ ପାଠ ପଢ଼ିଥିଲେ। ତେଣୁ ସେମାନେ ଚୌଧୁରୀ ଘରେ ଗୋଲାମଗିରି କରିବାକୁ ପସନ୍ଦ କଲେନି। ସେମାନେ ଗାଁ ଛାଡ଼ି ସୁରଟ ଚାଲିଗଲେ। ଗାଁରେ କେବଳ ସେମାନେ ତିନି ଭଉଣୀ ଆଉ ତାଙ୍କ ବାପା ମା'।

ତା'ବାପାଙ୍କର ଧୀରେ ଧୀରେ ବୟସ ବଢୁଥିଲା। ଆଉ ସେ ଜମିବାଡ଼ି, କାଦୁଅପାଣିରେ ଖଟି ପାରିଲେନି। ଶ୍ୱାସ ବାହାରିଲା, ତାହା ଦିନକୁ ଦିନ ବଢ଼ିଲା। ତା'ମା'ଚୌଧୁରୀ ଘରୁ ମାଗି ଯାଚି କେତେ କ'ଣ ଔଷଧ ଖୁଆଇଲା। ଶେଷରେ ବାପା ଆଖି ବୁଜିଲେ। ବାପା ମଲା ପୂର୍ବରୁ କଷ୍ଟେ ମଷ୍ଟେ ଦୁଇ ଝିଅଙ୍କୁ ଶାଶୂ ଘରକୁ ବିଦା କରିଥିଲେ। ସେ କେବଳ ଗାଁ ସ୍କୁଲରୁ ମାଇନର ପାସ୍ କରି ଘରେ ରହିଥିଲା।

ଯେତେବେଳେ ତାକୁ ସତର-ଅଠର ବର୍ଷ ବୟସ ତା' ମା'କୁ କି ଜ୍ୱର ହେଲା ଯେ, ଦି'ଟା ଦିନରେ ବିଛଣା ଧରିଲା। ତା'ପରେ ସେଇ ଯେ ବିଛଣା ଧରିଲା ଆଉ ଉଠିଲା ନାହିଁ। ପନ୍ଦରଟା ଦିନରେ ଚାଲିଗଲା। ଯାହା କିଛି ଘରେ ଥିଲା ଔଷଧପତ୍ରରେ ସାରିଥିଲା। ଚୌଧୁରୀ ଘର କେତେବେଳେ କେମିତି ଦୟାକରି ପାଞ୍ଚ ପଚାଶ ଦିଅନ୍ତି, କେତେବେଳେ ଖାଲି ହାତରେ ଫେରେଇ ଦିଅନ୍ତି। କେତେ ଆଉ ଚୌଧୁରୀ ଘରେ ହାତ ପତେଇବ। ତା'କୁ ମାଗିବାକୁ ଭଲ ଲାଗେନା। ତା' ସ୍ୱାଭିମାନୀ ମନ ବିଦ୍ରୋହ କରେ। ତା' ଆତ୍ମମର୍ଯ୍ୟାଦା ତାକୁ ରୋକିଦିଏ। ଜୀବନସାରା ତାଙ୍କ ଓଳିତଳେ ଖଟି ସେମାନେ ପାଇଛନ୍ତି କ'ଣ? ଭୁଲି ଯାଇଛନ୍ତି କାହା ପାଇଁ ଆଜି ସେମାନେ ପୁଞ୍ଜିପତି! ଯେଉଁମାନେ ମୁଣ୍ଡ ଝାଳ ତୁଣ୍ଡରେ ମାରି ତାଙ୍କର ସବୁ ସୁବିଧା କରିଛନ୍ତି, ସେମାନେ ପାଇଲେ କ'ଣ? ସେମାନେ ତ କେବେ ଦାବି କିମ୍ବା ଆପତ୍ତି ଅଭିଯୋଗ କରିନାହାନ୍ତି। ସବୁବେଳେ ଭିକାରୀ ଭଳି କେବଳ ହାତ ପାତିବାକୁ ପଡ଼ିଛି।

ମା' ଚାଲିଗଲା ପରେ ତାକୁ ଚତୁର୍ଦିଗ ଅନ୍ଧାର ଦିଶିଲା। ସାନ ଝିଅ ବୋଲି ମା'ତାକୁ କେତେ ଶରଧାରେ ବଢ଼େଇଥିଲା। ଚୌଧୁରୀ ଘରକୁ ତାକୁ କାମ କରିବାକୁ ପଠଉ ନଥିଲା। ତା'କୁ ବଡ଼ ଘରେ ବାହାଦେବାକୁ ସ୍ୱପ୍ନ ଦେଖୁଥିଲା। ଏବେ କ'ଣ ସେ କରିବ ତାକୁ ବୁଦ୍ଧି ବାଟ ଦିଶୁନଥିଲା। ମା'ର ଶୁଦ୍ଧିକ୍ରିୟା ପରେ ଯିଏ ଯାହା ବାଟରେ ଚାଲିଗଲେ। ଅବଶ୍ୟ ଭଉଣୀ, ଭିଣୋଇମାନେ ତା'କୁ ସାଙ୍ଗରେ ନେବାକୁ ଚାହିଁଥିଲେ। ସେ ସ୍ପଷ୍ଟ ମନା କରିଦେଲା, ନିଜ ଶିଙ୍ଗରେ ମାଟି ତାଡ଼ିବ ପଛେ, କାହା ଉପରେ ବୋଝ ହେଇ ବଞ୍ଚିବାକୁ ଚାହିଁବନି। ତଥାପି ନିଃସ୍ୱତାର ହାହାକାର ତା' ହୃଦୟରେ ଖେଳିଯାଉଥିଲା। ଜୀବନ ସଂଗ୍ରାମର ପହିଲି ସଂଘର୍ଷରେ ସେ ଅବତୀର୍ଣ୍ଣ ହେଇଥିଲା। ଭରପୂର ଯୌବନ, ଚାରିପଟେ ଭ୍ରମର ମାନଙ୍କର ଲୋଲୁପ ଦୃଷ୍ଟି, ପୂର୍ଣ୍ଣିମାର ତୋଫା ଚନ୍ଦ୍ରମା ରାତ୍ରିରେ ଅମାବାସ୍ୟାର ଅମା ଅନ୍ଧକାର ତା'କୁ କ୍ରମେ ଗ୍ରାସ କରୁଥିଲା। ଶେଷରେ କୋଉଠୁ କିଛି ରାହା ନପାଇ ଚୌଧୁରୀ ଘରେ ମୁଣ୍ଡ ବିକିଲା।

ଚୌଧୁରୀ ଘରେ କେବଳ ସେ ରୋଷେଇବାସ କାମ କରେ। ଦିନସାରା ସେଠାରେ ରହି ସନ୍ଧ୍ୟାରେ ସେ ତା' ବଖୁରିକିଆ ଘରକୁ ଫେରିଆସେ। ଏମିତି ଭାବେ

ସମୟ ରଥ ଚକ ପରି ଘୂରୁଥିଲା । ତା' ସହିତ ତା' ବୟସ ମଧ୍ୟ ବଢୁଥିଲା । ସାନ ଚୌଧୁରୀ ବିକାଶର ଅନେକ ଦିନ ପର୍ଯ୍ୟନ୍ତ ପିଲାପିଲି ହେଉନଥିଲେ । ତା'ପରେ ଝିଅଟିଏ ହେଲା । ତା'ପରେ ଦେଢ଼ ବର୍ଷ ପୂରିନି ପୁଣି ତାଙ୍କ ସ୍ତ୍ରୀ ଗର୍ଭବତୀ ହେଲେ । ତା'ର ମନେଅଛି ଯେଉଁଦିନ ତା'ର ଗର୍ଭଯନ୍ତ୍ରଣା ହେଲା, ଝଡ଼ି ବର୍ଷା ଲାଗି ରହିଥିଲା । ସେତେବେଳକୁ ସନ୍ଧ୍ୟା ଗଡ଼ିଲାଣି । ସାନମା' କହିଲେ 'ଆଜି ତୁ ଘରକୁ ଯାଆନା କମଳୀ, ମୋ ପାଖରେ ରହ ।' ତେଣୁ ତାଙ୍କ କଷ୍ଟ ସହିନପାରି ତାଙ୍କ ପାଖରେ ରହି ସେବା କଲା । ରାତି ଅନିଦ୍ରା ହେଇ ଜଗି ରହିଲା । ଅଧ ରାତିରେ ତାଙ୍କର ପୁଅଟିଏ ହେଲା । ଦେଖିଲା ବେଳକୁ ପୁଣି ଗର୍ଭଯନ୍ତ୍ରଣା । କିଛି ସମୟ ପରେ ପୁଣି ଝିଅଟିଏ ହେଲା । ହେଲେ ଝିଅଟି ଟିକେ କୁଆଁ କୁଆଁ ରାବ କରି ଚୁପ ହେଇଗଲା । ପୁଅଟା ହୃଷ୍ଟପୁଷ୍ଟ କିନ୍ତୁ ଝିଅଟା ଛୋଟିଆଟିଏ, ଛୋଟ ମୁଣ୍ଡ, ପତଳା ହାତ ଗୋଡ଼, ବିଲେଇ ଛୁଆଟିଏ ପରି ମେଢ଼ିଆଟିଏ ।

ଚୌଧୁରୀ ଛୁଆ ଦୁଇଟିଙ୍କୁ ଦେଖି କହିଲେ, 'ପୁଅଟିଏ ହେଲା ମୋ ବଂଶ ରକ୍ଷା ହେଇଗଲା । ଏ ଝିଅଟା କାଇଁ କାନ୍ଦୁନି, ମରିଗଲା କି କ'ଣ, କମଳୀ ତୁ ଏଇଟାକୁ ନେଇ ତୋଟାରେ ଫିଙ୍ଗିଦେଇ ଆସେ ।' ସେତେବେଳକୁ ମା'ଙ୍କର ଚେତା ଫେରିନଥାଏ । ପୁଅଟିକୁ ଧୁଆ ପୋଛା କରି ମା'ଙ୍କ ପାଖରେ ଶୁଆଇ ଦେଇ, ଝିଅଟାକୁ କନାରେ ଗୁଡ଼ାଇ ତୋଟା ଆଡ଼େ ଚାଲିଲା । ସେତେବେଳକୁ ବର୍ଷା ଛାଡ଼ି ଯାଇଥାଏ । ଜହ୍ନ ଟିକେ ଆକାଶରେ ଉଙ୍କି ମାରିଲାଣି । ଗାଁ ଶେଷ ମୁଣ୍ଡରେ ହେଲାବେଳକୁ ତା'ଛାତିରେ ଟିକେ କେମିତି ଛନକା ପଶିଲା । ଛୁଆଟାକୁ ଏମିତି ଫିଙ୍ଗି ଦେବାକୁ ତା' ହାତ କାହିଁକି କେଜାଣି ଯାଉନଥାଏ । ଯେମିତି ତା'ଗୋଡକୁ କିଏ ଟାଣି ଧରୁଛି । ତାକୁ ଲାଗିଲା, ଛୁଆଟା ଯେମିତି ବଞ୍ଚିଛି । ଆଉ ତୋଟାକୁ ନଯାଇ ଘର ଆଡ଼କୁ ମୁହେଁଇଲା । ଲୁଗା ଖଣ୍ଡେ ପାରି ଘରେ ଶୁଆଇ ଦେଲା । ତା'ପରେ ପଡ଼ିଶା ଘର ବଡମା'ଙ୍କୁ ଡାକିଲା । ବଡମା' ଛୁଆଟି ଦେହରେ ହାତ ମାରି କହିଲେ, ଉଷୁମ ଲାଗୁଛି, ବଞ୍ଚିଛି ବୋଧେ । ତା'ପରେ ବଡମା' ତା' ପାଦରେ ଜୋରରେ ଟିଙ୍କାଟିଏ ମାରିଦେଲେ । ହଠାତ୍ ଛୁଆଟା ରାହା ଧରି କାନ୍ଦି ଉଠିଲା । ତା'ପରେ ବଡମା' ତାଙ୍କ ଘରୁ ଗିନାରେ କ୍ଷୀର ଟିକେ ଆଣି ତୁଳାରେ ତା'ପାଟିରେ ଦେଲେ । ଛୁଆଟା ଚୁଁ ଚୁଁ କରି କ୍ଷୀରତକ ଢୋକିଲା । ଚୌଧୁରୀ ଘର ପରେ ଏ କଥା ଜାଣିଲେ । ହେଲେ ତାକୁ କେହି ନେବାକୁ ଚାହିଁଲେନି । ସେଇ ଯେ ଛୁଆଟିକୁ ରଖିଲା, ବିବାହ ନକରି ବି ସେ ମା'ହେଇଗଲା । କମଳୀ ସ୍ନେହରେ ତାର ନାଁ 'କୁରେଇ' ରଖିଥିଲା । କହେ, ଦେଖିବୁଲୋ ଝିଅ, ବଣର କୁରେଇ ଫୁଲ ପରି ମହକ ଚହଟେଇବୁ । ସେବେଠାରୁ ସେ କୁରେଇ ମା' ହେଇଗଲା । ସେ ଜୀବନ ନିର୍ଯାସର ସବୁ ସୁର ଓ ତାଳକୁ ଏକାକାର କରିଥିଲା । ତାକୁ ଗେଲବସରରେ ବଢ଼େଇଲା ।

ନିଜେ ନଖାଇ ନପିଇ ତା'ମୁହଁରେ ଦାନା ଦେଲା । ନିଜେ ଛିଣ୍ଡା ପିନ୍ଧି ତା'କୁ ଭଲ ଡ୍ରେସ ପିନ୍ଧେଇଲା । ସ୍କୁଲରେ ପାଠ ପଢ଼େଇଲା । ଝିଅଟାକୁ ବଞ୍ଚେଇବାକୁ ଯାଇ, ଭଲରେ ରଖିବା ପାଇଁ ଦିନରାତି ଏକ କରିଦେଲା । ଧୀରେ ଧୀରେ ପିଲାଟା ଦେହରେ ମାଉଁସ ଲାଗିଲା । ଗୋରା ତକତକ କୁନ୍ଦିଲା କାନ୍ଦିଲା ଚେହେରା ହେଇ ରଜା ଘର ଛୁଆ ପରି ଦିଶିଲା ।

ଚୌଧୁରୀ ଘର ଛାଇ ନ ପଡ଼ିବା ପାଇଁ ଅନେକ ଦିନ ପୂର୍ବରୁ ତାଙ୍କ ଘରର କାମ ବନ୍ଦ କରି ଦେଇଥିଲା । ଅଲଗା ଜାଗାରେ କାମ କରି ଝିଅଟିକୁ ପାଳି ପୋଷି ବଡ଼ କଲା । କୁରେଇ ତା'ଠାରୁ ଘଡ଼ିଏ ଅନ୍ତର ହେଇଗଲେ ତାକୁ ଚାରିଆଡ଼େ ଅନ୍ଧାର ଦିଶେ । କୁରେଇ ଭିତରେ ସେ ତା' ନିଜ ଜୀବନକୁ ଖୋଜିଲା, ଅନ୍ଧାର ଭିତରେ ଆଲୋକ ଦେଖିଲା, ତା'ସୁଖ ଦୁଃଖ, ଭୂତ, ଭବିଷ୍ୟତ, କୁରେଇଠାରେ ନିବଦ୍ଧ ଥିଲା । ତା'କୁ ନେଇ କେତେ ସ୍ୱପ୍ନ ଦେଖୁଥିଲା । ଅଚାନକ ତା'ଜୀବନରେ ଅମା ଅନ୍ଧକାର ଘୋଟି ଆସିଲା, ଯେଉଁଦିନ ବିକାଶ ଚୌଧୁରୀ ତା'ଘରେ ପହଞ୍ଚି ତାଙ୍କ ଝିଅ ବୋଲି ଦାବି କରି ବସିଲେ ।

ସେତେବେଳେ କୁରେଇର ବାର-ତେର ବର୍ଷ ବୟସ । ଚୌଧୁରୀଙ୍କୁ ଦେଖି ସେ ତାଜୁବ ହେଲା, ତା'ଛାତିରେ ଛନକା ପଶିଲା, ତା'ହାତ ଗୋଡ଼ ଥରିଲା, ପାଟି ଖନି ବାଜିଗଲା । ତା'ଭାବନା ସତ୍ୟରେ ପରିଣତ ହେଲା । ଯେତେବେଳେ ଚୌଧୁରୀ କହିଲେ, ମୁଁ ମୋ ଝିଅକୁ ନେବାକୁ ଆସିଛି । ସେ ଶୁଣି ସ୍ତବ୍ଧ ହେଲା । ତା'ପାଟିରୁ କଥା ବାହାରିଲାନି । ପୁଣିଥରେ ଚୌଧୁରୀ ଦୋହରେଇଲେ, ତୁ ମୋ ଝିଅକୁ ଦେଇଦେ କମଳୀ, ତା'ର ଲାଳନ ପାଳନ ବାବଦକୁ କେତେ ଟଙ୍କା ଚାହୁଁଛୁ କହ । କମଳୀ ବହୁତ କଷ୍ଟରେ ନିଜକୁ ସମ୍ଭାଳି କହିଲା, 'କାହାକୁ ଝିଅ ବୋଲି ଦାବି କରୁଛନ୍ତି ? ଯେଉଁ ଝିଅକୁ ବର୍ଷା ରାତିରେ ମରିଗଲା ବୋଲି ଫିଙ୍ଗି ଦେଇଆସେ କହିଥିଲେ, ସେତେବେଳେ କ'ଣ ଝିଅ କଥା ଭାବି ନଥିଲେ ? ସିଏ ମରିଛି କି ବଞ୍ଚିଛି ଚିନ୍ତା କରିନଥିଲେ ? ଏବେ ତାକୁ ଦେଖି ଲୋଭ କରୁଛନ୍ତି ? ତା'କୁ ମଲା ମୁହଁରୁ ଫେରେଇ ଆଣି ସ୍ନେହ, ମମତା ଢାଳି ଏଡୁଟିଏ କଲି, ତାକୁ ଟଙ୍କା ପଇସା ସହିତ ତଉଲୁଛନ୍ତି ?'

ଚୌଧୁରୀ ଦୃଢ଼ କଣ୍ଠରେ କହିଲେ, କମଳୀ ତୁ ମୋ ଝିଅକୁ ଦେବୁ ନା ନାହିଁ, ଭଲରେ କହୁଛି ଦେଇଦେ । ସେତେବେଳେ କୁରେଇ କମଳୀକୁ ଜାବୁଡ଼ି ଧରିଥାଏ ଆଉ ଭୀତତ୍ରସ୍ତ ଆଖିରେ ଚୌଧୁରୀକୁ ଚାହୁଁଥାଏ ।

କମଳୀ କାକୁତିମିନତି ହେଇ କହିଲା, ବାବୁ, ତୁମର ତ ଆଉ ଦୁଇଟା ପିଲା ଅଛନ୍ତି, ହେଲେ ମୋର ଆଉ କିଏ ଅଛି । ଇଏ ତ ମୋ ଜୀବନ, ସାହା ଭରସା ସବୁକିଛି । କୁରେଇକୁ ଛାଡ଼ି ମୁଁ ବଞ୍ଚି ପାରିବିନି, ତୁମେ ଫେରିଯାଅ ବାବୁ । କିନ୍ତୁ ଚୌଧୁରୀ

ଜିଦ ଧରି ବସିଲେ। ଶେଷରେ କମଳୀ ଦୃଢ଼ ସ୍ୱରରେ କହିଲା, ମୁଁ କୁରେଇକୁ ଛାଡ଼ି ପାରିବିନି, ତୁମେ କ'ଣ କରୁଛ କର। ଯାହାପାଇଁ ମୁଁ ନିଜକୁ ଦେଖିନି, ରକ୍ତ ନିଗାଡ଼ି ମୁଣ୍ଡ ଝାଳ ତୁଣ୍ଡରେ ମାରି ଏତୁଟିଏରୁ ଏଡୁଟିଏ କଲି, ତା'କୁ ମୋଠୁ କେହି ଛଡ଼େଇ ନେଇ ପାରିବେନି। ଟଙ୍କା ଦେଖାଉଛ ବିକାଶ ଚୌଧୁରୀ, ମୋ ବୟସକୁ ଫେରେଇ ଦେଇ ପାରିବ? ମୋ ଯୌବନକୁ ଫେରେଇ ଦେଇ ପାରିବ? ତା'ପରେ ବିକାଶ ଚୌଧୁରୀ ରାଗ ତମତମ ହେଇ ଚାଲିଗଲେ। ଲୋକ ପଠେଇ ଦୁଇ ଚାରି ଥର ତାଗିଦା କଲେ। ତା'ପରେ ଦିନେ ଆସି ଧମକ ଦେଇ କହିଲେ, ତୁ ମୋ ଝିଅକୁ ଚୋରେଇ ନେଇଛୁ ବୋଲି ଥାନାରେ ଏତଲା ଦେବି, କେସ କରିବି। ସତକୁ ସତ ତାକୁ ମିଛ କେସରେ ଫସେଇ ଦେଲେ। ଦିନେ ପୋଲିସ ସହିତ ଆସି ଜୋର ଜବରଦସ୍ତ କୁରେଇକୁ ତା'ଠୁ ଛଡ଼େଇ ନେଲେ। ତା' କାକୁତିମିନତି କେହି ଶୁଣିଲେନି। କୁରେଇ ସେତେବେଳେ ମା'..ମା'..ବୋଲି ବାଡ଼େଇ ଛାତି କାନ୍ଦୁଥିଲା। ତା' ଅନ୍ତରାତ୍ମାରୁ ଲୁହ ନୁହେଁ, ଲହୁ ଯେମିତି ଦଲକେଇ ବାହାରି ଆସୁଥିଲା।

ଯେତେବେଳେ ସେ ଥାନାରୁ ମୁକୁଳିଲା, ଶୁଣିଲା, କୁରେଇକୁ ସେମାନେ କୁଆଡ଼େ ନେଇ ଚାଲି ଯାଇଛନ୍ତି। ତା'ପରେ ତାକୁ ଗାଁରେ ନରଖି ହଷ୍ଟେଲରେ ରଖି ପାଠ ପଢ଼େଇଲେ। ସେ କେବଳ ଧର୍ମକୁ ସାକ୍ଷୀ ରଖି ସେଇ ଘରଟିରେ ପଡ଼ି ରହିଲା। ପାଗଳୀ ଭଳି ହେଲା। ସାଇ ପଡ଼ିଶା ଲୋକେ କେତେବେଳେ ବୁଝେଇ ଶୁଝେଇ ଖାଇବାକୁ ଗଣ୍ଡେ ଦିଅନ୍ତି ନ ହେଲେ ନାହିଁ।

ଧୀରେ ଧୀରେ କମଳୀ ସ୍ୱାଭାବିକ ହେବାକୁ ଚେଷ୍ଟା କଲା। ମନକୁ ବୁଝେଇଲା, ସ୍ୱୟଂ ଭଗବାନ ତ ନିଜେ ଯଶୋଦାଙ୍କର କୋଳଶୂନ୍ୟ କରି ଚାଲି ଯାଇଥିଲେ, ସିଏ ବା କି ଛାର।'

ସେତେବେଳେ ତା' ଭାବନାରେ ବାଧା ଦେଇ ଶଂଖ, ହୁଳହୁଳିର ଧ୍ୱନି ଦୂରରୁ ଭାସି ଆସିଲା। କମଳୀ ଟିକେ ସଜାଗ ହେଇ ଦୃଷ୍ଟି ନିବଦ୍ଧ କଲା। ଚାହୁଁ ଚାହୁଁ କେତୋଟି ମୋଟର ଗାଡି ତା' ଆଖି ସାମନାରେ ଚାଲିଗଲେ। ବରବଧୂ ଗାଡ଼ିଟି ଫୁଲରେ ସଜା ଯାଇଥିଲା। ଭିତରେ ନାଲି ଓଢ଼ଣି ଭିତରୁ ସେ ସ୍ପଷ୍ଟ ଦେଖିପାରିଲା, ସେହି ଢଳଢଳ ଛଳଛଳ ଭୀତତ୍ରସ୍ତ ଆଖି ଯୋଡ଼ିକୁ, ଯେମିତି ଦେଖିଥିଲା ତା'ଠାରୁ ବିଦାୟ ନେବା ମୁହୂର୍ତ୍ତରେ। ତା' ମୁହଁରୁ ଏକ ଅତୃପ୍ତିର ଦୀର୍ଘଶ୍ୱାସ ବାହାରି ଆସିଲା। ତା'ଜୀବନ ନାଟକର ଅବସାନ ଘଟିଲା। ଠାକୁରଙ୍କ ଉଦ୍ଦେଶ୍ୟରେ ହାତ ଯୋଡ଼ି କହିଲା, ମୋ କୁରେଇ ଯେଉଁଠି ରହୁ ଭଲରେ ଥାଉ, ତା' ଜୀବନରେ ସବୁ ସୁଖ ଶାନ୍ତି ଭରିଦିଅ ପ୍ରଭୁ.....।

ବୟସର ଅପରାହ୍ନ

ଦୀର୍ଘ ତିରିଶ ବର୍ଷ ପରେ ତାଙ୍କ ସହିତ ନୀଳିମାଙ୍କର ଅକସ୍ମାତ୍ ସାକ୍ଷାତ୍ ହେଲା। ତିରିଶ ବର୍ଷ! ଗୋଟିଏ ଯୁଗ ଭଳି ଲାଗୁଛି। ସମୟର ଅପରାହ୍ନରେ ଏମିତି ଭାବେ ଅମନ ବର୍ମାଙ୍କ ସହିତ ସାକ୍ଷାତ୍ ହେବ ବୋଲି ସେ ଜାଣି ନଥିଲେ। ପୁଣି ଜନଗହଳିପୂର୍ଣ୍ଣ ଦିଲ୍ଲୀର ଏହି ପାର୍କରେ! ରିଟାୟାରମେଣ୍ଟ ପରେ ସେମାନେ ଆସି ପୁଅ ପାଖରେ ରହୁଛନ୍ତି। ପ୍ରତ୍ୟେକ ଦିନ ପାର୍କକୁ ଆସିବା ତାଙ୍କର ଅଭ୍ୟାସରେ ପରିଣତ ହେଲାଣି। ଏତେ ଦିନ ହେଲା ପାର୍କକୁ ଆସିବା ଭିତରେ ତାଙ୍କ ସହିତ କେବେ ସାକ୍ଷାତ୍ ହେଇ ନଥିଲା। ସେଦିନ ଅମିନେଶ ବାବୁଙ୍କ ଦେହ ଅସୁସ୍ଥ ଥିବାରୁ ନୀଳିମା ପାର୍କକୁ ଏକୁଟିଆ ଯିବାକୁ ସ୍ଥିର କଲେ। ସେ ଡାଇବେଟିସ ପେସେଣ୍ଟ, ଡାକ୍ତର କହିଛନ୍ତି ପ୍ରତ୍ୟେକ ଦିନ କିଛି ସମୟ ଚାଲିବା ପାଇଁ। ତା'ପରେ ଦିନସାରା ଘରେ ବସି ବୋର। ତେଣୁ ସନ୍ଧ୍ୟାରେ ଟିକେ ନ ଚାଲିଲେ ତାଙ୍କୁ ଭଲ ଲାଗେନି। କୋଳାହଳପୂର୍ଣ୍ଣ ସହର ଠାରୁ ଦୂରେଇ ଏହି ଶାନ୍ତ ପରିବେଶରେ ବସିଲେ ମନଟା ଫୁର୍ତ୍ତି ଏବଂ ହାଲୁକା ଲାଗେ।

ନୀଳିମା ପାର୍କରେ କିଛି ସମୟ ଚାଲିସାରି ଗୋଟିଏ ସିମେଣ୍ଟ ବେଞ୍ଚ ଉପରେ ବସି ପଡ଼ିଲେ। ସାମ୍ନା ବେଞ୍ଚରେ ଦୁଇଜଣ ଭଦ୍ରବ୍ୟକ୍ତି ଗପସପ କରୁଥିବାର ତାଙ୍କ ଆଖିରେ ପଡ଼ିଲା। ନୀଳିମା ସେ ଆଡ଼କୁ ନଜର ନ ଦେଇ ଫୁଲମାନଙ୍କୁ ଚାହିଁ ତା' ସୌନ୍ଦର୍ଯ୍ୟରେ ମୁଗ୍ଧ ହେଉଥିଲେ। କିଛି ସମୟ ପରେ ନୀଳିମା ଲକ୍ଷ୍ୟ କଲେ ଜଣେ ବ୍ୟକ୍ତି ତାଙ୍କ ଆଡ଼କୁ ବାରମ୍ବାର ଚାହୁଁଛନ୍ତି। ଲାଗୁଥାଏ ଯେମିତି ଗପସପରେ ତାଙ୍କର

ମନ ନାହିଁ। ମଝିରେ ମଝିରେ ନୀଳିମା ଆଖି ଉପରେ ତାଙ୍କ ଆଖି ସ୍ଥିରହେଇ ରହି ଯାଉଥାଏ। ତାଙ୍କୁ ଭାରି ଅସ୍ୱସ୍ତିକର ଲାଗିଲା। କିଛି ସମୟ ବାର୍ତ୍ତାଳାପ ପରେ ଦ୍ୱିତୀୟ ବ୍ୟକ୍ତି ଜଣକ ଉଠି ଚାଲିଗଲେ। ତା'ପରେ ଭଦ୍ରବ୍ୟକ୍ତି ଜଣକେ ତାଙ୍କ ପାଖକୁ ଆସିଲେ। ନୀଳିମା ଟିକେ କାନିଟାକୁ ଟାଣି ସଂଯତ ହେଲେ। ସେ ତାଙ୍କ ଆଡ଼କୁ ସ୍ଥିର ଚକ୍ଷୁରେ ଚାହିଁ ଥଙ୍ଗେଇ ଥଙ୍ଗେଇ ପଚାରିଲେ, ଯଦି କିଛି ନ ଭାବନ୍ତି ଗୋଟିଏ କଥା ପଚାରିବି ? ଆପଣ ନୀଳିମା ରାୟ ନୁହଁନ୍ତି ତ ? ସେ ଆଶ୍ଚର୍ଯ୍ୟ ହେଲେ, ଜଣେ ଅଚିହ୍ନା ଅଜଣା ଲୋକ ଆସି ସେତେବେଳକୁ ତାଙ୍କ ପାଖରେ ବସିପଡ଼ିଲେଣି। ତାଙ୍କ ମୁହଁରୁ ନିଜ ନାଁଟା ଶୁଣି ସେ ଆଶ୍ଚର୍ଯ୍ୟ ହେଇ ପଚାରିଲେ, 'ଆପଣ ମୋ ନାଁ କେମିତି ଜାଣିଲେ ?'

ଭଦ୍ରବ୍ୟକ୍ତି ଜଣକ କହିଲେ, 'ମତେ ଚିହ୍ନି ପାରୁନ ନିଲୁ ? ମୁଁ ବର୍ମା, ମାନେ ଅମନ ବର୍ମା।

ନୀଳିମାଙ୍କର ଆଶ୍ଚର୍ଯ୍ୟର ସୀମା ରହିଲାନି। ଅମନ ବର୍ମା....ଏତେ ବର୍ଷ ପରେ ପୁଣି ଏଇ ପରିଣତ ବୟସରେ ! ଆଖିରେ ମୋଟା ଚଷମା, ମୁଣ୍ଡରେ ଅଧାଅଧି ପାଚିଲା ଚୁଟି, ଶରୀର ପୃଥୁଳ, ଅସମ୍ଭବ ପ୍ରକାର ପରିବର୍ତ୍ତନ। କହିଲେ ବି ବିଶ୍ୱାସ ହେଉନଥାଏ ଯେ, ଇଏ ସେଦିନର ସେଇ ରୋମାଣ୍ଟିକ ଯୁବକ ଅମନ ବର୍ମା ! ନୀଳିମା କହିଲେ, 'ତୁମେ କହିନଥିଲେ ମୁଁ ଆଦୌ ଚିହ୍ନି ପାରିନଥାନ୍ତି, କିନ୍ତୁ ତୁମେ ମତେ କେମିତି ଚିହ୍ନି ପାରିଲ ?'

ନୀଳିମା ଦିଲ୍ଲୀ ୟୁନିଭରସିଟିର ଡିଗ୍ରୀ କଲେଜର ଛାତ୍ରୀ ଥିଲେ। ଅମନ ପି.ଜି ଛାତ୍ର ଥିଲେ। ସେଠାରେ ନୀଳିମାଙ୍କର ବାପା ଜଣେ ମିଲିଟାରୀ କର୍ଣ୍ଣେଲ ଥିଲେ। ତାଙ୍କର ଚେହେରା ଯେମିତି କଥାବାର୍ତ୍ତା ସେମିତି। ମୁହଁରେ ବାଘୁଆ ନିଶ, ବହୁତ କଡ଼ା ମଣିଷ। ଘରେ ଦୁଇ ଦୁଇଟା ବାଘ ଭଳି କୁକୁର ପୋଷା ହୋଇଥାନ୍ତି। ତାଙ୍କ ବାପା ସକାଳେ ମର୍ଣ୍ଣିଙ୍ଗ ୱାକରେ ଗଲେ ପଛରେ କୁକୁର ଦି'ଟା ଧାଉଁଥାନ୍ତି। ଅର୍ଡର୍ଲି ସେଇ କୁକୁର ଦୁଇଟାକୁ କଣ୍ଟ୍ରୋଲ କରୁଥାଏ। ଦିଲ୍ଲୀରେ ସେମାନେ କ୍ୱାର୍ଟର୍ସ ପାଇ ରହୁଥାନ୍ତି। କ୍ୱାର୍ଟର୍ସ ଚାରିପଟେ ପାଚେରି। ବଡ଼ ଲୁହା ଗେଟଟିଏ ଲାଗିଥାଏ। ଗେଟ ଖୋଲି ଭିତରକୁ ଯିବାକୁ କାହାର ସାହସ ନଥାଏ। ଗେଟ ଖୋଲିବା ଶବ୍ଦ ହେବାକ୍ଷଣି କୁକୁର ଦି'ଟା ଭୁକି ମହାବଳ ବାଘ ଭଳି ମାଡ଼ି ଆସନ୍ତି। ପ୍ରତ୍ୟେକ ଦିନ ଡ୍ରାଇଭର ନୀଳିମାଙ୍କୁ ନେଇ କଲେଜରେ ଛାଡ଼େ, ପୁଣି ଯାଇ ଆଣେ। କର୍ଣ୍ଣେଲ ସାହେବଙ୍କର କଡ଼ା ନିର୍ଦ୍ଦେଶ କଲେଜକୁ ଯିବ ଆଉ ଆସିବ, ଆଉ କୁଆଡ଼େ ବିନା ଅନୁମତିରେ ଯାଇପାରିବ ନାହିଁ।

ଦିନେ ତାଙ୍କ କ୍ଲାସ ଶୀଘ୍ର ସରିଗଲା। ଦେଖିଲେ ଡ୍ରାଇଭର ଗାଡ଼ି ନେଇ

ଆସିନି । ସେ ଆଉ ଅପେକ୍ଷା ନକରି ବସରେ ଯିବାକୁ ସ୍ଥିର କଲେ । ସେ ଚାଲି ଚାଲି ବସ ଷ୍ଟପ ପର୍ଯ୍ୟନ୍ତ ଗଲେ । ସେ ସ୍ୱାଧୀନ ଭାବେ ଏକୁଟିଆ ଯାଉଥିବାରୁ ତାଙ୍କୁ ଏତେ ଆନନ୍ଦ ଲାଗୁଥାଏ ଯେ ପଞ୍ଜୁରି ଭିତରୁ ବାହାରି ଶାରୀଟିଏ ଉଡୁଥିବା ଭଳି ଅନୁଭବ କଲେ । ନ ହେଲେ ଘର ଭିତରେ ଚାରି କାନ୍ଥ ଭିତରେ ବନ୍ଧା । ଏସବୁ ତାଙ୍କୁ ଅଣନିଃଶ୍ୱାସୀ ଲାଗେ । ଯାହାହେଉ ଡ୍ରାଇଭର ଆଜି ଆସିନି ତାଙ୍କୁ ଟିକେ ମୁକ୍ତି ମିଳିଛି । ଏଇ ସୁନ୍ଦର ପୃଥିବୀକୁ କ୍ଷଣକ ପାଇଁ ମନଭରି ଦେଖିବାକୁ ତ ସୁଯୋଗ ମିଳିଛି ।

ସେଦିନ ସେ ବସ ଷ୍ଟପରେ ଛିଡ଼ା ହେଇଛନ୍ତି, ଜଣେ ଗୋରା, ସ୍ଲିମ ହ୍ୟାଣ୍ଡସମ ପିଲାଟିଏ ତାଙ୍କ ପାଖରେ ଆସି ଛିଡ଼ାହେଲା । ସେତେବେଳେ ସେଠାରେ ବିଶେଷ ଲୋକ ନଥିଲେ । ପିଲାଟି ତାଙ୍କ ଆଡ଼କୁ ବାରମ୍ବାର ଚାହୁଁଥାଏ । ନୀଳିମାଙ୍କୁ ଟିକେ ଅସ୍ୱସ୍ତିକର ଲାଗିଲା । ଏମିତି ଚାହାଣି ଭିତରେ ବସ ଆସିଗଲା । ନୀଳିମା ଯେଉଁ ବସରେ ଚଢ଼ିଲେ ପିଲାଟି ମଧ୍ୟ ସେଇ ବସରେ ଚଢ଼ିଲା, ସେ ଯେଉଁ ଷ୍ଟପେଜରେ ଓହ୍ଲେଇଲେ, ପିଲାଟି ମଧ୍ୟ ସେଇଠି ଓହ୍ଲେଇଲା । ସେଇଠୁ ନୀଳିମାଙ୍କର ଘର ଅଳ୍ପ ଦୂରରେ । ସେ ଚାଲିଲା ବେଳକୁ ସେଇ ପିଲାଟି ମଧ୍ୟ ତାଙ୍କ ପଛେ ପଛେ ଚାଲୁଥାଏ । ସେ ବହୁତ ଭୟ ପାଇଗଲେ । ତାଙ୍କ ଛାତି ଖାଲି ଧଡ଼ଧଡ଼ ହେଲା । ପିଲାଟି ତାଙ୍କ ଘର ପାଖ ଦେଇ କ୍ଷିପ୍ର ଗତିରେ ଆଗକୁ ଚାଲିଗଲା । ନୀଳିମା ବୁଝି ପାରିଲେନି ପ୍ରକୃତରେ ପିଲାଟା ତାଙ୍କୁ ଅନୁସରଣ କରୁଥିଲା ନା ତା' ଗନ୍ତବ୍ୟ ପଥରେ ଯାଉଥିଲା ?

ତା' ପରଦିନ ସକାଳୁ ନୀଳିମା ଗାର୍ଡେନରେ ବୁଲୁଥାନ୍ତି, ସେଇ ସମୟରେ ତାଙ୍କୁ ସାଇକେଲର ଘଣ୍ଟି ଶବ୍ଦ ହେଲା । କାହିଁକି କେଜାଣି ତାଙ୍କ ଦୃଷ୍ଟି ପାଚେରି ସେପଟ ରାସ୍ତାକୁ ଚାଲିଗଲା । ସେ ଦେଖିଲେ, ପୂର୍ବଦିନର ସେଇ ପିଲାଟି ସାଇକେଲ ହ୍ୟାଣ୍ଡେଲରେ ଏକ କ୍ଷୀର କେନଟିଏ ଝୁଲେଇ ଯାଉଛି, କେନଟି ସାଇକେଲରେ ବାଜି ଝୁଣୁଝୁଣୁ ଶବ୍ଦ ହେଉଛି । ସାଇକେଲର ଘଣ୍ଟି ଶବ୍ଦ ସହିତ କ୍ଷୀର କେନର ଶବ୍ଦ ମିଶି ଅଦ୍‌ଭୁତ ଶବ୍ଦ କରୁଛି । ସେ ଦେଖିଲେ, ପିଲାଟି ସାଇକେଲ ଅଟକେଇ ସ୍ଥିର ଚକ୍ଷୁରେ ତାଙ୍କ ଆଡ଼କୁ ଚାହିଁ ରହିଛି । ନୀଳିମାଙ୍କ ଆଖି ମଧ୍ୟ ସ୍ଥିର ହେଇଗଲା । ତା'ପରେ କିଛି ସମୟ ପରେ ନୀଳିମା ଘର ଭିତରକୁ ଚାଲିଗଲେ । ପିଲାଟି ମଧ୍ୟ ସାଇକେଲ ଚଲେଇ ଆଗକୁ ଚାଲିଗଲା । ତା'ପରଦିନ ମଧ୍ୟ ନୀଳିମା ଗାର୍ଡେନକୁ ଆସିବାର କିଛି ସମୟ ପରେ ପିଲାଟି ସେମିତି ଝୁଣୁଝୁଣୁ ଶବ୍ଦ କରି ଆସି ପହଞ୍ଚିଲା । ତା'ପରେ ସେମିତି ଚାହାଁଚାହିଁର ପୁନରାବୃତ୍ତି । ଏମିତି କିଛିଦିନ ଚାଲିଲା ପରେ ନୀଳିମା ଜାଣିଲେ, ପିଲାଟି ପ୍ରତିଦିନ କ୍ଷୀର ପାଇଁ କେଉଁଠିକୁ ଯାଏ । ଏମିତି ପ୍ରତିଦିନ ପିଲାଟି ଆସି ତାଙ୍କୁ ଚାହିଁ ଚାହିଁ ଚାଲିଯାଏ । ନୀଳିମା ବି ସେଇ ସମୟକୁ ଚାତକ ଭଳି ଚାହିଁଥାନ୍ତି । ପିଲାଟି ପ୍ରତି

ଧୀରେ ଧୀରେ ତାଙ୍କର ଦୁର୍ବଳତା ଚାଲି ଆସିଲା। ଏମିତି ଦିନେ ତାଙ୍କ ଘରେ କ୍ଷୀର ଦେଉଥିବା ଲୋକଟି ତାଙ୍କୁ ଖଣ୍ଡେ ଚିଠି ବଢ଼େଇ ଦେଲା। ଲେଖା ଥିଲା,

ପ୍ରିୟ ନିଲୁ, ...ଏଇ ସମ୍ବୋଧନରେ ନୀଳିମା ଟିକେ ରୋମାଞ୍ଚିତ ହେଇଗଲେ। ତୁମର ସେଇ ଢଳଢଳ ହରିଣୀ ପରି ଇନୋସେଣ୍ଟ ଆଖିକୁ ଦିନେ ନ ଦେଖିଲେ ମୁଁ ରହିପାରୁନି। ପ୍ରଥମ ଦିନ ବସଷ୍ଟପରେ ତୁମକୁ ଦେଖିବା ଦିନଠାରୁ ତୁମକୁ ବିଶେଷ ଭାବେ ତୁମ ଆଖିକୁ ଭଲପାଇ ବସିଛି। ଏଥିରୁ ମୋତେ ନିରାଶ କରିବନି। ଲେଖିଥିଲେ ସେ ଦିଲ୍ଲୀ ୟୁନିଭରସିଟିର ପି.ଜି ଛାତ୍ର।

ଏମିତି ଭାବେ ଚାରି ପାଞ୍ଚ ଖଣ୍ଡ ଚିଠି ଦେଲାପରେ, ପ୍ରତ୍ୟେକ ଚିଠିରେ ଚିଠିର ଉତ୍ତର ପାଇଁ ଲେଖୁଥିବାରୁ , ଦିନେ ନୀଳିମା ନିଜ ବିଷୟରେ ସବୁକଥା ଲେଖି କ୍ଷୀରବାଲା ହାତରେ ଖଣ୍ଡେ ଚିଠି ପଠେଇଲେ। ଏମିତି ଭାବେ ଚିଠି ମାଧ୍ୟମରେ ଏବଂ ଆଖିର ଚାହାଣି ଦ୍ୱାରା ସେମାନଙ୍କ ସମ୍ପର୍କ ବଢ଼ିଲା। ଦୁହେଁ ପରସ୍ପରକୁ ଭଲପାଇ ବସିଲେ। ସେଇ ଭଲ ପାଇବା ଥିଲା, ଖାଲି ଆଖିର, ମନର ଆଉ ଭାବପ୍ରବଣତାର। ନିର୍ମଳ କାଚକେନ୍ଦୁ ପାଣି ଭଳି ସ୍ୱଚ୍ଛ। ଅମନଙ୍କର ପ୍ରିୟ ରଙ୍ଗ ଥିଲା ହଳଦିଆ। ତେଣୁ ସେ ପ୍ରାୟ ଲେମନ କଲର ଶାର୍ଟ ପିନ୍ଧୁଥିଲେ। ତେଣୁ ନୀଳିମା ଚିଠିରେ ଏଲୋ ବୋଲି ସମ୍ବୋଧନ କରନ୍ତି। ଯାହାହେଉ ଦୁହିଁଙ୍କ ସମ୍ପର୍କକୁ ସେଇ କ୍ଷୀରବାଲା ଲୋକଟି ଦୃଢ଼ କରିଥିଲା। ତା'ର ଟେର୍ କେହିବି ପାଇ ନଥିଲେ। ଗୁପ୍ତ ଭାବେ ସେ ଚିଠିର ଆଦାନ ପ୍ରଦାନ କରୁଥିଲା। ଏମିତି ଭାବେ ଗୋଟିଏ ବର୍ଷ ଚାଲିଗଲା। ସେଇ ଗାର୍ଡେନରେ ଛିଡ଼ାହେଇ ଅପେକ୍ଷା, ସେଇ ସାଇକେଲର ଘଣ୍ଟି, କ୍ଷୀର କେନର ରୁଣୁଝୁଣୁ ଶବ୍ଦ, ସେଇ ଚାହାଣି, ଏମତି ଦିନ ଆସିଲା, ଅମନ ବର୍ମାଙ୍କର ଟିକେ ଆସିବା ଡେରି ହେଲେ ନୀଳିମା ଅସ୍ଥିର ହେଇ ପଡ଼ନ୍ତି। ଦିନେ ଆସିବାର ବ୍ୟତିକ୍ରମ ହେଲେ ନୀଳିମା ଖାଇ ପାରନ୍ତି ନା ଶୋଇ ପାରନ୍ତି। ରାତିଟା ଅନିଦ୍ରାରେ କଟିଯାଏ। ଦୁହେଁ ଚାହାନ୍ତି, ସେମାନେ ଚାଲିଯାନ୍ତେ କାହିଁ କେତେ ଦୂରକୁ, ଏକ ନିର୍ଜନ ସ୍ଥାନକୁ, ଏକାନ୍ତ ଭାବେ ନିଜର ହେବାକୁ, ଯେଉଁଠି ନଥାନ୍ତା କୌଣସି ବନ୍ଧନ। କିନ୍ତୁ ଏଇ ସମାଜର ନାଲି ଆଖିରୁ ସେମାନେ ଦୂରେଇ ଯାଇପାରି ନାହାନ୍ତି। କେବେ କେବେ କଲେଜ ପାଖରେ ଅମନ ଅପେକ୍ଷା କରିଥାନ୍ତି। ନୀଳିମା କ୍ଲାସରୁ ବାହାରି ଟିକେ କଥାବାର୍ତ୍ତା କରିବାକୁ ବ୍ୟସ୍ତ ହେବା ବେଳକୁ ଡ୍ରାଇଭର ଆସି ପାଖରେ ଛିଡ଼ା ହେଇଯାଏ। କର୍ଣ୍ଣେଲ ସାହେବଙ୍କ କଡ଼ା ନିର୍ଦ୍ଦେଶକୁ ଠିକଭାବେ ପାଳନ କରିବାକୁ ଟିକେ ବି ପଶ୍ଚାତ୍‌ପଦ ହୁଏନା।

ଏମିତି ଦିନ ଗଡ଼ିଚାଲିଲା। ପରସ୍ପରଙ୍କ ଉତ୍କଣ୍ଠା, ଆବେଗ, ଛାତିର ସ୍ପନ୍ଦନ, ଭଲପାଇବା ଚାହାଣିରେ ପରିପ୍ରକାଶ ହୁଏ। ପ୍ରତ୍ୟେକ ଦିନ ସାଇକେଲ ଘଣ୍ଟିର ଶବ୍ଦ

କ୍ଷୀର କେନର ଝୁଣୁଝୁଣୁ ଶବ୍ଦ ସହିତ ସେମାନଙ୍କ ମନର ଭାବନା ଏକାକାର ହେଇଯାଏ। ଧୀରେ ଧୀରେ ଘରଲୋକେ ସବୁକଥା ଜାଣିଲେ। ଅମନ ବର୍ମା ଜଣେ ସାଧାରଣ ବ୍ୟବସାୟୀର ପୁତ୍ର ଏବଂ ଜାତି ଭାଷା ଅଲଗା। କ୍ଷୀରବାଲା ଚିଠିର ଆଦାନ ପ୍ରଦାନ କରୁଥିବା ଜାଣି ତା'ଠାରୁ କ୍ଷୀର କିଣିବା ବନ୍ଦ କରିଦେଲେ। ସକାଳୁ ନୀଳିମା ବଗିଚାକୁ ନ ଯିବାପାଇଁ ଗ୍ରୀଲରେ ତାଲା ପକେଇ ଦିଆଗଲା। ଶେଷରେ ଘର ଦୁଆରୁ କାରର କାଚ ବନ୍ଦ କରି ବାହାରକୁ ନିଆଗଲା। କଲେଜରେ କ୍ଲାସ ସରିବାକୁ ଡ୍ରାଇଭର ଅପେକ୍ଷା କରି ତାଙ୍କୁ ଘରକୁ ଆଣିବା ନିତିଦିନିଆ କାମରେ ପରିଣତ ହେଲା। ନୀଳିମା ରାତି ରାତି ଲୁହରେ ତକିଆ ଭିଜେଇ ଦିଅନ୍ତି। ସେ ତାଙ୍କର ପ୍ରଥମ ପ୍ରେମକୁ ଭୁଲି ପାରନ୍ତିନି। ଅମନଙ୍କ ବିଚ୍ଛେଦ ତାଙ୍କୁ ବ୍ୟତିବ୍ୟସ୍ତ କରାଏ। ଯାହାଙ୍କୁ ଦିନେ ନ ଦେଖିଲେ ରହିପାରନ୍ତିନି, ତାଙ୍କ ବିନା କେମିତି ସାରା ଜୀବନ କଟେଇବେ ସେ ଚିନ୍ତା କରି ପାରନ୍ତିନି। ସେପଟେ ଅମନଙ୍କ ଅବସ୍ଥା କ'ଣ ହେଉଥିବ ଭାବି ଘାରି ହୁଅନ୍ତି। ସେଇ ଚାହାଣି ଭିତରେ ତାଙ୍କ ସମ୍ପର୍କ ଏତେ ସୁଦୃଢ ହେଇ ଯାଇଥିଲା ଯେ ନୀଳିମା ବିଶ୍ୱାସ କରିପାରନ୍ତି ନାହିଁ।

ଏହା ମଧ୍ୟରେ ତାଙ୍କ ବାପାଙ୍କର ହଠାତ୍ ଟ୍ରାନ୍ସଫର ଅର୍ଡର ଆସିଲା। ଯେନତେନ ପ୍ରକାରେ ସେ ଫାଇନାଲ ପରୀକ୍ଷାଟା ଦେଇ ଦେଲାପରେ ସେମାନେ ଗୋଆ ସିଫ୍ଟ ହେଇଗଲେ। ଯିବା ପୂର୍ବରୁ ସେ ତାଙ୍କ ମନକଥା ମମୀ ଆଗରେ ସବୁ ଖୋଲି କହିଥିଲେ। ଅମନଙ୍କ ବିନା ସେ ବଞ୍ଚିପାରିବ ନାହିଁ, ତାଙ୍କୁ ବିବାହ କରିବାକୁ ଚାହାନ୍ତି। ମମୀଙ୍କର ତାଙ୍କ ପ୍ରତି ସହାନୁଭୂତି ଥିଲେ ବି ବାପାଙ୍କ ପାଖରେ ଏହି ପ୍ରସ୍ତାବ ଦେବାକୁ ତାଙ୍କର ସାହସ ନଥିଲା। ସେ ଜାଣିଥିଲେ, ତାଙ୍କ ବାପା କେତେ ରାଗୀ ଏବଂ ନିଷ୍ଠୁର, ସେ କେବେ ବି ଝିଅର ମନକଥା ବୁଝିପାରିବେନି। ତେଣୁ ତାଙ୍କୁ ବୁଝେଇ କହିଥିଲେ, ଦେଖ ମା, ପୁଅ ଝିଅ ଏହି ବୟସରେ ପ୍ରେମ କରନ୍ତି, ସେତେବେଳେ ସେମାନଙ୍କର ବିଚାର ଜ୍ଞାନ ନଥାଏ। ସେଇ ସମୟଟା ଚାଲିଗଲେ ଅନୁତାପ କରିବାକୁ ପଡ଼େ। ଏମିତି ଇମୋସନାଲ ହେବା ଉଚିତ୍ ନୁହେଁ। ସେଇ ପରିବାର ଆମ ସମକକ୍ଷ ନୁହେଁ, ତା'ପରେ ସେମାନେ ଭିନ୍ନ ଭାଷା ଏବଂ ଭିନ୍ନ ଜାତିର। ତୁ ଆମର ଗୋଟିଏ ବୋଲି ଝିଅ, କେତେ ବଡ଼ ବଡ଼ ଘରୁ ବିବାହ ପ୍ରସ୍ତାବ ଆସିବ ତୋ ପାଇଁ। ତୁ ଆଦୌ ବ୍ୟସ୍ତ ହଅନା। ଧୀରେ ଧୀରେ ସବୁ ଠିକ ହେଇଯିବ। ଯେତେ ଯାହା ମମୀ ବୁଝେଇଲେ ବି ତାଙ୍କ ମନ ବୁଝୁ ନଥିଲା। ଅମନଙ୍କ ବିହୁନେ ତାଙ୍କୁ ଅସହ୍ୟ ଲାଗୁଥିଲା।

ଗୋଆରେ ଆଦୌ ମନ ତାଙ୍କର ଲାଗୁନଥିଲା। କେମିତି ତାଙ୍କ ଦିନ କଟୁଥିଲା

ସେ ଜାଣନ୍ତି। ତାଙ୍କୁ ବେଶି ଦୁଃଖ ଲାଗୁଥିଲା, ଆସିବା ପୂର୍ବରୁ ସେ ଥରୁଟିଏ ଅମନଙ୍କ ସହିତ ସାକ୍ଷାତ୍ କରିପାରିଲେ ନାହିଁ। ତାଙ୍କଠୁ ସେ ଶେଷ ବିଦାୟ ନେବାକୁ ଚାହୁଁଥିଲେ। ସେ ଗୋଆରୁ ଅମନଙ୍କ ପାଖକୁ ସବୁକଥା ଲେଖି ଚିଠି ଦେଇଥିଲେ, ସେ ମଧ୍ୟ ଉତ୍ତର ଦେଇଥିଲେ। କିନ୍ତୁ ସେଇ ଚିଠି ବାପାଙ୍କ ହାତରେ ପଡ଼ିଥିଲା। ସେଥିପାଇଁ ତାଙ୍କଠାରୁ ତାଙ୍କୁ ବହୁତ ଗାଳି ଶୁଣିବାକୁ ପଡ଼ିଥିଲା। ଅମନ କ'ଣ ସେଇ ଚିଠିରେ ଲେଖିଥିଲେ ସେ ଜାଣି ପାରିଲେନି।

ତା'ପରେ ଇଞ୍ଜିନିୟର ଅନିମେଶ ରାୟଙ୍କ ସହିତ ତାଙ୍କ ବାହାଘର ହେଇ ଯାଇଥିଲା। ଅମନଙ୍କ ବିଷୟରେ ସେ ଅନିମେଶଙ୍କୁ ସବୁକଥା କହି ଦେଇଥିଲେ। ଅନିମେଶ ବାବୁ ଅତି ଉଦାର, ନମ୍ର ଭଦ୍ରବ୍ୟକ୍ତି। ସେ ତାଙ୍କ କଥା ଶୁଣି ଦୁଃଖ କରିଥିଲେ। ତାଙ୍କୁ ସାନ୍ତ୍ୱନା ଦେଇଥିଲେ। କିନ୍ତୁ କେବେ ବି ତାଙ୍କ ପ୍ରତି ବିତୃଷ୍ଣାଭାବ ଆସିନଥିଲା। ଅନିମେଶ ତାଙ୍କୁ ବହୁତ ସ୍ନେହ ଆଦର କରୁଥିଲେ ବି ସେ ମନ ଭିତରେ ଅମନଙ୍କୁ ଭୁଲିପାରୁ ନଥିଲେ। ବାହାଘର ପରେ ଯେତେବେଳେ ସେମାନେ ଦିଲ୍ଲୀ, ଆଗ୍ରାକୁ ହନିମୁନ ପାଇଁ ଯାଇଥିଲେ, ସେତେବେଳେ ନୀଳିମା ସାରା ଦିଲ୍ଲୀ ସହରକୁ ଖୋଜିଲା ଖୋଜିଲା ଆଖିରେ ଚାହୁଁଥିଲେ, ତଥାପି ସେ ତାଙ୍କ ମନର ମଣିଷକୁ ପାଇପାରି ନଥିଲେ। ତାହା ଏକ ଜୀବନ୍ତ ସ୍ମୃତି ହେଇ ତାଙ୍କ ମାନସପଟରେ ରହିଗଲା। ସେଇ ସ୍ମୃତି ସବୁବେଳେ ତାଙ୍କ ମନ ଏବଂ ଭାବନାକୁ ଝଙ୍କୃରିତ କରୁଥିଲା। ତାଙ୍କ ମନ କହେ, ଥରେ ହେଲେ ତାଙ୍କ ସହିତ ସାକ୍ଷାତ୍ ହୁଅନ୍ତା କି! ମନଖୋଲି ତାଙ୍କ ହୃଦୟର ବେଦନାକୁ ପ୍ରକାଶ କରିବାକୁ ଥରେ ହେଲେ ସୁଯୋଗ ମିଳନ୍ତା କି! ଆଦ୍ୟ ଯୌବନର ପ୍ରଥମ ପ୍ରେମକୁ କିଏ କ'ଣ କେବେ ଭୁଲିପାରେ ?

ଏହା ମଧ୍ୟରେ କେତେ ଯେ ବର୍ଷା, ବୈଶାଖ, ବସନ୍ତ ଅତିକ୍ରମ କରିଗଲାଣି ତା'ର ହିସାବ ନାହିଁ। ପିଲାମାନେ ବାହାସାହା ହେଇ ନାତି ନାତୁଣୀ ହେଲେଣି। ଏହି ଜୀବନରେ ବୟସର ଅପରାହ୍ନରେ ଏମିତି ଭାବେ ତାଙ୍କ ମନର ମଣିଷଙ୍କୁ ପାଇବେ ସେ କଳ୍ପନା କରିପାରୁ ନଥିଲେ। ଦୁହେଁ ଦୁହିଁଙ୍କୁ କେବଳ ଆଶ୍ଚର୍ଯ୍ୟ ଦୃଷ୍ଟିରେ ଚାହୁଁଥିଲେ। ଅମନ ବର୍ମା କହିଲେ, 'ନିଲୁ, ତୁମକୁ ହରେଇବା ପରେ ମୁଁ ପାଗଳ ଭଳି ହେଇଗଲି। ଶେଷରେ ପରୀକ୍ଷାରେ ଖରାପ ହେଲା। ଆଉ ପରୀକ୍ଷା ନଦେଇ ଘରେ ଚୁପଚାପ ବସି ରହିଲି। ତୁମ ଚିଠି ପାଇ ମୁଁ ଚିଠି ଦେଇଥିଲି, କିନ୍ତୁ ତୁମଠାରୁ ଉତ୍ତର ନପାଇ ମୁଁ ବିବ୍ରତ ହେଲି। ଧୀରେ ଧୀରେ ମାନସିକ ଭାରସାମ୍ୟ ହରେଇ ବସିଲି। ଠିକ୍ ହେଲା ପରେ ବାପା ଜବରଦସ୍ତ ତାଙ୍କ ବ୍ୟବସାୟରେ ନେଇ ବସେଇଲେ। ତା'ପରେ ବାହାଘର କରିଦେଲେ। ମୋ ସ୍ତ୍ରୀ କନଭେଣ୍ଟ ସ୍କୁଲରେ ଟିଚର ଥିଲା। ବାପା ଚାଲିଯିବାରୁ ସବୁ

ବ୍ୟବସାୟର ଭାର ମୋ ଉପରେ ପଡ଼ିଲା । ମୋର ଦୁଇ ଝିଅ, ଗୋଟିଏ ପୁଅ । ସମସ୍ତେ କଲେଜରେ ପଢୁଛନ୍ତି । ମୁଁ ମୋ ସଂସାର ନେଇ ଖୁସିରେ ଅଛି । ତଥାପି ମନ ଭିତରେ ତୁମକୁ ଭୁଲି ପାରିନି । ମୁଁ ଭାବିଥିଲି, ଏଇ ଜନ୍ମରେ ତୁମ ସହିତ ଆଉ ସାକ୍ଷାତ୍ ହେବନି । ଯାହାହେଉ ଦେଖା ହେଲା, ବହୁତ ଖୁସି ଲାଗୁଛି ।' ନୀଳିମା ମଧ୍ୟ ସଂକ୍ଷେପରେ ତାଙ୍କ ପରିବାର କଥା କହିଲେ । ଅମନ ତାଙ୍କ ପରିପୂର୍ଣ୍ଣ ସଂସାରକୁ ନେଇ ଖୁସିରେ ଅଛନ୍ତି ଜାଣି ନୀଳିମା ଖୁସି ହେଲେ । ଅନେକ ଦିନ ପରେ ତାଙ୍କ ମନଟା ହାଲୁକା ଲାଗୁଥିଲା । ଏମିତି କଥାବାର୍ତ୍ତା ମଧ୍ୟରେ ରାତି ବଢ଼ିବାକୁ ବସିଥିଲା । ଦୁହେଁ ମିଶି ଗେଟ ବାହାରକୁ ଆସିଲେ । ତା'ପରେ ପରସ୍ପରଙ୍କ ଠିକଣା ନେଇ ଦୁହେଁ ଦୁଇ ଦିଗକୁ ମୁହେଁଇଲେ ।

■

ପଳାଶ ଫୁଲ

ପ୍ରଚଣ୍ଡ ଶବ୍ଦରେ ତପୁର ନିଦ ଭାଙ୍ଗିଗଲା। ତା'ପରେ ଢୋ ଢୋ ଲଗାତାର ଶବ୍ଦ। ଯେମିତି ବୋମା ବର୍ଷୁଛି, ଅଞ୍ଚଳଟାକୁ ଖିନ୍‌ଭିନ୍ କରିଦେବ। ଟେବୁଲ ଉପରେ ଥିବା ଲ୍ୟାମ୍ପ ଜଳେଇ ଘଣ୍ଟାକୁ ଚାହିଁଲା, ଭୋର ପାଞ୍ଚଟା ବାଜିଛି। ଏଥିପାଇଁ ତାକୁ ଏଇ ଜାଗାଟା ଆଦୌ ଭଲ ଲାଗେନା। ଅହରହ ପ୍ରଚଣ୍ଡ ବ୍ଲାଷ୍ଟିଙ୍ଗର ଶବ୍ଦ, ଟ୍ରକ, କ୍ରସରର ଘର ଘର ଶବ୍ଦ ସହିତ ଅଞ୍ଚଳଟା ଧୂଳି ଧୂଆଁରେ ଭର୍ତ୍ତି। ତା' ସହିତ ପାଖରେ ଶୋଇଥିବା ବାପାଙ୍କର ଘୁଙ୍ଗୁଡ଼ି ଶବ୍ଦ। ଏଇ ସବୁ ଶବ୍ଦ ତାକୁ ଆକ୍‌ଟା ମାକଟା କରି ଦେଉଥିଲା। ଭୟଙ୍କର ଅକ୍ଟୋପସର ଲମ୍ବା ହାତଗୁଡ଼ାକ ତାକୁ ଜାବୁଡ଼ି ଧରିବା ପାଇଁ ଯେମିତି ମାଡ଼ି ଆସୁଥିଲେ। ସେ ଧୀର ପାଦରେ କବାଟ ଖୋଲି ବାରଣ୍ଡାକୁ ଆସିଲା। ଆକାଶକୁ ଚାହିଁଲା, ତଥାପି ତାରାଗୁଡ଼ିକ ଆଖିମିଟିକା ମାରୁଥିଲେ। ପୂର୍ଣ୍ଣିମାର ରୂପାଥାଳି ଭଳି ଜହ୍ନ ଦିଗ୍‌ବଳୟର ପଣତରେ ଘୋଡ଼େଇ ହେବାକୁ ଯାଉଥିଲେ। ଦୂରରେ ଥିବା ଚା' ଦୋକାନ ଆଡ଼େ ସେ ଚାହିଁଲା। ଚା' ଦୋକାନୀ ନନା କୋଇଲା ଆଞ୍ଚ ଲଗେଇ ଆଣି ବାହାରେ ଥୋଇଲେଣି। ଆଞ୍ଚର ଧୂଆଁ ଆକାଶକୁ ଉଠିଯାଇ କୃତ୍ରିମ ବାଦଲ ସୃଷ୍ଟି କରୁଥିଲା। ପାଖ ବସ୍ତିର କୁକୁଡ଼ାମାନେ କକ୍କର କ ଶବ୍ଦ କରି ସକାଳକୁ ଆବାହନ କଲେଣି।

ଚାରିପଟେ କଙ୍କ୍ରିଟ ଜଙ୍ଗଲ ଏବଂ ଟାଙ୍ଗରା ଭୂଇଁ। ଖଣି ଖାଦାନ ଏରିଆ। ପାହାଡ଼ର ପାଦଦେଶ ପର୍ଯ୍ୟନ୍ତ ଠାଏ ଠାଏ ବସ୍ତି। ଖାଦାନରେ କାମ କରୁଥିବା ଲୋକେ ସେଠାରେ ପରିବାର ଧରି ରୁହନ୍ତି। ସକାଳୁ ସନ୍ଧ୍ୟା ଯାଏ ସେଇ ପଥର ଦେହରେ

ନିଜକୁ ମିଶେଇ ଦିଅନ୍ତି। ଏହା ହିଁ ତାଙ୍କର ଜୀବିକା ଓ ଜୀବନ। ଏହି ପରିବେଶ ସହିତ ତପୁ ଖାପ ଖୁଆଇ ପାରେନା। ତାଙ୍କ ଗାଁ ଏହାଠାରୁ କେତେ ତଫାତ୍। କେତେ ଚମତ୍କାର ପରିବେଶ ! ପାଖରେ ବୁଧେଇ ନଈ, ଗାଁ ଚାରିପଟେ ଆମ୍ବ ତୋଟା ଏବଂ ସବୁଜ କ୍ଷେତ। ଚାରିପଟେ ଅସଂଖ୍ୟ ନଡ଼ିଆ ଗଛର ସମାରୋହ। ଆଃ କି ଶାନ୍ତି ! ତାକୁ କେତେ ଭଲ ଲାଗେ ନଦୀରେ ବନିଶି ପକେଇ ମାଛ ଧରିବା ଆଉ ଗାଁ ମୁଣ୍ଡ ବରଗଛ ତଳେ ବାଗୁଡ଼ି ଖେଳ। ମା' କେତେ ଯତ୍ନରେ ପିଠାପଣା କରି ତାକୁ ଖୁଆଏ। ମା'କୁ ଛାଡ଼ି ତାକୁ ଏହି ସ୍ଥାନକୁ ଆଦୌ ଇଚ୍ଛା ହୁଏନି ଆସିବାକୁ। ସାନ ଭାଇ ଭଉଣୀ ସେମାନେ ସମସ୍ତେ ମା' ପାଖରେ ଗାଁରେ ରୁହନ୍ତି, ଗାଁ ସ୍କୁଲରେ ପାଠ ପଢ଼ନ୍ତି। ବାପା କିନ୍ତୁ ଏହି ବାଆଁସପାଣିରେ ରୁହନ୍ତି। ମଝିରେ ମଝିରେ ଗାଁକୁ ଯାଆନ୍ତି। ସ୍କୁଲ ଛୁଟି ହେଲେ ବାପା ତାକୁ ପାଖକୁ ନେଇ ଆସନ୍ତି। ତା'ର ହେତୁ ପାଇବା ଦିନଠାରୁ ସେ ଏଇ ସ୍ଥାନକୁ ଆସୁଛି। ଏ ବର୍ଷ ତା'ର ମାଟ୍ରିକ ପରୀକ୍ଷା। ଆଦ୍ୟ ଯୌବନର ମଳୟ ପବନ ତାକୁ ଛୁଇଁଲାଣି। ନିଶ, ଦାଢ଼ି ମୁହଁରେ ତା'ର ଗଜୁରିଲାଣି। ମନଟା ଛନଛନ ହେବା ବୟସ। ପାଠ ପ୍ରତି ତା'ର ବିଶେଷ ଆଗ୍ରହ ନଥାଏ। ତେଣୁ ବାପା ତାକୁ ଶାସନର ବେଡ଼ିରେ ବାନ୍ଧିବାକୁ ଚାହାନ୍ତି।

ବାପା ଏଠାରେ କଣ୍ଟ୍ରୋଲ ଡିଲର। ଚାଉଳ, ଗହମ, ଚିନି, କିରାସିନି ଇତ୍ୟାଦିର ଡିଲରସିପ ନେଇଛନ୍ତି। ତା' ବାପା ଏଠାରେ ଅନେକ ବର୍ଷ ହେଲା ରହିଲେଣି, ପ୍ରାୟ ତା'ଜନ୍ମ ପୂର୍ବରୁ। ଏଠାରେ ସେ ଜାଗା କିଣି ଘର କରିଛନ୍ତି। ରହିବା ଘର ବ୍ୟତୀତ ଲମ୍ବାହେଇ ବିରାଟ ହଲ ଭଳି ଘର, ସେଇଟା ଗୋଦାମ ଘର। ତା' ଛଡ଼ା ପାଖରେ କର୍ମଚାରୀମାନେ ରହିବା ଏବଂ ଅଫିସ ଘର। ଘର ଚାରିପଟେ ଅନାବନା ଗଛର ବାଡ଼। ମଝିରେ ବାଉଁଶର ବଡ଼ ଗେଟଟିଏ। ବାବୁଲା ବୋଲି ପିଲାଟିଏ ବାପାଙ୍କ ପାଇଁ ରୋଷେଇ ଏବଂ ଅନ୍ୟାନ୍ୟ କାମ କରିଦିଏ। ବାପାଙ୍କ ରହିବା ରୁମରେ ଦୁଇଟି ଖଟ, ଟେବୁଲ, ଚେୟାର ଏବଂ ଅନ୍ୟାନ୍ୟ ଆସବାବପତ୍ର। ଟେବୁଲ ଉପରେ ରାମାୟଣ, ମହାଭାରତ, ଗୀତା, ଭାଗବତ ଏବଂ ତା' ସହିତ ହିନ୍ଦୀ, ଇଂରାଜୀ ଉପନ୍ୟାସ କେତୋଟି ମଧ୍ୟ ଥୁଆ ହେଇଥାଏ। ବାପାଙ୍କର ପଢ଼ାପଢ଼ିରେ ବହୁତ ନିଶା। ସମୟ ପାଇଲେ ବହି ଧରି ବସିଯାଆନ୍ତି। ସେ ଏଠାକୁ ଆସିଲେ ଯେତିକି ଦିନ ରହେ, ସେଇ ଟେବୁଲ ସେ ଅଧିକାର କରେ। ସମୟ ମିଳିଲେ ବାପା ତାକୁ ପଢ଼େଇ ବସନ୍ତି। ବାପା ଓଡ଼ିଆ ଏବଂ ଇଂରାଜୀ ବ୍ୟାକରଣ ଭଲ ପଢ଼ାନ୍ତି। ସେଥିପାଇଁ ବାପା ଗାଁକୁ ଗଲେ ଗାଁର କିଛି ପିଲା ପାଠ ପଢ଼ିବାକୁ ବାପାଙ୍କ ପାଖକୁ ଆସନ୍ତି। ତା' ବାପା ଗାଁର ପ୍ରଥମ କଲେଜ ପଢୁଆ ବ୍ୟକ୍ତି। ସେଥିପାଇଁ ଗାଁରେ ତାଙ୍କର ଭାରି ଖାତିର। ବାପା ଟିକେ ସଉକିଆ ଲୋକ।

କଲେଜରେ ପଢୁଥିବା ସମୟରେ କାଳେ ଜେଜେ ତାଙ୍କୁ ଧୋତି ପିନ୍ଧି କଲେଜ ଯିବାକୁ କହିବାରୁ ଅଧାରୁ ପାଠ ଛାଡ଼ିଦେଲେ। ତା' ବାପା ବହୁତ କଠୋର ଏବଂ ଶୃଙ୍ଖଳିତ ପ୍ରକୃତିର ମଣିଷ ହେଲେ ବି ତାଙ୍କ ଭିତରେ ଏକ ସ୍ନେହୀ, କୋମଳ, ଆସକ୍ତି ଏବଂ ଦାୟିତ୍ୱବୋଧ ଗୁଣ ରହିଛି, ସେ ଜାଣେ।

ବାପା କିନ୍ତୁ ପାଠ ପଢ଼େଇବା ସମୟରେ ଅନ୍ୟପ୍ରକାର ହୋଇଯାଆନ୍ତି। ସେ ଭୁଲି ଯାଆନ୍ତି ସେ ତାଙ୍କ ପୁଅ ବୋଲି। ସେତେବେଳେ ସେ ମାଷ୍ଟ୍ରଟିଏ ପାଲଟି ଯାଆନ୍ତି। ସେ ହୋଇଯାଏ ଛାତ୍ର। ଭୁଲ ହେଲେ ଢୋ, ଢୋ ବସେଇ ଦିଅନ୍ତି। ଅନେକ ସମୟରେ ସେ ଭାବେ, ବାପା ମାଷ୍ଟ୍ର ଚାକିରି ନକରି ବେପାରୀ ହେଲେ କାହିଁକି? ତାକୁ ବାପା ପଢ଼ାଉଥିବା ବେଳେ ବାପା ତାକୁ ଗାଲରେ ଦୁଇ ଚାରି ଚାପୁଡ଼ା କଷିଦେଲେ। ସେଇ ଆଦିବାସୀ ଭୂୟାଁ ସ୍ତ୍ରୀ ଲୋକଟା ଆଖିରେ ପଡ଼ିଗଲା। କହିଲା, 'ତୁ କେନ୍ତାକରି ଫୁ ପିଲାଟାକୁ ଏତେ ମାରୁଛୁରେ କୋଟା ବାବୁ, ତୋ ଫୁଟାତ ଶାନ୍ତ ଭାଲ ପିଲାଟା। ତୁ ଏନ୍ତାକରି ମାରନାରେ କୋଟା ବାବୁ।' ଏଠାରେ ତା' ବାପାଙ୍କୁ କୋଟା ବାବୁ ବୋଲି ସମସ୍ତେ ଡାକନ୍ତି। ସେତେବେଳେ ତାକୁ ଭାରି ଲାଜ ଲାଗିଲା। ଘରେ ଥିଲେ ମା' ମଧ୍ୟ ପ୍ରତିବାଦ କରି ତାକୁ କୋଳେଇ ନିଏ।

ବାପାଙ୍କର ଦଳେ ଏଠାରେ ସାଙ୍ଗ ଥିଲେ। ତାଙ୍କ ଘର ପାଖରେ ରହୁଥିବା ଟ୍ରକ ମାଲିକ, ପଞ୍ଜାବୀ ଶର୍ମା ଅଙ୍କଲ, କେତେ ଜଣ ବ୍ୟାଙ୍କ କର୍ମଚାରୀ, ଖାଦାନ କର୍ମଚାରୀ ଏବଂ ଛୋଟ ବଡ଼ ବେପାରୀ। ପ୍ରତ୍ୟେକ ଦିନ ରାତିରେ ତାଙ୍କ ଦୋକାନ ସାମନାରେ ପଡ଼ିଥିବା କେତୋଟି ଦଉଡ଼ିଆ ଖଟ ଉପରେ ସେମାନଙ୍କର ଖଟି ହୁଏ। ତା' ସହିତ ମଦ ମାଂସର ଆସର। ରାତିରେ ବାପାଙ୍କ ସାଙ୍ଗରେ ଖାଇଲା ବେଳେ ବାପାଙ୍କ ପାଟିରୁ କେମିତି ଗୋଟେ ଗନ୍ଧ ଆସେ। ତା'ପରେ ଗ୍ଲାସରେ ପାଣି ପିଇଲା ବେଳେ ସେଥିରୁ ଏମିତି ଗନ୍ଧ ଆସେ ଯେ ତା' ପେଟ ଘାଣ୍ଟି ଚକଟି ପକାଏ। ସେ ଠିକରେ ଖାଇ ପାରେନା। ତା'ର ଇଚ୍ଛାହୁଏ ବାପାଙ୍କୁ କହି ଦିଅନ୍ତା, ତୁମ ସାଙ୍ଗରେ ଖାଇବିନି କିନ୍ତୁ ସେ କହିପାରେନା। ବାପାଙ୍କୁ ସେ ବାଘ ଭଳି ଭୟ କରେ। ତେଣୁ ବାପାଙ୍କ ସହିତ ସେ ଫ୍ରିରେ କଥାବାର୍ତ୍ତା କରିପାରେନା।

ତାଙ୍କ ଘର ପାଖ ଚା' ଦୋକାନୀ ନନା ବ୍ରାହ୍ମଣ ହୋଇ ବି ଗୋଟେ ହରିଜନ ଝିଅକୁ ବାହା ହୋଇଛନ୍ତି। ଥରେ ସେଇ ଦୋକାନ ପାଖକୁ ଯାଇଥିବା ବେଳେ ତାଙ୍କ ସ୍ତ୍ରୀ ଜଣେ ବୁଲା ବିକାଳି ପାଖରୁ କ'ଣ କିଣୁଥିବାର ତା' ଆଖିରେ ପଡ଼ିଲା। ସେଇ ବିକାଳି ସ୍ତ୍ରୀ ଲୋକଟି ଗୋଟିଏ ପାଛିଆରେ କ'ଣ ଆଣିଥିଲା, ତାକୁ ଛୋଟ ଏକ ମାଣରେ ମାପି ପାତ୍ରରେ ଢାଳୁଥିଲା। ସେଥିରେ ତା' ଆଖି ପଡ଼ିବା କ୍ଷଣି ସେ ଚମକି

ପଡ଼ିଲା । ପକ୍ଷୀ ନ ଥିବା ଝଡ଼ି ପୋକଗୁଡ଼ା ସାଲୁବାଲୁ ହେଉଥିଲେ । ସେ ପଚାରିଲା, 'ଏଗୁଡ଼ା କ'ଣ ହେବ ମାଉସୀ ?' ସେ କହିଲେ, 'ତୁ ଜାଣିନୁ ? ଏଗୁଡ଼ା ଝରଝରିଆ ପୋକ, ଭାରି ସୁଆଦ, ଖାଇଲେ ଚିଙ୍ଗୁଡ଼ି ମାଛଠାରୁ ଆହୁରି ଭଲ ଲାଗିବ ।'

ଏକଥା ଶୁଣି ତାକୁ ବାନ୍ତି ଲାଗିଲା, ତା' ପେଟ ମନ୍ଥି ହେଇଗଲା । ଜଲଦି ସେଇ ସ୍ଥାନ ଛାଡ଼ି ଧାଇଁ ଚାଲିଆସିଲା । ଭାବିଲା, ଏମାନେ ମଣିଷ ନା ରାକ୍ଷସ ! ନନା ବ୍ରାହ୍ମଣ ହେଇ ଏସବୁ ଅଖାଦ୍ୟ ଖାଉଛନ୍ତି କେମିତି ? ତାକୁ ବହୁତ ଅସନା ଲାଗିଲା । ସେଥିପାଇଁ ଅନେକ ଦିନ ଯାଏ ନନାଙ୍କ ଦୋକାନ ଦୁଆର ମାଡ଼ି ନଥିଲା ।

ଯେବେ ଟ୍ରକ ଟ୍ରକ ମାଲ ତାଙ୍କ ଗୋଦାମକୁ ଆସେ, କଣ୍ଟ୍ରୋଲ ଜିନିଷ ନେବା ପାଇଁ ପୁରୁଷ ଏବଂ ସ୍ତ୍ରୀଲୋକ ମାନଙ୍କର ତାଙ୍କ ଦୋକାନ ସାମନାରେ ଲମ୍ବା ଲାଇନ ଲାଗିଯାଏ । ବାପା ଖାତାରେ ଟିପ ଚିହ୍ନ ନେଇ ଟଙ୍କାଗୁଡ଼ା ଖାଲି ଏକ କାଠ ବାକ୍ସରେ ଭର୍ତ୍ତି କରୁଥାନ୍ତି । ତାଙ୍କ ଗାଁରେ କୋଠାଘର ତିଆରି ହେଉଥାଏ ଏବଂ ତା' ମା'ଙ୍କର ଶାଢ଼ି, ଗହଣାରେ ଆଲମାରୀ ଭର୍ତ୍ତି ହେଉଥାଏ । କିନ୍ତୁ ସେ ଏଠାରେ କୌଣସିଥିରେ ଆନନ୍ଦ ପାଇ ପାରେନା । ଅହରହ ବ୍ଲାଷ୍ଟିଙ୍ଗର ଶବ୍ଦ ଏବଂ ଧୂଳି ଧୂଆଁ ତାକୁ ଅଣନିଃଶ୍ୱାସୀ କରିଦିଏ । ଏଠାକାର ମଣିଷମାନେ ତାକୁ ଅଜବ ଅଜବ ଲାଗନ୍ତି । ତଥାପି ତାକୁ ଆସିବାକୁ ହୁଏ, ପ୍ରତି ଛୁଟିରେ ସେ ଆସେ ।

ତା' ଦେହରେ ଯେତେବେଳେ ଯୌବନର ମଳୟ ପବନ ଛୁଇଁଲା, ଧୀରେ ଧୀରେ ସେଇ ସ୍ଥାନ ପ୍ରତି ତା'ର ଆକର୍ଷଣ ବଢ଼ିଲା । ସେଥିପାଇଁ ବିଶେଷ କାରଣ ଥିଲା, ସେଇ ଝିଅଟିର ଆକର୍ଷଣ । ଗୋଟିଏ ଆଦିବାସୀ ଝିଅ ତା' ମନକୁ ସେଇ ଜାଗାରେ ବାନ୍ଧି ରଖିଥିଲା । ଝିଅଟି ନାଲି ନେଳି ଛିଟ ଶାଢ଼ି ଦେହରେ ଗୁଡ଼େଇ ହେଇଥାଏ । ହାତରେ ମେଞ୍ଚେ ରଙ୍ଗିନ ଚୁଡ଼ି ଏବଂ ପାଦରେ ପାଉଞ୍ଜି ରୁଣୁଝୁଣୁ କରୁଥାଏ ଏବଂ ପ୍ରତ୍ୟେକ ଦିନ ତାଙ୍କ ବାଡ଼ରେ ଫୁଟିଥିବା ପଳାଶ ଫୁଲ ନେଇ ଗଭାରେ ଖୋସିଦେଇ ତାକୁ ଦେଖି ମୋହିନୀ ହସ ହସିଦେଇ ଚାଲିଯାଏ । ସେଇ ହସରୁ ଯେମିତି ମୁକ୍ତା ଝରିପଡ଼େ । ପ୍ରଥମ ଯୌବନରେ ଉବୁଟୁବୁ ହେଉଥିବା ତା'ସାରା ଶରୀରରେ ଯେମିତି ବିଦ୍ୟୁତ୍ ଖେଳିଯାଏ । ଦେହରେ ତା'ର ରୋମାଞ୍ଚ ଜାତହୁଏ । ସେ ସ୍ୱପ୍ନ ରାଇଜରେ ଘୁରିବୁଲେ । ସ୍ୱର୍ଗର ପରୀରାଣୀ ଭଳି ତାକୁ କିମିଆ କରି ସେ କୁଆଡ଼େ ଅନ୍ତର୍ଦ୍ଧାନ ହେଇଯାଏ ।

ସେ ଜାଣିଲା, ତା ନାଁ ସାହେବାଣୀ । ତା ବଡ଼ ଭଉଣୀ ନାଁ ରାଣୀ ! ମନେ ମନେ ସେ ତା' ବାପା ମା'ଙ୍କୁ ତାରିଫ କରେ । ପଥର ଦେହରେ ମିଶି ଯାଉଥିବା ମଣିଷ ମାନଙ୍କର କେତେ ଉଚ୍ଚକାଂକ୍ଷା ! ଏମିତି ନାଁର ସାର୍ଥକତା ନଥାଉ ପଛେ ସେମାନଙ୍କ

ମନ କେତେ ବଡ଼! ସବୁ ଝିଅଙ୍କ ଭିତରେ ସେ ବାରିହେଇ ପଡୁଥିଲା। ପ୍ରତ୍ୟେକ ଦିନ ନିର୍ଦ୍ଦିଷ୍ଟ ସମୟରେ ସେ ଆଉ କେତେ ଜଣ ଝିଅଙ୍କ ସହିତ ଯାଉଥିଲା। ପ୍ରତ୍ୟେକ ଦିନ ସେଇ ପନରାବୃତ୍ତି। ପଳାଶ ଫୁଲ ନେଇ ମୁଣ୍ଡରେ ଖୋସିବା ଏବଂ ସେଇ ରହସ୍ୟମୟୀ ହସ! ତା ପାଉଁଜିର ରୁଣୁଝୁଣୁ ଶବ୍ଦରେ ସ୍ୱତଃପ୍ରବୃତ୍ତ ତା' ଗୋଡ଼ ଦିଇଟା ବାରଣ୍ଡା ଆଡ଼କୁ ଟାଣି ହେଇଯାଏ।

ତା'ପରଠୁ ବାପା ନ ଡାକିଲେ ବି ସେ ସମୟ ସୁଯୋଗ ପାଇଲେ ଏଇ ସ୍ଥାନକୁ ଧାଇଁଆସେ। ଯେତିକି ଦିନ ରହେ ତାକୁ ବହୁତ ଖୁସି ଲାଗେ। ଏଠାକାର ବାସିନ୍ଦାମାନେ ରଜ, ଦଶହରା ବିଭିନ୍ନ ପର୍ବପର୍ବାଣିରେ ତାଙ୍କୁ ନିମନ୍ତ୍ରଣ କରନ୍ତି। ଆଦିବାସୀ ମାନଙ୍କର ସ୍ୱତନ୍ତ୍ର ପର୍ବପର୍ବାଣିରେ ସେମାନେ ମତୁଆଲା ହୋଇ ଉଠନ୍ତି। ଧାଙ୍ଗଡ଼ା ଧାଙ୍ଗଡ଼ି ନାଚ ସହିତ ସେମାନେ ପ୍ରଚୁର ହାଣ୍ଡିଆ ପିଅନ୍ତି। ବାପାଙ୍କ ସହିତ ସେମାନଙ୍କ ଅଞ୍ଚଳକୁ ସେ କେତେଥର ଯାଇଛି। ବାପାଙ୍କୁ ସେଠାରେ ସମସ୍ତେ ସମ୍ମାନ ଦିଅନ୍ତି। ବାପା ବି ସେମାନଙ୍କ ସୁବିଧା ଅସୁବିଧାରେ ଛିଡ଼ା ହୁଅନ୍ତି, ସେମାନଙ୍କୁ ସାହାଯ୍ୟ କରନ୍ତି। ସାହେବାଣୀ ସହିତ ସାମନା ସାମନି ଦେଖାହେଲେ ସେ ତା' ସହିତ ପଦେ ଅଧେ କଥା ହୁଏ। ସେ କିନ୍ତୁ କମ କଥାହୁଏ। ତା' ଆଖି ଏବଂ ହସରେ ସେ ଅନେକ କଥା କହିଦିଏ।

ଅନେକ ବର୍ଷ ସେଠାରେ ବାପା ରହିବା ପରେ ପରିସ୍ଥିତି ଚାପରେ ବାପା ସେଠାକାର ସବୁ ବିଜନେସ ଛାଡ଼ି, ଘରଦ୍ୱାର ସବୁ ବିକାବିକି କରିଦେଇ ଗାଁରେ ଆସି ରହିଲେ। ହଷ୍ଟେଲରେ ରହି ପାଠପଢ଼ା ଏବଂ ଚାକିରିର ବ୍ୟସ୍ତତା ମଧ୍ୟରେ ସେ କ୍ରମଶଃ ସେଇ ସ୍ଥାନରୁ ଦୂରେଇ ଆସିଛି। ତଥାପି ତା' ମନର କେଉଁ କୋଣ ଅନୁକୋଣରେ ସେହି ମୁକ୍ତାଝରା ହସର ସ୍ମୃତି ଏବଂ ପଳାଶ ଫୁଲର ରଙ୍ଗ ତାକୁ ଉତ୍‌ଫୁଲ୍ଲିତ କରାଏ। ସେଥିପାଇଁ ଅନେକ ବର୍ଷ ବ୍ୟବଧାନରେ ସେଇ ଆକର୍ଷଣ ତାକୁ ଟାଣି ଆଣିଛି। ଏହା ମଧ୍ୟରେ ବିରାଟ ପରିବର୍ତ୍ତନ ସେ ଲକ୍ଷ୍ୟ କରୁଛି। ଏହି ଅଞ୍ଚଳଟି ଗୋଟିଏ ଛୋଟ ସହରରେ ପରିଣତ ହେଇଯାଇଛି। ତାଙ୍କ ଘରଟା ଯେ କେଉଁଠି ଥିଲା ରାସ୍ତା ମଧ୍ୟ ଜାଣିପାରୁନି।

କାହାର ଡାକରେ ସେ ଚମକି ପଡ଼ିଲା। ଚା' ଦୋକାନୀ ତାକୁ କହୁଥିଲା, 'ହେ ବାବୁ, ତୁମେ ସେତିକି ବେଳରୁ ଖୁଣ୍ଟଟା ଭଳି ଛିଡ଼ା ହେଇଛ, କ'ଣ କିଛି ଖାଇବ?'

ହଁ...ହଁ...କହି ପାଖକୁ ଯାଇ ମଇଳା ମଗଟାରେ ପାଣି ନେଇ ମୁହଁ ହାତ ଧୋଇଲା। ରାତିସାରା ବସ ଜର୍ଣ୍ଣି କରି ସକାଳେ ପହଞ୍ଚିଛି। ଅନିଦ୍ରା ଯୋଗୁ ତାକୁ ଭାରି କ୍ଲାନ୍ତ ଲାଗୁଥିଲା। ରୁମାଲରେ ମୁହଁ ପୋଛି ଚା' ଏବଂ ବରା ଦୁଇଟା ମଗେଇ ବେଞ୍ଚରେ ଯାଇ ବସିଲା। ତା'ପରେ ଚା' ପିଉ ପିଉ ସେ ପଚାରିଲା, 'ଆଛା ଭାଇ, ଏଠାରେ

ଅନେକେ ବର୍ଷ ତଳେ କୋଟା ବାବୁ ବୋଲି ଜଣେ ବ୍ୟକ୍ତି କଣ୍ଟ୍ରୋଲ ଦୋକାନ କରିଥିଲେ, ଆପଣ କହିପାରିବେ କି ସେଇ ଦୋକାନଟା କୋଉଠି ଥିଲା ?'

ଦୋକାନୀ ତା' ମୁହଁକୁ ବଲବଲ କରି ଚାହିଁ ଏବଂ ହି..ହି ହେଇ ହସି କହିଲା, 'ଓ...କୋଟା ବାବୁଙ୍କୁ ତା'ହେଲେ ତୁମେ ଖୋଜିବାକୁ ଆସିଛ ? ସେ ବହୁତ ଦିନ ତଳର କଥା। ସିଏ ତ ଏଠାରୁ ସବୁ ବିକାବିକି କରିଦେଇ କେବେଠୁ ଚାଲିଗଲେଣି। ସେଠାରେ କାରଖାନାର ଅଫିସ ଘର ହେଇଛି।'

"ଜାଣେ ନନା, ସେଇ ଘରଟା ଟିକେ ମତେ ଦେଖେଇ ଦିଅନ୍ତନି ?" ନନା ଟିକେ ଦୋକାନ ଆଡ଼କୁ ଚାହିଁଲେ, ସେ ପର୍ଯ୍ୟନ୍ତ ଗରାଖ କେହି ଆସିନଥିଲେ। ଦୋକାନୀ ତା' ପିଲାଟାକୁ ଜଗେଇ ଦେଇ ଆସ ବାବୁ, କହି ଆଗେ ଆଗେ ଚାଲିଲା। ସେଠାରେ ଅନେକ ଘରଦ୍ୱାର ଗଢ଼ି ଉଠିଛି। ତା' ମଧ୍ୟରେ ତା'ର ସେଇ ସ୍ମୃତିର ଘରଟି କୁଆଡ଼େ ଲୁଚିଯାଇଥାଏ ଯେ ଜଣାପଡୁ ନଥାଏ। ସେଇ ଲୋକଟି ତାକୁ ରାସ୍ତା ଦେଖେଇ ନଥିଲେ ସେ ଆଦୌ ଜାଣିପାରି ନଥାନ୍ତା। ମହାଦ୍ରୁମ ତଳେ ଛୋଟ ଛୋଟ ଦୁବ ଘାସ ଭଳି ପାଖରେ ଥିବା ବସ୍ତି ଗୁଡ଼ିକ କୁଆଡ଼େ ଲୁଚିଯାଇଛି ଜଣାପଡୁ ନଥାଏ।

ତା'ଦୋକାନୀ ଘରଟିକୁ ଚିହ୍ନେଇ ଦେଇ ହଉ ଯାଉଛି କହି ଚାଲିଗଲା। ତାଙ୍କୁ ଧନ୍ୟବାଦ ଦେଇ, ସେ ଘର ଆଡ଼କୁ ଚାହିଁଲା। ଘରଟି ରିମଡେଲିଙ୍ଗ ହେଇଯାଇଥିବାରୁ ଜାଣିହେଉ ନଥିଲା, ତଥାପି ସେ ଚିହ୍ନିଲା। ଘର ଚାରିପଟେ ତା'ର ବୁଲାହେଇ ଲୁହାଗେଟଟିଏ ଲାଗିଥିଲା। ବାଡ଼ିରେ ଆଉ କୌଣସି ଗଛ ନଥିଲା, କେବଳ ପଳାଶ ଗଛଟି ଥିଲା। ତା' ଗଣ୍ଡିଟି ବେଶ୍ ମୋଟା ହେଇଯାଇଥିଲା। ଗଛଟି କଟା ଯାଇଥିଲା ବୋଲି ତା' ଉଚ୍ଚତାରୁ ସେ ଜାଣିପାରୁଥିଲା। ଗଛଟି ପେନ୍ଥା ପେନ୍ଥା ଲାଲ ଫୁଲରେ ଭର୍ତ୍ତି। ମେଞ୍ଚାଏ ଫୁଲ ଝଡ଼ି ଶୁଖି ତଳେ ଲୋଟୁଥିଲା। ଗଛରେ ଫୁଟିଥିବା ଫୁଲଗୁଡ଼ିକ ତାକୁ ମଳିନ ଲାଗୁଥିଲା। ତା' ଆଖି ଯେମିତି କାହାକୁ ଖୋଜୁଥିଲା। କାହାର ଆକର୍ଷଣ ତାକୁ ଏତେ ବର୍ଷ ପରେ ଟାଣି ଆଣିଛି ସେ ଜାଣେନା। ହେଉ ପଛେ ପ୍ରତି ମୁହୂର୍ତ୍ତରେ ବ୍ଲାଷ୍ଟିଙ୍ଗର କାନଫଟା ଶବ୍ଦ, ଧୂଳି ଧୂସରମୟ ସହର। ଯେମିତି ଅନେକ ରହସ୍ୟ ତା' ଭିତରେ ଲୁଚି ରହିଛି। ସେ ଆସିଛି ଆବିଷ୍କାର କରିବାକୁ। ତା' ହୃଦୟକୁ ଆନ୍ଦୋଳିତ କରୁଛି। ଉତ୍ତେଜନାରେ ତା' ଶରୀରରେ ଶିହରଣ ଖେଳିଯାଉଛି।

ତା'ପରେ ସେ ଅନୁମାନ କରି ଆଗକୁ ପାଦ ବଢ଼େଇଲା। ଦୂରରୁ ବସ୍ତିଟିଏ ନଜର ପଡ଼ିଲା। ରାସ୍ତାରେ ଜଣେ ଲୋକକୁ ଅଟକେଇ ପଚାରିଲା, 'ଭାଇ, ଏଠାରେ ରାଣୀ, ସାହେବାଣୀ ଦୁଇ ଭଉଣୀ ତାଙ୍କ ପରିବାର ସହ କୋଉଠି ରହୁଛନ୍ତି କହିପାରିବେ ?'

ବାବୁ ଜଣେ ସେମାନଙ୍କୁ ଖୋଜିବାକୁ ଆସିଛନ୍ତି ଜାଣି ଆଶ୍ଚର୍ଯ୍ୟ ହେଇ 'ହଁ ବାବୁ ଜାଣେ, କିନ୍ତୁ ଆପଣ କିଏ? ତାଙ୍କୁ କାହିଁକି ଖୋଜୁଛନ୍ତି ?'...କହି ପ୍ରଶ୍ନିଳ ଦୃଷ୍ଟିରେ ଚାହିଁଲା।

"ସେମିତି କିଛି ନୁହେଁ, ମୁଁ ତାଙ୍କ ଘରକୁ ଆସିଛି, ରାସ୍ତା ପାଉନି।" ତା'ପରେ ଲୋକଟି କେଉଁ ଗଳି ଅର୍ଗଳି ଡେଇଁ ସେଇ ବସ୍ତିରେ ତାକୁ ନେଇ ପହଞ୍ଚେଇ ଦେଲା। ଗୋଟିଏ ଚୂନ ଲଗା ମାଟି ଖପର ଘରଆଡ଼କୁ ଦେଖେଇ ଦେଇ ପଛକୁ ଚାହିଁ ଚାହିଁ ସେ ଚାଲିଗଲା।

ସେ ଯାଇ ସେଇ ଖପର ଘର ପାଖରେ ଛିଡ଼ାହେଲା। ଭିତରେ ଖଡ୍‌ଖଡ୍ ଶବ୍ଦ ହେଉଥିଲା। ଘରେ କିଏ ଅଛ ସେ ପଚାରିଲା। 'କିଏ?' କହି ଯିଏ ବାହାରି ଆସିଲା, ତାକୁ ଦେଖି ସେ ଆଶ୍ଚର୍ଯ୍ୟ ହେଲା। ଧଳା ଶାଢ଼ି ପରିହିତା ବୟସ୍କା ସ୍ତ୍ରୀଲୋକଟିଏ। ତା' ପାଟିରୁ ଅଚାନକ ବାହାରି ପଡିଲା ରାଣୀ...। ସେ ଦୋ ଦୋ ଚିହ୍ନା ହେଇ ହଠାତ୍ ତା' ଓଠରେ ଖୁସିର ଝଲକଟିଏ ଖେଳିଗଲା। କହିଲା, ବାବୁ...ତୁମେ...ତା'ପରେ ଟିକେ ଅସ୍ତବ୍ୟସ୍ତ ହେଇ ଭିତରକୁ ଡାକିଲା। ତପୁର ଆଖି ଭିତର ଘରର ଚାରିଆଡ଼େ ବୁଲି ଆସିଲା। ତା' ଆଖି ଆଉ କାହାକୁ ଖୋଜୁଥିଲା। ଦୁଇଟି ବଖରା, ଛୋଟ ରୋଷେଇ ଘରଟିଏ। ମାଟି ଘର ହେଲେ ବି ବେଶ୍ ପରିଷ୍କାର ପରିଛନ୍ନ, ରୁଚିପୂର୍ଣ୍ଣ। ଖଟଟିଏ ପଡ଼ିଛି, ତା' ଉପରେ ପରିଷ୍କାର ଚାଦର। ବେଶି କିଛି ଆସବାବପତ୍ର ନଥିଲେ ବି ସବୁ ଜିନିଷ ସଜାହେଇ ରଖାଯାଇଛି। ପାଖରେ ଥିବା ପ୍ଲାଷ୍ଟିକ ଚେୟାରଟିରେ ବସିବାକୁ କହି କିଛି ଦୂରରେ ରାଣୀ ଛିଡ଼ାହେଲା। କିଛି ସମୟ ପରେ ତପୁ ତା' ବିଷୟରେ ଏବଂ ସାହେବାଣୀ ବିଷୟରେ ପଚାରିଲା।

ରାଣୀ କହିଲା, 'ତା' ବାପୁର ସ୍ୱପ୍ନ ଥିଲା, ଦୁଇ ଝିଅଙ୍କୁ ଭଲ ବର, ଘର ଦେଖି ବାହାଦେବ। ତାକୁ ଭଲ ଘର ଦେଖି ବାହା ଦେଇଥିଲେ। ତା' ସ୍ୱାମୀ ସେନାବାହିନୀରେ ଚାକିରି କରୁଥିଲେ। ସେ ଶାଶୂ ଶ୍ୱଶୁରଙ୍କ ପାଖରେ ରହୁଥିଲା। ବାହାଘରର ଦେଢ଼ ବର୍ଷ ପରେ ଆତଙ୍କବାଦୀଙ୍କ ଗୁଳିରେ ସେ ସହିଦ ହେଇଗଲେ। ତା'ର ସବୁ ସ୍ୱପ୍ନ ଛାରଖାର ହେଇଗଲା। ଯାହା ତାକୁ ଟଙ୍କା ପଇସା ମିଳିଥିଲା, ତା' ଶାଶୂଘର ଲୋକ ରଖିଦେଲେ। ଆଉ କାହା ପାଇଁ ସେ ଶାଶୂଘରେ ରହିଥାନ୍ତା। ସେଠାରୁ ଚାଲିଆସି ବାପା ମା'ଙ୍କ ଉପରେ ବୋଝହେଇ ରହିଲା। ଛାଡ଼ ବାବୁ ସେକଥା, ମୋର ତ ଫଟା କପାଳ। ଏତେ ଦିନ ପରେ ବାବୁ ଏଠାକୁ ଆସିଛ, କୋଉ କାମରେ ଆସିଥିଲ ବାବୁ?'

"ନାଁ, ସେମିତି କିଛି କାମ ନଥିଲା। ଏହା ଭିତରେ ଅନେକ ବର୍ଷ ବିତି ଗଲାଣି, ମନେ ପଡ଼ିବାରୁ ଚାଲି ଆସିଲି। ଏଠାକୁ ଆସି ଅନେକ ପରିବର୍ତ୍ତନ ଦେଖୁଛି, ରାସ୍ତାଘାଟ ଜାଣିପାରିଲିନି, ପଚାରି ପଚାରି ଆସିଲି।"

ରାଣୀ କହିଲା, "କୋଟା ବାବୁ ଚାଲିଗଲା ପରେ ଆମକୁ ଜମା ଭଲ ଲାଗିଲାନି। ସେଇ ରାସ୍ତାଦେଇ ଗଲାବେଳକୁ ଘରଟାକୁ ଚାହିଁ ପାରେନି, ଭାରି ଖାଲି ଖାଲି ଲାଗେ। କୋଟା ବାବୁ ବହୁତ ଭଲ ମଣିଷଟିଏ ଥିଲେ। ତାଙ୍କ ଦେହ ପା ଭଲ ଅଛି ତ ବାବୁ ?"

'ହଁ..ହଁ.. ଭଲ ଅଛନ୍ତି।' ତପୁ ଭାବୁଥିଲା, ଏହା ମଧ୍ୟରେ ଝିଅଟାର କି ପରିବର୍ତ୍ତନ ହେଇଯାଇଛି ! କେତେ ଭଦ୍ର, ମାର୍ଜିତ, ଗାମ୍ଭୀର୍ଯ୍ୟପୂର୍ଣ୍ଣ କଥାବାର୍ତ୍ତା ! ତା' ମନ ଯେମିତି ଆଉ କାହାକୁ ଖୋଜୁଥିଲା। ଆଖି ତା'ର ଚାରିଆଡ଼େ ବୁଲିଆସୁଥିଲା। ତା' ମନର ଆବେଗକୁ ଚାପି ନପାରି ପଚାରିଲା, 'ତୁମ ଭଉଣୀ ସାହେବାଣୀର ଖବର କ'ଣ ? ତାକୁ ତ କାହିଁ ଦେଖିପାରୁନି।'

ରାଣୀ ଦୀର୍ଘ ଶ୍ୱାସଟିଏ ପକେଇ କହିଲା, 'ବାବୁ ତା' କଥା ପଚାରନି। ତା' କଥା କହିଲେ ଲମ୍ବା କାହାଣୀଟିଏ ହେବ। ତା' ନାଁ ସାହେବାଣୀ, ସେ ପ୍ରକୃତରେ ସାହେବାଣୀ ହେଇଯାଇଛି। କିଛି ବର୍ଷ ତଳେ ଏଠାରେ ଥିବା ଚର୍ଚ୍ଚକୁ ଜଣେ ବିଦେଶୀ ଫାଦର ଆସି ରହିଲେ। ଏଠାରେ ସମସ୍ତ ଆଦିବାସୀଙ୍କୁ ଖ୍ରୀଷ୍ଟିୟାନ ହେବାକୁ ମତେଇଲେ। କେତେକ ଧର୍ମ ଛାଡ଼ି ତାଙ୍କ ଧର୍ମରେ ମିଶିଲେ। ବସ୍ତିରେ ଆମ ଭଳି କେତେକ ପରିବାର ନିଜ ଧର୍ମ ଛାଡ଼ିବାକୁ ରାଜି ହେଲେନି। ସାହେବାଣୀ ବାପୁର ବାରଣ ସତ୍ତ୍ୱେ ଚର୍ଚ୍ଚ ଯାଇ ଫାଦରଙ୍କ ପାଖରେ ଘରକାମ କରୁଥିଲା। ଶେଷରେ ସେଇ ଫାଦରଙ୍କୁ ବାହାହେଇ ରହିଗଲା। ଆମର ତା'ସହିତ କୌଣସି ସମ୍ପର୍କ ନାହିଁ। ତା'ର ଦୁଇଟି ପିଲା ହେଲେଣି। ସେ କେବେ ବି ଏ ଦୁଆର ଆଉ ମାଡ଼ିନି। ଦୂରରୁ ଆମେ ତାକୁ ଦେଖୁଛୁ। ଏବେ ତା'ର ଚେହେରା ସମ୍ପୂର୍ଣ୍ଣ ବଦଳି ଯାଇଛି। ବେଶଭୂଷା ବଦଳି ଯାଇଛି। କଳା ହେଲେ କ'ଣ ହେବ, ପୂରା ସାହେବାଣୀ ହେଇ ରହିଛି।

ରାଣୀଠାରୁ ସାହେବାଣୀ ବିଷୟରେ ସବୁକଥା ଶୁଣିବା ପରେ ସେ ନିରବ ରହିଲା। ସେତେବେଳକୁ ତା'ହୃଦୟ ଭିତରେ ଥିବା ସମସ୍ତ ଆବେଗ, ଉତ୍ତେଜନା ମଉଳି ଯାଇଥିଲା। ସେ ଆସିବାକୁ ଉଦ୍ୟତ ହେଇ ଛିଡ଼ା ହେଲା। ରାଣୀ କହିଲା, 'ବାବୁ, ଏତେ ଦିନ ପରେ ଆସିଛ, ଏମିତି ଚାଲିଯିବ ? ଟିକେ ଚା' ବସଉଛି।' ସେ କହିଲା, 'ନାଇଁ ରାଣୀ, ମୁଁ ଏବେ ଚା' ପିଇକି ଆସିଛି। ଆସୁଛି କହି ବାହାର ବାରଣ୍ଡାକୁ ସେ ଆସିଲା। ପଛକୁ ବୁଲି ରାଣୀକୁ ଚାହିଁଲା। ତା'ପରେ ସେ ତା'ର ସବୁ ସ୍ମୃତିକୁ ସେଠାରେ ଫିଙ୍ଗିଦେଇ ଭଙ୍ଗା ମନ ନେଇ କ୍ଷିପ୍ର ଗତିରେ ସେଠାରୁ ଚାଲି ଆସିଲା।

■

ରିଫ୍ୟୁଜି

ବିବାହ ପରେ ବିଦେଶରେ କିଛି ବର୍ଷ କଟେଇ ସୁଜାତା ପୁଅ ଗୁଡୁକୁ ଧରି ଭାରତ ଫେରୁଥିଲା। ସେତେବେଳେ ଆନନ୍ଦରେ ତା' ଦେହରେ ଶିହରଣ ଖେଳି ଯାଉଥିଲା। ସେଠାରେ ପାଞ୍ଚ ବର୍ଷ ରହିବା ପରେ ଏହା ତା'ର ପ୍ରଥମ ଆସିବା। ଏହା ମଧ୍ୟରେ ଗୁଡୁକୁ ତିନି ବର୍ଷ ହେଲାଣି। ଶାଶୂ, ଶ୍ୱଶୁର ଏବଂ ତା'ବାପା ମା'ଙ୍କ ପ୍ରବଳ ଚାପରେ ସୁକାନ୍ତ ମାସେ ପାଇଁ କମ୍ପାନୀରୁ ଛୁଟି ନେଇ ଆସିବାକୁ ରାଜି ହେଲେ। ସେମାନଙ୍କର ନାତିକୁ ଦେଖିବାକୁ ପ୍ରବଳ ଆଗ୍ରହ। ଏହା ମଧ୍ୟରେ ସୁକାନ୍ତ କମ୍ପାନୀ କାମରେ ଥରୁଟିଏ ଭାରତ ଆସିଥିଲେ। ଆମେରିକା ଲୋକଙ୍କ ଜୀବନଶୈଳୀ, ସଚ୍ଚୋଟତା, ପରିଶ୍ରମୀ, ସମୟାନୁବର୍ତ୍ତିତା ଏବଂ ସବୁଠୁ ସେଠାକାର ପରିଷ୍କାର ପରିଛନ୍ନତା ତାକୁ ମୁଗ୍ଧ କରିଥିଲା। ତଥାପି ସେ ତା' ଜନ୍ମମାଟି, ତା'ର ପାଣି ପବନ, ଆତ୍ମୀୟସ୍ୱଜନଙ୍କୁ ଭୁଲିପାରେନା।

ସେ ଭାବେ, ପ୍ରାକୃତିକ ପରିବେଶ ଓ ଖଣିଜ ପଦାର୍ଥରେ ଭରପୂର ଭାରତ ପାଶ୍ଚାତ୍ୟ ଦେଶମାନଙ୍କ ତୁଳନାରେ ଏତେ ପଛୁଆ କାହିଁକି ? ଏତେ ଦିନ ଆମେରିକାରେ ରହିବା ପରେ ସେ ଜାଣେ ଆମେରିକା ଏତେ ଉନ୍ନତ କାହିଁକି ?

ସୁଜାତା ସ୍ଥିର କଲା, ଶାଶୂଘରେ କିଛିଦିନ ରହି ବାପଘରକୁ ଯିବ। ଯେତେ ବନ୍ଧୁବାନ୍ଧବ ଏବଂ ସାଙ୍ଗସାଥୀଙ୍କୁ ସାକ୍ଷାତ୍ କରିବ। ମାତ୍ର ମାସଟିଏ ସମୟ। ପୁଣି ଫେରିଯିବ ବିଦେଶକୁ। ସୁକାନ୍ତଙ୍କର ଇଣ୍ଡିଆରେ ରହିବାକୁ ଆଦୌ ଇଚ୍ଛା ନାହିଁ।

ତା'ସହିତ ଯୁକ୍ତି କରି କହନ୍ତି, ଇଣ୍ଡିଆରେ ଅଛି କ'ଣ ? ଆମେରିକା ପ୍ରାଚୁର୍ଯ୍ୟଭରା ଦେଶ। ସେଠାକାର ଲୋକଙ୍କଠାରୁ ଅନେକ କିଛି ଶିଖିବାର ଅଛି। ଆଗକୁ ମାଡ଼ିଯିବାର ପ୍ରବଳ ଇଚ୍ଛା ତାଙ୍କୁ ଉଚ୍ଚ ଆସନରେ ବସେଇଛି। ସୁଜାତା ତାଙ୍କ କଥା ଶୁଣି ନିରବ ରହେ, ଅପ୍ରିୟ ସତ୍ୟକୁ ନିରବରେ ସମ୍ମତିପ୍ରକାଶ କରେ।

ସୁଜାତା ବାପଘରକୁ ଆସିବା ପରେ ବନ୍ଧୁବାନ୍ଧବ ଏବଂ ସାଙ୍ଗସାଥୀଙ୍କୁ ସାକ୍ଷାତ୍ କଲା। ସମସ୍ତଙ୍କ ପାଇଁ କିଛି କିଛି ଉପହାର ଆଣିଥିଲା। ଏତେଦିନ ପରେ ତାକୁ ଦେଖି ସମସ୍ତେ ଖୁସି ହେଉଥିଲେ। ସେ ମଧ୍ୟ ବହୁତ ଖୁସି ହେଉଥିଲା। ସୁଜାତାର ହଠାତ୍ ବୌଦିଙ୍କ କଥା ମନେ ପଡ଼ିଲା। ବୌଦିଙ୍କ କଥା କାହାକୁ ପଚାରିବ ଭାବି ତା'ସାଙ୍ଗ ଅନିମା ପାଖକୁ ଫୋନ ଲଗେଇଲା। ଅନିମା ବୌଦିଙ୍କ ପରିବାର ବିଷୟରେ ଯାହା କହିଲା, ସେ ଶୁଣି ସ୍ତବ୍ଧ ହେଲା। ସେ ଫୋନ ରଖିଦେଇ ଗୁମମାରି ବସିଲା ଏବଂ ତା'ର ସବୁକଥା ଗୋଟି ଗୋଟି ହେଇ ମନେ ପଡ଼ିଗଲା।

ସୁଜାତା ମାଟ୍ରିକ ପାସ କଲାପରେ ସହରରେ ଥିବା ଏକ କଲେଜରେ ତା'ର ଆଡମିଶନ ହେଲା। ସେଇ କଲେଜ ହତା ଭିତରେ ଏକ ରିଫ୍ୟୁଜି ବଙ୍ଗାଳି ପରିବାର ରହୁଥିଲେ। ଅବଶ୍ୟ ସେତେବେଳେ କଲେଜ ହେଇ ନଥିଲା। ପରେ କଲେଜ ବିଲଡିଙ୍ଗ ହେଇ ପାଚେରି ବୁଲିଲା। ବଡ଼ ଗେଟଟିଏ ଲାଗିଲା। ପୂର୍ବରୁ ଏତେବଡ଼ ଜାଗାରେ ସେମାନେ ଏକୁଟିଆ ରହୁଥିବାରୁ ନିରାପଦ ମଣୁନଥିଲେ। କଲେଜ ହେବାରୁ ସେମାନେ ଖୁସି ହେଲେ। କାରଣ ଏବେ ସେମାନେ ସମ୍ପୂର୍ଣ୍ଣ ନିରାପଦ। ସେଠାରେ ଶହ ଶହ ପିଲା ପଢ଼ିଲେ। ଛାତ୍ରାବାସ ହେଲା, ଷ୍ଟାଫ୍ କ୍ୱାର୍ଟର୍ସ ହେଲା, କେତେ ପରିବାର ରହିଲେ। ଶହ ଶହ ପିଲାଙ୍କର ଯାତାୟାତ, ହୋ ହଲ୍ଲା ଶବ୍ଦରେ ସେମାନେ ପରିବାର ଧରି ଖୁସିରେ ରହିଲେ। ବୌଦିଙ୍କର ଶାଶୂ, ଶ୍ୱଶୁର, ଦୁଇ ନଣନ୍ଦ, ଚାରି ଝିଅଙ୍କୁ ନେଇ ସୁଖୀ ପରିବାର। ସୁଜାତା ଯେତେବେଳେ ହଷ୍ଟେଲରେ ରହି ପଢୁଥିଲା, ସେତେବେଳେ ତା'ର ବୌଦିଙ୍କ ପରିବାର ସହିତ ସମ୍ପର୍କ ହେଇଥିଲା। ବୌଦି ଦେଖିବାକୁ ଟିକେ ବାଙ୍ଗରା, ଗୋରା ଏବଂ ବଳିଲା ବଳିଲା ଚେହେରା। ହାତରେ ଲାଲ, ଧଳା ଶଙ୍ଖା ଏବଂ ମଥାରେ ବଡ଼ ଲାଲ ସିନ୍ଦୂର ଟୋପାରେ ଦେଖିଲେ ଦେବୀଟିଏ ଭଳି ଲାଗନ୍ତି। ତାଙ୍କ ଦୁଇ ନଣନ୍ଦଙ୍କର ମଧ୍ୟ ସୁନ୍ଦର ଚେହେରା। ସେତେବେଳେ ତାଙ୍କ ବଡ଼ ନଣନ୍ଦ ସୁଷମା ଅପା ଏକ କନ୍‌ଭେଣ୍ଟ ସ୍କୁଲରେ ଟିଚର ଥିଲେ। ସେ ସିନେମା ଦେଖିବାକୁ ବହୁତ ଭଲ ପାଉଥିଲେ। ତାଙ୍କର ଏକ ବିଶେଷ ଗୁଣ ଥିଲା। ସେ ଯେଉଁ ଫିଲ୍ମ ଦେଖୁଥିଲେ, ତା'ର କାହାଣୀ ବିଶଦ୍ ଭାବେ ବର୍ଣ୍ଣନା କରି କହି ପାରୁଥିଲେ ଏବଂ ଫିଲ୍ମର ଗୀତ ମଧ୍ୟ ମନେରଖି କିଛି କିଛି ଗାଇ ପାରୁଥିଲେ। ଯେଉଁଦିନ ସୁଷମା ଅପା

ସିନେମା ଦେଖିକି ଆସୁଥିଲେ, ସେଦିନ କିଛି ଝିଅ ତାଙ୍କୁ ଘେରି ପଡ଼ିଆରେ ବସି ଯାଆନ୍ତି। ତା'ପରେ ସେ ତାଙ୍କ ଗପର ପେଡ଼ି ଖୋଲି ଦିଅନ୍ତି। ଯିଏ ଥରେ ତାଙ୍କ ମୁହଁରୁ ଫିଲ୍ମର କାହାଣୀ ଶୁଣିଛି, ତାକୁ ଆଉ ସେଇ ଫିଲ୍ମ ଦେଖିବାକୁ ଦରକାର ପଡ଼େନି। ତାଙ୍କ ସାନ ଭଉଣୀ ରୀତା ଅପା ସୁଜାତା ଅପାଙ୍କ ଠାରୁ ଦୁଇ ବର୍ଷ ସାନ। ବୌଦିଙ୍କ ଝିଅମାନେ ସମସ୍ତେ ସ୍କୁଲରେ ପଢୁଥିଲେ।

ବୌଦିଙ୍କ ସ୍ୱାମୀ ଥିଲେ ଜଣେ ବସ୍ ଡ୍ରାଇଭର। କିନ୍ତୁ ପରିବାରଟିକୁ ଦେଖିଲେ ଏକ ଡ୍ରାଇଭର ପରିବାର ବୋଲି ଲାଗେନି। ସମସ୍ତେ ଭଦ୍ର, ନମ୍ର। ତାଙ୍କ ଘରର ସାଜସଜ୍ଜା, ପରିଷ୍କାର ପୋଷାକ, ଜୀବନଶୈଳୀ, ଏକ ସମ୍ଭ୍ରାନ୍ତ ଘର ପରିବାର ଭଳି ସୂଚେଇ ଦିଏ। ବୌଦିଙ୍କ ଶ୍ୱଶୁର, ଯାହାଙ୍କୁ ସମସ୍ତେ ଦାଦୁ ଡାକନ୍ତି, ସବୁବେଳେ ଦେହରେ ଫିନଫିନ ଧଳା ପୋଷାକ ଏବଂ କଳା ଜୋତା ମାଡ଼ି ଚାଲି ଯାଉଥିବା ବେଳେ କେଉଁ ଜମିଦାର ଚାଲିଗଲା ଭଳି ମନେହୁଏ। ଦାଦୁ ସେମାନଙ୍କୁ ଅନେକ କାହାଣୀ କହନ୍ତି। ଦେଶ ବିଭାଜନ ହେଲାବେଳର ଘଟଣା ଏବଂ ବଙ୍ଗଳା ଦେଶରେ ତାଙ୍କ ଆତ୍ମୀୟସ୍ୱଜନଙ୍କ କଥା। ସେ ହଷ୍ଟେଲରେ ଥିବା ବେଳେ ଦାଦୀମା (ତାଙ୍କ ସ୍ତ୍ରୀ)ଙ୍କର ଦେହାନ୍ତ ହେଇଗଲା। ବୌଦି ଥିଲେ ଅତି ସ୍ନେହୀ ଓ ଉଦାରମନା। ହଷ୍ଟେଲର କେତେକ ଝିଅଙ୍କ ସହିତ ତାଙ୍କର ଘନିଷ୍ଠତା ଥିଲା। କିଏ ଅସୁସ୍ଥ ହେଲେ ତା'ର ସେବାଯତ୍ନ କରିବାକୁ ପଛାଉ ନଥିଲେ। ଦାଦୁଙ୍କଠାରୁ ହୋମିଓପାଥିକ ମେଡିସିନ ଆଣିକି ଦିଅନ୍ତି।

ବିଶେଷଭାବେ ସୁଜାତାକୁ ବୌଦି ବହୁତ ଭଲ ପାଉଥିଲେ। କହନ୍ତି, ତତେ ଦେଖିଲେ ଭାରି ନିଜର ନିଜର ଲାଗେ। ସେହି ସ୍ନେହର ମୂଲ୍ୟସ୍ୱରୂପ ସୁଜାତା ଯେତେବେଳେ ଗାଁକୁ ଯାଏ, ବଡ଼ି, ଆଚାର, ନଡ଼ିଆ, ବାଡ଼ିର ପନିପରିବା ଆଣିଦିଏ। ବୌଦି ମଧ୍ୟ ପିଠାପଣା, ଭଲମନ୍ଦ ତରକାରିପତ୍ର ଆଣି ହଷ୍ଟେଲରେ ପହଞ୍ଚି ଯାଆନ୍ତି। ଥରେ କୌଣସି କାରଣବଶତଃ ସରସ୍ୱତୀ ପୂଜାରେ ତା'ର ନୂଆ ଡ୍ରେସ ହେଇନଥିଲା। ତେଣୁ ତା' ମନଟା ଟିକେ ଦୁଃଖ ଥାଏ। ସେକଥା ବୌଦିଙ୍କ କାନରେ କେମିତି ପଡ଼ିଗଲା। ତା' ପାଖକୁ ଆସି ବୁଝେଇବା ଢଙ୍ଗରେ କହିଲେ, ଏଇ କଥାକୁ ତୋ ମନ ଏତେ ଦୁଃଖ! ତୁ ଜମା ବ୍ୟସ୍ତ ହୋ'ନା। ପୂଜାରେ ସମସ୍ତେ ନୂଆ ପିନ୍ଧିବେ, ଆଉ ମୋ ଗେହ୍ଲା ନଣନ୍ଦ ପିନ୍ଧିବନି? ମୁଁ ଏବେ ବଜାରକୁ ଯାଇ କପଡ଼ା ନେଇ ଆସୁଛି କହି, ବେଡରେ ପଡ଼ିଥିବା ତ'ର ପୁରୁଣା ଡ୍ରେସଟିଏ ନେଇ ଚାଲିଗଲେ।

ବୌଦିଙ୍କ ଘରେ ମେସିନ ଥାଏ। କେତେବେଳେ କେମିତି ପୁରୁଣା ଡ୍ରେସ ରିପେୟାର ପାଇଁ ନେଲେ ସେ ସିଲେଇ କରିଦିଅନ୍ତି। ପରଦିନ ସରସ୍ୱତୀ ପୂଜା। ବୌଦି

ନୂଆ ଡ୍ରେସଟିଏ ଧରି ହାଜର। କହିଲେ, ଏହି ଡ୍ରେସ ମାପରେ କରି ଦେଇଛି। ଦେଖିଲୁ, ତତେ ଠିକ୍ ହେଉଛି ନା ? ସୁଜାତା ଆଶ୍ଚର୍ଯ୍ୟରେ ବୌଦିଙ୍କ ମୁହଁକୁ ବଲବଲ କରି ଚାହିଁଥାଏ। କ'ଣ କହି ତାଙ୍କୁ କୃତଜ୍ଞତା ଜଣେଇବ ଜାଣିପାରୁ ନଥାଏ। ଭାବୁଥାଏ, ଏଇ ମଣିଷଟି ତା'ର କିଏ ଯେ? ତା' ମନ ଦୁଃଖ ହେବା ଦେଖି ଘର, ପିଲାଙ୍କର ଏତେ ଜଞ୍ଜାଳ ଭିତରେ ରହି ମଧ୍ୟ ବଜାର ଯାଇ କପଡ଼ା ଆଣି ରାତି ଅନିଦ୍ରା ହୋଇ ତା' ପାଇଁ ଡ୍ରେସ ଧରି ଆସିଛନ୍ତି। ତା' ଅନ୍ତରରୁ ଝରି ଆସିଲା ବୌଦିଙ୍କ ପ୍ରତି ମମତା। ତା'ଆଖିରେ ଲୁହ ଜକେଇ ଆସିଲା। ଭାଓଲେଟ ରଙ୍ଗର କପଡ଼ାରେ ଧଳା ଛୋଟ ଛୋଟ ଫୁଲ ପଡ଼ିଥିବା ସାଲୁଆର, କମିଜକୁ ବୌଦିଙ୍କ ସ୍ମୃତିସ୍ୱରୂପ ଅନେକ ଦିନ ପର୍ଯ୍ୟନ୍ତ ସେ ସାଇତି ରଖିଥିଲା।

ଆଜି ବୌଦିଙ୍କ ବିଧ୍ୱସ୍ତ ପରିବାର କଥା ଶୁଣି ସେ ଦୁଃଖରେ ମର୍ମାହତ ହେଲା। ସମସ୍ତେ ତାଙ୍କୁ ରିଫ୍ୟୁଜି ଘର ବୋଲି ଡାକୁଥିଲେ। ଆଜିଯାଏ ସେଇ ପରିବାରର ଭଲମନ୍ଦ ବୁଝିବା ପାଇଁ କାହା ନଜର ପଡ଼ିନଥିଲା ବେଳେ, କଲେଜ ହେବା ପରେ ହଠାତ୍ ସମସ୍ତଙ୍କର କୋପଦୃଷ୍ଟି ପଡ଼ିଲା। ଏକ ରିଫ୍ୟୁଜି ପରିବାର କଲେଜ ହତା ଭିତରେ ରହି ପାରିବେନି ବୋଲି ଅନେକ ପ୍ରତିବାଦ କଲେ। କେତେକ କୁଜି ରାଜନେତାଙ୍କ ଉଚ୍ଚ କର୍ତ୍ତୃପକ୍ଷଙ୍କ ପାଖରେ ପ୍ରବଳ ଚାପ ଫଳରେ ସେମାନଙ୍କୁ ଜବରଦସ୍ତ ଉଠେଇ ଦିଆଗଲା।

ତା'ପରେ ସେଇ ପରିବାର ଉପରକୁ ଗୋଟିଏ ପରେ ଗୋଟିଏ ଦୁର୍ଭାଗ୍ୟ ଯେମିତି ମାଡ଼ି ଆସିଲା। ସୁଷମା ଅପାଙ୍କର ଡିଭୋର୍ସ ହୋଇ ଯାଇଥିଲା, ରୀତା ଅପାଙ୍କୁ ଯୌତୁକ ଦେଇ ବାହା କରି ନପାରିବାରୁ ଅଭିଆଡ଼ି ରହିଗଲେ। ଶାଶୂ ଶ୍ୱଶୁର ମଧ୍ୟ ଆରପାରିକୁ ଚାଲିଗଲେ। ସବୁଠୁ ଦୁଃଖର କଥା ବୌଦିଙ୍କ ବଡ଼ ଝିଅ, ଯିଏ ବହୁତ ସୁନ୍ଦର ଗୀତ ଗାଏ, ଭଲ ନାଚ କରେ, ଭଲ ପାଠ ମଧ୍ୟ ପଢୁଥିଲା, ବିବାହର ମାତ୍ର ପାଞ୍ଚ ମାସପରେ ଶାଶୂଘର ଲୋକେ ତାକୁ ପୋଡ଼ି ମାରିଦେଲେ। ଦ୍ୱିତୀୟ ଝିଅଟି ମଧ୍ୟ ସେମିତି ଭଲ ଘରେ ବିବାହ କରିନି। ଆଉ ଦୁଇ ଝିଅ ବିବାହ କରି ନାହାନ୍ତି।

ସୁଜାତା କେତେବେଳରୁ ଫୋନ ରଖିଦେଇ ବୌଦିଙ୍କ ପରିବାର କଥା ଭାବୁଛି। ସୁଜାତା ଦୁଃଖରେ ଭାଙ୍ଗି ପଡୁଥିଲା। ଯୋଉ ବୌଦି ଏତେ ସୁନ୍ଦର ସଂସାରଟିଏ ଗଢ଼ିଥିଲେ, ଯିଏ ସ୍ନେହ, କରୁଣାର ପ୍ରତିମୂର୍ତ୍ତି, ତାଙ୍କ ସୁନ୍ଦର ସଂସାରଟି ଏମିତି ଛାରଖାର ହୋଇଗଲା! ସେମାନେ କାହାର କ'ଣ ଦୋଷ କରିଥିଲେ? ଏୟାନା, ସେମାନେ ରିଫ୍ୟୁଜି, ଶରଣାର୍ଥୀ। ନିଜକୁ ସେ ବୌଦିଙ୍କ ପରିବାର ସହିତ ତୁଳନା କରୁଥିଲା। ସେମାନେ ବି ତ ନିଜ ଦେଶ, ଜନ୍ମମାଟି ଛାଡ଼ି ଅନ୍ୟ ଦେଶରେ ଶରଣାର୍ଥୀ ଭଳି ପଡ଼ି ରହିଛନ୍ତି। ସେଇ ଦେଶର ଲୋକଙ୍କ ଦୃଷ୍ଟିରେ ସେମାନେ ବି ତ ରିଫ୍ୟୁଜି.....

■

ସୃଷ୍ଟିର ଆରମ୍ଭରୁ ଶେଷ ଯାଏ

ଆଦାମ ଏବଂ ଇଭ ହେଉଛନ୍ତି ଏଇ ବିଶ୍ୱର ପ୍ରଥମ ସୃଷ୍ଟି। ତା'ପରେ ଏହି ଗୋଲାକାର ପୃଥିବୀରେ ଧୀରେ ଧୀରେ ଜୀବ ଜଗତର ସୃଷ୍ଟି। ଏବେ ଯାହାଙ୍କ କାହାଣୀ ଲେଖା ହେବାକୁ ଯାଉଛି, ସେମାନେ ହେଲେ ଆଦାମ ଓ ଇଭ ଭଳି ଆଉ ଏକ ପ୍ରେମୀ ଯୁଗଳ ଟିଆ ଏବଂ ଟିଇ। ଏହି ସୁନ୍ଦର ପୃଥିବୀରେ ତାଙ୍କର ଜନ୍ମ। ଯେଉଁଠି ନୀଳ ସାଗର, ନଦୀ, ଝରଣା ବହି ଯାଇଛି ବରଫାବୃତ ହିମାଳୟର ପାଦ ଦେଶରୁ। ଯେଉଁଠି ସବୁଜ ବନାନୀ ଏବଂ ରଙ୍ଗବେରଙ୍ଗୀ ପୁଷ୍ପର ସମାରୋହର ଅପୂର୍ବ ଶୋଭା। ଯେଉଁଠି ଅସଂଖ୍ୟ ତାରାମାନଙ୍କ ଗହଣରେ ଜ୍ୟୋସ୍ନା ତା'ର ଆଲୋକ ବିଛୁରିତ କରିଥାଏ। ସେଇ ପୃଥିବୀ ପୃଷ୍ଠରେ ତାଙ୍କର ଜନ୍ମ।

ଟିଆ, ଟିଇ ଦୁହେଁ ସେଇ ପୃଥିବୀରେ ଖେଳିଥିଲେ, ବୁଲିଥିଲେ। ସାଗର ବେଳାରୁ ଶାମୁକା ରୁଣ୍ଡୋଉଥିଲେ, ସାରୁ ପତ୍ରରେ କଙ୍କି ଧରୁଥିଲେ, ଲୁଚକାଳି ଖେଳୁଥିଲେ। ଟିଆ ଥିଲା ଟିଇଠାରୁ କିଛିଟା ବଡ଼। ଯେତେବେଳେ ତାଙ୍କ ଡେଣାରେ କଅଁଳ ପର ଗଜୁରିଲା, ଦୁହେଁ ଉଡ଼ି ଯାଉଥିଲେ ନଦୀପଠାର କାଶତଣ୍ଡୀର ଗହଳକୁ। କାଶତଣ୍ଡୀର ଧବଳ ପର ମଧ୍ୟରେ ନିଜକୁ ହଜେଇ ଦେଉଥିଲେ। ତା'ପରେ ନଦୀପଠାରେ ଦୁହେଁ ବସି ବାଲିରେ ସ୍ୱପ୍ନର ମିନାର ଗଢୁଥିଲେ। କେତେବେଳେ ଠିକ ହେଲାନି କହି ଟିଆ ଭାଙ୍ଗି ଦେଉଥିଲା ତ କେତେବେଳେ ଟିଇ। ପୁଣି ଦୁହେଁ ମିଶି ମିନାର ଗଢୁଥିଲେ। ପୂର୍ଣ୍ଣିମାର ଜ୍ୟୋସ୍ନା ରାତିରେ ଦୁହେଁ ବସି ଖୋଲା ଆକାଶକୁ ଚାହୁଁଥିଲେ। ଅଗଣିତ ତାରାମାନଙ୍କୁ ଗଣୁଥିଲେ। ଧଳା ଗୋଲାକାର ଜହ୍ନକୁ ଦେଖି 'ଆ ଜହ୍ନମାମୁଁ ଶରଗଶଶୀ....'

ଡାକି ହାତ ପାହାନ୍ତାକୁ ଆସିଯିବାକୁ ଭାବୁଥିଲେ ତ କେତେବେଳେ ଜହ୍ନ ରାଇଜକୁ ଉଡ଼ିଯିବାକୁ ସ୍ୱପ୍ନ ଦେଖୁଥିଲେ। କେବେ କେବେ ମା'ର ପଣତ ତଳେ ରହି ଅଳି କରୁଥିଲେ।

ଏମିତି ଧୀରେ ଧୀରେ ସମୟ ସହିତ ତାଳ ଦେଇ ନିଜ ବୟସକୁ ସେମାନେ ପାକଳ କରୁଥିଲେ। ଧୀରେ ସେମାନେ ଶୈଶବରୁ କୈଶୋରରେ ଉପନୀତ ହେଲେ। ପରସ୍ପର ପ୍ରତି ଆକୃଷ୍ଟ ହେଲେ। ଦୁହେଁ ଦୁହିଁଙ୍କୁ ପ୍ରାଣଭରି ଭଲ ପାଇଲେ। ଧୀରେ ଧୀରେ ଏ ଦୁନିଆ ଏବଂ ପୃଥିବୀକୁ ଚିହ୍ନିଲେ, ଗ୍ରହ ନକ୍ଷତ୍ରକୁ ଜାଣିଲେ। ତା'ପରେ ନଦୀପଠା କାଶତଣ୍ଡୀ ବଣରୁ ଯାଇ ସମୁଦ୍ର ତଟ ଝାଉଁ ବଣରେ ପହଞ୍ଚିଲେ।

ଦିନେ ଜ୍ୟୋସ୍ନା ରାତିରେ ଟିଆ, ଟିଇ ସମୁଦ୍ର କୂଳ ଝାଉଁବଣରେ ବସି ଖୋଲା ଆକାଶକୁ ଚାହିଁଥିଲେ। ଭାବୁଥିଲେ, 'ସେଇ ଜହ୍ନ, ସେଇ ତାରା କିନ୍ତୁ ସେତେବେଳର ଜହ୍ନ, ତାରା ଠାରୁ କେତେ ଭିନ୍ନ!' ସେମାନେ ଅନୁଭବ କରୁଥିଲେ। ଟିଆ ଜହ୍ନ ଆଡ଼କୁ ଚାହିଁ କହିଲା, 'ଦେଖ ଟିଇ, ଭଗବାନଙ୍କ ସୃଷ୍ଟି ବିଚିତ୍ର। ଏହି ବିଶ୍ୱ ବ୍ରହ୍ମାଣ୍ଡରେ କୋଟି କୋଟି ଗ୍ରହ, ନକ୍ଷତ୍ର ଅଛନ୍ତି, ଆମ ପୃଥିବୀ ଭଳି ଆଉ ଆଠଟି ଗ୍ରହ ବୁଲୁଛନ୍ତି। ଅଥଚ ଭଗବାନ ଆମ ପୃଥିବୀକୁ ଏତେ ଭଲ ପାଇଲେ କାହିଁକି ? ଯେଉଁଠି କେବଳ ନଦୀ, ଝରଣା, ବୃକ୍ଷଲତା, ଜୀବଜଗତ ସୃଷ୍ଟି କରିଛନ୍ତି। ତା' ମଧ୍ୟରେ ମଣିଷଙ୍କୁ ଶ୍ରେଷ୍ଠ ଜୀବ ଭାବେ ଛାଡ଼ିଛନ୍ତି। ଯେଉଁଠି ମଣିଷ ତା' ବୁଦ୍ଧି ବଳରେ ଏହି ଚନ୍ଦ୍ର ଏବଂ ଅନ୍ୟାନ୍ୟ ଗ୍ରହମାନଙ୍କରେ ପାଦ ଦେଲାଣି। କେତେ କେତେ ତଥ୍ୟ ବୈଜ୍ଞାନିକମାନେ ଆବିଷ୍କାର କରୁଛନ୍ତି। ସାତ ସମୁଦ୍ର ତେର ନଈ ପାରହେଇ ଗୋଟିଏ ଦେଶରୁ ଅନ୍ୟ ଦେଶକୁ ଯାଇ ପାରୁଛନ୍ତି। ଇଣ୍ଟରନେଟ ଯୋଗୁ ଯେତେ ଦୂରରେ ଥିଲେ ବି ତା' ଛବି ଦେଖି ପାରୁଛନ୍ତି, ସମ୍ପର୍କ ସ୍ଥାପନ କରି ପାରୁଛନ୍ତି। ଏହି ମଣିଷ ଜାତିକୁ ଈଶ୍ୱର ଅନେକ ବୁଦ୍ଧି ଦେଇ ଜନ୍ମ ଦେଇଛନ୍ତି। ଆହୁରି ମଧ୍ୟ ଅନେକଙ୍କୁ କୁବୁଦ୍ଧି ଦେଇ ଜନ୍ମ ଦେଇଛନ୍ତି। ସେଥିପାଇଁ ଆଜି ଏଇ ସମାଜରେ ଈର୍ଷା, ଦ୍ୱେଷ, ଘୃଣା, ହତ୍ୟା, ଧର୍ଷଣ, ନିର୍ଯାତନା ଅନେକ ବ୍ୟଭିଚାର ବଢ଼ି ଚାଲିଛି।'

ଟିଇ ଆଶ୍ଚର୍ଯ୍ୟ ହେଇ ଶୁଣୁଥିଲା, ଟିଆ କହିଲା, 'ଟିଇଲୋ, ଏ ବିଶ୍ୱବ୍ରହ୍ମାଣ୍ଡରେ ଯାହାସବୁ ଘଟୁଛି, ଶୁଣିଲେ ଆଶ୍ଚର୍ଯ୍ୟ ହେବୁ। ଭଗବାନ ପୃଥିବୀକୁ ଏତେ ଭଲ ପାଆନ୍ତି ବୋଲି ସିନା ଏଠାରେ ମଣିଷଙ୍କୁ ସୃଷ୍ଟି କରିଛନ୍ତି, ହେଲେ ଏଇ ମଣିଷମାନେ କ'ଣ ବୁଝୁଛନ୍ତି। ପ୍ରତ୍ୟେକ ଯୁଗରେ ଦୁଷ୍ଟ ଲୋକ ଜନ୍ମ ନେଉଛନ୍ତି ଆଉ ସ୍ୱୟଂ ଭଗବାନ ମାନବରୂପ ଧାରଣ କରି ଏଇ ପୃଥିବୀ ପୃଷ୍ଠରେ ଥିବା ଦୁଷ୍ଟମାନଙ୍କୁ ସଂହାର କରୁଛନ୍ତି। ସେଥିପାଇଁ ଗୀତାରେ ଭଗବାନ ଶ୍ରୀକୃଷ୍ଣ କହିଛନ୍ତି,

"ଯଦାଯଦା ହିଁ ଧର୍ମସ୍ୟ ଗ୍ଲାନିର୍ଭବତି
ଭାରତ,
ଅଭ୍ୟୁତ୍‌ଥାନମ୍ ଅଧର୍ମସ୍ୟ ତଦାତ୍ମାନାଂ
ସୃଜାମ୍ୟହମ୍"

ମାନେ ଧର୍ମର ଅବକ୍ଷୟ ଯେତେବେଳେ ହୁଏ, ସେତେବେଳେ ଧର୍ମକୁ ପୁନରୁଦ୍ଧାର କରିବା ପାଇଁ ପ୍ରତି ଯୁଗରେ ଭଗବାନ ଜନ୍ମଗ୍ରହଣ କରନ୍ତି।

ଏଇ ଯୁଗରେ ପୃଥିବୀକୁ ସ୍ୱୟଂ ଭଗବାନ ଅବତାର ନେଇ ଧ୍ୱଂସ କରିବେ କିମ୍ବା ନିଜେ ପୃଥିବୀ ଧ୍ୱଂସ ପାଇବ ତାହା କାହାକୁ ଜଣା ନାହିଁ। କିନ୍ତୁ ଆମେ ଖଣ୍ଡାଧାରରେ ବାଟ ଚାଲୁଛେ ଲୋ ଟିଇ। ଖୁବ୍ ବଡ଼ ବଡ଼ ଶିଳାଖଣ୍ଡ ଆମ ପୃଥିବୀକୁ ଘଷିହେଇ ତଳକୁ ଖସୁଛି। ଭଗବାନଙ୍କ ସୃଷ୍ଟି ବିଚିତ୍ର। ଆମ ପୃଥିବୀ ପାଖଦେଇ ଶିଳାଖଣ୍ଡମାନ ଖସୁଥିଲେ ବି ପୃଥିବୀ ସହିତ ଘର୍ଷଣ ହେଉନାହିଁ। ଯେଉଁଦିନ ପୃଥିବୀରେ ପାପର ଭାର ବଢ଼ିଯିବ, ଶ୍ରେଷ୍ଠଜୀବ ବୋଲି ଭାବି ଏହି ବୁଦ୍ଧିମାନ ମଣିଷ ଯେତେବେଳେ ଅବିବେକୀ, ଆସୁରିକ ପାଲଟିଯିବେ ପୃଥିବୀ ବିଷାକ୍ତମୟ ହେଇଯିବ, ସେତେବେଳେ ଏହି ବିରାଟ ଶିଳାଖଣ୍ଡ ପୃଥିବୀ ସହିତ ଘଷି ହେଇଯିବ, ତା'ପରେ ପୃଥିବୀ ଚୂରମାର ହେଇ ଅଗ୍ନିପିଣ୍ଡୁଳାଟିଏ ହୋଇଯିବ। ତା'ପରେ ଏହି ସୁନ୍ଦର ପୃଥିବୀ, ଝରଣା, ବନଲତା, ଫୁଲ, ଫଳ ସବୁ କୁଆଡ଼େ ଲୀନ ହେଇଯିବ। ଆଲୋ ଟିଇ ଯେତେଦିନ ପୃଥିବୀରେ ବଞ୍ଚିରହିବା ସେତେଦିନ ଯାଏ ଏଇ ସୁନ୍ଦର ପୃଥିବୀକୁ ଖାଲି ଉପଭୋଗ କରିବା।

ତା'ପରେ ଟିଆ, ଟିଇ ଦୁହେଁ ବଞ୍ଚିଥିବା ପର୍ଯ୍ୟନ୍ତ ଏକାଠି ରହିବାକୁ ପଣ କଲେ। ସ୍ୱପ୍ନର ମିନାରକୁ ବାସ୍ତବ ରୂପ ଦେଲେ। କିନ୍ତୁ ଏ ପୃଥିବୀରେ ଥିବା ସାମାଜିକ ପ୍ରାଣୀମାନେ ଏହାକୁ ବରଦାସ୍ତ କଲେନି। ଟିଇକୁ ଦୁଇ ଆଖିରେ ଦେଖି ପାରିଲେନି। କେତେ ଭର୍ତ୍ସନା କଲେ। ଅନେକ କୁଟିଳତା ପ୍ରୟୋଗ କଲେ। ଟିଆଠାରୁ ଦୂରେଇ ଦେବାକୁ ଚେଷ୍ଟା କଲେ। ଟିଇ ବିରୋଧରେ ଷଡ଼ଯନ୍ତ୍ର ରଚନା କଲେ। ଅନେକ ଅତ୍ୟାଚାର କଲେ, ଦୁଃଖ ଯନ୍ତ୍ରଣା ଦେଲେ। ତା'ର ଆହାର ବନ୍ଦ କରିଦେଲେ। ତା'ର ସବୁ ସୁଖକୁ ଛଡ଼େଇ ନେବାକୁ ଚେଷ୍ଟା କଲେ। ଟିଇ କ'ଣ ଜାଣିଥିଲା ଏହି ସୁନ୍ଦର ପୃଥିବୀ ଏତେ କଳୁଷିତ, ବିଷାଦମୟ ବୋଲି। ସିଏ ତ କେବଳ ପ୍ରଜାପତି, କଙ୍କି ଧରି ଶିଖିଥିଲା, ସବୁଜ ବନାନୀ, ସୁଗନ୍ଧିତ ଫୁଲମାନଙ୍କ ଗହଣରେ ନିଜକୁ ହଜେଇ ଜାଣିଥିଲା। କୁଳୁକୁଳୁ ଝରଣା ଭଳି ବନ୍ଧନହୀନ ଭାବେ ଘୂରି ଶିଖିଥିଲା। କିନ୍ତୁ ତା'ସୁନ୍ଦର ଦୁନିଆ ମଧ୍ୟରେ ଏମିତି ବିଷାକ୍ତମୟ ସ୍ଥାନ ବି ଥିଲା ସେ ଜାଣି ନଥିଲା। ତା' ସ୍ୱପ୍ନର ଦୁନିଆ ଭିତରେ ଯେ ଏତେ ଛଳନାମୟ, କୁଟିଳତାପୂର୍ଣ୍ଣ, ଯନ୍ତ୍ରଣାମୟ ସ୍ଥାନ ବି

ଥାଇପାରେ ସେ ଜାଣି ନଥିଲା। ଯେଉଁଠି ତା' ଉପରେ ଅନେକ ବିସ୍ଫୋରିତ ନୟନ ଘୂରୁଥିଲା। ପ୍ରଥମେ ପ୍ରଥମେ ତାକୁ ଟିଆ କେତେ ଭଲ ପାଉଥିଲା ସତେ !

ଟିଆ ଯେତେବେଳେ ତା' କର୍ମକ୍ଷେତ୍ରକୁ ଉଡ଼ି ଯାଉଥିଲା, ଜ୍ୟୋତ୍ସ୍ନା ରାତିରେ ତାକୁ ପାଖରେ ବସେଇ ଚନ୍ଦ୍ରକୁ ଚାହିଁ କହୁଥିଲା, 'ଟିଇଲୋ ତୁ ମଣିଷ ମାନଙ୍କ କୁଟିଳତା ଭିତରେ ପଶିବୁନି। ସେମାନଙ୍କ ଚକ୍ରବ୍ୟୂହ ଭିତରୁ ବାହାରି ଆସିବୁ। ଏହି ଆକାଶ, ଜହ୍ନ, ତାରାକୁ ମନଭରି ଉପଭୋଗ କରିବୁ। ଦେଖ, ମୁଁ ଯେତେବେଳେ ମନେ ପଡ଼ିବି ଏହି ଜହ୍ନକୁ ଚାହିଁବୁ ସ୍ଥିର ମନରେ। ଦେଖିବୁ ମୁଁ ସେଠାରେ ଅଛି। ତୁ ମୋ ମୁହଁ ସେଠାରେ ଦେଖିପାରିବୁ। ତା'ପରେ ସବୁକିଛି ଭୁଲିଯିବୁ। କେବଳ ମୋ ମୁହଁ ହିଁ ତତେ ଦେଖାଯିବ। ଏହି ଚାନ୍ଦ ଭିତରେ କେବଳ ହଜିଯିବୁ। ଟିଇ କେବଳ ଟିଆର କଥା ଶୁଣି ଅବୁଝା ଆଖିରେ ଜହ୍ନକୁ ଚାହୁଁଥିଲା।

ଟିଆ ସିନା ଟିଇକୁ ବୁଝେଇ ଦେଲା, କିନ୍ତୁ ନିଜେ ଟିଆ ସେଇ ଛଳନାମୟ କ୍ରୂର ସମାଜର ଚକ୍ରବ୍ୟୂହ ଭିତରକୁ ଚାଲିଗଲା। ସବୁକିଛି ଭୁଲିଗଲା। ଧୀରେ ଧୀରେ ଟିଇ ହୃଦୟରୁ ଅଲଗା ହେଇଗଲା। ଉଡ଼ିଗଲା ଅନ୍ୟ ଏକ ଟିଇ ଅନ୍ୱେଷଣରେ। ଆଉ ଏକ ଟିଇ ହୃଦୟରେ ବସା ବାନ୍ଧିଲା। ଭୁଲିଗଲା ତା' ଆଦରର ଅତି ଆପଣାର ଟିଇକୁ, ଭୁଲିଗଲା ଏଇ ସୁନ୍ଦର ପୃଥିବୀ, ସୂର୍ଯ୍ୟ, ଚନ୍ଦ୍ର, ତାରାକୁ। ଭୁଲିଗଲା ପ୍ରଜାପତି ଧରିବା, କାଶତଣ୍ଡୀର ଧବଳବଣ, ଆଉ ବାଲିର ମିନାର କଥା। ଟିଆ ପାଖରେ ଟିଇ ପରିତ୍ୟକ୍ତ ପାଲଟିଗଲା। ଏଇ ବିଶ୍ୱବ୍ରହ୍ମାଣ୍ଡକୁ ଚିହ୍ନିଥିବା, ଜାଣିଥିବା ଜ୍ଞାନୀ ଗୁଣି, ନାନା ଉପଦେଶ ଦେଉଥିବା ସୁନ୍ଦର ପୃଥିବୀକୁ ମନଭରି ଉପଭୋଗ କରୁଥିବା ଟିଆର ଏମିତି ପରିବର୍ତ୍ତନ କାହିଁକି ? ପୃଥିବୀର ବୈଜ୍ଞାନିକ, ଦାର୍ଶନିକ, ବିଜ୍ଞମାନଙ୍କ ଗହଣରେ ରହୁଥିବା ଟିଆ ବିଷାକ୍ତମୟ, ଛଳନାର ଚକ୍ରବ୍ୟୂହ ମଧ୍ୟକୁ ପଶିଲା କାହିଁକି ? ଦୁହିଁଙ୍କ ପ୍ରେମରେ ବନ୍ଧ ପଡ଼ିଲା।

ଏକାକିତ୍ୱ ଜୀବନ ଟିଇର ମନ ଆଉ ହୃଦୟକୁ ଘାଣ୍ଟିଚକଟି ଦେଲା। ତା'ପରେ ତାକୁ ପିଞ୍ଜରା ମଧ୍ୟରେ ବନ୍ଦୀ କରାଗଲା। ତା'ପରେ ଚାଲିଲା ଟିଇ ଉପରେ ଅକଥନୀୟ ଅତ୍ୟାଚାର। ଟିଇ ଏହି ସୁନ୍ଦର ପୃଥିବୀର ଝରଣା, ଫୁଲ, ଚନ୍ଦ୍ର ଏବଂ ତାରାକୁ ଦେଖିବାରୁ ବଞ୍ଚିତ ହେଲା। ସେ ଖାଲି ଟିଆକୁ ଝୁରିହେଲା, ଝୁରିହେଲା ତା' ଅତୀତକୁ। ଟିଇ ଭାବିଲା, ଏ ଜୀବନର ଆଉ ମୂଲ୍ୟ କ'ଣ ? ଏ ଦୁନିଆରୁ ନିଜକୁ ଶେଷ କରିଦେବ। କିନ୍ତୁ ନା ସେମିତି କିଛି କରିବାକୁ ସେ ପଦକ୍ଷେପ ନେଲାନି, ଟିଇ ନିଜକୁ ଦୃଢ଼ କଲା। ଏହି କ୍ରୂର ସମାଜ ସହିତ ମୁକାବିଲା କରିବାକୁ ଦୃଢ଼ ସଂକଳ୍ପ ନେଲା। ଟିଆକୁ ଚକ୍ରବ୍ୟୂହ ମଧ୍ୟରୁ ବାହାରକୁ ଆଣିବାକୁ କଠିନ ପଦକ୍ଷେପ ନେଲା। ଏଇ ସମାଜର ହିପୋକ୍ରାଇଟ

ମାନଙ୍କଠାରୁ ଛଡ଼େଇ ଆଣିବାକୁ ଅନେକ ଚେଷ୍ଟା କଲା। ଟିଆକୁ ମହତବାଣୀ ଶୁଣେଇଲା। ନିଜ ପ୍ରେମ ଜାଲକୁ ଆହୁରି ସୃଦୃଢ଼ କଲା। ଏ ଆଖିର ଲୁହ ସେ ଆଖିରେ ପୋଛି ମା' ବସୁଧା ପରି କଠିନ ହେଲା। ଟିଇ ଶେଷରେ ଜିତିଲା। ଟିଆର ଆତ୍ମା ଯେପରି ଅନ୍ୟ ଏକ ଶରୀରରେ ପ୍ରବେଶ କରିଥିଲା। ପୁରୁଣା ବସ୍ତ୍ର ପରିତ୍ୟାଗ କଲା ଭଳି ଟିଆ ଧୀରେ ଧୀରେ କ୍ରୁର ସମାଜର ଚକ୍ରବ୍ୟୂହରୁ ବାହାରି ଆସି ପୁଣି ଟିଇର ହୃଦୟରେ ପ୍ରବେଶ କଲା। ସେତେବେଳେ ଟିଇର ଗୀତାର ଏକ ଶ୍ଳୋକ ମନେ ପଡୁଥିଲା। "ବାଂସାସି ଜୀର୍ଣ୍ଣାନୀ....."ଆଉ ମନ ଭିତରେ ଅତ୍ୟନ୍ତ ଆନନ୍ଦଲାଭ କରୁଥିଲା।

ଟିଆ ଅନୁତାପ କଲା, ନିଜକୁ ସୁଧାରିଲା। ପୁଣି ଟିଇର ପ୍ରେମ ଜାଲରେ ଛନ୍ଦି ହେଇଗଲା। ଦୁହେଁ ପୁଣି ଏକାଠି ହେଲେ, ଚନ୍ଦ୍ର, ତାରାକୁ ଚାହିଁଲେ। ଦୁହେଁ ଚିନ୍ତାକଲେ କେଉଁ ଦୂର ରାଇଜକୁ ଉଡ଼ିଯିବେ। ଦୂରେଇଯିବେ ଏ ସମାଜର ହିପୋକ୍ରାଇଟ ମାନଙ୍କଠାରୁ। ଯେଉଁଠି ନଦୀ, ଝରଣା, ଫୁଲ, ବନ, ଜ୍ୟୋତ୍ସ୍ନା କିରଣରେ ବିଛୁରିତ ହେଉଥିବ, ଯେଉଁଠି ସୁଗନ୍ଧିତ ମହକ ଖେଳି ଯାଉଥିବ। ଟିଆ, ଟିଇ କେବଳ ଆଘ୍ରାଣ କରୁଥିବେ। ଏମିତି ସିଦ୍ଧାନ୍ତ ନେଲା ପରେ ଦିନେ ଫୁରକି ଉଡ଼ିଗଲେ। ଗୋଟିଏ ସୁନ୍ଦର ବସା ନିଜ ପାଇଁ ତିଆରି କଲେ। ତା' ମଧ୍ୟରେ ଖାଲି ଟିଆ, ଟିଇ ଆଉ କାହାର ସ୍ଥାନ ନାହିଁ।

କିଛିଦିନ ପରେ ତାଙ୍କ କୋଳକୁ ସୁନ୍ଦର ଗୁଲୁଗୁଲିଆ ଛୋଟିଆ ଟିଇଟିଏ ଆସିଲା। ଧୋବ ଫରଫର, ନାଲି ଟୁକୁଟୁକୁ ଓଠ, ଲକ୍ଷ୍ମୀର ପାଦ ପରି ପାଦ। ଦୁହେଁ ଖୁସିରେ ଆତ୍ମହରା ହେଲେ। ସବୁତକ ସ୍ନେହ ଶ୍ରଦ୍ଧା ସାନ ଟିଇ ଉପରେ ଅଜାଡ଼ି ଦେଲେ। ଧୀରେ ଧୀରେ ସାନ ଟିଇ ବଡ଼ ହେଲା, ତାକୁ ବି ଝରଣା, ଫୁଲ, ଚନ୍ଦ୍ର, ତାରା ଦେଖେଇଲେ। ମୁନି, ଋଷି ମାନଙ୍କ କାହାଣୀ ଶୁଣେଇଲେ, ଶୁଣେଇଲେ ପରୀ ରାଇଜର କଥା। କେତେ ଆଦର୍ଶ ଏବଂ ନୀତି ଶିକ୍ଷା ଦେଲେ। ବଡ଼ମାନଙ୍କ ଜୀବନୀ ଶୁଣେଇଲେ। କହିବାକୁ ଗଲେ ତାକୁ ସବୁ ଦୃଷ୍ଟିରୁ ଆଦର୍ଶ ଭାବେ ଗଢ଼ି ତୋଳିଲେ। ସାନ ଟିଇ ଧୀରେ ଧୀରେ ସର୍ବଗୁଣସମ୍ପନ୍ନା ହେଇ ବାହରିଲା। ପ୍ରକୃତିକୁ ଭଲ ପାଇଲା। ତା'ରି କୋଳରେ ମିଶିଗଲା। ରାତିରେ ତାରା ଗଣିଲା, ଚନ୍ଦ୍ର ରାଇଜକୁ ଯିବାକୁ ଅଳି କଲା। ଗୋଟିଏ ସ୍ଥାନରୁ ଆଉ ଗୋଟିଏ ସ୍ଥାନକୁ ଉଡ଼ି ଶିଖିଲା। ତା'ପରେ ସେ ଏଇ ସୁନ୍ଦର ପ୍ରକୃତି କୋଳରେ ଘୂରି ଶିଖିଲା।

ଧରାପୃଷ୍ଠକୁ ବର୍ଷା ଦିନ ଯେବେ ଆସିଲା, ଦିନେ ସାନ ଟିଇ ବସାଘର ସାମ୍ନାରେ ଥିବା ଜାଗାକୁ ତା'କୁନି ହାତରେ ସଫାକଲା। ବଣୁଆ ଗଛ, ଘାସ ସବୁ ଉପାଡ଼ିଲା। ଯେତେବେଳେ ଶରତର ଆଗମନ ହେଲା, ସେଠାରେ ସେ ଜିନିଆ,

ଗେଣ୍ଡୁ, ହେନା, ମଲ୍ଲୀ, ଗୋଲାପ ବିଭିନ୍ନ କିସମର ଫୁଲଗଛ ଲଗେଇ ସୁନ୍ଦର ବଗିଚାଟିଏ କଲା। ସବୁଦିନେ ସାନ ଟିଇ ତା'ପରି ଛୋଟ ଚାରାମାନଙ୍କୁ ଚାହେଁ, ତାଙ୍କ ଉଚ୍ଚତା ମାପେ, ସେଥିରେ ପାଣି ଦିଏ, ଖୁବ ଯତ୍ନ କରେ। ଧୀରେ ଧୀରେ ଚାରାଗୁଡ଼ିକ ଯେତେବେଳେ ବଡ଼ ହେଲେ, ଡାଳ ମାନଙ୍କରେ ଯେତେବେଳେ ଫୁଲ କଢ଼ି ଭର୍ତ୍ତି ହେଇଗଲା, ସାନ ଟିଇ ଖୁସିରେ ନାଚିଗଲା। ତା' ଖୁସି ଦେଖି ଟିଆ, ଟିଇ ଦୁହେଁ ଆନନ୍ଦରେ ଆତ୍ମହରା ହେଲେ। ରାସ୍ତାରେ ଚାଲି ଯାଉଥିବା ଲୋକେ ପ୍ରଶଂସା କଲେ, ବିମୋହିତ ହେଲେ, ଆଶ୍ଚର୍ଯ୍ୟ ହେଇ କହିଲେ, 'ଏଡ଼ିକି କୁନି କୁନି ହାତରେ ଏତେ ସୁନ୍ଦର ବଗିଚା କରିଛି!' ସାନ ଟିଇ ଅବସର ସମୟରେ ତା' ନିଜ ହାତରେ ଗଢ଼ିଥିବା ସୁନ୍ଦର ସୃଷ୍ଟିକୁ ମନଭରି ଉପଭୋଗ କରେ। ତା'ରି ଭିତରେ ଖେଳେ, ବୁଲେ, ଛପି ଛପି ପ୍ରଜାପତି ଧରେ, କଙ୍କି ପଛରେ ଦୌଡ଼େ। ରାତିହେଲେ ତାରା ଗଣେ, ଜହ୍ନମାମୁଁ ରାଇଜକୁ ଯିବାକୁ ସ୍ୱପ୍ନ ଦେଖେ, ସ୍ୱପ୍ନର ମିନାର ଗଢ଼େ। ଏମିତି ଧୀରେ ଧୀରେ ସାନ ଟିଇ ଶୈଶବରୁ କୈଶୋରରେ ଉପନୀତ ହେଲା। ତା' ସୁବାସିତ ଗୁଣରେ ଚତୁର୍ଦ୍ଦିଗ ମହକରେ ବାସ୍ନାୟିତ ହେଲା।

ତା'ପରେ ଟିଆ, ଟିଇ ଦୁହେଁ ତା'ପାଇଁ ସାଥିଟିଏ ଖୋଜିଲେ। ଶେଷରେ ତା'ପାଇଁ ଟିଆଟିଏ ଖୋଜି ଆଣିଲେ। ତାଙ୍କଠାରୁ ସାନ ଟିଇ ବିଦାୟ ନେବା ସମୟ ଆସିଲା। ଟିଆ, ଟିଇ ତାକୁ ଦୂରେଇ ଦେବା ଦୁଃଖରେ ଭାଙ୍ଗି ପଡ଼ିଲେ। କିନ୍ତୁ କ'ଣ କରିବେ ଏହା ତ ସଂସାରର ନିୟମ। ପ୍ରତ୍ୟେକ ଟିଆ, ଟିଇ ଅଲଗା ଘର ବାନ୍ଧିବେ, ସ୍ୱପ୍ନର ସଂସାର ଗଢ଼ିବେ। ପରସ୍ପର ସ୍ନେହ, ପ୍ରେମ ରଜ୍ଜୁରେ ବାନ୍ଧିହେବେ। କିନ୍ତୁ ସାନ ଟିଇ ତା' ସୃଷ୍ଟିର ପରିଧିରୁ ବାହାରକୁ ଯିବାକୁ ନାରାଜ। ତା'ର ଇଚ୍ଛା ସେ ତା' ଜନ୍ମଦାତା, ଜନ୍ମଦାତ୍ରୀଙ୍କ ପାଖରେ ରହିବ। ପ୍ରକୃତିକୁ ଉପଭୋଗ କରିବ। ଆହୁରି ଅନେକ ଫୁଲଗଛ ସୃଷ୍ଟି କରିବ, ପ୍ରକୃତି କୋଳରେ ହଜିଯିବ। କେମିତି ସେ ଦୂରେଇଯିବ ତା'ପ୍ରିୟ ସଂସାରଠାରୁ, କେମିତି ବନ୍ଦି କରିଦେବ ନିଜ ସ୍ୱାଧୀନତାକୁ, କେମିତି ସେ ଟେକିଦେବ ନିଜକୁ ଅନ୍ୟ ହାତରେ? ଶେଷକୁ ସେ ହାର ମାନିଲା। ଦିନେ ସେ ଅନ୍ୟ ଏକ ଅଜଣା ଟିଆ ସହିତ ଉଡ଼ିଗଲା ସାତ ସମୁଦ୍ର, ତେର ନଈ ପାରହେଇ ଅନ୍ୟ ଏକ ଅଜଣା ରାଇଜକୁ। ଯେଉଁଠି କେବଳ କୋଳାହଳମୟ କଙ୍କ୍ରିଟର ଜଙ୍ଗଲ। ନାହିଁ ପ୍ରକୃତି, ଝରଣାର କୁଳୁକୁଳୁ ନାଦ, ଫୁଲ ଆଉ ବନ। ରାତିରେ ସେ ଜ୍ୟୋତ୍ସ୍ନାକୁ ଦେଖିପାରିଲା ନା ତାରାକୁ। ପଛରେ ଛାଡ଼ିଦେଇ ଗଲା ତା'ର ସୁନ୍ଦର ଅତୀତ, ତା'ପ୍ରିୟ ପିତା ମାତା ଏବଂ ତା'ସୁନ୍ଦର ସୃଷ୍ଟିର ବଗିଚା। ସାନ ଟିଇ ବିହୁନେ ଟିଆ, ଟିଇ ଆଖିରୁ କେବଳ ଅଶ୍ରୁ ଝରିଲା। ତା'ସୁନ୍ଦର ବଗିଚା ଶୁଷ୍କ ମନେହେଲା। ଫୁଲମାନେ ତାକୁ ଝୁରି

ମଉଳିଗଲେ, ଧୀରେ ଧୀରେ ଫୁଲଗଛ ଗୁଡ଼ିକ ମରିଗଲେ। ପଡ଼ିରହିଲା କେବଳ ଖାଲି ଥୁଣ୍ଟା ଶୁଷ୍କ ଗଛ। ଆଉ ସେଥିରେ ନୂଆ ପତ୍ର କଅଁଳିଲାନି। ଶେଷରେ ସାନ ଟିଇର ସ୍ପର୍ଶ ନପାଇ ଧୀରେ ସବୁ ଉଜୁଡ଼ିଗଲା। ଟିଆ, ଟିଇ ଦୁହେଁ ଅଧୈର୍ଯ୍ୟ ହେଲେ। ସାନ ଟିଇ ବିନା ତାଙ୍କୁ ଦୁନିଆଟା ବିଷମୟ ଲାଗିଲା। ପୃଥିବୀଟା ଲାଗିଲା ଶୁଷ୍କ। ଏଇ ସୁନ୍ଦର ପୃଥିବୀ, ବନ, ଝରଣା, ଜହ୍ନ, ତାରା ସବୁ ଲାଗିଲେ ପର। ଶେଷରେ ଦୁହେଁ ଏକ ଶୁଷ୍କ ଜୀବନ ନେଇ ପଡ଼ି ରହିଲେ।

ସାନ ଟିଇ ପଣ କରିଥିଲା ସେ ଯେଉଁଠିକୁ ଯିବ ସେମିତି ଏକ ପରିବେଶ ସୃଷ୍ଟି କରିବ। ଯେଉଁଠି ବିଭିନ୍ନ ପ୍ରକାର ଫୁଲ ଶୋଭା ପାଉଥିବ, ତା' ଉପରେ ପ୍ରଜାପତି ଉଡ଼ି ବୁଲୁଥିବେ। ବସା ଭିତରକୁ ଫୁଲର ବାସ୍ନା ଭାସି ଆସୁଥିବ। ସେହି ମହକରେ ସାନ ଟିଆ, ସାନ ଟିଇ ଆନନ୍ଦରେ ଆତ୍ମହରା ହେଉଥିବେ। ଏହା ହିଁ ଥିଲା ତା'ର ସ୍ୱପ୍ନ। ଆଉକିଛି ସେ ଚାହୁଁନଥିଲା। କିନ୍ତୁ ତା'ସ୍ୱପ୍ନ ହେଲା ଓଲଟା। ସାନ ଟିଆ ଥିଲା ସମ୍ପୂର୍ଣ୍ଣ ଅଲଗା। ସେ ପ୍ରକୃତିକୁ ଭଲପାଉ ନଥିଲା। ସାନ ଟିଇ ଖୁସିରେ ଖୁସି ହେଉନଥିଲା, ତା'ମନକୁ ବୁଝିପାରୁ ନଥିଲା, ତା'ସ୍ୱାଧୀନତାକୁ ସମ୍ମାନ ଦେଉନଥିଲା ଏବଂ ତା' ଅନ୍ତରର ବ୍ୟଥାକୁ ହୃଦୟଙ୍ଗମ କରୁନଥିଲା। ସେ ପ୍ରକୃତି, ଜହ୍ନ, ତାରାକୁ ଭଲ ପାଇଲେ ସାନ ଟିଆ ବିରକ୍ତ ହେଉଥିଲା। ସାନ ଟିଇ ତା' ସୁନ୍ଦର ସୃଷ୍ଟିର ବଗିଚା ଏବଂ ଅତୀତ କଥା ଭାବି ଦୁଃଖରେ ଭାଙ୍ଗି ପଡୁଥିଲା।

ଶେଷରେ ବସାକୁ ନେଇଆସିଲା କେତୋଟି ସିମେଣ୍ଟ ପାତ୍ର, ଭାବିଲା ତା'ରି ମଧ୍ୟରେ ସେ ପ୍ରକୃତି ସୃଷ୍ଟି କରିବ। ସେଥିରେ ସେ ବିଭିନ୍ନ କିସମର ଫୁଲ ଚାରା ଲଗେଇଲା। ଧୀରେ ଧୀରେ ସେମାନେ ବଡ଼ ହେଲେ, ସେଥିରେ ଫୁଲ କଢ଼ି ଭର୍ତ୍ତି ହେଲା। ତା'ବାସ୍ନା ବସାର ଚତୁର୍ଦ୍ଦିଗ ଖେଳେଇ ହେଇଗଲା। ତା'ଉପରେ ପ୍ରଜାପତି ଉଡ଼ି ବୁଲିଲା। ସେଇ ଅପୂର୍ବ ଶୋଭା ଦେଖି ସାନ ଟିଇ ଖୁସିରେ ଆତ୍ମହରା ହେଲା। କିନ୍ତୁ ସାନ ଟିଆକୁ ଏସବୁ ଭଲ ଲାଗୁ ନଥିଲା। ବିରକ୍ତି ପ୍ରକାଶ କରୁଥିଲା। ଏସବୁ ଜୀବନ ପାଇଁ ଅନୁପଯୋଗୀ ବୋଲି ବକ୍ତବ୍ୟ ଦେଉଥିଲା। ଆଜିର ଚାକଚକ୍ୟପୂର୍ଣ୍ଣ ସମାଜରେ କେବଳ ଯାନ୍ତ୍ରିକ ଜୀବନ ଭଳି ବଞ୍ଚିବାକୁ ଚାହୁଁଥିବା ସାନ ଟିଆ ତା' ଖୁସି ଦେଖି ତା' ମନରେ ଈର୍ଷା ଏବଂ ରାଗ ଆସୁଥିଲା। ସାନ ଟିଆ ଏ ସମାଜର ଘୋଡ଼ାଦୌଡ଼ରେ ନିଜକୁ ସାମିଲ କରୁଥିଲା। ଏହି ବସ୍ତୁବାଦୀ ଦୁନିଆରେ ଖାଲି ପେଷି ହେଇ ଯାଉଥିଲା। ଯାହାକୁ ନେଇ ସମାଜରେ ନିଜକୁ ଶ୍ରେଷ୍ଠ ଜୀବ ବୋଲି ପ୍ରତିପାଦନ କରିପାରିବ। ଏଥିରେ କ'ଣ ବା ଥାଏ ଫୁଲ ଫୁଟିଲେ କି ମହକ ହେଲେ। ସାନ ଟିଆ ପ୍ରତିବାଦ କଲା।

ସାନ ଟିଆର କଥା ଶୁଣି ସାନ ଟିଇର ମୁହଁ ଝାଉଁଳିଗଲା। ପ୍ରକୃତି କୋଳରେ ବଢ଼ିଥିବା ଟିଇ, ଆଦର୍ଶ, ସର୍ବଗୁଣସମ୍ପନ୍ନା ଟିଇ ହେଲା ଗୌଣ। ସେ କ'ଣ ଜାଣିଥିଲା ତା'ଟିଆ ତାକୁ ପ୍ରକୃତିକୁ ଭଲ ପାଇବାକୁ ଦେବନି, ଫୁଲକୁ ଭଲ ପାଇବାକୁ ଦେବନି, ତା'ସ୍ୱାଧୀନତା ଏବଂ ବ୍ୟକ୍ତିତ୍ୱକୁ ସମ୍ମାନ ଦେବନି ! ତା'ହୃଦୟରେ ଚାପି ହୋଇ ଯାଉଥିବା ବ୍ୟଥାକୁ ବୁଝି ପାରିବନି! ସେ ଖାଲି ଝୁରିହେଲା ତା'ଜନ୍ମଦାତା, ଜନ୍ମଦାତ୍ରୀ ଏବଂ ତା'ସୃଷ୍ଟିକୁ।

ଦିନେ ଦେଖିଲା ତା' ଅନୁପସ୍ଥିତିରେ ସିମେଣ୍ଟ ପାତ୍ରରେ ଥିବା ତା'ସୃଷ୍ଟିମାନ ଝାଉଁଳି ଯାଇଛନ୍ତି। ସାନ ଟିଆ ତାଙ୍କୁ ଜଳ ଟିକେ ଦେଇନାହାନ୍ତି। ସାନ ଟିଇକୁ ଝୁରି ସେମାନେ ନିଃଶେଷ ହୋଇ ଯାଇଛନ୍ତି। ଏହା ଦେଖି ସାନ ଟିଇ ଖୁବ ମର୍ମାହତ ହେଲା। ଦୁଃଖରେ ଭାଙ୍ଗି ପଡିଲା। ସଙ୍କଳ୍ପ କଲା' ନା ସେ ଆଉ ସୃଷ୍ଟି କରିବନି ଫୁଲ ମାନଙ୍କୁ, ପ୍ରକୃତିକୁ ଆଉ ଭଲ ପାଇବନି, ଭଲ ପାଇବନି ଜହ୍ନ, ତାରା ଆଉ ଫୁଲକୁ। ତା'ସୃଷ୍ଟିର ପାତ୍ର ଗୁଡିକୁ ତଳେ କଚାଡ଼ି ଚୂରମାର କରିଦେଲା।

ଭାବିଲା, ସିଏ ବି ନିଜକୁ ଘୋଡ଼ାଦୌଡ଼ରେ ସାମିଲ କରିଦେବ। ସାନ ଟିଆର ପଦାଙ୍କ ଅନୁସରଣ କରିବ। ତା'ସହିତ ତାଳଦେଇ ଚାଲି ଶିଖିବ। ପ୍ରତି ପାଦେ ପାଦେ ତାକୁ ସହଯୋଗ କରିବ। ତା'ଆତ୍ମାରେ ନିଜକୁ ହଜେଇଦେବ। ନିଜ ସ୍ୱାଧୀନତାକୁ ଜଳାଞ୍ଜଳି ଦେଇଦେବ। ତା'ହେଲେ ସିନା ସେ ଟିଆର ଆଦର୍ଶ ସାଥୀଟିଏ ହୋଇପାରିବ! ପୋଡ଼ିଯାଉ ତା'ର ନୀତି ଆଉ ଆଦର୍ଶ। ସେ କେବେ ସାନ ଟିଆକୁ ହାତଛଡ଼ା କରିବନି। ସେ କେବଳ ଟିଆର ମନ ଆଉ ହୃଦୟ ଭିତରେ ବସା ବାନ୍ଧିବ। ଆଜିର ସମାଜର ଅକ୍ଟୋପସର ପଞ୍ଝାରେ ନିଜକୁ ସମର୍ପି ଦେବ। ସାନ ଟିଆର ଖୁସିରେ ଖୁସି ହେବାଟା ତ ତା'ର ଧର୍ମ। ଏହା ହିଁ ତା'ର ଆଦର୍ଶ ଏବଂ ନୀତିଶିକ୍ଷା। ଭୁଲିଯିବ ତା' ଅତୀତ ଏବଂ ସବୁକିଛିକୁ। ସବୁପ୍ରକାର ବିଷାକ୍ତ ବାୟୁକୁ ଶୋଷଣ କରି ବଞ୍ଚିବା ଶିଖିବ, ବଞ୍ଚିବାକୁ ଚେଷ୍ଟା କରିବ, ବଞ୍ଚିବାକୁ ପଡ଼ିବ, ନିଶ୍ଚୟ ପଡ଼ିବ।

■

ସାଇକେଲିଆ ଭିକାରୀ

ନିଶିକାନ୍ତ ମାଷ୍ଟ୍ରେ ମନ୍ଦିରକୁ ଯାଉଥିଲେ। ଯିବା ରାସ୍ତାରେ ଦେଖିଲେ, ଗାଁ ଶେଷ ମୁଣ୍ଡରେ ଥିବା ଏକ ଚଉତରା ଉପରେ ଦଳେ ଯୁବକ ବିଷଣ୍ଣ ମନରେ ବସିଛନ୍ତି ଏବଂ କାହା ବିଷୟରେ ଆଲୋଚନା କରୁଛନ୍ତି। ସେ ଜାଣିଲେ, ସେମାନେ ସାଇକେଲିଆ ଭିକାରୀ ବିଷୟରେ କଥାବାର୍ତ୍ତା କରୁଛନ୍ତି। 'ସାଇକେଲିଆ ଭିକାରୀ'ଟା ମରିଗଲା ! ଏକଥା ତାଙ୍କ କାନରେ ବାଜିବାରୁ ସେ କିଛି ସମୟ ପାଇଁ ସ୍ତବ୍ଧ ହୋଇଗଲେ। ଯୁବକ ମାନଙ୍କ ପାଖକୁ ଯାଇ ସେ ଠିକ୍ ଖବର ନେଲେ। ନିଶିକାନ୍ତ ମାଷ୍ଟ୍ରେଙ୍କ ମନ ବହୁତ ଦୁଃଖ ହେଲା, ଯେମିତି କୌଣସି ଆତ୍ମୀୟସ୍ୱଜନଙ୍କ ବିୟୋଗରେ ଦୁଃଖ ହୁଏ।

ଏଇତ ଆଠ ଦଶଦିନ ତଳେ ତାଙ୍କ ଘରକୁ ସେ ଆସିଥିଲା। ମାଷ୍ଟ୍ରେ ତାକୁ ଟଙ୍କାଟିଏ ବଢ଼େଇ ଦେଇ ଚାଲିଆସୁଥିବା ବେଳେ ସେ ତାଙ୍କୁ ଆମ୍ବଟିଏ ଖାଇବାକୁ ମାଗିଲା। ଅବଶ୍ୟ ତାଙ୍କ ଗଛ ଆମ୍ବ। ସେ କହିଲେ, 'ଏବର୍ଷ ଗଛରେ ଆମ୍ବ ନାହିଁ, ଆମେ ତ କିଣିକି ଖାଉଛୁ, ତତେ କୋଉଠୁ ଆଣିକି ଦେବୁ ?'

ସେ କହିଲା, 'ହଉ, ସେଥିରୁ ଗୋଟିଏ ଦିଅ, ମତେ ଭାରି ଖାଇବାକୁ ମନ ହେଉଛି।'

ମାଷ୍ଟ୍ରେ ଟିକେ ଚଢ଼ା ଗଳାରେ କହିଲେ, 'ତତେ ଆମ୍ବ ଖାଇବାକୁ ଯଦି ମନ ହେଉଛି ଯାଉନୁ କିଣି ଖାଇବୁ। ଯା...ଯା..କହିଲା ଆମ୍ବ ଖାଇବି।'

ଏଇ ସାଇକେଲିଆ ଭିକାରୀ ଆଜି ଏଇ ଗାଁରେ ନୂଆ ନୁହେଁ। ତା ନାଁ ପ୍ରକୃତରେ ଗୋକୁଳି, ଜାତିରେ କେଉଟ। ଯେବେଠୁ ନିଶିକାନ୍ତ ମାଷ୍ଟ୍ରେ ଏହି ଗାଁରେ

ଚାକିରି କଲେଣି ସେବେଠାରୁ ତାକୁ ସେ ଦେଖିଆସୁଛନ୍ତି । ସେତେବେଳେ ସେ ଭିକାରୀ ନଥିଲା । ପାଖ ଗାଁରେ ତା'ଘର । ପ୍ରତ୍ୟେକ ଦିନ ସେ ଗଡ଼ିଆ, ପୋଖରୀ କିମ୍ବା ନଈରୁ ଜାଲ ପକେଇ କେରାଣ୍ଡି, ଚିଙ୍ଗୁଡ଼ି, ପୋହଳା, ଶେଉଳ, ମାଗୁର ଯାହା ଯେଉଁଦିନ ପଡ଼ିଲା, ଜିଅନ୍ତା ମାଛ ଖାଳେଇ ଭର୍ତ୍ତିକରି ଆଣିଥାଏ । ତା' ମାଛକୁ ଚଡ଼ଚଡ଼ି କଲେ ଭାରି ସୁଆଦ । ଗାଁ ଲୋକେ ଗୋକୁଳିକୁ ଜଗିକି ବସିଥାନ୍ତି । ତାକୁ ଦେଖିଲେ ତା' ଚାରିପଟେ ଘେରିଯାଆନ୍ତି । ସେ ଟଙ୍କାଟିଏ କମ କରେନା । ଯାହା ଦାମ୍ କହେ ଲୋକେ କିଣି ନିଅନ୍ତି । ବେଳେବେଳେ ବାର ଅବାରରେ ମାଛ କିଛି ବଳିପଡ଼ିଲେ ମାଷ୍ଟ୍ରେଙ୍କ ପାଖକୁ ଆସି କହେ, 'ମାଷ୍ଟ୍ରେ, ଚୂନାମାଛ ଦି'ଟା ଅଛି, ନେବେ କି ?'

ମାଷ୍ଟ୍ରେ ଖୁସିହେଇ ବାହାରକୁ ଦୌଡ଼ିଯାଇ କହନ୍ତି, ଦେ..ଦେ.. । ସେ ଅଣ୍ଟାରୁ ଖାଳେଇଟା ବାହାର କରି ବାରଣ୍ଡାରେ ଆଣି ଓଜାଡ଼ି ଦିଏ । ଜିଅନ୍ତା ମାଛଗୁଡ଼ିକ ଛଟପଟ ହେଉଥାନ୍ତି । ଦାମ ପଚାରିଲେ ଗୋକୁଳି ତା'ଓଦା ଆଇଁସିଆ ଗାମୁଛାଟିକୁ ଟିକେ ଚିପୁଡି ଦେଇ ମୁହଁରେ ବୁଲେଇଆଣି କହେ, ଯାହାହେଲେ ଦେଇଦିଅନ୍ତୁ ମାଷ୍ଟ୍ରେ, ସନ୍ଧ୍ୟା ବୁଡ଼ିଲାଣି ।

ଗୋକୁଳି କେଉଟର ଏଇ ଗାଁରେ ସମସ୍ତଙ୍କ ସହିତ ପରିଚୟ । ସେତେବେଳେ ସେ ଯୁବକ ଥିଲା । ସ୍ତ୍ରୀ, ପିଲାଙ୍କୁ ନେଇ ସଂସାର କରିଥିଲା । ଏମିତି ଦିନେ ଗୋକୁଳି କୁଆଡ଼େ ଅନ୍ତର୍ଦ୍ଧାନ ହେଇଗଲା । ଗାଁରେ ଆଉ କେହି ତାକୁ ଦେଖିଲେନି । ଲୋକେ ତାକୁ ଝୁରିହେଲେ । ବିଶେଷ ଭାବେ ତା' ମାଛକୁ ।

ଏହା ମଧ୍ୟରେ ନିଶିକାନ୍ତ ମାଷ୍ଟ୍ରେ ଅବସର ନେଇ ସେହି ଗାଁରେ ଘର କରି ସପରିବାର ରହିଲେ । ରହିବାକୁ ସ୍ଥିର କରି ବହୁତ ପୂର୍ବରୁ ଜାଗା ଖଣ୍ଡେ କିଣିଥିଲେ । ତେଣୁ ତା' ଚାରିପଟେ କଲମୀ ଆମ୍ବ, ପଣସ, ନଡ଼ିଆ ଇତ୍ୟାଦି ଫଳ ଗଛ କେତୋଟି ଲଗେଇ ଦେଇଥିଲେ । ଏବେ ସେସବୁ ଗଛରେ ଫଳ ହେଲାଣି ।

ପ୍ରାୟ ଦଶ-ବାର ବର୍ଷ ପରେ ଗୋକୁଳି କେଉଟ ପୁଣି ଦେଖାଦେଲା ଏକ ଭିନ୍ନ ରୂପରେ । ସେଇ ପୁରୁଣା ସାଇକେଲରେ ଚଢ଼ି ଦୁଆର ଦୁଆର ବୁଲି ଭିକ ମାଗୁଛି । ଯେଉଁଦିନ ପ୍ରଥମଥର ମାଷ୍ଟ୍ରେଙ୍କ ଘରକୁ ଭିକ ମାଗିବାକୁ ଆସିଥିଲା, ମାଷ୍ଟ୍ରେ ତାକୁ ଏମିତି ଅବସ୍ଥା ହେଲା କେମିତି ପଚାରିଲେ । ଗୋକୁଳି ତା' କାହାଣୀ ଗପିଲା । ତାକୁ କି ଜ୍ୱର ହେଲା ଯେ କିଛିଦିନ ବିଛଣାରେ ପଡ଼ି ରହିଲା । ମାଛ ଧରିବାକୁ ତା'ର ଆଉ ବଳ ପାଇଲାନି । ତା'ପରେ ତା' ସ୍ତ୍ରୀ ବି କୋଉ ଏକ ଅଜଣା ରୋଗରେ ପଡ଼ି ମରିଗଲା । ଝିଅଟିକୁ କଷ୍ଟେ ମଷ୍ଟେ ବିବାହ କରିଦେଇଛି । ଦୁଇ ପୁଅ ତାଙ୍କ ସଂସାର ନେଇ ରହିଲେ । କେହି ତାକୁ ଅନେଇଲେନି । କହିଲା, ଆଉ କ'ଣ କରିଥାନ୍ତି ମାଷ୍ଟ୍ରେ, ଏଇ ପେଟ

ଚାଖଣ୍ଡ ପାଇଁ ବାଧହେଇ ମତେ ଭିକ ମାଗିବାକୁ ପଡ଼ିଲା । ଆଉ ତା'ର ପୂର୍ବ ଚେହେରା ନଥିଲା । ବାର୍ଦ୍ଧକ୍ୟ ତାକୁ ଗ୍ରାସ କରିଥିଲା । କାନକୁ ତା'ର ଭଲ ଶୁଭୁନଥିଲା କି ଆଖିକୁ ଭଲ ଦିଶୁନଥିଲା । କିନ୍ତୁ ସେଇ ସାଇକେଲ ଖଣ୍ଡିକ ଆଜିଯାଏ ହାତଛଡ଼ା କରିନି । ସେଇଟି ତା'ର ସାହା ଭରସା ।

ସେବେଠୁ ସେ ସାଇକେଲିଆ ଭିକାରୀ ହେଇଯାଇଥିଲା । ସେ ଗାଁକୁ ଆସିଲେ ଦଳେ ଛୋଟ ଛୋଟ ପିଲା ସାଇକେଲିଆ ଭିକାରୀ...ସାଇକେଲିଆ ଭିକାରୀ କହି ତା' ପଛରେ ଗୋଡ଼ାନ୍ତି । ସେ ଆସିବା ଦିନରୁ ପିଲାଙ୍କର ଯେମିତି ସେ ଖେଳ ସାମଗ୍ରୀ ପାଲଟି ଯାଇଥିଲା । ଗାଁରେ ମାଗିଯାଚି ଚଳୁଥିଲା । କେତେକ ଥଟ୍ଟାକରି ଖାଲି ହାତରେ ଫେରେଇ ଦିଅନ୍ତି । କହନ୍ତି, 'ଶଳା... ସାଇକେଲ ଚଢୁଛି ପୁଣି ଭିକ ମାଗୁଛି ।'

ପ୍ରଥମେ ପ୍ରଥମେ ଗୋକୁଳିକୁ ଗାଁ ଲୋକେ ଦୟା କରୁଥିଲେ । ତା'ପରେ ସବୁଦିନେ ଆସିବାରୁ କେତେକ ତା'ଉପରେ ବିରକ୍ତ ହେଲେ । ସେ ଦୁଆରେ ଛିଡ଼ା ହେଲେ ମୁହଁ ଫେରେଇ ନେଲେ । ପଇସା, ଚାଉଳ ଏବଂ ଲୁଗାପଟା ଏମିତି କିଛି ନା କିଛି ମାଷ୍ଟ୍ରେଙ୍କ ଘରୁ ମାଗିକି ନେଉଥିଲା । ଧୀରେ ଧୀରେ ମାଷ୍ଟ୍ରେ ଏବଂ ତାଙ୍କ ପତ୍ନୀ ବି ବିରକ୍ତ ହେଲେ । ଯେଉଁ ଗୋକୁଳି ଏହି ଗାଁରେ ସମସ୍ତଙ୍କର ପ୍ରିୟ ଥିଲା, ତା' ବାଟକୁ ଚାହିଁ ବସୁଥିଲେ, ସିଏ ଆଜି ସେମାନଙ୍କ ପାଖରେ ଅନାଦୃତ ଏବଂ ଭର୍ତ୍ସିତ । ଶେଷକୁ ଲୋକେ ତାକୁ ଦେଖିଲେ ଦୂରୁ ଦୂରୁ ମାର ମାର କଲେ । ଶେଷକୁ ସେ ଜଣେ ପରିହାସର ପାତ୍ର ହେଇଗଲା । ତା'ମଧ୍ୟରେ ଗୋକୁଳି କେଉଟର ସତ୍ତା କୁଆଡ଼େ ଲୁପ୍ତ ହେଇ ଯାଇଥିଲା ।

ଥରେ ତାକୁ ନିଶିକାନ୍ତ ମାଷ୍ଟ୍ରେ କହିଲେ, 'ଆରେ ଗୋକୁଳି ତୋ ଦେହରେ ଯେତିକି ବଳ ଅଛି, ତୁ କିଛି ନା କିଛି କାମ କର । ସବୁବେଳେ ଏମିତି ମାଗିବାଟା କ'ଣ ଭଲ ? ନହେଲେ ତୁ ଆସେ ଆମ ବାଡ଼ି ବଗିଚାଟା ଟିକେ ଓହଳା ପହଁରା କରିଦେବୁ । ମୁଁ ମାସକୁ ମାସ କିଛି ପଇସାପତ୍ର ଦେବି ।'

ସେ କୁଣ୍ଠିତ ହେଇ କହିଲା, ହଉ, ତା'ପରେ ଚାଲିଗଲା ଯେ ଆଉ କିଛିଦିନ ଆସିଲା ନାହିଁ । କିନ୍ତୁ ପ୍ରତିବର୍ଷ ବାଡ଼ିରେ ଯାହା ଆମ୍ବ, ପଣସ ହୁଏ, ସେ ଆସିଲେ ମାଷ୍ଟ୍ରେ ଦମ୍ପତି ତାକୁ ଯାଚି ଦିଅନ୍ତି । ଏହି କିଛିଦିନ ତଳେ ତାଙ୍କ ପତ୍ନୀ ଟଙ୍କାଟିଏ ଏବଂ ତା' ଗାମୁଛାରେ ମୁଢ଼ି ଗଣ୍ଡେ ଢାଳିଦେଇ କହିଲେ, 'ଯାଆ ତ ବାଡ଼ିରେ ଗଛ ତଳେ ପତ୍ର ପଡ଼ିଛି ଟିକେ ପହଁରେଇ ଦେବୁ ।'

ସେ ସାଙ୍ଗେ ସାଙ୍ଗେ କହିଲା, 'ଦଶ ଟଙ୍କା ନେବି ।' । ମାଷ୍ଟ୍ରେଙ୍କ ପତ୍ନୀ କ୍ଷୁବ୍ଧ ହେଇ କହିଲେ, ଯା..ଯା..ଦରକାର ନାହିଁ । ତୁ ଏଠିକୁ ଆଉ ଆସିବୁନି । କହିଲା କ'ଣ ନା ଦଶ ଟଙ୍କା ନେବି ।

ଏକଥା ମାଷ୍ଟ୍ରେ ଶୁଣିଥିଲେ। ତାଙ୍କ ରାଗ ଥିଲା ସେଇଠି। ତେଣୁ ସେ ଆମ୍ବ ମାଗିବାରୁ ମାଷ୍ଟ୍ରେ ବିରକ୍ତ ହେଇ ଦେଇ ନଥିଲେ। ଅବଶ୍ୟ ଏ ବର୍ଷ ଗଛରେ ଆମ୍ବ ନାହିଁ, ତଥାପି କଞ୍ଚା ଆମ୍ବ ତ ଗଣ୍ଡେ ଥିଲା। ସେଥିରୁ ଗୋଟିଏ ଦେଇ ପାରିଥାନ୍ତେ। ତା' ପରଠୁ ସେ ମାଷ୍ଟ୍ରେଙ୍କ ଘରକୁ ଆଉ ଭିକ ମାଗିବାକୁ ଆସିନି। ଏହି କିଛିଦିନ ହେଲା ସେ ମନ୍ଦିର ବେଢ଼ାରେ ବସୁଥିଲା। ଯିଏ ଯାହା ଦିଅନ୍ତି ସେଥିରେ ସନ୍ତୁଷ୍ଟ ହୁଏ। କିନ୍ତୁ ଶେଷ ପର୍ଯ୍ୟନ୍ତ ସେ ତା'ର ସେଇ ସାଇକେଲଟିକୁ ଛାଡ଼ି ନଥିଲା। ଏତେ ଅଭାବରେ ରହି ମଧ୍ୟ ଗୋକୁଳି ସାଇକେଲଟିକୁ ବିକ୍ରି କରିବାକୁ କେବେ ଚିନ୍ତା କରିନଥିଲା।

ସାମାନ୍ୟ ଆମ୍ବଟିଏ ତାକୁ ଦେଇନଥିବାରୁ ନିଶିକାନ୍ତ ମାଷ୍ଟ୍ରେ ନିଜକୁ ବହୁତ ଛୋଟ ମନେ କରି ଲଜ୍ଜିତ ହେଉଥିଲେ। ବିଚରା ମରିଗଲା! ଅବସୋସରେ ତାଙ୍କ ମନଟା ଘାଣ୍ଟି ଚକଟି ହେଇ ଯାଉଥିଲା। ଭାବୁ ଭାବୁ ସେ କେତେବେଳେ ଯେ ମନ୍ଦିର ପାଖରେ ପହଞ୍ଚି ଯାଇଛନ୍ତି ତାଙ୍କୁ ଜଣାନାହିଁ। ଆପେ ତାଙ୍କ ପାଟିରୁ ବାହାରି ପଡ଼ିଲା ଗୋକୁଳି ଆତ୍ମାର ସଦ୍‌ଗତି ହେଉ ପ୍ରଭୁ....।

■

ବାନପ୍ରସ୍ଥ

ଦିନେ ସକାଳେ ଖବର କାଗଜର ପୃଷ୍ଠା ଓଲଟାଉଥିଲି, ଆଖି ପଡ଼ିଲା ଜଣେ ନିରୁଦ୍ଦିଷ୍ଟ ମହିଳାଙ୍କ ଫଟୋ ଉପରେ, ଚମକି ପଡ଼ିଲି। ଫଟୋଟି ଚିହ୍ନା ଚିହ୍ନା ଲାଗିଲା। ତଳ ଲେଖାଟାକୁ ପଢ଼ିବାରୁ ସନ୍ଦେହର ଅବକାଶ ରହିଲାନି। ତା'ହେଲେ ଶେଷରେ ସୁପ୍ରିୟା ଘର ଛାଡ଼ିଦେଲା !

ଏଇତ ସାତ ଆଠ ମାସ ତଳେ ତା' ସହିତ ଟେଲିଫୋନରେ କଥା ହେଇଥିଲି। ସବୁଥର ଭଳି କଥାବାର୍ତ୍ତାରେ ତା'ର ସଂସାର ପ୍ରତି ଅନାସକ୍ତ ଭାବ। ସବୁବେଳେ ଅଭିଯୋଗ ଏବଂ ଅଭିମାନଭରା କଥା।

ସୁପ୍ରିୟାକୁ ଭଲଭାବେ ମୁଁ ଜାଣେ, ସେ ଟିକେ ସ୍ୱାଭିମାନୀ। ଗୋଟିଏ ଗାଁରେ ଘର। ଆମର କରଣ ସାଇରେ, ତାଙ୍କର ବ୍ରାହ୍ମଣ ସାଇରେ ଘର। ଗୋଟିଏ ଦାଣ୍ଡରେ ଖେଳିଛୁ, ବୁଲିଛୁ, ଏକାଠି ଜହ୍ନି ଓଷା କରିଛୁ, ଗାଁ ସ୍କୁଲରୁ ହାଇସ୍କୁଲ ପାଠ ସରିବା ପରେ ଗାଁରେ କଲେଜ ନଥିବାରୁ ଚାରି କିଲୋମିଟର ଦୂରରେ ଥିବା କଲେଜକୁ ସାଇକେଲରେ ଯିବା ଆସିବା କରି ପାଠ ପଢୁଥିଲୁ। ଆମ ପରିବାରର ଆର୍ଥିକ ପରିସ୍ଥିତି ସେତେଟା ସ୍ୱଚ୍ଛଳ ନଥିଲେ ବି, ମୋ ମନରେ ପାଠ ପଢ଼ି ଚାକିରି କରିବାର ଝୁଙ୍କ ଥିଲା। କିନ୍ତୁ ସୁପ୍ରିୟାର ବାପା ଜଣେ ଏ କ୍ଲାସ କଣ୍ଟ୍ରାକ୍ଟର ଥିବାରୁ ସେ ପିଲାଦିନରୁ ବିଳାସବ୍ୟସନ ଏବଂ ସ୍ୱାଛନ୍ଦ୍ୟରେ ବଢ଼ି ଆସିଥିଲା। ସେ ପାଞ୍ଚ ଭାଇ, ଭଉଣୀଙ୍କ ମଧ୍ୟରେ ସବୁଠୁ ସାନ ଥିବାରୁ ତା'ର ଯେତେବେଳେ ଯାହା ଇଚ୍ଛା କରେ ତାହା ପୂରଣ ହେଉଥିଲା।

ଯେତେବେଳେ ସେ ବି.ଏ ଦ୍ୱିତୀୟ ବର୍ଷର ଛାତ୍ରୀ ଥିଲା, ତା'ର ବିବାହ

ହେଲା । ତା'ସ୍ୱାମୀ ଜଣେ ଉଚ୍ଚପଦସ୍ଥ ସରକାରୀ କର୍ମଚାରୀ । ତା'ସ୍ୱାମୀ ଭୁବନେଶ୍ୱରରେ ଚାକିରି କରୁଥିଲେ, ସେ କିନ୍ତୁ ଶାଶୂ, ଶ୍ୱଶୁରଙ୍କ ପାଖରେ ରହୁଥିଲା । କାରଣ ସେ ତାଙ୍କର ତିନି ଝିଅରେ ଗୋଟିଏ ପୁଅ ବୋହୂ ହେଇଥିବାରୁ ପୁଅ ସାଙ୍ଗରେ ସେମାନେ ତାକୁ ଛାଡ଼ି ନଥିଲେ । ସେତେବେଳକୁ ସେ ଜଣେ ଉତ୍ତମ ଘରଣୀଟିଏ ପାଲଟି ଯାଇଥିଲା । ଶାଶୂ ଶ୍ୱଶୁରଙ୍କ ସେବା, ବନ୍ଧୁବାନ୍ଧବଙ୍କ ଚର୍ଚ୍ଚା ଆଉ ନଣନ୍ଦମାନଙ୍କ ଘରକୁ ପର୍ବପର୍ବାଣିରେ ଭାର ପଠେଇବା ପର୍ଯ୍ୟନ୍ତ ସବୁ ଦାୟିତ୍ୱକୁ ସେ ଅନାୟାସରେ ମୁଣ୍ଡେଇଥିଲା ।

ସୁପ୍ରିୟା ଥିଲା ମୋର ଅନ୍ତରଙ୍ଗ ବାନ୍ଧବୀ । ବିବାହ ପରେ ବି ତା' ସହିତ ମୋର ଚିଠିପତ୍ରର ଆଦାନ ପ୍ରଦାନ ହେଉଥିଲା । ସେ ଗାଁକୁ ଆସିଲେ ତା' ସହିତ ମୋର ସାକ୍ଷାତ ହୁଏ । ତା'ଶାଶୂଘର କଥା ଗପେ, ସ୍ୱାମୀ, ଶାଶୂ, ଶ୍ୱଶୁର ସମସ୍ତେ ଭଲ ବୋଲି କୁହେ । କିନ୍ତୁ କଥାରେ ତା'ର ଟିକେ ବିଷଣ୍ଣଭାବ ଫୁଟି ଉଠିଲା ପରି ମନେହୁଏ ।

ତାକୁ ଦେଖି ମୁଁ ଆଶ୍ଚର୍ଯ୍ୟ ହୁଏ, ଭାବେ ଇଏ ସେଇ ଚଳଚଞ୍ଚଳ ଝିଅ ସୁପ୍ରିୟା ! ତା'ଠାରେ ଅନେକଟା ପରିବର୍ତ୍ତନ ଲକ୍ଷ୍ୟ କଲି । କଥା କହିଲେ ତା' ପାଟିରେ ବାଟୁଳି ବାଜୁନଥିଲା, ବେଶ୍ ଖୁସି ମିଜାଜର ଝିଅଟା, ବାହାଘର ପରେ କେମିତି ଚୁପଚାପ ଲାଗୁଥିଲା । ତା' ବେଶଭୂଷାରେ ମଧ୍ୟ କିଛିଟା ପରିବର୍ତ୍ତନ ଲକ୍ଷ୍ୟ କଲି । ଯେମିତି କି ସିଏ ଜଣେ ଦାୟିତ୍ୱବାନ ଘରଣୀଟିଏ ହେଇଗଲା ।

ତା'ପରେ ତା'ଶାଶୂ ଶ୍ୱଶୁରଙ୍କ ମୃତ୍ୟୁ ପରେ ସେ ତା'ସ୍ୱାମୀଙ୍କ ସହିତ ଚାକିରି ଜାଗାକୁ ଗଲା । ସେତେବେଳକୁ ତା'ର ପୁଅଟିଏ, ଝିଅଟିଏ ହେଇଥିଲେ । ସେତେବେଳେ ମୁଁ ବିବାହ କରି ସମ୍ବଲପୁରରେ ରହୁଥିଲି । ତା'ପରେ ଚାରି ପାଞ୍ଚ ବର୍ଷ ଆମ ମଧ୍ୟରେ କୌଣସି ଯୋଗାଯୋଗ ନଥିଲା । ସ୍କୁଲ ଶିକ୍ଷୟିତ୍ରୀ ଚାକିରି ଏବଂ ପରିବାରର ଦାୟିତ୍ୱ ମଧ୍ୟରେ ରହି ଧୀରେ ଧୀରେ ମୋ ମାନସପଟରୁ ସୁପ୍ରିୟାର ସ୍ମୃତି ଝାପ୍ସା ହେଇ ଯାଉଥିଲା । ଥରେ କୌଣସି ମିଟିଙ୍ଗରେ ଯୋଗଦେବାକୁ ଭୁବନେଶ୍ୱର ଯାଇଥିଲି । ହଠାତ୍ ବସ୍‌ଷ୍ଟାଣ୍ଡରେ ସୁପ୍ରିୟା ସହିତ ଦେଖା ହେଇଗଲା । ଅନେକ ଦିନର ବ୍ୟବଧାନ ପରେ ସାକ୍ଷାତ୍ ହେଉଥିବାରୁ ପରସ୍ପରକୁ ଆଲିଙ୍ଗନ କଲୁ । ସାଙ୍ଗରେ ତା' ସ୍ୱାମୀ, ପିଲାମାନେ ଥିଲେ । ସେ ତା' ସ୍ୱାମୀଙ୍କ ସହିତ ପରିଚୟ କରେଇଦେଲା ।

ସେମାନେ ଗାଁରୁ ଫେରୁଥିଲେ । ସେ ମୋତେ ତା' ଘରକୁ ଯିବାକୁ ବାଧ୍ୟକଲା । ମିଟିଙ୍ଗ ସାରି ସେହିଦିନ ରାତି ଗାଡ଼ିରେ ଫେରି ଆସିବାର ଯୋଜନା ଥିବାରୁ ଆଉ କେବେ ଆସିବି କହି ଚାଲିଆସିଲି । ତା' ଫୋନ ନମ୍ବରଟି ଟିପି ଆଣିଥିଲି । ତା'ପରଠୁ ଟେଲିଫୋନରେ କଥାବାର୍ତ୍ତା ହେଉଥିଲୁ ।

ସୁପ୍ରିୟା ମନ ଭିତରେ କିଛିଟା ଦୁଃଖ, ଅବସାଦ, ଅବସୋସ ଯେ ଜମାଟ

ବାନ୍ଧି ରହିଥିଲା, ସେଦିନ ଜାଣିପାରିଲି, ଯେଉଁଦିନ ତା' ଘରକୁ ଯାଇଥିଲି। ପୂର୍ବାପେକ୍ଷା କିଛିଟା ଝଡ଼ିଯାଇ ମୁହଁ ତା'ର ମଳିନ ଦିଶୁଥିଲା। ତାକୁ ଚିହ୍ନି ହେଉନଥିଲା। ମୁହଁରେ ବିଷାଦ ଭାବ ସ୍ପଷ୍ଟ ବାରି ହେଉଥିଲା।

ତାକୁ ପଚାରିଲି, 'ସୁପ୍ରିୟା, ତୋ ଦେହ ଭଲ ନାହିଁ କି, ତୁ ଏମିତି ଶୁଖିଲା ଦିଶୁଛୁ କାହିଁକି?'

ସେ କଥାଟାକୁ ଏଡ଼େଇଦେଇ କହିଲା, 'ନାଁଇ, ଭଲ ଅଛି। ତା'ପରେ କିଛି ସମୟ ଚୁପ ରହି କହିଲା, 'କି ଭଲ ଆଉ ଖୋଜୁଛୁ?'

ତାକୁ କହିଲି, ଦୁଇ ପୁଅ, ଦୁଇ ଝିଅ ଆଉ ସ୍ୱାମୀଙ୍କୁ ନେଇ ତୋର ପରିପୂର୍ଣ୍ଣ ସଂସାର। ତୋର ପୁଣି ଦୁଃଖ କଣ?

ମୋ କଥା ଶୁଣି ସେ ଈଷତ୍ ହସି କହିଲା, ଯାହା ତୁ ଦେଖୁଛୁ ତାହା ନୁହେଁଲୋ ରମା। ବାହାରକୁ ସବୁ ଜିନିଷ ସୁନ୍ଦର ଦିଶୁଥିଲେ ବି ଭିତରଟା ସବୁ ସୁନ୍ଦର ନୁହେଁ। ତୁ ମୋଠୁ ବହୁତ ଭାଗ୍ୟବାନ, ମୁଁ ହୀନକପାଳୀଟିଏ ଲୋ।

ପଚାରିଲି 'ତୋ'ମନରେ ଏତେ ଅବସାଦ କାହିଁକି, ତୋର କି ଦୁଃଖ ଅଛି ଯେ ତୁ ଏମିତି କଥା କହୁଛୁ? ମୋ ପାଖରେ ତୁ ସବୁକଥା ଖୋଲି କହିଦେଲେ ତତେ ହାଲୁକା ଲାଗିବ।'

ସେ ଦୀର୍ଘନିଃଶ୍ୱାସଟିଏ ମାରି କହିଲା, 'ସେ ଅନେକ କଥା। ତୁ କାହିଁକି ସେସବୁ ଶୁଣି ମନ ଭାରାକ୍ରାନ୍ତ କରିବୁ? ତୁ ବସ, ଆମେ ଟିକେ ଖୁସିରେ ଗପିବା। ତୁ ଆସିଛୁ ମୋତେ ବହୁତ ଭଲ ଲାଗୁଚି। ତୋ ସାଙ୍ଗରେ ଦୁଇପଦ କଥା ହେଲେ ମୋତେ ବହୁତ ଭଲ ଲାଗିବ।

ସେ ଯଦି ମୋ ସାଙ୍ଗରେ କଥାହେଇ ଖୁସି ହେଉଛି, ଆଉ କିଛି ପଚାରି ତା' ଖୁସିରେ ବାଧା ଦେବାକୁ ଚାହିଁଲିନି।

ଏହାର ଛଅ ମାସ ପରେ ଭୁବନେଶ୍ୱର ଯାଇଥିବା ସମୟରେ ସୁପ୍ରିୟା କଥା ମନେ ପଡ଼ିବାରୁ, ତା'ର ଭଲ ମନ୍ଦ ଜାଣିବା ପାଇଁ ସ୍ୱତଃପ୍ରବୃତ୍ତ ଭାବେ ମୋ ଗୋଡ଼ ସେଇ ଆଡ଼କୁ ଟାଣି ହେଇଗଲା। ସେଇଦିନ ହିଁ ତା'ଠାରୁ ପ୍ରକୃତ ରହସ୍ୟ ଜାଣିଥିଲି। ନିଜର ଅନ୍ତରଙ୍ଗ ସାଥୀକୁ ପାଇ ତା' ମନ ଭିତରର ବେଦନାକୁ ମୋ ପାଖରେ ପ୍ରକାଶ କରିଦେଲା।

ତା' ବିବାହ ପରେ ଯେତେବେଳେ ଶାଶୂ ଶ୍ୱଶୁରଙ୍କ ପାଖରେ ଥିଲା, ତା'ସ୍ୱାମୀଙ୍କ ସହକର୍ମୀ ଜଣେ ଝିଅ ସହିତ ତାଙ୍କର ସମ୍ପର୍କ ଥିଲା। ଏହି କଥା କାନକୁ ଦୁଇ କାନ ହେଇ ତା' ପାଖରେ ଆସି ପହଞ୍ଚିଲା। ତା' ଶାଶୂ ଶ୍ୱଶୁର ମଧ୍ୟ ଏକଥା

ଜାଣିଥିଲେ । ସେମାନଙ୍କ ବ୍ୟବହାର ତା' ପ୍ରତି ଉତ୍ତମ ଥିଲା । ତା'ସ୍ୱାମୀ ଗାଁକୁ ବେଶି ଆସୁନଥିଲେ କି ପିଲାଙ୍କ ପ୍ରତି ତାଙ୍କର ବିଶେଷ ଧ୍ୟାନ ନଥିଲା । ତାଙ୍କର ବିଶେଷ ଜମିବାଡ଼ି ନଥିଲା । ଯାହା ବି ଥିଲା, ସେ ସବୁ ବୁଝିବା ସହିତ, ପିଲାଙ୍କ ଦାୟିତ୍ୱ ଏବଂ ଶାଶୂ ଶ୍ୱଶୁରଙ୍କ ସେବା ବିନା ଦ୍ୱିଧାରେ କରି ଯାଉଥିଲା । ସେମାନଙ୍କ ମୃତ୍ୟୁ ପରେ ପିଲାମାନେ ସ୍କୁଲ, କଲେଜ ପଢ଼ିବା ବୟସ ହେବାରୁ ସେ ବାଧହେଇ ସେମାନଙ୍କୁ ସହରକୁ ଆଣିଲେ । ତଥାପି ଚରିତ୍ରରେ ତାଙ୍କର କୌଣସି ପରିବର୍ତ୍ତନ ହେଇନଥିଲା । କୁସଙ୍ଗ, ମଦ ଖାଇ ଡେରି ରାତିରେ ଘରକୁ ଫେରିବା ତାଙ୍କର ନିତିଦିନିଆ ଅଭ୍ୟାସ ହେଇ ଯାଇଥିଲା । ସେ ପ୍ରତିବାଦ କଲେ ଫଳ ହେଉଥିଲା ଓଲଟା । ତା'ଉପରେ ହାତ ଉଠେଇବାକୁ ବି ପଛାନ୍ତିନି ।

ତ'କଥା ଶୁଣି ମୁଁ ସ୍ତବ୍ଧ ହେଇ ଯାଇଥିଲି । ଭାବୁଥିଲି, ଏତେ ଅୟସରେ, ଅଲିଅଳରେ ବଢ଼ିଆସିଥିବା ଝିଅଟା ଭାଗ୍ୟରେ ଏତେ ଦୁଃଖ କଷ୍ଟ ଲେଖା ଥିଲା ! ତା' ସହିତ ମୋର ଅତି ଅତରଙ୍ଗ ବନ୍ଧୁତା ଥିଲେ ବି ପିଲାଦିନେ ତା' ପ୍ରତି ମୋର ଟିକେ ଈର୍ଷାଭାବ ଥିଲା । କିନ୍ତୁ ଏବେ ଭାବୁଛି, ମୁଁ ତା'ଠାରୁ ଢେର ଗୁଣରେ ଭଲରେ ଅଛି। ସ୍ୱାମୀ ମୋର କେତେ ବୁଝିବାର, ମୋ କଥାକୁ ସମ୍ମାନ ଦିଅନ୍ତି, ସହଯୋଗ କରନ୍ତି । ପରସ୍ପର ଦୁଃଖ ସୁଖ ବାଣ୍ଟୁ ।

କିଛି ସମୟ ଏମିତି ନିଜ କଥା ଭାବୁଥିବା ବେଳେ, ସୁପ୍ରିୟା ପଚାରିଲା, 'ରମା କ'ଣ ଏତେ ଭାବୁଛୁ ?'

ତାକୁ ବୁଝେଇବାକୁ ଯାଇ କହିଲି, ତୁ ଆଦୌ ଦୁଃଖ କରନା, ତୋର କିଛି ଅସୁବିଧା ହେବନି । ତୋର ଏଇ ଚାରୋଟି ଛୁଆ ତୋ ପାଖରେ ଅଛନ୍ତି । ସେଇମାନଙ୍କ ମଧ୍ୟରେ ତୁ ତୋ ଆନନ୍ଦ ଖୋଜ । ତୋ ସ୍ୱାମୀଙ୍କର ଦିନେ ନା ଦିନେ ପରିବର୍ତ୍ତନ ହେବ, ତୋ ସୁଖ ଫେରିଆସିବ । ତୁ ଟିକେ ଧୈର୍ଯ୍ୟ ଧର, ସବୁ ଠିକ୍ ହେଇଯିବ ।

ଏହି ଘଟଣା ପରଠାରୁ କାହିଁକି କେଜାଣି ସୁପ୍ରିୟା ଘରକୁ ଆଉ ଯିବାକୁ ଇଚ୍ଛା ହେଲାନି । ତା'ର ଦୁଃଖ ସୁଖ ଫୋନ ମାଧ୍ୟମରେ କିଛି ସମୟ ଶେୟାର କରୁଥିଲେ ବି, ତା' ଘରକୁ ଯାଇ ତା'ର ପରିବର୍ତ୍ତିତ ସମୟକୁ ଦେଖିବାକୁ ଆଉ ମୋର ଧୈର୍ଯ୍ୟ ନଥିଲା ।

କିଛିଦିନ ପରେ ଦିନେ ହଠାତ୍ ଶୁଣିଲି, ତା'ପୁଅ ତା'ର କ୍ଲାସମେଟ ଜଣେ ଝିଅ ସହିତ କୁଆଡ଼େ ଚାଲିଗଲା । ସାନ ପୁଅଟି କୁସଙ୍ଗରେ ପଡ଼ି ନିଶା ଖାଇବା ଆରମ୍ଭ କରିଦେଇଛି । ଏ ଘଟଣା ଶୁଣି ତା' ସହିତ ଫୋନରେ କଥା ହେଇଥିଲି । ଜାଣିଲି, ବଡ଼ ଝିଅଟି ବାହା ହେଇଛି କିନ୍ତୁ ଖୁସିରେ ନାହିଁ । ସୁପ୍ରିୟା କହିଲା, ସାନ ଝିଅ ଭାଗ୍ୟରେ କ'ଣ ଲେଖାଅଛି ଭଗବାନ ଜାଣନ୍ତି ।

କହିଲି, ତୁ ଏମିତି କାହିଁକି ଭାବୁଛୁ, ସବୁ ଠିକ ହେଇଯିବ। ସେମିତି ଗତାନୁଗତିକ ରୀତିରେ ତାକୁ ବୁଝେଇଲି।

ସେ ମୋ କଥା ଶୁଣି କହିଲା, 'ମତେ ଆଉକିଛି ଭଲ ଲାଗୁନିଲୋ ରମା। ଏହି ମିଛ ମାୟା ସଂସାରରେ ଆଉ ରହିବାକୁ ଇଚ୍ଛା ହେଉନି। ଘର ଛାଡ଼ି ଯୁଆଡ଼େ ହେଲେ ଚାଲିଯିବାକୁ ଇଚ୍ଛା ହେଉଛି। ଏତେ କଷ୍ଟ କରି ବଞ୍ଚି ରହିବାର ଫଳ କ'ଣ ହେଲା! ଯଦି ଆଜିଯାଏ ବଞ୍ଚି ରହିଲି, ଏବେ ନିଜ ଜୀବନକୁ ଶେଷ କରିବାର ପାପ ମୁଣ୍ଡେଇବିନି। କୌଣସି ଆଶ୍ରମକୁ ଚାଲିଯାଇ ବାକିତକ ଜୀବନ କାଟିଦେବି ବୋଲି ଭାବୁଛି।

ତା'କଥାକୁ ଗୁରୁତ୍ୱ ନଦେଇ ତାକୁ ଥଟ୍ଟାକରି କହିଲି କ'ଣ 'ବାନପ୍ରସ୍ଥ?' "ତୁ ଯାହା ଭାବେ ପଛେ ମୋତେ ଏ ସଂସାର ଭଲ ଲାଗୁନି। ମୋର ଧୈର୍ଯ୍ୟର ବନ୍ଧ ଭାଙ୍ଗିଗଲାଣି। ଆକ୍ୱାରିୟମ ଭିତରେ ମାଛଟିଏ ଭଳି ଛଟପଟ ହେଉଛି, ମୋତେ ମୁକ୍ତି ଦରକାର।"

ତାକୁ ବିରକ୍ତ ହେଇ ମୁଁ କହିଲି, 'ତୁ ବେକାର କଥା ଭାବୁଛୁ। କଥାରେ କହନ୍ତି, ସଂସାର ଭିତରେ ଘର କରିଥିଲେ ପଥର ପଡ଼ିଲେ ସହି। ଭଗବାନଙ୍କ ଉପରେ ଭରସା ରଖ, ପରିସ୍ଥିତିକୁ ସାମ୍ନା କରିବା ଶିଖ, ଏମିତି ଅଧୈର୍ଯ୍ୟ ହେଲେ ଚଳିବ?' ସେ ମୋ କଥା ଶୁଣି ଚୁପ ରହିଲା।

ତା'ପରେ ବିଭିନ୍ନ ବ୍ୟସ୍ତତା ଭିତରେ ରହି ତା' ପାଖକୁ ଅନେକ ଦିନ ହେଲା କିଛି ଯୋଗାଯୋଗ କରିନଥିଲି।

ସୁପ୍ରିୟା ହଠାତ୍ ଘର ଛାଡ଼ି ଚାଲିଯିବାଟାକୁ ମୁଁ ଗ୍ରହଣ କରିପାରିଲି ନାହିଁ। ସୁପ୍ରିୟାର ସହିବା ଗୁଣକୁ ମନେ ମନେ ପ୍ରଶଂସା କରିବାଟା ମୋର ଭୁଲ। ସେ ଏତେ ଶୀଘ୍ର ଜୀବନ ଯୁଦ୍ଧରେ ହାରିଗଲା! ଭୀରୁ ଭଳି ଘର ଛାଡ଼ି ଚାଲିଯିବାଟା କ'ଣ ଠିକ୍ କଲା? ସତରେ କ'ଣ ଏହି ମୋହ ମାୟା ବନ୍ଧନରୁ ମୁକ୍ତ ହେଇ କୋଉ ଆଶ୍ରମକୁ ଚାଲିଗଲା! ଏକଥାକୁ ମୁଁ ସହଜ ଭାବେ ଗ୍ରହଣ କରିପାରୁ ନଥିଲି। ତା' ପ୍ରତି ମୋ ମନରେ ଜମାଟ ବାନ୍ଧିଥିବା ଶ୍ରଦ୍ଧା ଏବଂ ଆନ୍ତରିକତା ଯେମିତି ଫିକା ପଡ଼ି ଯାଉଥିଲା।

ଏହା ମଧ୍ୟରେ ଅନେକ ବର୍ଷ ବିତି ଯାଇଥିଲା। ସୁପ୍ରିୟା ପ୍ରତି ମୋ ମନର କୋଉ କୋଣ ଅନୁକୋଣରେ ସହାନୁଭୂତି ଛପି ରହିଥିଲେ ବି ବ୍ୟସ୍ତତା ମଧ୍ୟରେ ରହି ତାକୁ ପ୍ରାୟ ଭୁଲି ଯାଇଥିଲି। ଏହା ମଧ୍ୟରେ ମୋ ସ୍ୱାମୀ ଚାକିରିରୁ ଅବସର ନେଲା ପରେ ଆମେ ଭୁବନେଶ୍ୱରରେ ଆସି ରହିଲୁ।

ସେଦିନ ମୋ ପଡ଼ୋଶୀ ବାନ୍ଧବୀ ଆସି କହିଲେ, ହରିଦ୍ୱାରରୁ ମାତା

ଯୋଗମାୟା ଆସିଛନ୍ତି । ସୂଚନା ଭବନରେ ସନ୍ଧ୍ୟା ପାଞ୍ଚଟାକୁ ପ୍ରବଚନ ଦେବେ, ଚାଲ ଆମେ ଯାଇ ଟିକେ ସାକ୍ଷାତ୍ କରି ପ୍ରବଚନ ଶୁଣିକି ଆସିବା ।

ମୋର ବାବା ମାତାଙ୍କ ଉପରେ ବିଶ୍ୱାସ ନଥାଏ, ତେଣୁ ମୁଁ ଅନାଗ୍ରହ ପ୍ରକାଶ କଲି । କିନ୍ତୁ ବାନ୍ଧବୀ ଜଣଙ୍କ ବହୁତ ବାଧ୍ୟ କରିବାରୁ ଅନିଚ୍ଛା ସତ୍ତ୍ୱେ ଯିବାକୁ ବାହାରିଲି ।

ସେଠାରେ ପହଞ୍ଚି ଦେଖିଲି, ଅନେକ ଭକ୍ତଙ୍କ ଗହଳି । ଆମ ଭଳି କେତେକ ଭକ୍ତ ନହୋଇ ବି ମାତାଙ୍କ ପ୍ରବଚନ ଶୁଣିବାକୁ ଆସିଥାନ୍ତି । ତାଙ୍କ ଦେହରେ ଗେରୁଆ ବସ୍ତ୍ର, ବେକରେ ରୁଦ୍ରାକ୍ଷର ମାଳା, ଶୁଭ୍ର କେଶ, ଓଠରେ ସ୍ମିତ ହାସ୍ୟ ଏବଂ ମୁହଁରେ ଜ୍ୟୋତି ଫୁଟି ଉଠୁଥାଏ ।

ମାତାଙ୍କୁ ଦେଖି ମୋତେ ଲାଗିଲା, ପୂର୍ବରୁ ତାଙ୍କୁ କେଉଁଠି ଦେଖିଛି । ମୁହଁଟିକୁ ନିରେଖି ଚାହିଁ ଚମକି ପଡ଼ିଲି । ପାଟିରୁ ବାହାରି ପଡ଼ିଲା, ସୁ..ପ୍ରି..ୟା...

ପଡ଼ୋଶୀ ବାନ୍ଧବୀ ଜଣଙ୍କ ଆଶ୍ଚର୍ଯ୍ୟ ହେଇ ମୋତେ କ'ଣ ପଚାରୁଥିଲେ କିନ୍ତୁ ସେସବୁ ମୋ କାନରେ କିଛି ପଶୁନଥିଲା । ମୁଁ କେବଳ ମାତା ଯୋଗମାୟାଙ୍କ କଥା ଭାବୁଥିଲି । ସେ ଦେଉଥିବା ଆଧ୍ୟାତ୍ମିକ ପ୍ରବଚନ ମୋ କାନରେ ଢୋ ଢୋ ପିଟିହେଇ ଫେରିଯାଇ ପବନରେ ମିଳେଇ ଯାଉଥିଲା । ଆଉ ମୁଁ ଜଡ଼ ପାଲଟି ଯାଇଥିଲି । କେବଳ ନିର୍ବିକାର ଭାବେ ଚାହିଁ ରହିଥିଲି ।

■

ଚିଠିଟିଏ ବୋଉକୁ

ସ୍ନେହମୟୀ ବୋଉ,

ତୋ ପାଦତଳେ ବିନମ୍ର ପ୍ରଣାମ ଜଣେଇ ଆଜି ଯେଉଁ ଚିଠିଟି ଲେଖୁଛି, ଏହା ମୋର ଶେଷ ଚିଠି। ତୁ ଏଇ ଚିଠିଟି ପାଇଲା ବେଳକୁ ବୋଧହୁଏ ତୋ ଆଦରର ଝିଅ ଏ ଧରାପୃଷ୍ଠରେ ନଥିବ। ଚିର ବିଦାୟ ନେଇଥିବ। ବଂଶର ପ୍ରଥମ ଝିଅ ବୋଲି ଯାହାକୁ କେତେ ଆଦରରେ ବଢ଼େଇଥିଲୁ, ଯାହା ଦେହରେ ଧୂଳି କଣିକାଟିଏ ଲଗେଇ ଦେଉନଥିଲୁ, ଯାହା କହନ୍ତି ଘିଅରେ ଖୋଇ କ୍ଷୀରରେ ହାତ ଧୋଇ ଦେଉଥିଲୁ, ଯାହାକୁ ଶାଶୂ ଘରକୁ ବିଦା କଲା ପର୍ଯ୍ୟନ୍ତ ତୁଣ୍ଡ ଖୋଲି ନଥିଲୁ କି ହାତ ଟିକାଟିଏ ମାରି ନଥିଲୁ, ସେଇ ଝିଅର କରୁଣ କାହାଣୀ ଶୁଣି ତୁ କ'ଣ ଧୈର୍ଯ୍ୟ ଧରି ରହିପାରିବୁ? ସେଥିପାଇଁ ତ ତତେ ଦୀର୍ଘ ପନ୍ଦର ବର୍ଷ ହେଲା ଲୁଚେଇ ଆସିଥିଲି। ଆଉ ପାରୁନିଲୋ ବୋଉ। ସବୁ ଦୁଃଖ ଯନ୍ତ୍ରଣାକୁ ନୀଳକଣ୍ଠ ସାଜି ସହିଥିଲି, ଆଜି ଆଉ ପାରୁନି ଗଳା ରୁଦ୍ଧ ହେଇଯାଉଛି। କେହି ତ ମୋର ଆପଣାର ନାହିଁ, ଯାହା ପାଖରେ ସବୁ ବିଷକୁ ଉଦ୍‌ଗାର କରିବି, ତୁ ହିଁ ମୋ ଦୁଃଖକୁ ବୁଝିବୁ ବୋଲି ତ ତୋ ପାଦତଳେ ସବୁ ବିଷକୁ ଉଦ୍‌ଗାର କରିବାକୁ ପ୍ରସ୍ତୁତ ହେଉଛି।

ବୋଉଲୋ, ତୋର ମନେ ଥିବ କି ନାହିଁ, ପିଲାଦିନେ ଥରେ ଚାଟଶାଳିରେ ଡେରିରେ ପହଞ୍ଚିବାରୁ ମାଷ୍ଟ୍ରେ ମତେ ବାଡ଼େଇଥିଲେ ବୋଲି ତୁ ମୋର ପାଠପଢ଼ା ବନ୍ଦ କରି ଦେଇଥିଲୁ ଏବଂ ଦୁଇ ଦିନ ଖାଇନଥିଲୁ ଖାଲି କାନ୍ଦିଥିଲୁ। ତା'ପରେ ପ୍ରାଥମିକ ପାଠ ମୋର ତୁ ନିଜେ ଘରେ ସାରିଥିଲୁ। କେତେ ଯେ ସ୍ନେହ ଶ୍ରଦ୍ଧା ମୋ ଉପରେ

ଢାଳି ନଥିଲୁ ସତେ! ତା'ର ପ୍ରତିଦାନ କ'ଣ ମୁଁ ତତେ ଦେଇପାରିଲି? ଏଇ କେତେବେଳେ ହାତ ଖର୍ଚ୍ଚରୁ ବଞ୍ଚେଇ ସୂତା ଲୁଗା ଖଣ୍ଡେ ଦେଇଥାଏ ଅବା ମିଠା ପ୍ୟାକେଟଟିଏ। ମୋ ହସ ହସ ମୁହଁ ଦେଖି ଭାବୁ ଯାହାହେଉ ମୋ ଝିଅ ଖୁସିରେ ଅଛି। ଯେଉଁ ସୁଖର ଖୋଳପା ତତେ ମୁଁ ଦେଖାଏ, ତାହା ଦେଖି ତୋ ଓଠରୁ ଯୋଉ ହସ ଝରେ, ତାକୁ ଦେଖି ମୋର ସବୁ ଯନ୍ତ୍ରଣା ଚାପି ହେଇଯାଏ। କିଛି ତେଣୁ କହିପାରେନା। ଭାବେ, ବୋଉ ଯଦି ମୋ ଖୁସି ଦେଖି ଆନନ୍ଦ ପାଉଛି ସେଥିରୁ ବଞ୍ଚିତ କରିବି କାହିଁକି? ଯାହାକୁ ତୁ ଏତେ ଭଲ ପାଉଥିଲୁ, ଯେଉଁ ପିଲାମାନଙ୍କ ପାଇଁ ତୁ ତିଳ ତିଳ ହେଇ ଜଳିଛୁ, ବିବାହର ପାଞ୍ଚ ବର୍ଷଯାଏ କୋଳଶୂନ୍ୟ ଥିବାରୁ କେତେ ଦେବଦେବୀଙ୍କ ପାଖରେ ଗୁହାରି ନ ଜଣେଇଛୁ! କେତେ ଟାହି ଟାପରା ଗଞ୍ଜଣା ନ ଶୁଣିଛୁ! 'ସକଳ ତୀର୍ଥ ତୋ ଚରଣେ, ବଦ୍ରିକା ଯିବି କି କାରଣେ' ଘରଟିକୁ ସକଳ ତୀର୍ଥ ବୋଲି ଭାବି ପଦାକୁ ଗୋଡ଼ କାଢ଼ିନୁ ଆଜିଯାଏ। ସେହି ଘରଟିକୁ ଧର୍ମ କ୍ଷେତ୍ର, କର୍ମକ୍ଷେତ୍ର ବୋଲି ଭାବି ନେଇଛୁ। ଆଜି ଏଇ ବାର୍ଦ୍ଧକ୍ୟ ଅବସ୍ଥାରେ ବି କେତେ କିସମର ରାନ୍ଧି ପରଷୁଛୁ। ଯେଉଁ ଘରକୁ ଅତିଥି ଆସିଲେ ତୋ ପରଷା ଖାଇ ଶତ ପ୍ରଶଂସା ନକରି ରହିପାରନ୍ତି ନାହିଁ, କି ସହଜରେ ଯିବାକୁ ଇଚ୍ଛା କରନ୍ତି ନାହିଁ। ତୋ'ଠାରେ କି ଯାଦୁ ଥାଏ କେଜାଣି, ତୋର ଅମାୟିକ ବ୍ୟବହାର, ଆନ୍ତରିକତା, ଭଲପାଇବାରେ ସମସ୍ତେ ମୁଗ୍ଧ ହୁଅନ୍ତି। ସେହି ମୋ ପ୍ରାଣର ସ୍ନେହମୟୀ ବୋଉକୁ କେମିତି ଜାଣି ଜାଣି ଦୁଃଖ ଦେଇଥାନ୍ତି କହିଲୁ!

ବୋଉଲୋ, ଯାହାଙ୍କୁ ହୃଦୟରେ ପ୍ରଥମ ପ୍ରେମ ପ୍ରଦାନ କରିଥିଲି, ତାଙ୍କୁ ବାପା ପ୍ରତ୍ୟାଖାନ କଲେ। ତାଙ୍କ ଝିଅର ଯୋଗ୍ୟ ନୁହେଁ ବୋଲି ଅପମାନିତ କଲେ। ସତ କହୁଛି ବୋଉ, ବାପା ଯାହାଙ୍କୁ ହୀନ ଦୃଷ୍ଟିରେ ଦେଖିଲେ, ତାଙ୍କୁ ଯଦି ପାଇଥାନ୍ତି ମୁଁ କେବେ ବି ଏପ୍ରକାର ଯନ୍ତ୍ରଣାରେ ସଢ଼ୁ ନଥାନ୍ତି। ଆଜି ବି କହୁଛି ଶତଗୁଣ ଖୁସିରେ ଥାଆନ୍ତି। ପ୍ରଥମ ପ୍ରେମର ବସନ୍ତକୁ କିଏ କ'ଣ ଭୁଲିପାରେ? ଆଜି ବି କେଉଁ ନିଭୃତ କୋଣରେ ତାଙ୍କ ପ୍ରତି ଅନୁରାଗଟିଏ ବସା ବାନ୍ଧି ରହିଛି। ଜାଣେନା ସେ ଆଜି ଏ ପୃଥିବୀର କୋଉ କୋଣରେ ଥିବେ, ଚିହ୍ନିବେ ନା ନାହିଁ ସନ୍ଦେହ। ପ୍ରତ୍ୟେକ ଝିଅ ଜୀବନରେ ସୁନେଲି ସ୍ୱପ୍ନ ଦେଖନ୍ତି। ସ୍ୱାମୀ ଓ ସନ୍ତାନଙ୍କୁ ନେଇ ପରିପୂର୍ଣ୍ଣ ସୁଖର ସଂସାର ଗଢ଼ିବ, ସୁନ୍ଦର ସଂସାରରେ କାହାର ଛାୟା ନ ପଡ଼ିବ, ସ୍ୱାମୀ ତାକୁ ସ୍ନେହର ବନ୍ଧନରେ ବାନ୍ଧି ରଖିବ। ସେଥିରୁ ମୁଁ କାହିଁକି ବ୍ୟତିକ୍ରମ ହେଇଥାନ୍ତି। କିନ୍ତୁ ଈଶ୍ୱର ତ ସମସ୍ତଙ୍କୁ ସମାନ ଭାଗ୍ୟ ଦେଇ ଜନ୍ମ ଦେଇ ନଥାନ୍ତି। ସେଥିପାଇଁ ମୋ ଭାଗ୍ୟରେ ବୋଧହୁଏ ଏଇୟା ଲେଖାଥିଲା। ଯାହାର ଶିକ୍ଷାଗତ ଯୋଗ୍ୟତା, ଭଲ ଚାକିରି, ସ୍ମାର୍ଟ

ଦେଖି ଟେକି ଦେଇଥିଲ, ତାହା ଦେଖା ସୁନ୍ଦର କଲରେଇ ଫୁଲ ବୋଲି ଜାଣିଲି। ଯାହାଙ୍କ ହୃଦୟରେ ସ୍ନେହ, ଶ୍ରଦ୍ଧା, ପ୍ରେମ ବଦଳରେ ଅଛି କେବଳ ଘୃଣା, ଈର୍ଷା ଏବଂ ନିଷ୍ଠୁରତା। ସେଇ ମୋ ସ୍ୱାମୀ ଇହକାଳ ପରକାଳର ଦେବତା। ବୋଉ ତତେ ମିଛ କହିବି ନାଇଁଲୋ, ସତ କହୁଛି, ଯେଉଁଦିନଠାରୁ ତାଙ୍କ ହାତ ଧରିଲି, ସବୁ ସ୍ମୃତିକୁ ଅନ୍ତରରୁ ଫୋପାଡ଼ି ଦେଇଥିଲି। ଏତେ ତାଙ୍କୁ ଭଲ ପାଇଲି ଯେ ତୁ ବିଶ୍ୱାସ କରିବୁନି। ଭୁଲିଗଲି ତୁମ ମାନଙ୍କୁ ଏବଂ ଦୁନିଆକୁ! ତା' ପ୍ରତିବଦଳରେ କ'ଣ ପାଇଲି ଜାଣୁ? ଖାଲି ଲାଞ୍ଛନା, ମାଡ଼, ଗାଳି! ଶାଶୂଘରେ ପାଦ ଦେବା ଦିନଠାରୁ ଗଞ୍ଜଣା ଶୁଣିଲି ଯେ ଆଜିଯାଏ।

ଯେତେବେଳେ ଶାଶୂଘର ମାନେ କ'ଣ ଜାଣିନଥିଲି, ସେତେବେଳେ ଶାଶୂଘରର ସମସ୍ତ ଭାର ମୋ ଉପରେ ଲଦି ଦିଆଗଲା। ଘରର ବଡ଼ ବୋହୂ ହିସାବରେ ମଝି ଖୁଣ୍ଟକୁ ଦମ୍ଭ ଧରି ଠିଆ କରେଇବାକୁ ଚେଷ୍ଟା କରିଥିଲି। କିନ୍ତୁ ତା' ବଦଳରେ ପାଇଲି କେବଳ ନିନ୍ଦା ଅପବାଦ। କେଉଁ ପୂର୍ବପୁରୁଷ ଅମଳରୁ ରଖିଥିବା ଯୋଉ କଂସା ବାସନ ଦେଇଥିଲ, ସେମାନଙ୍କର ପସନ୍ଦ ହେଲାନି ବୋଲି ଖୁବ କମ ଟଙ୍କାରେ ସେମାନେ ବିକିଦେଲେ। ଯୋଉ ଫର୍ଣ୍ଣିଚର ଦେଇଥିଲ, ତାକୁ ଗୋଟିଏ ଜାଗାରୁ ଆଉ ଗୋଟିଏ ଜାଗାକୁ ଉଠେଇ ହୁଏନି, ତାହା ମଧ୍ୟ ତାଙ୍କର ପସନ୍ଦ ହେଲାନି, ତେଣୁ ତା' ଉପରେ ଚାଉଳ ବସ୍ତା ଥୋଇଦେଲେ। ଅନ୍ୟାନ୍ୟ ଜିନିଷ ପାଇଁ ଯୋଉ ମୋଟା ଅଙ୍କର ଅର୍ଥ ଦେଇଥିଲ, ତାହା ପୁଣି ତାଙ୍କ ପୁଅକୁ ଅପମାନ! କାରଟିଏ ଏବଂ ଘରଟିଏ ଦେଲନି କିମ୍ବା ତାଙ୍କ ଭଉଣୀ ଗଜଲ ଶୁଣିବା ପାଇଁ ଟେପରେକର୍ଡଟିଏ ଦେଲନି, ସେଥିପାଇଁ ମୋ ବାପା ଗୋଷ୍ଠାପଙ୍କ ଚଉଦ ପୁରୁଷ ଉଝାଳିଲେ। ଆମେ କାଳେ ତାଙ୍କ ଘରକୁ ଯୋଗ୍ୟ ନୁହେଁ, ତୁମେ କାଳେ ତାଙ୍କ ପୁଅକୁ ଠକିଦେଲ! ଇଏ ତ ଗଲା ଯୌତୁକ କଥା। ଦେଖିବାକୁ ଯାଇଥିବା ବେଳେ ତାଙ୍କ ଖାଇବାରେ କାଳେ ଔଷଧ ମିଶେଇଦେଇ ବଶ କରିଦେଲ ଯେ ଯାହା ଫଳରେ ମୋତେ ସେ ବାହା ହେବାପାଇଁ ରାଜି ହେଇଗଲେ।

ବୋଉଲୋ, ଯୋଉ କଅଁଳ ହାତରେ ତୁ କିଛି କରେଇ ଦେଇନଥିଲୁ, ଏତେ ବଡ଼ ଗୁହାଳ ଘରକୁ ଯେତେବେଳେ ଗୋବର କନାରେ ଲିପୁଥାଏ, ମୋ ଆଖିରୁ ଧାର ଧାର ଲୁହ ବୋହି ଯାଉଥାଏ। ପରିବାରର ସମସ୍ତଙ୍କ ବ୍ୟବହାର ପାଇଁ କୂଅରୁ ପାଣି କାଢ଼ି ଯୋଗେଇବାକୁ ପଡ଼େ। ନ ହେଲେ ନଣନ୍ଦ, ଦିଅର ମାନଙ୍କର କଟୁ ଭର୍ତ୍ସନାର ଶିକାର ହୁଏ। ତା'ସହିତ ସମସ୍ତଙ୍କ ମନ ଜାଣି ଭିନ୍ନ ଭିନ୍ନ ରୋଷେଇ ଇତ୍ୟାଦି ସବୁ ଭାର ମୋ ଉପରେ ନ୍ୟସ୍ତ ଥାଏ। ତରକାରି ଟିକେ ଖରାପ ହେଲେ ସିଧା ମୋ

ଉପରକୁ ଛାଟି ଦିଅନ୍ତି। ଦିନଯାକର ଏତେ ଖଟଣି ପରେ, ରାତି ରୋଷେଇ ଇତ୍ୟାଦି ସାରି ଶାଶୂ ଶ୍ୱଶୁରଙ୍କୁ ଘଷା ମୋଡ଼ା କରି ହାଲିଆ ହେଇ ଯେତେବେଳେ ବିଛଣାରେ ଗଡ଼ିପଡ଼େ, ସେତେବେଳେ ଚାହେଁ ସ୍ୱାମୀଙ୍କ ସ୍ନେହ, ସହାନୁଭୂତି, ତା' ପରିବର୍ତ୍ତେ କ'ଣ ମିଳେ ଜାଣୁ? ସମସ୍ତଙ୍କ ଅଭିଯୋଗ, ଗାଳି, ତା'ପରେ ମାଡ଼। ବୋଉଲୋ, କୋଉଦିନ ବି ଗଣ୍ଡେ ଶାନ୍ତିରେ ଖାଇବାକୁ ମିଳେନା। ରାନ୍ଧିବାଢ଼ି ସମସ୍ତଙ୍କୁ ଖାଇବାକୁ ଦେବାରେ ଅଧିକାର ଅଛି, କିନ୍ତୁ ନିଜେ ବାଢ଼ି ଆଣି ଖାଇବାର ଅଧିକାର ନାହିଁ। ସମସ୍ତେ ଖାଇସାରିବା ପରେ ସମସ୍ତଙ୍କ ବଳକା ଅଇଁଠା ଖାଦ୍ୟ ମୋତେ ଖାଇବାକୁ ଦିଆଯାଏ। ତୁ ତ ଜାଣୁ ମୁଁ କାହା ସାଙ୍ଗରେ ଖାଏନା ବୋଲି ତୁ ସବୁବେଳେ ମତେ ଅଲଗା ବାଢ଼ିକି ଦେଉ। ଅଇଁଠା ଖାଦ୍ୟ ଟିକେ ବିମୁଖ ହେଇ ଖାଇଲେ, ପୁଅ ପାଖରେ ଅଭିଯୋଗ କରନ୍ତି, ମୁହଁ ଛିଞ୍ଚାଡ଼ି ଖାଉଛି ଅଧେ ଛାଡୁଛି। ସାଇ ପଡ଼ିଶା ଚାରିଆଡ଼େ ମୋର ଅପନିନ୍ଦା ଅପପ୍ରଚାର କରନ୍ତି। ମୁଁ କାଳେ ବହୁତ ଖରାପ ଝିଅ, କାହାକୁ ସମ୍ମାନ ଦେଖାଉନି। ଏତେ ପାଠ ପଢ଼େଇ ଶିକ୍ଷିତାଟିଏ କରିଥିଲ, କାରଣ ସ୍ୱାମୀ ସନ୍ତାନଙ୍କର ଉପଯୁକ୍ତ ଯତ୍ନ ନେଇପାରିବି ଏବଂ ସମାଜରେ ପରିଗଣିତା ହେବି। ଆଜି ସେଇ ଯୋଗ୍ୟତା ସବୁକିଛି ମୂଲ୍ୟହୀନ ହେଇ ପଡ଼ିଛି। ସ୍କୁଲ, କଲେଜରେ ପଢ଼ିଲା ବେଳେ ଯେଉଁ ପ୍ରଶଂସାପତ୍ର ମିଳିଥିଲା ପାଠରେ, ଖେଳରେ, ଡିବେଟ ଏବଂ ଲେଖାଲେଖିରେ, ସେଇ କପ୍ ଗୁଡିକ ଖାଲି ସଜାହେଇ ମୋତେ ଯାହା ପରିହାସ କରୁଛନ୍ତି। ସେସବୁ ଆଜି ଅର୍ଥହୀନ। ଶାଶୂଘର ଲୋକେ ଖୁସି ହେବେ ବୋଲି ସାଇତି ରଖି ପେଡ଼ିରେ ଦେଇଥିଲୁ, ତ'ର ମୂଲ୍ୟ କେହି ବୁଝିଲେନି ଲୋ ବୋଉ।

ରୋଗରେ ପଡ଼ି ଘାଣ୍ଟିହେଲେ କେହି ଆଡ଼ ଆଖିରେ ଚାହାନ୍ତିନି। ନିହାତି ଉଠି ନପାରିଲେ ଶାଶୂ ନଣନ୍ଦ ପଖାଳ ଦି'ଟା ବାଢ଼ି ଦିଅନ୍ତି। ସ୍ୱାମୀ ଦେଖି ନ ଦେଖିଲା ପରି ରୁହନ୍ତି। ଅଗ୍ନିକୁ ସାକ୍ଷୀ ରଖି ଯାହାଙ୍କ ହାତ ଧରିଥିଲି, ତା'ପ୍ରତି ନଥାଏ ତାଙ୍କର ସ୍ନେହ, ଶ୍ରଦ୍ଧା ଆଉ ଆନ୍ତରିକତା। ମୁଁ କ'ଣ ଏମିତି ଜୀବନଟିଏ ଚାହିଁଥିଲି? ମୋର ସବୁ ସ୍ୱପ୍ନ ଧୂଳିସାତ୍ ହେଇଯାଇଛି। ମୁଁ କ'ଣ ଚାହିଁନଥିଲି ସ୍ୱାମୀ, ସନ୍ତାନ ଏବଂ ପରିବାରକୁ ନେଇ ସୁନ୍ଦର ସଂସାରଟିଏ? ସ୍ୱାମୀ ତାକୁ ସ୍ନେହର ରଜ୍ଜୁରେ ବାନ୍ଧି ରଖନ୍ତୁ, ଏକାନ୍ତ ଭାବେ ତା'ର ହୁଅନ୍ତୁ, ତା'ପାଇଁ ବ୍ୟସ୍ତ ହୁଅନ୍ତୁ, ଯେହେତୁ ସ୍ୱାମୀ ତା'ର ଇହକାଳର ପରକାଳର ଦେବତା। ସ୍ୱାମୀ ପାଦ ତଳେ ନାରୀର ଆଶ୍ରୟସ୍ଥଳ। ସେଥିପାଇଁ ତ ସବୁ କଷ୍ଟ ସହି ଯାଉଥିଲି। ଅନେକ ଥର ନିଜକୁ ଶେଷ କରିଦେବାକୁ ଚେଷ୍ଟା କରିଥିଲେ ବି ମରିପାରିନି। ଆହୁରି କଷ୍ଟ ବୋଧହୁଏ ବିଧାତା ମୋ ଭାଗ୍ୟରେ ଲେଖିଥିଲେ! ଆଉ ପାରୁନିଲୋ ବୋଉ, ସବୁ ରାଗ ଅଭିମାନ ଏ ପିଲାଙ୍କ ଉପରେ

ଶୁଝୁଉଛି । ସେମାନଙ୍କ କଅଁଳ ମନରେ କି ପ୍ରଭାବ ପକେଇବ କେଜାଣି ଈଶ୍ୱର ଜାଣନ୍ତି । ସେମାନଙ୍କ ଆଖି ସାମ୍ନାରେ ମା'ଙ୍କ ଉପରେ ହେଉଥିବା ଅତ୍ୟାଚାର ଦେଖୁଛନ୍ତି । ସେମାନଙ୍କ ଉପରେ ମଧ୍ୟ କମ ଅତ୍ୟାଚାର ହେଉନି । କାହାର ସ୍ନେହ ଆଦର ନାହିଁ, ଶିକ୍ଷା ସ୍ୱାସ୍ଥ୍ୟର ଯତ୍ନ ନାହିଁ । ମୁଁ ବା କ'ଣ କରିପାରନ୍ତି । ମୋର ତ ଏ ଘରେ ନିଜସ୍ୱ ବୋଲି କିଛି ନାହିଁ । ଅରକ୍ଷିତଙ୍କୁ ଦଇବ ସାହା ଭଳି, ଈଶ୍ୱର ହିଁ ସେମାନଙ୍କୁ ବଞ୍ଚେଇଛନ୍ତି ।

ଯେଉଁଦିନ ଗୋଟିଏ ଝିଅ ଦେଇଥିବା ପ୍ରେମପତ୍ର କେତୋଟି ମୋ ହାତରେ ପଡ଼ିଲା, ସେଦିନ ସବୁ ସହିବାର ଶକ୍ତି ମୋର ଧୂଳିସାତ୍ ହେଇଗଲା । ସମସ୍ତ ଢେଉ ଯେମିତି କୂଳ ଲଂଘି ମୋ ଉପରକୁ ମାଡ଼ି ଆସିଲେ । ତାକୁ ବିବାହ କରିବାକୁ ପ୍ରତିଶ୍ରୁତି ଦେଇଛନ୍ତି । ଆଜି ମୋର ବଞ୍ଚିବାର କୌଣସି ଅଧିକାର ନାହିଁ । ଏତେ କଷ୍ଟର କିଛି ବି ମୂଲ୍ୟ ନାହିଁ । ଆଉ କୋଉ ସୁଖ ଅବା ବାକି ରହିଲା ଯେ ବଞ୍ଚିବି ? ବୋଉଲୋ, ତୋ ଆଦରର ଝିଅକୁ ତୁ ଭୁଲିଯିବୁ । ଟିକେ ବି ଲୁହ ଗଡ଼େଇବୁନି । ଭାବିବୁ, ତୋ ଝିଅ ତରି ଯାଇଛି । ନହେଲେ ସେ ପୁରରେ ମୋ ଆତ୍ମା ଶାନ୍ତି ପାଇବନି । ଯୋଉ ପୁରରେ ଥିଲେ ବି ତୋ ଆଖିର ଲୁହ ମୁଁ ସହି ପାରିବିନି ଲୋ ବୋଉ । ଶେଷରେ ପ୍ରାର୍ଥନା କରୁଛି, ପୁଣି ପର ଜନ୍ମରେ ତୋ କୋଳରେ ସନ୍ତାନଟିଏ ହେଇ ଜନ୍ମ ନିଏ, କିନ୍ତୁ ଝିଅ ବଦଳରେ ପୁଅଟିଏ ହେଇ । ସେଇ ପର ଜନ୍ମକୁ ଅପେକ୍ଷା..... । ଇତି ତୋ' ସ୍ନେହର ଝିଅ...

ପାଉଁଶ ତଳର ନିଆଁ

ସକାଳୁ ସକାଳୁ କ୍ଷୀରବାଲା ପିଲାଟା କହି ଦେଇଗଲା ରାଜଲକ୍ଷ୍ମୀ ଆଉ ଆସିବନି। ସେ କାହା ସାଙ୍ଗରେ କୁଆଡ଼େ ଚାଲିଗଲା। ରାଜଲକ୍ଷ୍ମୀ ତାଙ୍କ କାମବାଲି। ମମତା ଭାବିଲେ, ମଝିରେ ମଝିରେ ସେ ନକହି ତା'ଗାଁକୁ ଚାଲିଯାଏ, ହୁଏତ ଯାଇଥିବ। ମମତା ପଚାରିଲେ, 'ଆରେ, କୁଆଡ଼େ ସେ ଗଲା, କାହା ସାଙ୍ଗରେ ଗଲା ?' ଯାହା ତା'ଠାରୁ ଶୁଣିଲେ, ତାଙ୍କର ଆଶ୍ଚର୍ଯ୍ୟର ସୀମା ରହିଲାନି। ଏହି ବୟସରେ ପୁଣି ଆଉ ଗୋଟିଏ ପୁରୁଷ ସାଙ୍ଗରେ....ସେ ବିଶ୍ୱାସ କରିପାରିଲେନି।

ଭିତରକୁ ଆସି ମମତା ସ୍ୱାମୀ ସୁବ୍ରତଙ୍କ ପାଖରେ କଥାଟାକୁ କହିଲେ। ସୁବ୍ରତ ଚିହିଁକି ଉଠି କହିଲେ, 'ମୁଁ କେତେ ଥର ମନା କରିଛି, ସେଇ ସ୍ତ୍ରୀଲୋକଟାକୁ ଆଉ ଘରେ ପୂରାନା। ସେ ଗୋଟିଏ ହିଷ୍ଟ୍ରିଆ ପେସେଣ୍ଟ। ମୋ କଥା ନମାନି ବାରମ୍ବାର ତାକୁ ରଖିବ। ଥରକୁ ଥର କାମ ଛାଡ଼ିବ, ପୁଣି ଥରେ ଆସିଲେ ଅରୁଆ ଚାଉଳ, ଦୀପରେ ବନ୍ଦେଇ ଘରକୁ ଆଣିବ। ସତେ ଯେମିତି ଲକ୍ଷ୍ମୀ ଠାକୁରାଣୀ ! ଯାହା ହେଲା ଭଲ ହେଲା।' ମମତା ଆଉ କିଛି ନକହି ଚାଲି ଆସିଲେ।

ଯେବେ ଏଇ ସହରକୁ ସେମାନେ ପ୍ରଥମେ ଆସିଲେ, ଠିକା କାମବାଲି ଦରକାର ପଡ଼ିଲା। ଏତେ ବଡ଼ କ୍ୱାର୍ଟର୍ସ, ବାଡ଼ି, ବଗିଚା, ଏସବୁ କିଏ କରିବ ? ମମତାଙ୍କର ବଗିଚା କରିବାରେ ସଉକ। ଘର ପଛପଟ ବାଡ଼ିରେ କଦଳୀ, ଆମ୍ବ, ବେଲ, ଭେରସୁଙ୍ଗା ଇତ୍ୟାଦି ଗଛ କେତୋଟି ଅଛି। ସାମନାରେ କ୍ରୋଟେନ ଗଛ କେତୋଟି। ତାଙ୍କର ଇଚ୍ଛାହେଲା, ବାଡ଼ିରେ ପନିପରିବା ଲଗେଇବା ସହିତ ଫୁଲ ଗଛ

ଲଗେଇବେ । ଯାହା ଫଳରେ ଠାକୁରଙ୍କ ପୂଜାପାଇଁ ଫୁଲ ଟିକେ ମିଳନ୍ତା । ତେଣୁ ଜଣେ କିଏ ମିଳିଗଲେ ଘର କାମ ସହିତ ବାଡ଼ି ବଗିଚା କାମ କରନ୍ତା ।

ଶେଷରେ ଅଫିସର ପିଅନ ଏହି ସ୍ତ୍ରୀଲୋକଟିକୁ ଯୁଟେଇ ଥିଲା । ଯେବେ ସେ ତାଙ୍କ ଘରକୁ ଆସିଥିଲା, ତା'ବୟସ ପ୍ରାୟ ଚାଳିଶ ହେବ । ଡେଙ୍ଗୀ, କଳା ମଚମଚ ହୃଷ୍ଟପୁଷ୍ଟ ଚେହେରା । ଦେହ ତା'ର ଏତେ ଚିକ୍‌କଣ ଯେ ଯେମିତି ତେଲ ନିଗିଡ଼ି ପଡ଼ିବ । ଦେଖିବାକୁ ଯେମିତି କଳା ପଥରର ପ୍ରତିମୂର୍ତ୍ତିଟିଏ । ଟିକେ ଲମ୍ବା ମୁହଁ, ଓସାର ମଥା ଉପରେ ଆଠଣି ସାଇଜର ସିନ୍ଦୂର ଟୋପାଟିଏ । ମୁଣ୍ଡରେ ତେଲ ଢାଳି ହେଲାପରି ଭାଙ୍ଗ କରି କୁଣ୍ଡେଇ ଥାଏ । ବାରମାସୀ ସିଜିନ ଅନୁସାରେ ଇଟଳା, ଜୁଇ, ମଲ୍ଲୀ, ହେନା, ଗୋଲାପ ଇତ୍ୟାଦି ବିଭିନ୍ନ ପ୍ରକାର ଫୁଲ ଜୁଡାରେ ଲଗେଇଥାଏ । କିଛି ନହେଲେ କନାରେ ତିଆରି କିମ୍ବା ପ୍ଲାଷ୍ଟିକ ଫୁଲର ମାଳା ଲଗେଇଥିବ । ପ୍ରକୃତ ଫୁଲର ଭ୍ରମ ସୃଷ୍ଟି କରୁଥିବ । ବେକରେ ବିଭିନ୍ନ ପ୍ରକାର ମାଳି ଏବଂ ଇମିଟେସନ ଚେନ ଗୋଛାଏ ପକେଇଥିବ । କାନରେ ସୁନାର ପେଣ୍ଡି ହଳେ ଝୁଲୁଥିବ, ଝୁଲି ନ ପଡ଼ିବା ପାଇଁ ତାକୁ ସୁନେଲି ସୂତାରେ ବାନ୍ଧି କାନରେ ଲଟକେଇଥିବ । ପାଦରେ ପାଉଁଜି ଝୁମୁରୁ ଝୁମୁରୁ ହେଉଥିବ । ସବୁଠୁ ବଡ଼ କଥା ହେଲା ମୁଣ୍ଡରେ ଚାଖଣ୍ଡେ ଓଢ଼ଣା ଥିବ । ସୁବ୍ରତଙ୍କୁ ଦେଖିଲେ ଓଢ଼ଣାଟିକୁ ଆଉ ଟିକିଏ ଆଗକୁ ଟାଣି ଆଣିବ । ବେଳେ ବେଳେ ସାୟା, ବ୍ଲାଉଜ ପିନ୍ଧେନି, ପାଦରେ କିନ୍ତୁ ସବୁବେଳେ ଅଳତା ଲଗେଇଥାଏ । ହାତରେ ଦେଢ଼ ଚାଖଣ୍ଡେ ଖଣ୍ଡେ ନାଲି ଚୁଡ଼ି ପିନ୍ଧିଥାଏ । ନାକର ଦୁଇପଟେ ଦୁଇଟି ନାକଫୁଲ ଝଲମଲ କରୁଥାଏ ।

ପ୍ରାୟ ଦଶ ବାର ବର୍ଷ ହେଲାଣି ତାଙ୍କ ଘରେ କାମ କଲାଣି । ଅବଶ୍ୟ ନିୟମିତ କରେନି । ବର୍ଷରେ ଦୁଇ ତିନି ଥର ନିଶ୍ଚୟ କାମ ଛାଡ଼ିବ । ପୁଣି ମାସେ ଦୁଇ ମାସ ପରେ ହାଜିର ହେବ । ଭାରି କାମିକିଆ ମଣିଷଟିଏ । ସମସ୍ତେ ଉଠିବା ପୂର୍ବରୁ ସେ ସଜବାଜ ହେଇ ଆସି ବଗିଚା କାମ କରୁଥିବ । କୋଉଠୁ ଛେଳି ଖତ ବ୍ୟାଗରେ ଭର୍ତ୍ତି କରି ଆଣି ଗଛରେ ଦେଉଥିବ ତ କେବେ ଗୋବର ଖତ ଆଣିଥିବ । କୋଉ ଗଛରେ ମନ୍ଦା କରୁଥିବ ତ କୋଉ ଡାଳକୁ କାଟି ସାଇଜ କରୁଥିବ । ତା'ଦେହରେ ମରଦ ଗୋଟାକର ବଳ । ବଗିଚାରେ ହାଣି ମାରି କିଆରି କରି ଶାଗ, ବିଲାତି, ଲାଉ, କଖାରୁ ଇତ୍ୟାଦି ଲଗାଏ । ଏମିତି ନିଜର ଘର ଭଳି କାମ କରେ ଯେ, ତେଣୁ ମିନତୀଙ୍କର ତା'ପ୍ରତି ଟିକେ ଦୁର୍ବଳତା ଥାଏ । ଭାବନ୍ତି, ଆଜିକାଲି କାମବାଲି ମାନଙ୍କର ସମସ୍ୟା ଯାହା, କିଏ ଏତେ ମନଦେଇ ଘର କାମ ସହିତ ବାଡ଼ି ବଗିଚା କାମ କରିବ ! ତା' ଯୋଗୁ ବାଡ଼ି, ବଗିଚା ହସି ଉଠୁଥାଏ । ସେଥିପାଇଁ ମମତା ତାକୁ ଅଧିକ ପାରିଶ୍ରମିକ ଦିଅନ୍ତି, ଥିଲା ନ ଥିଲାରେ ସାହାଯ୍ୟ କରନ୍ତି ।

ମମତା ତାକୁ ଘରର ଜଣେ ସଦସ୍ୟା ଭଳି ଭାବନ୍ତି। ସେ ମଧ୍ୟ ନିଜକୁ କାମବାଲି ବୋଲି ଭାବେନି। ଘରର ସମସ୍ତଙ୍କ ଉପରେ ମାଲିକାନା କରେ। ସମସ୍ତଙ୍କୁ ଡରେଇ ରଖିଥିବ, ଟିକେ ପାନରୁ ଚୂନ ଖସିଗଲେ କାମ ଛାଡ଼ିଦେବାର ଧମକ ଦେବ। ତେଣୁ ତାକୁ ସମସ୍ତେ ଡରନ୍ତି। ଘରକୁ ପଶି ଆସିଲେ, ଝଡ଼ଟିଏ ଚାଲି ଆସିଲା ପରି ମନେହୁଏ। ଏତେ ଫୁର୍ତ୍ତିରେ କାମ କରେ ଯେ ଯେମିତି ଗୋଟିଏ ମେସିନ। ତା'ମୁଣ୍ଡ କିଛି କାମ କରେନି, ଯନ୍ତ୍ରଚାଳିତ ଭଳି ହାତ ଗୋଡ଼ କାମ କରୁଥାଏ। କେତେବେଳେ କଡ଼େଇରେ ତେଲ ଥିବ ତ ପାଣି ଟ୍ୟାପ ତଳେ ଥୋଇ ଦେଇଥିବ, କେତେବେଳେ ତରକାରି କଡ଼ାରେ ପାଣି ପୂରେଇ ଦେଇଥିବ। ଘର ଓଳେଇବା ସମୟରେ ଛାଞ୍ଚୁଣି ବୁଲେଇ ଆଣିବ, ଯାହା ସେଥିରେ ଆସିଲା, ଜିନିଷ ସହିତ ଡଷ୍ଟବିନରେ ପକେଇ ଦେଇଥିବ। ସୁବ୍ରତଙ୍କର ଯଦି ଭୁଲବଶତଃ ଦରକାରୀ କାଗଜପତ୍ର ଟେବୁଲ ଉପରୁ ଉଡ଼ିଆସି ତଳେ ପଡ଼ିଯାଇଛି, ଯଦି କାହା ନଜରରେ ନ ପଡ଼ିଲା ତା'ହେଲେ ଡଷ୍ଟବିନକୁ ଗଲା। ସୁବ୍ରତ ଭୀଷଣ ବିରକ୍ତ ହୁଅନ୍ତି। ଏମିତି ଏକ ଅପଦାର୍ଥ, ଲକ୍ଷ୍ମୀଛାଡ଼ିକୁ କାହିଁକି ରଖିଛ ବୋଲି ଗାଳି କରନ୍ତି। ଦିନେ ତାଙ୍କ କାନଫୁଲ ପଟେ ରାତିରେ କାନରୁ ଖସି ପଡ଼ିଥିଲା, ରାଜଲକ୍ଷ୍ମୀ ବିଛଣା ଝଡ଼ାଝଡ଼ି କରି ସବୁ କାମ ସାରିବା ପରେ ସେ ଜାଣିଲେ, ତାଙ୍କ କାନରେ ସୁନା ଫୁଲ ପଟେ ନାହିଁ। ବହୁତ ଖୋଜାଖୋଜି କରିବା ପରେ ଶେଷକୁ ଯେଉଁଠି ପ୍ରତ୍ୟେକ ଦିନ ଅଳିଆ ପଡ଼େ, ସେଠାରୁ ଖୋଜି ପାଇଲେ। ଏହା ସତ୍ତ୍ୱେ ବି କେହି ତାକୁ ଘରୁ ବାହାରିଯା କହନ୍ତିନି।

ପ୍ରଥମ ଦିନରୁ ସେ ମମତାଙ୍କୁ ମା' ନଡାକି ଝିଅ ଡାକେ। ତେଣୁ ମମତାଙ୍କୁ ତା' ନାଁ ଧରି ଡାକିବାକୁ ଟିକେ ମାଡ଼ି ପଡ଼ିଲା। ତେଣୁ ପରିବାରର ସମସ୍ତେ ତାକୁ ମାଉସୀ ଡାକନ୍ତି। ପ୍ରଥମେ ପ୍ରଥମେ ମମତା ତାକୁ ତା' ସ୍ୱାମୀ, ପରିବାର ବିଷୟରେ ପଚାରିଥିଲେ। ତା' ସ୍ୱାମୀ କଥା ପଚାରିଲେ, ସେ ହଠାତ୍ ରାଗିଯାଏ ଏବଂ କଠୋର ସ୍ୱରରେ କହେ, ସେ ଅସୁର କଥା ମତେ କେବେ ପଚାରିବନି। ସେଇ ଅସୁରଗୁଡ଼ା ଏ ସଂସାରକୁ ଧ୍ୱଂସ କରିଦେଲେଣି। ଆଉ ପିଲାଛୁଆ କଥା କ'ଣ ପଚାରୁଛ, ସେଗୁଡ଼ା ମୋର ନୁହେଁ ଭଗବାନଙ୍କର। ତା'କଥା ଶୁଣି ସମସ୍ତେ ଆଶ୍ଚର୍ଯ୍ୟ ହୁଅନ୍ତି।

ସକାଳୁ ସକାଳୁ ରେଡିଓରୁ ଭଜନ ଏବଂ ରାମଚରିତ ମାନସ ଶୁଣିବା ମମତାଙ୍କର ଅଭ୍ୟାସ। ସେ ଘର ଭିତରକୁ ପଶିଲା ବେଳକୁ ଯଦି ରେଡିଓ କିମ୍ବା ଟେପ ବାଜୁଛି ତା'ହେଲେ କଥା ସରିଲା। କହେ, 'ଯଦି ସେଇଟାକୁ ବନ୍ଦ କରିବ ତ' ତା'ହେଲେ କାମ କରିବି ନହେଲେ ଚାଲିଯିବି।' ମମତା ଧଡ଼୍କରି ଯାଇ ବନ୍ଦ କରିଦିଅନ୍ତି। ସେ କହେ, ଏହା ଭିତରେ ସବୁ ଅସୁର ଅଛନ୍ତି, ଏମାନେ ଦୁନିଆଟାକୁ

ଧ୍ୱଂସ କରି ଦେଉଛନ୍ତି। କାହିଁକି ତା' ମନରେ ଏଇ ବିଷଣ୍ଣ ଭାବ, ମମତା ପ୍ରଥମେ ପ୍ରଥମେ କିଛି ବୁଝିପାରୁ ନଥିଲେ। ପରେ ସେ ଯାହା ଜାଣିଲେ, ସେ ବିଶେଷ ଭାବେ ପୁରୁଷ ଜାତିଟାକୁ ଘୃଣା କରେ। ତା'ର ଗୋଟିଏ ପୁଅ, ତିନିଟା ଝିଅ, ତା' ସ୍ୱାମୀ ଆଉ ଗୋଟିଏ ସ୍ତ୍ରୀକୁ ଆଣିବା ପରେ ସେ ଏମିତି ମାନସିକ ବିକାରଗ୍ରସ୍ତ ମଣିଷ ହେଇ ପଡ଼ିଛି। ତା'ସ୍ୱାମୀ ସେଇ ସ୍ତ୍ରୀକୁ ଧରି ତାଙ୍କ ଘର ପାଖାପାଖି ଆଉ ଗୋଟିଏ ଘରେ ରହେ। ସେ ସବୁ ପୁରୁଷଙ୍କୁ ଅସୁର ଏବଂ ସବୁ ସ୍ତ୍ରୀଲୋକ ମାନଙ୍କୁ ଅସୁରୁଣୀ ବୋଲି କହେ। ବଡ଼ ଝିଅ ବାହା ହେଇଥିଲା, ତା' ସ୍ୱାମୀ ସହିତ ଝଗଡ଼ା କରି ତା'ପିଲାମାନଙ୍କୁ ନେଇ ମା' ପାଖରେ ଆସି ରହୁଛି। ଆଉ ଦୁଇ ଝିଅଙ୍କୁ ବାହା ଦେଇନି, ତାଙ୍କ ବାହାଘର ବିଷୟରେ ପଚାରିଲେ କହେ, କି ବାହାଘର! ସବୁଯାକ ଅସୁର ଏମିତି କ'ଣ କହି ଗାରୁ ଗାରୁ ହୁଏ। କେମିତି ଗାଁରେ ସେମାନେ ଚଳୁଛନ୍ତି, ପଚାରିଲେ କହେ, ତା'ର କାଳେ ଅନେକ ଧନ ସମ୍ପତ୍ତି ଅଛି, ବ୍ୟାଙ୍କରେ ମଧ୍ୟ କିଛି ଟଙ୍କା ରଖିଛି। ତା' ଛଡ଼ା ଝିଅମାନେ ମଧ୍ୟ କାମଧନ୍ଦା କରନ୍ତି। ପୁଅଟି ସୁରଟରେ କ'ଣ କାମ ଧନ୍ଦା କରି ମଝିରେ ମଝିରେ ଟଙ୍କା ପଇସା ପଠାଏ।

ମଝିରେ ମଝିରେ ତା'ପିଲାମାନଙ୍କୁ ଦେଖିବାକୁ ତା' ଗାଁକୁ ଯାଏ। ସେତେବେଳେ ନାତି ନାତୁଣୀଙ୍କ ପାଇଁ ଖଜା, ମୁଆଁ, ମିଠେଇ ଧରି ଯାଏ। କହେ, କ'ଣ କରିବି ଝିଅ, ପହଞ୍ଚିଲା ମାତ୍ରେ ସେଇ ଅସୁର ଛୁଆଗୁଡ଼ାକ ଘେରିଯିବେ। ଗଲାବେଳେ କିଛି ଟଙ୍କା ମାଗିକି ନିଏ। ଦିନେ ଗାଁରୁ ଫେରି କହିଲା, ହେ ଝିଅ ଶୁଣୁଛୁ, ମୁଁ ଘର ଭିତରକୁ ପଶିଗଲା ବେଳକୁ ଅସୁରଟା ଆମ ଘରେ ଭାତ ଖାଉଥିଲା। ମତେ ଯେମିତି ଦେଖିଲା, ପଡ଼ି ଉଠି ଧାଇଁଲା। ମୁଁ ଗୋଟିଏ ପଥର ଉଠେଇ ଫିଙ୍ଗିଲି ଯେ ତା' ଗୋଡରେ ଯାଇ ବାଜିଲା। ତା'ଭାଗ୍ୟ ଭଲ ମୋଠୁ ରକ୍ଷା ପାଇଗଲା। ଯଦି ମୁଣ୍ଡରେ ବାଜିଥାଆନ୍ତା, ତା'ହେଲେ ଅସୁର କୁଳ ଧ୍ୱଂସ ପାଇ ଯାଇଥାନ୍ତା। ମମତା ଆଶ୍ଚର୍ଯ୍ୟ ହେଇ ତା'କଥା ଶୁଣୁଥିଲେ ଏବଂ ତା' ମନସ୍ତତ୍ତ୍ୱକୁ ବିଶ୍ଳେଷଣ କରୁଥିଲେ।

ଅସଲ କଥା, ତା' ମନ ଭିତରେ ପ୍ରତିହିଂସାର ବହ୍ନି ଜଳୁଥିଲା। ଯେତେବେଳେ ତା'ର ଯୌବନ ଥିଲା, ସେତେବେଳେ ତା'ସ୍ୱାମୀ ତା'ଠାରୁ ଦୂରେଇଗଲା। ସେହି ଭରା ଯୌବନରେ ଦୁନିଆ ଦାଣ୍ଡରେ ଠିଆହେଇ ତା' ପିଲାମାନଙ୍କୁ ମଣିଷ କଲା। ତା' ବାହାରର ଅହଂ ଭାବ, ଦୃଢ଼ମନା, କଠୋରତା ଭିତରେ ତା'ମନ ଭିତରର କୋମଳତାକୁ ମମତା ଅନୁଭବ କରିଛନ୍ତି। ତା' ହୃଦୟ ଭିତରେ କିଏ ଯେମିତି କୁଠାରାଘାତ କରୁଥିଲା। ଜୀବନର ଚରମ ସତ୍ୟକୁ ଉପଲବ୍ଧି କରିବାକୁ ସେ ଯେମିତି ପ୍ରସ୍ତୁତ ନୁହେଁ।

ତାଙ୍କ ସାନ ଝିଅ ତ ଟିକେ ଭଡ଼ଭଡ଼ି, ତାକୁ ଥରେ ପଚାରିଲା, ଆଚ୍ଛା ମାଉସୀ, ତୁମେ ତ ତୁମ ସ୍ୱାମୀକୁ ଅସୁର କହି ଗାଳି ଦେଉଛ, ପୁଣି ମେଞ୍ଚେ ଚୁଡ଼ି ଆଉ ଏତେ ବଡ଼ ସିନ୍ଦୂର ଟୋପା କାହିଁକି ପିନ୍ଧୁଛ ? ହଠାତ୍ ସେ ରାଗିଯାଇ କହିଲା, 'ଚୁପକର, ସେକଥା ତୁଣ୍ଡରେ ଧରିବୁନି। ଆଉଥରେ କହିଛୁନା ଦେଖିବୁ।' ତା' ପାଖରେ ସ୍ୱାମୀ ଶବ୍ଦଟା କହିଦେଲେ ସେ ଭୀଷଣ ରାଗିଯାଏ। ତା' ବିଷୟରେ ସବୁକଥା ଜାଣିଲା ପରେ ଆଉ କେବେ ତା'ଘର ବିଷୟରେ କେହି ପଚାରନ୍ତି ନାହିଁ।

ପାଉଁଶ ତଳେ ଥିବା ନିଆଁ ଭଳି ତା' ଭିତରର ଯନ୍ତ୍ରଣା କୁହୁଳୁଥାଏ। ତାହା ବିଭିନ୍ନ ବାଟରେ ପ୍ରକାଶ ପାଏ। ସେଥିପାଇଁ ସୁବ୍ରତ କହନ୍ତି, ସେ ଜଣେ ମାନସିକ ବିକାରଗ୍ରସ୍ତ ମଣିଷ। କିନ୍ତୁ ଆଜି ସେ ଯୋଉ କାମ କଲା, ତା' ଯୌବନ ସମୟରେ କରି ପାରିଥାଆନ୍ତା। ପୁରୁଷ ମାନଙ୍କୁ ଘୃଣା କରୁଥିବା ମଣିଷଟି ଏଇ ବୟସରେ ଅନ୍ୟଏକ ପୁରୁଷ ସାଙ୍ଗରେ ଚାଲିଗଲା କେମିତି ! ସେ ବିଶ୍ୱାସ କରିପାରୁ ନଥିଲେ। ମମତାଙ୍କ ମନ ଭିତରେ ଅନେକ ପ୍ରଶ୍ନ ଉଙ୍କି ମାରୁଥିଲା।

ପ୍ରାୟ ଆଠ ଦଶ ଦିନ ପରେ ସକାଳୁ ସକାଳୁ କବାଟ ଖଟ୍‌ଖଟ୍ ଶବ୍ଦ ହେଲା। ଏତେ ସକାଳୁ କିଏ ଡାକୁଛି ଭାବି ନିଦୁଆ ଆଖିରେ ମମତା ଯାଇ କବାଟ ଖୋଲିଲେ। ଭୂତ ଦେଖିଲା ଭଳି ସେ ଚମକି ପଡ଼ିଲେ। ରାଜଲକ୍ଷ୍ମୀ ହସ ହସ ମୁହଁରେ ଛିଡ଼ା ହେଇଛି। ମମତା ପଚାରିଲେ, ମାଉସୀ, ନ କହି ତୁମେ ହଠାତ୍ ଏମିତି କୁଆଡ଼େ ଚାଲିଗଲ ? ସେ ଦୁଲ୍‌ଦୁଲ୍ ହେଇ ଘର ଭିତରକୁ ପଶିଆସି କହିଲା, 'ମୋ ଭାଇ ମତେ ନେବାକୁ ଆସିଥିଲା। ମୋ ବାପଘର ବହୁତ ଦୂର। ମୋ ବାପା ବେମାର ପଡ଼ିଛି। ପାଞ୍ଚ ବର୍ଷ ହେଲା ବାପଘରକୁ ଯାଇନଥିଲି। ଆମର ସବୁ ଜମି ଭାଗବଣ୍ଟା ହେଲା। ମୁଁ ତ ଗୋଟିଏ ଝିଅ, ମୋ ବାପ ମୋ ନାଁରେ ଜମି ଲେଖେଇଦେବ ବୋଲି ମତେ ଡକେଇଥିଲା। ମାଣେ ଜମି ଲେଖେଇ ଦେଲା। ତିନି ଭାଇ ତିନି ଖଣ୍ଡ ଶାଢ଼ି ଦେଲେ। ବାପ ଟଙ୍କା ରଖିଥିଲା, ସେଥିରୁ ମତେ ଦି' ହଜାର ଦେଲା। ଏତେ ଦିନ ହେଲା ଯାଇନଥିଲି ତ ସେଥିପାଇଁ ଭାଇ ଭାଉଜ ମତେ ବହୁତ ଅଟକାଉ ଥିଲେ। ମୋର କାମ ଅଛି କହି ଚାଲିଆସିଲି' କହିସାରି କାମରେ ଲାଗିଗଲା। ସେମାନେ ସମସ୍ତେ ପରସ୍ପରଙ୍କ ମୁହଁକୁ ଆଶ୍ଚର୍ଯ୍ୟ ହେଇ ଚାହୁଁଥିଲେ, କିନ୍ତୁ ସୁବ୍ରତ ଥିଲେ ନିରବ।

■

କୁରାଢ଼ି ଚାଷ

ସେଦିନ ଥାଏ ରବିବାର। ସମୟ ପ୍ରାୟ ତିନିଟା କି ସାଢ଼େ ତିନିଟା ହେବ। ମୁଁ ଡ୍ରଇଂରୁମରେ ବସି ଖବର କାଗଜ ପଢୁଥିଲି। କଲିଙ୍ଗ ବେଲ ବାଜିବାରୁ କିଏ ଅସମୟରେ ଆସିଲା ଭାବି କବାଟ ଖୋଲିଲି। ଦେଖିଲି, ଦୁଇଜଣ ଯୁବକ ଛିଡ଼ା ହୋଇଛନ୍ତି। ବୟସ ପ୍ରାୟ ପଚିଶରୁ ତିରିଶ ଭିତରେ ହେବ। ହୃଷ୍ଟପୁଷ୍ଟ ସୁନ୍ଦର ଚେହେରା। ବେକରେ ଟାଏ, ହାତରେ ଗୋଟିଏ ଲେଖାଏ କଳା ଏୟାର ବ୍ୟାଗ ଧରିଛନ୍ତି। ପୋଷାକ ପରିଚ୍ଛଦରୁ ଜାଣିଲି ସେମାନେ ଶିକ୍ଷିତ ଯୁବକ। ମେଡିକାଲ ରିପ୍ରେଜେଣ୍ଟେଟିଭ ଭଳି ଲାଗୁଥାନ୍ତି। ତା'ପରେ ଭାବିଲି, ମେଡିକାଲ ରିପ୍ରେଜେଣ୍ଟେଟିଭ ହେଲେ ଜଣେ ଅଧ୍ୟାପକ ଘରକୁ କାହିଁକି ଆସିବେ! ହୁଏତ କୌଣସି ପବ୍ଲିସର ହୋଇଥିବେ। ଯେହେତୁ ମୁଁ ଜଣେ ଅଧ୍ୟାପକ ଏବଂ ଲେଖକ ଏମିତି ଭାବିବା ସ୍ୱାଭାବିକ। ବହି ବିକ୍ରି ପାଇଁ ପବ୍ଲିସରମାନେ ଏମିତି ଯୁବକମାନଙ୍କୁ ପଠେଇ ଥାଆନ୍ତି।

ମୋ ଭାବନାରେ ବାଧାଦେଇ ଜଣେ ଯୁବକ କହିଲା, ସାର୍, ଟିକେ ଶାଢ଼ି ଦେଖେଇବୁ, ମାଡାମଙ୍କୁ ଟିକେ ଡାକନ୍ତୁ। ଆଶ୍ଚର୍ଯ୍ୟ ହେଲି, ଜାଣିଲି, ସେ ଦୁହେଁ ବଙ୍ଗୀୟ ଯୁବକ। କହିଲି ଆମର ଶାଢ଼ି ଫାଡି କିଣିବାର ନାହିଁ। ଭାବିଲି ମାସର ଶେଷ ସପ୍ତାହ, କିନ୍ତୁ ପତ୍ନୀ ଜାଣିଲେ ଏବେ ଘରେ ତାଙ୍କୁ ବସେଇ ଶାଢ଼ି ଦେଖିବାରେ ଲାଗିଯିବେ। ଆଜିକାଲି ଦଳଦଳ ମାର୍କେଟିଙ୍ଗ ବାଲା ଆସି ଛୁରି ଚାମଚ ଠାରୁ ଆରମ୍ଭ କରି ଯୋତା ଚପଲ ଯାଏ ଘର ଘର ବୁଲି ବିକ୍ରି କରୁଛନ୍ତି। ଅନେକ ଶିକ୍ଷିତ ଏବଂ ଏମ୍.ବି.ଏ ପିଲା ମଧ୍ୟ ଏସବୁ କାମ କରୁଛନ୍ତି। ଏତେ ପାଠ ପଢ଼ି ଘର ଘର ବୁଲି କମ୍ପାନୀ ତରଫରୁ

ଜିନିଷପତ୍ର ବିକୁଛନ୍ତି। ଯେତିକି ବିକିବେ ସେଥିରୁ କମିଶନ ପାଇବେ। ଭାବିଲେ ଦୁଃଖ ଲାଗେ। ଲକ୍ଷ ଲକ୍ଷ ଟଙ୍କା ଖର୍ଚ୍ଚକରି ଶେଷରେ ଏଇ କାମ! କ'ଣ ଆଉ କରିବେ ଚାକିରି ବାକିରି ନାହିଁ। ଭାବିଲି, ବୋଧହୁଏ ଏମାନେ କୌଣସି କମ୍ପାନୀ ତରଫରୁ ଆସିଥିବେ। ଶାଢ଼ି କିଣିବାର ନଥିଲେ ବି ଟିକେ ମନରେ ଦୟା ଆସିଲା।

ଜଣେ ଯୁବକ ପଚାରିଲା, ସାର୍ କ'ଣ ଭାବୁଛନ୍ତି ? ଆମେ ବିକିବାକୁ ଆସିନୁ, କେବଳ ଦେଖେଇବାକୁ ଆସିଛୁ। ଭାବିଲି ଖାଲି ଦେଖେଇବାକୁ ଯଦି ଆସିଛନ୍ତି ତା'ହେଲେ ଦେଖିଲେ କ୍ଷତି କ'ଣ ? ଯୁବକଙ୍କୁ ଭିତରକୁ ଡାକି ସୋଫାରେ ବସେଇ ପତ୍ନୀଙ୍କୁ ଡାକିଲି। ପତ୍ନୀ ଟିଭିରେ ଧାରାବାହିକ ଦେଖୁ ଦେଖୁ ଟିକେ ବିରକ୍ତି ପ୍ରକାଶ କଲେ ଏବଂ ଡ୍ରଇଂରୁମକୁ ପଶି ଆସିଲେ। ଦୁଇ ଅଚିହ୍ନା ଯୁବକଙ୍କୁ ଦେଖି ଟିକେ ଅପ୍ରସ୍ତୁତ ହେଇଗଲେ। ଯୁବକ ଦୁହେଁ ତାଙ୍କୁ ନମସ୍କାର କଲେ। ପତ୍ନୀ ମୋତେ ଆଶ୍ଚର୍ଯ୍ୟ ଦୃଷ୍ଟିରେ ଚାହିଁବାରୁ ଶାଢ଼ି ଦେଖେଇବାକୁ ଆସିଛନ୍ତି କହିଲି। ଏହା ଶୁଣି ପତ୍ନୀଙ୍କ ମୁହଁରେ ଧାରେ ହସ ଖେଳିଗଲା ଏବଂ ବସିପଡ଼ିଲେ।

ଜଣେ ଯୁବକ କହିଲା, ମାଡାମ ଆମେ କୋଲକତାର ହ୍ୟାଣ୍ଡଲୁମ ଶାଢ଼ି ଆଣିଛୁ। ଏହି କମ୍ପାନୀର ସୋରୁମ 'କୋଲକତା ହ୍ୟାଣ୍ଡଲୁମ' ଭୁବନେଶ୍ୱରରେ ଅଛି ଜାଣିଥିବେ। ପତ୍ନୀ କହିଲେ, 'ହଁ..ହଁ..ଆମେ ସେଠାରୁ ଅନେକଥର ଲୁଗାପଟା କିଣିଛୁ।' ଅନ୍ୟ ଯୁବକ ଜଣକ କହିଲା, ବାସ୍ ତା'ର ପ୍ରଚାର ପାଇଁ କମ୍ପାନୀ ଓଡ଼ିଶାରେ ଆଉ ଚାରୋଟି ସୋରୁମ ଖୋଲିଲା। ରାଉରକେଲା, ବାଲେଶ୍ୱର ଏବଂ ସମ୍ବଲପୁରରେ ଖୋଲି ସାରିଲାଣି। ଆପଣଙ୍କ ସହର ବ୍ରହ୍ମପୁରରେ ଆଉଏକ ସୋରୁମ ଆସନ୍ତା ୩୧ ତାରିଖରେ ଉଦ୍‌ଘାଟନ ହେବାକୁ ଯାଉଛି।

ମୁଁ କହିଲି, ଭଲହେଲା, ପ୍ରସିଦ୍ଧ କମ୍ପାନୀର ସୋରୁମ ବ୍ରହ୍ମପୁରରେ ଖୋଲିବ ଖୁସିର କଥା। ତା'ପରେ ଯୁବକ ଦୁହେଁ ବ୍ୟାଗରୁ କାଢ଼ି ଶାଢ଼ି ଦେଖେଇବାରେ ଲାଗିଗଲେ। ପତ୍ନୀ ଗୋଟିଏ ପରେ ଗୋଟିଏ ଶାଢ଼ି ଦେଖି ପ୍ରଶଂସା କରୁଥାନ୍ତି, କହୁଥାନ୍ତି, ଶାଢ଼ିଗୁଡିକ ଖୁବ ସୁନ୍ଦର ହେଇଛି। କିନ୍ତୁ ଟଙ୍କା ଥିଲେ ଗୋଟେ କିଣିଥାନ୍ତି।

ସେମାନେ କହିଲେ, ନାଇଁ ମାଡାମ, ଆପଣଙ୍କୁ ଗିଫ୍ଟ ଦେବାକୁ ଆସିଛୁ, ବିକ୍ରି କରିବାକୁ ନୁହେଁ। କମ୍ପାନୀର ପ୍ରସାର ପାଇଁ ଏକ ଅଫର ଅଛି। ଏହି ଯେଉଁ ସୋରୁମ ଖୋଲିବ ତାର ଆଡଭର୍ଟାଇଜମେଣ୍ଟ ପାଇଁ ଦଶ ଜଣଙ୍କୁ ମାଗଣାରେ ଉପହାର ଦିଆଯାଉଛି। ଧରନ୍ତୁ ଆପଣ ତିନି ହଜାର ଟଙ୍କାର ଶାଢ଼ିଟିଏ କିଣିବେ, ୧୦ ପରସେଣ୍ଟ ରିବେଟରେ ତା'ମାନେ ଚବିଶ ଶହ ଟଙ୍କାରେ ପାଇବେ। ତା' ଛଡ଼ା ତା' ସହିତ ଆଉ ଗୋଟିଏ କଟନ ଶାଢ଼ି, ଶାର୍ଟ ପିସ୍, ପ୍ୟାଣ୍ଟ ପିସ ହଳେ, ଡବଲ ବେଡସିଟ, ତକିଆ

ଖୋଲ ଦୁଇଟି ମାଗଣା ଉପହାର ପାଇବେ। ତା'ଛଡା ଆପଣଙ୍କୁ ଯଦି ପସନ୍ଦ ନହେଲା, ସୋରୁମରେ ମଧ୍ୟ ଏକ୍ସଚେଞ୍ଜ କରିପାରିବେ। ନଚେତ୍ ସବୁ ରଖି ମଧ୍ୟ ଚାହିଁଲେ ରିସିଟ ଦେଖେଇ ଚବିଶ ଶହ ଟଙ୍କା ଫେରସ୍ତ ଆଣି ପାରିବେ।

ଯଦିଓ ପତ୍ନୀ ଘର ପାଖକୁ ଯୋଉ ବାଲା ଆସିଲେ ଖାଲି ହାତରେ ଫେରେଇବା ଲୋକ ନୁହେଁ, ତଥାପି ଦ୍ୱନ୍ଦ୍ୱରେ ଥିଲେ। କାରଣ ଆଠଦିନ ପୂର୍ବରୁ ସାବିତ୍ରୀ ଅମାବାସ୍ୟାରେ ଦାମୀ ଶାଢ଼ିଟିଏ କିଣିଥିଲେ। ମାଗଣା ଉପହାର କଥା ଶୁଣି ପତ୍ନୀ ଟିକେ ମୋ ଆଡ଼କୁ ପୁଣି ଶାଢ଼ି ଆଡ଼କୁ ଲୋଭିଲା ଦୃଷ୍ଟିରେ ଚାହୁଁଥାନ୍ତି। ମାଗଣା ଉପହାର କଥା ଶୁଣି ମୋର ମଧ୍ୟ ଟିକେ ଲୋଭ ହେଲା। ମୋ ପାଟିରୁ ବାହାରି ପଡ଼ିଲା, ଇଚ୍ଛା ହେଉଛି ଯଦି କିଣି ଦେଉନ। ପତ୍ନୀ କହିଲେ, ନା..ନା..ଏତେ ଗୁଡ଼ିଏ ଟଙ୍କା ଏବେ କୋଉଠୁ ଆସିବ ? ମୁଁ କିଣିବିନି। ଯୁବକ ଦୁହେଁ ଜାଣିଦେଲେ କିଣି ଦେଉନ ମାନେ ଟଙ୍କା ଅଛି। ସେଇଠୁ ଯୁବକ ଜଣକ କହିଲା, ମାଡାମ ଚାନ୍ସ ଛାଡ଼ନ୍ତୁନି। ମାତ୍ର ଦଶ ଜଣଙ୍କୁ ଏହି ସୁଯୋଗ ମିଳିଛି। ପକେଟରୁ କେତୋଟି ରିସିଟ କାଢ଼ି ଦେଖେଇ କହିଲେ, ଦେଖନ୍ତୁ ମାଡାମ, ନଅ ଜଣଙ୍କୁ ଦେଇସାରିଲୁଣି, ଆଉ ଗୋଟିଏ ଦେଇଦେଲେ ଫେରିଯିବୁ। ଆପଣଙ୍କ ପଡ଼ୋଶୀ ଘର ଚାହିଁଲେ ବି ଦେଇପାରିବୁନି। ଆପଣଙ୍କ ଭାଗ୍ୟ ଯେ ଆପଣଙ୍କୁ ଏହି ସୁଯୋଗ ମିଳିଛି। ଆପଣ ଉଦଘାଟନ ଦିନ ରିସିଟ ଦେଖେଇ ଟଙ୍କା ଫେରସ୍ତ ମଧ୍ୟ ଆଣିପାରିବେ। ତା'ପରେ ଏଇ ଦଶ ଜଣଙ୍କ ପାଇଁ ଲଟେରି ରଖାଯାଇଛି। ପ୍ରଥମ ପୁରସ୍କାର ଫ୍ରିଜ, ଦ୍ୱିତୀୟ ପୁରସ୍କାର ଟିଭି ଆଉ ତୃତୀୟ ପୁରସ୍କାର ପ୍ରେସର କୁକର। ତା' ବ୍ୟତୀତ ସେଇ ଦଶ ଜଣ ଯେତେବେଳେ ସେଇ ଦୋକାନରୁ ଲୁଗାପଟା କିଣିବେ କୋଡ଼ିଏ ପରସେଣ୍ଟ ରିବେଟ ପାଇବେ। ଏତେ କଥା ଶୁଣି ଆମ ଦୁହିଁଙ୍କର ଆଉ ଟିକେ ଲୋଭ ବଢ଼ିଲା। ଏତେ ସୁବିଧା କଥା ଶୁଣି ପତ୍ନୀଙ୍କର ବୋଧହୁଏ ଟିକେ ସନ୍ଦେହ ହେଲା, ତେଣୁ ପଚାରିଲେ, ଆଚ୍ଛା ଆପଣ ଯୋଉ ମାଗଣା ଉପହାର କଥା କହୁଛନ୍ତି, ଏଥିରେ କମ୍ପାନୀର ଲାଭ କ'ଣ ?

ଅତି ଭଦ୍ର, ମାର୍ଜିତ କଥାବାର୍ତ୍ତା କରୁଥିବା ଯୁବକ ଜଣକ, ଯିଏକି ଅଧିକାଂଶ ବାକ୍ୟ ଇଂରାଜୀରେ କହୁଥିଲା, ଖୁବ ସୁନ୍ଦର ଭାବେ ଲାଭ କ୍ଷତିର ହିସାବ ବତେଇଦେଲା। କହିଲା, ମାଡାମ, ସୋ'ରୁମ ଖୋଲିବା ପାଇଁ ଏବଂ କମ୍ପାନୀର ପ୍ରଚାର ପାଇଁ ଆଡଭର୍ଟାଇଜମେଣ୍ଟ ଦରକାର। ଟିଭି ଏକମାତ୍ର ମାଧ୍ୟମ ଯାହା ଦ୍ୱାରା ପ୍ରଚାର ହେଇପାରିବ। ଟିଭିରେ ଆଡ ଦେଲେ ପ୍ରତି ମିନିଟକୁ ଦେଢ଼ ଲକ୍ଷ, ଏମିତି ଯେତେଦିନ ଟିଭିରେ ପ୍ରଚାର ହେବ ସେତେ ଲକ୍ଷ ଦରକାର। ତାହାଦ୍ୱାରା ବିଶେଷ ଲାଭ ହେବନି। କିନ୍ତୁ ଏମିତି ଦଶ ଜଣଙ୍କୁ ଗିଫ୍ଟ ଦେବା ଏବଂ ଲଟେରିରେ ମାତ୍ର ଏକ

ଲକ୍ଷ ଅଶି ହଜାର ଖର୍ଚ୍ଚ ହେଉଛି। ଏମିତିରେ ଅଧିକ ପ୍ରଚାର ମଧ୍ୟ ହେଉଛି। କାରଣ ଆପଣ ଏହି ଶାଢ଼ି ଖଣ୍ଡିଏ ପିନ୍ଧି ବାହାରିଲେ, ଦଶ ଲୋକ ଦେଖି ପ୍ରଶଂସା କରିବେ। କୋଉଠୁ କିଣିଛନ୍ତି ପଚାରିଲେ ଆପଣ ଏହି ଦୋକାନରୁ କିଣିଛନ୍ତି ବୋଲି କହିବେ। ତଦ୍ଦ୍ୱାରା କମ୍ପାନୀର ଅଧିକ ପ୍ରଚାର ହେବ ଏବଂ ଲାଭ ମଧ୍ୟ ଅଧିକ ହେବ। ଏହି ସୁଯୋଗ ଆଦୌ ହାତଛଡ଼ା କରନ୍ତୁନି।

ସେତେବେଳକୁ ବେଳ ଗଡ଼ି ଗଲାଣି। ସେମାନେ ଯିବାକୁ ଉଦ୍ୟତ ହେଲେଣି। କହିଲେ, ଏହି ଗୋଟିକ ଗିଫ୍ଟ ଦେଇଦେଲେ ଆମେ ଚାଲିଯିବୁ। ତା'ପରେ ଉନ୍ମୋଚନ ପାଇଁ ସଜାସଜି ହେବ। ସବୁ ଦାୟିତ୍ୱ ଆମ ଉପରେ। ଆମର ଉଦଘାଟନ ହେବ ଦିନ ଦଶଟାରେ। ମାଡାମ, ଆପଣଙ୍କ ଓଡ଼ିଆ ହିରୋ, ହିରୋଇନ ଉତ୍ତମ, ଅପରାଜିତା ଆସି ଉଦଘାଟନ କରିବେ। ସେମାନେ ହିଁ ପ୍ରାଇଜ ଦେବେ। ଆପଣମାନେ ନିଶ୍ଚୟ ଯିବେ। ମିଠା ଏବଂ ଜଳଖିଆ ପ୍ୟାକେଟ ବ୍ୟବସ୍ଥା ହେଇଛି। ଆମେ ଆଉ ଡେରି ନକରି ଶାଢ଼ି ବାଛିବାରେ ଲାଗିଗଲୁ। ମୋର ଗୋଟିଏ ପସନ୍ଦ ହେଲେ ପତ୍ନୀଙ୍କର ଆଉ ଗୋଟିଏ। ଆଉ କେତୋଟି ଶାଢ଼ି କାରରୁ ସେମାନେ ଆଣିଲେ। ଶେଷରେ ପତ୍ନୀ ତାଙ୍କ ପସନ୍ଦର ଗୋଟିଏ ବାଛିଲେ। କହିଲେ, ସେଦିନ ଦୋକାନକୁ ଯାଇ ଭଲଟିଏ ଚଏସ କରି ଆଣିବି। ଯୁବକଟି କହିଲା, ମାଡାମ ଆପଣ ସେଇ ଟଙ୍କାରେ ସମ୍ବଲପୁରୀ ପାଟ ମଧ୍ୟ ଆଣିପାରିବେ। ପତ୍ନୀ ମୋତେ କହିଲେ, ତୁମେ ତୁମ ଚଏସରେ ଶାର୍ଟ, ପ୍ୟାଣ୍ଟ କପଡ଼ା ବାଛିନିଅ। ବେଡସିଟ, ଶାଢ଼ି, ଶାର୍ଟ, ପ୍ୟାଣ୍ଟ କପଡ଼ା ସବୁ ବଛା ହେଇଗଲା। ପରଦିନ ଝିଅର ଇଞ୍ଜିନିୟରିଂ କଲେଜର ଫିସ ଦେବାକୁ ପାଞ୍ଚ ହଜାର ଟଙ୍କା ରଖାଯାଇଥିଲା। ସେଥିରୁ ପତ୍ନୀ ଚବିଶ ଶହ ଟଙ୍କା ଆଣି ତାଙ୍କୁ ଧରେଇ ଦେଲେ। ସେମାନେ ରିସିଟ କାଟିକି ଦେଲେ।

ରିସିଟରେ ଫୋନ ନମ୍ବର ସହିତ ଦୋକାନର ନାଁ ଥିଲା। ଯାହା ଓଡ଼ିଶାର ଭୁବନେଶ୍ୱରରେ ମେନ ସୋ'ରୁମ ଅଛି। ଏଥିରେ ସନ୍ଦେହ କରିବାରେ କିଛି ନାହିଁ। ପତ୍ନୀ ତା' ମୋବାଇଲ ନମ୍ବରଟି ମାଗି ଡାଏଲ କରିବାକୁ ଆରମ୍ଭ କଲେ। ଏହା ଦେଖି ମୁଁ ବିରକ୍ତ ହେଇ ଚାହିଁଲି। ଭାବିଲି, ଏହି ସ୍ତ୍ରୀ ଲୋକ ଗୁଡ଼ାକ ସବୁବେଳେ ସନ୍ଦେହୀ। ଯୁବକଟି କହିଲା, ମାଡାମ, ମୋର ଇନକମିଙ୍ଗ ବାଲାନ୍ସ ନାହିଁ, ଆଜି ରିଚାର୍ଜ କରିଦେବି। ପତ୍ନୀ କହିଲେ, ରୁହନ୍ତୁ, ଆପଣମାନେ ଏତେ ସମୟ ଧରି ବସିଲେ, ଟିକେ ଚା' କରି ଆଣୁଛି। ସେମାନେ କହିଲେ, ନାଇଁ ମାଡାମ, ଆମେ ଚା' ପିଉନା, ଆପଣ ବ୍ୟସ୍ତ ହୁଅନ୍ତୁନି। ଶେଷରେ ପତ୍ନୀ ଦୁଇ ଗ୍ଲାସ ସରବତ୍ ଆଣି ବଢ଼େଇଦେଲେ। ତା'ପରେ ସେମାନେ ନମସ୍କାର କରି ଚାଲିଗଲେ।

ତା’ ପରଠୁ ପତ୍ନୀ ଖାଲି ଦିନ ଗଣୁଥାନ୍ତି, କେବେ ନିର୍ଦ୍ଦିଷ୍ଟ ତାରିଖ ଆସିବ, ସୋ’ରୁମ ଉଦଘାଟନ ଉତ୍ସବକୁ ଯିବୁ। କହୁଥାନ୍ତି, ଲଟେରିରେ ଆମକୁ ଫ୍ରିଜ କିମ୍ବା ଟିଭି ଟିଏ ମିଳନ୍ତାନି ! ଆମ ଫ୍ରିଜ, ଟିଭି ପୁରୁଣା ହେଇଗଲାଣି। ତାଙ୍କର ସମ୍ପୂର୍ଣ୍ଣ ବିଶ୍ୱାସ ଲଟେରିରେ ଯାହାହେଲେ ଉଠିବ।

ନିର୍ଦ୍ଦିଷ୍ଟ ଦିନ ସଜବାଜ ହେଇ ଠିକ ପାଞ୍ଚଟା ବେଳେ ଆମେ ଠିକଣା ଜାଗାରେ ପହଞ୍ଚିଲୁ। ସେଠାରେ କିଛି ସେମିତି ନୂଆ ସୋ’ରୁମ ଦେଖିବାକୁ ପାଇଲୁନି। ସେଇ ଏରିଆ ଭଲଭାବେ ଖୋଜିଲୁ। କେତେକ ବ୍ୟକ୍ତିଙ୍କୁ ପଚାରିଲୁ କିନ୍ତୁ ସେମାନେ କହିଲେ, ସେମିତି କିଛି ସୋ’ରୁମ ଖୋଲିବାର ନଥିଲା। ରିସିଟରେ ଥିବା ଦୁଇଟି ଯାକ ଫୋନ ନମ୍ବରକୁ ଡାଏଲ କଲୁ। ଏମିତି ଫୋନ ନମ୍ବର କାହାକୁ ଦିଆଯାଇନି କହିଲା। ପତ୍ନୀ କହିଲେ, କିଛି ଚିନ୍ତା ନାହିଁ, ତୁମେ ତ ଆସନ୍ତା ରବିବାରରେ ଭୁବନେଶ୍ୱର ଯାଉଛ, ତାଙ୍କ ମେନ ବ୍ରାଞ୍ଚକୁ ଯାଇ ଏକ୍ସଚେଞ୍ଜ କରି ଆଣିବ। ତା’ପରେ ଆମେ ଦୁହେଁ କାନ ମୁଣ୍ଡ ଆଉଁସି ଘରକୁ ଫେରିଲୁ।

ଭୁବନେଶ୍ୱରରେ ପହଞ୍ଚି ତା’ ପରଦିନ ସୋମବାରରେ ସବୁ କାମ ସାରି ସନ୍ଧ୍ୟାରେ ସେଇ ଦୋକାନରେ ଯାଇ ପହଞ୍ଚିଲି। ତାଙ୍କ ମ୍ୟାନେଜରକୁ ସାକ୍ଷାତ କରି ସବୁକଥା କହି ରିସିଟ ଦେଖେଇଲି। ସାଙ୍ଗରେ ନେଇଥିବା ସେଇ ଲୁଗାପଟା ସବୁ ତାଙ୍କୁ ଦେଖେଇଲି। ସେ ସେବୁ ଦେଖି କହିଲେ, ଏସବୁ ଆମ କମ୍ପାନୀର ନୁହେଁ। ଦେଖନ୍ତୁ ଆମ କମ୍ପାନୀର ସିମ୍ବଲ ଅଲଗା, ଏହି ରିସିଟରେ ଅଲଗା ସିମ୍ବଲ ଅଛି। ପୂର୍ବରୁ ମଧ୍ୟ ଏମିତି କମ୍ପ୍ଲେନ ଆସିଛି। ଠକମାନେ ଆମ ଦୋକାନ ନାଁ ନେଇ ଠକୁଛନ୍ତି। ଆପଣ ଥାନାରେ କମ୍ପ୍ଲେନ କରୁନାହାନ୍ତି କାହିଁକି ପଚାରିଲି। ସେ କହିଲେ, ଆଜ୍ଞା ଆମେ କାହା ନାଁରେ କମ୍ପ୍ଲେନ କରିବୁ? ତାଙ୍କ ସିମ୍ବଲ ଅଲଗା, ସେଇ ଦ୍ୱାହି ଦେଇ ସେମାନେ ଖସିଯିବେ। ଆଉକିଛି ନକହି ଚୁପ ରହିଲି। ଭାବିଲି, ଏତେ ଭଦ୍ର, ମାର୍ଜିତ, ଶିକ୍ଷିତ ଯୁବକ ହେଇ ଏମିତି ଠକି ପାରନ୍ତି ! ଏତେ ବଡ଼ ଧୋକା ! ଏ ଦୁନିଆରେ ତା’ହେଲେ କାହାକୁ ବିଶ୍ୱାସ କରିବ ?

ପାଖରେ ଜଣେ ବୟସ୍କ ଭଦ୍ରବ୍ୟକ୍ତି ଛିଡ଼ାହେଇ ଆମ କଥା ଶୁଣୁଥିଲେ। ମୁଣ୍ଡରେ ଧଳା ଚୁଟି, ମୁହଁରେ ଅଳ୍ପ ପାଚିଲା ଦାଢ଼ି, ଆଖିରେ ମୋଟା ଚଷମା, ପତଳା ଚେହେରା। ମୋ ଭାବନାରେ ବାଧାଦେଇ ଭଦ୍ର ବ୍ୟକ୍ତି ଜଣଙ୍କ କହିଲେ, ଆଜିକାଲି ଏମିତି କୁରାଢ଼ି ଚାଷ ଚାଲିଛି। ଯିଏ ଯେତେ ପଛରୁ କୁରାଢ଼ି ଚୋଟ ମାରି ପାରିଲା। ରାଜନୀତି କ୍ଷେତ୍ରରେ ହେଉ, ଶିକ୍ଷା କ୍ଷେତ୍ରରେ, ବ୍ୟବସାୟ ବା ଚାକିରି କ୍ଷେତ୍ରରେ ହେଉ, ସମସ୍ତେ ସମସ୍ତଙ୍କ କଚ୍ଛା ଟାଣୁଛନ୍ତି। ପଛରୁ ଯିଏ ଯେତେ କୁରାଢ଼ି ଚୋଟ ମାରି

କାମ ହାସଲ କରିପାରିଲା। ଆଉ ଇଏ ତ ସାଧାରଣ କଥା। ଭଦ୍ରମୁଖା ପିନ୍ଧି ଏମିତି
କେତେ ଠକାମି କରୁଛନ୍ତି। ଦେଖୁନାହାନ୍ତି ଆଜ୍ଞା, ମୁଁ ପାଞ୍ଚ ବର୍ଷ ହେଲା ଅବସର
ନେଲିଣି, ମୋ ପେନ୍‌ସନ ଟଙ୍କାଟା ଆଜିଯାଏ ପାଇ ପାରୁନି। ଦୌଡ଼ି ଦୌଡ଼ି ମୋ
ଚପଲ ଛିଡ଼ିଲାଣି। ଯିଏ ଧରାଧରି କରି ଲାଞ୍ଚ ଘୋଷ ଦେଲା, ତା'କାମ ଆଗ। ସିଧା
ଆଙ୍ଗୁଠିରେ ଘିଅ ଉଠୁନି ଆଜ୍ଞା। ସଫା। ରାସ୍ତାରେ କୌଣସି କାମ ହେଉନି, ଠିକ
ରାସ୍ତାରେ ପ୍ରାପ୍ୟ ବି ମିଳୁନି। ଶିକ୍ଷିତ ହେଉ ଅଶିକ୍ଷିତ ହେଉ ଯିଏ ଯାହାକୁ ଯେତେ
ଠକେଇ ପାରିଲା। ଆମ ସରକାରୀ କଳ ସେୟା। ଆଉ ଆମ ଜନତାଙ୍କ ମନୋବୃତ୍ତି ବି
ସେମିତି। ମଣିଷ ମଣିଷ ଠାରୁ ବିଶ୍ୱାସ ହରେଇଲାଣି। ଯିଏ ବିଶ୍ୱାସ କଲା, ସେ
ଅସୁବିଧାରେ ପଡ଼ିଲା। ଏଠି ଖାଲି କୁରାଢ଼ି ଚାଷ ଚାଲିଛି ଆଜ୍ଞା।...କୁରାଢ଼ି ଚାଷ...

ଭଦ୍ରବ୍ୟକ୍ତି ଜଣଙ୍କ ପ୍ରଗଲ୍‌ଭ ମନେ ହେଉଥିଲେ ବି ସେ ଯେ ଅପ୍ରିୟ ସତ୍ୟକଥା
କହୁଥିଲେ ମନେ ହେଉଥିଲା। ତାଙ୍କର ତିକ୍ତ ଅନୁଭୂତିକୁ ଏବଂ ହୃଦୟର ବେଦନାକୁ
ଆମ ପାଖରେ ବ୍ୟକ୍ତ କରି କେବଳ ଆତ୍ମସନ୍ତୋଷ ଲାଭ କରୁଥିଲେ ତାହା ହିଁ ଲକ୍ଷ୍ୟକଲି।
ତାଙ୍କ କଥା ଶୁଣି କେବଳ ନିରବରେ ମୁଣ୍ଡ ଟୁଙ୍ଗାରିଲି। ଆଉକିଛି ଶୁଣିବାକୁ ମୋର
ଧୈର୍ଯ୍ୟ ନଥିଲା। ମୋ ନିଜକଥା ଭୁଲି କେବଳ ସେଇ ଭଦ୍ରବ୍ୟକ୍ତିଙ୍କ କଥା ଭାବି ଭାବି
ଫେରିଲି।

ଅନ୍ତରାଳେ

ସେଦିନ ମାର୍କେଟରୁ ବହୁତ ବୁଲାବୁଲି କରି ଘରକୁ ଫେରିଲା ବେଳକୁ ପ୍ରାୟ ରାତି ହେଇଯାଇଥିଲା । ଯୁଆଡ଼େ ଯାଅ ଘର ଭିତର ଗ୍ୟାରେଜରୁ ଗାଡ଼ିରେ ବସ, ଯାଇ ମଲ ପାଖରେ ଓହ୍ଲାଅ । ପ୍ରାୟ ସେଇ ପ୍ରକାର ମଲ ଗୁଡ଼ିକରେ ସବୁ ପ୍ରକାର ଅତ୍ୟାବଶ୍ୟକ ଜିନିଷ ଯଥା-ଡ୍ରେସ ଠାରୁ ଆରମ୍ଭ କରି ଗ୍ରୋସରି ଆଇଟମ ଏବଂ ପନିପରିବା, ମାଛ, ମାଂସ ସବୁ ଗୋଟିଏ ଜାଗାରେ ମିଳିଯାଏ । ଆମ ଭାରତ ଭଳି ବିଭିନ୍ନ ଦୋକାନ ବୁଲି କିଣାକିଣି କରିବାକୁ ପଡ଼େନି । ଯାହାହେଲେ ବି ଦୋକାନ ଦୋକାନ ବୁଲି କିଣାକିଣି କରିବାରେ ମଜା ନିଆରା । ସାଙ୍ଗ ସାଥୀମାନଙ୍କ ସହିତ ଚା'ପାନ ଦୋକାନ ପାଖରେ ଛିଡ଼ାହେଇ ଖଟି କରୁ କରୁ ଚା'ପାନ ଖାଇବାରେ ମଜା ଥାଏ । କୋଉଠି ଦହିବରା, ଆଳୁଦମ ତ କୋଉଠି ଫାଷ୍ଟଫୁଡ । ଏସବୁ ବିଦେଶରେ ଦେଖାଯାଏନି । ଏଥିପାଇଁ ସୁପର୍ଣ୍ଣାଙ୍କୁ ଆମେରିକା ଭଲ ଲାଗେନି ।

ଆମେରିକାର ରାସ୍ତାଘାଟ, ପ୍ରଦୂଷଣମୁକ୍ତ ଜଳବାୟୁ ଏବଂ ଲୋକଙ୍କ ବ୍ୟବହାର ଭଲ ଲାଗୁଥିଲେ ବି ଆହୁରି ଅନେକ ଜିନିଷକୁ ସେ ଗ୍ରହଣ କରିପାରନ୍ତି ନାହିଁ । ବିଶେଷ ଭାବେ ସ୍ୱାସ୍ଥ୍ୟ ସେବା । ଜୀବନ ବୀମା କରିନଥିଲେ ଡାକ୍ତର ଦେଖେଇବା ବହୁତ କଷ୍ଟ । ସେଥିରେ ଅନେକ ଖର୍ଚ୍ଚ । ଏସବୁ ସତ୍ତ୍ୱେ ସୁପର୍ଣ୍ଣା ଏବଂ ସୁବୋଧଙ୍କୁ ପ୍ରତିବର୍ଷ ଆସିବାକୁ ହୁଏ । ପୁଅ, ଝିଅ ଦୁହେଁ ଏଠାକାର ସିଟିଜେନ ହେଇଗଲେଣି । ପିଲାମାନଙ୍କର ତାଗିଦା ଓଡ଼ିଶା ଛାଡ଼ି ଆସି ଆମ ପାଖରେ ରୁହ । କିନ୍ତୁ ପିଲାଙ୍କ ଠାରେ ମନଟା ଥିଲେ ବି ଜନ୍ମମାଟିର ମୋହ ତାଙ୍କୁ ବାନ୍ଧି ଦେଇଛି ।

ତେଣୁ ପ୍ରତିବର୍ଷ ଅତିକମରେ ଥରେ ହେଲେ ଆସିବାକୁ ପ୍ରତିଶ୍ରୁତି ଦେଇଥିବାରୁ ତାକୁ ପାଳନ କରୁଛନ୍ତି।

ସେପ୍ଟେମ୍ବର ମାସ, ବସନ୍ତର ମୃଦୁ ମଳୟ ପବନ ଭଳି ପବନ ମନ ଏବଂ ଦେହକୁ ଛୁଇଁ ଯାଉଥାଏ। ପ୍ରତ୍ୟେକ ଗଛର ପତ୍ରର ରଙ୍ଗ ପରିବର୍ତ୍ତନ ହେଲାଣି। କେଉଁ ଗଛର ପତ୍ର ନାଲି, ଗୋଲାପି, ହଳଦିଆ, ବ୍ରାଉନ ଏବଂ ଚାରିଆଡ଼େ ଫୁଲମୟ। ଏସବୁ ମିଶାମିଶି ହେଇ ଏକ ପ୍ରକାର ସ୍ୱର୍ଗୀୟ ଆନନ୍ଦ ଉପଲବ୍ଧି କରିହେଉଥାଏ। ତେଣୁ ସେମାନେ ପାର୍କକୁ ଯାଇ ସେଠାରେ କିଛି ସମୟ କଟେଇ ପ୍ରକୃତିକୁ ଉପଭୋଗ କରି ଆସନ୍ତି। ନାତି ନାତୁଣୀଙ୍କୁ ସାଙ୍ଗରେ ନେଇ ସେଠାରେ ଖେଳାନ୍ତି। ତାଙ୍କ ଖୁସିରେ ସେମାନେ ଆନନ୍ଦ ପାଆନ୍ତି।

ସେଦିନ ସୁପର୍ଣ୍ଣାଙ୍କୁ କୁଆଡ଼େ ଯିବାକୁ ଇଚ୍ଛା ନହେବାରୁ ସେ ଏକୁଟିଆ ଘରେ ଥିଲେ। ପିଲାମାନେ ସମସ୍ତେ ବାହାରକୁ ଯାଇଥିଲେ। ମୁକ୍ତ ଆକାଶ ତଳେ କିଛି ସମୟ ବସିବାକୁ ଇଚ୍ଛା ହେବାରୁ ସେ ବାଡ଼ି କବାଟ ଖୋଲି ବାହାରକୁ ଚାହିଁଲେ। ଦଲକାଏ ମଧୁର ପବନ ତାଙ୍କ ଶରୀରକୁ ସ୍ପର୍ଶ କଲା। ତାଙ୍କ ମନ ଏବଂ ଶରୀରରେ ରୋମାଞ୍ଚଜାତ ହେଲା। ପୂର୍ଣ୍ଣିମା ରାତି, ପୂର୍ଣ୍ଣ ଚନ୍ଦ୍ରର ରୁପେଲି କିରଣ ଚାରିଆଡ଼େ ବିଛୁରି ହେଇ ପଡିଥାଏ। ପଛପଟ ଲନରେ ଚେୟାର ଟେବୁଲ ପଡ଼ିଛି। ଲନ ସାରା ଫୁଲରେ ଭର୍ତ୍ତି। ସେଠାରେ ସେମାନେ ଚା' ପିଉ ପିଉ ପ୍ରକୃତିକୁ ଉପଭୋଗ କରନ୍ତି। ଲନ ଶେଷରେ କାଠପଟାର ବାଉଣ୍ଡେରୀ। ତା'ସେପଟେ ମାର୍କେଟ କମ୍ପ୍ଲେକ୍ସ। ବାଉଣ୍ଡେରୀକୁ ଲାଗି ପାଇନ ଗଛ ଗୁଡ଼ିକ ଧାଡ଼ି ଧାଡ଼ି ହେଇ ଲମ୍ବି ଯାଇଛି। ପାଇନ ଗଛକୁ ପାଞ୍ଚ ଛଅ ଫୁଟ ଛାଡ଼ି କେତୋଟି ମାପୁଲ ଗଛ ଛିଡ଼ା ହେଇଛି। ମାପୁଲ ଟ୍ରିର ପତ୍ର ଗୁଡ଼ିକ ସବୁଜରୁ ବିଭିନ୍ନ ରଙ୍ଗିନ ପତ୍ରରେ ରୂପାନ୍ତରିତ ହେଲାଣି। ତେଣୁ ପେଣ୍ଟା ପେଣ୍ଟା ଫୁଲର ଭ୍ରମ ସୃଷ୍ଟି କରୁଛି। ପଡ଼ିଶା ଘର ଏବଂ ତାଙ୍କ ଘର ମଝିରେ ଆପଲ ଗଛଟିଏ ଫଳ ଭାରରେ ନଇଁ ପଡ଼ିଛି। ଗଛସାରା ଭର୍ତ୍ତି ଲାଲ ଲାଲ ଆପଲରେ ଚନ୍ଦ୍ର କିରଣ ପଡ଼ି ମୁକ୍ତା ପରି ଝଟକୁଛି। ଗଛ ତଳେ ଗୁଡ଼ାଏ ଆପଲ ବିଛେଇ ହେଇ ପଡ଼ିଛି। ଦେଖି ଆଶ୍ଚର୍ଯ୍ୟ ଲାଗେ, ଏତେ ମୂଲ୍ୟବାନ ଫଳଗୁଡ଼ିକ ପାଚି ନଷ୍ଟ ହେଇ ଯାଉଛି, ଅଥଚ କେହି ନେଉନାହାନ୍ତି କିମ୍ବା ଚୋରି ହେଉନି। ଆମ ଦେଶ ହେଇଥିଲେ କିଏ କେତେ ଡାଳ ଫାଳ ଭାଙ୍ଗି ନେଇଯାଆନ୍ତେ। ଏଠାରେ ଲୋକଙ୍କର ସଚ୍ଚୋଟ ପଣିଆ ତାଙ୍କୁ ଆକୃଷ୍ଟ କରେ।

ଆଉ କିଛିଦିନ ପରେ ଗଛଗୁଡ଼ିକ ପତ୍ରଝଡ଼ା ଦେବେ। ସବୁ ଗଛଗୁଡ଼ିକ ଥୁଣ୍ଟା ହେଇଯିବ। ତା'ପରେ ତୁଷାର ପଡ଼ିବା ଆରମ୍ଭ ହେଇଯିବ, ଆଉ କୁଆଡ଼େ ଘରୁ ବାହାରି ହେବନି। ଏହି କେତେ ଦିନ ପ୍ରକୃତିକୁ ଉପଭୋଗ କରିବା କଥା।

ସୁପର୍ଣ୍ଣା ପାଖ ପଡ଼ୋଶୀ ଘରଆଡ଼କୁ ଚାହିଁଲେ। ଦେଖିଲେ, ପଡ଼ିଶା ଘରର ଝିଅ ଫେରି ଏକ ଆରାମ ଚେୟାରରେ ବସି ଏକ ଲୟରେ ପୂର୍ଣ୍ଣ ଚନ୍ଦ୍ରକୁ ଚାହିଁ ରହିଛି। ଯେମିତି କୋଉ ଭାବନାରେ ମଗ୍ନ। ସବୁବେଳେ ହସ ଖୁସିର ଝିଅଟା କେମିତି ଉଦାସ ଉଦାସ ଲାଗୁଥାଏ। ତା'ଚକ୍ଷୁ ଦୁଇଟି ଚନ୍ଦ୍ରଙ୍କ ଉପରେ ସ୍ଥିର ଥିଲେ ବି ଲାଗୁଥାଏ, ତା' ଦୃଷ୍ଟି ଲମ୍ବିଯାଇଛି ଅନେକ ଦୂରକୁ। ବୋଧହୁଏ ତା' ଅତୀତକୁ ସ୍ମରଣ କରୁଛି କିମ୍ବା ଭବିଷ୍ୟତର ଆଶଙ୍କାରେ ଡୁବି ଯାଇଛି। ତା'ପରେ ତା' ଦୃଷ୍ଟି ମାପୁଲ ଗଛ ଉପରେ ବୁଲି ଆସିଲା। ହୁଏତ ମାପୁଲ ଗଛ ପତ୍ର ଝଡ଼ା ଦେଇ ଥୁଣ୍ଟା ହେଲାପରି ତା'ଜୀବନ ଗଛରୁ ପତ୍ର ଝଡ଼ା ଦେବା ପରେ ତା' ଜୀବନ ଏବଂ ଭବିଷ୍ୟତ କଥା ଭାବି ଆଶଙ୍କାରେ ଜର୍ଜରିତ ହେଉଛି।

ଫେରୀ ଜଣେ ଆମେରୀକିୟ ଝିଅ। ସେ ତା' ପିଲା ଦୁଇଟିଙ୍କୁ ନେଇ ରହୁଛି। ଝିଅଟିକୁ ଦେଖିଲେ ମନରେ ଦୁଃଖ ଆସେ। ଭାରି ସରଳ, ଶାନ୍ତ, ସବୁବେଳେ ହସ ହସ ମୁହଁ। ଦୁଇଟି ଛୋଟ ଛୋଟ ଛୁଆଙ୍କୁ ଛାଡ଼ି ତା' ସ୍ୱାମୀ ଆଉ ଗୋଟିଏ ଝିଅକୁ ନେଇ ଅଲଗା ରହୁଛି। ଫେରୀ ସକାଳ ଛଅଟାରେ ଗାଡ଼ି ନେଇ ସ୍କୁଲ ଚାଲିଯାଏ। ତା' ପୂର୍ବରୁ ବ୍ରେକଫାଷ୍ଟ କରି ପିଲାଙ୍କ ବହିପତ୍ର, ଡ୍ରେସ ସଜାଡ଼ି ରଖିଦିଏ। ସେ ଯିବା ପରେ ଆୟା ଆସି ତାଙ୍କୁ ଗାଧୁଆ ପାଧୁଆ କରି ଏବଂ ଖୁଆଇ ପିଆଇ ସ୍କୁଲ ବସରେ ନେଇ ବସେଇ ଦିଏ। ବର୍ଷା ହେଉ କିମ୍ବା ବରଫ ଝଡ଼ ଫେରୀ ପ୍ରତ୍ୟେକ ଦିନ ସେଇ ସମୟରେ ଘରୁ ବାହାରିଯାଏ। ଘରକୁ ଫେରିବା ପରେ ପିଲାଙ୍କ ସାଙ୍ଗରେ ଘରେ ରହେ। ସେ ଫେରିବା ସମୟରେ ଯାହା ଦରକାରୀ ଜିନିଷ ସାଙ୍ଗରେ ନେଇଆସେ। କେବଳ ଶନିବାର ଏବଂ ରବିବାରରେ ତା' ସହିତ ଆମର ଦେଖାହୁଏ। ପିଲାଙ୍କୁ ଖେଳେଇବାକୁ ପାର୍କ ନେଇଯାଏ, କେବେ ମଲ, ମାର୍କେଟ ବୁଲେଇ ଆଣେ। କେବେ କେବେ ସମୟ ହେଲେ ଆମ ପାଖକୁ ଆସି ଗପେ। ବିଶେଷ କାହା ଘରକୁ ଯାଏନି କି ପାର୍ଟି ଆଟେଣ୍ଡ କରେନି।

ଫେରୀ ଖୁବ ସୁନ୍ଦର ଚିତ୍ର ଆଙ୍କେ। ତା' କଳାର ନିପୁଣତା ତା' ଘରକୁ ଦେଖିଲେ ଜଣାପଡ଼େ। ତା' ଡୁପ୍ଲେକ୍ସ ଘରର କାନ୍ଥମାନଙ୍କରେ ନିଜେ ଆଙ୍କିଥିବା ସୁନ୍ଦର ଚିତ୍ରମାନ ଝୁଲୁଥାଏ। ଅଏଲ ପେଣ୍ଟ, ଫାଇନ ଆର୍ଟ, କାନଭାସରେ ବିଭିନ୍ନ ପ୍ରକାର ସିନେରୀ ଏବଂ ଆଦିବାସୀ, ପରଜାମାନଙ୍କର ଚିତ୍ର ଓ ତାଙ୍କ ଜୀବନଶୈଳୀ ଅବିକଳ ନକଲ କରି ଫୁଟେଇଛି। ମୁଁ ଯେଉଁଦିନ ପ୍ରଥମ କରି ତା' ଘରେ ପାଦ ଦେଲି, ତାହା ଦେଖି ମୁଗ୍ଧ ହେଇ ତାକୁ ପଚାରିଲି, 'ଫେରୀ ତୁମେ ଆମ ଭାରତର ଆଦିବାସୀ ମାନଙ୍କ ଚିତ୍ର ଆଙ୍କିଲ କେମିତି ?'

ସେ କହିଲା, 'ଆଣ୍ଟି, ମୁଁ ବିବାହ ପୂର୍ବରୁ ବାପାଙ୍କ ସାଙ୍ଗରେ ଅନେକ ଦେଶ ଭ୍ରମଣ କରିଥିଲି। ଭାରତକୁ ମଧ୍ୟ ଯାଇଥିଲି। ଭାରତ ଏକ ଗରିବ ଦେଶ ହେଲେ ବି ମୋତେ ସେଠାକାର ଲୋକଙ୍କ ସରଳତା, ବ୍ୟବହାର ବହୁତ ଭଲ ଲାଗିଥିଲା। ବିଶେଷ ଭାବେ ଓଡ଼ିଶା। କୋରାପୁଟ, ଫୁଲବାଣୀ, ବଲାଙ୍ଗିର ଇତ୍ୟାଦି ବୁଲିଛି। ସେଠାକାର ପ୍ରାକୃତିକ ପରିବେଶ, ବଣ, ଝରଣା, ଆଦିବାସୀମାନଙ୍କ ଘରଦ୍ୱାର ଏବଂ ତାଙ୍କ ଜୀବନଶୈଳୀ ମୋତେ ଆକୃଷ୍ଟ କରିଥିଲା। ସେଠାରୁ ଫେରିବା ପରେ ଏହି ଚିତ୍ର ସବୁ ଆଙ୍କିଥିଲି, ତାହା ସ୍ମୃତି ହୋଇ ରହିଯାଇଛି।' ତା' କଥା ଶୁଣି ମୁଁ ଆଶ୍ଚର୍ଯ୍ୟ ହୋଇଥିଲି।

ଫେରୀ ବହୁତ ଭଲ କେକ, ବିସ୍କୁଟ ତିଆରି କରେ। ଭଲ ମନ୍ଦ କଲେ ପ୍ଲେଟରେ ସଜେଇ ଆଣି ଦେଇଯାଏ। ଝିଅ ବି ପର୍ବପର୍ବାଣିରେ ପିଠାପଣା ଭଲ ମନ୍ଦ କଲେ ନେଇ ଦେଇଆସେ। ସୁପର୍ଣ୍ଣା ଯେବେ ବି ଆସନ୍ତି, ବିଭିନ୍ନ ପ୍ରକାର ପିଠାପଣା କରନ୍ତି। ଫେରୀ କହେ, 'ଆଣ୍ଟି, ଆପଣଙ୍କ ହାତ ତିଆରି ପିଠା ବହୁତ ଚମତ୍କାର ଲାଗୁଛି।'

ଯେବେ ମୁଁ ତାକୁ କାକରା ଖୁଆଇଥିଲି, ସେ ଖାଇ ବହୁତ ଖୁସି ହୋଇଥିଲା। କହିଲା, 'ଆଣ୍ଟି, ମୋତେ ଆଶ୍ଚର୍ଯ୍ୟ ଲାଗୁଛି, ଏହି ପିଠା ଚାରିପଟୁ ତ ବନ୍ଦ ଅଛି, ତା ଭିତରକୁ ପୁର ଗଲା କେମିତି ?' ମୁଁ ତାକୁ ପିଠାର ପ୍ରଣାଳୀ ବତେଇ ଦେବା ପରେ ସେ ଆଶ୍ଚର୍ଯ୍ୟ ହୋଇ କହିଲା, 'ଇଉ ଆର ଗ୍ରେଟ ଆଣ୍ଟି।'

ଫେରୀର ସାତ ବର୍ଷର ଝିଅ କେରନ, ଠିକ ତା'ରି ପରି ଶାନ୍ତଶିଷ୍ଟ, ହସ ହସ ମୁହଁ। ଦେଖିବାକୁ ଠିକ ବାର୍ବି ଡଲ ଭଳି। ଗୋଲ ମୁହଁ, ନୀଳ ଆଖି, ଲମ୍ବା ବ୍ରାଉନ କେଶ, ତୋଫା ଗୋରା। ଦେଖିଲେ ମନେହୁଏ ଯେମିତି ବଡ଼ କଣ୍ଢେଇଟିଏ। ପୁଅ ଡ୍ୟାନି ନଅ ବର୍ଷର। ପୁଅଟି ପାଇଁ ସେ ସବୁବେଳେ ଚିନ୍ତିତ। ଡ୍ୟାନି ଭାରୀ ଅଝଟିଆ ଏବଂ ବଦରାଗୀ। ଟିକେ ଟିକେ କଥାରେ ସେ ଭୀଷଣ ରାଗିଯାଏ। ରାଗିଗଲେ ତାକୁ ଆଦୌ ସମ୍ଭାଳି ହୁଏନି। ବଡ଼ ପାଟି କରି ମା'କୁ ଗାଳି କରେ, କାନ୍ଦେ, ଘରର ଯାବତୀୟ ଜିନିଷ ଫିଙ୍ଗା ଫୋପଡ଼ା କରେ। ଦାମୀ ଜିନିଷ ଭାଙ୍ଗି ଚୂରମାର କରେ। ସେତେବେଳେ ତାକୁ କଣ୍ଟ୍ରୋଲ କରିବା କଷ୍ଟକର ହୋଇପଡ଼େ। ସେଥିପାଇଁ ଫେରୀ ତାକୁ ଅନେକ ଡାକ୍ତରଙ୍କୁ ଦେଖେଇଛି, ପରାମର୍ଶ କରିଛି, କିଛି ଫଳ ହୋଇନି ବରଂ ତା' ଉତ୍ପାତ ଦିନକୁ ଦିନ ବଢ଼ି ବଢ଼ି ଚାଲିଛି। ସେଥିପାଇଁ ତାକୁ ନେଇ କୁଆଡ଼େ ଯାଏନି। ତା' ପାଇଁ ସେ ସବୁବେଳେ ଚିନ୍ତିତ। ଫେରୀର ବାପା ମା' ଆଟଲାଣ୍ଟାରେ ଏବଂ ବଡ଼ ଭାଇ ମିଶିଗାନରେ ରୁହନ୍ତି। ଛୁଟି ହେଲେ ସେ ପିଲାମାନଙ୍କୁ ନେଇ ସେମାନଙ୍କ ପାଖରେ କିଛି ଦିନ କଟେଇ ଆସେ। ସେମାନେ ମଧ୍ୟ ମଝିରେ ମଝିରେ

ଆସନ୍ତି। ତା' ସ୍ୱାମୀ ସପ୍ତାହରେ କିମ୍ବା ପନ୍ଦର ଦିନେ ଥରେ ଆସି ପିଲାମାନଙ୍କୁ ବାହାରକୁ ବୁଲେଇ ନେଇଯାଏ। ଦୁଇ ଚାରି ଘଣ୍ଟା ପରେ ପୁଣି ଛାଡ଼ିଦେଇ ଯାଏ। କୋର୍ଟରେ ବୋଧହୁଏ ତାହା ହିଁ ସର୍ତ୍ତ ହେଇଛି।

ଫେରୀ ମାପୁଲ ଗଛରୁ ଆଖି ବୁଲେଇ ଆଣିଲା ବେଳକୁ ମୋ ଉପରେ ତା' ଦୃଷ୍ଟି ପଡ଼ିଲା। ମୋତେ ଦେଖିବା କ୍ଷଣି କହିଲା, 'ଆଣ୍ଟି, ଦେଖନ୍ତୁ କି ଜହ୍ନ ରାତି! ଆସନ୍ତୁ ଟିକେ ବସି ଗପିବା।' ମୁଁ ତା ପାଖକୁ ଗଲି। ସେ ଚେୟାରଟିଏ ବଢ଼େଇ ଦେଇ ବସିବାକୁ କହିଲା।

ତାକୁ ପଚାରିଲି, 'ଆଜି କାହିଁକି ଏକୁଟିଆ ଚୁପଚାପ ବସିଛ, ପିଲାମାନେ ନାହାନ୍ତି କି?'

ସେ କହିଲା, 'ଆଣ୍ଟି, ଆଜି ପିଲାମାନେ ଶୀଘ୍ର ଖାଇପିଇ ଶୋଇ ପଡ଼ିଲେ। ଆଜି ତାଙ୍କ ସ୍କୁଲରେ ସ୍ପୋର୍ଟସ ଥିଲା, ଦୁହେଁ ଭାଗ ନେଇଥିଲେ ତେଣୁ ହାଲିଆ ହେଇ ଶୋଇ ପଡ଼ିଲେ।'

ଘଣ୍ଟାକୁ ଚାହିଁଲି, ଆଠଟା ବାଜିବାକୁ ପାଞ୍ଚ ମିନିଟ ବାକି ଥିଲା। ଫେରୀ ଡିନର ଖାଇ ସାରିଥିଲା। ଝିଅ, ଜୋଇଁ ବି ସନ୍ଧ୍ୟା ସାତଟା ଭିତରେ ଡିନର ଖାଆନ୍ତି। ଏଠାରେ ସମସ୍ତେ ସନ୍ଧ୍ୟାରେ ହିଁ ଡିନର ସାରି ଦିଅନ୍ତି। ଅଭ୍ୟାସବଶତଃ ଆମେ ଦୁହେଁ ସେହି ରାତି ଦଶଟାରେ ଡିନର କରୁ।

ସେଠାରେ କେହି କାହାର ବ୍ୟକ୍ତିଗତ ବିଷୟରେ ହସ୍ତକ୍ଷେପ କରନ୍ତିନି କିମ୍ବା ଜାଣିବାକୁ ଚେଷ୍ଟା କରନ୍ତିନି। ସେ କିନ୍ତୁ ଗପସପ ମାଧ୍ୟମରେ ତା' ନିଜ ବିଷୟରେ ଅନେକ କିଛି ଗପିଲା, ଯାହା ଶୁଣି ମୁଁ ସ୍ତବ୍ଧ ହେଲି।

ଜାଣିଲି, ସେଇ ପିଲା ଦୁଇଟି ତା'ର ନିଜ ପିଲା ନୁହେଁ। ବାହାଘରର ପାଞ୍ଚ ବର୍ଷ ପର୍ଯ୍ୟନ୍ତ ନିଃସନ୍ତାନ ଥିବାରୁ ସ୍ୱାମୀ, ସ୍ତ୍ରୀ ମିଶି ପିଲା ଦୁଇଟିଙ୍କୁ ଅନାଥ ଆଶ୍ରମରୁ ଆଣିଥିଲେ। ସେତେବେଳକୁ ଡ୍ୟାନି ଚାରି ମାସର ଏବଂ କେରନ କୋଡ଼ିଏ ଦିନର ହେଇଥିଲା। ଶପଥ କରିଥିଲେ ପିଲା ଦୁଇଟିଙ୍କୁ ଦୁହେଁ ନିଜ ସନ୍ତାନ ଭଳି ସ୍ନେହ ଶ୍ରଦ୍ଧା ଦେଇ ମଣିଷ କରିବେ।

ମୁଁ ଆଶ୍ଚର୍ଯ୍ୟ ହେଇ ପଚାରିଲି, 'ଏମିତି ଅବସ୍ଥାରେ ତୁମ ସ୍ୱାମୀ ଛାଡ଼ିଦେଇ ଚାଲିଗଲେ କାହିଁକି? କେତେ ବର୍ଷ ହେଲା ଗଲେଣି?'

ଫେରୀ କହିଲା, 'ସେ ବହୁତ କଥା ଆଣ୍ଟି, ଏହି ପୁଅଟି ପାଇଁ ଆମେ ଅଲଗା ହେଲୁ। ତା'ର ଏମିତି ପାଗଳାମି ପାଇଁ ସେ ଅସହ୍ୟ ହେଲେ। ସେମାନେ ଯାହା ଅଳି କରନ୍ତି ଆମେ ପୂରଣ କରିବାକୁ ଚେଷ୍ଟା କରୁ। କେବେ ବି ପିଲାଙ୍କୁ ମାଡ଼

ଗାଳି ଦେଇନୁ। କିନ୍ତୁ ମୋ ସ୍ୱାମୀ ବହୁତ ଅଧୈର୍ଯ୍ୟ ଲୋକ, ପିଲାଙ୍କୁ ବୁଝେଇ ଶୁଝେଇ ତାଙ୍କୁ ଥଣ୍ଡା କରିବାକୁ ତାଙ୍କର ଧୈର୍ଯ୍ୟ ନଥାଏ। ପ୍ରକୃତରେ ଅନାଥ ପିଲାଙ୍କୁ ଆଣିବାକୁ ତାଙ୍କର ଇଛା ନଥିଲା। ମୁଁ ବାଧ୍ୟ କରିବାରୁ ଆଣିବାକୁ ରାଜି ହେଇଥିଲେ। ତେଣୁ ମୋ ଉପରେ ସବୁବେଳେ ବିରକ୍ତ ହେଉଥିଲେ। କହିଲେ, 'ମୁଁ ମନା କରୁଥିଲି, ତୁମେ ମାନିଲ ନାହିଁ। ମୁଁ ଆଉ ସମ୍ଭାଳି ପାରିବିନି, ତୁମେ ଏଥର ସବୁ ସମ୍ଭାଳ।' ତା'ପରେ ଯାଇ ଅଲଗା ରହିଲେ। ପରେ ଆଉ ଜଣଙ୍କୁ ବିବାହ କଲେ। ଆମର ଡିଭୋର୍ସ କୋର୍ଟରେ ହେଇଗଲା। ସେଥିରେ ସର୍ତ୍ତ ରହିଲା, ପିଲାମାନେ ଅଠର ବର୍ଷ ହେବା ପର୍ଯ୍ୟନ୍ତ ତାଙ୍କ ଭରଣପୋଷଣ ଦେବେ ଏବଂ ପିଲାଙ୍କ କଥା ବୁଝିବାକୁ ମଝିରେ ମଝିରେ ଆସିବେ।'

ଫେରୀର କଥା ଶୁଣି ମୁଁ ସ୍ତବ୍ଧ ହେଲି। କିଛି ସମୟ ନିରବତାରେ କଟିଗଲା। ଭାବିଲି, ଝିଅଟାର ଧୈର୍ଯ୍ୟ କେତେ! ନିଜ ପିଲା ନ ହେଲେ ବି ତାଙ୍କୁ କେତେ ସ୍ନେହ, ଶ୍ରଦ୍ଧା ଦେଇ ପାଳୁଛି! ଶୁଣିଥିଲି ଆମେରିକାନମାନେ ଅଧିକାଂଶ ପିଲା ଜନ୍ମ ନକରି ଅନାଥ ଆଶ୍ରମରୁ ପିଲା ଆଣି ପାଳନ୍ତି। ସେମାନଙ୍କ ହୃଦୟ କେତେ ମହାନ! ପରକୁ ସହଜରେ ଆପଣାର କରିପାରନ୍ତି। ତାହା ଫେରୀଠାରେ ଆଖିରେ ଦେଖିଲି। ଫେରୀର ଧୈର୍ଯ୍ୟ ଏବଂ ମହାନତା ପାଖରେ ମୋ ମୁଣ୍ଡ ନଇଁଯାଉଥିଲା। ମୁଁ ତାକୁ ଆଉ କ'ଣ କହିବି ବୋଲି ମୋ ପାଟିରୁ ବାକ୍ୟ ସ୍ଫୁରିଲା ନାହିଁ। ଫେରୀ ତା' ଜୀବନର ଅନ୍ତରାଳେ ରହିଯାଇଥିବା ଅନେକ ବ୍ୟଥାକୁ ମୋ ପାଖରେ ପ୍ରକାଶ କରି ବୋଧହୁଏ ନିଜକୁ ହାଲୁକା ଅନୁଭବ କରୁଥିଲା। କିନ୍ତୁ ମୁଁ ଯେମିତି ଅନ୍ୟମନସ୍କ ହେଇଯାଉଥିଲି। ଧୀରେ ରାତି ଗଭୀର ହେଉଥିଲା। ମୁଁ ସେହି ଗଭୀରତାରେ ଯେମିତି ପଶିଯାଉଥିଲି। ପୂର୍ଣ୍ଣିମାର ଚାନ୍ଦ ସେମିତି ଝଟକୁଥିଲା। ଫେରୀକୁ ଶୁଭ ରାତ୍ରି ଜଣେଇ ବିଦାୟ ନେଲି।

■

ପରିବର୍ତ୍ତନ

ଅଜିତ୍ ଆଜି ଦୀର୍ଘ ପଚିଶ ବର୍ଷ ପରେ ନିଜ ଜନ୍ମମାଟିକୁ ଫେରୁଛନ୍ତି। ସେହି ବାଳକ ଅଜିତ୍ ରୂପରେ ନୁହେଁ, ଜଣେ ସାଧୁ ରୂପରେ। ଏହା ମଧ୍ୟରେ ଅନେକ ପରିବର୍ତ୍ତନ ହେଇଗଲାଣି। ନିଜର ମଧ୍ୟ ଅନେକ ପରିବର୍ତ୍ତନ ହେଇଛି। ଦେହରେ ଗୈରିକ ବସ୍ତ୍ର, ମୁହଁରେ ଦାଢ଼ି, ମୁଣ୍ଡରେ ଜଟ ଏବଂ ବୟସର ଛାପ। ତାଙ୍କ ଜନ୍ମମାଟିରେ ଆଜି ତାଙ୍କୁ କେହି ଚିହ୍ନି ପାରିବେନି। ତାଙ୍କ ବାପା ମା' ବଞ୍ଚିଥିବେ କି ନାହିଁ ସେ ଜାଣନ୍ତିନି। ସାନ ଦୁଇ ଭାଇ, ଏବଂ ଗୋଟିଏ ଭଉଣୀ କେତେ ବଡ଼ ହେଇଯିବେଣି। ବୋଧହୁଏ ସମସ୍ତେ ବାହା ସାହା ହେଇ ଘରସଂସାର କରିବେଣି।

ଷ୍ଟେସନରୁ ତାଙ୍କ ଗାଁ ତିନି କିଲୋମିଟର ଦୂର। ସେ ପାଦରେ ଚାଲି ଚାଲି ଗଲେ। କେତୋଟି ଦୁଇଚକିଆ ଏବଂ ଚାରିଚକିଆ ଯାନ ତାଙ୍କୁ ଅତିକ୍ରମ କରି ଚାଲିଗଲା। ତାଙ୍କ ମନରେ ଅନେକ ଉନ୍ମାଦନା ଖେଳିଯାଉଥାଏ। ସେ ଯେତେବେଳେ ଗାଁ ଛାଡ଼ିଥିଲେ, ଏହି ରାସ୍ତାଟି ସରୁ ପାଦଚଲା ରାସ୍ତା ଥିଲା। ଦୁଇ ପାର୍ଶ୍ୱରେ ଆମ୍ବ, କାଜୁ, ବର, ଓସ୍ତ ଏମିତି ଅନେକ ପ୍ରକାର ଝଙ୍କାଳିଆ ଗଛରେ ପରିପୂର୍ଣ୍ଣ ଥିଲା। ସନ୍ଧ୍ୟା ହେଇଗଲେ ଏହି ରାସ୍ତାରେ ଯିବାକୁ ଭୟ ଲାଗୁଥିଲା। ରାସ୍ତା ପାର୍ଶ୍ୱରେ ପ୍ରାୟ ଘରଦ୍ୱାର ନଥିଲା। ଦେଖିଲେ, ଏହା ମଧ୍ୟରେ ଅନେକ ପରିବର୍ତ୍ତନ ହେଇଯାଇଛି। ସେଇ ସର୍ପିଳ ପାଦଚଲା ରାସ୍ତା ପରିବର୍ତ୍ତେ ଓସାରିଆ ପିଚୁ ରାସ୍ତା ଲମ୍ବି ଯାଇଛି। ବିଜୁଳି ଖୁଣ୍ଟମାନ ଦୁଇ କଡ଼ରେ ପୋତାଯାଇଛି। ଘଞ୍ଚ ଜଙ୍ଗଲ ସବୁ କୁଆଡ଼େ ଉଭେଇ ଯାଇଛି। ତା' ପରିବର୍ତ୍ତେ ଘରଦ୍ୱାର ଏବଂ ମଝିରେ ମଝିରେ ଦୋକାନ ବଜାର ଗଢ଼ି ଉଠିଛି। ସେ

ଚତୁର୍ଦ୍ଦିଗକୁ ଚାହିଁ ଚାହିଁ ତାଙ୍କ ପାଦ ଆଗକୁ ଆଗକୁ ବଢ଼ାଇ ଚାଲିଥିଲେ। ତା' ସହିତ ତାଳ ଦେଇ ଅତୀତର ସ୍ମୃତି ସବୁ ତାଙ୍କର ସ୍ମରଣ ହେଉଥିଲା।

ସେତେବେଳେ ସେ ଗାଁ ସ୍କୁଲରେ ଦଶମ ଶ୍ରେଣୀର ଛାତ୍ର। ଆଦ୍ୟ ଯୌବନର ଉତ୍ତାଳ ଢେଉରେ ସେ ଭାସି ବୁଲୁଥିଲେ। ତାଙ୍କ ମନ ବିଚଳିତ ହେଉଥିଲା। ପାଠଶାଠରେ ବିଶେଷ ମନ ନଥାଏ। ଗାଁର ଅପାଠୁଆ ବଦମାସ ପିଲାଙ୍କ ସାଙ୍ଗରେ ମିଶି ସେ ବିଭିନ୍ନ ପ୍ରକାର ଦୁଷ୍ଟାମିରେ ଲିପ୍ତ ଥିଲେ। ଗାଁ ଝିଅଙ୍କୁ କମେଣ୍ଟ ମାରିବା, କାହା ବାଡ଼ିରୁ ଆମ୍ବ, ପିଜୁଳି ଚୋରେଇବା, ବୟସ୍କ ଗୁରୁଜନ ମାନଙ୍କ କଥାକୁ ପରିହାସ କରିବା, ଯାବତୀୟ ଦୁଷ୍ଟାମିରେ ମନ ଦେଉଥିଲେ। ତାଙ୍କ ବାପା ସୁଧାକର ମାଷ୍ଟ୍ରେ ଗାଁ ପ୍ରାଇମେରୀ ସ୍କୁଲର ଶିକ୍ଷକ ଥିଲେ। ସେ ଜଣେ ଭଦ୍ର ଏବଂ ଉତ୍ତମ ଶିକ୍ଷକ। ସମୟାନୁବର୍ତ୍ତିତା ଏବଂ ଶୃଙ୍ଖଳା ବିଶେଷଭାବେ ଉତ୍ତମ ଚରିତ୍ରର ମଣିଷ ହେବା ପାଇଁ ସେ ପିଲାମାନଙ୍କୁ ଶିକ୍ଷା ଦେଉଥିଲେ। ତାଙ୍କର ଭଦ୍ରତା ଏବଂ ନମ୍ରତା ଗୁଣ ଦେଖି ଗାଁରେ ସମସ୍ତେ ତାଙ୍କୁ ସମ୍ମାନ ଦେଉଥିଲେ। କିନ୍ତୁ ତାଙ୍କ ନିଜ ପୁଅ ବାପାଙ୍କ ଉପଦେଶକୁ ଭ୍ରୁକ୍ଷେପ କରି ସେହି ଶୃଙ୍ଖଳାର ବନ୍ଧନରୁ ଫିଟି ବାଟ ହୁଡ଼ି ଯାଉଥିଲା। ଏହା ସୁଧାକର ମାଷ୍ଟ୍ରେଙ୍କୁ ବହୁତ ଆଘାତ ଦେଉଥିଲା। ପରୀକ୍ଷା ପାଖେଇ ଆସୁଥିଲା, କିନ୍ତୁ ସେ ପାଠ ନପଢ଼ି ଘରୁ ଲୁଚି ଗାଁର ଅପାଠୁଆ ପିଲାଙ୍କ ସହିତ ମିଶି ତୋଟାରେ ଯାଇ କବାଡ଼ି ଖେଳରେ ମାତୁଥିଲେ। ସାଙ୍ଗମାନଙ୍କ ପ୍ରରୋଚନାରେ ପଡ଼ି ସିଗାରେଟ, ବିଡ଼ି ଟାଣିବାକୁ ମଧ୍ୟ ପଛାଉ ନଥିଲେ।

ଦିନେ ସେ ତାଙ୍କ ଖଳାବାଡ଼ିରେ ସାଙ୍ଗମାନଙ୍କ ସହିତ ବିଡ଼ି ଟାଣୁଥିବା ବେଳେ ବାପାଙ୍କ ହାତରେ ଧରା ପଡ଼ି ଯାଇଥିଲେ। ସୁଧାକର ମାଷ୍ଟ୍ରେଙ୍କ ରାଗ ପଞ୍ଚମକୁ ଉଠି ଯାଇଥିଲା। ସାଙ୍ଗମାନେ ଛିନଛତ୍ର ହେଇ କିଏ କୁଆଡ଼େ ଧାଇଁ ଚାଲିଗଲେ। ମାଷ୍ଟ୍ରେ ସେଇଠୁ ତାକୁ ପିଟିପିଟି ଘରକୁ ଆଣିଲେ। ଗୋରୁ ଗାଈ ଭଳି ପିଟି ଲହୁ ଲୁହାଣ କରିଦେଲେ। ତା'ପରେ ଗୋଟିଏ ରୁମରେ ପୂରେଇ ତାଲା ଦେଇଦେଲେ। ପତ୍ନୀଙ୍କୁ ତାଗିଦା କରି କହିଲେ, 'ଆଜି ତା'ର ଖାଇବା ବନ୍ଦ।' ହୁଏତ ପୁତ୍ର ସ୍ନେହରେ ଅନ୍ଧହେଇ ମା'ପୁଅକୁ ଖାଇବାକୁ ଦେଇଦେବ ସେଥିପାଇଁ ଜଗି ରହିଲେ। ଦିନସାରା ସେମିତି ସେ ଅଖିଆ ଅପିଆ ପଡ଼ି ରହିଲେ। ମାଷ୍ଟ୍ରେ କିଛି ସମୟ ପାଇଁ ବାହାରକୁ ଯାଇଥିବା ବେଳେ ତାଙ୍କ ପତ୍ନୀ କବାଟ ଖୋଲି ତାଙ୍କୁ କୋଳେଇ ନେଲେ। ତା'ପରେ ତାଙ୍କ ପାଇଁ ଖାଇବା ଆଣି ତାଙ୍କୁ କେତେ ବୁଝାଶୁଝା କରି ଖୁଆଇ ଦେବା ବେଳକୁ ସେ ମାଙ୍କ ହାତକୁ ଛିଞ୍ଚାଡ଼ି ଦେଇ ବାହାରକୁ ଉଠି ଚାଲିଗଲେ।

ସେଠାରୁ ସିଧା ଷ୍ଟେସନ୍‌କୁ ଚାଲି ଆସିଲେ। ଷ୍ଟେସନରେ ଟ୍ରେନଟିଏ ଛିଡ଼ା ହେଇଥିଲା, ଜାଣନ୍ତିନି ସେଇ ଟ୍ରେନ କୁଆଡ଼େ ଯାଉଛି। ସିଧା ଡବାକୁ ଉଠିଗଲେ।

ସିଟର ଗୋଟିଏ କୋଣକୁ ଜାକିଜୁକି ହେଇ ବସି ରହିଲେ। ଟ୍ରେନଟି ହୁଇସିଲ ଦେଇ ଚାଲିବାକୁ ଆରମ୍ଭ କଲା। କେତେବେଳେ ଆଖି ତାଙ୍କର ଲାଗିଯାଇଛି। ନିଦ ଭାଙ୍ଗିଲା ବେଳକୁ ପ୍ରାୟ ମଧ୍ୟ ରାତ୍ରି। ସେତେବେଳକୁ ତାଙ୍କ ପେଟ ଭୋକରେ ଜଳିଗଲାଣି। ପାଖରେ ପଇସାଟିଏ ନାହିଁ, କ'ଣ କରିବେ କିଛି ଉପାୟ ମଧ୍ୟ ନାହିଁ। ପାଖ ବେସିନ ପାଖକୁ ଉଠିଗଲେ। ଆଞ୍ଜୁଳା ଆଞ୍ଜୁଳା କରି ପାଣି ପିଇ ଭୋକ ମେଣ୍ଟେଇବାକୁ ଚେଷ୍ଟାକଲେ। ପୁଣି ସିଟକୁ ଫେରିଆସି ଜାକିଜୁକି ହେଇ ପଡ଼ିରହିଲେ।

ସକାଳେ ଚା', ଜଳଖିଆ ହକରମାନଙ୍କର କୋଳାହଳରେ ତାଙ୍କ ନିଦ ଭାଙ୍ଗିଗଲା। ଟ୍ରେନଟା ଗୋଟିଏ ଷ୍ଟେସନରେ ଅଟକିଲା। ସେ ସିଟରୁ ଉଠିଆସି ପ୍ଲାଟଫର୍ମରୁ ଓହ୍ଲେଇ ଆସିଲେ। ସେତେବେଳକୁ ତାଙ୍କ ପାଦ ଟଳମଳ ହେଉଥାଏ। ଭୋକରେ ପେଟ, ଛାତି ମନ୍ଥି ହେଇଯାଉଥାଏ। ଗୋଟିଏ ସିମେଣ୍ଟ ବେଞ୍ଚ ଦେଖି ବସି ପଡ଼ିଲେ। କୋଉଠୁ ଗୋଟିଏ କୁକୁର ଆସି ତାଙ୍କ ଗୋଡ଼ ପାଖରେ ଲସର ପସର ହେଲା। ଗୋଡ଼କୁ ଚାଟିବାକୁ ଚେଷ୍ଟା କଲା। ଭାବିଲେ, ବୋଧହୁଏ ମୋ ପରି କୁକୁରଟି ଭୋକିଲା ଅଛି। ସେଥିପାଇଁ ଖାଦ୍ୟ ପାଇବା ଆଶାରେ ଲସର ପସର ହେଉଛି। ସେ ଗୁଣୁଗୁଣେଇ କୁକୁର ଉଦ୍ଦେଶ୍ୟରେ କହିଲେ, ଆମର ସମ ଦଶା ଭାଇ, ଆଉ କୋଉଠି ହେଲେ ତୁ ଏମିତି ହେଲେ ହୋ, ହୁଏତ ତତେ କିଛି ମିଳି ଯାଇପାରେ। ମୁଁ ତ ତୋ ଭଳି ଏମିତି ହେଇ ପାରିବିନି ନା ! ମୁଁ ମଣିଷ ହେଲେ ବି ତୁ ପଶୁ ହେଇ ମୋଠାରୁ ବେଶି ଭାଗ୍ୟବାନ। ତୋର ସାମାଜିକ ବନ୍ଧନ ନାହିଁ, ଆତ୍ମମର୍ଯ୍ୟାଦା ନାହିଁ, ତୁ ଏକଦମ ମୁକ୍ତ, ସ୍ୱାଧୀନ। କିଏ ହୁଏତ ତତେ ଗୋଡେଇ ବିଦା କରିଦେବ, କିମ୍ବା କେଉଁ ସହୃଦୟ ବ୍ୟକ୍ତି ହୁଏତ ଦୟା ପରବଶ ହେଇ ଶୁଖିଲା ରୁଟି ଖଣ୍ଡେ କିମ୍ବା ଅଇଁଠା ଭାତ ମୁଠେ ତୋ ମୁହଁ ପାଖକୁ ଫିଙ୍ଗିଦେବେ। କିନ୍ତୁ ଆମର ମାନ ସମ୍ମାନ ଅଛି, ଭୋକରେ ମରିଗଲେ ବି କାହା ପାଖରେ ହାତ ପତେଇ ପାରିବୁନି। ଏହା କହି ଗୋଡ଼ ଦି'ଟାକୁ ସେ ଉଠେଇ ଆଣିଲେ। ତା'ପରେ କୁକୁରଟି ନିରାଶ ହେଇ ଚାଲିଗଲା।

ସେତେବେଳେ ମା'କଥା ତାଙ୍କର ବହୁତ ମନେ ପଡ଼ିଲା। ମା' ପାଖରେ ଥିଲେ ତାଙ୍କୁ ଗେହ୍ଲା କରି ପେଟେ ଖୁଆଇ ସାରନ୍ତାଣି। ତାଙ୍କ ଛାତି ଭିତରୁ କୋହ ଉଠିଲା, ସେ ଧକେଇ ଧକେଇ କାନ୍ଦିବାକୁ ଲାଗିଲେ। ସେଇ ସମୟରେ ଜଣେ ଗୈରିକ ବସ୍ତ୍ରଧାରୀ ସାଧୁ ଯାଉଥିଲେ, ତାଙ୍କୁ କାନ୍ଦିବା ଦେଖି ସେ ପାଖକୁ ଆସିଲେ। ସେ ତାଙ୍କ ମୁଣ୍ଡ ସାଉଁଳେଇ ଦେଇ କହିଲେ, 'ବାବା, ତୁମେ କିଏ ? ଏମିତି କାନ୍ଦୁଛ କାହିଁକି ?'

ସାଧୁଙ୍କ ମଧୁର କଥା ଶୁଣି ସେ ମୁଣ୍ଡ ଟେକି ଚାହିଁ ଆହୁରି ଜୋରରେ କାନ୍ଦିଲେ। ସେ ଭୋକିଲା ଅଛନ୍ତି ଜାଣି ପାଖ ଜଳଖିଆ ଦୋକାନକୁ ନେଇ ତାଙ୍କୁ ପେଟେ

ଖୁଆଇଲେ। ସେ ଟିକେ ସାଷ୍ଟାଙ୍ଗ ହେଲା ପରେ ସାଧୁ ପଚାରିବାରୁ ସେ ସବୁକଥା କହିଲେ। ସାଧୁ ଜଣଙ୍କ ତାଙ୍କୁ ସାଙ୍ଗରେ ତାଙ୍କ ଆଶ୍ରମକୁ ନେଇଗଲେ। ସେ ସ୍ୱାମୀ ଅଭୟାନନ୍ଦଙ୍କ ଶିଷ୍ୟ ଥିଲେ। ଆଶ୍ରମଟି ସହର ଠାରୁ ଦଶ ବାର କିଲୋମିଟର ଦୂରରେ ଅବସ୍ଥିତ। ଚାରିପଟେ ସୁଉଚ୍ଚ ପର୍ବତ ଘେରା, ଗଛ ଲତାରେ ପରିପୂର୍ଣ୍ଣ, ବେଶ୍ ପ୍ରାକୃତିକ ପରିବେଶରେ ଥିଲା ଆଶ୍ରମଟି। କେମିତି ଏକ ଶାନ୍ତ ଏବଂ ପବିତ୍ର ବାତାବରଣ ମନେ ହେଉଥିଲା। ମଝିରେ ମଝିରେ କେତୋଟି କୁଟୀର ସାଧୁମାନଙ୍କ ରହିବା ପାଇଁ ତିଆରି ହୋଇଛି। ସାଧୁମାନଙ୍କର ଓଁକାର ଧ୍ୱନି ସହିତ ବେଦ ପାଠ ଆହୁରି ପବିତ୍ର କରି ଦେଉଥିଲା ପରିବେଶଟିକୁ। ସ୍ୱାମୀ ଅଭୟାନନ୍ଦ ତାଙ୍କ କଥା ସବୁ ଶୁଣି ତାଙ୍କୁ ଆଶ୍ରମରେ ରହିବା ପାଇଁ ସ୍ଥାନ ଦେଲେ।

ସେଠାରେ ପ୍ରତ୍ୟେକ ଦିନ ଧ୍ୟାନ, ଯୋଗ ସହିତ ବେଦ, ବେଦାନ୍ତ, ଉପନିଷଦ ପାଠ କରାଯାଏ। ସକାଳେ ସନ୍ଧ୍ୟାରେ ଅନେକ ଶିଷ୍ୟ ଆସି ସ୍ୱାମୀ ଅଭୟାନନ୍ଦଙ୍କ ଠାରୁ ସେସବୁ ମହତ୍‌ବାଣୀ ଶୁଣନ୍ତି। ଅନ୍ୟ ସମୟରେ ସେ ସାଧୁମାନଙ୍କ ସେବା କରିବା ସହିତ ବାଡ଼ି ବଗିଚାର ମଧ୍ୟ ଯତ୍ନ ନିଅନ୍ତି। ଆଶ୍ରମଟି ବିଭିନ୍ନ ପ୍ରକାର ଫୁଲ ଫଳ ଗଛରେ ଭରପୂର। ଆମ୍ବ, ପଣସ, ପିଜୁଳି, କଦଳୀ, ସପେଟା, ଲିଚୁ ଇତ୍ୟାଦି ବିଭିନ୍ନ ପ୍ରକାର ଗଛରେ ପରିପୂର୍ଣ୍ଣ। ତା'ରି ଭିତରେ ତାଙ୍କର ସମୟ କଟିଯାଏ।

ଏମିତି ଭାବେ ପନ୍ଦର ଦିନ ଖଣ୍ଡେ ଚାଲିଗଲା। ଦିନେ ତାଙ୍କୁ ଆଣିଥିବା ସାଧୁ ଜଣଙ୍କ ପାଖକୁ ଡାକି ତାଙ୍କ ହାତରେ କିଛି ଟଙ୍କା ଧରେଇ ଦେଇ କହିଲେ, 'ବାବା, ତୁମେ ଏଥର ତୁମ ଘରକୁ ଫେରିଯାଅ। ତୁମ ବାପା, ମା' ତେଣେ ବହୁତ ବ୍ୟସ୍ତ ହେଉଥିବେ।'

ସେ ସାଧୁଙ୍କ ହାତରେ ଟଙ୍କାଗୁଡ଼ା ଗୁଞ୍ଜିଦେଇ ତାଙ୍କ ପାଦ ଦୁଇଟିକୁ ଧରି କହିଲେ, ମୁଁ ଆଉ ଘରକୁ ଫେରିବିନି ସ୍ୱାମୀଜୀ, ମୋତେ ଦୟା କରନ୍ତୁ, ଆପଣ ମାନଙ୍କର ଏବଂ ଏହି ଆଶ୍ରମର ସେବା କରିବାକୁ ସୁଯୋଗ ପାଇଲେ ମୁଁ ନିଜକୁ ଭାଗ୍ୟବାନ ମନେ କରିବି।'

ସ୍ୱାମୀଜୀ କହିଲେ, 'ସାଂସାରିକ ଜୀବନ ଏବଂ ସମାଜଠାରୁ ଦୂରରେ ରହି ସାଧୁ ସନ୍ନ୍ୟାସୀ ଜୀବନ କାଟିବା ବଡ଼ କଠିନ ବାବା। ତୁମେ ଛୋଟ ପିଲା, ତୁମେ ପାଠ ଶାଠ ପଢ଼ି ମଣିଷ ହୁଅ। ତୁମର ପରିବାର ପ୍ରତି କର୍ତ୍ତବ୍ୟ ରହିଛି। ତୁମ ପରିବାର ଲୋକ ତୁମକୁ ଖୋଜି ବ୍ୟସ୍ତ ହେଉଥିବେ।'

'ନାଇଁ ସ୍ୱାମୀଜୀ, ମୋ ପାଇଁ ଏହି ସ୍ଥାନ ଉପଯୁକ୍ତ। ମୋତେ ଏଠାରେ ବହୁତ ଶାନ୍ତି ଲାଗୁଛି ଏବଂ ପରମ ତୃପ୍ତି ଅନୁଭବ କରୁଛି। ଦୟାକରି ମୋତେ ଏଠାରେ ରହିବାକୁ ଅନୁମତି ଦିଅନ୍ତୁ ସ୍ୱାମୀଜୀ।'

ପିଲାଟିର ପ୍ରଚଣ୍ଡ ଆଗ୍ରହକୁ ଭାଙ୍ଗି ନପାରି ସାଧୁ କହିଲେ, 'ହଉ ଠିକ ଅଛି, ଯଦି ତୁମେ ଏଠାକାର କିଛି ନିୟମ ପାଳନ କରି ଏହି ସନ୍ନ୍ୟାସୀ ଜୀବନ କାଟି ପାରିବ, ତା'ହେଲେ ଆମର କୌଣସି ଆପତ୍ତି ନାହିଁ।'

ସେଇଦିନଠାରୁ ଆଉ ସେ ପଛକୁ ଫେରି ଚାହିଁନାହାନ୍ତି। ଭୁଲି ଯାଇଛନ୍ତି ତାଙ୍କ ଅତୀତକୁ। ସେଠାରେ ପ୍ରତିଦିନ ବେଦ, ବେଦାନ୍ତ, ଉପନିଷଦ ଇତ୍ୟାଦି ମହତ୍‌ବାଣୀକୁ ଶୁଣି ଶୁଣି ସେ ସବୁ ଆୟତ୍ତ କରିନେଲେ। ଧୀରେ ଧୀରେ ତାଙ୍କ ମନରେ ବୈରାଗ୍ୟ ଉଦୟ ହେଲା। ଗୈରିକ ବସ୍ତ୍ର ପରିଧାନ କରି ଜଣେ ସନ୍ନ୍ୟାସୀ ଜୀବନ ବିତେଇଲେ। ତା'ପରେ ସମୟ କେତେବେଳେ ଯେ ଗଡ଼ିଯାଇ ତାଙ୍କୁ ବାଳକରୁ ମଧ୍ୟବୟସ୍କରେ ପରିଣତ କରିଦେଇଛି ଜଣାପଡ଼ିଲାନି।

ଏହା ମଧ୍ୟରେ ଅନେକ ତାଙ୍କ ପାଖରେ ଶିଷ୍ୟତ୍ୱ ଗ୍ରହଣ କରିଛନ୍ତି। ସେ ପରିବର୍ତ୍ତିତ ହେଇଛନ୍ତି ଦୟାନନ୍ଦ ସରସ୍ୱତୀରେ। ଭାରତର ବିଭିନ୍ନ ସ୍ଥାନକୁ ଭ୍ରମଣ କରି ଯୋଗ, ପ୍ରାଣାୟାମ, ଧ୍ୟାନ, ବେଦ, ବେଦାନ୍ତ ଉପରେ ଭାଷଣ ଦେଇଛନ୍ତି। ସାରା ଦେଶ ଭ୍ରମଣ କରି ଆଜି ପହଞ୍ଚିଛନ୍ତି ତାଙ୍କ ଜନ୍ମମାଟି ଓଡ଼ିଶାରେ। ସମୟ ତାଙ୍କୁ ଏମିତି ଏକ ସୁଗମ୍ୟ ପଥର ଭବିଷ୍ୟତକୁ ଠେଲି ଦେଇଛି ଯେ ଯାହାକି ସେ କେବେ କଳ୍ପନା କରିନଥିଲେ। ସେଇ କଠିନ ରାସ୍ତା ପାରହେଇ ସେ ନିଜ ଉପରେ ବିଜୟଲାଭ କରିଛନ୍ତି। ସେଇ ବିଜୟରେ ପାଇଛନ୍ତି ଆତ୍ମସନ୍ତୋଷ।

ଷ୍ଟେସନରୁ ତାଙ୍କ ଶିଷ୍ୟମାନଙ୍କୁ ବିଦା କରିଦେଇ ସେ ଏକୁଟିଆ ଆସିଛନ୍ତି ତାଙ୍କ ଗାଁଆକୁ। ଆଜି ସେ ଆସିଛନ୍ତି ଅତୀତର ସେହି ବାଳକ ଅଜିତ୍ ରୂପରେ, ସନ୍ନ୍ୟାସୀ ଭାବେ ନୁହେଁ। ତାଙ୍କ ସର୍ବାଙ୍ଗ ଶରୀରରେ କେମିତି ଏକ ରୋମାଞ୍ଚ ଜାତ ହେଉଥାଏ। ଏମିତି କେତେ କ'ଣ ଆଶଙ୍କା ଉନ୍ମାଦନା ଭିତରେ ବିଚରଣ କରୁ କରୁ କେତେବେଳେ ଯେ ତିନି କିଲୋମିଟର ପଥ ଅତିକ୍ରମ କରି ଗାଁ ମୁଣ୍ଡରେ ପହଞ୍ଚି ଯାଇଛନ୍ତି। ସେହି ବର ଗଛଟିକୁ ଚିହ୍ନିଲେ, ଯେଉଁଠି ତାଙ୍କ ଅତୀତର କିଛି ସ୍ମୃତି ଜଡ଼ିତ ଥିଲା। ଟିକେ ହାଲିଆ ମେଣ୍ଟେଇବା ପାଇଁ ସେଇ ଗଛତଳ ଚଉତରାରେ କିଛି ସମୟ ବସିଗଲେ। ଦେଖିଲେ, ପାଖ କୂଅ ମୂଳେ ଦୁଇଜଣ ସ୍ତ୍ରୀଲୋକ ପାଣି କାଢୁଥିଲେ। ଶୋଷ ଅନୁଭବ କରିବାରୁ କୂଅ ମୂଳକୁ ଯାଇ ତାଙ୍କୁ କହିଲେ, 'ମା', ମୁନ୍ଦେ ପାଣି ପିଇବାକୁ ଦେବ?'

ତୃଷାର୍ତ୍ତ ସାଧୁ ଜଣଙ୍କୁ ଦେଖି ଜଣେ ମହିଳା କୂଅରୁ ପାଣି କାଢ଼ିଲା, ଆଉଜଣେ ଗରାକୁ ଟେକି ଧରି ତାଙ୍କ ମୁହଁରେ ପାଣି ଢାଳିଲା। ସେ ଆଞ୍ଜୁଳା ଦେଖେଇ ପାଣି ପିଇ ସନ୍ତୁଷ୍ଟ ହେଲେ। କାରଣ ପାଣି ପିଇବା ପାଇଁ ଆଉ କୌଣସି ପାତ୍ର ନଥିଲା। ସେ ସେଇ ମହିଳାମାନଙ୍କୁ ଧନ୍ୟବାଦ ଏବଂ ଆଶୀର୍ବାଦ ଦେଲେ।

ତା'ପରେ ସେ ଗାଁ ଭିତରକୁ ପ୍ରବେଶ କଲେ। ଗାଁକୁ ଜଣେ ସାଧୁ ଆସିଛନ୍ତି, ତେଣୁ ଲୋକମାନେ ତାଙ୍କୁ ଦେଖିବାକୁ ଜମା ହେଇଗଲେ। କିଏ କିଏ ତାଙ୍କୁ ସନ୍ଦେହ ଦୃଷ୍ଟିରେ ଦେଖୁଥାଆନ୍ତି ତ କିଏ କିଏ ପ୍ରଣାମ କରୁଥାଆନ୍ତି। କିଏ କେତେ ପ୍ରକାର ପ୍ରଶ୍ନ ପଚାରୁଥାନ୍ତି। ସେ କିନ୍ତୁ ନିରୁତ୍ତର, ନିର୍ବିକାର। ତାଙ୍କ ଲକ୍ଷ୍ୟ ଗୋଟିଏ ସ୍ଥାନରେ କେନ୍ଦ୍ରିଭୂତ ହେଉଥାଏ। ତାଙ୍କ ଭିଟାମାଟି, ବାପା ମା', ଭାଇ ଭଉଣୀ। ତାଙ୍କ ମନରେ ଅନେକ ଆଶଙ୍କା ଜାତ ହେଉଥାଏ। କିଛି ଲୋକ ପାଟି ଶୁଣି ଘର ଭିତରୁ ବାହାରି ବାରଣ୍ଡାରେ ଛିଡ଼ାହେଇ ତାଙ୍କୁ ଚାହୁଁଥାଆନ୍ତି ତ କେତେଜଣ ତାଙ୍କ ସାଙ୍ଗରେ ଚାଲୁଥାଆନ୍ତି। ସେ କାହାକୁ ଦୋ ଦୋ ଚିହ୍ନା ହେଉଥାନ୍ତି ତ କାହାକୁ ଆଦୌ ଚିହ୍ନିପାରୁ ନଥାନ୍ତି। ସେ କାହା ଉପରେ ଧ୍ୟାନ ନଦେଇ ଆଗକୁ ବଢ଼ି ଚାଲିଲେ।

ଗାଁରେ ମଧ୍ୟ ଅନେକ ପରିବର୍ତ୍ତନ ଲକ୍ଷ୍ୟ କଲେ। ଯେଉଁଠି ଚାଳଘର ଥିଲା, ସେଠାରେ କୋଠାଘରମାନ ଛିଡ଼ା ହେଇଛି। ସେ ମନେ ପକେଇଲେ ତାଙ୍କ ଘରଟା ଗାଁର ମଝି ସାଇରେ, ସେଠାରେ ପହଞ୍ଚିଲା ପରେ ସେ ଘରଟାକୁ ଠିକ ଚିହ୍ନିପାରିଲେ। ଚାରି ବଖୁରିଆ ଆଜବେଷ୍ଟସ ଖଞ୍ଜା ଘର। ଘରର ବିଶେଷ ପରିବର୍ତ୍ତନ ହେଇନି। ମନେ ହେଉଥିଲା ଅନେକ ଦିନହେଲା ଚୂନ ଲାଗିନି। ଠାଏ ଠାଏ ଚୂନ ଛାଡ଼ିଯାଇ ଶିଉଳି ବସିଯାଇଛି। ସେଇଠି ତାଙ୍କ ପାଦ ଅଟକିଗଲା। ସେ ଦ୍ୱାର ପାଖକୁ ଗଲେ। ଦୁଇ ଚାରିଟି ଛୁଆ ବାରଣ୍ଡାରେ ଖେଳୁଥିଲେ। ସେ ସନ୍ତର୍ପଣରେ ବାରଣ୍ଡାକୁ ଉଠିଲେ। ସେତେବେଳକୁ ତାଙ୍କ ଚାରିପଟେ ଲୋକ ଘେରିଗଲେଣି। କୋଳାହଳ ଶୁଣି ଭିତରୁ ଜଣେ ବୃଦ୍ଧ ବାହାରି ଆସିଲେ। ପତଳା କ୍ଷୀଣ ଶରୀର, ମୁଣ୍ଡରେ ଧଳା ନୁଖୁରା କେଶ, ମୁହଁରେ ଛୋଟ ଛୋଟ ପାଚିଲା ଦାଢ଼ି, ପେଜୁଆ ଆଖି। ସେ ଆଶ୍ଚର୍ଯ୍ୟ ଦୃଷ୍ଟିରେ ସାଧୁଙ୍କୁ ଚାହିଁଲେ। ସେ ଯାଇ ତାଙ୍କ ପାଦ ଛୁଇଁଲେ। ଏହା ଦେଖି ସୁଧାକର ମାଷ୍ଟ୍ରେ ସମେତ ଉପସ୍ଥିତ ଥିବା ଲୋକେ ଆଶ୍ଚର୍ଯ୍ୟ ହେଲେ।

ସମସ୍ତ ଆଶଙ୍କାକୁ ଦୂର କରି ସେ କହିଲେ, 'ବାପା, ମୋତେ ଚିହ୍ନିପାରୁ ନାହାନ୍ତି ? ମୁଁ ଅଜିତ୍, ଆପଣଙ୍କ ପୁଅ।'

ସୁଧାକର ମାଷ୍ଟ୍ରେ ତାଙ୍କୁ ବଲବଲ କରି ଚାହିଁ ତାଙ୍କୁ କୁଣ୍ଢେଇ ଧରି ଭୋ ଭୋ ହେଇ କାନ୍ଦି ଉଠିଲେ। ସମସ୍ତଙ୍କର ଆଶ୍ଚର୍ଯ୍ୟର ସୀମା ରହିଲାନି। ଅଜିତ୍ ଜଣେ ସାଧୁ ରୂପରେ ଏତେ ବର୍ଷ ପରେ ଫେରିଆସିଛି ବୋଲି ଚାରିଆଡ଼େ ବିଜୁଳି ବେଗରେ ଖେଳିଗଲା। ସାଙ୍ଗ ସାଥୀ ଯିଏ ଯେଉଁଠି ଥିଲେ ଧାଇଁ ଆସିଲେ। ବାପା ପୁଅଙ୍କର ମିଳନରେ ସମସ୍ତଙ୍କ ଆଖିରୁ ପାଣି ନିଗିଡ଼ିଗଲା। ସୁଧାକର ମାଷ୍ଟ୍ରେ ପୁଅକୁ ଘରକୁ ପାଛୋଟି ନେଲେ। ଅନ୍ୟ ଦୁଇ ଭାଇ ଏତେ ଦିନ ପରେ ବଡ଼ ଭାଇଙ୍କୁ ଦେଖି ଆନନ୍ଦାଶ୍ରୁ ଗଡ଼େଇଲେ।

ସୁଧାକର ମାଷ୍ଟ୍ରେ ଥର ଥର କଣ୍ଠରେ କହିଲେ, 'ଆରେ ଅଜିତ୍, ତୋ ବାପା ଉପରେ ଅଭିମାନ କରି ଆମକୁ ଛାଡ଼ି ଚାଲିଗଲୁ ? ତୋର ଟିକେ ବି ଆମ କଥା ମନେ ପଡ଼ିଲାନି ? ଯିଏ ତତେ ଏତେ ଭଲ ପାଉଥିଲା, ସେଇ ତୋ ମା' କଥା ଟିକେ ବି ଭାବିଲୁନି ? ଚାରିଆଡ଼େ ତତେ କେତେ ଖୋଜିଛୁ, ବିଚାରୀ ତୋ ମା' ତତେ ଝୁରି ଝୁରି ଅକାଳରେ ଚାଲିଗଲା । ମୁଁ ଆଜି ଯାହା ତୋ ଅପେକ୍ଷାରେ ବଞ୍ଚି ରହିଛି । ସତରେ ତତେ ଆଉ ଜୀବନରେ ଦେଖିବି ବୋଲି ସେ ବିଶ୍ୱାସ ନଥିଲା । ଯାହାହେଉ ଈଶ୍ୱର ତତେ ଆମ ପାଖକୁ ଫେରେଇ ଆଣିଛନ୍ତି । କିନ୍ତୁ... ତୋର ଏ କି ରୂପ ? ତତେ ଆଦୌ ଚିହ୍ନି ହେଉନିରେ ! ତାଙ୍କ ଆଖିରୁ କେବଳ ଅଶ୍ରୁ ନିଗିଡ଼ି ଚାଲିଥିଲା । ତାହା ଆନନ୍ଦର ଥିଲା ନା ଆତ୍ମଗ୍ଲାନିର ଥିଲା ଜଣା ପଡୁନଥିଲା ।

ସୁଧାକର ମାଷ୍ଟ୍ରେ ତାଙ୍କର ଖାଇବା ପିଇବା ପାଇଁ ବ୍ୟବସ୍ଥା କରିବାକୁ ବୋହୂମାନଙ୍କୁ ନିର୍ଦ୍ଦେଶ ଦେଲେ । ତା'ପରେ ତାଙ୍କଠାରୁ ସବୁକଥା ଜାଣିବାକୁ ଚାହିଁ ତାଙ୍କୁ ପଚାରିଲେ । ସେ ଖାଇପିଇ ଟିକେ ସାଷ୍ଟାଙ୍ଗ ହେବାରୁ, ଆଜିଯାଏ ଘଟିଥିବା ସବୁ ଘଟଣାବଳି ବର୍ଣ୍ଣନା କଲେ । ସମସ୍ତେ ଆଶ୍ଚର୍ଯ୍ୟ ହେଇ ତାଙ୍କ କଥା ଶୁଣୁଥିଲେ । ସିଏ ବି ଘରର ଭଲମନ୍ଦ ସବୁକଥା ପଚାରି ବୁଝିଲେ । ତାଙ୍କର ଗୋଟିଏ ଭାଇ ଚାଷ କାମ ବୁଝୁଛି ଏବଂ ଆଉ ଗୋଟିଏ ଭାଇ ଛୋଟ ଦୋକାନଟିଏ ଦେଇଛି । ଘରର ଆର୍ଥିକ ପରିସ୍ଥିତି ବିଶେଷ ଉନ୍ନତି ହେଇନି । ଭାଇମାନଙ୍କ ପିଲାମାନଙ୍କୁ ପାଖରେ ବସେଇ କେତେ କଥା ଗପିଲେ ଏବଂ ଆଶୀର୍ବାଦ ଦେଲେ ।

ସୁଧାକର ମାଷ୍ଟ୍ରେ ଭାବୁଥିଲେ, ଯେଉଁ ପୁଅକୁ ଦିନେ କୁପଥରୁ ନିବୃତ୍ତ କରିବା ପାଇଁ ତାକୁ ଏତେ ଶାସନ କରୁଥିଲେ, ଯେଉଁଥିପାଇଁ ପୁଅକୁ ହରେଇଥିଲେ, ସେହି ପୁଅ ଦିନେ ଏତେ ଜ୍ଞାନର ଅଧିକାରୀ ହେଇ ଅନ୍ୟମାନଙ୍କର ଆଦର୍ଶ ପାଲଟିବ ସେ ବିଶ୍ୱାସ କରିପାରୁ ନଥିଲେ । ସେ ଆତ୍ମସନ୍ତୋଷ ଲାଭ କରୁଥିଲେ । ପୁଅକୁ ସେ କହିଲେ, 'ତୁ ଆଉ ଆମକୁ ଛାଡ଼ି ଯାଆନାରେ, ବହୁତ ହେଇଗଲା ତୋର ଧର୍ମ କର୍ମ । ଅନ୍ତତଃ ମୁଁ ବଞ୍ଚିଥିବା ଯାଏ ତୁ ମୋ ପାଖରେ ରହ ।'

ସେ ବାପାଙ୍କୁ ବୁଝେଇ କହିଲେ, 'ସେକଥା କୁହନ୍ତୁନି ବାପା । ମୁଁ ଜଣେ ସାଧୁ, ବୈରାଗୀ, ସଂସାର ଭିତରେ ମୋର ସ୍ଥାନ ନାହିଁ । ତେଣେ ମୋର ଅନେକ ଶିଷ୍ୟ ମୋତେ ଚାହିଁ ବସିଛନ୍ତି । ମୁଁ ସଂସାରଠାରୁ ଅନେକ ଦୂରରେ, ଯେଉଁଠି ନାହିଁ ମୋହ, ମାୟା, ଲୋଭ । ସେଇଠି ମୋର ସ୍ଥାନ, ଯେଉଁଠି ମୁଁ ଶାନ୍ତି ପାଇଛି, ପରମ ତୃପ୍ତି ଲାଭ କରିଛି, ସେଇ କରୁଣାମୟଙ୍କ ପାଖରେ ନିଜକୁ ଉତ୍ସର୍ଗ କରିଛି । ଆଜି ଆଉ ମୁଁ ଆପଣଙ୍କ ପୁଅ ହେଇ ନାହିଁ ବାପା, ଆଜି ମୁଁ ସମସ୍ତଙ୍କର ପିତା । ମୁଁ ଜଣେ ବ୍ରହ୍ମଚାରୀ,

ଦେଶ ଭ୍ରମଣ କରି ଲୋକମାନଙ୍କ ମନରେ ଆଧ୍ୟାତ୍ମିକ ଚେତନା ଜାଗ୍ରତ କରି, ମହତ୍‌ବାଣୀ ଶୁଣେଇ ଏଇ ସମାଜକୁ ଏକ ସାତ୍ତ୍ୱିକ ବାତାବରଣ ସୃଷ୍ଟି କରି ବିପଥଗାମୀ ମଣିଷଙ୍କୁ ସତ୍‌ମାର୍ଗରେ ପଥ ଦେଖେଇବାକୁ ମୁଁ ଚେଷ୍ଟିତ। ତୁମେ କ'ଣ ଭାବୁଛ ବାପା, ତୁମ ପୁଅ କେବଳ ତୁମର ହେଇ ଏହି ଚାରି କାନ୍ଥ ଭିତରେ ଆବଦ୍ଧ ରହୁ? ଏହି ଜଗତର ହିତ ପାଇଁ କାମରେ ନ ଲାଗୁ? ଆଜି ଯାହା ବି ହେଇଛି କେବଳ ଆପଣଙ୍କ ପାଇଁ। ଆପଣ ମୋର ଆଦର୍ଶ।'

ସୁଧାକର ମାଷ୍ଟ୍ରେ ପୁଅର ମହତ୍ ଉଦ୍ଦେଶ୍ୟ କଥା ଶୁଣି ସେ ତାଙ୍କ ମନକୁ ବୁଝେଇ ଦେଲେ। ସମସ୍ତଙ୍କ ଅନୁରୋଧରେ ସେଦିନ ରାତ୍ରିଯାପନ କଲେ। ବନ୍ଧୁ ବାନ୍ଧବ, ସମ୍ପର୍କୀୟ ମାନଙ୍କ ଗହଳିରେ ଘର ଉଚ୍ଛୁଳିଲା। ତାଙ୍କ ପ୍ରିୟ ସାଙ୍ଗ ରତନା ଶୁଣି ଧାଇଁ ଆସିଲା। ସେ ତାକୁ ଦୋ ଦୋ ଚିହ୍ନା ହେଇ ଚିହ୍ନିଲେ। ଏତେ ବର୍ଷର ପୁଞ୍ଜିଭୂତ ଥିବା ଗାଁ କଥା, ସ୍କୁଲ ଏବଂ ଅନ୍ୟ ସାଙ୍ଗମାନଙ୍କ କଥା ତାଙ୍କ ପାଖରେ ଗପିଲା। ତଥାପି ରତନା ତାଙ୍କ ପାଖରେ ସହଜ ହେଇପାରୁ ନଥିଲା। ନିଜକୁ ଟିକେ ସଙ୍କୋଚବୋଧ କରୁଥିଲା।

ସେଦିନ ଗାଁରେ ପ୍ରବଚନ ପ୍ରୋଗ୍ରାମର ଆୟୋଜନ ହେଲା। ସେ ପ୍ରଥମେ ନିଜର ଅନୁଭୂତି ବର୍ଣ୍ଣନା କଲେ। ତା'ପରେ ପ୍ରବଚନ ଦେଲେ। ସମସ୍ତେ ମୁଗ୍ଧ ହେଇ ଶୁଣୁଥିଲେ। ସୁଧାକର ମାଷ୍ଟ୍ରେ ମଧ୍ୟ ପୁଅର ପ୍ରବଚନ ଶୁଣି ତାଙ୍କ ଆଖିରୁ ଆନନ୍ଦାଶ୍ରୁ ଗଡ଼ି ଯାଉଥିଲା।

ରତନାର ପୁଅଟି ପାଠଶାଠ ନ ପଢ଼ି ବଦମାସ ହେଇ ଖରାପ ରାସ୍ତାକୁ ଚାଲି ଯାଉଥିଲା। ସେ ତାକୁ ବୁଝେଇବାକୁ ସ୍ୱାମୀଜୀଙ୍କୁ ଅନୁରୋଧ କଲା। ସ୍ୱାମୀଜୀ ତା'ର ଅନୁରୋଧ ରକ୍ଷାକରି ତା' ପୁଅକୁ ବୁଝେଇବାକୁ ଯାଇ କହିଲେ, 'ଶୁଣିଲି, ତୁ ଗାଡ଼ି, ଘୋଡ଼ା, ଅମୁକ ସମୁକ ଦିଅ ବୋଲି ଡିମାଣ୍ଡ କରୁଛୁ, କିନ୍ତୁ ଏଥିପାଇଁ ତୋ ବାପାକୁ କେତେ କଷ୍ଟ କରିବାକୁ ପଡ଼ିବ ଜାଣିପାରୁଛୁ? ତୁ ପାଠଶାଠ ପଢ଼ି ରୋଜଗାର କର, ତା'ପରେ ନିଜ ଟଙ୍କାରେ ଏସବୁ କରିବୁ ତତେ ଖୁସି ଲାଗିବ। ବାବା, କେବଳ ଟଙ୍କା ପଇସା ମିଳିଗଲେ ସବୁକିଛି ପୂରଣ ହେଇଯାଏନି। ଗୁରୁଜନମାନଙ୍କ ପ୍ରତି ଭକ୍ତି, ସମ୍ମାନ, ଜୀବ ପ୍ରତି ଦୟା, ମାନବିକତା, ସର୍ବୋପରି ଉତ୍ତମ ଚରିତ୍ର ହିଁ ମାନବର ପରମ ଧର୍ମ। ସତ୍‌ମାର୍ଗରେ ଯାଇ ଭଲ ମଣିଷଟିଏ ହେବା ହେଉଛି ମଣିଷର ପ୍ରଧାନ ସମ୍ପଦ। କେବଳ ଡିଗ୍ରୀ ହାସଲ କରି ଟଙ୍କା ରୋଜଗାର କରିଦେଲେ ସବୁର ପରିସମାପ୍ତି ହେଇଯାଏନି ଏତିକି ମନେ ରଖ। ତୁ ଭଲ ମଣିଷଟିଏ ହେଇ ବାପା ମା'ଙ୍କର ଦୁଃଖ ଦୂର କର ଏହା ମୁଁ ଚାହୁଁଛି।'

ରତନାର ପୁଅ ମୁଣ୍ଡ ତଳକୁ କରି ସ୍ୱାମୀଜୀଙ୍କ ଉପଦେଶ ଶୁଣୁଥିଲା । ସେସବୁ କଥା ତା'ମୁଣ୍ଡରେ ପଶୁଥିଲା କି ନାହିଁ, ତାହା ସେ ଗ୍ରହଣ କରୁଥିଲା କି ନାହିଁ, ସ୍ୱାମୀଜୀ ତା' ଉତ୍ତରକୁ ଅପେକ୍ଷା ନକରି ଉଠି ଯିବାକୁ ପ୍ରସ୍ତୁତ ହେଲେ । ରତନା ମୁହଁରେ ଏକ ପ୍ରସନ୍ନଭାବ ଫୁଟି ଉଠୁଥିଲା ।

ପରଦିନ ସ୍ୱାମୀ ଦୟାନନ୍ଦ ସରସ୍ୱତୀ ଆଶ୍ରମକୁ ଯିବାକୁ ପ୍ରସ୍ତୁତ ହେଲେ । ଯିବା ସମୟରେ ପରିବାର ଏବଂ ଅନ୍ୟମାନେ ଅଶ୍ରୁସିକ୍ତ ନୟନରେ ତାଙ୍କୁ ବିଦାୟ ଦେଲେ । ଷ୍ଟେସନ ପର୍ଯ୍ୟନ୍ତ ସୁଧାକର ମାଷ୍ଟ୍ରେ, ଭାଇମାନେ ଏବଂ ଗାଁର କିଛି ଲୋକ ବିଦାୟ ଦେବାକୁ ଯାଇଥିଲେ । ସମସ୍ତଙ୍କର ଗୋଟିଏ ଅନୁରୋଧ ମଝିରେ ମଝିରେ ଗାଁକୁ ଆସୁଥିବେ । ଆପଣଙ୍କ ପାଇଁ ଆମ ଗାଁ ଧନ୍ୟ ହେଇଗଲା । ଆପଣ କେବେ ଗାଁକୁ ଭୁଲିବେନି ସ୍ୱାମୀଜୀ । ସେ ସମସ୍ତଙ୍କୁ ଆଶ୍ୱାସନା, ଆଶୀର୍ବାଦ ଏବଂ ପ୍ରତିଶ୍ରୁତି ଦେଇ ଟ୍ରେନକୁ ଉଠିଲେ । ସମସ୍ତେ ଅଶ୍ରୁଳ ନୟନରେ ହାତ ହଲେଇ ବିଦାୟ ଦେଲେ । ଟ୍ରେନଟି ଅଦୃଶ୍ୟ ହେବା ପର୍ଯ୍ୟନ୍ତ, ସେମିତି ନିଶ୍ଚଳ, ନିର୍ବିକାର ଭାବେ ଛିଡ଼ା ହେଇଥିବା ସୁଧାକର ମାଷ୍ଟ୍ରେ ତାଙ୍କ ପେଜୁଆ ଆଖିକୁ ଗାମୁଛାରେ ପୋଛିଦେଇ ପଛକୁ ଫେରିଲେ ।

■

ଅକ୍ଷୟ ମହାନ୍ତି ଉପାଖ୍ୟାନ

ପରମେଶ୍ୱର ବାବୁ ସଦ୍ୟ ବିବାହ କରି ପତ୍ନୀଙ୍କୁ ଧରି ସହରକୁ ଆସିଥାନ୍ତି। ସେ ଏକ ସରକାରୀ ଅଫିସରେ ସ୍ୱଳ୍ପବେତନ ଭୋଗୀ ଅଧସ୍ତନ କର୍ମଚାରୀ। ବିବାହ ପୂର୍ବରୁ କେତେଜଣ ସାଙ୍ଗ ମିଶି ମେସ କରି ରହୁଥିଲେ। ବିବାହ ପରେ ସେ ପତ୍ନୀଙ୍କୁ ସାଙ୍ଗରେ ନେଇ ଆସିଲେ, ତେଣୁ ସେଇ ପାଖାପାଖି ଛୋଟ ଘରଟିଏ ଭଡ଼ା ନେଇ ରହିଲେ। ସ୍ତ୍ରୀ ଫୁଲମଣି ଯେହେତୁ ଗାଁରେ ବଢ଼ିଛନ୍ତି, ସହରୀ ଢଙ୍ଗ ତାଙ୍କୁ ସ୍ପର୍ଶ କରିନି। ତାଙ୍କ ଶାଢ଼ି ପିନ୍ଧାର ଢଙ୍ଗ, ମୁଣ୍ଡରେ ନାଲି, ନେଳି ରିବନରେ ମୁଣ୍ଡ ବାନ୍ଧିବା, ମୁହଁରେ ମେଞ୍ଚେ ପାଉଡର ମାଖି, ମଥାରେ ଆଠଣି ସାଇଜର ସିନ୍ଦୂର ଟୋପା ଦେଖିଲେ, ଯିଏ ହେଲେ କହିବ ମଫସଲିଆଣିଟିଏ। ପରମେଶ୍ୱର ବାବୁଙ୍କର ଘର ଗାଁରେ ହେଲେ ବି, ସହରରେ ରହି ସହରୀ ଝିଅଙ୍କ ଢଙ୍ଗଢାଙ୍ଗ, ଷ୍ଟାଇଲ ଦେଖିଛନ୍ତି। ତେଣୁ କିଏ ପାଖ ପଡ଼ୋଶୀ କିମ୍ବା ସାଙ୍ଗସାଥୀ ଆସିଲେ ସ୍ତ୍ରୀଙ୍କର ବେଢଙ୍ଗିଆ କଥାବାର୍ତ୍ତା ପାଇଁ ସେ ଟିକେ ସଙ୍କୋଚବୋଧ କରନ୍ତି। ତେଣୁ ସାଙ୍ଗସାଥୀ ଆସିଲେ ଦାଣ୍ଡ ପାଖ ଛୋଟିଆ ଘରଟିରେ ତାଙ୍କୁ ବସାନ୍ତି। ସେଇଠୁ କଥାବାର୍ତ୍ତା ସାରି ବିଦା କରିଦିଅନ୍ତି। ସ୍ତ୍ରୀଙ୍କୁ କହି ଦେଇଥାନ୍ତି, 'ମୁଁ ନ କହିଲେ ତୁମେ ସେପଟ ରୁମକୁ ଯିବନାହିଁ।' କ'ଣ କରିବେ ତାଙ୍କ ଅନିଚ୍ଛା ସତ୍ତ୍ୱେ ବାପା ମା'ଙ୍କ ଇଚ୍ଛାରେ ସେ ବାହା ହେଇଛନ୍ତି।

ସ୍ତ୍ରୀ ଫୁଲମଣି ସହରକୁ ଆସିବାର ଆଠଦିନ ପରେ ପତି ପରମେଶ୍ୱର ବାବୁଙ୍କୁ କହିଲେ, 'ଚାଲ ମ, ଟିକେ ସିନେମା ଯିବା, ଘରେ ବସି ବସି ବିରକ୍ତ ଲାଗିଲାଣି।' ପରମେଶ୍ୱର ବାବୁ 'ହଉ ଯିବା, କହି ଅଫିସ ଚାଲିଗଲେ। ଅଫିସରୁ ଫେରିବା ପରେ

ଫୁଲମଣି ପୁଣି ସିନେମା ଯିବାକଥା ଦୋହରେଇଲେ। ପରମେଶ୍ୱର ବାବୁ କହିଲେ, 'ହଉ, କାଲି ରବିବାର, ଓଡ଼ିଆ ସିନେମା ତୁମକୁ ନେଇଯିବି।'

ତା'ପରଦିନ ପରମେଶ୍ୱର ବାବୁ ପତ୍ନୀଙ୍କୁ ଧରି ସିନେମା ଦେଖିବାକୁ ଚାଲିଲେ। ହଲରେ ଫୁଲମଣି ଚିନାବାଦାମ ପାଟିରେ ପକାଉଥାନ୍ତି, ତା' ସହିତ ସିନେମା ଦେଖୁଥାଆନ୍ତି। ଦୁଃଖ ସିନ ପଡିଲେ ସୁଁ ସୁଁ ହେଇ କାନ୍ଦୁଥାନ୍ତି। ପରମେଶ୍ୱର ବାବୁ ଫେରି ହିସାବ କଲେ, ରିକ୍ସା ଭଡ଼ା, ଟିକେଟ, ବାଦାମ, ମଟର କିଣା ସବୁ ମିଶେଇ ଦୁଇ ଶହ ଟଙ୍କା ଖର୍ଚ୍ଚ ହେଇଯାଇଛି। ତା' ପରଠୁ ଚାଲିଲା ଫୁଲମଣିଙ୍କର ସିନେମା ଦେଖିବା ନିଶା। ପ୍ରାୟ ଅଧିକାଂଶ ରବିବାରରେ ପତିଦେବଙ୍କୁ କହନ୍ତି ଏବଂ ଜିଦ କରନ୍ତି ସିନେମା ଯିବାପାଇଁ। ହିନ୍ଦୀ ସିନେମା ବି ଛାଡ଼ନ୍ତିନି, କହନ୍ତି, ଗୋବିନ୍ଦାର କ'ଣ ଗୋଟିଏ ସିନେମା ଆସିଛି ଯିବା ଚାଲ, ନଗଲେ ରୁଷନ୍ତି, ରୋଷେଇ ଘରେ ପଶନ୍ତିନି।

ପରମେଶ୍ୱର ବାବୁ ଦିନେ ବିରକ୍ତ ହେଇ କହିଲେ, 'ହଇହୋ, ତୁମ ଗାଁରେ କ'ଣ ସିନେମା ହଲ ଅଛି ? ଏମିତି ତୁମର ସିନେମା ଦେଖା ନିଶା ହେଲା କେମିତି ?'

ଫୁଲମଣି କହିଲେ, 'ମଲା.. ତୁମ ଘରେ ସିନା ଟିଭି ନାହିଁ, ଆମ ଗାଁରେ ପା'ଶାମା ଭାଇ, ଦିନା ଦାଦା ଘରେ ଟିଭି ଅଛି। ଗୋବିନ୍ଦାର ଡିଆନ୍ସ ଆଉ ଅକ୍ଷୟ କୁମାରର ଫାଇଟିଙ୍ଗ ସିନେମା ଦେଲେ ମୁଁ ଆଉ ରହିବା ଲୋକ! ତାଙ୍କ ଘରେ ଯାଇ ଆସନ ପାତି ବସିଯାଏ। ମୁଁ ତାଙ୍କ ଘରକୁ ଯାଇ ସବୁବେଳେ ସିନେମା ଦେଖେ ନା...'

ପରମେଶ୍ୱର ବାବୁ ସ୍ତ୍ରୀଙ୍କ କଥା ଶୁଣି ଚୁପ ରହିଲେ। ପତ୍ନୀଙ୍କର ସିନେମା ଦେଖା ନିଶା ଦେଖି ଲୋନ କରି କଳାଧଳା ଟିଭିଟିଏ ଘରକୁ ଆଣିଲେ। ତା'ପରେ ଫୁଲମଣିଙ୍କୁ ଦେଖେ କିଏ! ଖୁସିରେ ନାଚିଗଲେ। କହିଲେ, ଆହା କି ମଜା! ଏଥର ଘରେ ବସି ସିନେମା ଦେଖିପାରିବି। ତା'ପରେ ଦେଖାଗଲା, ଯାଇ ତାଇ ଦି'ଟା ରାନ୍ଧିଦେଇ ପତିଦେବଙ୍କୁ ଅଫିସ ପଠେଇଦେଇ ଦିନସାରା ଟିଭି ପାଖରେ ବସି ରହିଲେ। ପରମେଶ୍ୱର ବାବୁ ଅଫିସରୁ ଫେରି ଦେଖନ୍ତି, ପତ୍ନୀ ଟିଭି ପାଖରେ। ଜଳଖିଆପତ୍ର କିଛି କରିନଥାନ୍ତି। ପଚାରିଲେ ଉତ୍ତର ମିଳେ, ଭଲ ସିରିଏଲଟିଏ ଦେଖୁଛି ମ, ଟିକେ ଚୁଡ଼ା ଚକଟି ଖାଇଦିଅନା। ପରମେଶ୍ୱର ବାବୁ କ'ଣ କରିବେ, ପତ୍ନୀଙ୍କ କଥାକୁ ମାନିନିଅନ୍ତି। ଦିନେ ଦିନେ ରଅଟ ଲଗାନ୍ତି, ହୋଟେଲରେ ଖାଇବାକୁ। ସେଦିନ ରାତିରେ ରୋଷେଇ ବନ୍ଦ। ବାଧହେଇ ସେ ସ୍ତ୍ରୀଙ୍କୁ ଧରି ହୋଟେଲ ଚାଲନ୍ତି।

ସ୍ତ୍ରୀ ଫୁଲମଣିଙ୍କର ଗୀତ ଶୁଣିବାରେ ମଧ୍ୟ ଝୁଙ୍କ। ସେଥିପାଇଁ ଯୌତୁକ ଭାବେ ଛୋଟ ଟ୍ରାଞ୍ଜିଷ୍ଟରଟିଏ ସାଙ୍ଗରେ ଆଣିଛନ୍ତି। କିଛି ନହେଲେ ଟ୍ରାଞ୍ଜିଷ୍ଟରଟିକୁ କାନ ପାଖରେ ଲଗେଇ ଗୀତ ଶୁଣୁଥିବେ।

ଦିନେ ପରମେଶ୍ୱର ବାବୁଙ୍କ ଘରକୁ ତାଙ୍କ ଉପର ଅଫିସର ଅକ୍ଷୟ ବାବୁ କୌଣସି କାମରେ ତାଙ୍କ ଘରକୁ ଆସିଥିଲେ। ଭିତରକୁ ଯାଇ ସେ ପତ୍ନୀଙ୍କୁ କହିଲେ, ଶୁଣ, ବଡ଼ବାବୁ ଅକ୍ଷୟ ମହାନ୍ତି ଆସିଛନ୍ତି, ତାଙ୍କ ପାଇଁ ଟିକେ ଚା'କଫିର ବ୍ୟବସ୍ଥା କର କହି ଡ୍ରଇଂରୁମକୁ ଚାଲିଗଲେ। ଫୁଲମଣି ଏଡ଼େ ଏଡ଼େ ଆଖି କାଢ଼ି ହାଁ କରି ଆଶ୍ଚର୍ଯ୍ୟରେ କିଛି ସମୟ ଚାହିଁ ରହିଲେ। ତା'ପରେ ତାଙ୍କ କାମ ଆରମ୍ଭ କରିଦେଲେ। ପ୍ରଥମେ ସରବତ୍ ଦୁଇ ଗ୍ଲାସ ଧରି ପରଦା ଫାଙ୍କରେ ସ୍ୱାମୀଙ୍କୁ ଇସାରା କଲେ। ପତି ଇସାରା ପାଇ ସ୍ତ୍ରୀଙ୍କ ହାତରୁ ସରବତ୍ ଗ୍ଲାସ ନେଇକି ଗଲେ। ତା'ପରେ ରଙ୍ଗ ବେରଙ୍ଗୀର ପାମ୍ପଡ଼ କିଛି ଛାଣି ପଠେଇଲେ। ତା'ପରେ ପକୁଡ଼ି, ତା'ପରେ ଗୋଟିକ ପରେ ଗୋଟିଏ ପ୍ରାୟ ପାଞ୍ଚ ପ୍ରକାର ଖାଦ୍ୟ ପଠେଇଲେ। ଶେଷରେ ଖିରି। ପରମେଶ୍ୱର ବାବୁ ପତ୍ନୀଙ୍କର ଏମିତି ଅତିଥି ସେବା ଦେଖି ଅବାକ୍। ଖାଲି ବଲବଲ କରି ପତ୍ନୀଙ୍କ ମୁହଁକୁ ଚାହିଁଦେଇ ତାଙ୍କ ହାତରୁ ଜଳଖିଆ ପ୍ଲେଟ ନେଇ ଚାଲି ଯାଉଥାନ୍ତି। ଆଶ୍ଚର୍ଯ୍ୟ ହେଇ ଭାବୁଥାନ୍ତି, ଯେଉଁ ସ୍ତ୍ରୀ ଅଫିସରୁ ଆସିଲେ ସ୍ୱାମୀଙ୍କୁ ଜଳଖିଆ ଟିକେ କରିଦେବାକୁ କୁଣ୍ଠାବୋଧ କରେ, ସେ ପୁଣି ଆଜି ଏତେ ପ୍ରକାର ଜିନିଷ କରି ଅତିଥିଙ୍କୁ ପରଷୁଛି ! କାରଣଟା ଜାଣିଲେ, ଯେତେବେଳେ ପତ୍ନୀ ପରଦା ଆଢୁଆଳରୁ ହାତ ଠାରି ତାଙ୍କୁ ଡାକିଲେ।

ପରମେଶ୍ୱର ବାବୁ ପତ୍ନୀଙ୍କ ଇସାରା ପାଇ ଭିତରକୁ ଆସିଲେ। ଫୁଲମଣି କହିଲେ, ଖିଆପିଆ ତ ସରିଲା, ଏବେ ତାଙ୍କୁ କୁହ ଗୋଟିଏ ଗୀତ ଗାଇବେ। ପରମେଶ୍ୱର ବାବୁ କହିଲେ, ସାର ଗୀତ ଫିତ ଗାଆନ୍ତିନି। ଫୁଲମଣି ଆଉ ଛାଡ଼ିବା ଲୋକ ? କହିଲେ, ମଲା.. ମୁଁ ପା ସବୁବେଳେ ରେଡିଓରୁ ତାଙ୍କ ଗୀତ ଶୁଣୁଛି, ବହୁତ ଭଲ ଗାଆନ୍ତି। ବଡ଼ ଗାୟକ। ଆମର ବଡ଼ ଭାଗ୍ୟ ସେ ଆମ ଘରକୁ ଆଜି ଆସିଛନ୍ତି। ତୁମେ ତାଙ୍କୁ ବାଧ୍ୟ କଲେ ସେ ନିଶ୍ଚୟ ଗାଇବେ। ପରମେଶ୍ୱର ବାବୁ ଯେତେ କହିଲେ ବି ସେ ସେଇ ଅକ୍ଷୟ ମହାନ୍ତି ନୁହନ୍ତି, ଫୁଲମଣି ଆଦୌ ଶୁଣିବାକୁ ପ୍ରସ୍ତୁତ ନଥାନ୍ତି। ଶେଷରେ କହିଲେ, ତୁମେ କହିବ ନା ମୁଁ ଯାଇ ତାଙ୍କୁ କହିବି। ପତ୍ନୀଙ୍କ ସହିତ ଆଉକିଛି ଯୁକ୍ତି ନକରି ସେ ଅକ୍ଷୟ ବାବୁଙ୍କୁ ବିଦାୟ ଦେବାକୁ ଚାଲିଗଲେ। ସେତେବେଳେ ଅକ୍ଷୟ ବାବୁ ଧନ୍ୟବାଦ ଦେଇ ଚାଲିଯିବାକୁ ଉଦ୍ୟତ ହେଉଥିଲେ।

ଏପଟେ ଫୁଲମଣି ଖାଲି ଛଟପଟ ହେଉଥାନ୍ତି। ଭାବୁଥାନ୍ତି, ବେକାରଟାରେ ଏତେ ପରିଶ୍ରମ କଲେ ! ଆଜି ତାଙ୍କଠାରୁ ଗୀତ ନଶୁଣିଲେ ସେ ଛାଡ଼ିବନି। ତା'ପରେ ସେ ଡ୍ରଇଂରୁମକୁ ଭୁଷକି ପଶିଗଲେ। କହିଲେ, ବସନ୍ତୁ...ବସନ୍ତୁ...ଚା' ନପିଇ କ'ଣ ଚାଲିଯିବେ ? ଚା' ବସେଇଛି, ଆଣୁ ଆଣୁ ଆପଣ ଗୋଟିଏ ଗୀତ ଗାଆନ୍ତୁ। ଗାଇବା ଭିତରେ ମୁଁ ଚା' କରି ନେଇଆସିବି। ଅକ୍ଷୟ ବାବୁ ହାଁ କରି ଫୁଲମଣିକୁ ଚାହିଁ ରହିଥାନ୍ତି।

ସେତେବେଳକୁ ପରମେଶ୍ୱର ବାବୁଙ୍କର ଅବସ୍ଥା ଅସମ୍ଭାଳ। ଲାଜରେ ତାଙ୍କ ମୁହଁ ଲାଲ ହେଇଗଲାଣି ଏବଂ ପତ୍ନୀଙ୍କ ଉପରେ ମନେ ମନେ ବହୁତ ରାଗିଗଲେଣି। ତାଙ୍କ ଓଠ, ପାଟି ଖାଲି ଥରୁଥାଏ। ତାଙ୍କର ଇଚ୍ଛା ହେଉଥାଏ ପତ୍ନୀଙ୍କର ବେକଟାକୁ ମୋଡ଼ି ଦିଅନ୍ତେ। ସେତେବେଳେ ଅକ୍ଷୟ ବାବୁଙ୍କର ଯୋଉ ବିକଳ ଅବସ୍ଥା କହିଲେ ନସରେ। କହିବା ବାହୁଲ୍ୟ, ଅକ୍ଷୟ ବାବୁ ଟିକେ ଖନା। କଥା କହିବା ବେଳେ ଟିକେ ଖନେଇ ଖନେଇ କଥା କୁହନ୍ତି। ଫୁଲମଣି ଆଉଥରେ ସେଇ କଥା କହିଲେ। ଅକ୍ଷୟ ବାବୁ କହିଲେ, 'କ୍ଷମା କରିବେ, ମତେ ଗୀତ ଆସେନା କି ମୁଁ ଗୀତ ଗାଏନା।' ଫୁଲମଣି ସେତେବେଳେ କଥାଟାକୁ ମାଡ଼ି ବସିଲେ, କହିଲେ, କ'ଣ କହିଲେ ? ଅକ୍ଷୟ ମହାନ୍ତି ପୁଣି ଗୀତ ଆସେନା ! ଆପଣ ଏମିତି ଠକିଦେଇ ଚାଲିଯିବେ ଭାବିଛନ୍ତି ? ଆଜି ଆପଣଙ୍କୁ ଗୀତଟିଏ ଗାଇବାକୁ ପଡିବ।

ଅକ୍ଷୟ ବାବୁ କହିଲେ, 'ମୋତେ ଆପଣ ଭୁଲ ବୁଝିଛନ୍ତି, ମୁଁ ସେ ଅକ୍ଷୟ ମହାନ୍ତି ନୁହେଁ। ଆପଣଙ୍କୁ ବହୁତ ଧନ୍ୟବାଦ, ମୋପାଇଁ ଆପଣ ଏତେ ପରିଶ୍ରମ କଲେ।' ତା' ପରେ ସେ ସେଠାରୁ କେମିତି ଯିବେ ଯିବେ ବୋଲି ବାଟ ପାଇଲେନି। ଫୁଲମଣି ତାଙ୍କ ଯିବା ବାଟକୁ ଚାହିଁ ସେଇଠି ଲଥହେଇ ବସିପଡ଼ିଲେ।

ପରମେଶ୍ୱର ବାବୁ ପ୍ରାୟ ପ୍ରତ୍ୟେକ ଦିନ ତାଙ୍କ ପଡ଼ୋଶୀ ଏବଂ ସହକର୍ମୀ ଗୋଲଖ ବାବୁଙ୍କ ସହିତ ସାନ୍ଧ୍ୟ ଭ୍ରମଣରେ ଯାଆନ୍ତି। ଯେତେବେଳେ ସେମାନେ ସନ୍ଧ୍ୟାରେ ବୁଲିବାକୁ ଗଲେ, ପରମେଶ୍ୱର ବାବୁଙ୍କ କୁଷ୍ମଣ୍ଡା ମୁହଁ ଦେଖି ଗୋଲଖ ବାବୁ ପଚାରିଲେ, 'କିହୋ, କଥା କ'ଣ ? ଆଜି କାହିଁକି ଏତେ ମଉନ ହେଇ ଚାଲିଛନ୍ତି ? କ'ଣ ଦେହ ଭଲ ନାହିଁକି, କ'ଣ ହେଲା ?' 'କ'ଣ ନହେଲା ପଚାର !' ତା'ପରେ ସେ ଆମୂଳଚୂଳ ସବୁ ଘଟଣା କହିଗଲେ। ତା'ପରେ କହିଲେ, ଗୋଲଖ ବାବୁ, ମୁଁ କ'ଣ କରିବି ଜାଣିପାରୁନି। କାଲି କେମିତି ଅଫିସରେ ମୁହଁ ଦେଖେଇବି ସେଇ ଚିନ୍ତାରେ ପଡ଼ିଛି। ଗୋଲଖ ବାବୁ ସେତେବେଳକୁ ହସି ହସି ବେଦମ ହେଇ ଯାଉଥାନ୍ତି ଆଉ ପରମେଶ୍ୱର ବାବୁ ତାଙ୍କ ମୁହଁକୁ ବଲବଲ କରି ଚାହିଁଥାନ୍ତି....

■

ଅମୃତ ଫଳ

ଜରାନିବାସର ବନ୍ଦ କୋଠରିରେ ବିଛଣାରେ ପଡ଼ି ଛଟପଟ ହେଉଥିଲେ ସରଳା ଦେବୀ। ଆଜିକୁ ଦଶ ବାର ଦିନ ହେଲା ସେ ଅସୁସ୍ଥ ହୋଇ ପଡ଼ିଛନ୍ତି। ମନର ଭାବନା ଗୁଡ଼ିକ ବୁଢ଼ିଆଣୀ ଜାଲ ଭଳି ଛନ୍ଦି ହୋଇଯାଉଥାଏ। ତଥାପି ତାଙ୍କର ଆଶା ମଉଳିନି, ଯେମିତି ସେ କାହା ପ୍ରତୀକ୍ଷାରେ ରହିଛନ୍ତି। ସେ ପାଖ ବେଡକୁ ଚାହିଁଲେ, ସ୍ୱାମୀ ଦିବାକର ବାବୁ ନିଶ୍ଚିନ୍ତରେ ଶୋଇଯାଇଛନ୍ତି। ତାଙ୍କ ଆଖି ସାମନାରେ ଅତୀତ ଚଳଚ୍ଚିତ୍ର ଭଳି ଭାସି ଆସିଲା।

ଏକ ଜମିଦାର ପରିବାରରେ ତାଙ୍କର ଜନ୍ମ। ସେ ଘରେ ସବୁଠୁ ବଡ଼ ଝିଅ ଥିଲେ। ଅବଶ୍ୟ ତାଙ୍କ ଉପରେ ଆଉଜଣେ ବଡ଼ ଜଉଣୀ ଥିଲେ, ଚଉଦ ବର୍ଷ ବୟସରେ ତାଙ୍କ ବିବାହର ମାତ୍ର ସତର ଦିନପରେ କି ଜ୍ୱର ହେଲା ଯେ ସେ ଆରପୁରକୁ ଚାଲିଗଲା। ସେ ଶୁଣନ୍ତି, ତାଙ୍କ ନାନୀର ବିବାହ ବେଳେ କେତେ ଭାର ବେଭାର, ଯୌତୁକ ରୂପେ ଦିଆଯାଇଥିଲା। ଦେହରେ ତ ସୁନା ମଣ୍ଡି ହୋଇଥିଲା। ସେତେବେଳେ ତାଙ୍କ ବୟସ ମାତ୍ର ପାଞ୍ଚ ଛଅ ବର୍ଷ। ବାପା, ବୋଉ ଦୁଃଖରେ ଭାଙ୍ଗିପଡ଼ିଲେ। ନାନୀ ପରେ ବାପା, ଦୁଇ ଦାଦାଙ୍କର ସବୁଠୁ ସେ ବଡ଼ ଝିଅ ହୋଇଥିବାରୁ ତାଙ୍କ ଉପରେ ସମସ୍ତେ ସ୍ନେହ ଶ୍ରଦ୍ଧା ଢାଳି ଦେଇଥିଲେ। ତାଙ୍କର କାର, ବସ, ତିନି ତିନିଟା ଟ୍ରକ ଚାଲୁଥିଲା ଏବଂ ଘରେ ଚାକର ପୂଜାରୀ ଯେତେ ଥିଲେ ବି ବୋଉ ଏବଂ ଖୁଡ଼ୀମାନେ ତାଙ୍କୁ ସବୁଗୁଣ ଶିଖେଇଥିଲେ। ଯାହାକି ସେ ଶାଶୂଘରେ ଆଦର୍ଶ ବୋହୂଟିଏ ହୋଇପାରିବ। ଗୁରୁଜନମାନଙ୍କୁ ଭକ୍ତି, ସାନମାନଙ୍କୁ ଶ୍ରଦ୍ଧା ଏବଂ ସବୁପ୍ରକାର କାମ ଶିଖି ସେ ଶାଶୂଘରେ

ପାଦ ଦେଇଥିଲେ। ତାଙ୍କ ବାହାଘର ବଡ଼ ଧୁମଧାମରେ ହେଇଥିଲା। ବର ତାଙ୍କର ଶିକ୍ଷିତ ହେଇଥିବାରୁ ସମ୍ମାନର ସହ ତାଙ୍କୁ ସାଇକେଲ, ଘଣ୍ଟା, ରେଡିଓ ଇତ୍ୟାଦି କେତେ କ'ଣ ଦେଇଥିଲେ। ସେ ସୁନା, ରୁପା ଗଦାଏ ଖଣ୍ଡେ ସାଙ୍ଗରେ ଆଣିଥିଲେ। ସ୍ୱାମୀ, ଦେଢ଼ଶୁର ଦୁଇ ଭାଇ, ନଣନ୍ଦ ନଥିଲେ। ତାଙ୍କ ବାପଘରଠାରୁ କିଛିଟା କମ ହେଲେ ବି ଜମିଦାର ଘର କିଛି ଅଭାବ ନଥିଲା। ଘରଦ୍ୱାର, ସମ୍ପତ୍ତିବାଡ଼ି ଅନେକ ଥିଲା। ବାପାଙ୍କର ଏତେ ସମ୍ପତ୍ତି ବୋଲି ପୁଅମାନେ ବିଳାସବ୍ୟସନରେ ବଢ଼ିଥିଲେ। ସରଳା ଶାଶୂଘରକୁ ଆସିବା ପରେ, ତାଙ୍କ ନମ୍ରତା, ସମସ୍ତଙ୍କ ପ୍ରତି ଭକ୍ତି, ସମ୍ମାନ ଏବଂ ସଣ୍ଣା ଦେଖି ଶାଶୂ ଘର ଲୋକେ ସମସ୍ତେ ବହୁତ ଖୁସି ହେଇଯାଇଥିଲେ।

ସ୍ୱାମୀ ଦିବାକର ବାବୁ ଖୁବ ଭଦ୍ର, କଥାରେ ଭାରି ଟାଣ। ଗାଁରେ ସବୁଠୁ ଶିକ୍ଷିତ ବ୍ୟକ୍ତି ବୋଲି ତାଙ୍କର ଭାରି ଖାତିର। ବିଭିନ୍ନ ପ୍ରକାର ସମସ୍ୟାରେ ପଡ଼ି ଲୋକେ ତାଙ୍କ ପାଖକୁ ଆସନ୍ତି ଏବଂ ସମସ୍ତେ ତାଙ୍କୁ ମାନନ୍ତି। କିନ୍ତୁ ନିଜର ଏତେ ଜ୍ଞାନ ଥାଇ ବି ସେ ଚାକିରି କରିବାକୁ ପସନ୍ଦ କଲେନି। ସମାଜ ସେବା ବ୍ୟତୀତ କିଛିଟା ଜମିବାଡ଼ି କଥା ବୁଝନ୍ତି। ନଚେତ୍ ତାଙ୍କ ବାପା, ଜେଜେମା' ସବୁ ବୁଝାବୁଝି କରନ୍ତି। ଜେଜେମା' ଦେହତ୍ୟାଗ ବେଳକୁ ତାଙ୍କର ଦୁଇଟି ଝିଅ ହେଇସାରିଥିଲେ। ତା'ପରେ ପୁଅଟିଏ ପାଇଁ କେତେ ଦେବଦେବୀଙ୍କୁ ଡାକିଥିଲେ। କିନ୍ତୁ ପୁଣି ଝିଅଟିଏ ହେଲା। ଶାଶୂ ଶ୍ୱଶୁରଙ୍କ ପ୍ରବଳ ଚାପ ଫଳରେ ପୁଅଟିଏ ପାଇଁ ଅପେକ୍ଷା କରି କରି ତାଙ୍କର ଛଅ ଝିଅ ହେଇ ସାରିଥିଲା। ସେତେବେଳକୁ ଶାଶୂ ଶ୍ୱଶୁର ବି ଚାଲି ଯାଇଥିଲେ। ଭାଇ ଦୁହେଁ ଅଲଗା ହେଲେ। ସବୁ ଦାୟିତ୍ୱ ଦିବାକର ବାବୁଙ୍କ ଉପରେ ପଡ଼ିଲା। ଆରାମ ଅୟସରେ ବଢ଼ିଥିବାରୁ ପରିବାରର ଦାୟିତ୍ୱ ଠିକଭାବେ ନେବାକୁ ସେ ଅକ୍ଷମ ହେଲେ। ଏଣେ ଛଅଟି ଝିଅ ପାଇଁ ସବୁବେଳେ ମନଦୁଃଖ। ସାଇ ପଡ଼ିଶା, ଭାଇ ଭଗାରୀଙ୍କ ଠାରୁ କେତେ କଟୂକ୍ତି ସରଳା ଦେବୀଙ୍କୁ ଶୁଣିବାକୁ ପଡ଼େ! ପୁଅଟିଏ ନାହିଁ, ତାଙ୍କ ବଂଶରକ୍ଷା ହେବ କେମିତି, ସେକଥା ଭାବି ତାଙ୍କ ମନ ଭାରାକ୍ରାନ୍ତ ହୁଏ। କେତେ ଦେବଦେବୀଙ୍କୁ ଡାକି ଓଷା ବ୍ରତ, ମାନସିକ, ପୂଜାପାଠ ମଧ୍ୟରେ ସବୁବେଳେ ବୁଡ଼ି ରହିଥାନ୍ତି।

ଏହିସବୁ ମାନସିକ ଚାପ ଫଳରେ ସରଳା ଦେବୀଙ୍କର ବିଭିନ୍ନ ପ୍ରକାର ଶାରୀରିକ ସମସ୍ୟା ଦେଖାଦେଲା। ମୁଣ୍ଡ ବୁଲାଏ ଏବଂ ବାତ ରୋଗ ବାହାରିଲା। ସେଥିରେ ବି ତାଙ୍କର ପୂଜାର୍ଚ୍ଚନା ଠାକୁରଙ୍କ ପାଖରେ ଗୁହାରି କମ ନଥାଏ। ଦିବାକର ବାବୁ ସ୍ତ୍ରୀଙ୍କ ପାଇଁ ବ୍ୟସ୍ତ ରହି ଜମିବାଡ଼ି କଥା ଆଉ ବୁଝି ପାରିଲେନି। ଜମି ସବୁ ଭାଗଚାଷକୁ ଦେଇଦେଲେ। ଚାଷୀମାନେ ଯାହା ଦେଲେ ତାହା ନିଅଣ୍ଟ ହେଲା। ଆଠ

ପ୍ରାଣୀ କୁଟୁମ୍ବଙ୍କର ଭରଣପୋଷଣ, ଏଣେ ଠାକୁରଙ୍କ ପୂଜାର୍ଚ୍ଚନାରେ ଏବଂ ସ୍ତ୍ରୀଙ୍କର ଔଷଧପତ୍ରରେ ଟଙ୍କା ପାଣିପରି ଖର୍ଚ୍ଚ ହେଉଥାଏ।

ଦିନେ ସରଳା ପୁଅଟିଏ ପାଇଁ ଦେବୀଙ୍କ ମନ୍ଦିରରେ ଅଧିଆ ପଡ଼ିଲେ। ଦୁଇ ଦିନ ଦୁଇ ରାତି ନଖାଇ ନପିଇ ପଡ଼ି ରହିଲେ। ତୃତୀୟ ଦିନ ଠାକୁରାଣୀ ତାଙ୍କୁ ସ୍ୱପ୍ନରେ କହିଲେ, 'ତୁ ଉଠି ଯା, ତୋର ମନସ୍କାମନା ପୂର୍ଣ୍ଣ ହେବ।'

ଏହି ଘଟଣାର ତିନି ମାସ ପରେ ସେ ଗର୍ଭବତୀ ହେଲେ। ଠାକୁରଙ୍କ ଆଶୀର୍ବାଦ ବାଣୀ କଥା ଭାବି ମନକୁ ସାନ୍ତ୍ୱନା ଦିଅନ୍ତି। ପୁଣି କ'ଣ ଭାବି ଉଦାସ ହେଇଯାଆନ୍ତି। ଯଦି ଆଉଥରେ ଝିଅ ହେଇଯାଏ ଭାବି ଆତଙ୍କିତ ହୁଅନ୍ତି। ଏକଥା ଭାବିଲେ ତାଙ୍କ ମନକୁ ଭୟ ଗ୍ରାସ କରେ, ମନ ମାରି ବସନ୍ତି, ଠାକୁରଙ୍କ ପାଖରେ ପ୍ରାର୍ଥନା କରନ୍ତି।

ଶେଷରେ ପ୍ରସବ ସମୟ ଆସିଲା, ସେତେବେଳେ ଦିବାକର ବାବୁ ଅନୁପସ୍ଥିତ ଥାଆନ୍ତି। ତାଙ୍କର ଗର୍ଭବେଦନା ଆରମ୍ଭ ହେଲା। ସେ ଜାଣିପାରିଲେ ତାଙ୍କର ପ୍ରସବ ଆଗତ ପ୍ରାୟ। ଖଞ୍ଜା ଘରଟିରେ ଗୋଟିଏ ଛୋଟ ବଖରାଟିଏ ଥାଏ, ଯେଉଁଠି ପ୍ରାୟ ତାଙ୍କର ପ୍ରସବ ହେଇଥାଏ। ସେଇ ଅବସ୍ଥାରେ ବଖରାଟିକୁ ସଫାସୁତୁରା କଲେ। ଗରମ ପାଣି, ସାବୁନ, ବ୍ଲେଡ, କନାପଟା ସବୁପ୍ରକାର ପ୍ରସୂତି ଉପକରଣ ଆଣି ପାଖରେ ରଖିଲେ। ତା'ପରେ ଖଣ୍ଡେ ଦଉଡ଼ି ମଧ୍ୟ କୋଉଠୁ ଖୋଜି ଆଣି ରଖିଲେ। ଭାବିଲେ, ଏଥର ଯଦି ଠକୁରେ ମୋ ଡାକ ନ ଶୁଣନ୍ତି, ତା'ହେଲେ ଏହି ଦଉଡ଼ି ବେକରେ ବାନ୍ଧି ଆତ୍ମହତ୍ୟା କରିବେ। ପିଲାମାନଙ୍କର ଖାଇବା ପିଇବା କଥା ବୁଝି ସେଇ ବଖରାଟିରେ ପଶିଲେ। ବଖରାଟି ଟିକେ ଅନ୍ଧାରୁଆ ବୋଲି ଲଣ୍ଠନଟିଏ ଜାଳି ରଖିଲେ।

ତାଙ୍କର ଏତେ କଷ୍ଟ ଦେଖି ଛୁଆଗୁଡ଼ା ଖାଲି କାନ୍ଦୁଥାନ୍ତି। ଗୋଟିଏ ଝିଅ ଯାଇ ପଡ଼ିଶା ଘର ବଡ଼ମା'ଙ୍କୁ ଡାକି ଆଣିଲା। ସେ ଆସି ତାଙ୍କ ଅବସ୍ଥା ଦେଖି ଧାଈକୁ ଡାକିଲେ। ଦିନ ଯାଇ ରାତି ହେଲା, ତଥାପି ପିଲା ଜନ୍ମ ହେଇପାରୁ ନଥାଏ। ତା' ପରଦିନ କୁଆଁ କୁଆଁ ରାବ ଶୁଭିଲା। ସମସ୍ତେ କୁହାକୁହି ହେଲେ ପୁଅ ହେଇଛି । ସରଳା ଦେବୀ ଅର୍ଦ୍ଧଚେତନ ଅବସ୍ଥାରେ ଏକଥା ଶୁଣିଦେଇ ସମ୍ପୂର୍ଣ୍ଣ ଅଚେତନ ହେଇଗଲେ।

ଦିବାକର ବାବୁ ଯେଉଁଠି ଥିଲେ ପୁଅ କଥା ଶୁଣି ଦଉଡ଼ି ଆସିଲେ। ଗାଁସାରା ମିଠା ବଣ୍ଟା ହେଲା। ଏକୋଇଶିଆ ପୂଜା ବଡ଼ ଧୁମଧାମରେ ହେଲା। ବନ୍ଧୁବାନ୍ଧବରେ ଘର ପୂରିଲା। ପ୍ରଭୁଙ୍କ କୃପାରୁ ହେଇଛି ବୋଲି ତା ନାଁ ରଖିଲେ ପ୍ରଭୁଦତ୍ତ।

ପୁଅଟି ଡଉଲ ଡାଉଲ ଦେଖିବାକୁ ସୁନ୍ଦର। ତା' ଉପରେ ବାପା ମା' ଭଉଣୀ ମାନଙ୍କର ଆଖି ରହିଲା। ତା'ର ଯେମିତି କୌଣସି ଅସୁବିଧା ନହୁଏ ସମସ୍ତେ ଧ୍ୟାନ

ରଖିଥାନ୍ତି। ଟିକେ ଛିଙ୍କିଲେ, କାଶିଲେ ଡାକ୍ତରଙ୍କ ପାଖକୁ ନେଇଯାଆନ୍ତି, ଟିକିଏ ଚମକିଲେ ଗୁଣିଆ ଡାକି ଝଡ଼ାଫୁଙ୍କା କରନ୍ତି।

ସରଳା ତାକୁ ଝୁଲଣାରେ ଶୁଆଇ ଦେଇ କେତେ ନାନା ବାୟା ଗୀତ ଶୁଣାନ୍ତି। କୋଳରେ ଧରି ତା'ମୁଣ୍ଡ ଆଉଁସି କହନ୍ତି, 'ସତେ କି ସେ ଦିନ ହେବରେ, ତୋ ଜୀବନର ଜ୍ୟୋତି ଦୀପାଳି ଜଳିବ ମୋ ନୟନ ଦେଖୁଥିବରେ।'କହି ଆନନ୍ଦାଶ୍ରୁ ଗଡ଼ାନ୍ତି। ଏମିତି ସମସ୍ତଙ୍କର ଆଦର ଯତ୍ନ ପାଇ ପ୍ରଭୁଦତ୍ତ ଶଶୀକଳା ଭଳି ବଢ଼ିବାକୁ ଲାଗିଲା। ତାକୁ ଯେତେବେଳେ ତିନି ବର୍ଷ ତାଙ୍କ ପ୍ରଥମ ଝିଅର ବାହାଘର ହେଲା। ପୁଅଟି ଧୀରେ ଧୀରେ ବଢ଼ିବା ସହିତ ତାଙ୍କର ସବୁ ଝିଅମାନେ ଶାଶୂ ଘରକୁ ଚାଲିଗଲେ। ସେତେବେଳକୁ ଦିବାକର ବାବୁ ଝିଅଙ୍କ ବିବାହ ପାଇଁ ଅନେକ ଜମିବାଡ଼ି ବିକ୍ରି କରି ଦେଇଥିଲେ। ତେଣୁ ତାଙ୍କ ଆର୍ଥିକ ଅବସ୍ଥା ଶୋଚନୀୟ ହେଇଗଲା।

ପ୍ରଭୁଦତ୍ତ ଗାଁ ସ୍କୁଲରୁ ମେଟ୍ରିକ ପାସ କରିବା ପରେ ତାକୁ ସହରରେ ଥିବା ବଡ଼ କଲେଜରେ ଆଡମିସନ କରିଦେଲେ। ପୁଅଟି ତାଙ୍କର ଭାରି ସରଳ ଏବଂ ଚୁପଚାପ। ଖୁବ୍ କମ୍ କଥା କହେ। ଏତେ ଅଭାବରେ ମଧ୍ୟ ସେ ଯାହା ଚାହିଁଛି ତାକୁ ପୂରଣ କରିବାକୁ ବାପା ମା' ଚେଷ୍ଟା କରିଛନ୍ତି। ଭାବନ୍ତି, କେମିତି ପୁଅ ବହୁତ ପାଠ ପଢ଼ି ମଣିଷ ହେବ, ଚାକିରି ଖଣ୍ଡେ କରିବ ତାଙ୍କ ଦୁଃଖ ଦୂର ହେବ।

ପ୍ରଭୁଦତ୍ତ ଏମ୍.ଏ ପାସ କରିବା ପରେ ଓ.ଏ.ଏସ୍ ପରୀକ୍ଷା ଦେଇ ସଫଳ ହେଲା। ବାପା ମା'ଙ୍କର ଆନନ୍ଦ କହିଲେ ନ ସରେ। ଠାକୁରଙ୍କ ପାଖରେ କୃତଜ୍ଞତା ଜଣାନ୍ତି, ତା'ର ଶୁଭ ମନାସନ୍ତି।

ଦିନେ ଜଣେ ବଡ଼ ବ୍ୟବସାୟୀ ତାଙ୍କ ଝିଅର ପ୍ରସ୍ତାବ ନେଇ ଆସିଲେ। ସେ କହିଲେ, 'ମୁଁ ଟିଭି, ଫ୍ରିଜ, ଗାଡ଼ି, ଅମୁକ ସମୁକ ଦେବି ତା' ସହିତ ନଗଦ ଦୁଇ ଲକ୍ଷ ଟଙ୍କା ଦେବି।' ଦିବାକର ବାବୁ କ'ଣ କହିବା ପୂର୍ବରୁ ପ୍ରଭୁଦତ୍ତ କହିଲା, ମୁଁ ଏଇ ପ୍ରସ୍ତାବରେ ରାଜି। ତାକୁ ସରଳା କହିଲେ, ଇଏ କି କଥା ପୁଅ! ତୁ ଝିଅ ନଦେଖି ଏ ପ୍ରସ୍ତାବରେ ରାଜି ହେଇଗଲୁ! ଆଗ ଝିଅ ଦେଖେ, ମନକୁ ଗଲେ ଆଉ ଯୋଉକଥା। ଉତ୍ତରରେ ପ୍ରଭୁ କହିଲା, ମୋର ଝିଅ ଫିଅ ଦରକାର ନାହିଁ, ମତେ ଟଙ୍କା ଦରକାର। ତା'କଥା ଶୁଣି ବାପା ମା'ଦୁହେଁ ସ୍ତମ୍ଭୀଭୂତ ହେଇଗଲେ। କି କଥା ପୁଅ ମୁହଁରୁ ଶୁଣୁଛନ୍ତି! ଯାହାର ମଙ୍ଗଳ ଚିନ୍ତା କରି ଧନକୁ କେବେ ଗୁରୁତ୍ୱ ଦେଇନାହାନ୍ତି କିନ୍ତୁ ତା'ପାଇଁ ଧନ ଏତେ ବଡ଼ ହେଇଗଲା?

ପ୍ରଥା ଅନୁସାରେ ଯେତେବେଳେ ଝିଅ ଦେଖିବାକୁ ଗଲେ ତାଙ୍କ ମନଟା ଫିକା ପଡ଼ିଗଲା। ଝିଅଟି ଶ୍ୟାମଳୀ, ଡେଙ୍ଗୀ, କୌଣସି ବାଗ ନାହିଁ। ତାଙ୍କ ରାଜକୁମାର

ଭଳି ପୁଅ ପାଇଁ ସେମାନେ ତ ରାଜକୁମାରୀଟିଏ ଖୋଜୁଥିଲେ। ପୁଅ ତ ରାଜି ସେମାନେ ବା କ'ଣ କରିବେ। ତା' ଜିଦିରେ ସେଇଠି ହିଁ ବିବାହ ହେଲା। ଭଉଣୀମାନେ ଭାଉଜକୁ ଦେଖି ମନ ଊଣା କଲେ। ବୋହୂଟାର ଆଚାର ବିଚାର ଅଛି ନା ସଣ୍ଣା ଅଛି, ନା କାହାକୁ ଖାତିର ଅଛି। ଯାହା ହେଲେ ବି ବୋହୂ ବୋଲି ତାକୁ କେତେ ସ୍ନେହ ଆଦର କଲେ।

ସେମାନେ ତ ମନ ଭିତରେ ଅନ୍ୟ ଏକ ବୋହୂର ଚିତ୍ର ଆଙ୍କିଥିଲେ। ଗୌର ବର୍ଣ୍ଣ, ସୁନ୍ଦର ଚେହେରା ହୋଇଥିବ, ଲକ୍ଷ୍ମୀ ପାଦ ପରି ପାଦ ହୋଇଥିବ, ଧୀର ପାଦରେ ଚାଲୁଥିବ, ପୂଜାପାଠ କରୁଥିବ, ଗୁରୁଜନ ମାନଙ୍କୁ ଭକ୍ତି କରୁଥିବ, ସୁସ୍ୱାଦୁ ବ୍ୟଞ୍ଜନ ରାନ୍ଧି ପାରୁଥିବ, କିନ୍ତୁ ଇଏତ ସବୁ ଓଲଟା। ତା' ଡଗଡଗ ଚାଲି, ତା'ଭଡ଼ଭଡ଼ ଉତ୍ତର ତାଙ୍କୁ ବ୍ୟଥିତ କରେ।

ପୁଅ ପାଠପଢାରେ ତାଙ୍କ ଘର ଖଣ୍ଡିକ ବନ୍ଧା ପଡିଥିଲା। ତାଙ୍କର ଆଶା ଥିଲା, ପୁଅ ଚାକିରୀ କଲେ ମୁକୁଳେଇବ। କିନ୍ତୁ ଯେଉଁଦିନ ପ୍ରଭୁଦତ କହିଲା, ଏଠାରେ ଘର ରହି କ'ଣ ହେବ? ଏହାକୁ ବିକିଦେଇ ସହରରେ ଘର କିଣିବା। ତୁମେ ଦୁହେଁ ଆମ ପାଖରେ ରହିବ। ଏକଥା ପୁଅ ମୁହଁରୁ ଶୁଣି ଦୁହେଁ ସ୍ତବ୍ଧ ହେଇଗଲେ ଏବଂ ଦୁଃଖରେ ମ୍ରିୟମାଣ ହେଇଗଲେ। ବାପ ଗୋଷାପର ଡିଅ ବାଡି ବିକି, ସାଇ ପଡିଶାଙ୍କୁ ଛାଡି ସେମାନେ ସବୁଦିନ ପାଇଁ ବାହାରେ ରହିବେ! ଶେଷରେ ଅନେକ ବାରଣ ସତ୍ତ୍ୱେ ପୁଅର ଯିଦି ପାଖରେ ହାର ମାନିଲେ। ନିଜେତ ପୁଅକୁ ଅତି ଗେହ୍ଲା କରି ଅର୍ଜିଛନ୍ତି କାହାକୁ ଆଉ କହିବେ।

ତାପରେ ଗାଁର ସ୍ମୃତି ସବୁ ଛାଡି ପୁଅ ବୋହୁ ପାଖରେ ତାଙ୍କ କ୍ୱାଟରରେ ଯାଇ ରହିଲେ। ତା ପରଠୁ ଦୁହିଁଙ୍କ ଜୀବନରେ କଳା ମେଘ ଯେମିତି ଘୋଟି ଆସିଲା। ବୋହୁ ଉଠିବା ପୂର୍ବରୁ ସରଳାଙ୍କର ଗାଧୁଆ, ଠାକୁର ପୂଜା ସାରି ଜଳଖିଆ ତିଆରି କରିସାରିବା ପରେ ବୋହୁ ଉଠେ। ପୁଅଟା ଅଫିସ ଯିବା ଡେରି ହେବ ଭାବି ଭାତ, ଡାଲି ବି ବସେଇ ଦେଇଥାନ୍ତି। ଦିବାକର ବାବୁ ନାତି ନାତୁଣୀଙ୍କୁ ସ୍କୁଲ ନେବା ଆଣିବା ସହିତ ବଜାର ସଉଦା କରନ୍ତି। ଏମିତିରେ ଦୁଃଖେ ସୁଖେ ଠିକ ଠାକ ଚାଲିଥିଲା। ଧୀରେ ଧୀରେ ପୁଅ କେମିତି ବଦଳିଗଲା। ପୁଅ ତା'ଅଫିସ ଏବଂ ସ୍ତ୍ରୀ ପିଲାଙ୍କ କଥା ବୁଝିବା ବ୍ୟତିତ ସେ କେବେ ବି ଧ୍ୟାନ ଦିଏନି, ବାପା ମା' ବୋଲି ଦୁଇଟା ପ୍ରାଣୀ କେମିତି ଅଛନ୍ତି ! କେବେ ତାଙ୍କ ସହିତ କଥା ହେବାକୁ ତାର ସମୟ ନଥାଏ। ସେମାନେ ଯେମିତି ସେଇ ଘରେ ଏକ ଚାହୁଁନଥିବା ଅତିଥି। ବୋହୁ କ'ଣ ଭୂଲ ଭଟକା କଲେ ପଦେ କହିବାକୁ ଯୁ ନାହିଁ। କହିଲେ, ପୁଅ ପ୍ରତିବାଦ କରେ। ଦିବାକର

ବାବୁ ଟିକେ ଚା'ବିଡ଼ି ରଙ୍କ। ପୂର୍ବରୁ ସିଗାରେଟ ଖାଉଥିଲେ। ସରଳାଙ୍କର ଟିକେ ପାନ ଅଭ୍ୟାସ। ଯେଉଁଦିନ ପୁଅ କହିଲା, 'ତୁମର ଏସବୁ ବାଜେ ଅଭ୍ୟାସରେ ମୁଁ ପଇସା ଖର୍ଚ୍ଚ କରିପାରିବି ନାହିଁ।' ସେଦିନ ସେମାନେ ବହୁତ ବ୍ୟଥିତ ହେଲେ। ପତି ପତ୍ନୀ ଦୁହେଁ ଜଡ଼ ପାଲଟି ଯାଇଥିଲେ। ହୃଦୟକୁ କିଏ ଯେମିତି ଦଳି ମକଚି ଦେଲା, ସେମିତି ଯନ୍ତ୍ରଣା ଦୁହେଁ ଅନୁଭବ କଲେ। ଶେଷରେ ଦେହ ଅସୁସ୍ଥ ହେଲେ ବାପା ମା'ଙ୍କୁ ଔଷଧ ଟିକେ ଆଣିଦେବାକୁ ପୁଅକୁ କଷ୍ଟ ହେଲା। ବେଳରୁ ମାଛ ଆଇଁଷ ଟିକେ ଖାଇ ଆସିଛନ୍ତି। କିନ୍ତୁ ଘରକୁ ଆସେନି। ଥରେ ସରଳା ଦେବୀ ପୁଅକୁ କହିଲେ, ପ୍ରଭୁରେ, ଗୋଟିଏ ଭାକୁର ମାଛ ଆଣନ୍ତୁନି, ଭାରି ଖାଇବାକୁ ମନ ହେଉଛି। ପୁଅ ଶୁଣି ନ ଶୁଣିଲା ପରି ଚାଲିଗଲା। କିନ୍ତୁ ମାସରେ ଅଧେ ଦିନ ସ୍ତ୍ରୀ ପିଲାଙ୍କୁ ନେଇ ହୋଟେଲ ଚାଲିଯାଏ।

ଥରେ ସରଳା ଦେବୀ ଜ୍ୱରରେ ପଡ଼ିଲେ। ସେମିତି ବିଛଣାରେ ପଡ଼ି ଝଟପଟ ହୁଅନ୍ତି, ପୁଅ ଦେଖେ, ଅଥଚ ତା' ବାଟରେ ଚାଲିଯାଏ, ମା'ର କ'ଣ ହେଇଛି ବୋଲି ପଚାରେନି। ଦିବାକର ବାବୁ ତାକୁ କହିଲେ, ପ୍ରଭୁ, ତୋ ମା'ଟା ଜ୍ୱରରେ ପଡ଼ି ଛଟପଟ ହେଉଛି, ତାକୁ କୋଉ ଭଲ ଡାକ୍ତରଙ୍କୁ ନେଇ ଟିକେ ଦେଖା। ଉତ୍ତରରେ ପୁଅ କହିଲା, କ'ଣ ଟିକେ ଜ୍ୱର ହେଇଛି ଯେ ଭଲ ହେଇଯିବନି, ଖାଲି ଟିକେ କଥାରେ ଡାକ୍ତର। ତା' କଥା ଶୁଣି ଦିବାକର ବାବୁଙ୍କ ଆଖିରୁ ଦୁଇ ବୁନ୍ଦା ଲୁହ ଖସିପଡ଼ିଲା। ମାସେଖଣ୍ଡେ ବିଛଣାରେ ସେ ପଡ଼ି ପଡ଼ି ଆପେ ଭଲ ହେଲେ।

ଦିବାକର ବାବୁ ଭାବୁଥିଲେ, ଯେଉଁ ପୁଅର ଝାଳ ବାହାରିଲେ ଯୋଉ ମା'ର ରକ୍ତ ଝରୁଥିଲା, ସେହି ମା' ପ୍ରତି ପୁଅର ଏମିତି ବ୍ୟବହାର ତାଙ୍କୁ ବହୁତ କଷ୍ଟ ଦେଉଥିଲା। ଝିଅମାନେ ଟିକେ ବାପା ମା'ଙ୍କୁ ଦେଖିବାକୁ ଆସିଲେ, ପୁଅ ବୋହୂ ସେମାନଙ୍କୁ ନାନା କଥା କହି ଅପମାନିତ କରନ୍ତି। ସେଥିପାଇଁ ସେମାନେ ଆଉ ଭାଇ ଦୁଆର ମାଡ଼ିଲେନି। ଯୋଉ ଭାଇକୁ ଏତେ ସ୍ନେହ ଢାଳିଥିଲେ, ମନ ପ୍ରାଣକୁ ଏକ କରିଥିଲେ, ଯୋଉ ଭାଇ ପାଇଁ ତାଙ୍କ ପ୍ରାଣ କାନ୍ଦି ଉଠୁଥିଲା, ସେଇ ଭଉଣୀମାନଙ୍କୁ ଭର୍ତ୍ସନା କଲେ।

ଏମିତିରେ ଦୁହେଁ ଅଶାନ୍ତିରେ ଦିନ କାଟିଲେ। ପୁଅଠାରୁ କିଛି ଆଶା କରିବାର କ୍ଷମତା ହରେଇଲେ। ଯେଉଁଦିନ ପୁଅ ତାଙ୍କର କହିଲା 'ତୁମ କଥା ମୁଁ ଆଉ ବୁଝି ପାରିବିନି, ତୁମ ବାଟ ତୁମେ ଦେଖ,' ସେଦିନ ପତି ପତ୍ନୀ ଦୁହେଁ ରାତିସାରା କେତେ ଯେ ଅଶ୍ରୁ ଢାଳିଥିଲେ! ନିଜକୁ କେତେ ଧିକ୍କାର କରୁଥିଲେ, ଭାବୁଥିଲେ, ଭଗବାନ ପୁଅ ଦେଇ ନଥିଲେ ବହୁତ ଭଲ କରିଥିଲେ। ସରଳା କେତେ ଠାକୁରଙ୍କୁ ଡାକନ୍ତି,

ଅଶ୍ରୁ ନିଗାଡ଼ନ୍ତି, ତାଙ୍କ ପାଖରେ ଅଭିଯୋଗ କରନ୍ତି, 'ମୁଁ ଫଳଟିଏ ମାଗିଥିଲି, ଏମିତି ଅମୃତ ଫଳଟିଏ ଦେଲ ପ୍ରଭୁ! ସେଇ ଅମୃତ ଫଳ ଭିତରେ ବିଷ ଭରିଦେଲ ? ସେଇ ବିଷ ଜ୍ୱାଳାରେ ଆମେ କେତେଦିନ ଛଟପଟ ହେଉଥିବୁ ଠାକୁରେ ?

ତଥାପି ସେମାନେ କେବେ ବି ପୁଅର ଅମଙ୍ଗଳ ଚିନ୍ତା କରିନାହାନ୍ତି। ପୂଜାପାଠରେ ମଧ୍ୟ କେବେ ହେଳା କରିନାହାନ୍ତି। ପ୍ରାର୍ଥନା କରନ୍ତି, ପ୍ରଭୁଦତ୍ତକୁ ଭଗବାନ ସଦ୍‌ବୁଦ୍ଧି ଦିଅ, କୋଟି ଆୟୁଷ ଦିଅ, ଭଲରେ ରଖ।

ଘରଡିଅ ଖଣ୍ଡିକ ତ ଯାଇଛି, କୋଉଠି ଅବା ମୁଣ୍ଡ ଗୁଞ୍ଜିବେ! ସେଦିନ ରାତିରେ ଦୁହେଁ ସିଦ୍ଧାନ୍ତ କଲେ, ଏଠାରେ ରହି ଜଳି ପୋଡ଼ି ମରିବା ଅପେକ୍ଷା ସବୁଦିନ ପାଇଁ ଘର ଛାଡ଼ି ଚାଲିଯିବେ। ତା' ପରଦିନ ଭୋରରୁ ଉଠି ପୁଅ ବୋହୂ ଉଦ୍ଦେଶ୍ୟରେ ଚିଠିଟିଏ ଲେଖି ଘର ଛାଡ଼ି ଚାଲିଆସିଲେ। ସେବେଠାରୁ ବର୍ଷେ ପାଖାପାଖି ହେଲାଣି ଏହି ଜରାଶ୍ରମରେ ଆଶ୍ରୟ ନେଇଛନ୍ତି। ଏଇଠି ସେମାନେ ପାଇଛନ୍ତି ଆଦର, ସମ୍ମାନ ସବୁକିଛି। ଏହି ଜରାଶ୍ରମକୁ ନିଜ ପରିବାର ଭଳି ଦେଖୁଛନ୍ତି। ଦୂରେଇ ଆସିଛନ୍ତି ପୁଅର ସୁଖର ସଂସାରରୁ। ତଥାପି ତାଙ୍କର ଆଶା ମଉଳିନି। ନିଶ୍ଚୟ ଦିନେ ପୁଅ ଅନୁତପ୍ତ ହେଇ ତାଙ୍କୁ ଖୋଜି ବାହାର କରିବ ଏବଂ ସେମାନଙ୍କୁ ସସମ୍ମାନେ ପାଛୋଟି ନେବ।

ସେତେବେଳେ ଦୂର ମସଜିଦରୁ ଆଜାନ୍ ଧ୍ୱନି ଶୁଣାଗଲା, 'ଆସହାନୁ ଆନ୍ନା ମହମ୍ମଦ ରାସୁଲ୍ଲହା....ତା' ସହିତ ପାଖ ମନ୍ଦିରରୁ ଘଣ୍ଟ ଆଳତିର ଶବ୍ଦ ଭାସି ଆସିଲା। ସରଳା ଦେବୀ ଉଠିବସି ଠାକୁରଙ୍କ ଉଦ୍ଦେଶ୍ୟରେ ଭକ୍ତିପୂତ ପ୍ରଣିପାତ ଜଣେଇଲେ।

■

ରିଅଲ ଇଷ୍ଟେଟ୍

ଅମିନେଶ ବାବୁ ଗରୁଡ଼ ସ୍ତମ୍ଭକୁ ମୁଣ୍ଡିଆଟିଏ ମାରି ପଛକୁ ବୁଲିପଡ଼ିଲା ବେଳକୁ ଜଣେ ଭଦ୍ରବ୍ୟକ୍ତିଙ୍କ ଉପରେ ତାଙ୍କ ଆଖି ପଡ଼ିଲା। ସେ ତାଙ୍କୁ ଯେମିତି ଚିହ୍ନା ଚିହ୍ନା ଲାଗିଲେ। ଭଦ୍ରବ୍ୟକ୍ତି ଜଣଙ୍କ ମଧ୍ୟ ତାଙ୍କ ଆଡ଼କୁ ଚାହିଁ ଦୋ ଦୋ ଚିହ୍ନା ହେଇ ପଚାରିଲେ, 'ସାର୍...ଆପଣ ଅମିନେଶ ଦାସ ନା...'

"ହଁ, ଆପଣ....!"

"ସାର୍ ମୋତେ ଚିହ୍ନିପାରୁ ନାହାନ୍ତି ? ମୁଁ ସରୋଜ...।"

ଅମିନେଶ ବାବୁ ଥମ ଥମ ହେଇ ହଠାତ୍ ତାଙ୍କ ପାଟିରୁ ବାହାରିଗଲା...ଆରେ ସରୋଜ... ? ଏତେ ବର୍ଷ ପରେ ତାଙ୍କ ପ୍ରିୟ ଛାତ୍ରଟିକୁ ଜଗନ୍ନାଥ ମନ୍ଦିରରେ ଦେଖିବେ ବୋଲି ସେ ଭାବିନଥିଲେ। ସରୋଜ ବେଶ୍ ହୃଷ୍ଟପୁଷ୍ଟ ହେଇଯାଇଛି। ଆଦୌ ଚିହ୍ନି ହେଉନି। ସେ ଏବଂ ତାଙ୍କ ସହଧର୍ମିଣୀ ସରୋଜ ସହିତ କଥା ହେଉ ହେଉ ବଡ଼ଦାଣ୍ଡକୁ ଓହ୍ଲାଇଲେ।

ଅମିନେଶ ବାବୁ ଅଧ୍ୟାପନା ଚାକିରିରୁ ଅବସର ନେବା ପରେ ସସ୍ତ୍ରୀକ ଜଗନ୍ନାଥ ଦର୍ଶନ ପାଇଁ ପୁରୀ ଆସିଛନ୍ତି। ଦୀର୍ଘଦିନ ଧରି ମାଳ ଅଞ୍ଚଳରେ ଅଧ୍ୟାପନା ଚାକିରି ଯୋଗୁ କିମ୍ବା ଜଗନ୍ନାଥଙ୍କ ଡୋରି ନ ଲାଗିଥିବାରୁ ଜଗନ୍ନାଥ ଦର୍ଶନ କରିବାକୁ ବହୁତ ଇଚ୍ଛା ଥିଲେ ବି ଆସିପାରି ନଥିଲେ। ଏହି ପୁରୀରେ ତାଙ୍କର ଚାକିରି ଜୀବନ ଆରମ୍ଭ ହେଇଥିଲା। ସେଇ ସମୟରେ ପ୍ରତିମାଙ୍କ ସହିତ ତାଙ୍କର ବିବାହ ହେଲା। ସେତେବେଳେ ସରୋଜ ତାଙ୍କର ପ୍ରିୟ ଛାତ୍ର ଥିଲା। ପତଳା ହେଇ ଧେଡ଼ିଆ ପିଲାଟିଏ।

ସବୁବେଳେ ଟୁଙ୍ଗୁଟୁଙ୍ଗୁ ହେଉଥିବ। ନିୟମିତ ସେ ତାଙ୍କ ଘରକୁ ଯିବାଆସିବା କରୁଥିଲା। କେତେବେଳେ ପାଠ ବୁଝିବାକୁ ତ କେତେବେଳେ କୋଉ କାମଟା କରି ଦେଉଥିଲା। ଯେତେବେଳେ ଯାହା କହିଲେ ଆଣି ଥୋଇଦେଉଥିଲା।

ସେମାନେ ଯେତେବେଳେ ନୂଆ ଘର ବାନ୍ଧିଲେ, ସରୋଜ ତାଙ୍କ ଘରକରଣାର ଯାବତୀୟ ଜିନିଷ ଆଣି ଖଞ୍ଜିଦେଇଥିଲା। ତା' ଘରର ଆର୍ଥିକ ଅବସ୍ଥା ସ୍ୱଚ୍ଛଳ ନଥିବାରୁ ଅମିନେଶ ବାବୁ ବହିପତ୍ର ଯୋଗେଇବାଠାରୁ ନିଜେ ଘରେ ବସି ତାକୁ ପଢ଼ାଉଥିଲେ। ଅନେକ ସମୟରେ ତାକୁ ସେ ଅର୍ଥ ବି ସାହାଯ୍ୟ କରନ୍ତି। ପୁରୀରୁ ଟ୍ରାନ୍ସଫର ହେବା ପରଠାରୁ ତା' ସହିତ ଆଉ ସାକ୍ଷାତ୍ ହୋଇନଥିଲା। ଏହା ମଧ୍ୟରେ ଅନେକ ବର୍ଷ ବିତିଗଲାଣି।

ଅମିନେଶ ବାବୁଙ୍କ ଭାବନାରେ ବାଧାଦେଇ ସରୋଜ କହିଲା, 'ସାର୍, କେମିତି ଅଛନ୍ତି ? ଏବେ କେଉଁଠି, ପିଲାମାନେ କ'ଣ ସବୁ କରୁଛନ୍ତି ...ଇତ୍ୟାଦି ଅନେକ ପ୍ରଶ୍ନ କରିଗଲା। ଅମିନେଶ ବାବୁ କହିଲେ, 'ଆରେ ସରୋଜ, ଏତେ ଦିନ ପରେ ଦେଖା ହେଲା, ଏମିତି ରାସ୍ତାରେ ଛିଡ଼ାହେଇ ଗପିବାନା, ତୁମେ ରୁମକୁ ଆସ, ବସି କଥାହେବା।' ସରୋଜ ନିଶ୍ଚୟ କାଲି ଆସିବି କହି ନମସ୍କାର ପକେଇ ଚାଲିଗଲା।

ତା'ପରଦିନ ସନ୍ଧ୍ୟାରେ ସରୋଜ ହୋଟେଲରେ ଆସି ପହଞ୍ଚିଲା। ଅମିନେଶ ବାବୁ ତାକୁ ଚେୟାରରେ ବସିବାକୁ କହି ପଚାରିଲେ, 'ସରୋଜ, ତୁମେ ଏବେ କ'ଣ କରୁଛ ? ତୁମ ଖବର ସବୁ କ'ଣ କୁହ !'

ସରୋଜ କହିଲା, 'କ'ଣ ଆଉ ଖବର ସାର୍, ଏମିତି ଚାଲିଛି। ମୁଁ ରିଅଲ ଇଷ୍ଟେଟ ବିଜନେସ କରୁଛି। ସାର୍, ପୁରୀରେ ଖଣ୍ଡେ ଜାଗା କିଣନ୍ତୁନା, ଏକାଠି ରହିବା। ଘର କଥା ଆଦୌ ଚିନ୍ତା କରନ୍ତୁନି, ଛଅ ମାସ ଭିତରେ ଘର ସମ୍ପୂର୍ଣ୍ଣ ଛିଡ଼ା କରେଇଦେବି।'

ଅନିମେଶ ବାବୁ ପଚାରିଲେ, 'ତୁମେ ତା'ହେଲେ ଏଠାରେ ଘର କରିସାରିଥିବ।'

'ହଁ ସାର୍ ! ଆପଣଙ୍କ ଦୟା ଏବଂ ଜଗନ୍ନାଥଙ୍କ କୃପାରୁ ମୁଁ ସବୁ କରିପାରିଛି।' "ସବୁ କରିପାରିଛ ମାନେ... ?" ଅମିନେଶ ବାବୁ ଜିଜ୍ଞାସୁ ଦୃଷ୍ଟିରେ ଚାହିଁ ପଚାରିଲେ। ତା'ପରେ ସରୋଜ ତା' ଜୀବନ କାହାଣୀ ଗପିଲା। କିଛିଟା ତା'ଟୁଙ୍ଗୁଟୁଙ୍ଗୁ ଭାବ କମିଯାଇଥିଲେ ବି କଥା କହିଲା ବେଳେ ପାଟିରେ ବାଟୁଳି ବାଜୁନଥିଲା। କିନ୍ତୁ ସେ ଆଜି ଜଣେ ମାନ୍ୟଗନ୍ୟ ବ୍ୟକ୍ତି ଭାବେ ଏ ଅଞ୍ଚଳରେ ପରିଚିତ। ବିଏ ପାସ କଲା ପରେ ଚକବନ୍ଦୀ ଅଫିସରେ ସାମାନ୍ୟ କିରାଣିଟିଏ ହେଇ ଜଏନ କରିଥିଲା। ଏବେ ଅଫିସର ହେଲାଣି। ଘରେ ସ୍ତ୍ରୀ, ପୁଅ, ଝିଅ ଦୁଇଟି କଲେଜରେ ପଢୁଛନ୍ତି।

ସରୋଜ କହିଲା, 'ସାର୍, ଦିଲ୍ଲୀରେ ଅନେକ ମନ୍ତ୍ରୀ, ଏମ୍‌ପିଙ୍କ ସହିତ ମୋର ବନ୍ଧୁତା ଅଛି। ଓଡ଼ିଶାରେ କେତେକ ମନ୍ତ୍ରୀ, ଏମ.ଏଲ.ଏ ମୋ ହାତ ମୁଠାରେ। ସେମାନେ ଆମ ଘରକୁ ଆସନ୍ତି। ମୋ ପରାମର୍ଶ ଲୋଡ଼ନ୍ତି। ମୋତେ ଏମ.ଏଲ.ଏ କ୍ୟାଣ୍ଡିଡେଟ ପାଇଁ ବହୁତ ଚାପ ପକାଉଥିଲେ। ମୁଁ ଚାକିରି ଛାଡ଼ି ରାଜନୀତିରେ ପଶିବାକୁ ଚାହିଁଲିନି। ଆପଣ ତ ଜାଣିଥିବେ ସାର୍ ରାଜନୀତି କଥା, ଯୁଆଡ଼େ ବାଆ ସିଆଡ଼େ ବତା।'

ଅମିନେଶ ବାବୁ ଆଶ୍ଚର୍ଯ୍ୟହେଇ ସରୋଜ ଆଡ଼କୁ ଚାହିଁ ପଚାରିଲେ, 'ଆରେ ସରୋଜ ତୁମେ ଏମିତି ଉପରକୁ ଉଠିଲ କେମିତି ? ଏସବୁ କେମିତି ସମ୍ଭବ ହେଲା ?'

ସରୋଜ କହିଲା, 'ସେଇ ଜଗନ୍ନାଥଙ୍କ କୃପା ସାର୍। ମୁଁ ଜଣେ ଗୁରୁଙ୍କ ଭକ୍ତ। ସେଇ ଗୁରୁ ତ୍ରିକାଳଦର୍ଶୀ। ଭବିଷ୍ୟତ କଥା ସବୁ ସତ କୁହନ୍ତି। ଯେଉଁ କାମ ମୁଁ କରେ ଗୁରୁଙ୍କ ପରାମର୍ଶରେ କରେ। ସାର୍, ଭାଇ, ଭଉଣୀ ମାନଙ୍କୁ ପାଠ ପଢ଼େଇ ମଣିଷ କଲି। ସବୁ ଦାୟିତ୍ୱ ସରିଗଲା ପରେ ଭାବିଲି ଜଗନ୍ନାଥ ଧାମରେ ଜାଗା ଖଣ୍ଡେ କିଣିବି। କିନ୍ତୁ ଜାଗାର ଯାହା ଦାମ୍, ମୋ ଭଳି ଜଣେ କିରାଣି ପକ୍ଷେ କିଣିବା ସମ୍ଭବ ନଥିଲା। ଗୁରୁଙ୍କୁ ପଚାରିଲି, ଗୁରୁ କହିଲେ, ତତେ ଜାଗା ନିଶ୍ଚୟ ମିଳିବ। ଗୁରୁ କହିବାର ଦୁଇ ମାସ ଯାଇନି, ଜଣେ ବ୍ୟକ୍ତିଙ୍କ ସହିତ ପରିଚୟ ହେଲା। ସେ କହିଲେ, ମୁଁ ଓଡ଼ିଶା ଛାଡ଼ି ବାହାରକୁ ଚାଲିଯାଉଛି, ମୋର ଏଠାରେ କିଛି ଜମି ଅଛି, ମୁଁ ବିକିବାକୁ ଚାହୁଁଛି। କିନ୍ତୁ ସେଇଟା ବାଲି ଜାଗା, ପୂରା ଏକରେ। ବାଲି ଯୋଗୁ ତାକୁ କେହି କିଣିବାକୁ ଚାହୁଁନାହାନ୍ତି।

ମୁଁ ତାଙ୍କୁ ପଚାରିଲି, ଆପଣ ତାକୁ କେତେ ଟଙ୍କାରେ ବିକିବାକୁ ଚାହୁଁଛନ୍ତି ? ସେ କହିଲେ, ତିନି ହଜାର ହେଲେ ଚଳିବ। ଏକରେ ଜମିକୁ ମାତ୍ର ତିନି ହଜାର ! ମନ କଥା ମନରେ ରଖି ଘରକୁ ଫେରିଲି। ତା'ପରଦିନ ଗୁରୁଙ୍କ ପାଖକୁ ଧାଇଁଲି। ଜମି ବିଷୟରେ ଗୁରୁଙ୍କୁ ସବୁକଥା କହିଲି। ଗୁରୁ କହିଲେ, ଆଉକିଛି ନ ଭାବି କିଣିପକା। ତିନି ହଜାର ଯୋଗାଡ଼ କରି ଦୁଇ ତିନିଦିନ ଭିତରେ ତାଙ୍କ ପାଖରେ ପହଞ୍ଚିଲି। ତା'ପରେ ଜମିଟା ମୋ ନାଁରେ ହେଇଗଲା। କହିଲା, ସାର୍ ! ସବୁ ଭାଗ୍ୟ। ମୋଠାରୁ ଜଣେ ଲୋକ କିଛି ଟଙ୍କା ଉଧାର ନେଇଥିଲା, କିନ୍ତୁ ଟଙ୍କା ଫେରେଇବା ପୂର୍ବରୁ ଲୋକଟା ମରିଗଲା। ଘରେ ତା'ର ବିଧବା ସ୍ତ୍ରୀ ଏବଂ ତିନୋଟି ପିଲା ବହୁତ ଅସୁବିଧାରେ ଚଳୁଥାନ୍ତି। ତଥାପି ମୃତ ବ୍ୟକ୍ତିଙ୍କ ବିଧବା ସ୍ତ୍ରୀଙ୍କ ଠାରୁ ଯେମିତି ହେଲେ ଟଙ୍କା ଆଦାୟ କରିବି ବୋଲି ଭାବି ଘରୁ ବାହାରି ପଡ଼ିଲି।

ସେଦିନ ଯିବା ରାସ୍ତାରେ ଆକ୍ସିଡେଣ୍ଟିଏ ହେଇଥିବା ଯୋଗୁ ରାସ୍ତା ବ୍ଲକ ହେଇଯାଇଥିଲା। ରାସ୍ତା କ୍ଲିୟର ହେବାକୁ ବହୁତ ସମୟ ଲାଗିବ ଜାଣି ଘରକୁ

ଫେରିଆସିଲି। ଘରେ ପହଞ୍ଚିବା ପରେ ଭାବିଲି, ବୋଧହୁଏ ଈଶ୍ୱର ଏହା ଚାହୁଁନାହାନ୍ତି। ତେଣୁ ଆଉ ଟଙ୍କା ନମାଗି ଚୁପ ରହିଲି। ଏହି ଘଟଣାର କିଛି ମାସ ପରେ ଜଣେ ଲୋକ ମୋତେ ଆସି କହିଲା, ସେ ଜମି ମୋତେ ଦେଇ ଦିଅନ୍ତୁ, ମୁଁ ଛଅ ଲକ୍ଷ ଟଙ୍କା ଦେବି। ତିନି ହଜାର ଟଙ୍କାର ଜମିକୁ ଛଅ ଲକ୍ଷ ଟଙ୍କା ! ଆଶ୍ଚର୍ଯ୍ୟ ହେଲି। ବୋଧହୁଏ ଗରିବ ଲୋକଟିକୁ ଟଙ୍କା ଛାଡ଼ କରିଦେଇଥିବାରୁ ଏହା ତା'ରି ଫଳ ଭାବି ଠାକୁରଙ୍କୁ କୃତଜ୍ଞତା ଜଣେଇଲି। ସେଇ ଛଅ ଲକ୍ଷ ଟଙ୍କାରେ ମୁଁ ଆଉ ଦୁଇ ଏକର ଜମି କିଣିଲି। ସେଇ ଜମିକୁ ପ୍ଲଟିଂ କରି ବିକ୍ରି କରି ବର୍ଷକରେ ମୁଁ ଅଠର ଲକ୍ଷ ଆୟ କଲି। ତା' ପରେ ମୋ ଶାଖା ଚାରିଆଡ଼କୁ ବ୍ୟାପିଲା। କିଛି କିଛି ସମାଜସେବା ମଧ୍ୟ କଲି। ତା' ପରେ ରାଜନୀତିଆଙ୍କ ସହିତ ମୋର ଧୀରେ ଧୀରେ ପରିଚୟ ହେଲା। ତା' ପରେ ମୋତେ ଧୀରେ ଧୀରେ ଲୋକେ ଚିହ୍ନିଲେ ଏବଂ ମାନିଲେ। ମୋ ପରାମର୍ଶ ଲୋଡ଼ିଲେ। ମୋତେ ମାନ, ମର୍ଯ୍ୟାଦା, ସମ୍ମାନ ସବୁକିଛି ମିଳିଲା। ଏବେ ମୁଁ ଜଣେ ମାନ୍ୟଗଣ୍ୟ ବ୍ୟକ୍ତି ଭାବେ ପରିଚିତ। ମୋର ଏବେ ଆଉକିଛି ଅଭାବ ନାହିଁ ସାର୍, ତିନି ତାଲା ବିଶିଷ୍ଟ ବଙ୍ଗଳା, ଗାଡ଼ି, ଚାକର, ପୂଜାରୀ ସବୁ ଅଛନ୍ତି। ଠାକୁରେ ଯାହା ଦେଇଛନ୍ତି, ସେଥିରେ ମୁଁ ସନ୍ତୁଷ୍ଟ ସାର୍.... କହି ଲମ୍ବା ନିଃଶ୍ୱାସଟିଏ ନେଲା।

ଅମିନେଶ ବାବୁ ଏବଂ ପ୍ରତୀମା ଦେବୀ ତା' କଥାକୁ ଆଶ୍ଚର୍ଯ୍ୟ ହେଇ ଶୁଣୁଥିଲେ। ଜଣେ ସଚ୍ଚୋଟ, କର୍ତ୍ତବ୍ୟନିଷ୍ଠ ଅମିନେଶ ବାବୁ ଅଧାପନା ଚାକିରି ଜୀବନ ଭିତରେ ପୁଅ, ଝିଅଙ୍କୁ ପାଠଶାଠ ପଢ଼େଇ, ବାହାସାହା କରେଇ ଆଜିଯାଏ କୋଉଠି ଘର ଖଣ୍ଡେ କରିପାରି ନାହାନ୍ତି। ଗୋଟିଏ ପୁଅକୁ ଉଚ୍ଚ ଶିକ୍ଷା ପାଇଁ ବିଦେଶ ପଠେଇବାକୁ ତାଙ୍କର ସମସ୍ତ ସଞ୍ଚୟ ଶେଷ କରିଛନ୍ତି। ସେଥିପାଇଁ ଅବସର ପରେ ଭୁବନେଶ୍ୱରରେ ଭଡ଼ା ଘରେ ରହୁଛନ୍ତି। ସେଥିପାଇଁ ତାଙ୍କର ଦୁଃଖ ନଥିଲା। ଯାହାହେଉ ପିଲାମାନଙ୍କୁ ମଣିଷ କରିପାରିଛନ୍ତି ଭାବି ଆତ୍ମସନ୍ତୋଷ ଲାଭ କରୁଥିଲେ। କିନ୍ତୁ ଆଜି ସରୋଜର କଥା ତାଙ୍କ ପାରିଲାପଣିଆକୁ ଆଘାତ କଲା। ଅଭାବୀ ପ୍ରିୟ ଛାତ୍ରଟିର ଉତ୍‌ଥାନ ଦେଖି ଯେତିକି ଖୁସି ହେଉଥିଲେ, ସେତିକି ମଧ୍ୟ ତା' ପାଖରେ ସଙ୍କୁଚିତ ହେଇପଡୁଥିଲେ।

ସରୋଜ ଘଣ୍ଟାକୁ ଚାହିଁ କହିଲା, 'ଅନେକ ରାତି ହେଲାଣି ସାର୍, ଆଉ କେବେ ଆସିଲେ ଆମ ଘରଆଡ଼େ ଆସିବେ।' କହି କାର୍ଡଟିଏ ବଢ଼େଇଦେଲା। ତା' ପରେ ସେ ବିଦାୟ ନେଇ ଚାଲିଗଲା। ତା' ଯିବା ବାଟକୁ ଚାହିଁ ଦୁହେଁ ପରସ୍ପରର ମୁହଁକୁ ଚାହୁଁଥିଲେ।

ଅମିନେଶ ବାବୁ ଭାବୁଥିଲେ, ଧନ୍ୟ ଏ ରିଅଲ ଇଷ୍ଟେଟ ! ଏତେ ଦିନପରେ ତାଙ୍କ ପ୍ରିୟ ଛାତ୍ରଟି ସହିତ ସାକ୍ଷାତ୍ ହେଲା। ମନେ ମନେ କେତେ ଯେ ଖୁସି

ହେଉନଥିଲେ। ଅଥଚ ସେ ରିଅଲ ଇଷ୍ଟେଟ୍ ବିଜନେସ୍ କରି କେତେ ବଡ଼ଲୋକ ହେଇପାରିଛି ଏବଂ ତା' ଉଦାରତା, ଯଶ, ଖ୍ୟାତି, ପାରିଲାପଣିଆ ବଖାଣି ଯେମିତି ଅମିନେଶ ବାବୁଙ୍କୁ ଛୋଟ କରିଦେବାକୁ ଆସିଥିଲା! ସେ ଯାହାହେଉ, ଅଭାବରେ ରହି ସଂଗ୍ରାମ କରୁଥିବା ତାଙ୍କର ପ୍ରିୟ ଛାତ୍ରଟି ଏତେ ଉପରକୁ ଉଠିପାରିଛି ଭାବି ଖୁସି ହେଉଥିଲେ।

ପରିଚୟ

ହାଓଡା-ମାଡ୍ରାସ ମେଲ ଆସି ବାଲେଶ୍ୱର ପ୍ଲାଟଫର୍ମରେ ଲାଗିଲା। ସେଦିନ ପ୍ଲାଟଫର୍ମରେ ପ୍ରବଳ ଜନଗହଳି। ଗାୟତ୍ରୀ ଗୋଟିଏ ହାତରେ ଆଟାଚି ଏବଂ ଝୁଲାବ୍ୟାଗଟିଏ ଗଳେଇ ଭିଡ଼ ଠେଲି କମ୍ପାର୍ଟମେଣ୍ଟରେ ଚଢ଼ିଲା। ସେଥିରେ ମଧ୍ୟ ଗହଳି। ସମସ୍ତେ ନିଜ ନିଜ ସିଟ ଅଧିକାର କରିବାରେ ବ୍ୟସ୍ତ। ଗାୟତ୍ରୀ ସେଇ ଭିଡ଼ ଭିତରେ ନିଜ ସିଟକୁ ଦରାଣ୍ଡି ହେଉଥାଏ। ଏହି ସମୟରେ ଜଣେ ଚବିଶ, ପଚିଶ ବର୍ଷର ଯୁବକଟିଏ ସିଟରେ ବସି ତାକୁ ନିରୀକ୍ଷଣ କରୁଥାଏ। ହଠାତ୍ ପିଲାଟି ତା' ସିଟରୁ ଉଠିଆସି ପଚାରିଲା, 'ଦିଦି, ଆପଣଙ୍କ ସିଟ ନମ୍ବର କେତେ ?'

ସେ କହିଲା, 'ଅଠର'। ପିଲାଟି ମଝି ବର୍ଥକୁ ହାତ ଦେଖେଇ କହିଲା, ଏଇଟା ଦିଦି, ଏଇଠି ବସନ୍ତୁ କହି ଟିକେ ସାଇଡ ସିଟକୁ ଘୁଞ୍ଚିଗଲା।

ପିଲାଟିର ଆନ୍ତରିକଭରା ଦିଦି ଡାକରେ କେମିତି ଏକ ଅଜଣା ଶିହରଣ ତା' ଦେହରେ ଖେଳିଗଲା। ପିଲାଟି ତା' ହାତରୁ ଆଟାଚିଟା ନେଇ ସିଟ ତଳେ ରଖିଦେଲା। ଗାୟତ୍ରୀର ସାଇଡ ସିଟ ପ୍ରତି ଟିକେ ଦୁର୍ବଳତା। ଝରକା ପାଖରେ ବସି ଥଣ୍ଡା ପବନ ଖାଇବାକୁ ଟିକେ ତାକୁ ଭଲଲାଗେ। ଗାୟତ୍ରୀ କହିଲା, ଯଦି କିଛି ଖରାପ ନଭାବନ୍ତି, ତା'ହେଲେ ସାଇଡ ସିଟଟା ଟିକେ ଛାଡ଼ିବେ ? ମୋତେ ସାଇଡରେ ବସିବାକୁ ଭଲ ଲାଗେ।

ପିଲାଟି କହିଲା, ହ୍ୱାଏ ନଟ୍ ? ବସନ୍ତୁ କହି ଉଠି ଛିଡ଼ାହେଲା। ଗାୟତ୍ରୀ ଥ୍ୟାଙ୍କ୍ସ କହି କୃତଜ୍ଞ ଚାହାଣିରେ ପିଲାଟିକୁ ଚାହିଁଲା। ସେଇ ଅଚିହ୍ନା ପିଲାଟି କେମିତି

ତାଙ୍କୁ ନିଜର ନିଜର ଲାଗୁଥାଏ। ପିଲାଟିର ଚେହେରା ସୁନ୍ଦର ଏବଂ ଭଦ୍ର। ଗାୟତ୍ରୀ ପଚାରିଲା 'ଆପଣ କୁଆଡ଼େ ଯିବେ?' ସେ କହିଲା, ମୁଁ ମୁମ୍ବାଇ ଯିବି। ତା'ପରେ ପିଲାଟି ପଚାରିଲା, 'ଆପଣ ନିଶ୍ଚୟ ମୁମ୍ବାଇ ଯାଉଛନ୍ତି?' ଗାୟତ୍ରୀ ସମ୍ମତି ପ୍ରକାଶ କଲା। ଯେହେତୁ ପାଖାପାଖି ହେଇ ବସିଛନ୍ତି, ଗପସପ କରିବା ସ୍ୱାଭାବିକ। ଗାୟତ୍ରୀ ଆତ୍ମୀୟତାରେ ତା' ନାଁ, ଗାଁ, ସେ କ'ଣ କରେ ସବୁ ପଚାରି ଦେଇଗଲା।

ଗାୟତ୍ରୀର ସ୍ୱାମୀ ମୁମ୍ବାଇରେ ଗୋଟିଏ କମ୍ପାନୀରେ ଚାକିରି କରନ୍ତି। ତାଙ୍କର ପୁଅଟିଏ, ଝିଅଟିଏ, ସେଠାରେ ସେମାନେ କଲେଜରେ ପଢ଼ନ୍ତି। ଗାୟତ୍ରୀ ପି.ଏଚ୍.ଡି ଇଣ୍ଟରଭ୍ୟୁ ପାଇଁ ଓଡ଼ିଶା ଆସିଥିଲା। ଗାୟତ୍ରୀ ପିଲାଟି ବିଷୟରେ ଯାହା ଜାଣିଲା, ସେ ଗୋଟିଏ ଚାକିରିର ଟ୍ରେନିଂ ପାଇଁ ମୁମ୍ବାଇ ଯାଉଛି। ଘରେ କେବଳ ତା' ମା' ଅଛନ୍ତି।

ଗାୟତ୍ରୀ ପଚାରିଲା, 'ତୁମ ବାପା?' ପିଲାଟି କହିଲା, 'ମୋ ବାପା ଅଛନ୍ତି କିନ୍ତୁ ମୁଁ ତାଙ୍କୁ ଆଦୌ ଦେଖିନି।'

"ମାନେ?"

ପିଲାଟି ତା'କାହାଣୀ ଗାୟତ୍ରୀଙ୍କୁ କହିବାକୁ ଆରମ୍ଭ କଲା, ତା' ବାପା ପୂର୍ବରୁ ବିବାହ କରିଥିଲେ। ତାଙ୍କର କେବଳ ଚାରିଟା ଝିଅ ଥିଲେ। ପୁଅଟିଏ ଆଶାରେ ତା' ମା'କୁ ବିବାହ କଲେ। ମା'କୁ ବିବାହ କଲା ପରେ ତାଙ୍କ ପୂର୍ବ ସ୍ତ୍ରୀଙ୍କର ପୁଅଟିଏ ହେଲା। ତା'ପରେ ମୁଁ ଜନ୍ମ ହେଲି। କିନ୍ତୁ ବାପାଙ୍କ ଘର ଲୋକେ ମୋ ମା'କୁ ଗ୍ରହଣ କଲେନି। ଆମକୁ ଘରୁ ତଡ଼ିଦେଲେ। ମା' ମୋତେ ନେଇ ମାମୁଁଙ୍କ ଆଶ୍ରାରେ ପଡ଼ି ରହିଲା। ଯେତେବେଳେ ମୁଁ ସ୍କୁଲ ଯିବା ଅରମ୍ଭ କଲି, ସେତେବେଳେ ଆମେ ସେଠାରୁ ଚାଲିଆସି ଆଉ ଗୋଟିଏ ଗାଁରେ ଗୋଟେ ଚାଳିଆ ଘର ଭଡ଼ାନେଇ ରହିଲୁ।

ଗାୟତ୍ରୀ ଆଶ୍ଚର୍ଯ୍ୟ ହେଇ ପଚାରିଲା, ସେଠାରୁ କାହିଁକି ଚାଲି ଆସିଲ? ସେ କହିଲା, ମାଇଁ ସବୁବେଳେ ଖିଟଖିଟ ହେଲେ। ତାଙ୍କର ଚାରିଟା ପିଲା, ମାମୁଁ ପ୍ରାଇମେରୀ ସ୍କୁଲ ମାଷ୍ଟର। ଏତେ ପ୍ରାଣୀ କୁଟୁମ୍ବଙ୍କୁ ପୋଷିବାକୁ ତାଙ୍କର ଅସୁବିଧା ହେଲା। ମା' ପୂର୍ବରୁ ସିଲେଇ ଶିଖିଥିଲା। ତେଣୁ ତା' ପାଖରେ ଯାହା ଗହଣାଗାଣ୍ଠି ବିକି ସିଲେଇ ମେସିନଟିଏ କିଣିଲା। ସେ ସିଲେଇପତ୍ର କରି ଓଳିଏ ଖାଇ ଓଳିଏ ଉପାସ ରହି ମୋତେ ମଣିଷ କରିଛି। ତା'ର କେବଳ ସ୍ୱପ୍ନ ଥିଲା, ମୋତେ କେମିତି ମଣିଷ କରିବ, ଚାକିରି ଖଣ୍ଡେ କଲେ ତା'ର ଦୁଃଖ ଦୂର ହେବ। ତା' ସ୍ୱପ୍ନ ଆଜି ସଫଳ ହେଇଛି। ମୋତେ ସେ ଇଞ୍ଜିନିୟରଟିଏ କରିପାରିଛି। ଛଅ ମାସ ଟ୍ରେନିଂରେ ଯାଉଛି।

ପିଲାଟାର କଥା ଶୁଣି ଗାୟତ୍ରୀର ଶିରାପ୍ରଶିରାରେ ଯେମିତି ବିଦ୍ୟୁତ୍ ସଞ୍ଚରିଗଲା। ଧନ୍ୟ ଏ ପୁରୁଷମାନେ। ଝିଅମାନଙ୍କ ସହିତ ଏମିତି ଖେଳ ଖେଳିପାରନ୍ତି। ସ୍ୱାର୍ଥରେ

ଅନ୍ଧ ହେଇଯାନ୍ତି। କେବଳ ସ୍ୱାର୍ଥ ପାଇଁ ସେମାନେ ନାରୀର ସ୍ନେହ, ପ୍ରେମ, ତ୍ୟାଗ ଏବଂ ନିଷ୍ଠାକୁ କ୍ଷଣକେ ଭୁଲିଯାଆନ୍ତି। ଅନ୍ୟ ଏକ ଜୀବନ ସହିତ ଖେଳିବାକୁ ଆଗେଇ ଯାଆନ୍ତି। ବାସନା ପୂର୍ଣ୍ଣ ହେଇଗଲେ ସବୁକିଛି ଭୁଲିଯାନ୍ତି। ଏହି ପୁରୁଷଗୁଡ଼ା ନାରୀମାନଙ୍କୁ କଣ୍ଢେଇ ପରି ନଚାନ୍ତି। ଭୁଲିଯାନ୍ତି ଭଲପାଇବା, ମାନ ମର୍ଯ୍ୟାଦା, ଆତ୍ମସମ୍ମାନ ସବୁକିଛି।

ଗାୟତ୍ରୀର ଅନ୍ୟମନସ୍କତାକୁ ଭାଙ୍ଗି ପିଲାଟି କହିଲା, 'ମୁଁ ଯଦି ବଳଭଦ୍ରପୁରରେ ମୋ ବାପାଙ୍କ ପାଖରେ ରହିଥାନ୍ତି, ହୁଏତ ମୁଁ ଆଜି ଏଇ ସ୍ଥାନରେ ପହଞ୍ଚିପାରି ନଥାନ୍ତି। ହୁଏତ ଏମିତି ସଂଗ୍ରାମ କରି ବଞ୍ଚିବା ଶିଖିନଥାନ୍ତି କିମ୍ବା ପାଠ ପଢ଼ି ଚାକିରି କରିପାରି ନଥାନ୍ତି।

ଗାୟତ୍ରୀ ଧଡ଼ାସ୍ କରି ଚମକି ପଡ଼ିଲା। ପଚାରିଲା, 'ବଳଭଦ୍ରପୁର ତୁମ ଘର ? ତୁମ ବାପାଙ୍କ ନାଁ କ'ଣ ?'

ପିଲାଟି କହିଲା, 'ପ୍ରକାଶ ରାୟବାହାଦୁର।'

ଗାୟତ୍ରୀକୁ ଲାଗିଲା, ତା'ମୁଣ୍ଡ ବୁଲେଇ ସେ ତଳେ ପଡ଼ିଯିବ। ତା'ପରେ ତା' ପିଲାଦିନର ସବୁ ଘଟଣା ତା'ର ମନେ ପଡ଼ିଗଲା।

ଗାୟତ୍ରୀର ଘର ବାଲେଶ୍ୱର ଜିଲ୍ଲାର ବଳଭଦ୍ରପୁର ଗାଁରେ। ତାଙ୍କର ବିରାଟ ଜମିଦାରି ଥିଲା। ବଡ଼ ବାପା, ଦାଦା ମିଶି ସେମାନେ ଚାରି ଭାଇ। ଏକାନ୍ନବର୍ତ୍ତୀ ପରିବାର। ସେତେବେଳେ ଜେଜେ, ଜେଜେମା' ବଞ୍ଚିଥିଲେ। ସମସ୍ତଙ୍କ ପିଲାମାନେ ମିଶି ବହୁତ ବଡ଼ ପରିବାର। ଗାୟତ୍ରୀ ସବୁଠୁ ବଡ଼ ଝିଅ। ଜେଜେ, ଜେଜେମା' ବଞ୍ଚିଥିବା ପର୍ଯ୍ୟନ୍ତ ସେମାନେ ଅଲଗା ହେଇନଥିଲେ। ତାଙ୍କର ଜମି ବାଡ଼ି, ତୋଟା ମାଳ ମାଳ ଥିଲା। ଜେଜେ ଦୀନବନ୍ଧୁ ରାୟବାହାଦୁରଙ୍କର ବହୁତ ନାଁ ଥିଲା। ଜେଜେମା' ଜଣେ ସମାଜ ସେବିକା ଥିଲା। କାହା ଘରେ ଶାଶୂ ବୋହୂଙ୍କ ଭିତରେ ଝଗଡ଼ା, ଜମିଜମା ଗଣ୍ଡଗୋଳ, ଭାଇଭାଗ, ଯୌତୁକ ପାଇଁ କାହାଘରେ ଝିଅ ବାହା ହେଇପାରୁ ନଥିଲେ, ସେ ଯାଇ ସବୁ ସମାଧାନ କରୁଥିଲେ। ତା'ର ମନେଅଛି, ରାତି ପାହିନଥିବ, କେଉଟମାନେ ତାଙ୍କ ଅଗଣାରେ ମାଛ ଆଣି ଢାଳିଦେଇ ଯାଉଥିଲେ। ରାୟବାହାଦୁରଙ୍କ ଘରୁ ଜିନିଷ ବଳିଲେ ଗାଁ ଭିତରକୁ ଯାଉଥିଲା। ବେତା ବେତା ଆମ୍ବ ଆଣି ଲୋକେ ଦେଇଯାଉଥିଲେ, କୋଉଠୁ ନଡ଼ିଆ, ତାଳ, ଖଜୁରି ଯାହା ଆସିଲା, ରାୟବାହାଦୁରଙ୍କ ଘରେ ପହଞ୍ଚୁଥିଲା। ଜେଜେମା'କୁ ସମସ୍ତେ ମାନୁଥିଲେ, ସମ୍ମାନ ଦେଉଥିଲେ। ସେଥିପାଇଁ ସେମାନେ ଭେଟି ଦେଉଥିଲେ।

ତାଙ୍କର ଗୁଡ଼ାଏ ଗାଈଗୋରୁ ଥିଲେ। ଦଶ ହଳ ପ୍ରାୟ ବଳଦ ଥିଲେ।

ସେମାନଙ୍କୁ ରଖିବା ପାଇଁ ଲମ୍ବା ପକ୍କା ଘର ଥିଲା। ଉପରେ ଆଜବେଷ୍ଟସ ଛାଉଣି। ସେଇ ଲମ୍ବା ହଲ ପରି ଘର ଯେମିତି ବୈଜ୍ଞାନିକ ପଦ୍ଧତିରେ ତିଆରି ହେଇଥିଲା। ଉପରୁ ତଳଆଡ଼କୁ ଗଡ଼ାଣିଆ, ଉପର ପଟକୁ ଖୁଣ୍ଟି ପୋତା ଯାଇଥିଲା। ଲାଇନ ହେଇ ଗାଈ ବଳଦ ବନ୍ଧା ଯାଉଥିଲେ। ପରିସ୍ରା ବାହାରକୁ ମଝିରେ ନଳାଦେଇ ଚାଲିଯାଉଥିଲା। ଏମିତି ହଲ ପ୍ରାୟ ତିନି ଚାରିଟା ଥିଲା। ଜେଜେ ଗାଈ ବଳଦଙ୍କୁ ବହୁତ ଆଦର ଯତ୍ନ କରୁଥିଲେ। ପ୍ରତ୍ୟେକ ବଳଦ, ଗାଈ, ବାଛୁରୀଙ୍କର ନାଁ ଦେଇଥିଲେ। ସେଇ ନାଁ ଜେଜେ ଡାକିଦେଲେ ସେମାନେ ଆସି ତାଙ୍କ ଦେହରେ ଘଷିହୁଅନ୍ତି।

ପ୍ରତ୍ୟେକ ଦିନ ଦୁଇ ତିନି ଜଣ ଲୋକ ଆସି ଗାଈ ଦୁହଁନ୍ତି। ଗାଈ ଦୁହାଁ ସରିଲେ କ୍ଷୀରକୁ କେତୋଟି ପିତଳ ମାଣ୍ଡିଆରେ ଓଜାଡ଼ାଯାଏ। ବାହାର ଗୋଟିଏ ଚାଳ ଘରେ ବଡ଼ ବଡ଼ ଦୁଇଟି ଚୁଲ୍ଲୀ ରହିଥିଲା। ସେଥିରେ ଗୋବର ଘସି ଲଗେଇ ବଡ଼ ବଡ଼ ମାଟି ହାଣ୍ଡିରେ କ୍ଷୀର ବସୁଥିଲା। କ୍ଷୀର ସବୁ ମରି ମରି ଲାଲ ହେଇଯାଇଥାଏ, ସେଥିରେ ଇଞ୍ଚେ ବହଳର ସର ପଡ଼ିଯାଇଥାଏ। କ୍ଷୀର କେବେ ବିକ୍ରି କରାଯାଏନା। ଯେଉଁଦିନ ସରରୁ ଘିଅ କଢ଼ାଯାଏ, ସେଦିନ ଜେଜେମା' ସକାଳୁ ଗାଧୁଆ ପାଧୁଆ, ଠାକୁର ପୂଜା କାମ ସାରି ଦହି ବୁଲେଇବାକୁ ରେଡି ହେଇଯାଏ। ଗୋଟିଏ ମୋଟା ଖୁଣ୍ଟରେ ଲୁହାର କ୍ଲାମ୍ପ ଉପରୁ ତଳକୁ ତିନି ଚାରେଟି ମରାଯାଇଥାଏ। ତା ଭିତରେ ଖୁଆ ପୂରେଇ ଗୋଟେ ବଡ଼ ଡେକ୍‌ଚିରେ ସରତକ ରଖି ଜେଜେମା' ଦହି ବୁଲାଏ। ଥରକରେ ଯେତିକି ଲହୁଣି ବାହାରେ ସେଥିରେ ପ୍ରାୟ କିଲେ ଘିଅ ହୁଏ। ତାକୁ ବଡ଼ ଏକ ଠେକିରେ ରଖାଯାଏ। ତାଙ୍କ ଘରକୁ ବାହାର ଘିଅ ପ୍ରାୟ ଆସେନା। ସେଇ ଘିଅରେ ଯାବତୀୟ ପିଠାପଣା ଛଣାଠାରୁ ଆରମ୍ଭ କରି ପୂଜା ପର୍ବରେ ହୋମ ଏବଂ ଠାକୁରଙ୍କ କାମରେ ଲାଗୁଥିଲା। ଦଶହରା, ଦୋଳରେ କିଲୋ କିଲୋ ଘିଅ ପୋଡ଼ା ଯାଉଥିଲା। ଜେଜେ ଜେଜେମା' ଥିବା ପର୍ଯ୍ୟନ୍ତ ସବୁ ଠିକଠାକ୍ ଚାଲିଥିଲା, ଘର ଘୋ ଘୋ ଡାକୁଥିଲା। ସେମାନେ ସଂସାରରୁ ଚାଲିଗଲା ପରେ ଯେମିତି ତାଙ୍କ ସହିତ ସବୁ ଚାଲିଗଲା। ଭାଇମାନେ ଅଲଗା ହେଇଗଲେ। ଧୀରେ ଧୀରେ ସମ୍ପତ୍ତି ବାଡ଼ି ସବୁ କମି ଆସିଲା, କାରଣ ପୁଅମାନେ ସେମିତି ଯୋଗ୍ୟ ନଥିବାରୁ ବାଡ଼ି ବଗିଚା ପ୍ରାୟ ଅଧିକାଂଶ ବିକ୍ରି ହେଇଗଲା। ଧୀରେ ଧୀରେ ରାୟବାହାଦୁରଙ୍କ ନାଁ, ମାନ, ମର୍ଯ୍ୟାଦା ମାଟିରେ ମିଶିଗଲା। କର୍ପୂର ଉଡ଼ିଯାଇଛି ସିନା କେବଳ କନା ପଡ଼ି ରହିଛି।

ସେତେବେଳେ ତା'ବୟସ ବୋଧହୁଏ ଚଉଦ କି ପନ୍ଦର ବର୍ଷ ହେବ। ତା'ବାପା ରାଉରକେଲାରେ ରହୁଥାନ୍ତି। ମଝିରେ ମଝିରେ ଗାଁକୁ ଆସନ୍ତି। ଅସଲ କଥା, ବାପା ବହୁତ ସୁସ୍ତିଆ ଏବଂ କ୍ଷଣକୋପୀ। ଘରେ ପିଲାମାନଙ୍କୁ କଡ଼ା ଶାସନରେ

ରଖିଥାନ୍ତି। ସମସ୍ତେ ତାଙ୍କୁ ଡରନ୍ତି। ବାପା ଘରେ ଥିଲେ ସେମାନେ ତାଙ୍କ ସାମନାକୁ ଯାଆନ୍ତିନି, ବାଟ ଭାଙ୍ଗି ଚାଲିଯାନ୍ତି।

ବାପା ସବୁବେଳେ ଫିନ ଫିନ ଧୋତି ପଞ୍ଜାବୀ ପିନ୍ଧନ୍ତି। ତାଙ୍କ ବାଘୁଆ ନିଶରେ ସେଣ୍ଟ ମାରି ଖାଲି ଚକ୍କର କାଟନ୍ତି। ଘର, ଜମିବାଡ଼ି କଥା ବିଶେଷ ବୁଝନ୍ତିନି। ବୋଉ ଚାରି ଚାରିଟା ଛୁଆଙ୍କୁ ନେଇ ଘାଣ୍ଟିହୁଏ। ଥରେ ବାପା ରାଗି ଘରୁ ଚାଲିଗଲେ। ଆମେ ଶୁଣିଲୁ, ରାଉରକେଲାରେ କି ବିଜନେସ କରୁଛନ୍ତି। ଯାହା ସେ ପିଲାଦିନେ ଶୁଣିଥିଲା, ବାପାଙ୍କର ପୁଅ ନଥିବା ଶୁଣି ସେଠାକାର ଜଣେ ଧୂର୍ତ୍ତ ଲୋକ ଧନ ଲୋଭରେ ବାପାଙ୍କ ସହିତ ତା'ଭଉଣୀକୁ ବାହା କରେଇଦେଲା। ସେଇ ଝିଅ ବାପାଙ୍କ ସହିତ ବର୍ଷେ କି ଦୁଇ ବର୍ଷ ରହିଲା। ତା'ପରେ ତା'ର ଗୋଟିଏ ପୁଅ ହେଲା। ସେଇ ସ୍ତ୍ରୀ ପିଲାଙ୍କୁ ଧରି ବାପାଙ୍କୁ ଘରକୁ ଆସିବାକୁ ସାହସ ନଥିଲା। ଘରେ ସମସ୍ତେ ଜାଣିଲେ ଏବଂ ବୋଉ କେତେ କନ୍ଦାକଟା କଲା। ସେତେବେଳେ ତା'ର ବି ଗୋଟିଏ ଭାଇ ହେଇଥାଏ। ସେଇ ଝିଅଟି ଦିନେ ତା' ଛୋଟ ପୁଅକୁ ଧରି ତା' ଭାଇ ସାଙ୍ଗରେ ଗାଁରେ ପହଞ୍ଚିଲା। ସେ ବାପାଙ୍କର ସ୍ତ୍ରୀ ବୋଲି କହି ଘରେ ରହିବାକୁ ଦାବି କଲା। ଛୁଆଟା ମୋଟା ସୋଟା ହେଇ ଭାରି ଗୁଲୁଗୁଲିଆଟିଏ ହେଇଥାଏ। ତାକୁ ସେ ଦାଣ୍ଡଘରେ ଶୁଆଇ ଦେଇଥାଏ। ଛୁଆଟା ଗୋଡ଼ହାତ ହଲେଇ ଖେଳୁଥାଏ।

ଦାଦା, ଖୁଡ଼ୀମାନେ ସ୍ତ୍ରୀ ଲୋକଟିକୁ ବହୁତ ଗାଳିଦେଇ ଘରୁ ବାହାରିଯା କହୁଥାନ୍ତି। ବାପା ଘରେ ନଥାନ୍ତି। ସ୍ତ୍ରୀଲୋକଟି ଧକେଇ ଧକେଇ କାନ୍ଦି କହୁଥାଏ, ମୋ ଜୀବନଟାକୁ ନଷ୍ଟ କରିଦେଲେ। ମୁଁ ଏବେ କୁଆଡ଼େ ଆଉ ଯିବି, ମତେ ଏଠି ଟିକେ ସ୍ଥାନ ଦିଅ। ମୁଁ ସବୁ କାମ କରି ଚାକରାଣୀ ହେଇ ପଡ଼ିରହିବି। ତା' ଭାଇ ମଧ୍ୟ ବହୁତ ଅନୁରୋଧ କରୁଥାଏ। ତା'କଥା କେହି ଶୁଣିବାକୁ ପ୍ରସ୍ତୁତ ନଥାନ୍ତି। ବୋଉ ଖାଲି ବସି ଲୁହ ଗଡ଼ାଉଥାଏ। ଶେଷରେ ସମସ୍ତେ ଜବରଦସ୍ତ ତାକୁ ଠେଲି ଠେଲି ବିଦା କରିଦେଲେ।

ବାପା ଫେରି ସବୁକଥା ଶୁଣିଲେ। କିଛି ନକହି ଚୁପ ରହିଲେ। ଗାୟତ୍ରୀ ତା'ବାପାଙ୍କୁ କ୍ଷମା କରିପାରୁ ନଥିଲା। ତାଙ୍କ ମୁହଁକୁ ଚାହିଁବାକୁ ବି ତାକୁ ଘୃଣା ଲାଗୁଥିଲା। ବାପା ଗୋଟିଏ ଝିଅର ଏବଂ ଗୋଟିଏ ନିରୀହ ଛୁଆର ଜୀବନକୁ ନଷ୍ଟ କରିଦେଲେ! ସେଇ ଛୋଟ ନିରୀହ ଛୁଆଟି କ'ଣ ଦୋଷ କରିଥିଲା ?

ବାପା ଆଉ ଭୟରେ ରାଉରକେଲା ନ ଯାଇ, ସବୁ ବିଜନେସ ଛାଡ଼ିଦେଇ ଘରେ ରହିଲେ। ସମୟ ସ୍ରୋତରେ ସବୁ ଧୀରେ ଧୀରେ ସ୍ୱାଭାବିକ ହେଇଯାଇଥିଲା। ଆଉ କେବେ ବି ସେମାନେ ତାଙ୍କ ଘରକୁ ଆସିନଥିଲେ। କ୍ରମେ କ୍ରମେ ସମସ୍ତେ ଭୁଲିଗଲେ ଯେ ବାପାଙ୍କର ଆଉ ଗୋଟିଏ ସ୍ତ୍ରୀ ପିଲା ଅଛନ୍ତି।

ଗାୟତ୍ରୀ ସ୍ଥିର ଦୃଷ୍ଟିରେ ପିଲାଟିକୁ ଚାହୁଁଥାଏ। ସେଦିନର ସେଇ ଗୁଲୁଗୁଲିଆ କଅଁଳ ଛୁଆଟି ଆଜି ଚବିଶ ପଚିଶ ବର୍ଷ ଯୁବକରେ ପରିଣତ ହେଇଛି। ଏମିତି ତାକୁ ହଠାତ୍ ଏତେ ବର୍ଷ ପରେ ଦେଖିବ ବୋଲି ସେ ନିଜକୁ ବିଶ୍ୱାସ କରିପାରୁ ନଥିଲା। ଠିକ୍ ତା' ବାପାଙ୍କ ପରି ଚେହେରା। ଓସାର ମଥା, ମୋଟା ଭ୍ରୂଲତା, ମୁଣ୍ଡର ଚୁଟି ଏବଂ ଆଖି ପୂରା ମିଶିଯାଉଛି। ଗାୟତ୍ରୀକୁ କେମତି ଦୋଷୀ ଦୋଷୀ ଏବଂ ଦୁଃଖ ଲାଗୁଥିଲା। ସେଇ ମହାନ ମହିଳାଙ୍କ କଥା ସେ ଭାବୁଥିଲା, ଯିଏ ସ୍ୱାମୀର ସାହାଯ୍ୟ ନନେଇ, ସଂଗ୍ରାମ କରି ସେଇ କଅଁଳ ଶିଶୁଟିକୁ ବଞ୍ଚେଇ ଏହି ଦୁନିଆ ଦାଣ୍ଡରେ ଛିଡ଼ା କରେଇଛି। ପିଲାଟି ତା' ବାପାଙ୍କ ସ୍ନେହରୁ ବଞ୍ଚିତ ହେଇ ମଧ୍ୟ ଆଜି ମଣିଷ ହେଇ ଛିଡ଼ାହେଇ ପାରିଛି। ସେଇ ମହାନ ନାରୀଙ୍କ ପ୍ରତି କୃତଜ୍ଞତାରେ ତା'ମୁଣ୍ଡ ନଇଁଯାଉଥିଲା। ସେ ଚାହିଁଥିଲେ, କେସ୍ କରି ତାଙ୍କ ପ୍ରାପ୍ୟ ଏବଂ ଅଧିକାର ସାବ୍ୟସ୍ତ କରିପାରିଥାନ୍ତେ।

ଗାୟତ୍ରୀ କିଛି ନ ଜାଣିଲା ପରି ପଚାରିଲା, 'ଆଛା, ତୁମ ମା' କାହିଁକି ତୁମ ବାପାଙ୍କ ନାଁରେ କେସ କଲେନି ? ସିଏ ତ ଭରଣପୋଷଣ ଦେବାକୁ ବାଧ୍ୟ ହେଇଥାନ୍ତେ।'

ସେ ଟିକେ ଗମ୍ଭୀରହେଇ କହିଲା, 'ମା' ଏକୁଟିଆ କ'ଣ କରିପାରିଥାନ୍ତା ! କେସରେ ଟଙ୍କା ଖର୍ଚ୍ଚ କରିବାକୁ ସମ୍ବଳ ନଥିଲା। ମା'ର ଆଶା ଥିଲା, ମୁଁ ବଡ଼ ହେଲେ କିଛି ଗୋଟେ କରିବି। ମା' ଏବେ କେସ କରିବାକୁ ମୋତେ କହୁଛି। କିନ୍ତୁ ମୁଁ ତାକୁ ବୁଝେଇଲି, ଦେଖ ମା', ଯୋଉ ଲୋକ ତତେ ସ୍ତ୍ରୀ ବୋଲି ଆଉ ମୋତେ ପୁଅ ବୋଲି ଗ୍ରହଣ ନକଲେ, ଦୀର୍ଘ ପଚିଶ ବର୍ଷ କାଳ ଆମେ କେମିତି ବଞ୍ଚିଛେ ବୋଲି ଦିନେ ପଚାରିଲେ ନାହିଁ, ସେମିତି ଲୋକଙ୍କଠାରୁ ଆମେ ଅଧିକାର ଜାହିର କରିବା କ'ଣ ଠିକ୍ ହେବ ? ସେଥିରେ ଆମେ ଧନୀ ହେଇଯିବା ନା ଆମର ବିତିଯାଇଥିବା ଦିନ ଫେରିଆସିବ ? ତୁ ମୋତେ ଇଞ୍ଜିନିୟରଟିଏ କରିପାରିଛୁ, ତୋ ଆଶୀର୍ବାଦରୁ ମୋତେ ଚାକିରି ଖଣ୍ଡେ ମିଳିଗଲେ ଆମର ଆଉକିଛି ଦୁଃଖ କଷ୍ଟ ରହିବନି। ଯିଏ ଆମ ଜୀବନକୁ ନଷ୍ଟ କରିଛନ୍ତି, ଆମକୁ ଏତେ କଷ୍ଟ ଦେଇଛନ୍ତି, ସେଥିପାଇଁ ଭଗବାନ ବୁଝିବାକୁ ଅଛନ୍ତି।

ପିଲାଟିର କଥା ଶୁଣି ଗାୟତ୍ରୀ ଆଶ୍ଚର୍ଯ୍ୟ ହେଉଥାଏ, କେତେ ନମ୍ର, ଧୀର, ବୁଝିବାର ପିଲା ! ଅଥଚ ତା' ନିଜ ଭାଇକୁ ଏତେ ଯତ୍ନରେ ବଢ଼େଇ, ସମସ୍ତେ ଏତେ ଭଲପାଇବା ଦେଇ ମଣିଷ କରିଥିଲେ, ସେ କ'ଣ ହେଲା ? ଅତି ଗେହ୍ଲା ହେଇ ନଷ୍ଟ ହେଇଗଲା। ଭଲ ପାଠ ପଢ଼ିଲାନି, କ'ଣ କଣ୍ଟ୍ରାକ୍ଟ କରୁଛି ଯେ ଯାହା ଟଙ୍କା ରୋଜଗାର କରୁଛି ସାଙ୍ଗସାଥୀ, ମଦ ଖିଆରେ ଉଡ଼ଉଛି। ବାପା ବୋଉଙ୍କ ପ୍ରତି ଟିକେ ବି ଭକ୍ତି

କିମ୍ବା ଭଲପାଇବା ନାହିଁ। ଗୁରୁଜନ ମାନଙ୍କୁ ସମ୍ମାନ ନାହିଁ। ବୋଧହୁଏ ବାପାଙ୍କ କଳା କୁକର୍ମର ଫଳ। ଏଡ଼େ ରାଗୀ ମଣିଷ ଏବେ କେମିତି ବଦଳି ଯାଇଛନ୍ତି। କାହା ସହିତ ବେଶି କଥାବାର୍ତ୍ତା କରନ୍ତିନି, ଚୁପହେଇ ଥାଆନ୍ତି। ଭିତରେ ଭିତରେ ବୋଧହୁଏ ଅନୁତାପ କରୁଛନ୍ତି, ସେଇ ଜ୍ୱାଳାରେ ଜଳୁଛନ୍ତି। ସବୁକଥା ଭାବି ଗାୟତ୍ରୀ ଆଖିରୁ ଦୁଇ ବୁନ୍ଦା ଲୁହ ଖସିପଡ଼ିଲା। ସେ ଲୁଚେଇ ଆଖିକୁ ରୁମାଲରେ ପୋଛିଦେଲା।

ପିଲାଟି ପଚାରିଲା, 'ଦିଦି, ମୋ କାହାଣୀ ଶୁଣି ତୁମେ ଇମୋସନାଲ ହେଇଗଲନା ?'

ସେ ପରିଚୟ ନଦେଇ ଏତିକି କେବଳ କହିଲା, 'ହଁ, ମୋ ଜୀବନରେ ସେମିତି କିଛି କଥା ଲୁଚିରହିଛି, ଯାହାକି ତୁମ ଜୀବନର କାହାଣୀ ସହିତ ମିଶିଯାଉଛି।'

ଷ୍ଟେସନ ଆସିଯାଇଥିଲା, ସେମାନେ ପରସ୍ପରର ଫୋନ ନମ୍ବର ନେଇ ଯିବାକୁ ପ୍ରସ୍ତୁତ ହେଲେ।

■

ଏକ ନିରବତାର କାହାଣୀ

ସୋନୁ ଏ ପର୍ଯ୍ୟନ୍ତ ଘରକୁ ଫେରିନି, ଦିନ ତିନିଟା ଆସି ବାଜିଲାଣି। ସାଙ୍ଗମାନଙ୍କୁ ଦେଖା କରିବାକୁ ଯାଉଛି କହି ଗଲା ଯେ କାହିଁ ଆସିଲାନି। ସକାଳେ ହରଲିକ୍ସ ଗ୍ଲାସେ ଏବଂ ବିସ୍କୁଟ ଦି'ଟା କେବଳ ଖାଇଛି। 'ମାମୀ ଆସିଲେ ଲଞ୍ଚ କରିବି କହିଥିଲା। ପ୍ରଜ୍ଞା ବ୍ୟସ୍ତ ହେଲେ। ସୋନୁର ସବୁ ଜିନିଷ, ଡ୍ରେସ ଇତ୍ୟାଦି ଏୟାର ବ୍ୟାଗରେ ସଜାଡ଼ି ରଖିଲେ। ସୋନୁର ଯେମିତି କିଛି ଅସୁବିଧା ନହୁଏ, ତା'ର ଯାବତୀୟ ଦରକାରୀ ଜିନିଷ ମେଡିସିନ ଇତ୍ୟାଦି ବ୍ୟାଗରେ ଭର୍ତ୍ତି କଲେ। ଯେତେହେଲେ ମା' ମନ, ପିଲାଟା କିଛି ଜାଣେନି। ଆଜିଯାଏ କେବେ ଘର ଛାଡ଼ି ଏକୁଟିଆ ବାହାରକୁ ଯାଇନି। ସୋନାଲି ତାଙ୍କର ଏହି ଗୋଟିଏ ବୋଲି ଝିଅ, ଆଉ ଆଗକୁ ନା ପଛକୁ। ଦିନେହେଲେ ତାକୁ ଆଖିଆଗରୁ ଆଡ଼ କରିନାହାନ୍ତି। ବହୁତ ଅଲିଅଳରେ ବଢ଼ିଛି। କୁଆଡ଼େ ତାକୁ ବାହାରକୁ ଛାଡ଼ିବେନି ବୋଲି ଘରେ ରଖି ତାକୁ ଇଞ୍ଜିନିୟରିଂ ପଢ଼େଇଲେ। ଚାକିରି କରିବି କହି ଜିଦ୍ କଲା। ସେଇ ଉଦ୍ଦେଶ୍ୟରେ ସେ ବାଙ୍ଗାଲୋର ଯିବ। ସନ୍ଧ୍ୟା ଛଅଟାରେ ତା'ଟ୍ରେନ।

ସୋନୁ ବାଲୁରୀ ଝିଅଟା, ନା ନିଜକୁ ସାଇତି ଜାଣିଛି ନା ଜିନିଷପତ୍ରକୁ। ଘରେ ତାକୁ ବଡ଼ ଷ୍ଟଡି କମ୍ ବେଡରୁମଟିଏ ଅଲଗା ଦିଆଯାଇଛି। ତା'ର ସ୍ୱତନ୍ତ୍ର ରୁମ ହେଲେ କାଳେ ନିଜ ଜିନିଷକୁ ସାଇତି ରଖିବ। କିନ୍ତୁ ତାହା ହୁଏନି। ଅନେକ ସମୟରେ ଏମିତି ସେ ରୁମଟାକୁ କରିଥାଏ ଯେ ପଶିହୁଏନି। ବହିପତ୍ର, ଲୁଗାପଟା ଖଟସାରା ବିଛେଇହେଇ ପଡ଼ିଥାଏ। ଟେବୁଲ ଅସଜଡ଼ା, ଆଲଣାରେ ଡ୍ରେସ ଝୁଲୁଥାଏ।

ଯେତେବେଳେ ପ୍ରଜ୍ଞାଙ୍କୁ ସମୟ ହୁଏ ରୁମଟିକୁ ଝଡ଼ାଝଡ଼ି କରି ସଜେଇ ଦିଅନ୍ତି, ପୁଣି ପରଦିନ ସେଇ ଅବସ୍ଥା। ସବୁବେଳେ ତା'ର କିଛି ନା କିଛି ଜିନିଷ ହଜୁଥାଏ। ସୁନାର ଟପ୍, ଚେନ, ଚୁଡ଼ି ତା'ପାଇଁ କରିଥିଲେ ବି ତାକୁ ସେ ପିନ୍ଧିବାକୁ ଦିଅନ୍ତିନି। ବେଳେ ବେଳେ ଅଳି କରେ ପିନ୍ଧିବାକୁ, ମା' ମନ ବୁଝେନି, ବାଧ୍ୟହେଇ ପ୍ରଜ୍ଞା ତାକୁ ପିନ୍ଧେଇ ଦିଅନ୍ତି। ଦିନେ ଦୁଇଦିନ ପରେ ଦେଖିଲାବେଳକୁ ସେଲଫ କିମ୍ବା ଟେବୁଲ ଉପରେ ଗଡୁଥିବ। ଡ୍ରେସକୁ ମ୍ୟାଚିଙ୍ଗ କରି ଭଳିକି ଭଳି ଇମିଟେସନ ପିନ୍ଧିବ। ମାର୍କେଟ ଗଲେ ମେଞ୍ଚେ ଲେଖାଏଁ କିଣିଆଣିବ। ସେଥିରୁ କାହାକୁ ଉପହାର ଦେଉଥିବ ତ କେତେବେଳେ ହଜଉଥିବ। ଡ୍ରେସ ବି ସେମିତି ଭଳିକି ଭଳି। ବଜାରରେ ନୂଆ ଡିଜାଇନର ଡ୍ରେସ ଦେଖିଲେ ସାଙ୍ଗେ ସାଙ୍ଗେ କିଣିଆଣିବ। ନୂଆ କିଣାହେଲେ ପୁରୁଣା ରିଜେକ୍ଟ। କୋଉ ସାଙ୍ଗ ଯଦି କହିଲା, ଏହି ଡ୍ରେସଟା ତୋର ସୁନ୍ଦର ହେଇଛି, ତା'ପରେ ସେଇଟିକୁ ତାକୁ ଉପହାର ଦେଇଦେବ। ପ୍ରଜ୍ଞା ତାକୁ ଯେତେ ଭଲ ରାନ୍ଧିକି ଦେଲେବି ବାଛିବ। ଭାରି ଚୁଜି, ଆମିଷ ଖାଦ୍ୟରେ ତା'ର ବେଶି ଆଗ୍ରହ, ଫାଷ୍ଟଫୁଡରେ ବେଶି ରୁଚି। ସେଥିପାଇଁ ତା'ର ଲୋ ବି.ପି। ଥରେ କଲେଜ ଯିବା ରାସ୍ତାରେ ମୁଣ୍ଡ ବୁଲେଇ ଦେଲା ଯେ ତଳେ ପଡ଼ିଗଲା। ସାଙ୍ଗମାନେ ନଥିଲେ ତା'ର ଯେ କି ଅବସ୍ଥା ହେଇଥାନ୍ତା! ସେମାନେ ତାକୁ ଡାକ୍ତରଙ୍କ ପାଖକୁ ସାଙ୍ଗେ ସାଙ୍ଗେ ନେଇଗଲେ, ଟିକେ ସୁସ୍ଥ ହେଲା ପରେ ଘରେ ଆଣି ଛାଡ଼ିଲେ। ଏମିତି ପ୍ରକାର ଝିଅକୁ କେମିତି ଏତେ ଦୂରକୁ ଛାଡ଼ିବେ, ସେଥିପାଇଁ ପ୍ରଜ୍ଞାଙ୍କୁ ବହୁତ ବ୍ୟସ୍ତ ଲାଗୁଥିଲା।

ପ୍ରଜ୍ଞା ସୋନୁକୁ ବହୁତ ବୁଝାନ୍ତି, 'ମା'ରେ ତୁ ଝିଅ ପିଲା, ସବୁବେଳେ ବାପା ମା'ଙ୍କ ପାଖରେ ନଥିବୁ। ଝିଅ ଜନମ ତ ପର ଘରକୁ। ତୁ ସେଥିରୁ ବ୍ୟତିକ୍ରମ ହେବୁ କେମିତି ? ଭବିଷ୍ୟତରେ ତତେ ଅନେକ ଦାୟିତ୍ୱ ମୁଣ୍ଡେଇବାକୁ ପଡ଼ିବ। ଜୀବନ ରାସ୍ତା କେବେ ବି ସମତଳ ନୁହେଁ, କେତେ ଖାଲ, ଢିପ ଦେଇ ଯିବାକୁ ହେବ, ଅନେକ ସଂଗ୍ରାମ କରିବାକୁ ହେବ। ହାତେ ମାପି ଚାଖଣ୍ଡେ ଚାଲିବାକୁ ହେବ। ଆଦର୍ଶ ଝିଅ କିମ୍ବା ବୋହୂଟିଏ ହେଲେ ଦୁଇ କୁଳକୁ ସୁନାମ ଆଣିବୁ। କଥାରେ କୁହନ୍ତି, "ଦୁହିତା ଦୁଇ କୁଳକୁ ହିତା ନା ଦୁଇ କୁଳକୁ ପିତା।" ସୋନୁ ପାଇଁ ସେ ସବୁବେଳେ ଚିନ୍ତା କରନ୍ତି, ବ୍ୟସ୍ତ ହୁଅନ୍ତି। ଆଦୌ ତାକୁ ପାଖରୁ ଛାଡ଼ିବାକୁ ତାଙ୍କର ଇଚ୍ଛା ନଥିଲା। କୋଉଠି ରହିବ, କେମିତି ଚଳିବ, କିନ୍ତୁ ସୋନୁ ଜିଦ୍ କଲା, ସେ ଚାକିରି କରିବାକୁ ଯିବ। ଅନ୍ୟ ଦୃଷ୍ଟିରୁ ଦେଖିଲେ, ସୋନୁ ଚାକିରି କରିବାଟା ନିତାନ୍ତ ଆବଶ୍ୟକ। ନହେଲେ ଏମିତି ଝିଅ ବାହାହେଇ ଶାଶୂଘରେ ରହି ଶାଶୂ ଶ୍ୱଶୁରଙ୍କ ସେବା କରି ଆଦର୍ଶ ଗୃହିଣୀଟିଏ ହେବା ତା'ପାଇଁ କଷ୍ଟକର। ଚାକିରିଟିଏ କରିଥିଲେ ଏସବୁ ଜଞ୍ଜାଳରୁ ଟିକେ ନିଷ୍କୃତି ପାଇବ।

ଟ୍ରେନ ଟାଇମ ପାଖେଇ ଆସିଲାଣି। ତା' ବାବାଙ୍କର ଅଫିସରେ କ'ଣ ଜରୁରୀ ମିଟିଂ ଅଛି ବୋଲି ପ୍ରଜ୍ଞାଙ୍କୁ ଫୋନ କରି ଜଣେଇ ଦେଇଛନ୍ତି ସେ ଷ୍ଟେସନ ଯାଇପାରିବେନି। କହିଲେ, ତୁମେ ନେଇ ଟ୍ରେନରେ ବସେଇ ଦେଇ ଆସିବ। ତେଣୁ ପ୍ରଜ୍ଞା ସୋନୁକୁ ଧରି ତା' ଲଗେଜ ପ୍ରଭୃତି ଗୋଟେ ଅଟୋରିକ୍ସାରେ ଲଦି ଯାଇ ଷ୍ଟେସନରେ ପହଞ୍ଚିଲେ। ନିର୍ଦ୍ଧାରିତ ସମୟରେ ବାଙ୍ଗାଲୋର ଏକ୍ସପ୍ରେସ ଆସି ପହଞ୍ଚିଲା। ରିଜର୍ଭେସନ ହେଇଥିବା ନିର୍ଦ୍ଦିଷ୍ଟ କମ୍ପାର୍ଟମେଣ୍ଟକୁ ସେମାନେ ଉଠିଲେ। ଆରେ ଇଏ କ'ଣ ! ବର୍ଥରେ ସବୁ ସିଟଗୁଡ଼ା କୁଆଡ଼େ ଉଭେଇଗଲା ? ମଝିରେ ଖାଲି ବଡ଼ ଖଟଟିଏ ପଡିଛି। ତା'ଉପରେ କେତେଜଣ ପୁଅ ଝିଅ ବସିଛନ୍ତି। ଆଉ ଇଞ୍ଚେ ବି ଜାଗା ନାହିଁ, ତା'ହେଲେ ସୋନୁ ଯିବ କେମିତି, କୋଉଠି ବସିବ, ଶୋଇବ ! ପ୍ରଜ୍ଞା ଚିନ୍ତା କରି ସୋନୁକୁ କହିଲେ, ତୁ ତଳେ ଏଇଠି ବସିଥା, ମୁଁ ଅନ୍ୟ କମ୍ପାର୍ଟମେଣ୍ଟରେ ଦେଖିଆସୁଛି ସିଟ ଅଛି କି ନାହିଁ, କହି ଅନ୍ୟ ଡବା ଆଡ଼କୁ ମୁହାଁଇଲେ। ଭାବିଲେ ଏ କି ଅସୁବିଧା କଥା, ପିଲାଟା ଯିବ କେମିତି ? ଆଗରୁ ତ ସେ ଏହି ଟ୍ରେନରେ ଅନେକଥର ଯାଇଛନ୍ତି, କାହିଁ ଏମିତି ଅସୁବିଧା ତ କେବେ ହେଇନଥିଲା। ପ୍ରଜ୍ଞା ଗୋଟେ ଦି'ଟା କମ୍ପାର୍ଟମେଣ୍ଟକୁ ଯାଇ ସେଇ ଅବସ୍ଥା ଦେଖି ଫେରିଲେ। ଦେଖିଲେ, ସୋନୁ ସେମିତି ଜାକିଜୁକି ହେଇ ତଳେ ବସିଛି। କମ୍ପାର୍ଟମେଣ୍ଟର ଝରକା, କବାଟ ସବୁ ବନ୍ଦ।

ପ୍ରଜ୍ଞା କ'ଣ କରିବେ ବୋଲି ଭାବୁଥିବା ବେଳେ ସେ ଅନୁଭବ କଲେ ଗାଡ଼ି କେତେବେଳରୁ ଷ୍ଟେସନ ଛାଡ଼ି ସାରିଲାଣି। ଟ୍ରେନଟି ଖୁବ୍ ଜୋରରେ ଛୁଟିଚାଲିଛି। ସେ କେଉଁଠି ଆସି ପହଞ୍ଚିଲେଣି, କ'ଣ କରିବେ କେମିତି ଟ୍ରେନରୁ ଓହ୍ଲେଇବେ ତାଙ୍କୁ କିଛି ବୁଦ୍ଧିବାଟ ଦିଶିଲାନି। ଏହି ସମୟରେ ସୋନୁ ମାମୀ..ମାମୀ.. କହି ଚେନ ଟାଣି ଧରିଲା। ତା' ପରେ ଟ୍ରେନର ଗତି ମନ୍ଥର ହେଇଆସିଲା। ପ୍ରଜ୍ଞା ଦରଜା ଖୋଲି ଦୁଆର ମୁହଁରେ ଛିଡ଼ାହେଲେ। ଭାବିଲେ, ଟ୍ରେନ ସମ୍ପୂର୍ଣ୍ଣ ବନ୍ଦ ହେଲା ପରେ ସେ ଟ୍ରେନରୁ ଓହ୍ଲେଇବେ। ନଚେତ୍ ପଡ଼ିଯିବାର ଭୟ ଅଛି। କିନ୍ତୁ ଆଶ୍ଚର୍ଯ୍ୟ ! ଟ୍ରେନଟା ଧୀରେ ଧୀରେ ବନ୍ଦ ହେବାକୁ ଯାଉ ଯାଉ ପୁଣି ସ୍ପିଡରେ ଚାଲିଲା। ମାମୀର ଏମିତି ଅବସ୍ଥା ଦେଖି ସୋନୁ ପ୍ରାୟ କାନ୍ଦି ପକେଇଲାଣି। ଦୁହେଁ ବହୁତ ବ୍ୟସ୍ତହେଇ ପଡ଼ିଲେ। ଏହା ଭିତରେ ଟ୍ରେନ ଅନେକ ଦୂରକୁ ଚାଲିଗଲାଣି। ଦୁହେଁ ଦେଖିଲେ, କିଛି ଘରଦ୍ୱାର ଦେଖାଯାଉନି, କେବଳ ଜଙ୍ଗଲ ହିଁ ଜଙ୍ଗଲ। ସୋନୁ କାନ୍ଦି କାନ୍ଦି କହୁଥାଏ.. ତୁମେ ମାମୀ କୋଉଠି କେମିତି ଓହ୍ଲେଇବ ? ପ୍ରଜ୍ଞା ମନ ଭିତରେ ବହୁତ ଭୟ ପାଉଥିଲେ ବି ସୋନୁକୁ ଆଶ୍ୱାସନା ଦେଇ କହୁଥାନ୍ତି, ତୁ ଆଦୌ ବ୍ୟସ୍ତ ହଅନା, ଯେଉଁଠି ଘରଟିଏ ଦେଖିବି ସେଇଠି ଓହ୍ଲେଇଯିବି।

ପ୍ରଜ୍ଞା କ'ଣ କରିବେ କିଛି ଚିନ୍ତା କରିପାରୁ ନଥାନ୍ତି। ମନେ ମନେ ବହୁତ

ଭୟ କରୁଥିଲେ। ଇଏ କୋଉ ରାଜ୍ୟ, କୋଉ ରାଜ୍ୟରେ ସେ ପହଞ୍ଚିଲେଣି, କେମିତି ସେ ଘରକୁ ଫେରିବେ ! ଘରେ ତାଙ୍କ ସ୍ୱାମୀ କେତେ ବ୍ୟସ୍ତ ହେଉଥିବେ, ଚାରିଆଡ଼େ ଫୋନ ଲଗେଇ ସାରିବେଣି। ଏହି ସମୟରେ ତାଙ୍କ ଆଖିରେ ପଡ଼ିଲା, ପୋଲିସ ଫାଣ୍ଡିଟିଏ। ତା' ଚାରିପଟେ ଗଛଲତାରେ ଭର୍ତ୍ତି। ଫାଣ୍ଡି ବ୍ୟତୀତ ଆଉକିଛି ଦେଖାଯାଉନି। ହଠାତ୍ ତାଙ୍କ ପାଟିରୁ ବାହାରି ପଡ଼ିଲା, ସୋନୁ... ପୁଲ୍ ଦ ଚେନ୍... ପୁଲ୍ ଦ ଚେନ୍... ସାଙ୍ଗେ ସାଙ୍ଗେ ସୋନୁ ଚେନ ଟାଣିଧରିଲା। ଧୀରେ ଧୀରେ ଟ୍ରେନର ଗତି ମନ୍ଥର ହେଲା। ପ୍ରଜ୍ଞା ଏଥର ଟ୍ରେନ ସମ୍ପୂର୍ଣ୍ଣ ବନ୍ଦ ହେବାକୁ ଅପେକ୍ଷା ନକରି କହିଲେ, ସୋନୁ ମୁଁ ଏଇଠି ଓହ୍ଲେଇ ଯାଉଛି। ନିଜର ଯତ୍ନ ନେବୁ। ହୁସିଆରରେ ଚଳିବୁ, ପହଞ୍ଚି ଫୋନ କରିବୁ କହି ସେ ତଳକୁ ଡେଇଁ ପଡ଼ିଲେ। ସୋନୁ ମାମୀ..ମାମୀ କହି ହାତ ହଲେଇଲା। ତା' ଆଖିରୁ ଖାଲି ଧାର ଧାର ଲୁହ ବୋହି ଯାଉଥାଏ।

ପ୍ରଜ୍ଞା ମାଟି ଉପରେ କଚିହେଇ ପଡ଼ିଯିବାରୁ ତାଙ୍କ ଅଣ୍ଟା, ପିଠି, ଗୋଡ଼ ଦରଜ ହେଇଗଲା। ବହୁତ କଷ୍ଟରେ ଉଠି ଛିଡ଼ାହେଇ ସେଇ ଦିଗକୁ ଚାହିଁ ରହିଲେ, ଯେଉଁ ଦିଗରେ ଟ୍ରେନ ଛୁଟି ଚାଲିଛି। ଟ୍ରେନ ଅଦୃଶ୍ୟ ହେବା ପର୍ଯ୍ୟନ୍ତ ଚାହିଁ ରହିଲେ। ତା'ପରେ ଚାରିଦିଗକୁ ଆଖି ବୁଲେଇଲେ। ଯେଉଁ ପୋଲିସ ଫାଣ୍ଡିକୁ ଦେଖି ସେଇ ଭରସାରେ ସେ ସେଠାରେ ଓହ୍ଲେଇଥିଲେ ତାହା ଅନେକ ପଛରେ ରହିଗଲାଣି । ଚାରିଆଡ଼େ ଖାଲି ଜଙ୍ଗଲ, ଗୋଟାଏ ବି ଘର ଆଖିରେ ପଡୁନି। ଆରେ ! ସେ ଏତେ ତରବରରେ ଘରୁ ବାହାରିଲେ ଯେ ପର୍ସଟି ଆଣିବାକୁ ଭୁଲି ଯାଇଛନ୍ତି। ତା'ହେଲେ ସେ ଫେରିବେ କେମିତି ? ହାତରେ ତ ଗୋଟିଏ ହେଲେ ଟଙ୍କା ନାହିଁ। ପ୍ରଜ୍ଞା ନିଜକୁ ବହୁତ ଅସହାୟବୋଧ କଲେ। ତାଙ୍କୁ ବୁଦ୍ଧିବାଟ କିଛି ଦିଶିଲାନି। ତାଙ୍କ ମୁଣ୍ଡ ଘୂରେଇ ଦେଲା। ଏହି ଜନମାନବଶୂନ୍ୟ ଜଙ୍ଗଲରେ ବିନା ପଇସାରେ ସେ କେମିତି ଘରକୁ ଫେରିବେ ? ସେତେବେଳକୁ ସେ ଖାଲି ଭୟରେ ଥରୁଥାନ୍ତି। ସୋନୁ ଯେତେବେଳେ ଜାଣିବ, ତା'ମାମୀଙ୍କ ପାଖରେ ପର୍ସ କିମ୍ବା ପଇସାପତ୍ର ନାହିଁ, ତା'ମନର ଅବସ୍ଥା କ'ଣ ଯେ ହେବ, ସେକଥା ଭାବି ତାଙ୍କୁ ବେଶି ଦୁଃଖ ଲାଗୁଥାଏ। ପ୍ରଜ୍ଞା ଚାରିଆଡ଼କୁ ଚାହିଁ ଆଗକୁ ପାଦ ବଢ଼େଇଲେ। ଭାବିଲେ, ତାଙ୍କ ଆଙ୍ଗୁଠିରେ ସୁନା ମୁଦିଟିଏ ଅଛି, ତାହା ଏକମାତ୍ର ଭରସା। ତାକୁ କୋଉଠି ବିକ୍ରିକରି ସେହି ଟଙ୍କାରେ ଘରକୁ ଫେରିବେ। ସେକଥା ଭାବି ସେ ଟିକେ ଆଶ୍ୱସ୍ତ ହେଲେ।

ସେମିତି କେତେ ଦୂର ଚାଲିଛନ୍ତି, ସେ ଜାଣିନାହାନ୍ତି। ଦିଗହୀନ ଭାବେ ଚାଲିଛନ୍ତି। ଶୋଷରେ ତାଙ୍କ ତଣ୍ଟି ଶୁଖିଗଲାଣି। ହଠାତ୍ ଦୂରରେ ସେ ଏକ ନଳକୂପ ଦେଖିବାକୁ ପାଇଲେ। ପାଖରେ କେତେଜଣ ପୁରୁଷ ଗାଧୋଉଛନ୍ତି, କେତେକ ସ୍ତ୍ରୀଲୋକ

ମାଠିଆ ଧରି ଛିଡ଼ା ହେଇଛନ୍ତି । ଜଣେ ପାଣି କାଢୁଛି । ଭାସି ଯାଉଥିବା ବେଳେ କୁଟାଖିଅକୁ ଆଶ୍ରା ଭଳି ତାଙ୍କ ମନରେ ଆଶାର ସଞ୍ଚାର ହେଲା । ସେ ଖୁସିହେଇ ସେମାନଙ୍କ ପାଖକୁ ଗଲେ । ଦେଖିଲେ, ସେମାନେ ପରସ୍ପରଙ୍କ ମଧ୍ୟରେ କଥା ହେଉଛନ୍ତି । ଆରେ ! ସେମାନେ କୋଉ ଭାଷାରେ କଥା ହେଉଛନ୍ତି ? ତେଲୁଗୁ ନା ତାମିଲ ? ସେ ତାଙ୍କ ଭାଷା କିଛି ବୁଝିପାରୁ ନଥାନ୍ତି । ପ୍ରଜ୍ଞା ସେମାନଙ୍କ ପାଖକୁ ଯାଇ କହିଲେ, ଆଜ୍ଞା, ଟିକେ ପାଣି ପିଇବାକୁ ଦେବେ ?

ସେମାନେ ପ୍ରଜ୍ଞାଙ୍କ ଆଡ଼କୁ ଖାଲି ବଲବଲ କରି ଚାହିଁଲେ, କିଛି ଜବାବ ଦେଲେନି । ସେ ଠାରି ପାଣି ପିଇବାକୁ ଚାହୁଁଛି କହିବାରୁ, ପାଣି ନେଉଥିବା ସ୍ତ୍ରୀଲୋକମାନେ ଦୂରକୁ ଘୁଞ୍ଚିଗଲେ । ପ୍ରଜ୍ଞା ଢକଢକ କରି କିଛି ପାଣି ପିଇଗଲେ, ତା'ପରେ ପାଣି ଆଖିକୁ ଛାଟିଲେ, ଗୋଡ଼ହାତ ଧୋଇଲେ । ତା'ପରେ ଲୁଗା କାନିରେ ମୁହଁକୁ ପୋଛି ଆଣିଲେ । ସେମାନଙ୍କୁ ପ୍ରଜ୍ଞା ପଚାରିଲେ, 'ଭାଇ, ପାଖରେ କୋଉଠି ବଜାର ଅଛି ?' ସେମାନେ କିଛି ଉତ୍ତର ନଦେଇ ପରସ୍ପରର ମୁହଁକୁ ଚାହିଁ ଖାଲି ହସାହସି ହେଲେ । ସେ କ'ଣ କରିବେ କିଛି ଭାବି ନପାରି ଆଗକୁ ପାଦ ବଢ଼େଇଲେ । କିଛି ଦୂରକୁ ଯାଇ ସେ ଦେଖିଲେ, ଚାରିପଟେ ଖାଲି ପାହାଡ଼, ପର୍ବତ, ବଣ ଜଙ୍ଗଲରେ ପରିପୂର୍ଣ୍ଣ । କୋଉଠି ହେଲେ ତ ସେ ଘରଟିଏ ଦେଖିବାକୁ ପାଉନାହାନ୍ତି, ଅଥଚ ସେଇ ଲୋକଗୁଡ଼ା କୋଉଠୁ ଆସି ଗାଧୋଉଛନ୍ତି, ପାଣି ନେଉଛନ୍ତି ! ପ୍ରଜ୍ଞା କ'ଣ ସବୁ ଭାବି ବିପରୀତ ଦିଗରେ କେତେ ଦୂର ଚାଲିଛନ୍ତି ସେ ଜାଣନ୍ତିନି । ତାଙ୍କୁ ଲାଗୁଥାଏ ଦିଗହରା ହେଇ ସେ କୋଉ ମାୟାପୁରୀରେ ପହଞ୍ଚିଛନ୍ତି । ଭଗବାନ ଏକମାତ୍ର ଭରସା ।

ହଠାତ୍ ଟ୍ରେନ ଲାଇନଟିଏ ଦେଖି ତାଙ୍କ ମୁହଁରେ ଖୁସିର ଝଲକଟିଏ ଖେଳିଗଲା । ପାଖରେ ଆଜବେଷ୍ଟସ ଘରଟିଏ । ସେ ପାଖକୁ ଯାଇ ଦେଖିଲେ, ଦରଜା ଭିତରପଟରୁ ବନ୍ଦ ଅଛି । ବାହାର ତାରରେ କିଛି ଲୁଗାପଟା ଶୁଖୁଛି । ସେ ଜାଣିଲେ, ସେଇ ଘରେ ନିଶ୍ଚୟ ଲୋକ ଅଛନ୍ତି । ପ୍ରଜ୍ଞା ସେଇ ଘରର ଦରଜା ପାଖରେ ଛିଡ଼ାହେଇ କଲିଂବେଲରେ ହାତ ଦେଲେ । କ୍ରିଂ..କ୍ରିଂ..କ୍ରିଂ...

ହଠାତ୍ ପ୍ରଜ୍ଞା ଧଡ଼ପଡ ହେଇ ଉଠିବସିଲେ । ଝାଳରେ ଗୋଟାପଣେ ଗାଧୋଇ ପଡ଼ିଥିଲେ । ଆଖିକୁ ଭଲଭାବେ ମଳିଲେ । ଆରେ ସେ କେଉଁଠି ? ସେ କ'ଣ ଏତେ ସମୟ ଧରି ସ୍ୱପ୍ନ ଦେଖୁଥିଲେ ! ସୋନୁ କଥା ଭାବୁ ଭାବୁ ସେ କେତେବେଳେ ଯେ ଶୋଇଯାଇଛନ୍ତି ଜାଣନ୍ତିନି । ବାହାରେ ବୋଧହୁଏ ସୋନୁ ବେଲ ମାରୁଛି । ସେ ଘଣ୍ଟାକୁ ଚାହିଁଲେ, ଆରେ, ସେ ଏତେ ସମୟ ଧରି ଶୋଇ ପଡିଥିଲେ ! ସୋନୁର ଟ୍ରେନ ଟାଇମ ଯେ ହେଇଗଲାଣି !

■

ଖଣ୍ଡିଏ ଶାଢ଼ି

ନରମ ସକାଳ ଖରାରେ ବାରଣ୍ଡାରେ ବସି ଚା'ପିଉଥିଲି, ପେପର ବାଲା ପେପର ପକେଇଦେଇ ଚାଲିଗଲା। ପେପରଟିକୁ ତଳୁ ଉଠେଇନେଇ କେବଳ ଉପର ପୃଷ୍ଠାର ମୁଖ୍ୟ ଖବର ଉପରେ ଆଖି ବୁଲେଇ ଆଣିଲି। ସକାଳୁ ପେପର ପଢ଼ିବାକୁ ସମୟ କାହିଁ ଯେ। ଗାଧୁଆ, ଠାକୁର ପୂଜା କେତେ କାମ। ପରେ ପଢ଼ିବି ଭାବି ପେପରଟିକୁ ଧରି ଉଠିପଡ଼ିବା ବେଳକୁ ପେପରଟି ହାତରୁ ଖସି ପଡ଼ିଲା। ଭିତର ପୃଷ୍ଠା ସବୁ ଖୋଲିଯାଇ ବିଛେଇ ହେଇ ପଡ଼ିଲା। ତାକୁ ସବୁ ଗୋଟେଇ ଆଣିଲା ବେଳକୁ ଆଖି ମୋର ଗୋଟିଏ ଜାଗାରେ ସ୍ଥିର ରହିଗଲା।

ଗୋଟିଏ ଝିଅର ଫଟୋ। ଫଟୋରେ ଝିଅଟି ଯେମିତି ମୋର ଚିହ୍ନା ଚିହ୍ନା ମନେହେଲା। ତଳ ଲେଖାକୁ ପଢ଼ିଲି। 'ଅଧାପିକା ସାହେବାଣୀ ନାଏକଙ୍କ ପିଏଚ୍.ଡି ଲାଭ। ସେ ରସାୟନ ବିଭାଗରେ ଗବେଷଣା କରି ପିଏଚ୍.ଡି ପାଇବାକୁ ଯୋଗ୍ୟା ବିବେଚିତ ହେଇଛନ୍ତି। ତାଙ୍କ ସନ୍ଦର୍ଭ ଆନ୍ଧ୍ର ବିଶ୍ୱବିଦ୍ୟାଳୟର ପ୍ରଫେସର ଏନ୍.ଏସ୍. କ୍ରିଷ୍ଣମୂର୍ତ୍ତିଙ୍କ ଦ୍ୱାରା ଉଚ୍ଚ ପ୍ରଶଂସିତ ହୋଇଛି।' ଆଉଥରେ ଫଟୋଟିକୁ ନିରେଖି ଚାହିଁଲି, କିଛି ସମୟ ଚିନ୍ତା କଲି। ହଠାତ୍ ସବୁ ମନେ ପଡ଼ିଗଲା। ଆଶ୍ଚର୍ଯ୍ୟ ମିଶା ଆନନ୍ଦରେ ସମ୍ପୂର୍ଣ୍ଣ ଲେଖାଟିକୁ ପଢ଼ିଲି। ଶେଷ ଧାଡ଼ିଟିକୁ ପଢ଼ିବାରୁ ଆଉ କୌଣସି ସନ୍ଦେହ ରହିଲାନି। 'ତାଙ୍କ ପାଳିତ ପିତା ହେଉଛନ୍ତି, ବିଶିଷ୍ଟ ଶିଳ୍ପପତି ଧନଞ୍ଜୟ ପଟ୍ଟନାଏକ।' ଏତେ ବର୍ଷ ବ୍ୟବଧାନରେ ବି ସେଇ ମୁହଁଟିକୁ ଭୁଲି ପାରିନି। ଖଣ୍ଡାର ଧାର ପରି ନାକ, ହରିଣୀ ପରି ସେଇ ନିରୀହ ଚାହାଣି।

କିନ୍ତୁ... ଏହା କ'ଣ ସମ୍ଭବ ! ଏମିତି ଅନେକ ପ୍ରଶ୍ନ ମନକୁ ଆସୁ ଆସୁ ଅତୀତର ପୃଷ୍ଠା ଲେଉଟାଇଲି ।

ପ୍ରାୟ ଏକୋଇଶ ବାଇଶ ବର୍ଷ ତଳର କଥା । ଓଡ଼ିଶା ଏବଂ ବିହାର ସୀମାନ୍ତବର୍ତ୍ତୀ ଛୋଟ ସହରଟିଏ । ସେଇ ସହରରେ ସ୍ୱାମୀ ମନୋଜଙ୍କର ଚାକିରି । ଛୋଟ ସହରର ଚାରିପଟେ ପାହାଡ଼, ପର୍ବତ, ଜଙ୍ଗଲ ଏବଂ ଖଣି ଖାଦାନ ଏରିଆ । ଅଧିକାଂଶ ସ୍ଥାୟୀ ବାସିନ୍ଦା ଆଦିବାସୀ । ବାହାରର ଚାକଚକ୍ୟ ସେମାନଙ୍କୁ ସ୍ପର୍ଶ କରିନଥାଏ । ସେମାନଙ୍କର ମୁଖ୍ୟ ଜୀବିକା ହେଲା, କାଠ, ଝୁଣା, ମହୁଲ, ଶାଳପତ୍ର ଏବଂ ବିଭିନ୍ନ ପ୍ରକାର ଔଷଧୀୟ ଚେରମୂଳି ବଣରୁ ସଂଗ୍ରହ କରି ସହରରେ ବିକ୍ରି କରନ୍ତି । ଅଧିକାଂଶ ଖଣି, ଖାଦାନରେ କାମ କରି ମଧ୍ୟ ଜୀବିକା ନିର୍ବାହ କରନ୍ତି । ସେମାନେ ହେଲେ ଶାନ୍ତିପ୍ରିୟ ମଣିଷ । ଖଟିଲେ ଖାଇଲେ, ନଥାଏ ଆଶା ଆଉ ଆକାଂକ୍ଷା । ସେମାନେ ସରଳ ଏବଂ କର୍ମଠ । ପ୍ରାକୃତିକ ପରିବେଶ ମଧ୍ୟରେ ସହରଟି ଥିବାରୁ ଆମକୁ ବେଶ୍ ଭଲ ଲାଗୁଥିଲା ।

ସେଇ ସହର ପାଖାପାଖି ଗାଁ ମାନଙ୍କରୁ ଅନେକ ସ୍ତ୍ରୀଲୋକ ଘର କାମ କରିବାକୁ ମଧ୍ୟ ଆସୁଥିଲେ । ଆମ ଘରେ ମଧ୍ୟ ସ୍ତ୍ରୀଲୋକଟିଏ କାମ କରୁଥାଏ । ତା'ନାଁ ଗରିମା । ତା'ସ୍ୱାମୀ ଖାଦାନରେ କାମ କରୁଥିଲା । ଦୁଇ ତିନି ବର୍ଷ ପୂର୍ବରୁ ସେ ମରି ଯାଇଥିଲା । ତା'ପରେ ସେମାନେ ଆସି ଖାଦାନ ପାଖ ବସ୍ତିରେ ରହିଲେ । ତା'ର କେବଳ ନଅ ଦଶ ବର୍ଷର ଝିଅଟିଏ ଥାଏ । କେବେ କେବେ ତାକୁ ସାଙ୍ଗରେ ଆମ ଘରକୁ ନେଇଆସେ । ଝିଅଟିର ରଙ୍ଗ ଟିକେ ମଇଳା ହେଲେ ବି ଗଢ଼ଣ ବହୁତ ସୁନ୍ଦର । ମୁହଁଟି ସବୁବେଳେ ହସହସ । ମୁଣ୍ଡରେ କୁଞ୍ଚୁକୁଞ୍ଚିଆ କେଶ । ପାଦରେ ପାଉଁଜି ହଳେ ପିନ୍ଧିଥାଏ । ସେଥିପାଇଁ କି କ'ଣ ସବୁବେଳେ ଡେଇଁ ଡେଇଁ ଚାଲୁଥାଏ ଏବଂ ତା' ପାଉଁଜି ଝୁମୁରୁ ଝୁମୁରୁ ଶବ୍ଦ କରୁଥାଏ । ଝିଅଟି ଆଦିବାସୀ ଝିଅ ଭଳି ଲାଗେନି । ଯଦି ସେ ଟିକେ ଭଲ ପରିବାରରେ ଜନ୍ମ ହେଇଥାନ୍ତା, ସଜବାଜ ହେଇ ରହୁଥାନ୍ତା, ତା'ହେଲେ ଆହୁରି ସୁନ୍ଦର ଦେଖାଯାନ୍ତା ।

ଗରିମା କହେ, 'ମା' ଏହି ଝିଅ ତା' ଦୁର୍ଭାଗ୍ୟକୁ ସିନା ଆମ ଘରେ ଜନ୍ମ ହେଇଛି, କିନ୍ତୁ ତା' ଢଙ୍ଗଢାଙ୍ଗ ସାହେବ ଘର ଛୁଆ ପରି । ମନଟା ତା'ର ବଡ଼ । ସବୁବେଳେ ଭଲ ଖାଇବାକୁ ଖୋଜିବ, ଭଲ ନାଇବାକୁ ପିନ୍ଧିବାକୁ ଅଳି କରିବ । ଅପରିଚ୍ଛନିଆରେ ରହିବନି, କାହା ସାଙ୍ଗରେ ଖାଇବନି । ଆଉ ବେଶି ପାଠ ପଢ଼େଇ ପାରିଲିନି ବୋଲି ମତେ ତୁଣ୍ଡ କରୁଛି । ପାଠ ପଢ଼ି ଚାକିରି କରିବାକୁ ତା'ର ଇଚ୍ଛା । ଦୁଇ ଓଳି ଦୁଇ ମୁଠା ଖାଇବାକୁ ତ ପରଘରେ ପାଇଟି କରୁଛି, ତାକୁ ସଜବାଜ

କରେଇବାକୁ ପୁଣି ପାଠ ପଢ଼େଇବାକୁ କୋଉଠୁ ପଇସା ଆଣିବି କହିଲ ମା'? ସେଥିପାଇଁ ମୁଁ ତାକୁ ସାହେବାଣୀ ବୋଲି ଡାକେ।'

ଗରିମାର କଥା ଶୁଣି ମୁଁ ନିରବରେ ସମ୍ମତି ପ୍ରକାଶ କରେ। ସେ ଯାହା କହେ, ସତକଥା। କେବଳ ପାଠ ପଢ଼େଇଦେଲେ ତ ହେବନାହିଁ, ତା'ପରେ ତା' ବିବାହ ପାଇଁ ଉପଯୁକ୍ତ ପାତ୍ରଟିଏ ମଧ୍ୟ ଦରକାର।

ସେତେବେଳେ ଆମ ବିବାହ ସାତ ଆଠ ବର୍ଷ ହେଇଥାଏ। ପୁଅ କୁନୁ, ଝିଅ ମୁନୁ ସ୍କୁଲକୁ ଯାଉଥାନ୍ତି। ସେ ଯଦି ତା' ମା'ସାଙ୍ଗରେ ଆସିଥାଏ, ମା' କାମ କରିବା ବେଳେ ସେ ପିଲାଙ୍କ ସାଙ୍ଗରେ ଖେଳେ, ପିଲାଙ୍କୁ ଗପ କହେ। ପିଲାଙ୍କୁ ମୁଁ ପାଠ ପଢ଼ାଉଥିବା ସମୟରେ ସେ ମନ ଧ୍ୟାନ ଦେଇ ଶୁଣୁଥିବ, ପିଲାଙ୍କ ବହିପତ୍ର ଖେଳାଉଥିବ। ତା' ଆଗ୍ରହ ଦେଖି ମୁଁ ତାକୁ ଥରେ ପଚାରିଲି, 'ସାହେବାଣୀ, ତତେ ପାଠ ପଢ଼ିବାକୁ ଇଚ୍ଛା ହେଉଛି?'

ସେ ହସିଦେଇ କହିଲା, 'ହଁ ମା' ବହୁତ ଇଚ୍ଛା ହେଉଛି।'

"ତୁ କେତେଯାଏ ପାଠ ପଢ଼ିଛୁ?"

"ଷଷ୍ଠ ଯାଏ ପଢ଼ିଛି।"

"ତା'ପରେ ଆଉ ପଢ଼ିଲୁନି କାହିଁକି?"

"ମା'ତ ପଢ଼େଇଲାନି।"

କେବେ କେବେ ମୁଁ ତାକୁ ଗପ ବହି ପଢ଼ିବାକୁ ଖଣ୍ଡେ ଦିଖଣ୍ଡ ଦିଏ। କହେ ପଢ଼ିସାରି ଆଣି ଫେରେଇବୁ। ସେ ରତ୍ନ ପାଇଲା ଭଳି ବହିକୁ ଛାତିରେ ଜାକିଧରି କେବଳ ମୁଣ୍ଡ ଟୁଙ୍ଗାରେ। ଦିନେ ଦୁଇଦିନେ ସେ ପଢ଼ିସାରି ଫେରେଇଦିଏ, ପୁଣି ଆସି ବହି ମାଗି ନେଇଯାଏ।

କିଛିଦିନ ପରେ ଗରିମା ବସ୍ତିର ଅନ୍ୟ ଝିଅମାନଙ୍କ ସହିତ ତାକୁ ଖାଦାନକୁ କାମ କରିବାକୁ ପଠେଇଲା। ତାକୁ କହିଲି, 'ତୁ ଏତେ ଛୋଟ ପିଲାଟାକୁ ଖାଦାନକୁ ପଠଉଛୁ, କି କାମ କରିବ ସେ!'

ଗରିମା କହିଲା, "ମା' କ'ଣ କରିବି, ସେ ଘରେ ବସି ବସି କ'ଣ କରିବ? ମୁଁ କାମ କରିବାକୁ ଚାଲିଆସିବା ପରେ ସେ ତା' ସାଙ୍ଗମାନଙ୍କ ସାଙ୍ଗରେ ବଣ, ଝରଣା ଆଡ଼େ ବୁଲି ଚାଲିଯାଉଛି। କୋଉଦିନ ଏଣୁ ତେଣୁ କୋଳି ଆଣିଥିବତ କେବେ ଫଳମୂଳ ମେଞ୍ଚେ ଆଣିଥିବ। କାଠ ଦିଖଣ୍ଡ ଆଣିଲେ ହୁଅନ୍ତାନି, ଚୁଲ୍ଲୀ ଜଳନ୍ତା। ମତେ କୋଉ ଫୁରୁସତ୍ ମିଳୁଛି, କାମରୁ ଯାଇ କାଠ ଗୋଟେଇବାକୁ ଯାଉଛି। ତୁଚ୍ଛାଟାରେ ବୁଲିବା ଅପେକ୍ଷା ଭାବିଲି ବସ୍ତି ଝିଅମାନଙ୍କ ସାଙ୍ଗରେ ଯାଇ କାମ ଶିଖୁ। କୋଉ

ସାହେବଙ୍କୁ ବାହାହେବ ଯେ ସାହେବାଣୀ ହେଇ ରହିବ। ଶାଶୂଘରକୁ ଗଲେ କିଏ ତାକୁ ଏମିତି ବସେଇ ଖୁଆଇବ ?"

ଗରିମାର କଥା ଶୁଣି ତା'କଥାକୁ ହୃଦୟଙ୍ଗମ କରେ, ଭାବେ ସତକଥା। ସେ ଯେଉଁଠିକୁ ଯିବ ଖଟିକି ଖାଇବ। ସେମାନେ ତ ଖଟିଲେ ଖାଇବେ ନହେଲେ ଉପାସ। ଝିଅଟାର ମନ ଯେମିତି ତା' ଭାଗ୍ୟ କ'ଣ ସେମିତି ହେବ ?

ଦିନକର କଥା। ଜାଗର ଅମାବାସ୍ୟା ଥାଏ, ସେଦିନ ମୋର ଉପବାସ। ସକାଳୁ ଗାଧୋଇ ପାଧୋଇ ମନ୍ଦିର ଯିବାକୁ ପ୍ରସ୍ତୁତ ହେଲି। ଆଲମାରିରୁ ନାଲି ଧଡ଼ି ଥିବା ପାଟଶାଢ଼ିଟି ବାହାର କରି ପିନ୍ଧିବାକୁ ବାହାରିଲି। କିନ୍ତୁ ଆଶ୍ଚର୍ଯ୍ୟ କଥା ! ଶାଢ଼ିଟା ତିନି ଚାରି ଜାଗାରେ ଚିରି ଯାଇଛି ! ସେଇ ଶାଢ଼ିଟା କେବଳ ମନ୍ଦିରକୁ ପିନ୍ଧିକି ଯାଏ। ଭାରି ପବିତ୍ର ଲାଗେ। ଅତି ବେଶିରେ ଚାରି ପାଞ୍ଚ ଥର ପିନ୍ଧିଥିବି। ଚାରି ହଜାର ପଞ୍ଚସ୍ତରି ଟଙ୍କା ଦେଇ କିଣିଥିଲି। ଶାଢ଼ିଟାକୁ ଡ୍ରାଏୱାସରେ ଦେଇଥିଲି, ସେମାନେ କେମିତି ଚିରି ଦେଲେ ! ମନଟା ଭାରି ଖରାପ ଲାଗିଲା। କହନ୍ତି, ଚିରା ଶାଢ଼ି ପିନ୍ଧନ୍ତିନି। ଆଞ୍ଚଳ ପଟକୁ ଚିରିଛି, ସିଲେଇ କିମ୍ବା ରଫୁ କରିଦେଲେ ବି ତାହା ଲୋକଙ୍କ ନଜରରେ ପଡ଼ିବ। ତା'ହେଲେ କ'ଣ ପାଟ ଶାଢ଼ିଟାକୁ ଫିଙ୍ଗିଦେବି ? ଉପାୟ ଚିନ୍ତା କରି ସେଇ ଚିରା ଜାଗାରୁ ଦୁଇ ହାତ ଖଣ୍ଡେ କଇଁଚିରେ କାଟିଦେଲି। ତା'ପରେ ପିନ୍ଧିବାକୁ ଚେଷ୍ଟା କଲି। ଶାଢ଼ିଟା ଛୋଟ ହେଇଯିବାରୁ ଠିକରେ କୁଞ୍ଚ ପଡ଼ିଲାନି, ଭାରି ଅଡୁଆ ଦିଶିଲା। ତା'ପରେ ଶାଢ଼ିଟା ପାଲଟି ଆଉ ଗୋଟିଏ ଶାଢ଼ି ପିନ୍ଧି ମନ୍ଦିର ଗଲି।

ସେଦିନ ମନଟା ଭାରି ଦୁଃଖ ଲାଗୁଥାଏ। ଏତେ ଦାମର ଶାଢ଼ିଟା ନଷ୍ଟ ହେଇଗଲା ! ଏବେ ସିନା ପ୍ରମୋଶନ ହେଇ ସେକ୍ସନ ଅଫିସର ହେଇ ରିଟାୟାର କଲେ, ସେତେବେଳେ କ୍ଲରିକାଲ ଚାକିରି, କଟାକଟି ହେଇ କେତେ ବା ମିଳୁଥାଏ। ଘରଭଡ଼ା, ପିଲାଙ୍କ ପାଠପଢ଼ା ଖର୍ଚ୍ଚ ସବୁ ଯାଇ ଅଣ୍ଟୁ ନଥାଏ। ଘର ଖର୍ଚ୍ଚରୁ ବଞ୍ଚେଇ ଆଉକିଛି ମିଶେଇ ସାବିତ୍ରୀରେ ଶାଢ଼ି ଖଣ୍ଡିକ କିଣିଥିଲି।

ଦିନେ ହଠାତ୍ ଭାବିଲି, ଯଦି ଏହି ଶାଢ଼ିଟାକୁ ଗରିମାକୁ ଦେଇଦେବି ସେ କେତେ ଖୁସି ହେବ। ମୁଁ ସିନା ଟିକେ ମୋଟୀ ବୋଲି ମେତେ ଶାଢ଼ିଟା ପାଇଲାନି, ସେ ତ ପତଳା ମଣିଷଟିଏ। ତାକୁ ହୁଏତ ପାଇଯିବ। ମୁଁ ଆଜି ନହେଲେ କାଲି ପାଟ ଶାଢ଼ିଟିଏ କିଣି ପିନ୍ଧି ପାରିବି, କିନ୍ତୁ ସେ କ'ଣ ପାଟ ଶାଢ଼ି କିଣି ପିନ୍ଧି ପାରିବାର ସ୍ୱପ୍ନ ଦେଖିପାରିବ ? ଏକଥା ଭାବି ପରଦିନ ଗରିମା ଆସିବାରୁ ତାକୁ ଶାଢ଼ିଟି ଦେଇ କହିଲି, 'ଗରିମା, ଏଇ ଶାଢ଼ିଟା ନେ, କେବେ ପୂଜା ପର୍ବରେ ପିନ୍ଧିବୁ।'

ସେ ଆଶ୍ଚର୍ଯ୍ୟ ହେଇ କହିଲା, 'ମା'ଇଏ କ'ଣ ! ତୁମେ ଏତେ ଦାମୀ

ଶାଢ଼ିଟା କାହିଁକି ମତେ ଦେଇଦେଉଛ ? ମୁଁ ଯାକୁ ନେଇ କ'ଣ କରିବି, ମତେ କ'ଣ ଏଇଟା ମାନିବ ?

ତାକୁ ପ୍ରକୃତ କଥାଟା କହିଲି, ନହେଲେ ସେ କେତେ କ'ଣ ଭାବିବ ! ସେ ଶାଢ଼ିଟିକୁ ଧରି ଘଡ଼ିଏ ଚାହିଁଲା । ତା' ଆଖିରେ ମୁଁ କୃତଜ୍ଞତାପୂର୍ଣ୍ଣ ଆନନ୍ଦ ଦେଖିପାରିଲି । ମୁଁ କିଛିଟା ଆନନ୍ଦ ବି ଉପଲବ୍ଧ କଲି ।

ଏହି ଘଟଣାର କିଛିଦିନ ପରେ ସେ ଆଉ କାମକୁ ଆସିଲାନି । ଶୁଣିବାକୁ ପାଇଲି, ସେ ଗାଁକୁ ଚାଲିଗଲା, ନ ଜଣେଇକି ଯିବାରୁ ତା' ଉପରେ ମନେ ମନେ ବିରକ୍ତ ହେଲି । ଭାବୁଥାଏ ଚାକରାଣୀକୁ ଦୟା କରିବାର କ'ଣ ଏଇୟା ଫଳ ! ଧୀରେ ଧୀରେ ତାକୁ ମନରୁ ପାସୋରିବାକୁ ଚେଷ୍ଟାକଲି ।

ପ୍ରାୟ ଛଅ ମାସ ପରେ ଦିନେ ଦ୍ୱିପହରରେ କଲିଙ୍ଗ ବେଲ ବାଜିବାରୁ ଯାଇ କବାଟ ଖୋଲିଲି । ହଠାତ୍ ଗରିମାକୁ ଦେଖି ଚମକି ପଡ଼ିଲି ଏବଂ ଆଶ୍ଚର୍ଯ୍ୟ ହେଲି ।

ଗରିମା ହସି କହିଲା, 'ମା'ଭଲ ଅଛନା ? ମୋ ଉପରେ ରାଗୁଥିବ ରହିଗଲି ବୋଲି ।'

ତାକୁ ଭିତରକୁ ଡାକିଲି, ବିରକ୍ତ ହେଇ ପଚାରିଲି, 'ତୁ ଏମିତି ହଠାତ୍ କୁଆଡ଼େ ଚାଲିଗଲୁ, ଜଣେଇକି ଯାଇଥିଲେ କ'ଣ ହେଇନଥାନ୍ତା ?'

ସେ କହିଲା, 'ମୋ କଥା ସବୁ ଶୁଣ, ଶୁଣିସାରି ତୁମେ ମୋ ଉପରେ ରାଗିଲେ ରାଗିବ ।' କହି ଚଟାଣରେ ବସିପଡ଼ିଲା ।

ମୁଁ ତାକୁ ଟିକେ ରାଗ ଆଉ ଅଭିମାନ ମିଶା ଜିଜ୍ଞାସୁ ଆଖିରେ ଚାହିଁଲି ।

ତା'ପରେ ସେ ତା' କାହାଣୀ ଆରମ୍ଭ କଲା, 'ମା', ତୁମେ ଦେଇଥିବା ଶାଢ଼ି ଖଣ୍ଡିକ ଆମ ପାଇଁ ଶୁଭ ।'

ତାକୁ କହିଲି, 'ସେଇ ଶାଢ଼ିଟା ତୋ ପାଇଁ ଏମିତି କ'ଣ ଶୁଭ ହେଇଗଲା ଯେ, ସେଥିପାଇଁ କାମ ଛାଡ଼ିଦେଲୁ ?'

"ମା' ସେଇ ଶାଢ଼ି ଖଣ୍ଡିକ ପେଡ଼ିରେ ସାଇତି ରଖିଥିଲି, ଭାବିଥିଲି, ସାହେବାଣୀ ଶାଶୂଘରକୁ ଗଲାବେଳେ ତାକୁ ଦେଇଥାନ୍ତି । ସେଦିନ ସେ ଜିଗର କଲା, ସେଇ ଶାଢ଼ିଟା ପିନ୍ଧି ସେ ଖାଦାନକୁ କାମ କରିବାକୁ ଯିବ । ମୁଁ ତାକୁ ଯେତେ ବୁଝେଇଲି, ଏତେ ଦାମୀ ଶାଢ଼ି ପିନ୍ଧି କିଏ କ'ଣ କାମ କରିବାକୁ ଯାଏ, ଲୋକେ ହସିବେନି ? ହେଲେ ମା', ତା'ର ଏକା ଜିଦି ସେ ଶାଢ଼ିଟା ପିନ୍ଧିବ । ବାଧ୍ୟରେ ତାକୁ ପିନ୍ଧେଇ ଛାଡ଼ିଲି । ମା', ସେ ଯୋଉ ଖାଦାନରେ କାମ କରେ ସେଇ ମାଲିକ ବହୁତ ଭଲଲୋକ । ବହୁତ ପଇସା ବାଲା ଲୋକ, ସହରରେ ତାଙ୍କର ବଡ଼ ବଡ଼ କୋଠାଘର

ଅଛି। ହେଲେ, ବାବୁଆଣୀଙ୍କର କିଛି ପିଲାପିଲି ନାହାନ୍ତି। ମଝିରେ ମଝିରେ ବାବୁ ଦେଖାଚାହାଁ କରିବାକୁ ଏଠାକୁ ଆସନ୍ତି।

"ହେଲେ ମୋତେ ଏସବୁ କାହିଁକି କହୁଛୁ, ତୋ କାମ ଛାଡ଼ିବା ସହିତ ତାଙ୍କର ସମ୍ପର୍କ କ'ଣ ?"

"ସମ୍ପର୍କ ଅଛି ମା', ତୁମେ ଆଗ ଟିକେ ଶୁଣିସାରନା।"

ହଉ ହଉ କହ, ମୁଁ ଟିକେ ବିରକ୍ତି ପ୍ରକାଶ କରି କହିଲି। ସେ ଯାହା କହିଲା, କଥାଟା ଏହିପରି, ସେଦିନ ମାଲିକ ଧନଞ୍ଜୟ ବାବୁ ଗୋଟିଏ ଜାଗାରେ ବସି କାମ ତଦାରଖ କରୁଥାନ୍ତି, ଦେଖିଲେ, ଗୋଟିଏ ଛୋଟ ଝିଅ ଭଲ ଶାଢ଼ି ଖଣ୍ଡେ ପିନ୍ଧି କାମ କରୁଛି। ଝିଅଟି କେତେବେଳେ ଶାଢ଼ିକୁ ଟେକୁଛି ତ କେତେବେଳେ ଖସିଯାଉଥିବା ଶାଢ଼ିକୁ ଖୋସୁଛି। ଏଣେ ସିମେଣ୍ଟ, ପଥର ପାତ୍ରକୁ ମୁଣ୍ଡେଇ ଚାଲିଛି। ଭାବିଲେ, ଭଲ ଘରର ପିଲାପରି ମନେ ହେଉଛି। ତା' ପରଦିନ ପୁଣି ସେଇ ଶାଢ଼ି ଖଣ୍ଡିକ ପିନ୍ଧି ସାହେବାଣୀ କାମକୁ ଗଲା। କାମ ସାରି ପଇସା ଧରି ଖୁସି ମନରେ ପାଉଁଜି ରୁଣୁଝୁଣୁ କରି ଡେଇଁ ଡେଇଁ ଚାଲିଗଲା। ମାଲିକ ତାକୁ କେବଳ ଆଶ୍ଚର୍ଯ୍ୟ ଦୃଷ୍ଟିରେ ଦେଖୁଥାନ୍ତି। ତା' ପରଦିନ ପୁଣି ସେଇ ଶାଢ଼ି ଖଣ୍ଡିକ ଜିଦି କରି ପିନ୍ଧିକି ଗଲା। ସେମିତି ଶାଢ଼ି ଖସୁଥାଏ, ତାକୁ ଖୋସୁଥାଏ। ତା' ମୁହଁରେ ନଥାଏ ବିରକ୍ତି ଭାବ।

ସେଦିନ ମାଲିକ ତାକୁ ପାଖକୁ ଡାକି ପଚାରିଲେ, "ଝିଅ, ତୋ ନାଁ କ'ଣ ?" ସେ ନିର୍ଭୟରେ ଉତ୍ତର ଦେଲା, "ସାହେବାଣୀ।"

"ତୁମ ଘର କୋଉଠି ?"

"ଏଇ ପାଖ ବସ୍ତିରେ।"

"ତୁମ ଘରେ ଆଉ ସବୁ କିଏ ଅଛନ୍ତି ?"

"ଆମ ଘରେ ଖାଲି ମୋ ମା' ଅଛି, ଆଉ କେହି ନାହାନ୍ତି।"

"ତୁ ଖୁସିରେ କାମ କରିବାକୁ ଆସୁଛୁ ନା ତୋ ମା' ତତେ ବାଧ କରି ପଠଉଛି ?"

"ମୋର କାମ ଫାମ କରିବାକୁ କିଛି ଇଚ୍ଛା ନାହିଁ, ମା'କହୁଛି, ଖାଦାନକୁ ଯା' କାମ ଶିଖିବୁ।"

"ପାଠ ଶାଠ କିଛି ପଢ଼ି ଜାଣିଛୁ ?"

ହଁ, ମୁଁ ଷଷ୍ଠ ଯାଏ ପଢ଼ିଛି।"

"ପାଠ ବନ୍ଦ କଲୁ କାହିଁକି ?"

"ମା' ମନାକଲା, କହିଲା, ପାଠ ପଢ଼େଇବାକୁ ପଇସା ନାହିଁ।"

"ତୋର ପାଠ ପଢ଼ିବାକୁ ଇଚ୍ଛା ଅଛି ?"

ସେ ଟିକେ ହସି ମୁଣ୍ଡ ଟୁଙ୍ଗାରିଲା।

ତା'ପରେ ବାବୁ ତା' ହାତରେ ଶହେ ଟଙ୍କାଟିଏ ଗୁଞ୍ଜିଦେଇ, ତା'ମୁଣ୍ଡ ଆଉଁସିଦେଇ କହିଲେ, ତୁ ଆଜି ଘରକୁ ଚାଲିଯା, ଆଉ କାମ କରନା।

ସାହେବାଣୀ ଟଙ୍କାଟାକୁ ଟିକେ ଦେଖୁଥାଏ ତ ବାବୁଙ୍କ ଆଡକୁ ଆଶ୍ଚର୍ଯ୍ୟ ଦୃଷ୍ଟିରେ ଚାହୁଁଥାଏ। ତା'ପରେ ବାବୁଙ୍କୁ ନମସ୍କାରଟିଏ ପକେଇ ଦେଇ ଡେଇଁ ଡେଇଁ ଚାଲିଗଲା।

ତା' ପରଦିନ ଧନଞ୍ଜୟ ବାବୁ ଗରିମାକୁ ଡକେଇଲେ। କହିଲେ, 'ତୋର ଯଦି ଆପତ୍ତି ନଥାଏ, ତା'ହେଲେ ତୋ ଝିଅକୁ ମୁଁ ଝିଅ କରି ପାଖରେ ରଖିବି। ତା'ର ଯେତେ ଇଚ୍ଛା ପାଠ ପଢ଼ିବ, ତା'ର ବିବାହ ଦାୟିତ୍ୱ ବି ମୋର।'

ଗରିମା ଥଙ୍ଗେଇ ଥଙ୍ଗେଇ କହିଲା, 'ବା..ବୁ..ବାବୁ, ମୋର ଆଉ କେହି ନାହିଁ, ଝିଅଟା କେବଳ ମୋର ସାହା ଭରସା। ମୁଁ ତାକୁ ଛାଡ଼ି ରହି ପାରିବିନି।

ବାବୁ କହିଲେ, 'ତୁ ଯଦି ତାକୁ ଛାଡ଼ି ରହି ପାରିବୁନି, ତା'ହେଲେ ତୁ ବି ଆମ ସାଙ୍ଗରେ ରହିପାରୁ। ଆମେ ଦୁଇଜଣ ଲୋକ, ଘର କାମ ଟିକେ କରିଦେବୁ।'

ଗରିମା ସବୁକଥା ଶୁଣି ତାଙ୍କ ସାଙ୍ଗରେ ଯିବାକୁ ରାଜି ହେଇଥିଲା। ତା' ପରିଦନ ବାବୁଙ୍କ ସାଙ୍ଗରେ ଯିବାର ଥିବାରୁ, ସେ ଆଉ କାହାକୁ ଜଣେଇବାକୁ ସୁଯୋଗ ନପାଇ ଘରେ ତାଲା ପକେଇ ବାବୁଙ୍କ ସାଙ୍ଗରେ ଚାଲି ଯାଇଥିଲା।

ଗରିମା ସେଦିନ ଯାହା କହିଥିଲା, ମୋର ଏବେ ବି ସବୁ ମନେଅଛି। "ମା' ସେ ବାବୁ ବହୁତ ଭଲ ଲୋକ। ସାହେବାଣୀକୁ ନିଜ ଝିଅପରି ଆଦର କରୁଛନ୍ତି। ତାକୁ ସ୍କୁଲରେ ନାଁ ଲେଖେଇ ଦେଇଛନ୍ତି। ମତେ ଘରର ଜଣେ ନିଜର ଲୋକ ଭଳି ଭାବୁଛନ୍ତି। ମୁଁ ସାହାରା ପାଇଛି ମା', ସାହେବାଣୀଟା କୂଳରେ ଲାଗିଯାଇଛି। ତା'ମନ ଯେମିତି ତାକୁ ଠାକୁରେ ସେମିତି ଦେବତା ଭଳି ପରିବାରଟିଏ ଦେଇଛନ୍ତି। ତା'ର ଇଚ୍ଛା ସେ ବହୁତ ପାଠ ପଢ଼ି ବଡ଼ ମଣିଷ ହେବ, ତାଙ୍କର ନାଁ ରଖିବ। ସବୁ ସେଇ ଠାକୁରଙ୍କ ଇଚ୍ଛା। ହେଲେ ମା', ଏସବୁ କେବଳ ତୁମ ପାଇଁ ସମ୍ଭବ ହେଲା। ତା' ପୂର୍ବରୁ ତ ତାକୁ କେହି ଚାହୁଁନଥିଲେ କି ପଚାରୁ ନଥିଲେ। ସେଇ ଶାଢ଼ିଟା ପିନ୍ଧିବାରୁ ସିନା ତା' ଭାଗ୍ୟ ଖୋଲିଗଲା ! ସେଥିପାଇଁ ତୁମ କଥା ମନେ ପଡ଼ିବାରୁ ତୁମକୁ ଟିକେ ଦେଖିବାକୁ ଚାଲିଆସିଲି।"

ସେଦିନ ମୁଁ ତା' କଥାକୁ ଆଶ୍ଚର୍ଯ୍ୟ ହେଇ ଶୁଣୁଥିଲି ଏବଂ ମନ ଭିତରେ ଆତ୍ମସନ୍ତୋଷ ଲାଭ କରୁଥିଲି। ତାକୁ କହିଲି, "ନାଇଁ..ନାଇଁ ଗରିମା, ତୁ ସେମିତି

କାହିଁକି ଭାବୁଛୁ ? ଶାଢ଼ି ଖଣ୍ଡିକ ନଷ୍ଟ ହେଇଯିବ ଭାବି ଖୁସିରେ ତତେ ପିନ୍ଧିବାକୁ ଦେଇଥିଲି । କିନ୍ତୁ ତୋ ଝିଅଠାରେ ଏମିତି କିଛି ଗୁଣ ଥିଲା, ଯାହା ସେ ବାବୁ ଭଲ ଲୋକ ବୋଲି, ବଣିଆ କଷଟି ପଥରରେ ସୁନା ଚିହ୍ନିଲା ପରି ତାକୁ ପରଖି ନେଇ କୋଳକୁ ନେଲେ । ସବୁ ତା'ରି ଭାଗ୍ୟ ।"

ସେଦିନ ଗରିମା ଯିବାର ଚାରିମାସ ପରେ ଆମର ଟ୍ରାନ୍ସଫର ହେଇଗଲା । ଧୀରେ ଧୀରେ ଗରିମା ଏବଂ ତା' ଝିଅ ସାହେବାଣୀକୁ ସ୍ମୃତିରୁ ପୋଛି ଦେଇଥିଲି ।

ସେଇ ମୁହଁଟିକୁ କେମିତି ବା ଭୁଲି ପାରିବି ! ଆଜି ହଠାତ୍ ଜାଣିଲି, ସେହି ମହାନ୍ ବ୍ୟକ୍ତି ଧନଞ୍ଜୟ ବାବୁ ତାକୁ ମଣିଷ ପରି ମଣିଷଟିଏ କରି ଗଢ଼ି ତୋଳିଛନ୍ତି । ଯାହାକି ସାହେବାଣୀ ପାଠ ପଢ଼ି ଏତେ ଜ୍ଞାନର ଅଧିକାରିଣୀ ହେଇପାରିଛି । ମନେ ମନେ ସେଇ ଭଦ୍ରବ୍ୟକ୍ତିଙ୍କ ପାଖରେ କୃତଜ୍ଞତାରେ ମୁଣ୍ଡ ନଇଁଯାଉଥିଲା ।

ଗରିମା ଭାଷାରେ ସେଇ ଶାଢ଼ି ଖଣ୍ଡିକ ତାଙ୍କ ପାଇଁ ଶୁଭ । ସତରେ କ'ଣ ସେଇ ଶାଢ଼ି ଖଣ୍ଡିକ ପାଇଁ ସାହେବାଣୀ ଆଜି ଏତେ ଉଚ୍ଚ ସ୍ଥାନରେ ପହଞ୍ଚି ପାରିଛି ନା ଧନଞ୍ଜୟ ବାବୁଙ୍କ ମହାନ୍ ଉଦାରତା ପାଇଁ ନା ସାହେବାଣୀ ଭିତରେ ଥିବା ଲୁକ୍କାୟିତ ପ୍ରତିଭା ପାଇଁ ?

ଏହିସବୁ ପ୍ରଶ୍ନ ମୋ ମନକୁ ଗୁଡ଼େଇ ତୁଡ଼େଇ ଆସୁଥିଲା । ତଥାପି ମୁଁ ବହୁତ ଖୁସି ଅନୁଭବ କରୁଥିଲି ଏବଂ ଆତ୍ମସନ୍ତୋଷ ଲାଭ କରୁଥିଲି । ଏମିତି ଆନନ୍ଦ ଯେମିତି ଜୀବନରେ ମୁଁ କେବେ ବି ପାଇନଥିଲି ।

■

ନିଃସଙ୍ଗ

ମୁହଁରେ ଦର ପାଚିଲା ଦାଢ଼ି, ମୁଣ୍ଡର ଅଧିକାଂଶ କେଶ ଧଳା ହୋଇ ଫୁରୁଫୁରୁ ଉଡୁଛି। ଜୀର୍ଣ୍ଣଶୀର୍ଣ୍ଣ ଚେହେରା। ବିଷଣ୍ଣ ଭାବ। ସମୁଦ୍ର କୂଳରେ ବସି ସରୋଜ ବାବୁ ଏକ ଲୟରେ ସମୁଦ୍ରକୁ ଚାହିଁ ରହିଛନ୍ତି। ସମୁଦ୍ରର ଢେଉ ପରି ତାଙ୍କ ମନଟା ବି ଉତ୍ତାଳ ହେଇଉଠୁଛି। ବହୁତ ବର୍ଷ ପୂର୍ବେ ଏହି ବାଲୁକା ଶଯ୍ୟାରେ ବସି ସ୍ୱପ୍ନ ସବୁକୁ ସାଉଣ୍ଟୁଥିଲେ। ଆଜି ପରିଣତ ବୟସ। ଆଉ ସ୍ୱପ୍ନ କ'ଣ? ସବୁ ସ୍ୱପ୍ନ ଆଜି ଧୂଳିସାତ୍ ହେଇଯାଇଛି। ସ୍ୱପ୍ନ ଗୁଡ଼ିକ ଆଜି ତାଙ୍କୁ ଅତିକ୍ରମ କରି ଚାଲିଯାଇଛନ୍ତି।

ରିଟାୟାରମେଣ୍ଟହେବାର ପ୍ରାୟ ଦଶବର୍ଷ ବିତିଗଲାଣି। ଏକାକୀ ସାଥୀହୀନ ଜୀବନ। ତେଣୁ ନୀଳ ଲହରିମାଳାକୁ ସାଥୀ କରି ସେ ପ୍ରତ୍ୟେକ ଦିନ ସନ୍ଧ୍ୟାରେ ଆସି ଘଣ୍ଟା ଘଣ୍ଟା ଧରି ବାଲୁକା ଶଯ୍ୟାରେ ବସନ୍ତି ଏବଂ ସ୍ମୃତି ସବୁକୁ ସାଉଁଟନ୍ତି। ଯେତେବେଳେ ତାଙ୍କ ବୟସ ଚବିଶ ପଚିଶ ବର୍ଷ ସେତେବେଳେ ସେ ଜଣେ ହୃଷ୍ଟପୁଷ୍ଟ ଯୁବକ ଥିଲେ। ଆରତୀଙ୍କୁ ଭଲପାଇ ବାହା ହେଇଥିଲେ। ଫୁଟବଲ ଖେଳରେ ତାଙ୍କର ସୁନାମ ଥିଲା। ପ୍ରଥମ ଚାକିରି ଏହି ସହରରେ ଆରମ୍ଭ ହେଇଥିଲା। ବିବାହ ଏଇଠି, ସ୍ତ୍ରୀ ଆରତୀଙ୍କ ସହିତ ଅନେକ ସ୍ମୃତି ଏହି ବେଳାଭୂମି ସହିତ ଜଡ଼ିତ। ପରସ୍ପର ସ୍ନେହ ବାଣ୍ଟୁଥିଲେ, ନୀଡ଼ ରଚନା କରୁଥିଲେ, ଭବିଷ୍ୟତ କାର୍ଯ୍ୟପନ୍ଥା ସ୍ଥିର କରୁଥିଲେ। ଦୁହେଁ ମିଶି ସ୍ୱପ୍ନ ସବୁକୁ ଗୋଟେଇ ଆଣୁଥିଲେ।

ସନତ୍ ଜନ୍ମପରେ ଦୁହେଁ ବହୁତ ଖୁସି ହେଇଥିଲେ। ସନତ୍ କ୍ଷୀର ଯଥେଷ୍ଟ ପାଇପାରିଲା ନାହିଁ, ତେଣୁ ରାତିରେ ସେ ରାହା ଧରି କାନ୍ଦେ। ଆରତୀ ନିଦ ମଳମଳ

ଆଖିରେ ପୁଅକୁ କୋଳକୁ ନିଅନ୍ତି। ସରୋଜ ବାବୁ ଅମୁଲ ଗରମ ପାଣିରେ ଗୋଳେଇ ବୋତଲରେ ଭର୍ତ୍ତି କରି ଦିଅନ୍ତି। ତା'ଦୁଇ ବର୍ଷ ପରେ ରଶ୍ମୀର ଜନ୍ମ। ଦୁହିଁଙ୍କ ସ୍ନେହରେ ପିଲା ଦୁହେଁ ବଡ଼ ହୁଅନ୍ତି। ସନତ୍ ବହୁତ ଦୁଷ୍ଟ ହୁଏ, ଗୋଡ଼ ହାତ ଖଣ୍ଡିଆ କରି ଘରକୁ ଆସେ। ଅନ୍ୟ ପିଲାଙ୍କ ସାଙ୍ଗରେ ଝଗଡ଼ା କରେ। ଆରତୀ ବିରକ୍ତ ହୁଅନ୍ତି, ତାକୁ ବାଡ଼ାନ୍ତି। ସରୋଜ ବାବୁ ତା' ଦେହରେ ହାତ ଦିଅନ୍ତିନି, ପୁଅକୁ ବୁଝାନ୍ତି, ଭଲ ମଣିଷ ହେବା ପାଇଁ ଉପଦେଶ ଦିଅନ୍ତି। ସନତ୍ ଭଲ ପାଠ ପଢ଼େ, କ୍ଲାସରେ ଫାଷ୍ଟ ହୁଏ, ବୃତ୍ତି ପାଏ।

ଧୀରେ ଧୀରେ ସମୟ ତା' ଚିରାଚରିତ ଗତିରେ ଚାଲିଥାଏ। ଯେତେବେଳେ ସନତ୍ କଲେଜରେ ପାଦ ଦେଲା, ସେତେବେଳେ ସ୍ତ୍ରୀ ଆରତୀଙ୍କର ଅକାଳ ମୃତ୍ୟୁ ହେଇଗଲା। ପିଲା ଦୁହେଁ ମାତୃହୀନ ହେଇଗଲେ। ସନତ୍ ବାବୁ ପିଲା ଦୁଇଟିଙ୍କୁ ବାପା ମା' ଉଭୟଙ୍କର ସ୍ନେହ ଦେଇ ମଣିଷ କଲେ। ପିଲା ଦୁଇଟିଙ୍କ ମୁହଁକୁ ଚାହିଁ ଦ୍ୱିତୀୟ ବିବାହ କଥା ଚିନ୍ତା କରିନଥିଲେ। ସନତ୍ ଶିକ୍ଷା ସମାପ୍ତ କରିବା ପରେ ଚାକିରିଟିଏ ପାଇଁ ବହୁତ ଚେଷ୍ଟା କଲା, କେତେ ଅଫିସ ଏବଂ କମ୍ପାନୀର ଦ୍ୱାରସ୍ଥ ହେଲା, ତଥାପି ଚାକିରିଟିଏ ଯୋଗାଡ଼ କରିପାରିଲା ନାହିଁ। ରଶ୍ମୀର ବିବାହ ଇଞ୍ଜିନିୟର ପାତ୍ରଟିଏ ଦେଖି ସାରିଦେଲେ। ସବୁବେଳେ ସେ ପୁଅ ପାଇଁ ଚିନ୍ତିତ ରହୁଥିଲେ। ଭାବନ୍ତି, ସନତ୍‌ଟା କୋଉଠି ଟିକେ ଲାଗିଗଲେ ତାଙ୍କ କର୍ତ୍ତବ୍ୟ ସରିଯାଆନ୍ତା।

ଏହି ସମୟରେ ତାଙ୍କ ବାଲ୍ୟବନ୍ଧୁ ଅଶୋକ ସହିତ ତାଙ୍କର ଦେଖାହେଲା। ଯିଏକି ଆମେରିକାରେ ସେଟେଲ ହେଇଛି। ତା'ର ଆମେରିକାନ କାଇଦା, କଥାବାର୍ତ୍ତା ମଧ୍ୟ ସେମିତି। ଆମେରିକାରେ ତାଙ୍କର ବଡ଼ ବ୍ୟବସାୟ। ତାଙ୍କୁ ସନତ୍ କଥା କହିଲେ। ସେ ସବୁକଥା ଶୁଣିସାରି କହିଲେ, ତୁ ଯଦି ଆପତ୍ତି ନକରୁ ମୁଁ ତାକୁ ସାଙ୍ଗରେ ନେଇଯିବି। ପୁଅଟା ଏତେ ଦୂରକୁ ଚାଲିଯିବ, ସେଥିପାଇଁ ଟିକେ ସେ ଭୟ କରୁଥିଲେ। ତା'ପରେ ଆଉ ଗୋଟିଏ ସମସ୍ୟା ଥିଲା, ସେ ଗୋଟିଏ ଝିଅକୁ ଭଲ ପାଉଥିଲା। ତାକୁ କ'ଣ ସେ ଛାଡ଼ିକି ଯିବ? ଏକଥା ସେ ଅଶୋକ ବାବୁଙ୍କୁ କହିଲେ।

ସେ ହସି କହିଲେ, ଭଲପାଇବା ଏବେ ରଖ, ଆଗେ ନିଜକୁ ପ୍ରତିଷ୍ଠିତ କରୁ, ତା'ପରେ ଭଲପାଇବା ବଳେ ହେବ। ଏ ସବୁଥିରେ ଏବେ କିଛି ମାନେ ନାହିଁ। ପ୍ରେମ ଏବେ କ'ଣ? ଜୀବନର ପ୍ରତିଯୋଗିତାର କ୍ଷେତ୍ର ବିଶାଳ। ସେଇ ଦୌଡ଼ରେ ପ୍ରେମ ଫ୍ରେମ ନାହିଁ। ଜୀବନଟା ଏକ ଜୁଆଖେଳ, ମାର କିମ୍ବା ମର।

ସରୋଜ ବାବୁ କହିଲେ, ଆମ ସମୟରେ ଏଭଳି ପ୍ରେମ ମହାମାରୀ ଭଳି ନଥିଲା। ସେ କହିଲେ, ସେତେବେଳେ ପ୍ରେମ ଖାଲି ଅଗ୍ନି ଏବଂ ଘୃତର ସମ୍ପର୍କ। ସନତ୍ ଯଦି ଏହି କାରଣରୁ ଯିବାକୁ ନଚାହେଁ?

ଅଶୋକ ବାବୁ କହିଲେ, 'ତୋର ଯୋଉ କଥା, ମଣିଷର ସବୁଠାରୁ ପ୍ରେମ ତା'ନିଜ ସାଙ୍ଗରେ କରେ। ନିଜ ଅପେକ୍ଷା ସେ ଆଉ କାହାକୁ ଭଲପାଇ ପାରେନା। ମୋ ସାଙ୍ଗରେ ସେ ଯିବାକୁ ରାଜି ହେବ। ସରୋଜ ବାବୁ ପଚାରିଲେ, 'ସେ କ'ଣ ଆମେରିକାରେ କିଛି କରିବାକୁ ସୁଯୋଗ ପାଇବ ?'

"ଅଫ୍‌କୋର୍ସ ! ସେ ଯାହା କିଛି କରିବାକୁ ଚାହିଁବ ସବୁକିଛି କରିପାରିବ, କିଛି ବାଧା ନାହିଁ।"

ସନତ୍ ଏକଥା ଶୁଣି ତାଙ୍କ ସାଙ୍ଗରେ ଯିବାକୁ ଖୁସିରେ ରାଜି ହେଲା। ଅଶୋକ ବାବୁ ତା'ର ପାସ୍‌ପୋର୍ଟ, ଭିସା ପାଇବାରେ ସାହାଯ୍ୟ କରିଥିଲେ ଏବଂ ଟିକେଟ ମଧ୍ୟ କରି ଦେଇଥିଲେ।

ସରୋଜ ବାବୁଙ୍କର ଆଶଙ୍କା ହେଉଥିଲା, ଅଶୋକ ଏତେ ଟଙ୍କା ଖର୍ଚ୍ଚ କରି ତାକୁ ନେବ କୋଉ ସ୍ୱାର୍ଥରେ ? ଆଜିକାଲି ଏମିତି କିଏ କରୁଛି ! ଅଶୋକ ତାଙ୍କ ବାଲ୍ୟବନ୍ଧୁ ବୋଲି ଆଗେଇ ଆସିଛି। ତଥାପି ତାଙ୍କର ସନ୍ଦେହ ହୁଏ, ଅଶୋକ କ'ଣ ତା' ନିଜ ସ୍ୱାର୍ଥ ପାଇଁ ତାକୁ ସାଙ୍ଗରେ ନେଇଯିବାକୁ ଚାହୁଁଛି ? ନେଇଯାଇ ଚାକର କରି ରଖିବନି ତ ? କୁପଥରେ ଠେଲି ଦେବ କି ? ତା'ହେଲେ ତା' ଭବିଷ୍ୟତଟା କ'ଣ ହେବ ? ପୁଣି ମନକୁ ବୁଝାନ୍ତି, ନାଇଁ ଯେତେହେଲେ ତାଙ୍କ ବନ୍ଧୁ ସେ ଏମିତି କିଛି କରିବନି। ଏମିତି ଅନେକ ଚିନ୍ତା ତାଙ୍କ ମୁଣ୍ଡରେ ପଶେ କିନ୍ତୁ କିଛି ସିଦ୍ଧାନ୍ତରେ ପହଞ୍ଚି ପାରନ୍ତିନି। ଏମିତି କେହି ନାହିଁ କାହାକୁ ସେ ପଚାରି ପରାମର୍ଶ ନେବେ।

ସେଦିନ ବିଷଣ୍ଣ ମନରେ ଅଫିସରେ ଅନ୍ୟମନସ୍କ ଭାବେ ବସିଥିବା ବେଳେ ସରଳା ମାଡାମ ତାଙ୍କୁ ପଚାରିଲେ, 'କ'ଣ ସରୋଜ ବାବୁ, ଏତେ ଚିନ୍ତାମଗ୍ନ କାହିଁକି ?'

ସରୋଜ ବାବୁ ତାଙ୍କ ସମସ୍ୟାତକ ତାଙ୍କୁ ଖୋଲି କହିଲେ। ସରଳା ମାଡାମ ଭାରି ବୁଦ୍ଧିମତୀ। ବିବାହ ନକରି ନିଜେ ନିଜର ସଂସାର ଚଳେଇଛନ୍ତି। ସେ ସବୁକଥା ଶୁଣିସାରି କିଛି କ୍ଷଣ ଚୁପରହି କହିଲେ, ଏଥିରେ ଭୟ କରିବାର କ'ଣ ଅଛି ? ଏ ଦେଶରେ ପଚି ମରିବା ଅପେକ୍ଷା ସେ ଦେଶକୁ ଯାଇ ସଂଗ୍ରାମ କରି ବଞ୍ଚିବା ଭଲ। ତା'ପରେ ସେ ଆପଣଙ୍କର ବାଲ୍ୟବନ୍ଧୁ, ସେ ତା'ର ଅମଙ୍ଗଳ ଚିନ୍ତା କରିବେ କାହିଁକି ? ଆପଣ ଜଣେ ଶିକ୍ଷିତ ଲୋକ, ପାଠ ପଢ଼ିଛନ୍ତି, ନିଜେ ଜାଣିଛନ୍ତି ସେ ଦେଶଟା କେମିତି। ଏ ଦେଶରେ କିଛି କରିବାର ଚାନ୍ସ ଅଛି ? ଚାକିରି ନା ବ୍ୟବସାୟ ? ସରୋଜ ବାବୁ କହିଲେ, 'ବହୁତ ଚେଷ୍ଟା କଲାଣି ଚାକିରି ଖଣ୍ଡେ ପାଇପାରୁନି।' ମାଡାମ କହିଲେ, ପାଇବନି ମଧ୍ୟ, ଏ ଦେଶରେ ଚାକିରି ନାହିଁ। ଦେଖୁ ଦେଖୁ ବୟସ ଗଡ଼ିଯିବ, ଫ୍ରଷ୍ଟ୍ରେସନ ଆସିଯିବ। ଆମେରିକା ବଡ଼ ଦେଶ, ଧନୀ ଦେଶ, ସ୍କୋପ ଅଛି। ତା'ଛଡା ଏମିତି

ଲୋକଙ୍କ ସାଙ୍ଗରେ ଯାଉଛି, ସେ ସେଠାରେ ପ୍ରତିଷ୍ଠିତ। ଚାକିରି ନପାଇଲେ ତାଙ୍କ ସାଙ୍ଗରେ ବ୍ୟବସାୟ କରିବ। ନହେଲେ ଫେରିଆସିବ। ସେଠାରେ ମନ ଲାଗିଗଲେ ପକେଟ ଡଲାରରେ ପୂରିଯିବ। ଗୋଟିଏ ସମସ୍ୟା, ସେଠାରେ କୌଣସି ସମାଜ ନାହିଁ। କାହା ସହିତ ଏତେଟା ସମ୍ପର୍କ ଏବଂ ମିଳାମିଶା ନାହିଁ। ଘୋଡ଼ା ଭଳି ଦୌଡ଼, ଯେତେ ଦୌଡ଼ିବ, ସେତେ ଆସିବ। ଭଲ ଲୋକଙ୍କ ସଂଖ୍ୟା ବେଶି। କିଏ କ'ଣ କରିବାକୁ ଚାହିଁଲେ ଉତ୍ସାହିତ କରିବେ। କଛା ଧରି କେହି ଟାଣିବେନି। ସେ ଦେଶରେ କଥା କମ୍ କାମ ବେଶି। ଈର୍ଷା, ପରଶ୍ରୀକାତରତା ନାହିଁ। ପ୍ରାଚୁର୍ଯ୍ୟର ଦେଶ। ଷ୍ଟାଣ୍ଡାର୍ଡ ଅଫ୍ ଲିଭିଙ୍ଗ ହାଏ। ନୋ ରିସ୍କ, ନୋ ଗେନ୍ ସେ ତ ପୁରୁଣା କଥା। ଯାହାର ଚେଷ୍ଟା ଅଛି ସେ ବେଶି ସୁଯୋଗ ପାଇବ। ଚାନ୍ସ ଯଦି ଆସିଛି ଛାଡ଼ିବା କଥା ନୁହେଁ। ସୁଯୋଗ ଥରେ ଆସେ। ଓ୍ୱାନ୍ସ ଇନ୍ ଏ ଲାଇଫ ଟାଇମ୍। ପାଣିକୁ ନ ଡେଇଁଲେ କେହି ପହଁରା ଶିଖେନି।

ସରଳା ମାଡାମଙ୍କ କଥା ଶୁଣି ସରୋଜ ବାବୁ ଯେମିତି ଭରସା ପାଇଗଲେ। ତା'ପରେ ପୁଅକୁ ଯିବାକୁ ଅନୁମତି ଦେଇଥିଲେ। କିନ୍ତୁ ଭୟଙ୍କର ଅସ୍ୱସ୍ତିବୋଧ କରିଥିଲେ। ଯାହା ପଛରେ ଅଛି ମଧ୍ୟବିତ୍ତ ପରିବାରରେ ଟଙ୍କାର ଲୋଭ। ଲୋଭ ସନ୍ତାନକୁ ଠେଲିଦେବାକୁ ଚାହୁଁଛି ଅନିଶ୍ଚିତ ପଥରେ। ବିଦେଶରେ କୋଉଠି ଯାଇ ପଡ଼ିରହିବ। ପିତାର ବିବେକ ବାଧା ଦେଉଥିଲା। ଅଚିହ୍ନା ସମାଜ, ଯେଉଁ ଦେଶରେ ଆଦର୍ଶ ଅଲଗା। ଶେଷରେ ସନତ୍ ଆମେରିକା ଗଲା।

ଅଶୋକ ବାବୁ ପ୍ରଥମେ ତାକୁ ନିଜ ବ୍ୟବସାୟରେ ରଖିଲେ। ଭାବିଲେ, ସେ ପ୍ରଥମେ ଏଠାକାର କାଇଦା କଟକଣା, ନୀତି ନିୟମ ସବୁକିଛି ଜାଣିଯାଉ, ତା'ପରେ ତାକୁ କୋଉଠି ଚେଷ୍ଟାକରି ଚାକିରିଟିଏ ଯୋଗାଡ଼ କରିଦେବେ। ଛଅ ମାସ ଖଣ୍ଡେ ପରେ ସନତ୍‌କୁ ନେଇ ଗୋଟିଏ ଡିପାର୍ଟମେଣ୍ଟାଲ ଷ୍ଟୋରରେ ରଖେଇ ଦେଲେ। ସେଠାରେ ସେ କେସିୟର ଭାବେ ରହିଲା ଏବଂ ଷ୍ଟୋରକୁ ପରିଚାଳନା କଲା। ତା'ପରେ କିଛି ଦିନ ପରେ ନିଜ ଚେଷ୍ଟାରେ ସେ ଏକ ଛୋଟ କମ୍ପାନୀରେ ଚାକିରି ପାଇଗଲା। ସେତେବେଳକୁ ସେ ଟିକେ ଚାଲାକ, ଚତୁର ହେଇଯାଇଥିଲା। ଅନେକ ଲୋକଙ୍କ ସହିତ ପରିଚୟ ମଧ୍ୟ ହେଇଥିଲା। ଚାକିରି ପାଇବା ପର୍ଯ୍ୟନ୍ତ ସେ ଅଶୋକ ବାବୁଙ୍କ ଘରେ ରହୁଥିଲା। ତା'ପରେ ସେ ଗୋଟିଏ ଆପାର୍ଟମେଣ୍ଟରେ ଛୋଟ ଘରଟିଏ ଭଡ଼ା ନେଇ ରହିଲା। ଧୀରେ ଧୀରେ ତା'ର ଜଣେ ଆମେରୀକିୟ ଝିଅ ସହିତ ବନ୍ଧୁତା ହେଲା। ସେଇ ବନ୍ଧୁତା ବଢ଼ି ଅଧିକ ଦୃଢ଼ ହେଲା। ତା'ପରେ ସେଇ ଝିଅକୁ ବିବାହ କରିବାକୁ ସ୍ଥିର କରି ତା'ବାପାଙ୍କ ପାଖକୁ ସବୁ ଜଣେଇ ଚିଠି ଲେଖିଥିଲା। ସରୋଜ

ବାବୁ ଚିଠି ପଢ଼ି ବହୁତ ବ୍ୟଥିତ ହେଲେ। ସେଇ ଝିଅ କ'ଣ ଓଡ଼ିଶା ଆସି ଏଠାରେ ଚଳିପାରିବ? ପୁଅ ଆଉ ଫେରିବା କଥା ନେଇ ଆଶଙ୍କା ପ୍ରକାଶ କରି ସେ ବହୁତ ମନ ଦୁଃଖ କଲେ ଏବଂ ବିଚଳିତ ହେଇପଡ଼ିଲେ। ଅଶୋକ ବାବୁ ଏକଥା ଜାଣିଲା ପରେ ସନତ୍‌କୁ ବହୁତ ବୁଝେଇ ଥିଲେ। ସରୋଜ ବାବୁ ମଧ୍ୟ ବୁଝେଇ ପୁଅ ପାଖକୁ ଚିଠି ଦେଇଥିଲେ। କିନ୍ତୁ ସେ କାହା କଥା ନମାନି ସେଇ ଝିଅକୁ ବିବାହ କରିଥିଲା।

ପ୍ରଥମେ ପ୍ରଥମେ ସେ ବର୍ଷେ ଦୁଇ ବର୍ଷରେ ଥରେ ଆସୁଥିଲା, ଚିଠିପତ୍ର ଦେଉଥିଲା। ଧୀରେ ଧୀରେ ତାହା କମିଆସିଲା। ପରେ ସମ୍ପୂର୍ଣ୍ଣ ବନ୍ଦ ହେଇଗଲା। ତା'ର ପୁଅଟିଏ ହେଇଛି ବୋଲି ଶୁଣିଥିଲେ। ସରୋଜ ବାବୁ ମଝିରେ ମଝିରେ ତା'ପାଖକୁ ଚିଠି ଦେଲେ ବି ତା' ପାଖରୁ କିଛି ଉତ୍ତର ଆସୁନଥିଲା। ତା'ପରେ କର୍ମକୁ ଆଦରି ସେ ଚୁପ ରହିଲେ। ସନତ୍ ଯିବାର କିଛି ବର୍ଷ ପରେ ଅଶୋକ ବାବୁ ନିଜ ଦେଶ ଏବଂ ଜନ୍ମମାଟିକୁ ଫେରି ଆସିବାକୁ ସିଦ୍ଧାନ୍ତ ନେଲେ। ଝିଅ ରଶ୍ମୀ ଏବେ ଅହମ୍ମଦାବାଦରେ ତା'ସ୍ୱାମୀ ପାଖରେ ରହୁଛି। ସେ ଡାକେ, ବାପା ତୁମେ ମୋ ପାଖକୁ ଚାଲିଆସ। ସେ କିନ୍ତୁ ରାଜି ହୁଅନ୍ତିନି। କାହିଁକି ଝିଅ ଉପରେ ବୋଝ ହେବେ। ଚାକିରି ସମୟରେ ଯାହା ହେଲେ ବି ତାଙ୍କର ସମୟ କଟିଯାଉଥିଲା, ଏବେ କିନ୍ତୁ ସମୟ ଆଦୌ ଯାଏନି, ତେଣୁ ଏହି ବେଳାଭୂମି ତାଙ୍କର ଚିର ସାଥୀ।

ଏବେ ପୁଅ ବହୁତ ବଡ଼ଲୋକ ହେଇଯାଇଛି। ମୋଟା ଡଲାର, ଗାଡ଼ି ଘୋଡ଼ା, ସାହେବୀ ଖାଦ୍ୟ, ତା' ଭିତରେ ସେ କ'ଣ ଜାଣିବ, ତା'ବାପା ସେଇ ପୁରୁଣା ଚୂନଛଡ଼ା, ପାଣି ଗଳୁଥିବା ଛାତ ତଳେ କେମିତି ଅବସ୍ଥାରେ ଏକୁଟିଆ ପଡ଼ିଛନ୍ତି!

ସରୋଜ ବାବୁ ଏମିତି ଭାବନା ରାଜ୍ୟରେ ବୁଡ଼ି ରହିଥିବା ବେଳେ, ପଛରୁ ତାଙ୍କ ନାଁ ଧରି କିଏ ଡାକୁଥିବାର ସେ ଶୁଣି ପାରିଲେ। ପଛକୁ ଚାହିଁ ଦେଖିଲେ, ଅଶୋକ କାରରୁ ଓହ୍ଲେଇ ଆସୁଛି। ସାଙ୍ଗରେ ତା' ସ୍ତ୍ରୀ, ପୁଅ, ବୋହୂ, ନାତି, ନାତୁଣୀ ଅଛନ୍ତି। ଅଶୋକ ବାବୁ ପାଖକୁ ଆସି କହିଲେ, ଆରେ ସରୋଜ! ତୁ ଏଠାରେ, ଆମେ ତୋ ଘରକୁ ଯାଇ ଫେରିଲୁ। ଅନୁମାନ କଲି, ତୁ ଏଇଠି ହିଁ ଥିବୁ। ସରୋଜ ପଚାରିଲେ, 'ଏତେଦିନ ପରେ ଦେଖା, କୁଆଡ଼େ ଆସିଥିଲ?' ମୁଁ ପିଲାମାନଙ୍କୁ ଧରି ଟିକେ ଜଗନ୍ନାଥ ଦର୍ଶନରେ ଆସିଥିଲି। ତୋ ସହିତ ଦେଖା ନକରି ଫେରିଯିବାକୁ ମନ ବଳିଲା ନାହିଁ। ଅଶୋକର ପୁଅ ନିରଜ ଏବଂ ବୋହୂ ତନ୍ଦ୍ରା ତାଙ୍କ ପାଦ ଛୁଇଁ ପ୍ରଣାମ କଲେ। ତାଙ୍କ ପତ୍ନୀ ନମସ୍କାର ଜଣେଇଲେ। ଅନେକ ଦିନ ପରେ ଦୁଇ ବନ୍ଧୁଙ୍କ ଦେଖା ସାକ୍ଷାତ, ତେଣୁ ବସି ଦୁଃଖ ସୁଖ ହେଲେ।

ଅଶୋକ ବାବୁ ପଚାରିଲେ, 'ଆରେ ତୋ ଚେହେରା ଏମିତି କ'ଣ କରିଛୁ?

ତୋ ବୟସ ଅନେକ ବଢ଼ିଗଲା ପରି ଲାଗୁଛି। 'ନାଇଁ, ସେମିତି କିଛି ନୁହେଁ, ଆଉ କ'ଣ ଅଛି ଏ ଜୀବନରେ। ସେପାରିକୁ ଖାଲି ଅପେକ୍ଷା।' ପୁଅ, ବୋହୂ, ନାତି, ନାତୁଣୀଙ୍କୁ ନେଇ ଅଶୋକ ଖୁସିରେ ଅଛି ସରୋଜ ବାବୁ ଅନୁଭବ କରୁଥିଲେ।

ଅଶୋକ ବାବୁ ନିଜକୁ ଅପରାଧୀ ମନେ କରୁଥିଲେ। କହିଲେ, 'ସରୋଜ ସତରେ ମୁଁ ତୁମକୁ ସାହାଯ୍ୟ କରିବାକୁ ଯାଇ ବଡ ଭୁଲ କରିଛି। ମୁଁ ଭାବିନଥିଲି, ସନତ୍ ଏମିତି କାମ କରିବସିବ ବୋଲି।'

ସରୋଜ ବାବୁ କହିଲେ, 'ସେକଥା ଛାଡ଼େ, ଯାହା ଭାଗ୍ୟରେ ଥିଲା ହେଇଗଲା। ଆଉ ତୋ ଖବର କ'ଣ କହ।' ଦୁଇ ବନ୍ଧୁ ଅନେକ ସମୟ ବସି ଦୁଃଖ ସୁଖ ହେଲେ। କଥାବାର୍ତ୍ତା ହେଉଥିବା ସମୟରେ ସରୋଜ ବାବୁ ବାରମ୍ବାର ଅଶୋକର ପୁଅ, ବୋହୂ ତନ୍ଦ୍ରା ଆଡ଼କୁ ଚାହୁଁଥିଲେ। ସେ ବୋଧହୁଏ ତାଙ୍କ ଭିତରେ ନିଜ ପୁତ୍ର, ପୁତ୍ର ବଧୂକୁ ଦେଖୁଥିଲେ। ଏହି ସମୟରେ ତାଙ୍କ ନାତି, ନାତୁଣୀ ଦୌଡ଼ିଆସି କହିଲେ, 'ଚାଲ ଜେଜେ, ଆଇସକ୍ରିମ ଖାଇବା। ମମୀ, ପାପାଙ୍କୁ ଆଇସକ୍ରିମ ଖାଇବା କଥା କହିବାରୁ ଗାଳିଦେଲେ, କହିଲେ ଥଣ୍ଡା ହେବ। ଚାଲନା ଜେଜେ।' ଦୁଇ ବନ୍ଧୁ ଏକାଥରେ ହସିଉଠିଲେ।

ଦୁଇ ବନ୍ଧୁ ଅନିଚ୍ଛା ସତ୍ତ୍ୱେ ଉଠି ଛିଡ଼ାହେଲେ। ଅଶୋକ ବାବୁ ନାତିକୁ କୋଳେଇନେଇ ସରୋଜ ବାବୁଙ୍କ ହାତରେ ଧରେଇ ଦେଲେ। ସରୋଜ ବାବୁ ଖୁସିରେ ତାକୁ କୋଳେଇନେଇ ଛାତିରେ ଜାକିଧରିଲେ। ଯେମିତି ସେ କିଛି ପାଇଗଲା ପରି ଅନୁଭବ କରୁଥିଲେ। ଖୁସିରେ ଆତ୍ମହରା ହେଇ ପଡୁଥିଲେ। ତା'ଭିତରେ ସେ ଦେଖିପାରୁଥିଲେ ଅତୀତଟାକୁ, ଯେଉଁ ଅତୀତଟା ଦିନେ ତାଙ୍କ ପାଇଁ ସୁମଧୁର ଥିଲା। ନିଃସଙ୍ଗ ଜୀବନ ଭିତରେ ସ୍ମୃତିକୁ ଗୋଟେଇ ଆଣୁଥିଲେ କେତୋଟି ମୁହୂର୍ତ୍ତ ପାଇଁ।

■

ନିସ୍ତବ୍ଧ ପୃଥିବୀ

ଜୁଲି ବିଛଣାରୁ ଉଠି ବାଲକୋନିରେ ଆସି ଛିଡ଼ାହେଲା। ସୂର୍ଯ୍ୟ ଉଇଁ ଆସୁଥିଲେ। ଯେମିତି ଆକାଶ ମଥାରେ ନାଲି ସିନ୍ଦୂର ଟୋପା। ସତେ ଯେମିତି କିଏ ଚାରିଆଡ଼େ ନାଲି ଅବିର ବିଞ୍ଚି ଦେଇଛି। ଚାରିଆଡ଼େ ରଙ୍ଗମୟ କିନ୍ତୁ ତାକୁ ଲାଗୁଛି ଯେମିତି ତା' ଜୀବନର ସବୁ ରଙ୍ଗ ସରିଯାଇଛି। କାଉ କା କା ରାବ ଦେଇ ଏ ଗଛରୁ ସେ ଗଛକୁ ଉଡ଼ ବୁଲୁଥିଲେ। ଚାରିଆଡ଼େ ସେ ଦୃଷ୍ଟି ବୁଲେଇ ଆଣିଲା। ଗଛମାନଙ୍କରେ ଚଢ଼େଇମାନେ କିଚିରି ମିଚିରି ଶବ୍ଦ କରି ଯେମିତି ଜଣେଇ ଦେଉଥିଲେ ସେମାନେ ଖାଦ୍ୟ ଅନ୍ୱେଷଣରେ ଯିବାକୁ ପ୍ରସ୍ତୁତ ହେଲେଣି। ଏଇ ସମୟରେ ପୃଥିବୀଟା କେତେ ସୁନ୍ଦର ଦିଶେ ସତେ ! ଗଛମାନଙ୍କରେ କାକର ବିନ୍ଦୁ ଝଲମଲ କରୁଥିଲା। ତାଙ୍କର ଏହି କଲୋନୀଟା ତାକୁ ବହୁତ ଭଲ ଲାଗେ। ମଝିରେ ପ୍ରଶସ୍ତ ରାସ୍ତା, ଦୁଇକଡ଼େ ଲାଇନ ଲାଇନ ହେଇ ଦ୍ୱିତଳ କୋଠା ଘର, ପ୍ରତି ଘର ଚାରିକଡ଼ ଗଛ ଲତାରେ ପରିପୂର୍ଣ୍ଣ। ଯେମିତି କି ଋଷି ଆଶ୍ରମ। ଅଧିକାଂଶ ଘର ସାମନାରେ ଲନ ଏବଂ ଫୁଲ ବଗିଚା। ବିଭିନ୍ନ ପ୍ରକାର ଫୁଲରେ ବଗିଚାମାନ ହସି ଉଠୁଛି। ଏପ୍ରିଲ ମାସର ଦ୍ୱିତୀୟ ସପ୍ତାହ। ଖରାର ପ୍ରକୋପ ଏତେ ବଢ଼ିନି। କିନ୍ତୁ ଖରା ଦିନର ଏଇ ସକାଳର ଦୃଶ୍ୟ ତାକୁ ଖୁବ୍ ଭଲ ଲାଗେ।

ଅନ୍ୟ ସମୟ ହେଇଥିଲେ ବୟସ୍କ ପୁରୁଷ, ମହିଳାମାନେ ଯୋଡ଼ି ଯୋଡ଼ି ହେଇ ମର୍ଣ୍ଣିଙ୍ଗ ୱାକରେ ବାହାରନ୍ତେଣି। ଯୁବକ ଯୁବତୀମାନେ ଜିମ୍ କିମ୍ବା ପାଖ ପାର୍କକୁ ଯୋଗ କରିବାକୁ ଯାଆନ୍ତେଣି। ମମୀ ବି ପୂର୍ବରୁ ଚାଲିବାକୁ ଯାଉଥିଲା କିନ୍ତୁ ତା' ଆଣ୍ଠୁ

ପ୍ରୋବ୍ଲେମ ବାହାରିବା ଦିନରୁ ପ୍ରାୟ ସେ ଆଉ ବେଶି ଯାଇପାରୁନି। ବାପାଙ୍କର ଡାଇବେଟିସ ଯୋଗୁ ଡାକ୍ତରଙ୍କ ପରାମର୍ଶରେ ସେ ଏକୁଟିଆ ଯାଆନ୍ତି। କିନ୍ତୁ ଏଇ କିଛିଦିନ ହେଲା କରୋନା ଭୟ ଯୋଗୁ ଆଉ ଯାଇପାରୁ ନାହାନ୍ତି। ସେ ପ୍ରାୟ ଡେରି ରାତିରେ ଶୁଏ ଏବଂ ଡେରିରେ ଉଠେ। ତେଣୁ ଏହି ସକାଳର ସୁନ୍ଦର ପରିବେଶକୁ ସେ କମ ଦେଖେ। କିନ୍ତୁ ତାକୁ ଏଇ ସମୟଟା ବହୁତ ସୁନ୍ଦର ଲାଗେ, ତା' ଦେହରେ ରୋମାଞ୍ଚ ଜାତ ହୁଏ। କିନ୍ତୁ ଏହି କରୋନା ଯୋଗୁ ସମସ୍ତେ ଘର ଭିତରେ ବନ୍ଦୀ। ବାହାରକୁ ଯିବାକୁ ଭୟ। କରୋନାର କରାଳ ଛାୟାରେ ବିଶ୍ୱ ଆଜି ଆତଙ୍କିତ। ଗାଁ ଗଣ୍ଡାରୁ ଆରମ୍ଭ କରି ରାଜ୍ୟ, ଦେଶ, ବିଦେଶ ସବୁଠି ଭୟର ବାତାବରଣ। ପ୍ରତ୍ୟେକ ଦିନ ଆକ୍ରାନ୍ତଙ୍କ ସଂଖ୍ୟା ଏବଂ ମୃତ୍ୟୁ ସଂଖ୍ୟା ବଢ଼ି ଚାଲିଛି। ଦେଶରେ ଲକଡାଉନ ଯୋଗୁ ଗାଡ଼ିମୋଟର, ଫ୍ଲାଇଟ ସବୁ ବନ୍ଦ। ଦୋକାନ ବଜାର ବନ୍ଦ। ଲଣ୍ଡନ ଫେରିଯିବାକୁ ତା'ର ଟିକେଟ ହେଇସାରିଥିଲା। ଯଦିଓ ତା'ର ୟୁନିଭରସିଟି ଖୋଲି ନଥିଲା କିନ୍ତୁ ଘର ଲୋକଙ୍କୁ କହିଥିଲା କିଛି ପ୍ରୋଜେକ୍ଟ କାମ ପାଇଁ ଲାଇବ୍ରେରୀରେ ପଢ଼ାପଢ଼ି କରି ପ୍ରିପେୟାର ହେବ। କିନ୍ତୁ ପ୍ରକୃତରେ ସେୟା ନୁହେଁ, କେବଳ ଜନ୍‌ର ବିଚ୍ଛେଦ ହିଁ ତା'ପାଇଁ ଅସହ୍ୟ ଥିଲା।

ଜନ୍ କଥା ଭାବି ସେ ରାତିସାରା ଠିକରେ ଶୋଇପାରିଲାନି। ତା' ମୁଣ୍ଡଟା ଭାରି ଭାରି ଲାଗୁଥିଲା। ସକାଳର ଥଣ୍ଡା ପବନରେ ତାକୁ ଟିକେ ଫ୍ରେସ ଲାଗିଲାଣି। ଘର ଭିତରୁ ଠୁକଠାକ ଶବ୍ଦ ଶୁଭିଲାଣି। ହୁଏତ ବାପା, ମମୀ ଉଠିଲେଣି। ବଡ଼ ଭାଇ ଦୁଇଜଣ ତ ଆଠଟା ପୂର୍ବରୁ ବେଡ ଟି ନହେଲେ ଉଠିବେନି। ରୋଷେୟା ନରିଆ ସକାଳୁ ସକାଳୁ ଆସି ଆଗ ଚା' କରିକି ସମସ୍ତଙ୍କୁ ଦିଏ। କିନ୍ତୁ ନରିଆ ଲକ୍‌ଡାଉନ ଯୋଗୁ ଆଉ ରୋଷେଇ କରିବାକୁ ଆସୁନି। କାମବାଲି ଲତା ବି ଆସୁନି। ନରିଆ ଦୂରରୁ ସାଇକେଲରେ ଆସେ, କିନ୍ତୁ ଲତା ପାଖ ଏକ ବସ୍ତିରୁ ଚାଲିକି ଆସେ। ଲତା ମମୀର ଅବସ୍ଥା ଦେଖି କାମ କରିବାକୁ ଆସିବାକୁ ଚାହୁଁଛି କିନ୍ତୁ ବାପାଙ୍କର କଡ଼ା ନିର୍ଦ୍ଦେଶ 'ବାହାରୁ କେହି ଘର ଭିତରକୁ ପ୍ରବେଶ କରିପାରିବେ ନାହିଁ। ସମସ୍ତେ ନିଜ ନିଜ କାମ କର।' ଭାଇମାନେ ବି ସମ୍ମତି ପ୍ରଦାନ କଲେ। ବଡ଼ ଭାଇ ବ୍ୟାଙ୍କରେ ଚାକିରି କରନ୍ତି ଏବଂ ସାନ ଭାଇ ଏକ ଘରୋଇ କଲେଜରେ ଅଧ୍ୟାପକ। ବାପା ଇଞ୍ଜିନିୟର ଥିଲେ, ଗତ ବର୍ଷ ରିଟାୟାର କରିଛନ୍ତି। ବଡ଼ ଭାଇ ବ୍ୟାଙ୍କ କାମ ଘରେ ବସି କରୁଛନ୍ତି ଏବଂ ସାନ ଭାଇ ତାଙ୍କର କିଛି ଟିଉସନ ପିଲାଙ୍କୁ ଅନଲାଇନରେ ପାଠ ପଢ଼ାଉଛନ୍ତି। ଏଇ କେତେ ଦିନ ହେଲା ତାକୁ ତ ବହିର ପୃଷ୍ଠା ଲେଉଟାଇବାକୁ ଆଦୌ ଇଚ୍ଛା ହେଉନି। ବେଳେବେଳେ ଭାଇମାନେ ମମୀକୁ ରୋଷେଇ ଏବଂ ଘର

କାମରେ ସାହାଯ୍ୟ କରନ୍ତି । ସେ କିଛି କିଛି ଘର କାମରେ ସାହାଯ୍ୟ କରିବାକୁ ଆଗେଇଲେ 'ତୁ ପିଲାଲୋକ କି କାମ କରିବୁ କହି' ତାକୁ ତଡ଼ି ଦିଅନ୍ତି । ତାକୁ ତ କେବେ ବି କିଛି କାମ କରେଇ ଦିଅନ୍ତିନି ।

ଇଂ ସମ୍ବିତ ମିଶ୍ର ଏବଂ ଇଲା ମିଶ୍ରଙ୍କର ସେ ଏକମାତ୍ର ଗେହ୍ଲା ଏବଂ ସାନ ଝିଅ । ସାନ ଭାଇ ଜନ୍ମ ହେବାର ଛଅ ବର୍ଷ ପରେ ସେ ଜନ୍ମ ହୋଇଥିବାରୁ ସମସ୍ତଙ୍କର ଅତି ପ୍ରିୟ ଏବଂ ଅଲିଅଳ । ବଡ଼ ଦୁଇ ଭାଇ ତାକୁ କମ ଭଲ ପାଆନ୍ତିନି । ସେ ଶୁଣେ, ଯେତେବେଳେ ସେ ଜନ୍ମ ହେଲା, ଦୁଇ ପୁଅ ପରେ ଝିଅ ଜନ୍ମ ହୋଇଥିବାରୁ ତାଙ୍କ ଘରେ ଆନନ୍ଦର ଲହରି ଖେଳିଯାଇଥିଲା । ଦୁଇ ଭାଇଙ୍କୁ ଯେମିତି ଖେଳିବା ପାଇଁ କଣ୍ଢେଇଟିଏ ମିଳିଗଲା । ତା'ର କୁନି କୁନି ଗୋଲାପି ଗୋଲାପି ପାଦକୁ ସାଉଁଳିବା, ତା' ଗାଲକୁ ଆଉଁସିବା, ତା' ନାଲି ଟୁକୁଟୁକୁ ଓଠରେ ହାତ ମାରିବା ଯେମିତି ଦୁଇ ଭାଇଙ୍କ ମଧ୍ୟରେ ପ୍ରତିଯୋଗିତା ଲାଗିଯାଏ । ତାକୁ କୋଳରେ ଧରିବା ପାଇଁ ଦୁହିଁଙ୍କ ମଧ୍ୟରେ ମାଡ଼ଗୋଳ ଲାଗିଯାଏ । ଯେତେବେଳେ ଜୁଲି ଟିକେ ବଡ଼ ହେଲା, ତା'ର ଠୁକୁଠୁକୁ ଚାଲି, ଗୁଲୁରୁ ଗୁଲୁରୁ କଥାରେ ସମସ୍ତଙ୍କୁ ମୋହିତ କରେ । ସେଥିପାଇଁ ତା'ର ସବୁ ଜିଦ୍, ଅଳିଅର୍ଦ୍ଦଳି ସେମାନେ ସହି ଆସିଛନ୍ତି । ସେ ଯାହା ଜିଦ୍ କରେ ସମସ୍ତେ ରଖିବାକୁ ଚେଷ୍ଟା କରନ୍ତି, ତା' ମନରେ କୌଣସି କଷ୍ଟ ଦିଅନ୍ତିନି କିମ୍ବା ଆଞ୍ଚୁଡ଼ା ଦାଗଟିଏ ଲଗେଇ ଦିଅନ୍ତିନି ।

ସେଇ ଜିଦ୍ ଯୋଗୁ ସେ ଲଣ୍ଡନରେ ଯାଇ ପାଠ ପଢ଼ିଲା । ସେ ଉତ୍ତମ ଷ୍ଟୁଡେଣ୍ଟ ଥିଲା । ଅର୍ଥନୀତିରେ ଅନର୍ସ ଡିଷ୍ଟିଙ୍କସନ ରଖି ହାୟର ଫାର୍ଷ୍ଟ ଡିଭିଜନରେ ବିଜେବି କଲେଜରୁ ବି.ଏ ପାସ କଲାପରେ, ସେ ଚାହିଁଲା ବାହାର ଦେଶରେ ଏକ ଭଲ ୟୁନିଭରସିଟିରେ ହାୟର ଷ୍ଟଡି କରିବ । ଘରେ ସମସ୍ତେ ବିରୋଧ କଲେ । ବାପା କହିଲେ, "କ'ଣ କହିଲୁ! ତୁ ବାହାର ଦେଶକୁ ଯାଇ ପଢ଼ିବୁ? ଯିଏ ନିଜ ଦାୟିତ୍ୱ ନିଜେ ନେବା ଶିଖିନି ସେ ଯାଇ ବାହାର ଦେଶରେ ଏକୁଟିଆ ରହିବ! ନାଁ ତୁ ଓଡ଼ିଶା ଛାଡ଼ି କୁଆଡ଼େ ଯାଇପାରିବୁ ନାହିଁ ।" ବାପା ତାଙ୍କ ନିଷ୍ପତ୍ତି ଶୁଣେଇ ଦେଲେ । ମମୀ ରାଗି କହିଲା "ତୋର ସବୁ କଥାକୁ ଆମେ ମାନିଯାଉଛୁ ବୋଲି ତୁ ଯାହା କହିବୁ ସେୟା ହେବ ବୋଲି ଭାବୁଛୁ? ସବୁବେଳେ ସବୁକଥାରେ ଜିଦ୍ । ସେ କଥା ହୋଇପାରିବ ନାହିଁ । ଦେଶ ବାହାରକୁ କ'ଣ ରାଜ୍ୟ ବାହାରକୁ ବି ତୁ ଯାଇପାରିବୁ ନାହିଁ । ସବୁ ସେଇ ମୁଣ୍ଡରେ ବସେଇବାର ଫଳ ।" ଭାଇମାନେ ତାକୁ କେତେ ବୁଝେଇଲେ "ଦେଖ୍ ଜୁଲି ବାପା, ମମୀ ତତେ ବହୁତ ଭଲ ପାଆନ୍ତି ବୋଲି ତୋ ଉପରେ ସେମାନେ ରାଗୁଛନ୍ତି । ପ୍ରକୃତ କଥା ଆମେ କେହି ତତେ ଛାଡ଼ି ରହିପାରିବୁ

ନାହିଁ। ଆମ ସୁନା ଭଉଣୀଟା ମାନିଯା, ଆମର ଏଠାରେ ଯେ କୌଣସି ବିଶ୍ୱବିଦ୍ୟାଳୟରେ ପଢ଼। ତା'ଛଡ଼ା ଆମେ ଆଜିଯାଏ ତତେ କୌଣସି କାମ କରେଇ ଦେଇନୁ କି ତୁ ପାଠ ବ୍ୟତୀତ ଆଉ କୌଣସି କାମ ଜାଣିନୁ, ଏପରି ସ୍ଥଳେ ବାହାର ଦେଶରେ କେହି ଚିହ୍ନା ପରିଚୟ ନାହାଁନ୍ତି ତୁ କେମିତି ଚଳିବୁ କହ ତ। ଆମେ ତତେ ଛାଡ଼ି ଶାନ୍ତିରେ ରହିପାରିବୁ ?"

ଉତ୍ତରରେ ସେ କହିଥିଲା "ପିଠିରେ ପଡ଼ିଲେ ବଳେ ସବୁ ଶିଖିଯିବି। ମୋର ନିଜ ଉପରେ ଭରସା ଅଛି, ତୁମେସବୁ ମୋ ପାଇଁ କିଛି ଚିନ୍ତା କରିବା ଦରକାର ନାହିଁ।" ତେଣୁ ତା' ଜିଦ ପାଖରେ ସମସ୍ତେ ହାର ମାନିଲେ। ସେ ଭଲ ଷ୍ଟୁଡେଣ୍ଟ ଥିବାରୁ ତା'ର ଲଣ୍ଡନ ବିଶ୍ୱବିଦ୍ୟାଳୟରେ ଆଡମିସନ ହୋଇଗଲା। ତା'ପରେ ତା'ର ଯିବା ପାଇଁ ଭିସା, ଟିକେଟ ଇତ୍ୟାଦି ସବୁପ୍ରକାର ବ୍ୟବସ୍ଥା ହେଲା। ତାକୁ ହଷ୍ଟେଲ ସିଟ ମଧ୍ୟ ମିଳିଗଲା। ତା'ର ଯିବା ସମୟ ପାଖେଇ ଆସିବାରୁ ବିଦେଶରେ ଝିଅ କୌଣସି ଅସୁବିଧାରେ ନପଡୁ ସେଥିପାଇଁ ତା ମମୀ ତା'ପାଇଁ ବିଭିନ୍ନ ପ୍ରକାର ଖାଇବା ଜିନିଷ ଠୁ ଆରମ୍ଭ କରି ଯାବତୀୟ ଆବଶ୍ୟକୀୟ ଜିନିଷ ସଜାଡ଼ିକି ଦେଇଥିଲେ। ତାକୁ ଛାଡ଼ିବା ପାଇଁ ବାପା, ମମୀ ସାଙ୍ଗରେ ଯାଇଥିଲେ। ସେଠାରେ ସେମାନେ ଦୁଇ ଚାରିଦିନ ରହି ତା'ର ସବୁପ୍ରକାର ବ୍ୟବସ୍ଥା କରିଦେଇ ଛାତିକୁ ପଥର କରି ଫେରିଥିଲେ। ଫେରିବା ସମୟରେ ମମୀ କେତେ ଉପଦେଶ ଦେଇ ତାକୁ ଜାବୁଡ଼ି ଧରି କାନ୍ଦିଥିଲା। ଯାହାହେଲେ ବି ପ୍ରଥମଥର ଘରଠାରୁ ଏତେ ଦୂରରେ ସମସ୍ତଙ୍କଠାରୁ ଅଲଗା ହେଇ କେମିତି ରହିବ ଏହି ଆଶଙ୍କାରେ ତାକୁ ବି ଦୁଃଖ ଲାଗୁଥିଲା। ତେଣୁ ସିଏ ବି ଲୁହରେ ମମୀକୁ ଓଦା କରି ଦେଇଥିଲା। ବାପା ମଧ୍ୟ ଆଖି ଛଳଛଳ କରି ତା' ମୁଣ୍ଡ ଆଉଁସି ଦେଇ ହୁସିଆରରେ ରହିବାକୁ କେତେ ପରାମର୍ଶ ଦେଇଥିଲେ।

ଏହା ମଧ୍ୟରେ ଦୁଇ ବର୍ଷ କେମିତି କଟିଗଲା ତାକୁ ଜଣା ପଡ଼ିଲାନି। ସବୁବେଳେ ଫୋନ କିମ୍ବା ଭିଡିଓ କଲିଂ ମାଧ୍ୟମରେ ଯାହା ପରିବାର ସହିତ ଯୋଗାଯୋଗ ରଖିଥିଲା। ଗତ ବର୍ଷ ଦ୍ୱିତୀୟ ସେମିଷ୍ଟର ପରୀକ୍ଷା ପରେ ଯାହା କିଛିଦିନ ପାଇଁ ସେ ଭାରତକୁ ଆସିଥିଲା। ଅବଶ୍ୟ ଛୁଟି ସରିବାର ପନ୍ଦର କୋଡ଼ିଏ ଦିନ ପୂର୍ବରୁ ତା'ର ପ୍ରୋଜେକ୍ଟ କାମ ଅଛି, ମିଛ କଥା କହି ଟିକେଟ କାଟିଥିଲା। ପ୍ରକୃତରେ ଜନ୍ କଥା ତା'ର ବହୁତ ମନେ ପଡୁଛି। ସେମାନେ ନିୟମିତ ଫୋନ ଏବଂ ଭିଡିଓ ମାଧ୍ୟମରେ ସମ୍ପର୍କ ରଖିଥିଲେ କିନ୍ତୁ ପ୍ରାୟ ଗୋଟିଏ ସପ୍ତାହ ହେଲା ଜନ୍ ସହିତ ତା'ର କୌଣସି ଯୋଗାଯୋଗ ହେଇପାରୁ ନଥିଲା। ଯେତେବେଳେ ଫୋନ କଲେ ବି ସୁଇଚ ଅଫ୍ କହୁଛି। ତେଣୁ ବିଭିନ୍ନ ପ୍ରକାର ଆଶଙ୍କା କରି ତା' ମନ ଆନ୍ଦୋଳିତ ହେଉଥିଲା।

ନଚେତ୍ ଜନ୍ ତ ଏମିତି କେବେ ବି କରିବେନି। ପ୍ରକୃତରେ ସେ କ'ଣ ତାକୁ ଭୁଲିଗଲେ ! ଏମିତି ସବୁ ଆଶଙ୍କା ଭିତରେ ଏଇ କେତୋଟି ଦିନ ତା'ର ଯେ କେମିତି କଟିଛି ସେ ଜାଣେ। ଏମିତି ଭାବନା ଭିତରେ ହଠାତ୍ କାଲି ସନ୍ଧ୍ୟାରେ ଜନ୍‌ର ଭଉଣୀ ଏଲିନା ପାଖରୁ ଫୋନ ଆସିଲା। କହିଲା, "ଭାଇ ବହୁତ ଅସୁସ୍ଥ ଅଛନ୍ତି, ତେଣୁ ହସପିଟାଲରେ ଆଡମିଟ ହେଇଛନ୍ତି। ତୁମକୁ ଜଣେଇବାକୁ ଭାଇ ଫୋନ ନମ୍ବର ଦେଇଥିଲେ, ବ୍ୟସ୍ତରେ ରହି ଜଣେଇ ପାରିନଥିଲି।" ତା'ପରେ ଫୋନ କଟି ଯାଇଥିଲା। ତା'ପରେ ସେ ଯେତେ ଲଗେଇଲେ ବି ପୁଣି ସୁଇଚ ଅଫ। ସେଥିପାଇଁ ସେ ରାତିସାରା ଠିକରେ ଶୋଇପାରିଲା ନାହିଁ। ଏଲିନା ବିଷୟରେ ସେ ଜନ୍‌ଠାରୁ ଅନେକ ଥର ଶୁଣିଛି। କିନ୍ତୁ କେବେ ତା' ସହିତ ସାକ୍ଷାତ ହେଇନି। ତେଣୁ ସେ ତା' ଫୋନ ନମ୍ବର ମଧ୍ୟ ଜାଣିନି। ଏଲିନା ଜନ ଫୋନରୁ ହିଁ ଫୋନ କରିଥିଲା।

ଜନ୍‌ର ପ୍ରକୃତରେ କ'ଣ ହେଇଛି ପଚାରିବା ପୂର୍ବରୁ ଫୋନ କଟିସାରିଥିଲା। ତା' ମନକୁ ପାପ ଛୁଉଁଥିଲା। ଏମିତି ଏକ ଅଦୃଶ୍ୟ ମହାମାରୀ କେତେ ଯେ ସ୍ତ୍ରୀଙ୍କ ଠାରୁ ସ୍ୱାମୀ, ସନ୍ତାନଠୁ ପିତାମାତା, ପରିବାର ଠାରୁ ସନ୍ତାନ ଛଡ଼େଇ ନେଇଛି ଏବଂ ପ୍ରେମିକ ପ୍ରେମିକାଙ୍କୁ ଅଲଗା କରିଛି ତା'ର ହିସାବ ନାହିଁ। ଟିଭି ପରଦା ଏବଂ ପେପର ପୃଷ୍ଠାରେ କେବଳ ସେଇ ଭୟଙ୍କର ମହାମାରୀର କଥା। ସବୁଠି କେବଳ ଭୟ, ଆତଙ୍କ, ଆଶଙ୍କା। ଲକଡାଉନ ଯୋଗୁ ସମସ୍ତେ ଘରେ ବନ୍ଦୀ। ଲଣ୍ଡନରେ ବି ବହୁତ ବ୍ୟାପିଛି ସେ ପେପରରୁ ପଢ଼ି ବିଚଳିତ ହେଇ ପଡୁଛି। ତା'ର ଆଉ କୋଉଥିରେ ମନ ଲାଗୁନି, କେବଳ ଜନ୍‌ଙ୍କ ସତ୍ତା ହିଁ ତାକୁ ଯେମିତି ଆବୋରି ବସିଛି। ଦେଶ ବାହାରେ ଅଜଣା ଅଚିହ୍ନା ସ୍ଥାନରେ ଏଇ ଜନ୍ ହିଁ ତ ତାକୁ ସବୁପ୍ରକାର ସାହାଯ୍ୟ କରିଥିଲେ। ପ୍ରଥମେ ଲାଇବ୍ରେରୀରେ ଜନ୍‌ଙ୍କ ସହିତ ତା'ର ପରିଚୟ ହୋଇଥିଲା। ସେ ବ୍ୟସ୍ତହୋଇ ବହିଟିଏ ଖୋଜୁଥିବା ସମୟରେ ସେ ତାକୁ ଲକ୍ଷ୍ୟ କରି ପାଖକୁ ଆସିଲେ। ସେଇ ବହି ବିଷୟରେ ପଚାରି ଅକ୍ଳେଶରେ ବହିଟି ବାହାର କରି ଦେଇଥିଲେ। ପରିଚୟରୁ ସେ ଜାଣିଲା, ଜନ୍ ଅକ୍ସଫୋର୍ଡ ୟୁନିଭରସିଟିରୁ ଅର୍ଥନୀତିରେ ଏମ୍.ଏ ପାସ୍ କଲା ପରେ ଏଠାରେ ପିଏଚ୍.ଡି କରୁଛନ୍ତି।

ସେ ରହୁଥିବା ହଷ୍ଟେଲରେ ଯଦିଓ ହାତ ଗଣତି ତିନି ଚାରିଜଣ ଭାରତୀୟ ଝିଅ ଥିଲେ କିନ୍ତୁ ସେ ଥିଲା ଏକମାତ୍ର ଓଡ଼ିଆ ଝିଅ। ତାକୁ ତା' ପରିବାର ଯେତେ ସ୍ୱାଧୀନତାରେ ରଖିଥିଲେ ବି ସେ ତା' ସଂସ୍କାରକୁ ଭୁଲି ନଥିଲା। ତେଣୁ ସେଠାକାର ଝିଅ ମାନଙ୍କର ଚଳଣି ଏବଂ ବେଶପୋଷାକ ତାକୁ ପ୍ରଭାବିତ କରିପାରି ନଥିଲା। କ୍ଲାସ ବାହାରେ ହାତକୁ ହାତ ଛନ୍ଦି ଦଳଦଳ ବୁଲିବା ଏବଂ ନିରୋଳାରେ ଯୋଡ଼ି

ଯୋଡ଼ି ହେଇ ବସି ପ୍ରେମାଳାପ କରିବା ଏସବୁ ଦେଖି ବି ନଦେଖିଲା ଭଳି ସେ ଚାଲିଯାଏ। ସେ ସେବୁକୁ ଭ୍ରୂକ୍ଷେପ କରେନି। ସେ ଯେଉଁ ଲକ୍ଷ୍ୟ ନେଇ ବାପା ମା' ପରିବାର ଠାରୁ ଦୂରେଇ ଏତେ ଦୂରକୁ ଚାଲି ଆସିଛି, ସେଇଥିରେ କେବଳ ମନ ଧ୍ୟାନ ଦେବାକୁ ଚେଷ୍ଟା କରିଛି। ତେଣୁ ତା'ର ନମ୍ର ବ୍ୟବହାର, ନିଜକୁ ସଂଯତ ରଖିବାର କଳା ଏବଂ ତା'ର ବେଶଭୂଷା ଦେଖି ତା' ପ୍ରତି ଅନେକ ଛାତ୍ରଛାତ୍ରୀ ଆକର୍ଷିତ ହେଉଥିଲେ।

ନିୟମିତ ଜନ୍ ସହିତ ତା'ର ଲାଇବ୍ରେରୀରେ ହିଁ ସାକ୍ଷାତ ହୁଏ। ଧୀରେ ଧୀରେ ପରିଚୟରୁ ସମ୍ପର୍କ ବଢ଼ିଲା। ଦୁହେଁ ମିଶି ପଢ଼ାପଢ଼ି କରନ୍ତି, ସବଜେକ୍ଟ ବିଷୟରେ ଆଲୋଚନା କରନ୍ତି। ଜନ୍ ତାକୁ ନୋଟ୍ସ ଦେବାଠାରୁ ଆରମ୍ଭ କରି ସବୁ କଥାରେ ସାହାଯ୍ୟ କରନ୍ତି। ଏମିତିରେ ଧୀରେ ଧୀରେ ସମ୍ପର୍କରୁ କେତେବେଳେ ଦୁହିଁଙ୍କ ମଧ୍ୟରେ ପ୍ରେମ ସମ୍ପର୍କ ଗଢ଼ି ଉଠିଲା ଜାଣି ପାରିଲେନି । ଜନ୍ ତାକୁ ପୂରା ଇଂଲଣ୍ଡଟା ବୁଲେଇ ଦେଖେଇ ଥିଲେ। ଲଣ୍ଡନ ଆଏ, ବକିଂଘାମ ପ୍ୟାଲେସ, ଗ୍ଲୋବ ଥିଏଟର... ଇତ୍ୟାଦି ଆହୁରି ଅନେକ ସ୍ଥାନକୁ ମିଶିକି ଯାଇଥିଲେ। କେତେବେଳେ କଫି ହାଉସ ତ କେତେବେଳେ ରେଷ୍ଟୁରାଣ୍ଟ, କେବେ କେବେ ମୁଭି। ସେମାନେ ପ୍ରାୟ ଟେମ୍ସ ନଦୀ କୂଳକୁ ଚାଲି ଯାଆନ୍ତି। ଘଣ୍ଟା ଘଣ୍ଟା ସେଠାରେ ବସି କେତେ ଗପ ଯୋଡ଼ି ଦିଅନ୍ତି। ଟେମ୍ସ ନଦୀର ନୀଳ ଜଳରାଶିର ତରଙ୍ଗରେ ତାଙ୍କ ମନ ତରାୟାଙ୍ଗିତ ହୋଇଯାଏ। ଦୁହେଁ ସ୍ୱପ୍ନ ରାଜ୍ୟରେ ଉଡ଼ି ବୁଲନ୍ତି। ଜନ୍ ତା' ହାତ ମୁଠାରେ ଜୁଲିର ହାତକୁ ରଖି ପଚାରନ୍ତି, "ଜୁଲି! ତୁମର ପଢ଼ା ସରିବା ପରେ ତୁମେ ଭାରତ ଫେରିଯିବ ନା? ସେଠାକୁ ଯିବାପରେ ମତେ ଭୁଲି ଯିବନି ତ? ଚାନ୍ଦିନୀ ରାତିର ଏହି ସମୟ ସବୁକୁ ମନେ ପକେଇବ ତ? ଯଦି ମୋ କଥା ମନେପଡ଼େ ଏଇ ଜହ୍ନକୁ ଚାହିଁଲେ ମୋ ମୁହଁକୁ ତୁମେ ଦେଖିପାରିବ ଜୁଲି।" ଜନ୍‌ଙ୍କ ଆବେଗଭରା ସ୍ୱର ଜୁଲିକୁ ଭାବପ୍ରବଣ କରିଦିଏ। ସେ କହେ, "ନାଇଁ ଜନ୍ ତୁମେ ସେମିତି କୁହନି, ଆମେ ବିବାହ କରି ସାଥିହୋଇ ରହିବା। ମୁଁ ତୁମକୁ ଛାଡ଼ି ବଞ୍ଚି ପାରିବିନି।" 'ଯଦି ତୁମ ଘରେ ରାଜି ନ ହୁଅନ୍ତି...' "ଆମ ବିବାହ ପାଇଁ ବାପା ମା'ଙ୍କୁ ଯେମିତି ହେଲେ ରାଜି କରେଇବି। ସେମାନେ ଏଥିରେ ଅମତ ହେବେନି ବୋଲି ମୋର ବିଶ୍ୱାସ। କୌଣସିମତେ ଯଦି ସେମାନେ ରାଜି ନ ହୁଅନ୍ତି ମୁଁ ସେମାନଙ୍କୁ ଛାଡ଼ି ସବୁଦିନ ପାଇଁ ତୁମ ପାଖକୁ ଚାଲି ଆସିବି।" ଜନ୍ ତାକୁ ସ୍ନେହରେ ନିଜ ଆଡ଼କୁ ଆଉଜେଇ ଆଣନ୍ତି। ଜନ୍ ସହିତ ସମ୍ପର୍କ ହେବା ଦିନରୁ ଜୁଲିକୁ ଚାରିଆଡ଼େ କେବଳ ଜନ୍ ହିଁ ଦେଖାଯାଉଥିଲା। ସେ ଜନ୍ କଥା ଭାବି ଉଲ୍ଲସିତ ହୁଏ ଏବଂ ପୃଥିବୀଟା ତାକୁ ବିଭିନ୍ନ ରଙ୍ଗମୟ ଲାଗେ।

ଜନ୍ ବିଦେଶୀ ହେଲେ ବି ସଂସ୍କାରୀ ଲାଗନ୍ତି। ତା'ର ପ୍ରତ୍ୟେକ ଇଚ୍ଛା ଅନିଚ୍ଛାକୁ ସେ ସମ୍ମାନ ଦେଇଛନ୍ତି। ଏମିତି କି ପରୀକ୍ଷା ସମୟରେ ଜନ୍ ତା' ସହିତ କମ ସାକ୍ଷାତ କରନ୍ତି ଏବଂ ପାଠ ପଢ଼ା ପ୍ରତି ଧ୍ୟାନ ଦେବାକୁ ପରାମର୍ଶ ଦିଅନ୍ତି। କହନ୍ତି, ଜୁଲି ତୁମେ ଯେଉଁ ଲକ୍ଷ୍ୟ ନେଇ ଏତେ ଦୂର ଚାଲି ଆସିଛ, ସେକଥା ଯେମିତି ନଭୁଲ। ଜୁଲି ବି ବୁଝୁଥିଲା ତା'ର ପାଠପଢ଼ା କେତେ ଜରୁରୀ। ନହେଲେ ଯୋଉ ଜିଦ୍‌ରେ ସେ ଏତେ ଦୂରକୁ ଧାଇଁ ଆସିଥିଲା, ଏଥିରେ ଅସଫଳ ହେଲେ ସେ କୋଉ ମୁହଁ ନେଇ ଘରକୁ ଫେରିବ। ପରସ୍ପର ଯେତେ ଘନିଷ୍ଠ ହେଲେ ବି ସେମାନେ କେବେ କୂଳ ଲଂଘି ନାହାନ୍ତି। ଜୁଲି ଏମିତି କାମ କରିବନି, ଯାହା ଫଳରେ ତା' ପରିବାରରେ କଳଙ୍କ ଲାଗିବ ଏବଂ ବାପା ମାଆଙ୍କର ସମ୍ମାନ ହାନି ହେବ। ଦ୍ୱିତୀୟ ବର୍ଷର ଶେଷ ସେମିଷ୍ଟର ପରୀକ୍ଷା ସରିଯିବାରୁ ସେ ଭାରତ ଯାଇ ବୁଲି ଆସିବାକୁ ନିଷ୍ପତ୍ତି ନେଇ ଜନ୍‌କୁ ଜଣେଇ ଟିକେଟ କାଟିଥିଲା। ବର୍ଷଟା ମଧ୍ୟରେ ସେ ଭାରତକୁ ଯାଇନି, ଗତ ବର୍ଷ ଯାହା ଦ୍ୱିତୀୟ ସେମିଷ୍ଟର ପରେ ଛୁଟିରେ ଯାଇଥିଲା। ତା'ପରେ ଆଜିଯାଏ ଜନ୍ କଥା ଘରେ କହିନି। ଏଥର ଘରେ ଜନ୍ କଥା କହି ପରୀକ୍ଷା ପରେ ବିବାହଟା ସାରିବାକୁ ନିଶ୍ଚିତ ରୂପେ ପକ୍କା କରି ଆସିବ।

ଆସିବା ଦିନ ଜନ୍ ତାକୁ ଏୟାରପୋର୍ଟ ଛାଡ଼ିବାକୁ ଆସିଥିଲେ। ରାସ୍ତାରେ ସେମାନେ କେତେ ଗପସପ ହୋଇ ଯାଉଥିଲେ। ହଷ୍ଟେଲରୁ ପନ୍ଦର କିଲୋମିଟର କେତେବେଳେ ସରିଗଲା ଜାଣିପାରିଲେନି। ଭବିଷ୍ୟତ କାର୍ଯ୍ୟପନ୍ଥା ବିଷୟରେ ଆଲୋଚନା କରିଥିଲେ। ଦୁହେଁ ଦୁହିଁଙ୍କ ବିଚ୍ଛେଦରେ ଦୁଃଖୀ ହୋଇ ଯାଉଥିଲେ। ଏୟାରପୋର୍ଟରେ ପହଞ୍ଚିଲା ପରେ ଦେଖିଲେ ଆହୁରି ବୋର୍ଡିଙ୍ଗ ପାସ୍ ଆରମ୍ଭ ହୋଇ ନଥିଲା। ଦୁହେଁ କିଛି ସମୟ ପାଇବା ପାଇଁ ସମୟର ଯଥେଷ୍ଟ ପୂର୍ବରୁ ଚାଲି ଆସିଥିଲେ। ତେଣୁ ପାଖ ଏକ ରେଷ୍ଟୁରାଣ୍ଟକୁ ଯାଇ କଫି ପିଇବା ପାଇଁ ଜନ୍ ପ୍ରସ୍ତାବ ଦେଲେ। ଦୁହେଁ ସେଠାକୁ ଯାଇ କଫି ଅର୍ଡର ଦେଇ ସାମନା ଚେୟାରରେ ବସିଲେ। କଫି କପ୍ ଓଠରେ ନେଉ ନେଉ କେତେ ଗପସପ, ଆଶା ଆଉ ପ୍ରତିଶ୍ରୁତି। ଜୁଲି କଥାଟାକୁ ପୁଣି ଥରେ କହିଲା, 'ଏଥର ଘରେ ତୁମ କଥା ସବୁ କହି ବିବାହ ପ୍ରସ୍ତାବଟା ଫାଇନାଲ କରି ଫେରିବି।' ଜନ୍ କହିଲେ, "ହଁ, ଜୁଲି ତୁମେ ଫେରିଲେ ମୁଁ ତୁମକୁ ଆମ ଘରକୁ ନେଇଯିବି, ଆମ ପରିବାର ସହିତ ତୁମକୁ ପରିଚୟ କରେଇ ଦେବି। ଭାବୁଛି ଆମ ଘରେ କେହି ଅରାଜି ହେବେନି।"

ସମୟ ହୋଇ ଯାଇଥିଲା। ବୋର୍ଡିଙ୍ଗ ପାସ୍ ପାଇଁ ଲୋକମାନେ ଧାଡ଼ିରେ ଛିଡ଼ା ହେଲେଣି। ଦୁହେଁ ଉଠି ଛିଡ଼ାହେଲେ। ତା' ଟ୍ରଲି ବ୍ୟାଗଟିକୁ ଜନ୍ ଟାଣିଲେ

ଏବଂ ଜୁଲି ତା'ହ୍ୟାଣ୍ଡ ବ୍ୟାଗଟିକୁ ଧରିଲା। ସେ ଭିତରକୁ ଯିବା ସମୟରେ ଟ୍ରଲି ବ୍ୟାଗଟିକୁ ଜନ୍ ଜୁଲି ଆଡ଼କୁ ବଢ଼େଇବା ବେଳେ ଦୁହିଁଙ୍କ ଆଖି ମିଶିଗଲା। ଦୁହେଁ ପରସ୍ପରର ମୁହଁକୁ ଚାହିଁଲେ। ପରସ୍ପର ଠାରୁ ଅଲଗା ହେବା ସମୟ ଉପନୀତ। ଜନ୍ ଜୁଲିକୁ ଶେଷ ଆଲିଙ୍ଗନରେ ଆବଦ୍ଧ କରି ତା' ମଥାରେ ଚୁମ୍ବନଟିଏ ଆଙ୍କିଦେଲେ। ଜୁଲିର ଆଖି ଛଳଛଳ, ଜନ୍‌ଙ୍କ ଆଖିରେ ବିଶାଦର ଛାୟା। ଏବେ ଗୋଟିଏ ମାସ ପରସ୍ପର ଠାରୁ ଅଲଗା ରହିବାର ଯନ୍ତ୍ରଣା। ହାତ ହଲେଇ ଦୁହେଁ ଦୁହିଁଙ୍କ ଠାରୁ ବିଦାୟ ନେଲେ। ଜୁଲି ଲାଇନରେ ଛିଡ଼ାହେଇ ବୋର୍ଡିଙ୍ଗ ପାସ ଧରି ସିକ୍ୟୁରିଟି ଚେକିଙ୍ଗ ପାଇଁ ଭିତରକୁ ପଶିଲା। ସେ ଅଦୃଶ୍ୟ ହେବା ପର୍ଯ୍ୟନ୍ତ ଜନ୍ ତାକୁ ଏକ ଲୟରେ ଚାହିଁ ରହିଥିଲେ। ପରସ୍ପରଠାରୁ ଅଲଗା ରହିବା କେତେ ଯେ ଯନ୍ତ୍ରଣାଦାୟକ ଦୁହେଁ ଅନୁଭବ କରୁଥିଲେ।

ପ୍ଲେନ୍ ଅନେକ ଉପରକୁ ଉଠି ଶୂନ୍ୟ ଆକାଶରେ ଉଡୁଥିଲା। ତା' ସହିତ ଜୁଲି ଜନ୍‌କୁ ନେଇ ତା' ଭାବନା ରାଜ୍ୟରେ ଉଡ଼ି ବୁଲୁଥିଲା।

ଜୁଲି କେବେବି ଚିନ୍ତା କରିନଥିଲା ତା ଜୀବନରେ ଏମିତି ଘଟିବ ବୋଲି। ଆଉ କେଇଟା ଦିନପରେ ସେ ଲଣ୍ଡନ ଫେରିଯାଇ ଜନ୍ କୁ ଭେଟିଥାନ୍ତା। ତା ମନ ଉଛନ୍ନ ହେଉଥିଲା। ଯିବାପାଇଁ ସବୁପ୍ରକାର ପ୍ରସ୍ତୁତି ସରିଥିଲା। ଜୁଲି ମମୀକୁ କହି ଆରିଷା, କାକରା, କଟକ ମିକ୍ସଚର, ଖଜା ଏମିତି ଓଡିଶାର କିଛି ଶୁଖିଲା ଖାଦ୍ୟ ଜନ୍‌ପାଇଁ ଯୋଗାଡ କରିଥିଲା।

ଫୋନ ଏବଂ ଭିଡିଓ କଲ ମାଧ୍ୟମରେ ଜନ୍ ସହିତ ତାର ଯୋଗାଯୋଗ ହେଉଥିଲା। ତାଙ୍କର ଏହି ଦୁଇ ବର୍ଷର ସମ୍ପର୍କ ତା' ହୃଦୟରେ ସବୁବେଳେ ବସା ବାନ୍ଧି ରହିଛି। ଯେମିତି କି ଜନ୍‌ଙ୍କ ବିନା ତା' ଜୀବନଟା ତୁଚ୍ଛ। ତା' ଜୀବନର ସବୁ ଆନନ୍ଦ, ଆଶା, ଆକାଂକ୍ଷା ତ ଜନ୍। ଜଳ ବିନା ମାଛ ଛଟପଟ ହେବାଭଳି ତା' ଜୀବନଟା କଟୁଛି। ଏହି କରୋନା ଭାଇରସ ତାର ସବୁ ଆନନ୍ଦକୁ ଧୂଳିସାତ୍ କରି ଦେଇଛି। ଯେତେବେଳେ ଶୁଣିଲା, ଭାରତରେ ଲକଡାଉନ ଘୋଷଣା କରା ଯାଇଛି ଏବଂ ଗାଡି, ମଟର, ଫ୍ଲାଇଟ ସବୁ ବନ୍ଦ, ସେତେବେଳେ ତା' ମୁଣ୍ଡରେ ଯେମିତି ବଜ୍ର ପଡିଲା। ଆରାମ ଅୟସରେ ବଢି ଆସିଥିବା ଏବଂ ଦୁଃଖ କଷ୍ଟ କ'ଣ ଜାଣି ନଥିବା ଜୁଲି ପାଖରେ ଯେମିତି ଏକ ଅଗ୍ନି ପରିକ୍ଷା। ମଣିଷ ଯାହା ଭାବେ ତାହାର ବିପରୀତ ଘଟେ।

ଜନ୍ ବିଷୟରେ ଜୁଲି ତା' ବାପା ମାଆଙ୍କୁ ସବୁକଥା କହିଥିଲା। ଜୁଲି ଉପରେ ଥିଲା ତାଙ୍କର ଅଖଣ୍ଡ ବିଶ୍ୱାସ। ତାର ପଢା ସରିଗଲା ପରେ ସେମାନେ ନିଜେ

ଯାଇ ଜନର ବାପା ମାଆ ଙ୍କୁ ଭେଟି ଏ ବିଷୟରେ କଥାବାର୍ତ୍ତା କରିବେ ବୋଲି ତାକୁ ପ୍ରତିଶ୍ରୁତି ଦେଇଥିଲେ।ଏବେ ଜନଙ୍କ ନିରବତା ତା ପାଖରେ ଏକ ପ୍ରଶ୍ନବାଚୀ ହେଇ ଛିଡା ହୋଇଥିଲା। ଜନ୍ ବିନା ଜୁଲି ଜୀବନର କିଛି ମାନେ ନାହିଁ। ଜନ୍ ଉପରେ ତାର ଅଭିମାନ ଆସୁଥିଲା। ଏଲିନାଠାରୁ ଜନର ଅସୁସ୍ଥତା ଖବର ଶୁଣିବା ପରଠାରୁ ତାକୁ ଚତୁର୍ଦ୍ଦିଗ ଅନ୍ଧାର ଦିଶୁଛି ଏବଂ ଧୀରେ ଧୀରେ ତାର ଅଭିମାନ, ମନରୁ ବରଫ ଭଳି ତରଳି ଯାଉଥିଲା ଏବଂ ତାହା ଆଖି ବାଟେ ବୋହି ଯାଉଥିଲା। ଭୟ ଏବଂ ଆଶଙ୍କା ତା' ମନକୁ ବ୍ୟତିବ୍ୟସ୍ତ କରି ପକୋଉଥିଲା। ଅତୀତ, ବର୍ତମାନ, ଭବିଷ୍ୟତ ର ଭାବନା ମଧ୍ୟରେ ବୁଡି ରହିଥିବା ବେଳେ ମମୀର ଡାକ... "ଜୁଲି ତୋ ଫୋନ ବାଜୁଛି।"ସେ ଚମକି ପଡି ଏକା ନିଶ୍ୱାସରେ ଘର ଭିତରକୁ ଧାଇଁଯାଇ ଫୋନ ଉଠେଇଲା।

ସେ ହ୍ୟାଲୋ କହିବା ମାତ୍ରେ ସେପଟରୁ ଏଲିନା କାନ୍ଦି କାନ୍ଦି ଥଙ୍ଗେଇ ଥଙ୍ଗେଇ କହି ଚାଲିଥିଲା...ଜୁ..ଲି..ଭାଇ...ଆଉ ନା..ହାଁ..ନ୍ତି...କରୋନା ତାଙ୍କୁ ନେଇଗଲା...ଭାଇଙ୍କୁ ବନ୍‌ଚେଇବା ପାଇଁ ଡାକ୍ତରଙ୍କୁ ଭେଣ୍ଟିଲେଟରଟିଏ ମିଳିଲାନି। ଶେଷରେ ବହୁତ କଷ୍ଟ ପାଇ ଛଟପଟ ହେଇ ତାଙ୍କ ଜୀବନ ଦ୍ୱୀପ ଲିଭିଗଲା। କିନ୍ତୁ ଶେଷ ନିଶ୍ୱାସ ପର୍ଯ୍ୟନ୍ତ କେବଳ ଜୁଲି...ଜୁଲି ତାଙ୍କ ପାଟିରୁ କ୍ଷୀଣ ସ୍ୱର ବାହାରୁଥିଲା।

ଜୁଲି ଆଉ କିଛି ଶୁଣିପାରୁ ନଥିଲା। ତା ହାତରୁ ଫୋନଟା ଖସି ପଡିଥିଲା। ଯେମିତି ହଠାତ୍ ପୃଥିବୀଟା ନିସ୍ତବ୍ଧ, ଗଛ ପତ୍ର ସବୁ ସ୍ତବ୍ଧ, ସୂର୍ଯ୍ୟ, ଚନ୍ଦ୍ର ସ୍ଥିର ହେଇଗଲେ। ଆଉ ତା ପାଦ ତଳର ମାଟି ଖସି ଯାଉଥିଲା ଏବଂ ସେ କୋଉ ରସାତଳକୁ ଠେଲି ହେଇ ଯାଉଥିଲା...

■■